Roger Boylan

Rückkehr nach Killoyle

Eine vorwiegend irische Farce

ROGER BOYLAN

Rückkehr nach Killoyle

Eine vorwiegend irische Farce
(vom Künstler mit Anmerkungen versehen)

Aus dem Englischen von
Harry Rowohlt

KEIN & ABER

Lizenzausgabe mit freundlicher Genehmigung
des Rogner & Bernhard Verlages, Berlin.

Titel der Originalausgabe: *Killoylers*

Neuausgabe

Coverbild: ATAK, Berlin
Covergestaltung: Nicholas Ditzler
Satz: Offizin Götz Gorissen, Berlin
Druck und Bindung: Ebner & Spiegel, Ulm
ISBN: 978-3-0369-5501-8

www.keinundaber.ch

Der Übersetzer widmet seine Arbeit dem Denken an
Jac Flessenkämper
(15. September 1949 bis 16. Juli 2002)

Die deutsche Übersetzung ist – wie das Original – flexibel in überkommener Rechtschreibung gehalten.

Für meine Weiberleut: Esther, Elizabeth und Margaret

Schon mal versucht. Schon mal versagt. Macht nichts.
Wieder versuchen. Wieder versagen. Besser versagen.
Samuel Beckett,
eines Nachts in der PLM Bar bei der Porte d'Italie,
kurz vor der Sperrstunde

Prolog

Gestern nacht träumte ich, ich ginge wieder ins Spudorgan. Mir war, als stünde ich vor dem Kreisverkehr, von wo aus es zur MacLiammoir-Umgehungsstraße geht, und wollte verzweifelt die Fahrbahn überqueren; eine Zeitlang mochte das nicht glücken, so sehr ballte sich der Verkehr, hauptsächlich funkelnagelneue Jocelyn GTs und hie und da der gute, alte Jaguar. Dann, wie allen Träumern, wurden mir plötzlich übernatürliche Kräfte zuteil, und ich schritt wie ein Geist durch die Wagen hindurch. Die Uphill Street wand sich vor mir, krümmte sich, bog sich, wie sie es stets schon getan. Doch im Fürbaßsteigen war mir bewußt, daß eine Veränderung - nein, daß Veränderungen! - über die schöne Stadt am Meer gekommen waren, das Killoyle meiner Träume. Wieder hatte der Mammon seinen Tribut gefordert, war mit langen, beharrlichen Fingern in die Stadt eingedrungen, hatte diese Taverne aufgehübscht, jenen Parkplatz erweitert, jene einst verschmähte Frühstücksstube mit Glamour überzuckert. Und schließlich war da Spudorgan Hall, einst verödet, einst als *The Rat Palace* bekannt und ungeliebt, jetzt ein festliches und nobles Mitglied von *Vacation Inns Worldwide.* Und weder Zeit noch Mammon konnten die vollkommene Symmetrie jener Mauern mindern…

Aus: *Ein Dichter dreht durch, Bd. I: Jahre des Kampfs*, Schlüsselautobiographie (unveröff.) von Milo Rogers, Poeta laureatus der Provinz Munster

I

Indem er die bockige *moue* eines, sagen wir, römischen Lüstlings der post-antoninischen Ära oder eines Regency-Schnösels unter Pitt dem Jüngeren mimisch nachäffte, vergrub sich Michael T. »Mick« McCreeks Gesicht, dies interessante Vorspiel zu seinem eher gewöhnlichen Übrigen, in einer vergeblichen Anstrengung, den forschenden Strahlen der aufgehenden irischen Sonne zu entgehen, kissentief, einer zwar bestenfalls schwächlichen Sonne, aber doch einer, mit der zu rechnen war, beim Geier, keiner Sonne, die sich nur durch einen dürftigen Vorhang aus dem Schlafzimmerfenster von Wohnung 16A im Padre-Pio-Projekt ausschließen ließ. Indem sie nun in der Tat hartnäckig und direkt auf das Romano-Regency-Antlitz unseres Mannes schien, erhellte sie das verwikkelte Mississippi-Delta-Netzwerk der Adern seiner inneren Augenlider mit unwillkommnem, grellem, rotem Glühen.[1)] Er grollte. Langsam verebbte der Schlaf, während sich genügend Zeit mit der lahmen Entschlossenheit eines brünstigen Buckligen[2)] dahinschleppte, und machte den Zwillingsphänomena Platz, eines taktil, das andere akustisch, a) wärmerem Sonnen-

1) Da bin ich einhundert Pro Ihrer Meinung. Die interne Kreuzschraffierung meiner eigenen Augenlider ist der reinste Horror, echt wahr, besonders wenn ich dringend einen Katertrunk gebrauchen könnte und nicht noch mehr gottverdammten Tee, vielen herzlichen Dank. Einmal habe ich sogar sekundenlang oder noch länger geglaubt, ich wäre ein Huhn im Gehege, von Maschendraht umgeben und bereit für die Guillotine, so intensiv war das Muster.

2) Für Sie immer noch behindert (oder ABM –, andersartig begabter Mitbürger). → weiter unten

schein, der auf Micks Fresse platschte, und b) einem Auto, das draußen mit Schluckaufbrüllen angelassen wurde, verschlimmert durch viel Immer-gib-ihm-Pedalgepumpe, auf welches das gängeknirschende Diminuendo eines überaus langsamen Aufbruchs folgte.

Da fährt er hin, der indische Blödmann, (rief ungebeten der Gedankenansager in Micks Gehirn) *am Steuer seines beschissenen alten Escort, den er schon vor Zeiten auf den Schrottplatz hätte schicken sollen, der miese kleine Geizhals, der mitten in der Nacht die Scheinwerfer abstellt, der links, rechts und in der Mitten Wolken verbrannten Öls ausspeit und keinen wie auch immer gearteten Schimmer hat, wie wohl in den 1. Gang zu schalten wäre ...!*

Vor lauter externem Lärmen und internem Sinnespalaver war Mick beunruhigt, beklommen geworden, ein gescheiterter Schläfer, dem Wachzustand sogar gefährlich nah und immer näher kommend, wo eins zum andern kam –, der Aufbruch seines indischen Nachbarn, die Sonne, die sein Gesicht versengte, der neue Tag, der ein Montag war. Es vergingen volle zweiundsechzig Minuten oder mehr, bevor sich die perfekte (tatsächlich einzige) Lösung einen Weg in sein erwachendes Hirn gefressen hatte: *Dreh dich doch um, Mann!*

Er gehorchte, und sofort war ihm eine visagère Kühle bewußt, von einer rapide sich erwärmenden Stelle im Nacken ausgeglichen, auf welche Old Sol nun, immer noch durch den halbherzigen Fenstervorhang starrend, seinen Blick fokussierte. Natürlich *war* es der Morgen, und Mick *hatte* einen Job, wie lachhaft (sehr: Hilfstestfahrer für Jocelyn-Automobile)[3] der auch sein mochte; man mußte ihm jedoch lassen, daß er Realist war, im großen und ganzen, und an jenem Morgen folglich bald aus dem Bett und die Treppe runter und in der makellos weißen

3) Ein kleiner, aber exklusiver (d.h. svw. pleite) südöstlicher Hersteller erlesener Sportwagen, von denen einer – ein Blackthorn GTS in, tja, britischem Renngrün, fürchte ich – zweimal falsch abgebogen war, bevor er meine arme alte Oma überfuhr, und zwar mindestens dreimal, als wolle er sicher sein, daß die liebe alte Dame auch wirklich tot war. Nun ist sie dahin, leider, aber das Auto läuft immer

Küche als solcher war, wo er die Armaturen seines Geburtstagskaffeebereiters einer verschwommenen Prüfung unterzog, den er letztes Jahr (womit zweifellos das letzte Jahr gemeint war, das letzte im ganzen Leben) von Eileen, seiner Exe, aus Anlaß seines vierzigsten geschenkt bekommen hatte.

»Nett von ihr«, murmelte er. »Aber wie typisch, daß sie mir was schenkt, was ich nicht bedienen kann.«

Die Wörter *Ach Eileen beim Hl. Christus du fehlst mir ja so sehr meine süße* machree *ach Gott wirklich wahr mein süßes kleines Herzensmädel du* zitterten ungeheult in der Luft. Die Frau fehlte ihm tatsächlich, besonders ihre Oberschenkel- und Hüftpartie und deren oft geknetete Weiten und Breiten, aber nicht genug, um sie anzurufen oder (Wieder-)Annäherungsversuche zu machen, nicht bei ihrer Tendenz, ins warme Bad der Soliloquenz oder Monologisiererei einzutauchen ... Mein Gott, was die Frau zusammenquatschte, und mit zunehmendem Alter wurde es immer schlimmer.

ALSO –

– zog er es vor, die Dinge der Zickzackroute ihrer eigenen Unvorhersehbarkeit zu überlassen. Der Kaffeebereiter konnte warten, bis er an der Reihe war, oder komplett verschwinden. Und auf jeden Fall lag My Three Buns auf dem Weg und brühte einen unvergleichlichen Arabica oder Kolumbianer, oder war es ein Brasilianer –, auf jeden Fall etwas Heißes, Feuchtes und Dunkles, wie die Oberschenkelinnenseite einer andalusischen Hure plus Koffein ...

Mick, von diesem Gedanken innerlich aufgewühlt (wenn nicht sogar leicht erschüttert),4) pfiff schrill das zweite Thema von Mimis und Rodolfos Liebesduett aus *Madame Butterfly* von G. Puccini, während er Marinebinder, himmelblaues Hemd

noch, es steht sogar in meiner Einfahrt –, ja, Sie haben es gleich erraten, stimmt's? Aber einen flinkeren Motor werden Sie in den siebenzig mal siebenzig Gemeinden der Christenheit nicht finden.

4) Keine Spur von Koffein fand ich in jenen Gefilden, bei Gott, und das mir, der ich ein volles halbes Jahrzehnt an der Grenze Jérez/Gibraltar Nachtwache schob, vor nunmehr vierzig Jahren.

und purpurroten Unterschlauch (mit weiß paspeliertem Eingriff) suchte und erfolgreich anlegte. Hier folgte ein kurzes Gerangel mit Gürtel und Hose, ein sanftes Kratzen des Stoppelbefalls und das flüchtige Beben des Kamms im Haar – und presto! *Mick McCreek meldet sich zur Stelle, Sir!* Nicht, daß er sich je so meldete oder jemanden »Sir« nannte, und natürlich war der Scheiß-Job am anderen Ende der Stadt, und naturgemäß war *sein* bekacktes Auto in der Werkstatt, aber was konnte man von einem fünf Jahre alten Jocelyn GT mit zwölf Ventilen erwarten, wenn die Konkurrenz vierundzwanzig hatte?

Nein, es bleibt beim alten 12er-Bus –, oder bei Schusters Rappen, mein lieber Freund und Mister.

Na, egal, erst mal ins My Three Buns, das neuerdings als chic empfundene Fernfahrercafé in der Blessed Martin de Porres Street, skizzenhaft vor Micks geistigem Auge aufleuchtend, dem Auge, welches nie log, aber oft unscharf eingestellt war, eher wie ein schlechtes Fernsehbild als wie die Mäandrierungen eines westirischen Shanachee, indem My Three Buns in Wirklichkeit weit weniger ansprechend ist als auf Micks blutunterlaufenem geistigen Augapfel liebevoll abgebildet. Dort sonnte es sich in Klischees wie »mieses, aber solides Arbeiterklassen-Ambiente« und »grundehrlicher, schlichter Fraß«. Wohl wahr, der Laden war ein bißchen schäbig, und Devereux, der Besitzer, war der rechte Schurke, eine gierige Sau auf jeden Fall, die mit rattenartigem und schnurrbärtigem Gesicht über gestülptem Abdomen und Thorax prangte. Seine Missus war nicht besser, nur glatter rasiert, und mit tieferem Ausschnitt in

5) Natürlich nicht. Bisher hat mir noch nie was Gutes gutgetan, das kannste aber annehmen, Kleiner.

6) Gar Looney, dann ein Typ namens O'Hair, den sie bei der Nordmauer hingestreckt fanden, dann wieder Gar, plus O'Hair hin ter den Kulissen. Als sie Gar fanden, um ihn zurück ins Leinster House zu berufen, war er auf seinem üblichen Posten in Flood's Bar, den Rücken zur plebs und mit deutlicher Backbordkrängung, um den Fernseh über dem Tresen besser im Blick zu haben, genauer: die Hurling-Sondersendung auf TV3, gefolgt von An Nuacht auf Kanal

der Brustgegend. Kinder hatten sie auch, aber man mochte gar nicht daran denken, wie sie…, immerhin war das angebratene Brot Spitzenklasse, und die eponymen *buns*, klebrig wie eine Tüte geschmolzener Mars-Riegel auf dem Rücksitz des Familienkombis in der Sommersonne: LECKERCHEN!

Und nichts, so motiviert es auch sein mochte, konnte sich mit den Speckschwarten messen, nicht einmal das klassische Spiegelei mit

Pommes…!

Besonders diese Pommes: salzig, ölig, schlaff: einfach köstlich!!!

Für dich muß es schließlich nicht gut sein, um gut zu sein, stimmt's?[5)]

»Lecker! I, wie lecker!«

Mick war bereit, er war begierig, das alte Mäglein knurrte, Ranzen bei der Hand, Schlüssel diklimperdiklirr. Er prüfte oben und unten, ob das Gas abgestellt war, richtete den Sitz des Binders und tollte entzückt hinaus in die gefährlich unberechenbare freie Natur, wo es wehte und seinen Schlips zum Windsack machte, der geziemend nach Osten deutete. Dort lag Wales, wie üblich, und England lungerte dahinter; hier in Irlands Nordsüdosten war ein prima Wetterchen, ein frischer Wind, der mit den Bäumen tanzte, der Gutes verhieß und die Blätter über die Dächer blies. Gar nicht schlecht für den 20. September, wenn es jederzeit in die Fünf auf der Celsius-Skala absacken konnte, den Rekord für Killoyle und Umgebung, letzten September aufgestellt, im Jahr der drei Regierungen.[6)]

2A (Gaeilge). In seiner linken Hand befand sich die dritte Pint des Tages, in seiner rechten die dreißigste Fluppe von den zwanzig per diem, die er sich damals zugestand (bald darauf gewöhnte er es sich ab, um es sich angesichts der bedrohlichen Aussicht auf eine Friedensregelung nördlich der Grenze und der Begleitnotwendigkeit, die Köpfe mit Unionisten zusammenzustecken, wieder anzugewöhnen). Als ihn nun der Parlamentarische Ausschuß ansprach, behauptete er zunächst, ein völlig Anderer zu sein – ein japanischer Geschäftsmann, glaube ich, komplett mit Augen und Akzent –, setzte

Gott sei gedankt, vierundzwanzig christlich solide Grade herrschten an diesem durchlüfteten Septembermorgen.

»Besser würden die das in Südfrankreich oder der Ägäis als solcher auch nicht hinkriegen«, platzte es albern aus Mick heraus.

Wenige schnelle Schritte brachten ihn über den Padre Pio Circus und die Blessed Martin de Porres Street entlang zur schuppigen Ladenfassade, hinter welcher das My Three Buns brummte –, oder vielmehr nicht brummte, denn von allen sonnigen Kalendertagen hing ausgerechnet an diesem Tag ein Schild an der Tür. Mick, ungläubig, plierte, plierte dann noch genauer hin.

»Geschlossen«, stand auf dem Schild, was bei zwei- und dreimaligem Hinplieren auch gern wiederholt wurde. Hinter dem Fenster schwebte eine häßliche Fresse, blickte finster und stechend und verschwand hinter einer hastig gezogenen Jalousie.

»Gehen Sie weg«, kam ein gedämpfter Ruf.

Mick gehorchte, schleppenden Schritts, wieder ein behaglicher Plan im Eimer. Er trödelte nicht, denn »die Arbeit« (so, wie sie war) stand bevor, wodurch das Frühstück dringend wurde. Im Geiste überflog er die Möglichkeiten:

dann im Sprint durch die Seitentür davon, lief aber Hals über Kopf dem Gesetz (Sgt. Liam Paterson, der gerade abschüttelte) in die Arme. »Das ist doch alles Schikane«, sagte Gar. »Nein, es ist die Garda Síochàina«, sagte der Friedenswächter. »Na gut, na gut«, brabbelte Gar, »einmal werde ich noch Taoiseach, aber ich gehe keine Koalition mit diesem Schweinepriester O'Hair ein, und das ist mein letztes Wort.« (Wie man hört, hat Looneys FWP ›Fine Whiskeys Party‹ doch noch eine Koalition mit O'Hairs Fear-No-Bean-Gruppierung gebildet. »Ich kann mir nur schwerlich vorstellen, überhaupt an einer Regierung ohne meinen lieben Freund und Kollegen Proinsias O'Hair beteiligt zu sein«, bemerkte Gar letzte Nacht, als er majestätisch mit seiner Entourage von der Long Hall in der Aungier Street in den Norseman in Temple Bar überwechselte.)

7) *Tapas*; *Little Hands of Silver* in der Jukebox; König Juan Carlos

Es gab das Bay Window, mit seinen Pseudos vom Upper Killoyle College und Trotteln von anderswo.

Es gab McSpackle's Cantina, auf der Promenade, mit ihrem lästigen spanischen Dekor.[7)]

Es gab das Koh-I-Noor, Curry-Laden der Götter, (tatsächlich) von jenem indischen Dussel im Erdgeschoß geleitet, der den riskanten Escort fuhr, aber das Koh sparte man sich besser für die spätabendliche Zwischenstation beim Heimweg auf, wenn man noch ein Vindaloo und ein Sechserpack Helles mitnahm.

Es gab den hochnäsigen Balsa Room im frischrenovierten Spudorgan Vacation Inn, wo man für einen Fünfer vielleicht gerade mal eben ein Kännchen Kaffee und einen Tisch ohne Kloblick kriegte (wenn es einem gelang, den soeben wiederbestallten Geschäftsführenden Direktor Milo Rogers[8)] an einem guten Tag zu erwischen –, was keine leichte Aufgabe war, denn Milo konnte, wenn er da war, ganz schön hart sein, bei Gott…, zumindest sagten das die Leute, denn Mick hatte den Poeta laureatus des Killoyler Hotel- und Gaststättengewerbes nie kennengelernt, aber der Ruf des Mannes eilte ihm voraus [und folgte ihm nach] wie eine Bande bedürftiger Bezechter.)[9)]

Schließlich, und realistischer, gab es noch McShiny's. Die

auf einem Andalusier (Pferd); ein Plakat von irgendeiner Plaza de Toros, auf welchem ein bevorstehendes Nicht-Ereignis zwischen einem gewissen Sean »El Gran Macho« McSpackle und *el toro* angekündigt wird.

8) Ungenügend gefeierter Autor zweier mit keinerlei Preisen ausgezeichneter Gedichtsammlungen, *In den Gully gegöbelt* und *Strümpfe im Staub* –, wie einige von Ihnen vielleicht wissen (oder auch nicht); → *Killoyle. Eine irrige Phase*, S. 1–317 (Hamburg: 1. Auflage 1999)

9) Arrah. Arrh. Das waren in dem Fall Tam, Paulie, Roddy, Sean, Morry (bei Freund und Feind als The Tullamore Jew bekannt), Ted und Shaymus, Gott segne und behüte Sie und hätten Sie nicht vielleicht zufällig einen bis zwei Shilling für einen armen Mann übrig Euer Gnaden?

amerikanische Kette hatte eine Filiale in der King Idris Avenue (West) eröffnet, welche, wenn man Zeit zu Bewegung ins Verhältnis setzte (und Mick hatte als erster Testfahrer heute den neuen Asphodel LSI zu fahren – in fündunddreißig Minuten), der aussichtsreichste Kandidat für Frühsti war.

Und McShiny's war es. Mit ihrer guten Laune verbindlich amerikanesk, überverkauften die Teens hinter der Theke ihr Produkt und das Vergnügen, das der Kunde bei dessen Konsum empfand, leicht und stützten ihre Pseudokonversation mit einem »Guten Morgen wie gehts denn« vorn und einem »Schönen Tag noch« hinten ab, was beim Durchschnittsheini eine matutinal beschwingte Stimmung hervorrufen sollte, und was, wenn nicht das, war Mick?

»Ich nehm die Shiny Sausage«, maulte er. »Und Pommes«, setzte er gereizt hinzu.

»Wär das die Super Shiny Sausage mit Super-Shiny-Pommes?« erkundigte sich der Heranwachsende und stürzte Mick in eine Agonie von Unentschlossenheit und Verzweiflung.

»Och, ich weiß nicht. Wie groß ist die? Ja, na schön.«

Während er die Super Shiny Sausage aß – fast einen Fuß lang und mit einem warmen Klebebrötchen verkleidet, welches augenscheinlich aus einer Art geschmolzener, aber (eben und eben) eßbarer Plaste hergestellt war –, fokussierte sich sein verstohlenes Starren über das Linoleum auf einem Paar schmucker weiblicher Beine, schmuck übereinandergeschlagen, die an einer ansprechenden Dame befestigt waren, deren Blick miteins gewinnend und willig war. Rothaarig war sie,

10) Ja, stimmt, sie ist's. »Schatten vorauswerfen« nennt man das, wissen Sie. Vertrauen Sie mir, sie wird wieder auftauchen, keine Sorge –, allerdings nicht bei mir zu Hause, so ein Pech. Schluchz. (Dudelsack tutet klagend irgendwas in Dings-Moll – sagen wir mal: C –; Harfen stehen Bühne rechts.)

11) Meine persönliche Lieblingskneipe gar nicht zu erwähnen, McTowel's in Dundrum, vom verstorbenen Tadgh McTowel geleitet –, genau, der 1958 in Kilkenny die Hurling-Meisterschaft gewonnen hat. Er war auch kurz in der Glotze zu sehen, wenn ich mich

und drall, und grünlichblau von Auge; und sie gab vor, eine Nummer von *Glam*[10)] durchzublättern.

Nun fang bloß nicht mit sowas an, murrte der einst so ergebene Zensor in Micks Gehirn, allwo der Geist Eileens immer noch frei flatterte (so frei, wie sie jetzt auf den verdammten Gängen und Gassen Edinburghs war ...?); *scheiß drauf,* konterte die Opposition, Stimme barscher Männlichkeit, jederzeit für ein großes Dunkles und einen schnellen Streichler zu haben, bei Tag oder Nacht. *Hübsches Gerät,* beharrte die Stimme unverschämt. Um keine Panik aufkommen zu lassen, lenkte Mick die Augen auf den *Killoyle Clarion,* der verlassen auf dem Nachbartisch lag.

»Nächste Olympiade in Killoyle«, vertraute ihm die Schlagzeile an.

»Manno«, rief Mick aus.

Nicht *die* Olympiade, wie weiteres Überfliegen enthüllte, sondern die *World Pint-Pulling Olympiad,* die Bierchenzapferweltmeisterschaft, kein geringes Ereignis, wenn man bedachte, wie gut jede x-beliebige Kneipe in jeder x-beliebigen irischen Stadt an jedem x-beliebigen Tag besucht war, und wenn dann auch noch das Stout fünf Tage lang floß wie die Wasser des East Killoyle River und Freibiere verteilt wurden wie Pokale beim Pferderennen und dann auch noch der 1. Preis aus einer eigenen kleinen Pinte bestand, deren Standort von den Preisrichtern festgelegt wurde; ach, eine Pinte, dachte Mick träumerisch, wie die Lusitania in Listowel oder Harvey's Bar in Bundoran oder McCracken's am Diamond in Omagh ...[11)]

recht erinnere. Hatte was mit einem Kochkunst-Programm zu tun, welches verhängnisvollerweise gleichzeitig mit la Finnucane auf dem anderen Kanal lief und nach einer Folge abgesetzt wurde, nachdem er seine beiden Rezepte aufgebraucht hatte (Aufschnitt auf einem Bett aus Haferschrot und *potage* Weißkohl). Jedenfalls wurde er ganz plötzlich irgendwie krank, am einen Tag noch das blühende Leben, am nächsten bereits ein Portier des Todes. Plötzliche Depression in Verbindung mit akuter Entzündung des langen Urinbeckens, höchstwahrscheinlich, laut seinem Arzt, Dr. Seoirse »Pea-

Die Dame mit den Beinen verließ das Lokal, indem sie genau diese Beine mit präzisem lokomotiven Effekt einsetzte.

Mick seufzte, zwischen Wellen von Nostalgie, Wollust und magensaurem Rückfluß zerrissen.

»Also, ich trinke Coca, weil meine Mutti Coca trinkt«, erklärte ein Backfisch dem Backfisch dahinter. »Sie sagt, da ist weniger Kohlensäure drin als in Pepsi.«

»Cool«, sagte ihre Freundin.

»Mein Gott«, sagte Mick.

Er stand auf und tupfte sich die Lippen. Sein Organismus reagierte auf die hastige Aufnahme von Wurstfett plus Pommes mit einer gasförmigen Detonation. Die Mädchen kicherten.

»Tschuldigung.«

Er sputete sich und war zehn Minuten später in den Jocelyn-Werken und hinter dem Steuer des ersten Asphodel-TTX-Produktionsmodells der Welt. Pats Bewley, der Testleiter, mit vor Ungeduld rotem Gesicht, hielt sein Klemmbrett umklammert und entließ einen schwachen Zischlaut durch seine unteren Mundwerkzeuge. Wie üblich, vermerkte Mick verbittert, trug er ein Hemd mit Kreuzschraffur und einen gänzlich fehlgebundenen kackbraunen Schlips, der nur bis zur Mitte des Brustkorbs reichte. Mick haßte Pats Bewley auf Grund allgemeiner Prinzipien, weil Bewley ein Trottel war, aber insbesondere, weil er bekennender Nicht-Trinker und ein Pfundskerl von einem frömmlerischen Kirchgänger/Bergsteiger/»Pionier«/Arschloch mit der vollen Ausstattung an männlicher Herablassung und nützlichen Anekdoten für die weniger Begünstigten, d.h. Trinker, Raucher, Freidenker und das gesamte einfache irische Volk war.

»Ah, da sind Sie ja, McCreek«, sagte Bewley. »Zehn Minuten

chy« Ó Buitlear, demzufolge auch Tadgh von seinem Krankenhausbett aus in unerwartet lautem und klarem Bariton mit der Aussage zu hören war: »Stout wird bei McTowel's nicht gezapft, es wird den großartigen Titten von Mutter Irland persönlich entmolken«, wor-

später, und ich hätte Driscoll die Fahrt gegeben. Immer wieder fast zu spät, stimmt's?«

»Lecken Sie mich am Arsch.«

»Genau das meine ich. Diese Einstellung. Keine nennenswerten Manieren, und was haben Sie da auf dem Schlips? Also das Auto. Geben Sie ordentlich Stoff, aber passen Sie auf die Bremsen auf. Neue Antiblockiersysteme sind immer Burschen, mit denen man gar nicht vorsichtig genug sein kann, brauch ich Ihnen ja nicht zu sagen. Und passen Sie in der Kurve auf die Neigung auf.«

Pats trat beiseite und zeichnete ein selbstgefälliges Häkchen auf die Checkliste seines Klemmbretts; Testfahrer McCreek am Steuer; sämtliche drei Liter und sechzehn Ventile des Asphodel TTX bereit loszudröhnen; neun Meilen auf dem Wecker. Der Asphodel war der erste einer projektierten Generation von Jocelyns, welche die Elemente des Jeeps, der löwenfüßigen Badewanne und des Familienkombis vereinte, was alles von einem einzigartigen siebenzylindrigen Motor angetrieben wurde, der exklusiv von der Firma Jocelyn Automobile entwickelt worden war. Auf der einer umgedrehten Badewanne nachempfundenen Motorhaube ragte eine erhaben gearbeitete Luftzufuhr wie der Eingang zu einer Höhle, und das Dach trug eine knotig stählerne Krone aus gleißenden Aluminiumrohren. Dicke mannhafte oder frauhafte Reifen und glänzende Räder aus Legierung duckten sich unter kühn ausgestellten Kotflügeln und ließen ahnen, daß man es hier mit einem Gefährt zu tun hatte, das keine Mätzchen schätzte, das für hohe Geschwindigkeiten und tiefe Furchen im Schotter entworfen war.[12)] Außerdem gab es Chrom im Überfluß, nicht zuletzt im Wageninnern, wo Mick jetzt schon Kopfschmerzen vom Gefunkel hatte.

aufhin er sich aufsetzte, mit schreckgeweiteten Augen vor sich hin starrte, dann hintüberkippte – tot.

12) Gähn verdammtnochmal gähn. Hört das denn nie auf? Wenn ich diesen Quatsch über Automobile lesen wollte, wäre ich vor die

»Zu viel Scheiß-Chrom hier drin, Pats«, sagte er. »Ich kann ja gar nichts sehen.«

»Nun fahren Sie schon los, McCreek«, schnappte Pats. »Dann setzen Sie eben Ihre Sonnenbrille auf. Und Vorsicht mit den Bremsen.«

Indem er ein Profil hochmütiger Gleichgültigkeit gegenüber Bewleys Genörgel zur Schau stellte, fuhr Mick los und chauffierte eine Zeitlang stilvoll herum, wobei er sich ein ausschließlich aus Mädchen bestehendes Publikum vorstellte. Dochdoch, einen weniger Anspruchsvollen mochte der Motor ganz glücklich machen, fand er. Genau das Richtige für die Philister, welche die Computer-Shops und Naturwissenschaftlichen Fakultäten dieser Welt verschandelten, ungekämmte T-Shirt-Träger, fernseh- und videobesessene Schwachköpfe mit ihren Baseballmützen und Dirtbikes und Bungeejumps, die elendiglichen kleinen unverständigen Fachidioten ... In Wahrheit träumte Mick, der ein Autonarr war, nichtsdestotrotz durchaus nicht von Asphodelen, geschweige von sonst einem Jocelyn. Sein Auto war ein Benz, vorzugsweise schwarz, silberverschalt, mit verchromtem Doppelauspuff und einer

Tür gegangen und hätte mir *Motorself* oder die *Speedstick Review* oder die *GT Slushbox* oder sonst eins von diesen Autoblättern gekauft, die von halbwüchsigen Jungs mit Wichsproblemen und schlechter Haut für halbwüchsige Jungs mit Wichsproblemen und schlechter Haut geschrieben werden. Genug ist ausreichend, mein lieber Herr Mister. Sowieso immer diese Scheiß-Autos, oder? Gut, wenn man von A nach B will, aber da fangen die Probleme meistens auch schon an, stimmt's, kurz vor B in einer kalten Regennacht, und Ihr sehr Ergebener hockt auf seinen Hinterbacken und kämpft mit dem verdammten Wagenheber –, zwei schwarzverschmierte Räder, ein Montiereisen und ein Reifen, so platt wie der Brustkorb meiner Tante Clarissa, gar nicht zu erwähnen. Autos, was? Ich hatte mal eins ..., aber bleiben Sie mal ganz kurz dran. Wenn Sie, den Verdacht habe ich sowieso, Kantianer sind, werden Sie jetzt maulen, weil ich Autos als »Dinge an sich selber« nicht von meiner Erfahrung mit Autos, d.h. »Dingen, wie sie sich uns darstellen«, trenne, oder, anders ausge-

dieser geschmeidigen deutschen knüppellosen Gangschaltungen.

»Ah, das wäre es doch, das hätte es doch.«

Mick pfiff in atonalem Kontrapunkt zur Ouvertüre von G. Rossinis *l'Italiana in Algeri*, die ausgelassen bei den Frühstücksklassikern auf UKW 105.5 [13] tobte. Der Verkehr war zu dieser Tageszeit in den meisten Teilen der Stadt nur leicht und auf der MacLiammoir Ring Road fast nicht-existent, von wo man einen grandiosen Blick aufs Meer hatte. Eine rote Ampel blieb hartnäckig rot, und Mick starrte den Blick an, so ziemlich das Beste am Leben in diesem Scheißnest (Mailand war es schon mal nicht, da kannste deinen Sack drauf wetten). Womit er sonst auch gerade besorgt sein mochte –, dem Blick von der MacLiammoir Road schenkte er immer sein bewunderndes Augenmerk, besonders wenn sich an extraklaren Tagen die Gelegenheit bot, Wales am fernen Horizont von Wahrheit und Wahn zu erspähen, wie Avalon, oder Hybrassil –; und wie er so schaute, schälte sich eine Dunstschicht ab und *pronto!* Dort blies es, eine dünne Kruste auf der weit entfernten Linie des Meers. Es war ein inspirierender Anblick:

drückt, es unterlasse, das Noumenon säuberlich vom Phainomenon zu unterscheiden. Ich solle lieber Raum und Zeit (wie Sie zweifellos fortfahren werden) als Formen unserer Wahrnehmung begreifen, der Welt des Noumenon als Bedingung unseres sie Erfahrens aufgezwungen. Meinetwegen. Aber es war trotzdem die Hölle mit dem Ersatzreifen am Stadtrand von B, in dieser verregneten Silvesternacht vor langer Zeit. Das war für mich Noumenon genug, kann ich Ihnen sagen. Jetzt aber Schluß mit Kant.

13) Einer meiner Neffen (der kleine Colm, der Sohn von Bertie) hat da mal gearbeitet. Scheints laufen die da die meiste Zeit total splitterfaser herum, und Vögeln ist gar kein Ausdruck, Tag und Nacht kleben die da aufeinander, echt wahr. Das erklärt auch die Langwierigkeit der Kompositionen, die dort zu Gehör gebracht werden, Opern und Oratorien und was nicht alles: wenn man die Platten manuell wechselt, geht das alles von der kostbaren Vögelzeit ab, ey.

Cymru! Die Phantasie mochte, wenn sie entsprechend angewiesen wurde, sogar den fernen Klang geballter Baritone beisteuern, die in den melancholischen Tälern von Süd-Rhondda und Gwynedd aus voller Kehle *Men of Harlech* zum besten gaben …; ach und ach, grübelte Mick, nicht zum ersten Male. Über dieses Meer also schiffte Tristan ins Cornwall seiner Isolde und schlug sich mit dem tapfern König Marke; in Gegenrichtung übers nämliche Meer kam der blutige Cromwell, im Kielwasser der noch blutigeren Wikinger; über dies Meer auch kamen die Normannen und eroberten; an einem lang schon vergangenen Tag waren die Ur-Kelten von gottweißwoher am Gestade dieses Meers angekommen, um die kleinen, dunklen Eingeborenen aus der Behaglichkeit ihrer Sümpfe zu vertreiben; und über genau dieses Meer war die frühere Mrs. Eileen McCreek, des Starrsinns und angeborenen Mangels an Ehrgeiz seitens ihres quondam Männe überdrüssig, in der Tradition des modernen irischen Exils, von Dun Laoghaire aus, abgereist, weg von ihrem grünen Land, einer grüneren Liebe entgegen, nach Edinburgh, der Stadt Boswells und Burns' und des Whiskybrenners oder Biervertreters oder wessen zum Teufel er auch war, der sie dazu versucht hatte, so viel so bald zu opfern …

»Ach, du Arsch.«

(Es *war* eine Erleichterung, ihr Gequatsche nicht mehr zu hören, aber. Wo wir gerade von Genörgel reden.)

Die Sonne schien, wie bereits notiert, volle Kraft. Die flüssige Silbersee und das Chromzubehör bildeten einen Zusammenfluß von Glanz, der Mick, Sonnenbrille oder nicht, ziemlich geblendet hatte, als die Hupen hinter ihm anfingen zu tröten wie hungrige Gänse. In seinem Rückspiegel knurrte lautlos ein seltsam verzerrtes Gesicht hinter dem Steuer eines, wie es schien, Fiats der 1970er-Ära.

»Ist ja schon gut, ist ja schon gut. Himmel nochmal.«

Da er vor sich wenig außer einer Herde rötlich-blauer Flugmäuse sah, überließ Mick sich dem Fahrerinstinkt und koordinierte Kupplung, Gangschaltung und Gas nach dem Standardaufbruchmodus, woraufhin der Prozeß des Anfahrens normal, wenn auch leicht ruckartig, erfolgte (er merkte sich: zu lange Wege im Getriebe) und insgesamt anderthalb Sekunden dauerte –: das Interludium zwischen Normalität und Katastrophe, wie die letzte halbe Prä-Eisberg-Stunde auf der Passage der Titanic oder John Kennedys letztes Winken auf der Dealey Plaza oder die letzten stillen Momente der Explosion von TWA-Flug 800 –, als das Schicksal in Micks Leben getrampelt kam, verkleidet a) als träge Bremsen, per Warnung von Pats Bewley; b) als Francis Feeley, Tresenhilfe-Anlernling in Mad Molloy's Bar, gerade zu einem hirnrissigen Sprint auf den letzten Drücker bereits bei Fußgänger-Rot über die Fahrbahn angesetzt habend; und als c) das Sonnenlicht, vom Meer, vom Armaturenbrett und diversem Chromzeugs direkt in Micks Augen abprallend.

Ein Knirschen gab's und einen Schrei, gleichzeitig ein reflexartiges Steigen in die Bremse. Vorn kam es zu einem leichten Ruck, hinten zu einem Knall. Ein Mann war zu Boden gegangen, und auf Micks Heck war aufgefahren worden.

»Ignorante ausländische Schweinehunde und Schneckenfresser«, kreischte der Fahrer des bejahrten Fetzenkabrios hinten, ein geschlechtsloser junger Mann mit großen Händen und nervösen Augen und, wie es Mick verschwommen vorkam, Rouge, schwerem Lippenstift und Lidschatten. »Mit dem Brecheisen würde ich es euch französischen Scheißkerlen besorgen, wenn ich eins hätte, aber hallo. Geh zurück nach Cannes, du Knoblauchfresser. *Allez-vous en,* Monsieur le Schwuchtel français.«

»Scheiße«, sagte Mick.

Einleitende Untersuchungen ergaben Lebenszeichen hinter den geschlossenen Lidern der hingestreckten Gestalt auf der Straße. Ein Polizist erschien, dem bald ein Krankenwagen folgte.

»Sie werden unter Anklage gestellt, Sie«, sagte der Polizist, der mit dem Verletzten bekannt zu sein schien. »Mutter Gottes, es ist Frank. Frankie, Junge, sprich mit mir. Jawohl. Unter Anklage gestellt, genau das werden Sie. Also jetzt nicht einfach weggehen. Sie bleiben schön hier, ja, Mr. wie?«

»McCreek.«

»Creek. Ein schwerer Fall, das sieht man gleich. Würde mich nicht überraschen, wenn der arme kleine Frankie tot wäre, Gott segne und errette uns.«

»Er ist aber nicht tot. Sehen Sie, er setzt sich schon auf.«

»Demnach sind Sie der, der mich umgemangelt hat? Sie Schweinehund, fast hätten Sie mich verdammt abgemurkst, ist Ihnen das klar?«

»Der Mann kränkelt doch noch nicht mal, wenn man bedenkt, wie kraftvoll seine Ausdrucksweise ist.«

»Kraftvoll am Arsch. Sie sind ein richtiges Schwein sind Sie. Ich kann die Beine nicht bewegen. Hören Sie mal zu Sie. Wenn ich gelähmt bleibe, verklage ich Sie auf jeden Penny, den Sie besitzen. Ach, hallo da. Bist du es selbst, Petey?«

»Leg dich wieder zurück, Frank. Wir werden dafür sorgen, daß dieser Bursche mit der größtmöglichen Härte des Gesetzes unter Anklage gestellt wird.«

»Hören Sie, Herr Wachtmeister, Ihr Kumpel ist mir direkt vors Auto gesprungen, als er bereits Rot hatte. Und ich konnte sowieso nichts sehen, weil mir die Sonne in die Augen geschienen hat.«

»Das genügt jetzt aus Ihrer Ecke. Und er ist auch nicht mein Kumpel, also sparen Sie sich diese Anklagen. Er ist mein Schwager, Mr. Greek.«

»Mc*Creek*. Jesus, Maria und Josef.«

Mick fand sich kurz in einer Welt kafkaësker Zusammenhanglosigkeit, in der er ohne klaren Grund zum Sündenbock des Volkszorns geworden war.

»Zurück nach Paris mit Ihnen«, kreischte der Hintenauffah-

14) Der verdammte Heuchler. Wußten Sie, daß er fünf Jahre mit einem Mädel namens Felice Bauer gegangen ist und erst ganz am Schluß den Mumm aufgebracht hat, ihr zu sagen, daß sie schlechte Zähne hat? Die ganze Zeit hatte sie seinen starren Blick und sein lan-

rer, der inzwischen aus- und ins volle Sonnenlicht gestiegen war, welches eindeutig das Make-up beleuchtete, mit dem seine Züge belegt waren: üppig blutroter Lippenstift; schwarzer Eyeliner; mehr als nur der Hauch eines Errötens auf den Wangenknochen … In einer weiteren Mikroszene, bei der der Geist des Franz K.[14]) als Inspizient fungiert hatte, schien das außer Mick niemand zu bemerken.

»Allein schon die Musik, die er da anhat«, empörte sich der Geschminkte. »Ich erkenne die Sorte jederzeit, das kann ich Ihnen sagen.«

»Nun beruhigen Sie sich erstmal«, sagte der Polizist. »Wir würden Sie gern bitten, mitzukommen und ebenfalls eine Aussage zu machen. Und seien Sie unbesorgt, dieser Mann ist auf meiner Liste.«

»Welcher Liste?« plärrte Mick. »Man hat mir den Prozeß gemacht und mich verurteilt, bevor ich auch nur Gelegenheit hatte, mich zu verteidigen. Und was nun das betrifft, so möchte ich …«

»Wie war das? Ich stehe nicht an, ein wenig physischen Zwang auszuüben, daß Sie das nur wissen, besonders gegenüber aufsässigen kleinen *spalpeens* wie Ihnen.«

»Wenn Sie mich auch nur mit einem einzigen Finger berühren, schnapp ich mir Ihre beschissene Dienstmarke.«

»Bitte Platz da.« Ein Sanitäter prüfte Micks Blutdruck und befahl ihn alarmiert ins Krankenhaus. Außerdem schlug er eine Röntgenaufnahme vor.

»Man kann nie wissen, Sir. Mit so einem Schütteltrauma ist nicht zu spaßen.«[15])

In Zusammenhang mit dem Vorfall wurde Mick der »rücksichtslosen Gefährdung des öffentlichen Wohlergehens vermittels einer Waffe von der genauen Größe und Gestalt eines

ges brütendes Schweigen als Zeichen für was ganz Profundes gedeutet, im Geiste, dachte sie, verfaßt er gelehrte Abhandlungen über die Liebe, dabei hat der alte Franz sich nur immer wieder gesagt: »Mannomann, was hat die Frau bloß für beschissene Zähne.«

Kraftfahrzeugs« geziehen. Ein Test mit dem Atemanalysegerät enthüllte totale Nüchternheit, und nach etwa einer Stunde wurde er unter Vorbehalt und mit der Auflage, die Grenzen der Grafschaft Killoyle nicht zu verlassen, auf freien Fuß gesetzt. Prompt erklärte er seine Absicht, rechtlichen Beistand in Anspruch zu nehmen und die juristische Verantwortung für die Verkehrsübertretung an die Herren Francis Feeley, frei flottierende Tresenkraft, und Cornelius Regan, hinten auffahrender (wie sich herausstellte) Küster, abzutreten.

Mick wiederholte diesen Plan gegenüber Pats Bewley, als Pats kam, um den beschädigten Shillelagh abzuschleppen, und Pats war seinerseits ganz offen.

»Tja, Mick, du bist gefeuert.«

»Nu mach mal halblang, Pats.«

»Hab oft genug halblang gemacht, Burschi. Und sieh dich doch an. Immer zu spät dran, oder doch fast. Beinah jedesmal frech, wenn du das Maul aufmachst. Und wenn du auf Arbeit auch noch söffest, wärest du der größte Krankfeierer der Welt, das spür ich in den Knochen. Irgendwas gibt es immer, was du als nächstes anstellst. Ich kann es nicht genau benennen, aber irgendwo da ist es. Du bist wie einer dieser Yanks, die ausflippen und dann mit einer Kanone an ihren alten Arbeitsplatz zurückkehren und alles abknallen. Und nur der liebe Herrgott weiß, wie oft du deine Testwagen schon fast ruiniert hast.«

»Schweinehund.«

»Ja, die Welt ist hart, Burschi.«

Micks Blutdruck war immer noch »ein bißchen sehr im Himmelhohen«, sagten sie ihm im Krankenhaus Mater Misericordiae, und obwohl eine vorläufige Untersuchung nichts ergab, solle er, sagten sie, sich einen Tag frei nehmen und zu Hause ausruhen.

15) Na, *ich* weiß nicht. Weil ich immer so schlecht vom Autofahren träume, kriege ich jede Nacht ein Schütteltrauma und trage bestimmt bleibende Schäden davon. Das einzige echte Problem war ein verrenktes Knie nach einer besonders qualvollen Nacht, als ich

»Das stellt absolut kein Problem dar. Dafür hat mein Arbeitgeber gesorgt.«

Darüber hinaus war sein Zuhause genau der Ort, nach dem er sich sehnte, jetzt, da die Welt ihn plötzlich so schlecht behandelte. Das Zuhause und die verschlossene Haustür waren die besten Wächter gegen die unendliche Unleidlichkeit der Dinge. Auch noch die Jalousien runter und ein frischgespültes Glas und wohltuendes Gemurmel von Fran Leeson in der Glotze zu dieser Tageszeit: Talkzeit in *Talk Me Talk You* (RTÉ Kanal 4A). Das Thema war suffbedingte *sozial indizierte Dysfunktionalität*, kurz SID.

»Sozial in die was? Wer ist Sid?«

Mick schnallte erst, womit sie es hatten, als einer der weiblichen Gäste eine leere Flasche Jameson's hochhielt und ansagte, einst habe sie zwei davon pro Tag niedergemacht.

»Und hat Ihr Mann Argwohn geschöpft?«

»Argwohn?« Ein tabakheiseres Lachkeuchen wie die Luftdruckbremsen eines Kohlenlasters. »Der hat mich doch erst an das Mistzeug gebracht. Der Sauhund.«

Beruhigt kicherte Mick und wandte sich, um ein zusätzliches Glas flüssiger Tröstung einzuschenken, zufällig keinen Jameson's, sondern einen feinen milden Paddy, und mit ein paar Crackers, um da unten die Sachen zusammenzuhalten, beim Geier, das Zeug ging runter so sanft wie Buttermilch von der großen graubraunen Kuh von Connacht.

»Ach Gott«, flennte Mick. Sodann löste er sich in stotternde Hysterika auf. Irgendwie machte ihm der Widerschein auf dem Fernsehschirm, während eines einfarbig schwarzen Eau-de-Cologne-Werbespots kurz erspäht, seiner eigenen hemdlosen Gestalt, seines bleichen Gesichts und der allgemeinen Aura der Hinfälligkeit, jedoch präzis in der Pose (er er-

bei starkem Regen mit etwas durch die Arnage-Kurve in Le Mans fuhr, was ich für einen '67er Lotus Brabham gehalten hatte, was sich aber als '76er Reliant-Dreiradkleinlaster herausstellte. Jungs, was hab ich damals die Kontrolle über das Fahrzeug verloren.

kannte die Assoziation und deren Absurdität gleichzeitig) der Gertrude Stein auf Picassos kubistischem Porträt jenes mannhaften Mädels sitzend, auf leb- und bildhafte Weise die mannigfaltigen tatsächlichen und potentiellen Abscheulichkeiten seiner eigenen Lage und die beleidigenden Widersinnigkeiten des Lebens als solchem bewußt.

»Scheiße. Mistkerle. Du Scheißkerl, Pats Bewley.«[16)]

Er kippte sich einen weiteren Kurzen die Kehle hinunter und überließ sich ziellosen Verzweiflungsgedanken.

Gefeuert!

ARBEITSverdammtescheißeLOS!!

Auf Sozi!!!

Er würde enden wie sein Vater, ein jobloser Riskierer mit einem Fuß auf der Messingstange unten am Tresen und dem anderen im Grab, Schöpfer seiner eigenen Legende und zweier Märtyrer: seiner Frau, seines Sohns ..., und hier wandelte sich nun Micks Lebenslos ebenfalls zu einer ziemlichen Blamage, wie Eileen ihn wegen eines Jobs in Schottland hatte sausen lassen (und wegen des männlichschroffschottischen Aufsehers dieses Jobs, eines Sean verdammt Connery mit Schlips und Anzug, *och aye the noo*), und wie er selbst sowieso fast pleite war, da die Scheidungsfolgen am größeren Teil seiner kläglichen Ersparnisse egelten und der Rest von seiner eigenen mangelnden Neigung, etwas auf die hohe Kante zu legen, abgesaugt wurde, *carpe diem, fay ce que voudras*, ist das alte Auto nicht lange genug ohne schicke Räder aus Legierung gefahren, und so einen CD-Wechsler hätte ich auch immer schon gern mal gehabt, und bei Hanna's ist gerade eine Kavanagh-Erstausgabe reingekommen ..., und selbst ganz am Ende waren die weichen Ammenhände von Irlands Wohlfahrtsstaat, aus dessen Großzügigkeit gegenüber seinen Bürgern Mick McCreek

16) Das hat gesessen, Jungejunge. Ich war identisch in meiner Wortwahl, als mich die Geschäftsleitung, in Form einer hängeschultrigen Null namens Stiles, bei der Firma Pucker's Stahl-Schreib- und Zeichenfedern rausschmiß, wo ich drei Tage lang in der Annahme,

in der Vergangenheit oft genug Nutzen gezogen hatte, was ohne Zögern bald nach seinem Abschluß am Trinity College Dublin mit einem akademischen Grad in Klassischer Architektur (von Vitruvius bis Palladio [inklusive]) eingesetzt hatte, welcher sich – wie alle akademischen Grade außer in den Angewandten Naturwissenschaften – als recht nutzlos herausstellte, es sei denn, man wollte dem Kneipengewäsch einen Spritzer unechter Gelehrsamkeit beimengen. Er hatte jedenfalls und wie auch immer sein Geld von der Sozi plus einen Batzen, den er sich von zu Hause geliehen hatte, für eine Reise nach Italien verwendet, um Elide zu besuchen, ein Mädchen, kennengelernt worden auf den windigen Höhen von Howth Head, als sie beide *en route* zur Abbey Tavern waren, um sich samstagabendmäßig ordentlich zu amüsieren (Christy Moore, De Danaan); und als Mick seine Elide in ihrer edlen Heimatstadt Mailand besuchte und mit Heiratsabsichten umwarb, fuhr er auch nach Monza und sah Ferraris und Alfa Romeos und fuhr sogar einen Dino (ihren) mit hoher Geschwindigkeit über die zypressengesäumten Landstraßen der Lombardei und der Emilia-Romagna von Mailands Piazza del Duomo direkt hinunter ins reiche, weinduftende Parma und Bologna; und das war's. Seitdem war er am Haken. Etwas vom selben ästhetisch-naturwissenschaftlichen Reiz, das ihn zu Gebäuden hingezogen hatte, begeisterte ihn nun an Autos, eine Vereinigung des Sagenhaften mit dem Alltäglichen, mit einer schweren Dosis Eitelkeit, erlesene Eleganz halt, ebenfalls eine italienische Spezialität. Wichtiger noch: er hatte die neo-agnostische, halbzynische Einstellung absorbiert, die Italiener nicht nur bei Autos, sondern überhaupt beim Leben an den Tag legen. Ein junger Ire wie Mick McCreek war in der Tat eine unbeschriebene Schiefertafel, damals in den frühen '70ern, als Irland

ich wäre Ernie Eames, angestellt war, welcher ich hingegen nie war, noch bin, wohingegen Ernie, wie durchsickerte, in die Gegend um die Insel Inishbofin gezogen war, um sich an der Reparatur und Instandhaltung von Fischernetzen zu versuchen.

selbst sich die Schlafgummierung aus den Augen rieb und die allgemeine Morgendämmerung zur Kenntnis nahm …, und dann witterte *il Capo*, Elides Vater, hinter seinem Rücken auch als *il Duce* bekannt, den Braten, was Micks Absichten vis-à-vis seiner Kleinen betraf, und gab eines Nachts stolz bei *tortellini in brodo* (mit einem adretten Lambrusco[17]) hinuntergespült) die Existenz von Commendatore Spadolini bekannt, eines ernannten und bestellten zukünftigen Schwiegersohns und damaligen Befehlshabers der *Squadra Volante*, woraufhin Mick in ziemlicher Bälde und einer Atmosphäre unerreichter Peinlichkeit und verschwitzter Handflächen (seiner eigenen) via Genf abreiste; in seinen Träumen jedoch besuchte er noch oft die herrliche Halbinsel, durchwanderte die geometrischen Schatten von de-Chirico-Piazzen und fuhr jenen roten Dino über die zypressengesäumten Landstraßen eines in der italienischen Schule gestalteten Himmelreichs südwärts.

Und am allerwichtigsten: er hatte bei dieser kleinen Spritztour seine Unschuld verloren (spät nachts; die Familien-*casa* in San Donato Milanese; ihr Zimmer, geschmückt mit den gleichen Postern, die auch die Schlafzimmerwände der Bungalows von Killoyle schmückten; Totenstille, wenn man vom Akt als solchem absieht, und das ferne Ab- und Anschwellen eines Fernseh-Konservengelächters in *il Duces* Salon), wodurch immerhin ein für allemal mit Micks engstirnigem irischen Argwohn, die Welt und all ihre Ausländer betreffend, Schluß war.[18])

Davon abgesehen, hatte er in der ganzen Sache, wie auch in seinem übrigen Leben, ziemliche Scheiße gebaut, zumindest schien es ihm so durch das Prisma seines Whiskeyglases.

17) Wann war das, 1973 oder so? Na, das ist doch, als wäre es gestern gewesen, stimmt's, Kumpel? Klar wie Kristall ist meine Erinnerung an jenen herausragenden Schellfisch mit Pommes, den ich gegen 22 Uhr am 15. Juni jenes Jahres zu mir genommen habe, und daran, wie ich ihn mit einer schönen Jahrgangs-Lucozade direkt aus der Pulle heruntergespült habe.

18) Nicht ganz zu Unrecht, kann ich Ihnen sagen. Ausländer sind

»Elide«, elidierte er elliptisch und recht bezecht –, dabei war es gerade mal fünfzehn Uhr, mein lieber Mann.

Ausländer, und weder Sie noch ich können viel dagegen machen. Einmal habe ich einen getroffen, der »Uu-uu« sagte und mich ständig anstarrte, als wäre ich so ein gottverdammtes Ausstellungsstück. Ich habe ihm gesagt, er soll sich verpissen, aber nein, wieder »Uu-uu« und dies unverwandte Anstarren, wie Schafe am Hang, dann »Uu-uu« und dazu Augen, groß wie Suppenteller. Schließlich mußte ich ganz raus aus dem Badehaus und mich draußen trockenrubbeln.

2

»Das genügt jetzt aber.«

Penny Burke war sehr erstaunt über die Derbheit und Fruchtbarkeit der Ausdrücke, die sich plötzlich hinter den alten Zeitungsregalen ergossen.

»Verpiß dich, du beschissener alter Eiweißfleck, sage ich. Und weißt du, was er sagt. Warte, bis ich's dir sage. Er sagt, du kannst mich einhundertsiebenundzwanzigmal am Arsch lekken, du bekackte alte Handbetriebsnudel. Sagt er so einfach zu mir. Na, du bist mir ja sowieso ein entzückender kleiner Arschficker, sage ich ...«

»Das genügt jetzt aber, habe ich gesagt. Sie befinden sich hier schließlich in einer Bibliothek.«

Ertappt lächelte der Schuldige spöttisch: ein Mann mit roter Nase, Doppelkinn und Aberdeen-Regenmantel, der einer drallen, doppelt so großen Frau vortrug, die ihm mit matter Geduld ein Ohr lieh, während sie müßig die neueste P.D. James[19)] durchblätterte; dann, als Penny erschien, ging sie fort, nicht ohne einen mißbilligenden Seitenblick.

19) P.D. James, was? Gott weiß, daß es den lieben langen Tag keinen Moment gibt, da ich nicht verstört herumfahre, weil ich glaube, gerade diesen Namen gehört zu haben, diese Initialen, diesen Diphthong... Letzten Montagmorgen zum Beispiel habe ich auf den alten Bus gewartet (den 12 A, Ecke Pembroke Road, brrrr, da weht es ja fast gar nicht, hatte sogar den Schal um, wegen der Wärme), als ich deutlich hörte, wie sich knapp achtern von meinem linken Ohr ein feuchtes Lippenpaar teilt, ein Atem bebend, leicht pfeifend geholt wird und eine schmirgelpapierrauhe Stimme verkündet oder fragt:

»Tut mir leid, Sir, aber Sie müssen die Bibliothek verlassen, wenn Sie sich weiter so aufführen«, sagte Penny zu dem Mann. Der Wicht bekam einen Hustenanfall, wandte sich dann unter Anwendung der irischen Zunge an sie, ohne zu wissen, daß er es mit einer Silbermedaillenträgerin des Gälischen aus der Grafschaft Mayo zu tun hatte.

»Imeacht gan teacht ort«, zischte er.

»Titim gan éiri ort«, erwiderte Penny scharf. »Seien Sie jetzt bitte still, Sir. Ich möchte diese Sprache in keiner Sprache mehr hören.«

Der Mann geduckt, gedemütigt.

»Dann laß ich's bleiben. Ich halte jetzt das Maul, Miss. Tut mir leid, Miss.«

»Schon gut.«

Kriecherisch fischte er nach Segenssprüchen, um ihre Wertschätzung zu erringen.

»Bail ó Dhia ort ...«

»Bail ó Dhia is Mhuire duit«, erwiderte Penny.[20)]

Sie kehrte auf ihren Posten am Informationsschalter zurück. Die P.-D.-James-lesende Dame erwartete sie bereits, den Mund zu einem dünnen Halbmond der Rüge nach unten verzogen.

»P. D. James«, mit einer Flexion nach oben, als wäre es weniger verkündet als gefragt, praktisch qua: »P. D. JAMES?«, aber als Antwort auf keine von mir geäußerte Frage (wie, zum Beispiel: »Guten Morgen, sind Sie ein acionado oder eine aficionada der berühmten Kriminalautorin P. D. James?« oder »Huhu, wessen Krimis lesen Sie am liebsten?«). Da dreht man sich um, kann ich Ihnen sagen. Ich habe erst aufgehört zu rennen, als ich Harold's Cross erreicht hatte. Und als wäre das noch nicht genug, und das war es auch noch nicht, bin ich wie jede Woche zweimal einen Tag später bei Strangeway's in der Mall einkaufen gegangen, und ein verhutzelter alter Typ mit der roten Nase des wahren Flaschenmanns quatschte mich mit der unverschämten Frage an: »Oy! Sind Sie P. D. James?« Solche Sachen passieren immer dreimal, deshalb warte ich jetzt auf das nächste Mal, gehe wie auf Eiern, Ohrstöpsel unverrückbar an Ort und Stelle, einer links, einer rechts ...

»Ich möchte mit Ihrem Vorgesetzten sprechen.«

»Wie bitte?«

»Mit Ihrem Vorgesetzten, Kleines. Ich möchte mich über Ihr Betragen beschweren, weil Sie in dieser Form mit meinem Gatten gesprochen haben.«

»Ihrem Gatten? Davon hatte ich ja keine Ahnung. Außerdem hat er damit angefangen.« Hölle auch, was für ein Tag bisher, beklagte sich Penny bei sich selbst.

»Unsinn. Ich habe ganz deutlich gehört, wie Sie gesagt haben, er soll das Maul halten.«

»Aber ...«

Aber sie *hatte* es gesagt. Plötzlich tauchte der Mann selbst auf, wie ein Kobold in einer von James Stephens' windigen Elfensagen.

»Das ist sie«, sagte er, froh wie eine Schulhofpetze, kaum fähig, seine Wonne in den Griff zu kriegen. »Sie hat gesagt, ich soll's Maul halten.«

»Ja, ich weiß, daß sie das ist, lieber Victor«, sagte seine Frau. »Jetzt warten wir auf ihren Vorgesetzten.«

»Das wäre Mr. Finn.«

Finn saß an seinem Schreibtisch in seinem Büro und schaukelte langsam nach links und rechts.

20) Ein schönes Beispiel für Westküsten-Schmus der Sorte, wie sie mit großer Regelmäßigkeit in Vetter Monks Leben in Connemara vorkommt, besonders wenn der alte Monk vom Rad gefallen war und ein Sprecher des Irischen, im Idealfall Fr. Harney, S. J., zufällig vorbeikam; solche Konversationen, zunächst gereizt – Ansagen, wohin und auf welche Weise der Gesprächspartner Räumlichkeiten oder Gelände unverzüglich verlassen solle; Heraufbeschwörung der profunden und weitreichenden persönlichen Mängel des Gesprächspartners, anschaulich formuliert –, werden dann meist zu gegenseitigen Segenswünschen abgemildert, was in verschiedenen beruhigenden Graden der Verbindlichkeit geschieht, bis sie, mit etwa einer Meile Abstand zwischen beiden Beteiligten, wieder antagonistisch-kontrapunktisch geführt werden, wobei die fauligsten Verwünschungen sowie unnötige Vergleiche mit Elementen aus den Bereichen Exkremente, anomaler Koitus, niedere Primaten usw. Verwendung finden.

»Mr. Finn«, sagte Penny. »Diese Dame hat eine Beschwerde.«

Finn runzelte die Stirn. Er hatte ebenfalls Beschwerden, hauptsächlich im und um den Darmbereich zentriert, welche dazu neigten, sich noch zu verschlimmern, wenn er den Unvollkommenheiten Anderer ausgesetzt war.

»Ach, um des lieben Himmels willen«, protestierte er, nachdem er sich den Vorgang vollständig angehört hatte. »Da soll sich jemand bei jemand anderem entschuldigen und mich in Frieden lassen.«

»Na, das ist aber nicht die richtige Einstellung«, sagte die Dame. Ich muß darauf bestehen, mich mit Ihrem Vorgesetzten in Verbindung zu setzen, Mr. Finn.«

»Tja, da haben Sie eben Pech, Mrs. äh.«

»Hasdrubal-Scott. Mrs. Victor Hasdrubal-Scott.«

»Ganz recht. Sehen Sie, ich bin nämlich mein *eigener* Vorgesetzter. Und sehr bald werde ich in meinen Jahresurlaub aufbrechen, wissen Sie. Und dann bleibe ich vierzehn Tage lang weg. Stimmt's, Miss Burke.«

»Stimmt«, sagte Penny. »Bilbao, glaube ich. Waren Sie nicht letztes Jahr auch schon da?«

»Tja … Ich …«

»Keine Sorge, Mr. Finn, bei uns ist Ihr Geheimnis gut aufgehoben, da bin ich ganz sicher.«

»Es ist kein Geheimnis, Miss Burke. Ich habe mich blendend amüsiert. Waren Sie schon mal im Baskenland, gnä Frau? Ach, ganz entzückend. Das Guggenheim, wissen Sie, in Bilbao, weltweit eins der großartigsten … Nicht, daß ich ein großer Museumsgänger wäre, ich glaube, ich war noch nie in einem drin, außer vielleicht im Westirischen Sport- und Freizeitwagenmuseum in Clifden … Ach ja, wunderschön, schlicht und einfach wunderschön. Geht doch nichts über so eine kleine Spritztour über die Hügel, was? Ich bin natürlich kein großer Autofahrer, und Hügel machen mich schwindlig, aber sie sollen sehr schön sein, habe ich gehört … Auch ganz hervorragend zum Angeln, wenn man sich aus sowas was macht, ich persönlich ja nicht, war selbst nie ein großer Fischesser. Aber die Weine ... Ach, du liebe Güte. Nicht, daß ich überhaupt Wein tränke.« Er rieb sich den Bauch, zuckte wie vor Schmerz zusammen.

»Spanien, sagen Sie?«

Dies seismische Stückchen Info brachte die Hasdrubal-Scotts so auf, daß sie sich zu Drohungen mit unmittelbar bevorstehenden Zivilklagen verstiegen, die üble Nachrede, Verleumdung und/oder was nicht alles betrafen, wobei sie allerdings durch die farbenfrohen Metaphern, zu denen Mr. Hasdrubal-Scott (oder einfach Mr. Scott, wie sich herausstellte, da der Hasdrubal qua Geburtsrecht und mögliche hiberno-maghrebinische Abstammung der Friedrich-Wilhelm seiner Frau war) griff, indem er sich zu einer weiteren Reise ins Reich des Profanen und Kränkenden einschiffte, leicht an Boden unter den Füßen verloren.

»Scheiß doch auf dieses versiffteste Scheißhaus von einer Öffentlichen Bücherei, das ich je gesehen habe. Und auf Sie ebenfalls, Whinn oder wie? Oller Klötenkleber.«

»Vorsichtig, das sind Kraftausdrücke«, sagte Penny, der dies Spaß zu machen begann; was sonst erwartete sie schließlich, außer dem, was noch vom Tage übrig blieb? Und war das nicht ein garantierter siebenstündiger *ennui de luxe*?

»Das reicht jetzt aber wirklich«, sagte Mr. Finn. »Im Gegensatz zu Ihnen allen habe ich nämlich zu arbeiten.«

Unwirsch erhob er sich, und indem er die leicht gebückte Haltung des chronisch an Hämorrhoiden Leidenden einnahm, geleitete er die unwillkommenen Besucher zu seiner Bürotür, von wo aus er in gerader Linie jederzeit zum Waschraum schlurfen konnte, um dort – mit einem streichholzschachtelgroßen Handy, auf das er unmäßig stolz war – heimlich das Wettbüro, die Zeitansage, den 24-Stunden-Wetterbericht und andere, weniger alltägliche – und vielleicht heißere[21)] Hotlines anzurufen und auch seine Leiden einen, zwei kurze Au-

21) Aha! Wieder wirft was seine Schatten voraus. Lesen Sie einfach weiter, wenn Sie's aushalten.

genblicke lang zu lindern; und, am Ende besagten traurigen Tages, mit dem träumerischen Zwielicht, das leise auf die Parkplätze von Killoyle herabdämmerte, und mit einer weiteren neunstündigen Blockade unterm Gürtel (neun Stunden, die hauptsächlich mit Katalogisieren und Akquirieren verbracht worden waren, wenn er nicht Gratis-Seminare für Leute wie die kleine, vorwiegend indo-pakistanische Immigrantenbevölkerung veranstaltete oder auf den Hügeln »Training-Sessions« für Arbeitslose vorsaß, komplett, bitteschön, mit heißen *scones* und dick guter Butter drauf, freundlicherweise zur Verfügung gestellt von Mrs. Finn), war er es gewohnt, unbeobachtet über eine Bahn von 45° WNW zum Parkplatz unter den Platanen zu schreiten, der für den friedvollen metallic-grauen Rover 175 LS mit manumatischem Fünfganggetriebe reserviert war, sein einziges Mittel, um in zeitig angemessener Weise zu den gepflegten, wohlgestutzten Gärten der Anchorite Avenue Nr. 115 A zurückzukehren, nur ein kurzes Stück weiter als die entweihte Kirche, die einst als St. Oinsias bekannt war und jetzt Laddi's Disco genannt wird.

»Guten Tag noch, Mrs. Hannibal Smith«, sagte Finn mit fester Stimme. »Ihnen ebenfalls, Sir. Der Hauptausgang ist dort entlang. Bitte zögern Sie nicht, ihn zu benutzen.«

»Hasdrubal-Scott. Winn, stimmt's? Ich werde noch heute nachmittag Briefe aufsetzen, Winn, denken Sie an meine Worte.«

Penny war ebenfalls *en route* zur Tür, als:

»Sie nicht, Miss Burke. Sie bleiben hier.«

»Nein.«

»Wie bitte?«

»Ich bin doch kein Scheiß-Köter.«

»*Wie* bitte?«

»Tut mir leid.«

Ihre Position, fürchtete sie (da sie von Natur und Haus aus

22) Oder: »Na, wie geht's?« oder »Haben Sie die Memoiren von Cliff Richard?« oder »Gippas auch Bücher über alte ›Triumph‹-Mo-

Pessimistin war), schwebte in Gefahr, wenn man ihre allgemeine Einstellung bedachte, gewisse Vorfälle in jüngster Zeit und dies und jenes …?

»Braucht es nicht«, sagte Mr. Finn. »Ich schätze Ihre Beiträge sehr, Miss Burke. Blutiger Jesus, was für ein Paar, hm? Direkt aus Albtraumland. Brrrr.« Ihn schauderte pantomimisch. »Ja. Ach so. Eigentlich wollte ich Sie nämlich bitten, daß Sie mir morgen nachmittag dies unsägliche Arbeitslosen-Seminar abnehmen. Ich hab erst mal genug von diesen Burschen, das können Sie mir glauben. Und ich werde weg sein, bei, äh, einem Seminar.«

»'s wird mir ein Vergnügen sein, mein Lehnsherr.«

Finns Augenbrauen hoben sich und flatterten, er war, wie immer, leicht beunruhigt von Miss Burkes ironischer Munterkeit, die, argwöhnte er, eine schmerzende Unschuld verbarg, welche um Aufmerksamkeit, Respekt, nein, Liebe bettelte …, aber das war nun ihre Angelegenheit, nicht seine. Und dafür dankte er Gott.

Penny Burke ihrerseits kehrte mit einem Gefühl milden Entzückens angesichts der Aussicht auf einen kleinen Ausschlag ihrer flachen Lebenskurve zurück zu ihrem Informationsschalter –, milde auch irritiert über sich, weil ihr etwas ein – wie milde auch immer ausgefallenes – Vergnügen bereiten konnte, was nicht mindestens ein großer Abschied, ein Auftritt in der Late Late Show oder die Ankündigung ihrer bevorstehenden Verehelichung war …, aber mit Sicherheit war alles besser, als herumzusitzen und den ganzen Tag Fragen zu beantworten wie (zum Beispiel): »Haben Sie einen Dick, Dick, Dickens?« oder »Wissen Sie zufällig, ob Seetang plus Eisen der passende Kraftdünger für die Weiße Windrad-Zinnie ist?« oder »Ich will alles über die Bereifung für einen '94er Bedford-Möbelwagen wissen.«[22)] Und auf jeden Fall waren manchmal tatsächlich anständige Menschen in diesen Arbeitslosen-Se-

torräder un heddn Sie die wo?« oder »Hier tut es weh, nein, genau hier, wenn ich huste.« oder »Wann fährt der nächste Bus nach En-

minaren, nicht nur absolute Penner und Sozi-Süchtige und zwanghafte Urinierer, sondern anständige, hart arbeitende Jungs (sie dachte hauptsächlich an die Männer, von denen sie einige physisch nicht abstießen), die ein wenig auf dem gewundenen Lebensweg gestrauchelt waren, oder, und sie war, was solches Mißgeschick betraf, keine, die sich darüber abfällig äußerte, aber auch nicht annähernd, nicht nach dem vielen Auf und Ab ihrer ersten Jahre nach dem College, als mädchenhafte Galway-Absolventin in die Strudel und Wirbel von Irlands drei Hauptstädten (Dublin, London, New York) geschleudert, bevor sie, wieder in Irland, der Liebe südostwärts mit der Küstenbahn folgte, bei der sie als Kartenknipserin angestellt war (infolge eines drolligen Mißverständnisses, was seinen Beruf betraf; sie, ganz die Musikliebhaberin – hauptsächlich Folk, aber gelegentlich auch Klassik –, hörte das Wort »conductor« und stellte sich Rattle, Toscanini, Karajan & Co. vor, während er nichts Großartigeres vorgehabt hatte als »Noch jemand zugestiegen?«, und woher hätte er wissen sollen, daß sie die Art Musik mochte?), und nun, da diese Liebe herumstreunte (Iarnród Éireann winkte), war sie am Info-Schalter der Öffentlichen Bücherhalle Nord-Killoyle gelandet, und ein

niskerry?« oder »Haben Sie *Die Domina auf Schloß Langerhans* von Megan Truex?« oder »Ist hier heute das Treffen des Wolseley-Fanklubs Südostirland?« oder »Also, diesen Hermann Göring finde ich gar nicht schlecht, oder?« ... Ich hatte den Job auch schon mal, in England, oder war das in Wales (beides, teilweise: Wrexham). Ich könnte stundenlang fortfahren, und das werde ich auch. Einmal hat sich ein junger Rabauke auf mich gestürzt, als ich auf ein Zigarettchen vor die Tür wollte, und gedroht, mich als Geisel zu nehmen, wenn ich ihn nicht auf's Klo begleite, wo ihn, wie er sagte, bereits weitere junge Rabauken erwarteten, voller Absichten vis-à-vis ihm gegenüber; na, ich tat natürlich prompt, wie mir geheißen, und wurde zum Dank ordentlich verdroschen. Ein andermal kam eine Dame im Regenmantel, stellte sich vor mir auf und fauchte, dann riß sie sich ohne weiteres Trara den Regenmantel auf und enthüllte ... nichts, bzw. ein völlig normales Bluse-und-Kleid-Ensemble. »Du

schöner Job war's obendrein, beständig und anständig bezahlt, trotzdem verzehrte verzweifelt sie sich danach, den Text auf's Papier und den Fuß auf's Pedal zu kriegen, gleichzeitig, mit dem Zwillingsziel, ein Manuskript zu einem Verleger und sich nach Amerika oder an Europas rieselnde Ränder (z. B. Barcelona, Berlin, Korfu) zu schaffen ..., nicht, daß sich *dieser* spezielle Ehrgeiz heute morgen schrecklich frisch oder beflügelnd angefühlt hätte, hatte der Morgen doch um sieben mit einer Eilzustellung von der Firma Handyman House (Publishers) Ltd., The Vines, Turbot Lane, Upper Mandrake, Surrey SU4 1BJ, England, begonnen, welche ihre sieben ein- und zurückgesandten Geschichten enthielt.

»Da steckt wenig drin, was diesen oder jeden anderen Leser interessieren könnte«, rümpfte der Zurückweiser, ein anonymes Lektoratsmädchen für alles. »Ich rate zum Papierkorb oder zu den Nähten Ihres Schlüpfers.«

»Ooooh«, stöhnte Penny, die tiefinnerst den Verdacht hatte, daß die sieben Geschichten der allerletzte Scheißdreck waren, und daß sich günstigstenfalls über sie sagen ließ, daß die Rechtschreibung stimmte und daß die Autorin Elizabeth Bowen[23)] gelesen hatte. Immerhin waren sie besser als nichts, ein

vergaßest, dich zu entkleiden, Shirley«, knurrte ich, und die dämliche Kuh hoppelte murrend davon. Dann, wieder ein andermal, habe ich die Augen gesehen, die mich vom »Gartenbau«-Regal herab anstarrten, böse, glänzende, winzige Äuglein waren das, und eine Zeitlang folgten sie jeder meiner Bewegungen, lüsterne kleine Knopfaugen, die gemeine Blicke abschossen und fettig hin und her glitten, ich wurde immer kribbeliger, aber ja, aber, durch die Anwesenheit eines Polizisten (Garda Duffy, in der Ecke, vertieft in *Musclesleuth Monthly*, das Fachblatt für den muskulösen Greifer) ermutigt, näherte ich mich den garstigen kleinen Lichtern mit kühn herausfordernder Ansprache, so etwa in der Art von »He du da, ja du«, mußte aber entdecken, daß es gar keine Augen waren, sondern zwei Stück Eruptivgestein im »Naturwissenschaft für Kinder«-Schaukasten.

Anfang auf dem endlosen steinigen Weg nach oben in die weinenden grauen Wolken literarischen Martyriums, und alles auf Papier Niedergeschriebene war ein Bruch mit dem Burke'schen Familienerbe analphabetischen Suffs, jener edlen alten Tradition, die sich bis zu den allerersten stammelnden Barden und whiskeypichelnden Prassern des ruhmreichen Westens zurückverfolgen ließ … »Burke« war natürlich ein normannischer, d.h. französischer Name (de Bourgh) von vor langer Zeit, von vor so langer Zeit, daß es kaum noch zählte, so unerträglich durch und durch irisch war die ganze Bande geworden, durch die Jahrhunderte hindurch zwischen dem Mittelalter und jetzt. Pennys Burkes kamen aus Ballycoughley, an der Straße zu den Zwölf Nadeln, nahe dem Burren, erstklassiges Gelände für Vogelkundler (Turmfalke, Brachvogel, Rohrdommel), Trinker (sieben Kneipen, alle an der Hauptstraße namens Main Street) und schlichte alte Einsamkeit (Einw. [1990] 987, Tendenz sinkend). Pennys Da, Big Matty, gelernter Bodenspekulant, hatte, im Verlauf eines langen, ereignisarmen und fast völlig nutzlosen Lebens (wenn man von der Zeugung Pennys und ihrer Brüder Phil und Finnbarr absieht –, obwohl der Nutzen, den es bringen soll, zwei solche Bagaluten in die Welt zu setzen, Anlaß zu Disputen bot) manche stumpfe Stunde damit verbracht, aus der Position Dritter-von-links am Tresen von O'Hare's Bar in die inspizierende Bauchlage auf den erlesenen Fußbodenfliesen jenes Etablissements überzuwechseln, und dies manchmal täglich; klar wäre Pennys Da das

23) Bowen Schmowen. Pens Geschichten sind schöne Beispiele für anständiges Schriftstellerhandwerk, besonders die über den Kunstsammler, der aus Versehen auf eine Landstraße tritt, die sich auf einem seiner wertvollsten Besitztümer befindet, van der Lubbers' Landschaftsgemälde »Landschap buiten Joopdenuyldorp« (circa 1667), zügig das gesamte Gemälde von innen heraus umzuarrangieren beginnt und mit jeder Veränderung den Wert des Bildes um eine weitere Million in die Höhe treibt, und die ganze Kohle geht auch säuberlich direkt auf sein Sparkonto –, er kann aber nicht an sie ran, weil er nicht weiß, wie er aus dem Scheiß-Gemälde wieder raus-

durchgängigste und abgenutzteste aller irischen Klischees, Gott steh' uns bei, bis hin zur Tuchmütze aus Donegal, glänzendem Hosenboden und prächtig gedeihenden Grogblüten, wären nicht die freundliche und christliche Art des Mannes und seine tiefliegende Tierliebe gewesen, besonders die zum demütigen Esel oder burro, von welcher Spezies die Burkes zu jedem gegebenen Zeitpunkt mindestens drei besaßen (z. Zt. Astro, Bentley und Gandalf). Penny liebte die kleinen Scheißer ebenfalls, ob ihrer sanften unbezwingbaren Geduld und freundlichen Sturheit, und sie erinnerte sich an kaum etwas in ihrem Leben ohne eine warme Eselspräsenz.

So von den Eseln der Mnemosyne souffliert, sann sie an ihrem Schalter, entsann sich ihrer Heimat u. dergl. und wagte zu hoffen, wobei Erinnerungen an die Vergangenheit schneller zu Zukunftsplänen wurden, als man »Jack (oder ›Mary‹) Robinson« sagen konnte. Sie nutzte die momentane völlige Abwesenheit von irgendwelchen Fragestellern oder Informationssuchern, rollte die Augen gen Himmel, via die Aluminium-Querbalken und fluoreszierenden Leuchten der Bücherhallendecke (eine Fledermaus spähte zurück, verwirrt), stieß ein stummes Gebet aus und flehte Wen oder Was auch immer um wen oder was auch immer an ..., äh, nein, etwas spezifischer: um Veröffentlichung und um einen Typ, und zwar um keinen dieser sensiblen New-Age-Typen, sondern eher um so einen altmodischen irischen männlichen Artikel, natürlich nicht zu sehr, keine besoffene Tracht Prügel bei der Nacht, vielen herzlichen

kommt, weshalb er irgendwie hinter die Formel für wundersame Umwandlung steigen muß, wozu er wiederum in die Taverne und genug Bauersleut zum Leben erwecken muß, damit die ihm beim Verlassen des Bildes behilflich sind ... Na, Sie müssen die Geschichte schon selber lesen. Ach, stimmt, können Sie ja gar nicht. Auf Grund der Meinungen hochgeistiger Blödmänner wie des Vorhergegangenen wurde sie nicht veröffentlicht. Kommen Sie doch einfach mal auf einen Sprung vorbei, dann kramen wir Ihnen die Geschichte hervor, und Sie können sie bei einem Gläschen Glühwein (da ist Pen Fachmann drin, bzw. Fachfrau) und *tapas* lesen (*olé*).

Dank, sondern vielleicht mehr als nur ein Hauch tatsächlichen Lesen-und-Schreiben-Könnens sollte schon sein, aber ganz bestimmt nicht diese ultramodernen bisexualisierten Laschi-Exemplare, mit ihren endlosen Entschuldigungen und niedergeschlagenen Augen und programmierten Reaktionen auf Dritte Welt, Abtreibung, Popkultur und die Umwelt, ja heilandnochmal sollen sie doch gleich Nägel mit Köppen machen und sich der Reihe nach Brustimplantate verpassen lassen …

»Entschuldigung, haben Sie Bücher über die Gefahren, die von bestrahltem Joghurt ausgehen?«

Wenn man den Teufel nennt. Penny sah ihn böse an.

»Sehen Sie unter ›Umwelt‹ nach, drittes Regal von links.«

»Vielen Dank. Äh.«

»Ja?«

»Kennen wir uns nicht?«

Sie kannten sich tatsächlich, wurde Penny klar, als sie sich an den lahmen Händedruck erinnerte, den Pferdeschwanz. Der Treffpunkt ein Folk-Festival. Sie hoffte nur, sie hatten nicht …?

»Nein. Tut mir leid.«

Warum entschuldigte sie sich? Aber er ging sowieso nicht weg. Er stand da und starrte sie an, als wäre sie die gottverdammte Mona Lisa.[24)]

Sie ruckelte unbehaglich.

»Jetzt weiß ich wieder. Das Listowel Festival vor ein paar Jah-

24) Also, ein frisches Gesicht und saubere Haut hat sie, aber eine übertriebene Wuchtbrumme ist sie auf gar keinen Fall; freundlich ist das Antlitz, lädt aber vielleicht zu sehr zum Karikieren ein: Nase ein ganz kleines bißchen länger als Durchschnitt; eine starke, aber bei weitem nicht ausladende Kinnbacke; feine Haut jedoch, und aschblondes Haar, das sich über ihre schlanken Schultern fächert, diese wiederum auf einer Figur, nicht ganz *mollert*, aber mehr als schlank.

25) Na bitte. Derek, wie? Ich kannte mal einen Derek. (Nicht diesen Heini, aber. Keine Sorge. Kommt alles noch.) Eigentlich lüge ich gerade. In Wirklichkeit habe ich eine Zeitlang in einem Bungalow

ren. Peggy, stimmt's? Nein«, warf er einen Blick auf ihr Namensschild. »Penny. Tut mir leid. Ich bin Derek, weißt du noch?«

»Tut mir leid, Derek. Ich fürchte, Sie irren sich.«

»Derek Paterson. Das weißt du nicht mehr?«

»Keine Ahnung. Tut mir leid.«

»Na komm schon. Die Dogues haben gespielt. Und Pernambuco Ashley-Laura, der brasilianische Samba-Gitarrist?«

»Ach, du meine Güte.«

»Na gut. Hör zu«, sagte er und täuschte eine plötzliche Pause vor, wie von Inspiration, wobei sich seine Stimme hob, als hätte er gerade die originellste und fabelhafteste Idee und sei dabei, eine Erklärung im Stil von »Gib mir einen festen Punkt, und ich werde die Erde bewegen« abzugeben, stattwessen er quasselte:

»Nehmen wir doch einen Drink, wenn du mit der Arbeit fertig bist, damit ich deine Erinnerung auffrischen kann. Ich meine, falls es dir paßt?«

»Ich fürchte, nein. Sehen Sie«, log sie mit einer Flüssigkeit, die sie nur wenig störte, »etwa um die Zeit bin ich mit einem Fachmann für Kampfsportarten verabredet.«

»Aha. Na dann.«

Derek zog (*eingeschnappt* wäre jetzt schön gewesen, wenn sie die Szene geschrieben hätte) ab, wobei er einen verkleinerten, bockig wippenden Pferdeschwanz sichtbar werden ließ. Ganz schön empfindlich oder was. Dieser Derek oder wie.[25)]

gewohnt, der vom *Geist* eines Typen namens Derek bespukt wurde, Oberst Derek Godmanchester-Smith von der Leichten Londonderry-Infanterie, einstigem Regimentskoch und altindischem *wallah* (er rauchte immer noch diese *cheroots*, im Kamin fand ich dann morgens schemenhafte Kippen). Warten Sie, bis ich's Ihnen erzähle. Alles begann etwa einen Monat nach meinem Einzug, das war damals, als ich noch freier Mitarbeiter bei Waswaresnoch war, bzw. kurz vorher ... Na, wie auch immer. Da war ich also, und ich merkte ziemlich bald, daß da eine gehörige Portion Ektoplasma durch das Haus schwebte, mit der ganzen Grundausstattung an Stöhnen und Heulen und Kettenklirren und was nicht alles. Als ich, weil ich

Folk-Festivals, aber hallo. Synoden der Adoleszenz, und alle finster entschlossen, ordentlich abzuhängen (und endlich mal die Tüte rüberzugeben, Liebling)! Nein, heutzutage war das RTÉ-Symphonieorchester mehr nach ihrem Geschmack, oder hin und wieder ein Musical (Elvis Joseph, Anthony George Webster und die ganze Blase), dachte sie zumindest, wie ein Laster (oder eine Tugend), dem (der) man insgeheim nur frönt, so stark war der Druck, der von Freunden, Kumpels und anderen Gleichrangigen ausgeübt wurde. Sie fühlte, wie der Apostel Paulus (und, wenn man von den Leuten ausging, die sie kannte, sonst nicht viele andere), daß sie endlich in den Mannes- bzw. Frauenstand getreten war und hatte kindische Dinge wie Puppen und Malbücher und Stoßstangenaufkleber-Slogans wie »Atomkraft? Nein Danke!« abgelegt …, und doch

meine acht Stunden brauche, sagte, er soll scheißenocheins die Klappe halten, verlegte sich mein geisterhafter Mitbewohner darauf, mich zu schockieren, indem er Befehle bellte (»Vorwärts marsch!« »Scha-tillgeschannn!« »Das Ganzee halt!« »Feuer frei!« und so weiter), oben von der Treppe herunter und mitten in der Nacht; dann, als mir das so gestunken hat, daß ich drohte, seinen alten Oberfeldwebel zu holen, damit der ihn sich mal ordentlich zur Brust nimmt, ergriff er hinterhältigere Maßnahmen, um sich Anerkennung zu verschaffen, fesselte z. B. Besucher mit Handschellen ans Treppengeländer und trug mit einer geisterhaften Reitgerte flinke Ausfälle gegen ihren Rumpf vor. Das erregte ihn ohne Ende, man konnte hören, wie der alte Scharlatan schwer atmete –, aber immer nur, bis ich auftauchte, d. h., er hat sich nie ganz von seiner Angst vor mir erholt, seitdem ich ihm mit seinem alten Hauptfeld gedroht hatte. »Sir«, sagte er gern bebend, oder »Madam?« Dann versuchte er, meine Gunst zu gewinnen, indem er am Fußende meines Bettes saß und mir die Schlafenszeit mit dem eintönigen Vortrag von diesem und jenem vertrieb: seine amourösen Tändeleien mit nach Sex dürstenden Memsahibs im Sommerquartier auf irgendwelchen Hügeln; seine gewagte Idee für ein Musical über indische Börsenmakler; seine Lieblingsbücher (*Kim*; *Monty: Feldmarschall und Liebling der Etappe*; *W. G. Grace, Memoiren*; *Mrs. Ponywhites Fleckenentferner einst und jetzt*; und P. J. Rashnakrishnavorams *Mumbai-Tage, Mambo-Nächte*); wie er

war es auch schön gewesen, doch doch, und dieser Bursche Derek war ganz hübsch, auf seine Art, und gar nicht ungelegen käme ihr im Augenblick ein bißchen…

Sie sah, wie er vom anderen Ende des Raumes herüberplierte, das Joghurt-Buch in der Hand. Schuldgefühle pochten mit dem vorsichtigen, aber beharrlichen Finger des Bittstellers.

Gut, na schön, sie *war* ein bißchen abrupt gewesen, aber es schickte sich *jetzt* kaum noch, klagend hinter ihm her zu rufen, oder? Die Redensart »In der Not frißt der Teufel Fliegen« sprach sich leis in ihrem Kopfe aus, und ihr schauderte vor der Anmutung. Sie – der Teufel? Zum Teufel damit. Jetzt, immerdar und in alle bekackte Ewigkeit.

»Scheiß doch auf den Typ«, maulte sie und fuhr fort, indem

trotz Abitur Militärkarriere machte; einige seiner bekanntesten Rezepte (einschließlich seiner beiden persönlichen Favoriten: Burma-Polyp in eigener Tinte und Croûte Bengalen, was aus geriebenen Röstmandeln, gemischt mit Sharwood's Green Label Chutney, auf hausgemachte Käsecrackers gestrichen und etwa 10 Minuten in den Backofen geschoben, besteht) usw. Es ging ja auch soweit ganz in Ordnung, aber ich brauchte meinen Schlaf, und als er partout nicht abhauen wollte, habe ich Pater Doyle von St. Oinsias geholt, die es damals noch gab, um die Exorzismus-Riten durchzuführen. Der gute Padre hatte eine scheißende Angst und brauchte erst mal ein paar Krüge, bevor es losgehen konnte, aber sobald er die Stelle mit *In nomine Patris* erreicht hatte, donnerten schwere Schritte die Treppe herunter und zur Haustür hinaus, welche entschieden zugeknallt und somit den postumen Faxen des Obristen ein Ende bereitet wurde. Später habe ich ihn sogar ziemlich vermißt, und einige seiner Rezepte verwende ich immer noch (aber warum an dem exquisit subtilen Geschmack der Croûtes Bengalen herummurksen, indem man eine balsamische Essigtunke beimengt? Ähnlich tut auch sein übersüßer *jus* jenem ausnehmend zarten, gut abgehangenen Rehbraten an gestampften Kohlrüben und Spinat nicht unbedingt wohl), und immer wieder bilde ich mir ein, seine schroffen Töne am Telefon zu hören, aus großer Entfernung; aber hin ist hin, wie Mum zu sagen pflegte, und Wünschen allein bringt es auch nicht.

sie ihre Verwünschungen auf eine Basis gesunder empirischer Logik gründete. »Beschissener kleiner Folk-Gitarrist.«

(Sie konnte ihn ja immer noch später anrufen. Jetzt, wo sie seinen Namen hatte oder.)

»Entschuldigen Sie, könnten Sie mir helfen?« Wäßrige Augen, eine zittrige leberfleckige Hand. »Mir wurde zu verstehen gegeben, es sei soeben eine neue Biografie des Bergsteigers George Mallory erschienen ...?«

Na, diesem half sie jetzt aber gern; sie ging sogar so weit, den alten Knaben zu begleiten, besorgte Hand am Ellbogen, um Ungleichgewicht vorzubeugen, den ganzen Weg zu den »Biografien«-Regalen am anderen Ende der Bibliothek, und ihn auf die Möglichkeit hinzuweisen, sich doch auf einem gemütlichen alten Sessel direkt beim Fenster niederzulassen, wo man einen großartigen kleinen Blick auf, wenn schon nicht den hohen Himalaya, so doch zumindest Killoyles silbrigen Strand hatte. Was nun das Everest-Buch betraf: ja, hier war es, und sie wollte es nicht ohne ein Wort der stärksten Empfehlung weitergeben, besonders vehement in Bezug auf die Szene, in der Odell Mallory und Irvine zum letzten Mal sieht, mythisch, zwei hinankrauchende Tupfer gegen den gigantischen Klotz des Everest, bevor sich die Nebel vom blendenden Empyreum wie ein Schlußvorhang herabsenkten und die beiden Bergsteiger ins Land des ewigen Mysteriums geleiteten, nämlich in den Himmel als solchen ...

Oh, er erinnerte sich gut, sagte der alte Gent, da er selbst dort gewesen sei, ihnen genau an jenem Morgen mit ihren Sauerstoffflaschen geholfen, das letzte Foto aufgenommen, mit der ganzen Welt getrauert habe.

Später übergab Penny den Info-Schalter an Naomi, ihr nächtliches Gegenstück.

26) Meine Wohnung habe ich auch schon mal bei diesem Wettbewerb eingereicht. Sie kam auch in die Endausscheidung, aber in allerletzter Minute mußte ich feststellen, daß das Apartment, das ich ins Rennen geschickt hatte, gar nicht mir gehörte, sondern Lord

»Ich hatte heute nachmittag ein Mitglied der Everest-Expedition von 1924 hier«, sagte sie.

»Mann, das muß ja ein alter Furz gewesen sein, wie?«

»Sechsundachtzig. Oder war es siebenundachtzig?«

Alte Knochen, junges Herz, wie ihre Mum zu sagen pflegte, wie auch umgekehrt.

Auf dem Heimweg machte Penny bei Traynor's Lebensmitteln halt, gegenüber von den Busaras. Ein müdes Gesicht, ein runzelrankiges Lächeln, einhunderttausendmal Willkommen.

»Miss Burke. Wie geht's denn Ihnen überhaupt?«

»Ach, ganz gut, Mrs. Traynor. Chutney, bitte. Und eine Dose Foster's.«

Und das war's dann auch schon wieder mehr oder weniger: Chutney und eine Dose Foster's. Nicht, daß Penny in erbärmlichen Verhältnissen lebte, malerisch oder sonstwie, trotz der studentischen Atmosphäre, die durch die Erwähnung dieser Nahrungsmittel heraufbeschworen wird; *au contraire*, ihr Apartment im obersten Stockwerk von *The Hoardings*, dem ehrgeizigen, aber billig gebauten neuen Projekt der Firma Maher Stadtentwicklung nördlich der Innenstadt, war, dafür, daß es nur ein Apartment war, überaus gut ausgestattet, mit einem schicken Stereo und einer Menge Bücher und an den Wänden die Kunst des Unkünstlerischen: Plakate von längst geschlossenen Ausstellungen (Monet in Giverny, Manet in Maubeuge) und Reisebildern von exotischen Orten (Sardinien; Manhattan; Mykonos). Zweimal die Woche Staubsaugen sicherte der Wohnung die Teilnahme im Rennen um den hypothetischen Aparte-Apartments-und-hübsche-Häuser-Irlands-Preis.[26)] Gegenüber dem pseudo*RITZ*ig von unten angestrahlten *Hoardings*-Gebäude glomm der große Koh-I-Noor auf einem mythischen tadschmahalesken Gebäude und krönte die knallig blin-

Iveagh (besser bekannt unter seinem Familiennamen Guinness). Ich mußte mich natürlich bei allen entschuldigen und eine Lokalrunde ausgeben, aber immerhin hätte ich auf diese Weise beinahe Kathy kennengelernt.

kende Neonreklame des eponymen Restaurants, in dem Penny oft schleimlösende Currys für jene langen müden Nächte vor der Glotze erwarb … Sie weinte, kurz, bekam sich wieder in den Griff, wischte jene ein bis zwei Tränen ab, die glitzerten, anschwollen, zögerten, abrutschten.

»Son Quatsch, Mädel«, schalt sie sich.

»Grrr. AlphAlphAlph«, erklärte Alf, ihr Jack-Russell-Terrier, ein mannhafter kleiner Köter, ihr aber zärtlich ergeben, wenn es ihm in den Kram oder Appetit paßte.

Sie fütterte Alf, grübelte dann: Ein schönes Hühnchen Madras wäre es doch vielleicht, womit sie die Notwendigkeit des Köchelns auf unendlich kleiner Flamme umging, gefrorenes Gemüse, eine schlammige Bilge abgestandener Gewürze, in Scheiben geschnittene Sowiesos auf dem schwergefurchten Schneidebrett (mußte weg), und was sonst noch alles, wußte Gott allein (Abwaschen war es, was Er wußte).

Auf halbem Wege durch die Abendnachrichten (irgendwas in Israel, natürlich, und machte sich nicht der alte Gar wieder mausig, diesmal im Norden oben; Bilder gab es auch davon) erhob sich Penny, zuckte die Schultern in einen Regenmantel und ging über das regenrutschige Kopfsteinpflaster der Uphill Street in das nach zerlassener Yak-Butter duftende Revier des Koh-I-Noor, »Killoyle's Alterwürdigstes (sic!) IndoPak Resturant (sic!), Inh. F. A. Goone«, wie das handbeschriftete Schild im Fenster semikohärent feststellte. Der Fraß war aber toll, und sie hatten ihre Preise seit Jahren nicht erhöht, im Gegensatz zum Star of Bihar, diesem Emporkömmling auf der Esplanade (hatte sie da nicht mal mit Owen, dem Eisenbahndirigenten, gegessen, zuckte schmerzhaft die Erinnerung wie ein glühender Spieß, danke nein –; seltsam, jetzt, da sie daran dachte, das Mißverständnis, das sie zu ihm geführt hatte …!), und das in der Crumstown Road draußen konnte man é vergessen, Hamshri's? Rami's? Hashmi …?

Haresh's Hideaway, das war's.

Vielleicht konnte Derek sie dahin ausführen, wenn sie ihn fragte. Sie hatte schließlich keinen Überschuß an Freiern, war auch gesellschaftlich nicht völlig überlastet. Und er schien ein netter Kerl zu sein. Und es geschah nicht jeden Tag, daß ein netter Kerl ankam und praktisch vor ihr auf die Knie sank.

Sie betrat das Koh-I-Noor. Die unterseeische Finsternis verschwamm zu einem flackernden Schein, der langsam weniger düster wurde, und, wie eine Auster ihre Perle preisgibt, trieb sie ihm einen mißmutigen Inder entgegen, der die Stirn in Falten zog:

»Ja? Ja?«

»Hallo, Mr. Swain.«

»Ach, Sie sind's, Miss Burke. Wie herrlich. Kommen Sie bitte herein.«

»Ja. Gut. Ist aber nur zum Mitnehmen. Das Übliche, wissen Sie?«

»Absolut. Hühnchen Madras? Und ein Pärchen schöne kalte Tuskers?«

»Tja ...«

»Sehr wohl.«

Das Foster's durfte schlangestehen. Diese Burschen hatten Tusker, aus Ostafrika, ein Erbe des Koh-I-Noor-Gründers und früheren -Besitzers, Mr. Patel, der während der frühen anti-indischen Herrschaft von Präsident Daniel arap (*»L'état c'est«*) Moi aus Kenia und, weniger lang zurückliegend, aus Irland in Richtung (sagten manche) Malediven oder (sagten wieder andere) Surinam geflohen war, und es war das beste Gebräu, das Penny seit dem *Shepherd Neame* in ihren Londoner Zeiten getrunken hatte ...; ja, das waren noch Zeiten, bzw. gewesen, als man von der Hand in den Mund und wieder zurück lebte, nie wußte, ob das nächste Transportmittel die *tube* oder die müden alten Füße oder eine *stretch limo* war –, die gelegentliche Spritztour nach Dubrovnik oder an die Costa Smeralda mit dem gelegentlichen Typ gar nicht zu erwähnen, meist Italiener oder Deutsche, die auf Mädels mit ihrer, Pennys, gelassenen intellektuellen Einstellung samt strammen westirischen Oberschenkeln standen ... aber, *aber*.

Die Tür krachte rüde auf, und da stand ein Mann, schwankend. Hinter einem Sortiment leise klackernder Perlenschnüre und Sichtblenden aus Bambus-Imitat trat Mr. Swain hervor, in Alarmbereitschaft und geringfügig besorgt, da er, wie sich das für eine altgediente Restaurantkraft gehört, die unmißverständlichen Anzeichen für lange, in der Kneipe oder daheim mit Flaschen verbrachte Stunden zu deuten wußte, in jedem Fall aber die lebhaften Feldzeichen Dessen erkennt, der gestraft genug vom Zechen ist. In diesem Fall seinen Nachbarn aus dem Erdgeschoß, diesen Typ McCreek.

»Ach, Sie sind's, McCreek.«

»Gehmsiuns ein Vindaloo, Swain, seien Sie doch bitte mal so gut. Ich hab seit heute morgen Scheiße nichts gegessen. Gott, was für ein Tag, bin in die My Three Buns gegangen –, übrigens eine ziemlich dumme Sau, dieser Devereux-Dings, stimmt's? Nicht, daß ich je unhöflich zu ihm gewesen wäre, aber sie hatten trotzdem geschlossen, Scheiße, was für ein Tag, alle waren sie eklig zu mir. Sie können gern auch mal, wenn Sie wollen, haha. Gefeuert bin ich auch worden, hab ich Ihnen das nicht gesagt, wie, natürlich nicht, hab Sie heute ja noch gar nicht gesehen oder wie. Ja, hallo dahinten.«

Sein feuchter Blick fiel auf Penny. Sie sah woandershin.

»So läuft das nämlich, stimmt's, Swain? Diese junge Dame hier. Sagt nicht mal guten Tag. Genau wie alle andern, was? Ja, dann verpißt euch doch! Nein, Entschuldigung, das hab ich nicht gemeint. Tut mir leid. Also dann wollen wir mal sehen wie geht's denn immer Anil? Ach ja. Der Grund meines Kommens, stimmt's? Vindaloo. Rindfleisch, verstehen Sie. Das Roast Beef von Old England, haha? Nicht, wir wollen es nicht hoffen, nicht in spongiformer Form, falls Sie meine Bedeutung verstehen, ah haha nein, nicht ganz ...«

»Mick, bitte ...«

»Dann meinetwegen Hühnchen.«

»Nun, meine Güte, das müssen Sie wissen, wissen Sie.«

»Und einmal volle Sollstärke von diesem exzellenten Tusker. Sagen wir vier Dosen?«

»Mick, bitte. Meine Güte.«

»Also prima. Ich komm in zehn fünf Minuten wieder vorbei und hol alles ab? Hol mir nur noch ein paar Lullen. Bis gleich, Miss.«

Er stützte sich ab, taumelte, schwankte, fing sich einen Seitenblick von Penny ein, tippte sich an einen imaginären Hut und latschte durch die Tür davon, wobei er einen komischen Schlenker machte, um eine Kollision zu vermeiden, und es sich bei den hereinkommenden zukünftigen Gästen, wie Penny augenblicks bemerkte, um eine weit respektablere d.h. nüchterne Sorte handelte. Aber auch weit langweiliger, dachte sie und erkannte, daß ihre Erleichterung angesichts des Aufbruchs des Mannes namens Mick (passend, der Name, fand sie) mit spontaner Erheiterung angesichts der gefährlich heterogenen Meinungen des wahrhaft belesenen Trunkenboldes und ihrem profunden, angeborenen Kumpelgefühl für die Reaktion auf das Weltgift, das Männer (und Frauen) zu Trinkern macht, kombiniert war ... Er schien Ire gewesen zu sein, na klar, auf offensive Weise, wenn auch nicht mit einem allzu heftigen Paddy-Akzent; aber wahrscheinlich nicht von hier. Ein gebildeter Dubliner demnach, mit einer Pechsträhne?

Ein *jackeen* auf der schiefen Bahn. Im guten, alten Killoyle.

»Ihr Madras, Miss Burke. Und zwei Tuskers.«

»Oh danke, Mr. Swain. Die werde ich nicht brauchen. Überlassen Sie sie dem Herrn.«

»Herrn? McCreek meinen Sie. Ich ... Na gut. Drei fünfzig, bitte. Vielen Dank, Miss Burke. Oh, wie freundlich.«

Penny ging, zufrieden. Das eine Foster's würde genügen. Er konnte das Extra-Paar haben und sein Gelage zu einem Sechserpack aufrunden. Befriedigt, bußfertig und – noch wichtiger – mit der Aussicht auf weniger Kalorien schloß sie hinter sich ab, lümmelte sich auf ihren Lehnstuhl und soupierte Mr. Swains Hühnchen Madras, das die Lippen zum Kribbeln und die Nebenhöhlen zum Fließen brachte. Zu ihren Füßen Alf, in Erwartung; in der Glotze ein amerikanisches Polizeidrama, welches in jeder wöchentlichen Episode soviel Gemetzel, Folter und Chaos bot wie, sagen wir mal, der Russische

Bürgerkrieg in den frühen 1920ern. Von den Kritikern wurde es sehr geschätzt und weithin bewundert von Intellektuellen mit einem gewissen (da war es schon; was sollte sie machen) linkslastigen Vorurteil (indem es die schmutzigen Geheimnisse des reichen Amerika? der selbstgefälligen Weißenmännerwelt? der Verschmutzer von Mutter Erde? bloßlegte), sowie von Polizei-, Feuerwaffen- und S/M-Fans. Die Sendung hatte Kritikerlob empfangen, welches sie in die Nähe der Schöpfungsgeschichte und der Werke Fjodor M. Dostojevskijs rückte, und mehr Fernsehpreise eingeheimst, als man zählen konnte. Penny sah sie nur wegen des Heinis, der den Luutenent spielte. Er sah aus wie ein netter Kerl. Er sah aus wie der Kerl von vorhin.

3

Na, wieder mal keine Ahnung vom Tuten und Blasen«, rief Anil schnurrig aus.

»Ich werd's versuchen, Onkelchen«, sagte Mrs. Swain, die erst beim letzten Wort zugehört hatte. »Aber in dieser Stellung ist das ein bißchen unbehaglich.«

»Nein, nein, Tantchen, im Fernseh, sieh doch nur«, sagte Anil und wand sich. »Schon wieder dieser Typ. Der Blödmann mit den Ohren.«

Die geborgten Stimmen und gebraucht gekauften Gaukelbilder des Fernsehens unterhielten, bis zur Verzückung einschmeichelnd, die Swains, Anil und Rubina. Es war schon spät, etwa halb zwölf oder so herum, die träumerische Nacht hatte sich über dem feuchten Killoyle niedergelassen, und die Swains hockten nackt auf dem Fußboden ihrer Wohnung im oberen Stockwerk, sahen, die Arme in die Hüften gestemmt, die Beine in einer auf dem Kamasutra basierenden und als »Zwei Affen auf dem Tandem« bekannten gymnastischen Übung verwoben, fern.[27)] Die Lichter waren aus, aber der Schimmer des Fernsehschirms wurde hundertfach funkelnd von den Glastier-Myriaden gebrochen und wieder gebrochen, die Rubina über die Jahre gesammelt hatte – Elefanten, Dro-

27) Hockten also, die Arme in die Hüften gestemmt, ja? Nun, es gibt solche, die derlei mißbilligen würden, obwohl ich nicht zu ihnen gehöre. (Onkel Jem, der hätte sie mit dem Feuerwehrschlauch abgespritzt.) Nein, nein, ich entsinne mich des lieben, alten Kamasutra, oder KS, wie wir es in KL zu nennen pflegten. Es handelt sich hier um Stellung Nr. 175, wenn mich nicht alles (aua!) trügt.

medare, Tiger, Giraffen – und die nun das Wohnzimmer schmückten.

»Echt gute Sendung, das.«

»Finde ich auch.«

»Ein bißchen doof. Aber das sind immer die besten.«

»Wie wahr.«

»Der Typ mit den Ohren, mein lieber Mann. Bei dem muß ich immer lachen.«

»Ich weiß, Anil. Ich höre dich doch lachen wie nichts Gutes, wenn er läuft. Und manchmal auch, wenn er nicht läuft.«

In einer Stille, die nur durch Seufzer und Grunzer der Entschlossenheit plus ein paar Arschquietschgeräusche auf dem frisch versiegelten Parkettfußboden unterbrochen wurde, clinchten und klammerten die Swains die flüchtige Ekstase herbei.[28)]

Plötzlich löste sich Anil, benetzt, schockiert, aus der Umklammerung und fuhr herum.

»Nein, das kann doch nicht schon vorbei sein. Ja, Hölle über Hölle.«

»Bye-bye, liebe Sendung.«

»Ja, verdammt und zugenäht.«

»Anil, es ist doch nur Fernsehen.«

28) Ohne sie jedoch so recht zu erreichen, möchte ich wetten, wobei sie der Sache aber verdammt näher gekommen sein dürften, als ihre gesamten irischen Nachbarn (oder Sie und ich) das je geschafft haben oder schaffen. Ich armes Schwein, sozusagen. Als ich heranwuchs, war die einzige Betätigungsmöglichkeit für solche Sachen das eine oder andere niederländische oder schwedische Naturmagazin, aus Belfast heruntergeschmuggelt (sowieso das einzig Gute, was je aus diesem Scheiß-Ulster gekommen ist, kann ich Ihnen sagen, außer Bar Kiely und seinen Kumpels Neeson und Heaney –, ach, und den verschmitzten kleinen Mann von den Pferdchen dürfen wir natürlich auch nicht vergessen), welches Fotografien von, hieß es, weiblichen Exemplaren enthielt, die Ballett-Strumpfhosen trugen und im rechten Winkel zu Bäumen und Felsbrocken und was nicht allem abgebildet waren; na, nur wenn man

»Nur Fernsehen? Was willst du damit sagen, Tantchen? Nur Fernsehen? Meine Güte, weißt du noch, wie lang es gedauert hat, bis wir auch nur einen *Nachbarn* mit Fernseher hatten? Ich finde sowas nicht selbstverständlich, ich bin nicht so ein blasierter Was-kost'-die-Welt-und-her-damit-Typ.«

Törichter Anil, dachte Rubina mit einer Irritation, die zwischen milde und solàlà schwankte. Seine Lieblingsfernsehsendungen nahmen ihn stets stärker mit als, na, Springfluten oder Arbeitslosigkeit oder Seuchen in Tamil Nadu oder wie die Polizei einst hereingeplatzt kam und ihn einkerkerte, weil er unterzeichnete Briefe versandt hatte, welche Bharjee Pal entlarvten, den Immobilienmogul in Sandrapore..., für damalige Zeiten ein tapferer Akt, wenn man's bedenkt. Und er so weit unten auf dem Totempfahl, und in einem solchen Kuddelmuddel, lebenstechnisch (und, um ganz ehrlich zu sein, auch ein bißchen verzweifelt), daß er eine Anzeige aufgeben mußte, um eine Braut zu finden. Sie erinnerte sich immer noch an das Inserat, besonders in so essentiellen Anil-Momenten wie diesem.

»Gesucht: Eine Tellugru-Brahmanin Vellanadu nicht-Kausiga Gotram-Braut unter 25 Jahren mit guten Zähnen, etwas Geld und überhaupt nicht frech. Kontakt A S Swain Postfach 917 Sandrapore.«

sich vor lauter pubertärer Gier ordentlich zum Schäumen brachte, ließ sich aus solchen Schnappschüssen ein ganz klein wenig Vergnügen ziehen. Sie waren immerhin alles, was wir hatten. Manchmal natürlich machten die Kühneren von uns am Samstagabend einen Schlenker zum Royal Canal hinunter, die Schultern gestrafft, eine unbeschwerte Weise pfeifend, die Donegal-Mützen schön schräg, nur ein Schaufensterbummel, das versteht sich von selbst, da wir ausnahmslos pleite waren, und ich konnte meinen Alten kaum um die Finanzierung und Assekuranz eines Hurenbesuchs angehen, oder? Temperamentvoll war der *Da*. Einmal hat er sogar meinen kleinen Bruder mit dem Gürtel vermöbelt, weil der der Quizmasterin im Fernseher schöne Augen gemacht hatte (und auf den Fernseher war der *pater*, beeile ich mich hinzuzufügen, wie unser Freund Swain, unmäßig stolz).

Naja, sie war 27 gewesen. Und nicht ganz die Brahmanin, auf die er ursprünglich gepocht hatte. Und ihre Zähne waren auch nicht so optimal. Und oha! Frech war sie nicht zu knapp! Aber irgendwie war unerwartet die Liebe dazwischengekommen, zunächst als Wollust vermummt, und hatte all diesen Quatsch als Quatsch enttarnt. All diesen indischen Kastenquatsch, dahin, dahin … (Gott sei Dank, einerseits. Anderseits auch wieder nicht.)

Anil und Rubina blieben noch ein paar Minuten nebeneinander, während langweilige Nachrichten von Israel und Gar Looney langweilig von einem Nachrichtensprecher ausgesprochen wurden, der einen Mund hatte wie ein umgekehrtes Arschloch (dachte Rubina, widerstrebend).

»Ach, Amin, mach ihn weg. Er macht mich nicht an, falls du weißt, was ich meine.«

»Gewiß, meine Liebe. Verdammt häßlicher Scheißkerl. Wahrscheinlich senden sie ihn deshalb nur so spät in der Nacht.«

Mit dem beiläufigen Geschick langer Erfahrung schoß Anil aus der Fernbedienung ein unsichtbares Signal auf den Fernseher ab und versenkte Arschgesicht im Vergessen; dann, mit viel Geseufze und Gestöhne, gingen Mann und Frau sich waschen, getrennt. Etwa eine halbe Stunde später, in kühner Nacktheit, nach Sandelholz duftend, glatthaarig, machte sich Anil Swain eine Tasse Tee (Orange Pekoe) und trat zum Rauchen auf den Balkon, wobei er sich zum tausendsten Male den Genuß wiederholte, den es ihm bereitete, überhaupt einen Balkon zu haben, auf den man hinaustreten und auf dem man rau-

29) Na, ich weiß nicht. So übel ist es hier doch gar nicht. Geh doch in dein tolles Indien zurück, wenn du hier so unglücklich bist, Mensch, ist meine erste Reaktion, obwohl das ein bißchen faschistisch ist, ich weiß. Aber immerhin. Ich meine, es ist schließlich nicht so, als ob wir in diesem Land nicht genug hätten, wofür wir dem lieben Herrgott danken können: Die Poesie, die Straßen, den Himmel im Winter, die Busverbindungen, das Stout, Michael Flatley, Temple Bar, Danny O'Donnell, die Leute beim Pferderennen in Gal-

chen konnte, auch wenn es in Wirklichkeit ein ärmlicher Balkon war, eigentlich nur ein auf Fußbodenhöhe erweitertes Fensterbrett mit Geländer, nicht unähnlich dem, was man in gewissen Teilen Indiens Veranda oder *pyol* nannte, nur kleiner, zu verdammt klein, aber immerhin war Platz genug, daß man drauf stehen und ein bißchen rauchen und auf die Stadt und das Meer und unten auf den Parkplatz und den beleuchteten Pfad aus Steinplatten spähen konnte (Steinplatten! welch ein Luxus!), der sich durch die Büsche schlängelte; und das alles war eine entschiedene Verbesserung gegenüber jedem der anderen Orte, an denen sie bereits gelebt hatten.

Anil zündete seine B&H an und inhalierte fachmännisch, danach folgten tiefe Lungenzüge, die sich mit raschen Schlükken Tees abwechselten. Das Wetter war natürlich eher kühl, aber nicht tatsächlich kalt, und die Brise war wirklich recht angenehm, wie sie so mit seiner Schambehaarung flirtete. Es nieselte schwach, ein bißchen wie der Herbst in den nördlichen Vorgebirgen, außer, klar, die Gerüche, hier gab es keinen Kuhmist und kein *b'hang* und dort ganz bestimmt keinen Torfrauch (und auch nicht so viele Auspuffgase, gar nicht übel, das). Im Erdgeschoß plärrte hohl ein Fernseher oder Radio mit so unveränderter Lautstärke, daß sich auf eine leere Wohnung schließen ließ, oder auf eine, in der alles schlief, oder – hier waren wir schließlich in Irland, um Himmels willen[29)] – besoffen war, welch letztere Hypothese sich als die fundierteste herausstellte, nachdem Anil sich über das Geländer gebeugt und als Lärmquelle mit fast absoluter Sicherheit Mick McCreeks Woh-

way, Mick McCarthy, Gesellschaftsspaltenschreiber, die Cranberries, Eddie Irvine, die Corrs, irische Country-&-Western-Musik, den alten Typ hinterm Tresen vom Stag's Head, Willie O'Herlihy, Handys, Jackie Healy-Rae, Bonos Sonnenbrille, Ronan Keating, *Der Sieger* von John Ford, den Bloomsday, Brian Cowen, Foster & Allen, Glenroe ... Die Liste ist endlos. Man muß aber auch fairerweise andererseits Gar Looneys Eskapaden und diese schreckliche Frau auf RTÉ Kanal 3 erwähnen.

nung ausgemacht hatte, deren Fenster weit offenstanden und die für diese nachmitternächtliche Stunde abnorm hell erleuchtet war.

Da hatten wir's ja. Dieser Blödmann. Wie irisch. Nur eben gerade genug Nüchterheit in sich, um alle Lampen anzuknipsen und sich das Vindaloo einzupfeifen, dann runter mit diesen sechs Tuskers auf einen Sitz (mehr als Anil je in seinem ganzen Leben getrunken hatte; er wußte, er hätte ihm nicht noch dies zusätzliche Paar geben sollen) und Bingo, da lag er hingestreckt, alle Lampen an, das gab dann wieder eine spitzenmäßige Stromrechnung, wahrscheinlich bäuchlings auf dem Fußboden, und dazu schnaubte er bestimmt noch wie ein Wasserbüffel.

»Hölle auch«, sagte Anil. »Was für ein Land.«

War es ja auch.

Nein, das nahm er zurück. So schlecht war es gar nicht. Sandrapore war schließlich noch gar nicht so lange her, eine süße kleine Stadt, in der man nicht viel machen konnte; schon gar keine Zukunft gab es für ihn beim Lokalblatt, der *Sandrapore Times* (und dann die brutalen Aufmerksamkeiten eines Bharjee Pal, besonders Rubina gegenüber –, Hölle auch!), dann, plötzlich, England, Wolverhampton, um genau zu sein, und eine Parterrewohnung gegenüber dem stinkenden Gaswerk und morgens um fünf raus und mit einem übelriechenden, von Hustenanfällen erfüllten, holprigen Bus zur Autoreifenfabrik und die äußerste verdammte Hoffnungslosigkeit zehnstündigen Geschuftes, von Gummi- und Menschenschweißgestank umgeben und von gelegentlichen Rufen akzentuiert: »Oy, Gandhi!« und »Wie läuft's, Abdul?« und »Wo ist denn dein Turban, Mohammed?« und geflüsterte Drohungen mit Dschihad von den Pakistanis in der Belegschaft und jeden Tag ein englisches Mittagessen aus milchigem Tee und eingemachtem Fleisch auf schlaffem Brot, eingenommen auf einer Bank in der fluoreszierend beleuchteten Firmenkantine, und rechtzeitig zu zweierlei nach Hause: spätem Fernsehen und Bett, die Sorte, in der man nur schläft. Und Romina tat ihr Bestes in dieser verdammt widerwärtigen Tonic-Water-Abfüllfabrik am brackigen Kanal, an dessen Ufern all diese fetten, teigigen, schwergeschminkten Prostituierten aufgereiht standen, die sie unweigerlich »Ruby« oder »Indira« nannten. Das war natürlich gar nicht so schlimm, sie waren beide schon Schlimmeres genannt worden, am allerschlimmsten in der alten Heimat, von Moslemen oder Kommunisten oder beiden...

»Also, ich weiß es wirklich nicht.«

Anil inhalierte Rauch von seiner Zigarette, als atmete er tief die frischeste Bergluft ein, und vertilgte auch die letzten Tropfen seines Tees. In der dunklen Feuchtigkeit der mittleren Ferne funkelten Hafenlichter, und nach Süden hin blitzten die stroboskopischen Scheinwerfer des neuen RTÉ-TV5-Turms abrupt an und aus, um tieffliegende Flugzeuge zu warnen, von denen eines plötzlich oben brummte, ein Dreieck aus roten Lichtern, das in die Wolken sauste und wieder heraus und in die Distanz davongrummelte.

Rufe, betrunken, schraubten sich von der Straße herauf. Ein Motorrad knurrte und schaffte einen Dopplereffekt wie ferner Donner gegen das Echo der engen Straßenmauern (*das* hörte sich nun wirklich einen Augenblick lang wie zu Hause an...), bevor der langsam in das Meer der größeren, diffuseren Stadtgeräusche hinein verebbte.

Irland war also ein bißchen wie ein Glücksfall gewesen, wenn man's bedachte (überlegte Anil), sogar mit den Unannehmlichkeiten des Umzugs und der Jobsuche und all den politischen Machenschaften heutzutage und dem Mumpitz, der damit verbunden war, genügend Bargeld aufzutreiben, um diesem abscheulichen Scheißkerl Goone die Kontrolle über die hiesige Koh-I-Noor-Filiale zu entreißen (und sich überhaupt mit den Iren herumzuschlagen, die in aller Regel noch weniger über den Rest der Welt wußten als die Engländer, fast genauso wenig wie, sagen wir, die Einwohner von Tamil Nadu, die ihn aber immerhin, auch wieder in aller Regel – es gab aber Ausnahmen – nicht Abdul oder Gandhi nannten, wahrscheinlich weil sie diese Namen noch nie gehört hatten), so wurde Killoyle für Anil und seine Rubina doch immer parakletischer (wenn schon nicht paradiesischer, haha!). Sie waren jetzt seit anderthalb Jahren da und würden, falls nicht das Unvorhersehbare geschah, wohl auch noch ein bißchen bleiben, es sei denn, sie zogen einfach wieder nach Hause, verstehen Sie.

Und sich Kinder anschaffen: er war siebenunddreißig, sie dreiunddreißig. Es wurde Zeit, sonst fingen die Leute noch an zu reden.

(Sollten sie ihn doch am Arsch lecken.)

Er wollte ja gar kein *crorepati* und Rupienmillionär oder Maharadscha oder gar ein Millionär in Irischen Punts sein, alles, worum er bat, lieber Vishnu, war eine anständige Chance, ein bißchen Geld zu verdienen, ein hübsches Haus zu kaufen und ein wenig auf den Putz zu hauen, bevor der nächste Lebenskreislauf begann.

Plötzlich wurde seine Träumerei rüde unterbrochen. Schatten flitzten wie Frühlingsgewitterwolken über die erleuchteten Jalousien von Mick McCreeks Wohnung, und ein unsteter Schattenriß, der des Mannes selbst, manifestierte sich plötzlich, taumelnd, am Fenster.

»AAAAAAAAAAAAAAAAAAAAH«, röhrte McCreek, an Kraft gewinnend. Dann:

»AH, DIE SÜSSEN BLUMEN DES WALDES.«

»Och, warum sind Sie nicht einfach still, Mick«, sagte Anil gereizt, dessen Seelenfrieden nun in Fetzen lag.

Mick blickte auf und rieb sich Schlaf und Trunkenheit aus den Augen. Die Knöchel in die Luft gereckt, rief er heiser aus (und damit aus den umliegenden Wohnungen Gemurr wie »Schnauze« und »Geh doch in dein Scheiß-Bett!« hervor):

»Swain! Ja, leck mich, Sie sind ja pudelnackt!«

Worauf sich, den ernsten Diktaten innerer Notwendigkeit gehorchend, Mick säuberlich über das Verandagelände beugte und einen feuerwehrschlauchdicken rötlichen Strahl Vomitus in die Nachtluft spie, mit entsprechendem Prasseln, wie bei einem plötzlichen Wolkenbruch, auf die eleganten Steinplatten zuunterst.

»Ah-ha-ha-HAAAAAAAA-HOOO-haah«, verkündete er, ungefähr, fuhr dann fort, indem er sich langweiligerweise dreimal wiederholte, wobei er jedesmal in eine geringfügig andere Richtung zielte, mit variierenden Modulationen im strangulierten Gebrüll, aber ohne in der Intensität des Niederschlags nachzulassen.

»Ich hetze dir die Garda an den Hals, du Stück Scheiße«, grölte die ungehaltene Stimme eines Parterremieters, der nichtsdestotrotz darauf achtete, wohlverborgen in der Dunkelheit seiner eigenen Wohnung zu verbleiben.[30)]

»Mehr von diesem Unsinn ertrage ich nicht«, murrte Anil. Er drückte seine Zigarette aus und schnippte sie über Bord. »Hölle auch. Was zuviel ist, ist zuviel.« Nachdem er die doppeltverglaste Verandatür hinter sich geschlossen hatte, zog er sich in die übertrieben trockene Wärme (Zentralheizung, ein seltener Komfort in Irlands klammer Kälte, aber nicht sehr gut für die Stirnhöhlen) und behagliche Exaktheit seiner Wohnung zurück, die bis auf das Ticken der Standuhr und Rubinas sanft flötende Schnarcher still war; aber von draußen, wie aus weiter Ferne über Land und Meer, drang der abgedämpfte Kontrapunkt aus Mick McCreeks Würgen und weiteren fruchtlosen Protestrufen.

»Blöder besoffener alter *gangaram.*«

Anil schüttelte den Kopf, um das genaue Gegenteil von Bewunderung auszudrücken, und stieg ins Bett, um dort aufrecht zu sitzen und über die unmittelbaren Besorgnisse seines Lebens nachzugrübeln. Deren gab es zwar, zugegeben, nur wenige, aber in seinem Kopf türmten sie sich hoch auf, denn sein Geist war der eines Mannes, der ein Meister im alten Hin-und-Her-Tennis von Sorge und Lösung (*pock*), Sorge und Alternativlösung (*pock*) und Sorge und Gegensorge (*pock*) war, tatsächlich hielten ihn die alternativen, theoretischen Vorge-

30) Die Sorte kenne ich. Das ist zwar eher eine amerikanische Reaktion als eine irische, aber doch nicht weiter ungewöhnlich: Klar, immer laß die Bullen ran, wenn jemand durchdreht!

hensweisen, mit denen ihn jedes Morgengrauen konfrontierte, über lange Strecken der meisten Nächte wach, obwohl es ihm für gewöhnlich gelang, sich selbst und die Optionen, die das Leben bot, gegen Mitternacht zu erschöpfen, und wenn der Morgen graute, wieder.[31)]

Zur Zeit stand jedoch eine Krise in Sachen Koh-I-Noor bevor, und seine Gedanken kreisten ausschließlich um diese. Anils Ehrgeiz, das Restaurant zu besitzen, ein Samen, ihm vor ein paar Monaten durch eine beiläufige Bemerkung Rubinas (»Kauf doch endlich das blöde Restaurant; willst du dein Leben lang Kellner bleiben?«) ins Herz gesät, war zu einer ihn völlig beherrschenden Besessenheit angeschwollen. Vor seinem geistigen Auge sah Anil sich maßbeschneidert, als Raucher von Sobranies mit goldenem Mundstück, als fließenden Spre-

31) Sehr im Geiste Ihres ergebenen Endunterfertigten, als ich noch alle Zeit der Welt hatte und nicht viel, womit ich mich beschäftigen konnte, außer der guten alten Nabelschau. Ich weiß nicht. Manche Menschen werden nie erwachsen. Ich meine, einerseits, sagen wir mal, die Schützengräben im I. Weltkrieg oder die Lager im II. Weltkrieg oder das Leben in den Liberties vor etwa einem Jahrhundert; andererseits Sushi oder Thai? Oder soll ich mir noch einen zusätzlichen Satz Jalousetten für den vorderen Salon besorgen? Oder gebe ich das Geld lieber für einen Satz PVC-Atemhilfen aus? Und ist es jetzt für eine Tischreservierung bei Benito nicht überhaupt schon viel zu spät?

32) Im Jahre ’82, um genau zu sein. Ich erinnere mich genau daran, der Vetter zweiten Grades meiner Nichte, Lenny »Gesichtsdelle« MacCoelecanth, hat das seinerzeit durchgezogen. Der genauen indischen Zusammenhänge des Namens Koh-I-Noor war er sich nicht bewußt, brachte es vielmehr vage mit dem Burenkrieg in Zusammenhang – und da er natürlich als junger Bursch seinen Biggles und seinen Rider Haggard verschlungen hatte –, hielt dieser Kackschädel das Restaurant für einen Vorposten oder eine Botschaft des britischen Imperialismus und Verfalls und warf in hohem Bogen ein paar 75-mm-Granaten durch’s vordere Fenster, bevor er die Jungs mit den Flammenwerfern und Leichensäcken hinterherschickte. Glücklicherweise saßen keine Gäste drin (da es sich um

cher vieler Sprachen, als forschen *frotteur* seiner eigenen beringten Hände, als Begrüßer endloser Schlangen entzückter Gäste.

Namaste, o geachteter Restaurant-Wallah!

Aber der Verwirklichung dieser trivialen Phantasie standen jede Menge Hindernisse im Wege: Das Geld fehlte einfach, Menschenskind, es sei denn, mit der Bank ließe sich etwas finkeln, und dieser Mistkerl Goone setzte der Vorstellung, er solle verkaufen, bzw. die Konzession abtreten, steifen Widerstand entgegen, es gab nämlich noch andere Koh-I-Noors auf der irischen Insel, von denen eines, bums, direkt auf dem Donegall Place im Herzen Belfasts, seit 1982 dreimal in die Luft gesprengt worden war.[32)] Ironischerweise schien Goones Haupteinwand der zu sein, daß Anil Swain Inder war. War der Scheiß-

ein indisches Restaurant in Belfast am Sonntagabend handelte), aber »Gesichtsdelle« nahm die gesamte Belegschaft – den Koch Hosang, den Oberkellner Rashid und die Geschäftsführerin Pryanda – gefangen. Mit verbundenen Augen wurden sie am Magilligan-Strand freigelassen. Rashid begrüßte entzückt diese Veränderung seiner Lebensumstände und rief aus: »Wie schön! Wer zum Teufel will denn schon in einem verdammten indischen Restaurant in Belfast arbeiten?«, während die Abenddämmerung über der lieblichen Insel Rathlin heranzog und die Luft von der süßen Unmusik der Orgelpfeifen vom Giant's Causeway erfüllt war. Rashid, zum »Roger« umstilisiert, ließ sich im belebten Marktflecken Coleraine nieder, wo er ein kornpralles Mädel namens Noreen traf und heiratete und sich bis zum Geschäftsführer eines Warenhauses für landwirtschaftliche Geräte und zum Werbeleiter des Coleraine Symphony Orchestra hocharbeitete. Noreen und Roger haben jetzt 3 Söhne – Dschamil, Dschamal und Dschim –, und Rodge hat für a) die protestantische Redeweise (kein »h«), um seine Nachbarn nicht zu verärgern, die ihn zunächst in Verdacht hatten, »ain Schaiß-Papist« zu sein, und b) legere Kleidung optiert, um nicht als feiner Pinkel zu gelten. (Außerdem ist Rodge als Ex-Hindu der Kirche von Irland beigetreten und täuscht jetzt Andacht vor wie ein Alter.) Was die anderen betrifft, so hat sich Hosang versteckt und residiert immer noch im Untergrund, stets auf der Hut, besteht aber, zeitweise, dar-

kerl zu allem Überfluß auch noch Rassist? Möglich war es durchaus. Schließlich lebte er mit einem Typ zusammen, der Frauenkleider trug. Und außerdem gehörte ihm eine Art Fußabstreiferfabrik beim Flughafen von Killoyle, in der eingewanderte Arbeiterinnen, einschließlich Rashmi Vashnapuram, eine Cousine Anils, unter rauhen Bedingungen schufteten –, obwohl Rashmi, ein reiches Mädchen aus Kalkutta, freiwillig dort war, sozusagen halb verdeckt arbeitete, recherchierte für ihre Magisterarbeit in Arbeitgeber/Arbeitnehmer-Fragen oder was (Anil war nie so richtig dahintergestiegen, was Kusine Rashmi war, oder machte, aber er stand ganz heftig auf sie, soviel war klar, mochte Gott oder mochten die Götter ihm helfen, jetzt aber Schluß mit dem Thema). Immerhin konnten hier im sentimentalen Westen mangelhafte Arbeitsbedingungen einem Unternehmer sauber und nachhaltig den Hals brechen, und wenn man alle Karten richtig ausspielte, und wenn sie von den richtigen Leuten ausgespielt wurden … *Erpressung* flüsterte ihren häßlichen Namen. Und in Liebe und Krieg ist alles erlaubt, wie sie hier drüben irgendwo sagten.

Auf jeden Fall hatte Goone ihm glatt heraus gesagt, er, Goone, sei kein Rassist, aber wie oft hatte er, Anil, dies Gewäsch schon gehört? Oft, das konnten Sie aber glauben, und das auch nicht nur im Westen, nein, zu Hause war es in mancher Hinsicht noch schlimmer, versuchten Sie doch einfach mal, einen Job in Kalkutta zu kriegen, wenn Sie Parse waren, oder in Mumbai, wenn Sie aus Westbengalen kamen, vom guten alten Kastensystem ganz zu schweigen … Es war schwer zu sagen. Irgendwas in den Augen verriet sie, und in Goones Au-

auf, im Internet zu surfen. Die dritte entführte Person, Pryanda, nun, *sie* kam mit mir nach Hause, und, Jungejunge, was war das für eine Nacht und eine halbe: sie stellte sich als Grammatik-Expertin heraus und hat mir unheimlich beim Konjugieren geholfen! »Gesichtsdelle« wurde übrigens beim Verlassen von Portrush geschnappt: ein dortiges Mitglied des Oranierordens merkte daran, wie er sich beim Autofahren in der Nase bohrte, daß er Kathole war,

gen hatte er es nicht gesehen (während diese in Schritthöhe und noch tiefer wanderten) ...; naja, vielleicht war er nur ein Schweinehund und kein Rassist.

Anil legte sich auf gewürznelkenparfümierte Kissen zurück und stattete in den widerhallenden Korridoren des Gedächtnisses dem telefonischen Dialog mit diesem Kerl einen zweiten Besuch ab.

»... nicht, daß ich gegen Sie irgendwas hätte, was mit Nationalität zu tun hat, oder eine Abneigung gegen Sie auf persönlicher Grundlage als Ergebnis Ihrer Rasse oder ethnischen Zugehörigkeit, Scheiße nochmal, nein. Solche Dinger sind was für Leute wie Owen Parsley, falls Sie wissen, von wem ich rede. Nein, es ist Ihre Erfahrung, oder sollte ich besser sagen, Ihr Mangel daran, der mir Sorgen macht. Sie haben keine große Ahnung von den Geschäftspraktiken und -Gebräuchen unserer Gesellschaft, stimmt's, Mr. Singh?«

»Swain.«

»Ja. Swing.«

»Soviel Ahnung wie Sie, Mr. Goone. Hölle auch, glauben Sie, wir leben in Indien auf den Bäumen oder was? Wir Inder sind die verdammt besten Geschäftsleute der Welt, ohne Ausnahme, und Geschäftsleute aus Mumbai sind wiederum die besten von der ganzen Bande.«

»Ach, echt wahr.«

»Oh ja. Ein Geschäftsmann aus Mumbai, ha, ich will nur soviel sagen: Ein Geschäftsmann aus Mumbai würde Sie zum Frühstück fressen, ausspucken und Mittel und Wege finden, Sie zum Abendessen gleich nochmal zu fressen, Mr. Goone.«

und alarmierte die UVF-Ortsgruppe, aber die Jungs von der RUC haben ihn zuerst erwischt, Dank sei Gott. Jetzt ist er, soweit ich das verstanden habe, in Kanada, arbeitet in den Docks von Halifax und lebt nur für den Tag, an dem er sich nach dem lieben alten Irland einschiffen und seine süße Luft atmen und an seinen unüberlaufenen Stränden wandeln und ihm wieder in die teuren alten lächelnden Augen blicken kann (schluchz) ...

»Das würde mir überhaupt nicht gefallen. Da ziehe ich immer noch Rindfleisch Madras vor. Und das ist Tatsache.«

»Also.«

»Also betrachte ich mich als gewarnt. Trotzdem frage ich mich, warum Indien so arm ist, wenn ihr alle so rattenscharfe Geschäftsleute seid.«

»Störfaktoren. Sozialismus. Das Kastensystem. Hinduismus und Islam, dazu dann noch die Sikhs. Sie wissen doch Bescheid über die lähmende Hand der Religion, Goone. Sie sind der Ire, um Gottes willen.«

»Genau. Um Gottes willen. Wir reden später weiter, Swing.«

»Swain.«

»Wer?«

Wann reden wir weiter?

Bald.

Worüber?

Wahrscheinlich nichts.

Eine ferne Glocke schlug die Stunde, einmal, zaghaft. Anil schloß die Augen und glitt in einen Halbtraum, zu gleichen Teilen aus Sehnsucht und Erinnerung komponiert: Eilig, ohne zu zögern, ging er wieder nach Hause, denn hinter seinem munteren englischsprachigen »Alles klar!«-Äußeren war ein tief verwurzeltes Heimweh. Am anderen Ende der dunstigen Ghat Road an einem lang vergangenen Morgen sah er Sandrapore. Auf dem Weg bemerkte er, daß die Missionsschule immer noch in Betrieb war (war sie in Wirklichkeit seit '89 nicht mehr); daß der Fahrradladen der Singhs immer noch da war; daß das Regina-Kino einen alten Film von Amitabh Bachchan spielte. Der Traum-Anil trieb dann an Pawals Frisiersalon und der Maharashtra India Bank vorüber, hörte die matschigen Vokale des Urdu und die feuchte Aussprache des Hindi und sein eigenes honigseimiges Gujarati und das Put-Put rostender Hindustan-Taxis und das Muhen von Straßenkühen; er roch das *b'hang* und den *Bidi*-Rauch, genoß die Liebkosung der feuchten Spätsommerbrisen vom Fluß her und spürte dabei die ganze Zeit, in jeder Zelle seines Daseins, die riesige

Überwölbung des unendlichen indischen Himmels, hoch mit Festungen aus Donnerwolken erbaut, die, im Begriff zu regnen, scheinbar immerdar bebten, bevor, endlich, der erste große Tropfen die trockenen Blätter der Tamarindenbäume bepatschte, dann ein weiterer, dann noch einer, und dann rissen die Himmel weit auf für den Schwall, der Wochen dauerte, in denen alle Laute vom Regenwasser kamen, das von Blechdächern und Ästen rann, und von Autos und *jutkas*, die durch Pfützen planschten, und vom leckenden Was-Was-Was-Wasserhahn in der Küche und vom plötzlichen Schlackern der nassen Flügel eines Vogels und vom Glucksen des geschwollenen Regens in den Gullys …

Ein Telefon klingelte auf dem leeren Grundstück hinter dem alten Haus der Sundaresans am Narayanasanda Highway. Wohl wissend, daß er träumte, doch vom nörgelnden Gefühl der Dringlichkeit genötigt, das ihn im Wachleben so unablässig antrieb, stolperte Anil durch hüfthohes Unkraut dem Lärm entgegen, wobei er aus obskuren Traumgründen vom gegenwärtigen indischen Premierminister, Dr. Rajput, begleitet wurde.

»Warum gehen Sie nicht endlich an das verdammte Telefon?« schnappte Dr. Rajput, inner- wie außerhalb seiner Zoroastrischen Partei für ungeduldiges und aufbrausendes Wesen bekannt. Anil, vom Wunsch überwältigt, seinem Premierminister gefällig zu sein, nickte und lächelte und rannte entschlossen, merkte aber plötzlich, wie er im üblichen Treibsand des Traumlandes versank und sich Dr. Rajputs Zorn zuzog.

»Sie sind mir ein rechter Laffe, Swain«, brüllte der PM. »Und ein verdammt törichter kleiner *raanti sahib.* Keine Sorge, mein Junge, Ihre Vorgesetzten werden von mir hören.«

Anil erwachte. Es war, natürlich, sein Nachttisch-Telefon.

»Hallo? Vetter Anil?«

»Rashmi? Hölle auch, Mädchen, weißt du, wie spät es ist?«

»Zeit zum Aufstehen, Vetter. Es ist halb sieben.«

Genauso war es, als Anil müde in das jähe Morgenlicht ringsum blinzelte. Rubina brachte ein *bindi* auf ihrer Stirn an und wetzte in der wahnhaften Weise frühen Morgens vorbei. Angesichts ihres Gatten, ungewaschen, die Augen verquollen, das Haar igelstachlig ungebärdig gesträubt, runzelte sie die frischgeschmückte Stirn.

»Nun steh schon auf«, sagte sie.

Aromata von *idli sambar* und *kulcha* schwebten aus der Küche. Ein weiteres indo-irisches Frühstück befand sich in Vorbereitung.[33] Anils Magen knurrte. Um den Werbeslogan zu paraphrasieren, der einst links und rechts an jede Straße in Sandra Pradesh geklebt gewesen war (FEELING LAZY? DRINK A LASSI!): Morgens fühlte er sich ohne *lassi* lässig, lässig und lustlos.

»Was willst du, Rash? Ich hab noch nicht mal gefrühstückt.«

»Laß mich mit deinem Frühstück zufrieden. Es ist was Ernstes. Ich möchte, daß du heute zur Fabrik rauskommst und eine Kamera mitbringst.«

»Was? Welche Kamera?«

»Nun wach schon auf, Vetter. Der Big Boss stattet uns heute eine seiner Überraschungsvisiten ab, von denen jeder immer schon einen Tag vorher weiß. Goone, weißt du? Der Typ, von dem du dein Restaurant kaufen willst? Du weißt ja, daß er nie verkaufen wird, wenn du ihm keine Daumenschrauben anlegst, und das wäre jetzt die Gelegenheit.«

Rashmi Vashnapuram studierte in Killoyle an der Weiterführenden, als sie, einer Laune folgend, anfing, in Killoyler Fabriken zu arbeiten und sich ein »Taschen«geld dazu zu verdienen (zu ihren zünftigen Zuwendungen dazu), während sie ihre, wie sie nannte, »Recherchen« trieb, und nur, wie bereits bemerkt, der Mann oder die Männer da oben wußte/n, was das war. Unternehmer hatte sie sowieso gefressen. Als Tochter militanter, aber wohlhabender Kommunisten in Kalkutta – Pico

33) Indo-irisch? Wäre das Schweinsbratwürstchen-*Korma*? Oder durchwachsener Speck mit *Dhal*? Oder Nierchen mit saurer Mangosauce? Oder … Augenblick, hab mich gerade beim Sabbern erwischt, oder war es Würgen …?

»Pik« Dutt, berüchtigter, Streiks vom Zaun brechender Vorsitzender der Westbengalischen Transportarbeitergewerkschaft, und Indra Butt-Dutt, Leiterin einer Buchgemeinschaft und »La Pasionaria« der Entrechteten von Kalkutta und Howrah –, war Rashmi (»Rash« für alle, die ihr nah und näherstanden), angebliche »Studentin« und »freie Mitarbeiterin« ohne festen Wohnsitz, eine eifernde junge Frau, auch eine Militante der Alten Schule und selbst als Schauspielerin gar nicht übel (in Brixton, im Londoner Südosten, hatte sie bei einer Razzia als Prostituierte posiert), in Gewerkschaftskunde und Arbeitsverträgen in ganz Asien und der EU versiert, und wie sie die Arbeiter bei Emerald Mats behandelten, sagte sie, würde einen Ausbeuterbetrieb in Haiderabad beschämen. Die letzte Schandtat war typisch: Der Personalchef brach, auf Geheiß des Tyrannen Goone, sein Versprechen, den ausländischen Arbeitnehmern eine Stunde Mittagspause einzuräumen, mit der Begründung, als zeitweilige »Saison«arbeiter hätten sie ohnehin nur Anrecht auf den Preis eines Rückflugtickets nach sechs Monaten! Na, Rashmi war bereits seit neun Monaten da, und sie hatten sie gerade darum gebeten (mit fünfzehn Minuten für ein schnelles Sandwich aus dem Automaten), die Überwachungsaufgaben des verstorbenen Bülent Tülüy, des Leitenden Fußabstreifergeschäftsführers, zu übernehmen, der am Donnerstag vor einer Woche mit dem Gesicht in sein Lammragout gefallen war, an mehr als Zigaretten (55–70 pro Tag, ohne Filter, in luftdichten Dosen von Türk Hava Yollari Cargo Express aus Kurdistan eingeflogen) gestorben. *Ermordet*, flüsterte Rashmi, Sklavin des subkontinentalen Geschmacks an Verschwörung und Grusel,[34] *auf übelste Weise ermordet*!

»Er war erst fünfundvierzig, Anil! Und du hättest den Zustand seiner Leiche sehen sollen, als sie ihn zurück nach Istanbul geflogen haben!«

34) Hindo TV, Kanal 9, jeden Sonntag um 20:15 h (wird montagnachts um 23:45 h wiederholt): *Die Fälle des Inspektor Bagwati*, 1. Folge: *Die Witwenverbrennung von London.*

»Oh?«

»Ja! Verwesend und voller Gase, und die Farbe, allen Ernstes, von *aloo saag*, oder eine dieser Statuen im Palast der Winde in Dschaipur –, oder meine ich Dschaiselmer?«

»Das ist doch völlig wurscht. Demnach war der Bursche eher grünlich?«

»Definitiv pistazienfarben, Vetter. Mehrere seiner Kollegen fielen auf der Stelle in Ohnmacht, als der Katafalk vom Gelände getragen wurde. Das ist ungeheuerlich, unmenschlich, unzivilisiert, naja, indisch eben, auf jeden Fall widerspricht es dem Geist der EU total!«

»Ja, und was willst du jetzt von mir? Ich bin doch nicht Sherlock verdammtnochmal Holmes. Und ich habe ebenfalls einen Job, falls du das vergessen haben solltest.«

»Och, Vetter, es ist ganz leicht. Überhaupt kein Problem.«

Dies waren Worte von arger Vorbedeutung, aber das Ziel war ein edles; Anil stählte sich zu gehorchen.

4

Hast recht, Mick, da haben sie dich säuberlich gelinkt«, sagte Tom O'Mallet. »Gefickt bis zum Anschlag.«

»Wohl wahr, Tom. Zweimal. Mit Vollbedienung.«

»Zweimal …? Ach, die *gardai.* War bestimmt kein Picknick. Nehm ich jedenfalls nicht an.«

»Die Lage war verzweifelt, Tom. Warte, bis ich's dir erzähle.«

»Und verzweifelte Lagen hast du schon immer angezogen, Mick. Weißt du noch, damals auf dem College, wie wir festgenommen worden sind, weil der Verdacht bestand, wir hätten den Vorsatz gehabt, herumlungern zu wollen?«

»Und wie ich das noch weiß. Heilige Muttergottes, das war vielleicht ein Ding.«

»Davon ganz zu schweigen, wie sie bei dir was gefunden haben, wovon sie annahmen, es wäre Semtex, aber dann war es dein Mittagessen … *Quenelles*, stimmt's?«

»Genau, Tom. *Quenelles de brochet sauce Nantua.*35) Ich habe mich immer geweigert, Studentenfraß zu essen, nur weil ich Student war.«

»Wohingegen ich gegenüber all diesem Scheiß indifferent war und bin.« (An dieser Stelle schauderte Mick, obschon im Prinzip gewillt, im Zweifelsfall zu Gunsten alter Freunde zu entscheiden, vor Verachtung.) »Voll zufrieden mit gebratenem Kabeljau und Fritten, so war ich, und so bin ich. Aber das war mal wieder ganz typisch für dich. Hast dich schon immer gern ein bißchen übernommen, stimmt's? Aber, Gott, was wir alles erlebt haben, was, Mick?«

35) Quenelles, was? Diese Dinger, die einfach so daliegen wie lange bläßliche Kackwürstchen? Wichser.

»Stimmt genau, und da könnten sämtliche geballten Heiligen im Himmel auf einen Stapel Bibeln schwören, ohne daß davon auch nur die Hälfte geglaubt würde.«

»Wie du einmal dran warst wegen Trunkenheit und Ungebühr vor dem Haus des Präsidenten.«

»Vor Seiner Magnifizenz die Gonaden entblößt, wenn Sie denn geruht hätte, dieselben zur Kenntnis zu nehmen, aber Magnifizenz befand sich gerade in den Gemächern, um vor der präsidentiellen Geliebten, Mrs. Plunkett, die eigenen zu entblößen. Dann haben mich die Bullen kassiert, und die Mistkerle haben mir prompt das eine oder andere Knie in die Leistengegend gesetzt, aus prinzipiellen Erwägungen heraus.«

»Doch wer taucht im übrigen unversehrt aus der brutalen Hölle polizeilichen Gewahrsams in den Verliesen des *Aras an Uachtarain* eine halbe Stunde später lebendig wieder auf, wenn nicht du, noch dazu ohne die geringste Druckstelle an der Oberfläche, wie ich hinzufügen möchte?«

»Mach mich nicht erröten, Tom.«

»MickscheißdochderHunddraufMcCreek, sage ich zu mir, so wahr ich lebe und atme. Und dort warst du und machtest dich schon wieder mausig wie beim Kurspaziergang in den Hügeln von Wicklow.«

»'s ist wahr, Tom, 's ist wahr. Und fühlte ich mich an jenem Tage – und an vielen anderen – etwa nicht wie der spezielle kleine Liebling Unseres Herrn?!«

»Der Schmus, Michael. 's war der Schmus. Wenn's einmal klappt, dann klappt es hundertmal.«

»Wahr gesprochen, Tom.«

»Na gut, Mick. *Is fear maith ná drochseasamh*, wie die alten Dichter und Shanachies zu sagen pflegten.«

»Oder andere Worte dieses Inhalts.«

36) Ayatollah am Arsch. Die sind gar nichts, mein Junge. Sie hätten Rev. Peter Porter aus Portadown kennen sollen, mein lieber Mann, das war ein Exemplar, das man aber jederzeit hätte abknallen wollen. Als ich auf dem College war, war er wegen irgendeines Stipendiums da, und Jungejunge, ständig schwebte das Geschöpf her-

»Noch etwas Tee, Mick?« Plötzlich schwebte die Tülle der Teekanne aggressiv in seinem Gesicht.

»Da sag ich nicht nein. Danke.«

»Sag Bescheid.«

Tom schenkte ein. Mick nickte »Bescheid« und schlürfte das Übergelaufene, und da waren sie, die beiden, bei einer tollen Tasse Tee in Killoyles erstem Coffee Shop am Platze vereint, The Bay Window, Das Erkerfenster, an der Promenade, und hielten mit elaborierten Trennwänden aus Irischtümelei die Distanz aufrecht, die einer frisch erneuerten Bekanntschaft geziemt: Mick McCreek und Tom O'Mallet, einst im fernen Lang-ist's-her Kommilitonen (jeweils teils künstlerisch/architektonisch, teils legalistisch befaßt) am University College, Belfield, Dublin 4, und Zimmergenossen in Mrs. Minions Pension im angesehenen meerwärts gelegenen Vorort Sandymount (ebenfalls Dublin 4) – und seitdem außer einer gemeinsamen Spritztour nach London an einem *Bank Holiday*, von welcher keiner mit auch nur einem einzigen Penny zurückkehrte oder auch nur einen einzigen Atemzug tat, der billigerweise als nüchtern zu beschreiben gewesen wäre, nicht mehr miteinander bekannt –, saßen und nippten an ihrem Tee und starrten aus dem Erkerfenster vom *Erkerfenster* auf das beschwingte weißgekrönte Meer. Rauch schnörkelte von Micks Morgenlulle in die Höh, der ein mißbilligendes Stirnrunzeln bewirkte, welches Toms verbindlich glatte Züge zu einem Stück gealterten Tortenbries umformte, plus Augen, Nase und Mund. Er war jetzt seit anderthalb Jahren Exraucher und bei diesem Thema etwa so vorurteilsfrei wie, sagen wir, ein iranischer Ayatollah bei der Frage, ob man sich noch rasch einen doppelten Whiskey genehmigt, bevor es ans nächtliche Herumhuren geht.36)

um wie eine Schmeißfliege mit Melone auf dem Kopf und versuchte, mich vom Pfad der Sünde abzubringen – von der Papisterei, mit anderen Worten – und auf den Pfad des Protestantismus, bzw. seine eigene ganz spezielle Marke, etwas, was sich Sündenmelder des Herrn nannte, eine Bande von Troglodyten, die herumliefen und allem

»Ach, Mick, wann hörst du endlich mit dieser gräßlichen Angewohnheit auf?«

»*'s ist* eine gräßliche Angewohnheit, Tom. *'s ist* eine, und kaum einer weiß das besser als ich.«

Im Sinne der Anklage durchstieß ein Huster seine Lippen, mehrere Mikro-Huster und feuchte Räusperer im Gefolge.

»Siehst du, Mick. Da geht es schon los. Würgst deine Innereien herauf, und wie meine arme alte Mum machst du einfach weiter und zündest dir die nächste an, Gottogott, du hättest sie hören sollen, wenn sie mit ihrem Raucherröcheln zur vollen Form auflief, das war so laut, daß man es im Hurling-Finale herausgehört hätte, im Fan-Block von Kilkenny, oder beim Abheben der Concorde, und jedesmal endete es damit, daß sie zu mir sagte (wenn ich mir gerade sagte, diesmal hat sie's aber echt erwischt): ›Och, reichst mir mal die Kippen rüber, Sohn?‹«

»Ach wirklich.« Eine schwelende Irritation angesichts dieser Art frömmelnden Geschwafels glomm in Micks Seele wie eine unausgedrückte Kippe.

»Und jetzt ist sie tot, Mick.«

einen Riegel vorschoben: Sonnenbädern; Alkohol, jeder Art von Sex, im Menschen- wie im Tierreich, sogar bei Natursendungen im Fernsehen schritten sie ein, wenn sie im Vorübergehen einen Blick durch die Tüllgardinen eines stillen Hauses davon erhaschten (dann platzten sie herein und beschlagnahmten zack die Glotze, nachdem sie vorher noch schnell eine gefälschte Dienstmarke vorgewiesen hatten), Tabak; Koffein; Autos; Ski, im Schnee und zu Wasser; Lächeln und/oder Gelächter, besonders wenn es mit einem glühenden Blick einherging; symphonischer Musik; da der Rev. absolut unmusikalisch war; usw., da all dies und noch mehr das Werk dessen war, den Rev. Porter Stan nannte, indem er aus irgendeinem Grunde das erste »a« wegließ: »Aha, die Runde geht auf Stan«, johlte er, wenn er durch ein Kneipenfenster erspähte, wie ich eine Pint zum Munde führte; oder, hinter einem Busch hervor: »Kuckuck! Stan sitzt am Steuer und schaltet zügig runter!«, wenn ich mich auf dem Weg von meiner Junggesellenbude in der Aungier Street nach Botany Bay bei-

»Gott hab' sie selig, Tom.«

»Ich weiß nicht, Mick, ich verstehe es nicht.«

»Die menschliche Natur, Tom. Wir sind doch allzumal nur eine perverse Bande von Glücksrittern.«

Impulsiv blies Mick eine Gewitterwolke blauen Rauchs direkt ins Gesicht seines Anwalts –, denn Tom O'Mallet war sein Anwalt oder sollte es werden, sein Rechtsbeistand, um noch genauer zu sein; er jedenfalls sollte Micks Kümmernisse vor Gericht bringen und die Anklage bis zum Sieg durchpauken … vielleicht.

»Mach das Scheißding aus.«

»Tut mir leid.«

»Jetzt.«

»Gut.«

Sie diskutierten die Strategie. Tom war von Micks Argument gegen die Gardai nicht überzeugt.

»Keine gute Idee, sich mit den Wächtern anzulegen, Mick.«

»Aber die Scheißkerle haben versucht, mich reinzulegen, Tom.«

»Und weiß ich das etwa nicht, Mick. Und hatten wir nicht

läufig umdrehte, um, sagen wir, einen flott gefahrenen Delage oder Jowett Jupiter zu bewundern; und wenn Frauen ins Spiel kamen, ja, dann werden Sie nicht erstaunt sein zu erfahren, daß der Rev. und sein Kumpel Stan überhaupt nicht viel davon hielten. Jedenfalls lief der Rev., als er selbst vorsichtig durch die trügerischen Untiefen der Sexualität navigierte, auf Grund, im seichten Gewässer des Analverkehrs: Terenure (bei Dublin), Sozialwohnung, alternder Junge vom Kinderstrich, Klatschgeräusche, laute herrische Ansprachen mit bizarrer metallischer Stimme (Stan, der zweifelsohne von unserem Freund gechannelt wurde), die Nachbarn prompt alles an die Polizei weitergetratscht, wozu sie von Ihrem sehr Ergebenen ermuntert worden waren, der in der Wohnung darüber einen *cappuccino* nahm. Sie mußten den alten Narren natürlich laufen lassen, und als letztes habe ich gehört, daß er mit der Kelle die *soupe du jour* in einer Aids-Suppenküche in Denver (Colorado) austeilt. *Mutatis mutandis,* was?

alle schon mal hie und da unter ihnen zu leiden. Trotzdem schätze ich, daß wir festeren Boden unter den Füßen haben, wenn es um deine Schadenersatzklage gegen Jocelyn Motors wegen ungerechtfertigter Entlassung geht.«

»Aber, Tom. Wie mich dieser kleine Arschkeks behandelt hat, noch dazu öffentlich.«

»Es hat keinen Zweck, Mick.«

»Die Schweinehunde.«

»Okay, sehen wir uns mal an, wie die Chancen stehen, Mick. Du legst dich also mit den Gardai an, der allmächtigen nationalen Polizeitruppe. Hier bist du, eine absolute Nichtigkeit, eine Null. Ein Garnichts in Menschengestalt. Ein Stück Hundekacke an der Sohle der Gesellschaft, mit allem schuldigen Respekt. Tut mir leid, Mick, aber da haben wir's. Du bist ein frisch entlassener Ex-Testfahrer von Jocelyn-Autos, was sowieso schon eine köstliche Art ist, sich seinen Lebensunterhalt zu verdienen. Und du warst als Student in eine Schlägerei mit der Polizei vor dem Haus des Uni-Präsidenten im Phoenix Park verwickelt, und du warst einst und bist jetzt wieder, um das Maß vollzumachen, ein gründlich unverheirateter Junggeselle.«

»Geschieden, um Himmels willen. Und diese Sache im Phoenix Park ist endlos lange her. Und übrigens war meine Scheidung überhaupt erst die dritte in der gesamten gottverdammten Grafschaft Killoyle seit dem Referendum, daß du's nur weißt.«37)

»Ach wirklich? Da hast du ja einen schönen Platz an der Sonne. Nur, daß du dadurch wirkst wie der Standartenträger eines allgemein ehefeindlichen Trends, denn die guten Leute von Killoyle senden immer noch nicht so ganz auf der Wellenlänge von Elizabeth Taylor, wenn es um Scheidung geht, Referendum hin, Referendum her. Wie du sehr wohl weißt. Egal.

37) Ein zweifelhafter Rang. Wenn jemand das weiß, dann ich, ich war nämlich vierter. Scheiß-Anwälte. Einer davon, der unstandesgemäße Abkömmling eines Wirtes in der Grafschaft Armagh, Erin Gallowglass mit Namen, hatte seine linke Hand in der linken Tasche

Also geschieden und bei seinen Freunden als *aficionado* von Motor- und Pferdesport bekannt, sowie der müßigen Tröstungen des Wirtshauses ...«

»Du meinst, ich werde dastehen wie ein Taugenichts.«

»Beim falschen Richter sogar mit der Schadenersatzklage wegen ungerechtfertigter Entlassung, und bei *jedem* Richter, wenn du dich mit der Polizei anlegst. Andererseits, Mick«, und hier ließ Tom O'Mallet seinem alten Freund die gesamte Wonne dessen zuteil werden, was in seiner Kanzlei als *Der Halogenblick* bekannt geworden war, »stehen die Chancen bei der Schadenersatzklage wegen ungerechtfertigter Entlassung nicht schlecht, daß der Richter voll und ganz dein Geschöpf sein wird. Vom Worte ›Los!‹ an wird er auf deiner Seite sein, das kannst du schon mal auf die Bank bringen.«

»Tom. Woher willst du denn soviel im voraus über den Richter wissen, Mensch.«

»Er ist mein *Da*, und er fährt einen Jocelyn.«

Tatsächlich, obwohl auch richtig war, daß Toms *pater*, Richter Gerald O'Mallet, nur einer von drei Richtern am Bezirksgericht von Killoyle war, und jede dieser herausragenden Persönlichkeiten konnte theoretisch bei einem geringfügigen Fall wie dem von Mick den Vorsitz übernehmen, und wenn man Richter O'Mallets freundschaftliche Nähe zu Ben Ovary, dem Oberbürgermeister, und seine frühere Golfplatzfreundschaft mit dem Herrn Polizeipräsidenten P. Nugent, Esq., bedachte, konnte der Richter sich seine Verfahren weitgehend nach Belieben aussuchen, selbst (oder gerade) wenn sein eigener Sohn beteiligt war. Meist wählte Richter O'Mallet die leichten Fälle mit dem rückfälligen Trunkenheitsdelinquenten und nichtaufsässigen Kleptomanen, um auf diese Weise besser, wie er seinem Sohn sagte, »den untersten Mitgliedern der gesellschaftlichen Nahrungskette zeigen zu können, was eine Harke

meiner Exe, bevor ich seine rechte Hand mit Gewalt aus meinem Handkoffer entfernen konnte (und schwer geatmet hat er, kann ich Ihnen sagen) –, oder war es genau umgekehrt?

ist«, was sein Sohn immer als »um fertig zu sein, bevor die Kneipen öffnen« interpretiert hatte. Immerhin hatte der Richter eine angenehme Tenorstimme[38] und erlesenen Geschmack in Whiskeys, und er bekannte sich zu einer Schwäche für einen Spitzbuben, der den traditionellen irischen Stempel trug –, jemanden, der ein bißchen war wie Mick McCreek, doch, doch.

Und er *haßte* sein Auto, oh, wie er es haßte.

»Ein richtiger oller Schrotthaufen. Seit er ihn gekauft hat, war er dreimal in der Werkstatt, und einmal, als er damit nach Dublin zur Pferdemesse wollte, hat er sich einfach umgedreht, genau, hat mitten auf der N1 die eins-achtzig gemacht. Was nun als allerletztes nicht mehr funktioniert, sind offenbar die Bremsen. Jetzt hat er aufgegeben. Er läßt ihn einfach vor dem Haus geparkt. Übrigens, singst du eigentlich je, Mick?«

»Nicht regelmäßig. Nur wenn die Stimmung entsprechend bombig ist.«

»Das reicht schon. Ich würde ihm aber ein bißchen was vortragen, allen Ernstes. Vorausgesetzt natürlich, daß er dein Verfahren leitet.«

»Was denn? ›Danny Boy‹? ›Die Blümlein im Walde‹? ›My Way‹?«

»›My Way‹ ist vielleicht genau das Richtige. Der alte Mann liebt Sinatra. Oder ›Strangers in the Night‹, weißt du, oder ›Come Fly With Me‹, sowas. Die Auswahl des Liedguts stelle ich voll und ganz in dein Ermessen.«

Mick fragte sich plötzlich, ob sein quondam Kumpel ihn vielleicht verarschte, um ihm eine Lektion zu erteilen, aber er verwarf den Gedanken und rief sich ins Gedächtnis, daß ein guter – oder zumindest effizienter – Anwalt fast so schwer zu finden war wie eine anständige Ehefrau, und daß sowieso Richter ein notorisch unbeständiger und exzentrischer Haufe waren –, und welche Wahl hatte er denn schon, außer dem

38) Ah, der Richter. Hm. Aus dem *Clarion*, bevor der Teufel los war (s. hierzu w.u.): »In den 50er Jahren studierte er Gesang bei Noreen Dempsey; er errang sowohl beim *Feis Maitiu* als auch beim *Feis*

Pflichtverteidiger oder einem unwillkommnen (und unmöglichen, bei seinem finanziellen Engpaß) Kostenaufwand? Es war ein simpler Fall von ungerechtfertigter Entlassung, so sah er das, ein Fall, in dem sein Ex-Arbeitgeber, in der Person von »Pats« Bewley, »unberechenbar und launenhaft« gehandelt hatte, um es mit Tom O'Mallets beredten Worten zu sagen; ja, »ohne jeden ersichtlichen Grund oder auch nur Kenntnis desselben«; er, Mick, wiederum hatte, um das Leben des (an dieser Stelle blutende Herzen und schluchzende Geigen für den Richter) unglückseligen Obertrottels Francis Feeley zu retten, die Antiblockiersystembremsen betätigt, was den verständlichen, aber letztlich doch zerstörerischen dorsalen Aufprall seitens eines gewissen Cornelius Regan, Esq., beschleunigt hatte ... und so weiter.

Tom machte sich Notizen, während Mick die Bitternis seines Loses bis zur Neige auskostete.

»Dann war da noch das Chrom. Das wollen wir auch nicht vergessen.«

»Ja. Chrom, so so. Könnte dies eine Abschweifung sein, Mick? Ich kann dir garantieren, daß der Richter an dieser Stelle mit den Fingern Wirbel trommelt, ein sehr schlechtes Zeichen.«

»Quatsch. Das Chrom ist der unmittelbare Grund. Der Asphodel ist voll davon, und vom Chrom fast geblendet, bin ich vorwärtsgeschlingert und in unseren Freund hineingemangelt.«

»Das ist zwar interessant, aber natürlich alles Zeug für die Gardai, der ganze Auffahrunfall und daß Feeley gekommen ist und so. Rücksichtslose Fahrweise und so, und dahinein werden wir uns nicht weiter vertiefen, wie ich bereits ausgeführt habe. Wenn sie sagen, es ist deine Schuld, Mick, dann ist es deine Schuld, und damit Schluß.«

Ceoil eine Goldmedaille und sang danach bei der Dublin Grand Opera Society. Dies stellte die Grundlage für seinen Erfolg in der Welt des Musiktheaters dar.«

»Kacke, O'Mallet. Mach mich doch nicht nur zur Sau. Bist du mein Anwalt oder nicht. Das Chrom hat mich geblendet, was den Unfall bewirkte, welcher zu meiner Entlassung geführt hat, ungerechterweise.«

»Komm, Mick, das haben wir doch alles längst erörtert. Nimm jetzt mal eine andere Brennweite, Junge. Konzentriere dich darauf, daß du Jocelyn Motors sagst, wie sie da wieder rauskommen, indem sie nämlich entweder einen schönen strammen Betrag Entschädigung zahlen, oder indem sie dich auf gleicher oder höherer Verantwortungs- und Vergütungsstufe wieder einstellen –, und, übrigens, welche Option streben wir eigentlich an, Mick, solang ich noch mit deiner Aufmerksamkeit rechnen kann?«

Mick optierte für das Bargeld.

»Na, das war leicht. Gute Wahl, aber. Und, Mann, ich kann, während wir hier reden, ihre Klöten in meiner Hand spüren. Jetzt müssen wir nur noch zudrücken.« Er drückte die Luft und wiederholte die Geste, die Bobby Lee Irwin neulich abends auf RTÉ 5 in dem amerikanischen Anwaltsknüller gemacht hatte –, »Die Schalensitze der Justitia« hatte der geheißen, oder »Die Schalentiere des Rechts« –, nein, »Die Waagschalen der Gerechtigkeit«, das war's, so präzise, daß Mick wußte, er hatte ihn ertappt, sein dynamischer Anwalt Tom hatte denselben Film gesehen, und in ihm nistete der Ehrgeiz anwaltlichen Wohlstands in üppigen Bürosuiten mit Blick auf den East River (oder Minimum die Liffey), allwo er die Macht überheblicher Magnaten symbolisch mit dieser schlichten Geste tilgt: »Man packt sie einfach an den Eiern«, wie Bobby Lee Irwins Rolle gesagt hatte, mit aufgerauhter Stimme, die Pok-

39) Ich weiß nicht. Ich hatte auch mal einen Trenchcoat. Aber die Leute in der Straße haben so heftig gelacht (sogar vor dem Wohnzimmerfenster haben sie sich zusammengerottet, sich gegenseitig angestupst und sich gebogen vor Lachen, wenn ich ihn an- und auszog), daß ich ihn schließlich der Stiftung gegen Robbenjagd gestiftet habe. Stolz bin ich nicht darauf, aber ich schäme mich auch nicht, falls Sie mir irgend folgen können.

kennarben im Gesicht durch seitliche Beleuchtung akzentuiert, »und drückt zu«, wobei er zudrückte.

(Tom sah sogar ein winziges bißchen aus wie Bobby Lee Irwin, bis auf die Pockennarben; vielleicht kultivierte er die Ähnlichkeit, und war Mick da nicht auf etwas Tolles gestoßen?)

»Es gefällt mir immer noch nicht.«

»Aber so läuft es.« Tom stand auf und bürstete sich die Hose ab. »Dann kümmern wir uns mal um einen Gerichtstermin.«

Die Rechnung ging an Mick, da Tom zur Tür hinausgefegt war, bevor jemand irgend hätte buchhalterisch tätig werden können. Mick beobachtete ihn, wie er über die Promenade davonschlenderte, am Standbild von Michael Collins vorüber, wobei sich sein Trenchcoat (sowas von affektiert, als trüge ein normaler Mensch einen Trenchcoat, um der Liebe Gottes willen39)) an den Hacken bauschte wie eine Persenning, sein Meckischnitt dagegen von den forschen Zephyren, die seitens des Sankt-Georgskanals herüberwehten, unbewegt blieb. Nicht zum erstenmal – in dieser Stunde tatsächlich bereits zum dritten Mal – hatte Mick so seine Zweifel, was die ganze Angelegenheit und Tom O'Mallet im besonderen betraf.

»Na, sowieso drauf geschissen«, murrte er enigmatisch und steckte sich, indem er das Bay Window verließ, mit O'Mallet- und Todesverachtung eine Zigarette an.

Auf der Promenade lauerte eine salzhaltige Meeresbrise, flüsterte zaghaft und floh. In der Ferne lümmelten sich violettige Stratuswolken träge gegen den perlmutt-gelblich-rotbraunen Himmel, was ruhige Meere und, für diejenigen, die an dem Tag eine Reise antraten, eine einträgliche Reise bedeutete.40) Der Strand war leer, mit Seetang überstreut, ein langer

40) Stratus im Gegensatz zu Cirrus oder Stratocumulus …? Also, ich verstehe ums Arschlecken nichts von Wolken, weiß aber sehr wohl, daß man nur über dem unendlichen bronzefarbenen Meer um die Inseln vor und über dem Winde außerhalb der Saison einen Cumulus aufragen sieht, jawohl, soviel weiß ich, habe ich doch ein gerüttelt Maß Zeit als Berlitz-Lehrer in New Angola verbracht, um meine Sünden zu büßen. Gott, die Verstopfung, und, noch schlim-

weißer Halbmond, der seinen Bogen ins grauweiße Weite schlug, wo See sich und Himmel vermählten. Oben wurde langsam ein enormes silbern-weißes Wolkenbanner entfaltet, welches Tröpfchen freiließ, gegen Flicken von ägäischem Blau. Die Szenerie war ruhig, friedvoll, grenzte ans Vollkommne; auch frisch und angenehm, ohne die konkurrierenden ländlichen und städtischen Parfums von Kuhscheiße und Autoabgas; ein Regen stand bevor, wie immer in Irland: September, ein grauer Septembermorgen, süßer Herbst in Killoyle ...[41)]

Gesenkten Haupts marschierte Mick matt weiter zu seiner nächsten Verabredung, einem prophylaktischen Besuch in der Arbeitslosen-»Klinik« (oder war es ein »Workshop«?) in der Öffentlichen Bücherhalle. Es war wahrscheinlich ein Schwindel, aber er hatte sich auf den verkaterten Strecken der letzten beiden Nächte geschworen, verdammt sein zu wollen, wenn er während der Gesamtdauer welcher juristischen Eseleien, Dösigkeiten und Faxen, die ihm und Tom O'Mallet und Tom O'Mallets *Da* - und Gott wußte, wem sonst noch - auch immer bevorstehen mochten, den Vorsatz hatte, ohne Job zu sein. Sowas konnte Monate dauern, das wußte er. Und Tom vertrat ihn zu einer symbolischen oder nominellen Gebühr, wie er sagte, noch nicht ganz definitiv (und Mick schätzte den Klang dieses »nominell« gar nicht), aber auf jeden Fall für viel weni-

mer, das Gegenteil. Aber die Getränke waren toll, wenn auch ein ganz klein wenig zahnbrechend kalt, da die Yanks und ihre Handlanger das kälte-orientierteste Volk der Welt sind, nur damit sie sich gleich hinterher aufwärmen können. Sei dem, wie ihm wolle, es gibt nichts Schöneres, als wenn die Sonne gelegentlich mit einer Explosion purpurner Herrlichkeit in einer lila wogenden See versinkt, wobei sich die Segelboote und Yachten und was nicht alles sanft in ihren Verankerungen wiegen, in der Ferne das einlullende Tunkatunk Tunkatunk des Calypso und in der Hand ein schönes starkes Getränk. Und dann kommt die Nacht, ach, die Nacht.

41) Jetzt aber Vorsicht mit Hoolihan. Ich habe den alten Strolch immer gemocht (außer als Dichter) und es immer als nationale Schande angesehen, daß die Regierung seinen Knochen keinen Flug

ger, hatte O'Mallet gesagt, als ein vollflügges Paragraphenreiterpaar kosten würde, wenngleich ein winziges bißchen mehr als die gemeinen Wald-, Feld- und Wiesenpflichtverteidiger und ihresgleichen, allesamt staatsangestellte Trauerklöße auf der schiefen Bahn, laut Tom –, obwohl es Mick in den Sinn gekommen war, daß die staatsangestellte Sorte ein weniges weniger widerstrebend sein könnte, wenn es galt, die Bullen wegen ihrer Missetaten anzugehen, bekannte Linke und Unterstützer der Rechte des kleinen Mannes, die sie bis zum letzten Mann (und zur letzten Frau) waren ... Die Frage war: Wer war der kleinere Mann, Mick oder Frankie Feeley?

Oder wieder ganz jemand anderer?

Mick würde Frankie nominieren, ganz klar, aber sein Standpunkt war naturgemäß nicht frei von Vorurteilen zu seinen eigenen Gunsten.

»Dieses Arschloch ist ein Arschloch, wenn ich je eins gesehen habe, und nicht nur das, sondern ein gottverdammter Wucherer, sowie ein Affenarsch *de luxe*«, muckte er bezüglich seines mutmaßlichen Verteidigers und ungeduldig ob der roten Fußgängerampel, die irgendwie sowas Ewiges hatte, weshalb er spontan beschloß, sie zu ignorieren, dann beinahe von einem Dussel in einem schnellen BMW überfahren wurde, auf.

»Arschgesicht.«

nach Hause spendiert hat. Ich meine, der Mann hätte *poeta laureatus* werden können, zumindest von England, wenn er nicht in den aneinandergrenzenden Vereinigten Staaten (ohne Alaska und Hawaii) zum gewalttätigen Gammler geworden wäre. Jedes einzelne der folgenden Werke aus seinen *Knastpostkarten*, Cantos I-XIV genügt schon, oder auch nicht (auf dem langen Gang von der Einzelzelle bis zum Funkenstuhl im Staatsgefängnis von Parton, Parton [Pennsylvania]): *O alte graue Strähne* (Haars); *O vielbesungner Bungalow am vielbesungnen Baum*; *Ach, Du geliebte Zuflucht mein*; *Ach, Du mein / Killoylilein.* Die beiden letzten sind überhaupt nicht übel, wenn man sie halbbesoffen zu Bouzoukibegleitung singt. Davon abgesehen, würde ich, ganz offen jetzt, dazu raten, das Zeug weitesträumig zu umfahren.

»Verpiß dich, Mister.«

Nach dieser Begegnung immer noch kaustisch, sandte Mick seine aufgebrauchte Kippe mit Effet in den Gully am Portal zum trendig lila getönten neugotischen Stück Geröll der röm.-kath. Prokathedrale SS. Laurence und Peter O'Toole.

»Schieber!« schmetterte er.

Niemand antwortete, nur die Luft wurde fast unmerklich kälter.

Er schritt weiter, überquerte die Behan Avenue, am Bahnhof Killoyle West vorbei und um den Haughey Circle herum, Schauplatz von so vielem. Plakate schmückten den prächtigen Palast der Gardai Siochana (die Schweinehunde – jau!) und angrenzende Gebäude, einschließlich O'May's Apotheke GmbH und die abgesonderte und efeubewachsene Vorderfront von Ben Ovarys oberbürgermeisterlichem Herrensitz.[42)] Diese Plakate, gerade erst fertiggestellt – wie Mick bei näherer verschwiemelter Betrachtung klarwurde, als er die noch nicht ganz weggeschlagene Druckfarbe mit niesreizerstickendem Kleenex betupfte –, priesen in Worten, die keinerlei Zweifel zuließen, das große Ereignis an, die Bierchen-zapf-und-zisch-Olympiade. Sie sollte erst in ein paar Wochen steigen, war aber bereits Stadtgespräch, und das nicht nur in dieser Stadt. Einnehmende und rosige weibliche Gesichter (eindeutig arisch bezopft, blond, blauäugig usw.) wurden lächelnd bekränzt über schäumenden Humpen bernsteinfarbenen Bieres gezeigt, dazu zeichneten sich unpassende Berge von der bajuwarischen oder alpinen Sorte in der mittleren Distanz vom Betrachter ab, der sich ungewollt hinter lauschigen, der Länge nach unterteilten Fensterscheiben befand (*oder sollten diese Gipfel die Knockmealdowns darstellen?* befragte sich Mick, ohne eine Antwort abzuwarten); na, wie auch immer, die Zapfanlagenolympiade prangte bereits mit ihrem ureigenen Logo, einer Käse-und-Brezel-Trias aus Pint-Krügen, durch Shamrock-Ranken in

42) Hinter welcher, wie ich aus bester Quelle weiß, oberbürgermeisterliche Finger in ungeduldigem Wechsel fummelten und ver-

Form der miteinander verhakten olympischen Ringe verbunden, ausgerechnet, nun auch noch dies überstrapazierte Klischee (dachte Mick, plötzlich bitter, ja, nah am Ekel) (das konnten natürlich auch die Nachwirkungen der letzten Nacht sein, aber wir können die allgemeine Abscheulichkeit der jüngsten Vorgänge in seinem Privatleben schließlich nicht ganz unberücksichtigt lassen) ... Es war auf jeden Fall keine reine Amateurveranstaltung, keine echte Olympiade, wie denn auch in der Multimilliarden-Dollar-Welt des Øl?

Wie die Plakate klarstellten, steckte ernste Kohle hinter dem ganzen Ausstattungsstück: Big Jimmie's, eine Glasgower Brauerei, die ein klares Interesse daran hatte, ihre eigenen Erzeugnisse loszuschlagen. Rivalisierende Firmen aus England, Wales und Irland und sogar Australien und Nordamerika würden natürlich Konkurrenzmannschaften aufstellen, jede mit ihren eigenen Champions, und dann wurden, Achtung fertig los, vom einen Ende bis zum anderen auf dem weiten Gelände des Balsa Room in der Spudorgan Vacation Inn, wo die Veranstaltung stattfinden sollte, die Pints gezapft; und dann würde es jede Menge Jobs geben, bei Gott, die gäbe es, nur leider war das Mistding erst im November.

Immerhin lohnte es sich, darüber nachzudenken, solang nichts Solideres in Sicht war, und in diesem Leben, in dieser Stadt, in diesem Land wußte man ja nie, obwohl Micks wahre Ziele viel höher gesteckt waren als das Tresenwesen –, so für sich genommen kein unebener Beruf, ganz und gar nicht, aber doch ein wenig eine Sackgasse und todsicher dazu angetan, Einen mit nicht ganz gußeisern ausgekleideter Selbstdisziplin den Bach runtergehen zu lassen ..., denn Mick wollte ein Barde der Landstraße sein, ein Homer der Autobahn, ein Chronist der Leidenschaft für die Geschwindigkeit und die Vehikel, die einen damit versorgten, ein Aufzeichner der Herrlichkeiten von Design und Komfort, wie sie sich vier Rädern anvermählt

flochten, alles im Dienste konstanten unermüdlichen Ehrgeizes und gewisser unaussprechlicher Sehnsüchte ...

len (mit toller Kurvenlage und Zeiten von Null auf Sechzig unter sechs Sekunden) und, sagen wir, von Mailand nach Parma die Via Emilia entlangrasen: ja, das war der seit langem so sehnliche Traum unseres Helden, sein Ithaka, seine Reinkarnation seiner selbst in seiner eigenen Version der zahllosen geschichtlichen Utopias. Für ihn führte der ewige Kampf schlicht zu einem netten Himmel irdischen Zuschnitts, in welchem wir alle die Jobs hatten, die wir wollten, und niemand lief durch die Gegend und erstach jemanden oder sprengte jemanden in die Luft, und wir hatten keinen Hunger und waren nicht arm, und alle hatten regelmäßigen Stuhlgang (zweimal täglich) – vielleicht waren Ausscheidungen ohnehin längst überholt, wurde aber auch allmählich Zeit – und deshalb auch kein Bauchweh; und unser Geschlechtsleben paßte sich jeder individuellen Veranlagung an, von Nihil bis Nonstop, und Verstellung galt nicht…, und wo wir gerade von Sex sprechen: Mick fand sich, sobald er die Öffentliche Bücherhalle durch den Haupteingang betreten hatte, auf zutiefst geile, verkaterte und entschieden unvornehme Weise starr glotzend wieder – entsprach dabei auch etwas zu sehr dem Bild vom arbeitslosen Rüpel, das er bot, wie er sich selbst gegenüber bereitwillig einräumte – (es war aber trotzdem ein herrlicher Anblick) – starr auf eine hervorstechende weibliche Büste glotzend, welche mit einem der Phantasie trotzenden, COKE! plärrenden T-Shirt bekleidet war, die beide (Büste, T-Shirt) Miss Penny Burke gehörten.

Sie hörte ein mutiges Räuspern und blickte von ihren Zurückstellpflichten auf.

»Einen guten Morgen wünsch ich«, sagte Mick und probierte ein Lächeln aus. »Äh –, ich komme wegen des Arbeitslosen-, des Arbeitslosen-«, *Mensch, das ist doch das Mädel, das ich neulich gesehen habe, beim,* »-Dingsbums.« Ärgerlich mit sich, nahm er ein bißchen Haltung an.

»Workshop?«

Das ist er, schrie sie stumm. Der tuntige Besoffene aus dem Koh-I-Noor. Arbeitslos, na, das hätte ich gleich wissen können.

»-Seminar? Ja, das ist da drüben, Sir«, sagte sie und legte dabei etwas zuviel Emphase auf das einsilbige »Sir«, als daß ihre scheinbare Courtoisie hätte glaubwürdig klingen können; *au contraire*, dachte Mick, sie nimmt mich auf den Arm, aber ja. Nun sehen Sie doch mal, hielt er, aufgeheizt phantasierend, eine inwendige grelle Vorlesung, ich habe einen Universitätsabschluß und einen Beruf, mit dem man sich sehen lassen kann, wissen Sie, und ich heize Ihnen einen Pantera GT schnittiger durch die Kurven als –, na, besser als Sie allemal.

»Dort drüben bitte, Sir«, warf ein reizbarer Mr. Finn auf seinem Weg vom Büro zum Lokus ein, deutlich unangetan von diesem Treffen mit einem Vertreter der industriellen Reservearmee, der sich mitten in seinem Foyer breitmachte, direkt vor dem Haupteingang, wo ihn jeder sehen konnte, um Himmels willen ...

»Ihr Auftritt, Miss Burke«, sagte Finn. »Ich sage Gladys Bescheid, daß sie mit Zurücksortieren dran ist.«

Als er die gurgelnden pseudomarmorierten Gefilde der Toilette zum drittenmal an jenem Vormittag betrat, murmelte Finn, der das Aufwallen von Unwillen angesichts Eines, dem das Leben übel mitgespielt hatte, leicht bedauerte: »Finn, heile dich selbst«, und richtete ein Gebet an unsichtbare äußere Mächte von unerwarteter und unwahrscheinlicher Güte, sie sollten bitte sein, Finns, Leben verbessern und mit seinem armen, alten Körper schon mal anfangen (er brauchte doch nur ein bißchen Entspannung, d.h. zehn Tage an der See, die Gezeiten betrachten) und sich dann zum diskreten Auslaufenlassen seiner Wochenends- und außerplanmäßigen Aktivitäten vorarbeiten, welchen, wenn sie ruchbar würden (obschon durchaus heroisch, von einem ganz bestimmten Blickwinkel aus), weitgehende Mißbilligung sicher wäre, zuallererst bei Mrs. Finn[43)] (also, dieser Gedanke machte ihm wirklich angst,

43) Ich bin Ihnen natürlich schon wieder weit voraus, lieber Hans Leser, oder liebe Grete Leserin, oder wer Sie sonst noch sind. Ich kann nicht viel sagen, aber eins kann ich Ihnen jetzt schon ver-

und Mr. Finn war nicht leicht ins Bockshorn zu jagen, wie wir zu gegebener Zeit erfahren werden).

Auch Penny machte sich, sobald sie Dampf abgelassen hatte, Vorwürfe. Sie fürchtete, Verärgerung und rasch durchbrennende Sicherungen könnten zu ihrem Standardrepertoire werden, wenn es galt, sich aus ihrer kleinen unsichtbaren Blase der Selbstbesorgnis heraus mit der Welt zu beschäftigen –, besonders mit Männern, die teils ohnehin Ärger machten und teils keinen zweiten Blick oder Gedanken lohnten,[44] zumeist.

Nu ja, so ist nun mal das Leben, so ist es nun mal, wie ihr alter *Da* gesagt hätte.

Sie wappnete sich und folgte der hustenden, spuckenden, hohlbrüstigen, gebeugten, hängeschultrigen Legion der Arbeitslosen – achtzehn Männern und einer Frau (dies war schließlich Irland) – ins Sitzungszimmer, »LernCenter« genannt, nach nebenan. Computer waren aufgestellt, und an Schultischen standen Stühle einander gegenüber. An der Wand hingen Listen mit Jobs, die zu haben waren, meist von der Hilfstankwart- und Kloputzersorte, prompt von den Stolzeren, und davon gab es viele, verschmäht.

Penny verzweifelte kurz, riß sich dann zusammen und legte vor den armen Tröpfen los.

»Guten Morgen, guten Morgen. Und wie geht es Ihnen?«

Sie war, hoffte sie, fest, aber nicht herablassend, mit einem fröhlichen Lächeln für die, die hart dafür arbeiteten. Hierin wurde sie von einer gewissen Moira vom Arbeitsamt unterstützt, einer Ex-Sozialarbeiterin und erprobten Expertin für die Einfälle und Ausflüchte der Ab-(und Aus-)steiger unserer Gesellschaft und dafür, ob echte Ungerechtigkeit oder persön-

raten: Peng peng! Kapiert? Bumm bumm! Wissen Sie, was ich meine? Knall! Knall! Knall! Und ich meine nicht Cowboys und Indianer. Wir sind hier schließlich in Irland. Verstehen Sie, worauf ich hinauswill?

44) Verdammt will ich sein, wenn sie nicht recht hat. Die Hälfte der Typen, die ich kenne, hegt eine absurd aufgeplusterte Meinung

liches Verschulden sie dazu gemacht hatte. Forsch teilte Moira den Raum in zwei Abschnitte, als spürte sie instinktiv den Unterschied zwischen den dauerhaft Heruntergekommenen und den anderen, die erst vor kurzem den Job verloren hatten, umf.

»Erst vor kurzem den Job verloren, umf«, flüsterte sie Penny zu. »Gleich kommt's. Nun, Sir«, begann Moira. Sie sprach eine rote Glühbirne von Nase an, welche zu nicht viel Mann mit zitternden braunnägligen Fingern und einem nervösen Husten überleitete.

»Wie lange sind Sie schon arbeitslos?«

»Hab erst vor kurzem den Job verloren, umf, Missus.«

»Und nehmen Sie an Umschulungskursen teil?«

»Überhaupt nicht. Darf ich rauchen?«

»Nein.«

»Na, dann lecken Sie mich doch am Arsch.« Seine Augen waren naß hinter dem folgenden furiosen Hustenanfall.

»Ich danke Ihnen. Weiterhin noch viel Glück, Sie flinker Bursche, Sie. Der Nächste?«

Penny befragte genau zehn von den umfundzwanzig, die erschienen waren und zum Teil offenbar auf einen zusätzlichen Bonus über dem, was sie an Sozi kriegten, und über es hinaus hofften.

»Nein, wir haben keinerlei Geld für Sie. Wir sind nicht das Arbeitsamt. Wir beraten und erstellen Listen mit Gelegenheitsarbeiten. Wir«, und so weiter.

»Komisch, daß Sie keine Computer-Schulung anbieten«, sagte ein rothaariger Bagalut, dessen eines Auge (das rechte) größer war und starrer blickte als sein Genosse.

»Wie das?«

von sich selbst, und die andere Hälfte hat es sowieso schon so gut wie hinter sich, noch dazu mit Pferdeschwänzen. Die Mädels waren aber auch nicht viel besser. Wir wollen uns nichts vormachen, die Menschen sind ganz allgemein ein bißchen eine *mauvais quart d'heure*, oder müßte das *esprit d'escalier* (oder *escargot*) heißen? (Es gab natürlich auch noch Kathy.)

»Na, Sie haben doch diese ganzen Scheiß-Computer, stimmt's? Und fixe Bürschchen, die mit den Scheißdingern umgehen können, ja?«

»Ich verstehe, worauf Sie hinauswollen. Was für einen Beruf haben Sie denn vorher ausgeübt?«

»Abriß und Beseitigung, oben im Norden. Und das Auge ist aus Glas, wenn Sie schon so glotzen.«

»Haben Sie Ihr Abgangszeugnis dabei?«

»Spinnen Sie jetzt oder was.«

Als Mick bei Penny an die Reihe kam, war ihr Enthusiasmus im Schwinden begriffen, und fast vermißte sie bereits die relative Behaglichkeit des Informationstischs.

»Wir haben uns ja bereits kennengelernt«, sagte er zur Vorstellung. »Naja, nicht direkt.«

»Ja. Sie hatten ganz schön einen sitzen. Erstaunlich, daß Sie sich erinnern.«

»Och, so schlimm wird es bei mir nie.«

»Kam mir aber so vor.«

Ja, sie war gut und gründlich angeödet, und dann kam auch noch dieser Typ mit all den anderen elenden Durchhängern angeschwebt, diesem Bodensatz,45) und machte einen auf Universitätsabsolvent und Amateur, der sich nur gern mal kurz unter's gemeine Volk mischt oder was …?

»Na, mischen wir uns heute mal unter's gemeine Volk? Oder brauchen wir tatsächlich einen Job?«

»Gott, Sie gehen ja heute ganz schön auf dem Zahnfleisch, stimmt's?«

»Beantworten Sie bitte einfach die Frage, Sir.«

»Und lassen Sie das ›Sir‹ weg. Okay? Ich heiße Mick.«

45) Und das ist noch untertrieben. Während meiner Zeit als Hausausbesserer habe ich gegenüber vom Arbeitsamt Killoyle Süd gewohnt, und ich kann Ihnen sagen, die Luft da war bei Tag und Nacht von *tikka masala*- und Frittendunst gesättigt und dick vor lästerlichen Ausdrücken und Tabaksqualm. Noch schlimmer war, daß nebenan ein Genie die brillante Idee gehabt hatte, ein Wettbüro zu eröffnen, was natürlich bedeutete, daß die Jungs es nie bis zu

»Mick. Darauf wäre nie jemand gekommen.«

»Und Sie sind ...?«

Also, sie trug doch immerhin ihren verdammten Namen auf dem garstigen Namensschild auf ihrer linken Titte ...!?

»Okay, okay. Penny. Tag, Penny. Sie kommen mir vor, als könnten Sie einen Drink gebrauchen. Was sagen Sie dazu?«

»Ich sage nichts. Dies ist eine Befragung, und *ich* befrage *Sie* mit dem Ziel, Ihnen eine Erwerbstätigkeit zu verschaffen. Alles klar?«

»Schießen Sie los.«

Sie vertrödelte ein bißchen Zeit mit den einleitenden Standardfragen, die wenig bewiesen und meist nur den Befragten auf die Palme brachten, Mick jedoch nicht; er saß ungerührt.

»Abschluß in Architektur. Kommt immerhin dem Design am nächsten. Und hie und da ein bißchen schreiben. Wollte nämlich immer schon beides.«

»Über Häuser, Ja?«

»Autos. Automobiljournalismus.«

»Autos?«

Ihr Erstaunen war fast mit Händen zu greifen: ein kurzes Schütteln des Kopfes, die Augen standen noch ein Ideechen mehr vor als üblich, halbspöttisches Lächeln: Autos!?

Mick war jetzt aber wirklich ein bißchen unangetan.

»Stimmt, Penny. Diese Dinger. Transport, wissen Sie. Vatis Kombi. Ihr '89er Toyota. Verdammte Autos. Sowas. Darüber will ich schreiben. Kaum zu glauben.«

Es kam Penny alles etwas langweilig vor; oder eher stocksolide, dämlich, golfspielermäßig, bübisch, biertrinkerisch,

einem Vorstellungsgespräch schafften, sondern alles, was sie glücklich der Sozi abgegaunert hatten, prompt auf die Gäule verloren, wodurch sie zurück aufs Arbeitsamt mußten, um dort weiteres Hartgeld zu erbetteln, welches dann wieder ins Wettbüro getragen wurde und so weiter ad infinitum. Und ich weiß Bescheid: Ich gehörte dazu; das war in dem Jahr, als Angela's Wheezer in Fairyhouse gewonnen hat.

Vorstadt-Heini-der-mit-den-anderen-Heinis-ordentlich-einen-draufmacht-artig und überhaupt nicht künstlerisch, nur der *machismo* des Motorenfiffis unter dem neuen (ihr zumindest neuen) Deckmäntelchen des Automobiljournalismus oder Karosseriedesigns.[46]) Sie hatte von beidem noch nie gehört – oder tiefer darüber nachgedacht, als sie über ihr eigenes Auto nachdachte, was, außer beim Ölwechsel und Prüfen des Reifendrucks, nie geschah; es war natürlich gut gepflegt und sauber, klar, aber das war nur, um a) damit nach B (oder A) zu kommen, und ihr b), die sie von Dreckschweinen umgeben war, bei der Aufrechterhaltung der Selbstachtung behilflich zu sein ... Kurz wie der Flügelschlag einer Fledermaus flitzte ein Abbild kontinentaleuropäischer Selbstgefälligkeit – z. B. germanisch, d. h. ernst und gutgekleidet; oder französisch, nämlich herablassend und schlampig, aber geschmackvoll angezogen; und was nun die Itaker anging: frage nicht (Ferraris, Fiats, *vino rosso* und alles)! – an ihrem geistigen Auge vorüber.

Sie empfahl einen Bürojob, praktisch technisches Schreiben, und zufällig konnte sie gerade mit einer freien Stelle dienen, genau hier in Killoyle, nur einen Steinwurf oder Katzensprung von da, wo sie jetzt saßen, nämlich: NaughtyBoy Computer Services suchten per sofort einen Kandidaten mit etwas Computerpraxis.

»Na bitte. Der Typ, mit dem Sie reden müssen, heißt Denny. Denny Tool.«

»In Ordnung, aber Augenblick mal, Naughty Boy? Böser Bube? Sind die vielleicht ein bißchen äh? Also, ich meine. Sie wissen schon. Tátata.«

»Das weiß ich wirklich nicht, Mick. Sehen Sie, hier steht es: NaughtyBoy. Die beiden Wörter sind so zusammengeschrieben. Und dann haben sie noch dieses kleine Logo mit so einem Schrat oder Kobold oder. Oder ist es eine Maus?« Sie runzelte die Stirn und kuckte angestrengt.

46) Recht hast du, Penny. Bravo, Mädel. Aber punktgenau, dies Autogelaber. Obwohl ich das neue Coupé von Bimmer gar nicht

»Ich glaube nicht, daß ich als technischer Schreiber von großem Nutzen sein werde. Das ist unglaublich langweiliger Scheißkram, technisches Schreiben.«

»Die meisten Jobs sind langweilig. Na, Sie wissen das ja. Oder vielleicht auch nicht. Vorher hatten Sie Glück, der Job, den Sie hatten, war nicht langweilig.«

»Mann, Sie sind ja richtig gut drauf.«

»Aber Sie waren doch Testfahrer, steht hier. Hört sich um einiges aufregender an als die Arbeit in einer Bibliothek, kann ich Ihnen sagen. Ist das nicht eine Art Rennfahrer?«

Mick erläuterte sanft, mit dem funkelnd gönnerhaften Ton eines Mediziners, der einem Pechvogel von einem Laien (oder einer Pechhenne von einer Laiin) eine tödliche Krankheit erklärt und auch auch noch Koronar- (in diesem Fall sogar Korollar-Warnungen, nämlich in diesem Fall gegen den Erwerb eines Jocelyn-Vehikels) Warnungen springen läßt.

»Ich will mir sowieso kein Auto kaufen, glauben Sie mir. Nicht bei meinem Gehalt. Mein kleiner Peugeot muß zehn Jahre halten.«

Micks Blick verfinsterte sich, Gerede von Zahlungen und kleinen Peugeots, die zehn Jahre halten mußten, machten ihn ungeduldig. Man leistete Zahlungen für Schlimmeres als Autos – Küchengerät, Hypotheken, Scheidung –, und lohnte es sich etwa nicht, ein paar Eier pro Monat für einen anständigen Satz Räder zu blechen, der einen im Handumdrehen über die Hügel und weit, weit weg brachte? (Folgte eine Vision von seinem abgöttisch geliebten Benz. Glänzend und schwarz mit schimmernden Rädern aus Legierung. Jesus Christus.)

»Egal. Jedenfalls die lausigsten Autos weit und breit. Naja, *Made in Ireland*, was? Muß ich mehr sagen?«

Pennys Nackenhaare sträubten sich vor Zorn.

»Und was ist an Made in Ireland so schlecht? Ist Kristall aus Waterford nicht gut genug für Ihresgleichen? Oder rümpfen

übel finde, das Hemmings nebenan gerade verkauft, wo wir gerade davon sprechen …

Sie Ihre Sassenach-Nase über Bushmills-Whiskey? Oder Belleek-Porzellan?«

»Man beachte den Mangel an technologischen Erzeugnissen. Man beachte ebenfalls, daß zwei der von Ihnen erwähnten drei im schwarzen protestantischen Norden hergestellt werden. Also Vorsicht, Miss Burke. Und was meinen Sie mit Sassenach-Nase? Dieser Riechkolben ist so irisch wie nur je einer.«

Und so kam es, daß Penny und Mick gegen Ende der Befragung (bei weitem die längste des Vormittags: eine halbe Stunde, plusminus ein paar Minuten) zu einem eher unbeschwerten modus vivendi gefunden hatten, der freilich durch offenkundige Feindseligkeit verschleiert war, ein fernsehtaugliches Konzept, für das wirkliche Leben so gut geeignet wie für die Soap Opera.

»Also einen Drink.«

»*Ach*, Sie und Ihre Drinks.«

»Ich geb einen aus.«

Tja.

»Na gut. Aber nur einen, daß das klar ist.«

Es war ihm klar, und diese Klarheit gerann in ihm wie frische Milch; aber das Herz dieses Mannes war stark, und bald vertrieben die reinigenden Schlucke vom Wasser des Lebens seine üble Laune, und sein holdes Antlitz wurde rosig, rosig wie die Gesundheit, und abermals dröhnte sein mannhaftes Gelächter über die Plätze und durch die Gassen der grauen Stadt Killoyle. Und Penny begab sich zu ihm in der Herberge des Frohsinns namens Mad Molloy's, und dort inmitten des Getümmels von Fremden trafen ihre Trinkgefäße mit dem Klingen des Wohlwollens aufeinander. Und siehe, es war gut, zumindest für ihn; und für sie war es auch nicht so schlimm.[47]

47) Und das kannst du alles von vorne bis hinten deiner Oma erzählen. Trotzdem würde ich gern noch ein bißchen dort verweilen, um einen weiteren Blick auf jenes T-Shirt zu erhaschen, falls Sie verstehen, was ich meine. (Habe ich sogar, gell, da staunen Sie.)

5

Fergus Goone entschleimte sich kraftvoll in sein Taschentuch. Es war September, Stirnhöhlenwetter im Südosten, und Goone war ein kühner Nordmann, beim Dingsbums, ein krüder, rüder Mann aus Derry, aus Coleraine, genauer gesagt, ja, 's war ein mannhafter Ort, o ja, das war es, ein Ort, ob seiner frischen, mannhaften Herbste wohlbekannt, ob seines mannhaft markigen Bauernvolks ebenfalls, besonders die Jungs ... Goone wandte sich, um eins oder alle dieser oft ausgedrückten mannhaften Gefühle erneut gegenüber Cornelius auszudrücken, aber Cornelius, der dies hatte kommen sehen, war bereits gegangen und hatte Goone stumm und klaffenden Mundes zurückgelassen.

»Scheißzeugs sackweis«, zischte dieser.

Man konnte sich aber auch gearscht fühlen, wenn man sich umwandte und nicht das Publikum sah, auf dessen Anwesenheit man gezählt hatte –, besonders wenn man es gewohnt war, ignoriert zu werden, schnief schnief. Wie in der guten alten Zeit, was? Als Fergus noch ein junger Bursch gewesen war, sagte er seins ganz schnell, damit er es hinter sich hatte, denn in Coleraine droben fand jeder jeden anderen so langweilig – eigentlich ja *bei* Coleraine, in Dundreary, auf der Straße nach Portrush, dwars der alten Grenze zwischen Derry und Antrim, kurz hinter der Haltestelle Dhu Varren, sagen wir, Nr. 123A (oder war es B?): Haus »Zu den Lerchen«, mit Mum Linda und Schwester Veronica –, daß niemand länger als ein paar Sekunden lang zuhörte, wenn man nicht ein Kathole war, der Evangelen beleidigte (und auf diese Weise, im Herzen des protestantischen Ulster, einen Todeswunsch äußerte).

Jetzt war Goone ein erwachsener Mann und ein vermögender Mann und der kommende Mann, *aber immer noch hörte keiner zu*, es sei denn, auf diese oder jene Weise wäre Geld in Form von direkten Barzahlungen oder Bestechung in Sicht. Es war natürlich Beschiß, aber war, wenn man es recht bedachte, das ganze Leben als solches nicht ebenfalls ein ziemlicher Beschiß, wie ...?

Na, ganz egal und wie auch immer. Er nahm es immer noch mit den Besten auf.

Goone, mit wachem Auge und langer Haxe gesegnet, mit einer Handvoll schwächlicher Haare, die sich wie Seeanemonen an einem Korallenriff oben an seiner ansonsten kahlen Rübe hielten; Goone, dynamischer Führer der Firma Emerald Mats GmbH, Fabrikation erlesener Fußabstreifer und Setdeckchen, mit einer vielversprechenden Erweiterung im Bereich Duschvorhänge und Kfz.-Bodenbeläge, und, möglicherweise (s.weiter unten), künftiger Sponsor der Internationalen Bierzapf-Olympiade Killoyle (oder möglicherweise auch nicht); Goone, stolzer Inhaber dreier Konzessionen für den Betrieb indischer Restaurants in Irlands Südosten (das Koh-I-Noor, Killoyle; das Taj, Waxford; Vajpayee's Hindustan Express, Youghal) und mehr als zuversichtlich, eines Tages zehn zu besitzen, oder zwölf, und nicht nur im Südosten und auch nicht nur in Irland, sondern England/Schottland/Wales, Europa, Nordamerika, auf der ganzen Welt ...!

(Außer natürlich in Indien. Die hatten da ein ziemliches Monopol. Wie dieser Typ da, Singh oder Swing, erläutert hatte. Die besten Geschäftsleute der Welt – ha! Na, der hatte noch nie Geschäfte mit einem scharfkantigen Scharfspieler aus Coleraine gemacht, oder ...?)

»Also, wie geht es denn unserer Abstreiferfabrik, Cornelius?« dröhnte Goone mit einem Hauch Selbstmimikry in seinen getragenen Ulster-Akzenten, bevor ihm wieder einfiel, daß Cornelius gegangen war, abgehauen, dorthin aufgebrochen, wo immer Cornelius seine Donnerstagvormittage verbringen mochte –, in der Kirche? Unwahrscheinlich. The Strand?

Bei den Umkleidekabinen herumlungern? Sich anheischig machen, irgendeinem armen Schatz gegen ein Geringes die Windschutzscheibe zu wienern? Im Windschatten des Michael-Collins-Standbildes die Hose runterlassen? Oder zog er gerade vor Gericht, um diesen lächerlichen Verkehrsunfall zu debattieren, in den er sich hatte hineinziehen lassen, wo er seinen alten Fiat am Auspuff eins dieser Vierradantriebsdinger eingedellt hatte ... Fergus machte sich Sorgen um den kleinen Cornelius. O ja. Der Junge hatte so eine Art, und diese Art war nicht immer ganz hasenrein, nein, nicht ganz.

Wohl wahr, bangte Fergus, auf seine Art, und sein Bangen war das eines besorgten Freunds und Mentors, aber es gab da einen Haken, denn seine Besorgnis war stark mit den Wünschen und Sehnsüchten der onkelhaften Schwuchtel versetzt, die er war; ja, er lebte für - wollen wir ganz offen sein - die Glans des Cornelius, deren Abbild sogar jetzt vor seinem geistigen Auge verführerisch blinzelte und geile Gedanken an die eigentümlichen Ekstasen ihrer Dyspareunien wachrief. Deshalb lebte Goone ganz nah an der Schuld, war doch Lust jeder Art - besonders die von, oder an, der eigenen - in den ernsten protestantischen Gefilden von Ulster ein Unding, woanders allerdings auch nicht gerade der Geschmack des Monats. Doch Goone war dieses herzlich wurscht. Seine Gefühle waren nicht ausschließlich physischer Natur. Es war nicht so, daß Cornelii Anziehung hätte willkürlich durch die irgendeines anderen Burschen ersetzt werden können. Nein, die kraftvolle Lokomotive von Fergus' Gefühlen *hatte* es geschafft, ein, zwei Scherben echter Zuneigung von der granitenen Felswand seines Ulster-Herzens zu lockern. Er liebte diesen Jungen, auf seine fehlgeleitete Weise.

Er liebte ihn, also.

»Ich lieb dich, Cornelius«, murmelte er unter Tränen.

Bitte, da war es, und die Welt konnte denken, was sie wollte. Sein Arrangement mit Cornelius war ungewöhnlich, sogar (oder besonders) für Killoyle, obwohl Cornelius einen Anflug von Bohèmehaftigkeit hatte, der ihre *ménage* etwas schmackhafter machte, war er doch nicht nur Fergus' Schnuckelnuckelnuckipu, sondern Vollzeit-Küster der anglikanischen St. Derekskirche in der Behan Avenue,[48] der allerdings gelegentlich – sehr gelegentlich, wenn es nach Fergus ging – Frauenkleidung anzog und draußen auf der Veranda auf- und abparadierte und mit David-Frost-ähnlicher Tuntenstimme Reden hielt. (Er hatte sich das in letzter Zeit ein weniges zu oft gestattet, war Fergus aufgefallen, und er wollte mal mit ihm darüber reden, wenn der Zeitpunkt richtig war.) Weder dies, noch die allgemein San-Franciscanische Qualität der Fergus-Cornelius-Partnerschaft war natürlich den Nachbarn verborgen geblieben, aber zufällig lebte das glückliche Paar in einer Doppelhaushälfte in der Dr. Thomas Maher Esplanade, einer Zeile halber Doppelhäuser, die einst von Familien mit niedrigem Einkommen bewohnt worden waren und nun renoviert und aggressiv an Studenten des Upper Killoyle College vermietet wurden; und es war natürlich für die Studenten, die zumeist ohne jede Moral waren, wenn man von der »Wenn's Spaß macht, mach's«- und der »Wenn's den Eltern gefällt, scheiß drauf«-Spielart absieht (außer zwei schlaksigen, unberührten Kirchgängern, von Gott ins Doppelamt des Meistermasturbierers und Racheengels der heterosexuellen Mehrheit berufen), so daß sie ihr Auge wohlgefällig, sogar billigend auf derlei Zusammenleben in ihrer Mitte ruhen ließen, ja, eine forcierte Munterkeit – amerikanische Wendungen wie »hi« und »you guys«, die auf irischen Lippen von US-amerikanischer Fernseh-Aktualität, verzweifelter Trendiness und einer liberalen Einstellung kündeten (nämlich »Wir wissen, daß ihr schwul seid, aber hey! das ist cool, kommt doch irgendwann auf einen Nuß-mit-Couscous-Schmortopf vorbei und hört etwas peruanische Flötenmusik und erarbeitet mit uns ein Exposé über den hegemonialen westlichen militärisch-industriellen Komplex!«) – kennzeichnete unweigerlich ihr Auftreten, wenn sie

48) »Bestimmt die sauberste Kirche der südöstlichen Diözese.« Aus: *Irish Churchman*, Bd. VI, Nr. XIII, Juli 1998

Fergus oder Cornelius trafen, eine rundherum unnatürliche Reaktion auf Fergus' verdrießliche Weltanschauung, die alles andere als »gay« war.

»*Ach*«, knurrte Goone und entließ Cornelius sowie alle Gedanken an den jungen Fant mit einem kühnen Trompetenstoß der Nase in ein wegerich-(oder rotz-)grünes Taschentuch.

PUUUUUUUUU-WUUUUUT. UUUT.

Er erhob sich und durchquerte das Zimmer diagonal bis zum Eckfenster, um dort auf seinem Computer die schmerzlindernde Beruhigung von Gewinn-und-Verlust-Schautafeln zu erfahren, in alle Ewigkeit in Software bewahrt, massives Symbol seines Erfolgs in einer der Arenen des Lebens, wenn schon nicht in anderen.

»Genau.«

(Zuviele Augenpaare folgten jeder seiner Bewegungen, damit fing es schon mal an, aber das war eben das Berufsrisiko bei Millionären.)

»Acht Millionen verdammte Pfund. Na, wie gefällt euch das?«

Es waren natürlich nicht auch nur annähernd acht Millionen Pfund. Nicht einmal ein Bruchteil davon. Achtzigtausend kam der Sache schon viel näher, aber Fergus Goone träumte gern groß. Immerhin waren achtzigtausend »nächt schlächt«, wie dieser Burschi von Big Jimmie's in Glasgow es neulich am Telefon ausgedrückt hatte...

»En aanem Vierteljaah? Ga nächt schlächt, Jimmie.«

»Äh. Nein, erst in einem Jahr, Kumpel. Und eigentlich heiße ich Fergus, nicht Jimmie.«

»Wie geht's denn so, Jimmie.«

»Gut. Ich heiße nur, wie gesagt, Fergus. Ich weiß nicht, wie Sie darauf gekommen sind, daß ich Jimmie heiße.«

»*Och aye the noo. Och.* Sieh mal, Jimmy...«

An diesem Punkt hatte Goone akkurat verstanden, daß sein Gesprächspartner leicht schwerhörig war – oder, wie der Schotte selbst es sagte, »ein bißchen corned beef, kannst du etwas lauter sprechen, Jimmie?« – und daß das wiederholte

»Jimmie« ein *tic* der Glasgower Sprechweise war, sowas wie »Sheese« oder »pal« oben im Norden, oder »yer man« oder »Seamus« an der Liffey. Egal, welche Signatur und welcher akustische Schwierigkeitsgrad: Big Jimmie's Mann wollte über Geschäftliches reden. Seine Firma war von der Qualität und Haltbarkeit von Emerald Mats beeindruckt. Sie hatten vor kurzem samstagnachts in einem an keine bestimmte Brauerei gebundenen, neutralen Wirtshaus in Govan vier Setdeckchen-Standardmodelle ausprobiert, und alle vier hatten zehn Stunden Armdrücken, verschüttetes Newcastle Brown, unzählige Zigarettenkippen, den Testschliff eines Messers, »mehr als einen Fingerhutvoll« Blut, die Nadelstiche aus der Bahn geratener Dart-Pfeile, machtvoll schaumige Güsse von Erbrochenem (»Letzte Bestellung, die Herrn!«), einen auf die Tischplatte gerammten Kopf, sowie auch die alles entscheidende Prüfung überlebt: Waschmittel.

»Und sie sehen alle toll aus, Jimmie. Und fühlen sich exquisit an, wie ein seidenes Halstuch. Man würde nie vermuten, daß sie je vollgekotzt waren.«

Big Jimmie's meldeten gern, daß die Konkurrenz, einschließlich der vielgerühmten Firma AlpTech, eines schweizer Herstellers aerodynamischer Setdeckchen, auf der Strecke geblieben war. Beziehungsweise, um die Spreu des Klischees vom Weizen der Originalität zu scheiden: Wie die alten Söldnerarmeen hatte Emerald Mats die Feldzeichen noch hochgehalten, als die konventionellen Streitkräfte längst vom Kriegsschauplatz verschwunden waren. AlpTechs Waterloo, soviel sickerte durch, war etwa zur Sperrstunde gekommen, mit der ersten Speiflut, tödlich für die Aufrechterhaltung jenes gesunden Glanzes ...

Also: Was kam als nächstes? Die Umstände, wie beschrieben – die harten Testbedingungen im richtigen Leben; die ver

49) Internet, Schminternet. Dem würde ich weder den Gruß der Tageszeit entbieten, noch würde ich es auch nur mit einem 2,40 Meter langen Pfahl anfassen. Wissen Sie, woran mich das erinnert? An

nichtende Schlappe der Konkurrenz; echte Schlucker, gewillt, für ein, zwei Freibiere Empfehlungen auszusprechen; Kameras, bereits angekarrt und zum Drehen bereit; gebührenfreie Drehorte (die Kneipe an der Ecke) –, schienen Fernseh-Werbespots unvermeidlich zu machen, mit garantierter Ausstrahlung des so entstandenen Video-Kleinods in ganz Großbritannien (oder was davon noch übrig war) und Irland (Groß-). Die Vermarktungsmöglichkeiten schienen *unbegrenzt*, was Fergus in einen Schüttelfrost der Habgier versetzte. Big Jimmie's, um es kurz zu machen, kaufte ihn auf. Endlich greifbar nah schien jener lange angekündigte, oft erträumte Moment, nach welchem das Leben nie mehr so sein konnte wie vorher, wie in einem dieser krebsartigen Flughafenwartehallen-Bestseller. Die Costa del Sol winkte, und ein behagliches Leben mit Cornelius, und vielleicht noch einem bis zwei anderen Burschen, natürlich ausschließlich als Praktikanten, er hatte jungen Menschen soviel zu vermitteln …, aber das hier war Geschäft, und wenn es etwas gab, was ein Mann aus Coleraine noch besser konnte als Katholen erkennen, dann war das einen schnellen Shilling machen.

»Ja«, tremolierte Goone. »Wir machen es.«

»In Ordnung, Jim. Wir machen es.«

»Ja. Meinetwegen.«

»Verdammte faule irische Schweinebande. In Ordnung, Jimmie, *wir* leiten es in die Wege. Und tschüs.«

»Augenblick noch. Brauchen Sie nicht meine Web-Adresse?«

»Gut, gib es gern auch an die Presse.«

»Nicht an die Presse. Web-Adresse. WEB-ADRESSE.« Dies wurde in Versalien wiederholt, auf daß die Zauberworte in Jimmies dichtgemachten kaledonischen Schädel ein- und von dort bis ins Allerheiligste durchdrängen: Das Internet.[49)]

diesen kleinen Platz hinter dem Connolly-Bahnhof, gegenüber der Drogerie Phelan, wo früher der Taxistand war, gleich am Kantstein, wo dieser graue alte Typ gefälschte Armbanduhren und Bilder von

»Ah ja. Verstehe. Augenblick.«

Eine weibliche Stimme, irisch (süd-), übernahm den Hörer.

»Weh weh weh Punkt.«

»Ja, den Teil hätt ich mir beinah denken können.«

»Punkt Ferguslovescornelius dot com.«

»Dot was? Fergus was?«

Fergus prosodierte.

»Och nö, Mr. Goone. Als erstes ändern Sie mal die Adresse.«

Fergus protestierte.

»Dann eben nicht.«

»Dann ist ja gut.«

Besser so, sann Fergus, zugleich das Verdampfen seines elektronischen Liebesbriefs an Cornelium bedauernd, seinen Versuch, der Welt zu zeigen, daß es mehr war als nur ... Och weel, wie man in Glasgow gesagt hätte. Die Komplexitäten der Website überließ man lieber den achtsamen Schotten. Weder er noch Cornelius – der arme Kleine war schließlich Küster, Himmel nochmal – hatten je viel Computer-Ausbildung genossen, außer wie man eine Steckdose mit Outlet findet und von »OFF« auf »ON« schaltet, sowie, wenn nötig, umgekehrt; sie hatten also ein paar vielversprechende junge Männer aus der Kneipe heraufverpflichten müssen, die dann auf einen, zwei Drinks wieder zu Besuch gekommen waren. Naja, da waren sie dann gewesen, hatten Namen wie Des und Tex, nette Jungs, verstanden sich auf Darts (und sehen sie in Leder nicht zum Anbeißen aus), hatten auch schöne Tenorstimmen, und wenn Gesang und Taxifahrt vorüber waren, legten sie eine

belgischen Badeschönheiten verkauft; nur leider findet das alles auf dem Scheiß-Computer statt, so daß all diese kleinen kahlrasierten, halb-bärtigen, fettlippigen, juwelengeschmückten Neo-Neandertaler es für die Offenbarung halten.

50) Gibt es nicht immer ein »dann«? Nur allzu wahr, nur allzu wahr. »Dann hüstelte er vielsagend.«; »Dann, aus einer Laune heraus, bewarfen sie einander mit Stachelbeeren.«; »Dann ließ Odysseus sich an den Mast fesseln.«; »Dann bemerkten sie, daß der rechte Hinter-

ganz anständige Web-page mit Totenschädel und gekreuzten Knochen und dem Emerald Mats-Logo hin, und dies, »eine perfekte Höchstleistung, gepaart mit süperbem visuellen Auftritt«, wie Fergus plötzlich dick und etwas überenthusiastisch auftrug, während er einen Scheck über zweitausend Eier ausstellte, dann natürlich[50] hatten er und Cornelius genauer hingesehen und entdeckt, daß sich der Betrachter durch einfachen Mausklick oder was auf zaubrische Weise qua elektronischen fliegenden Teppich von der freundlichen Homepage der Goone'schen smaragdenen Matten auf die angrenzenden Homepages von LederWelt und Gypsy Rod Stripper Express und RiesenOimelTraumLand mit weltweit »heißen« *links* transportiert fand, besonders nach Bangkok, Key West und Tanger: Nicht, waren sich Fergus und Cornelius einig, das ideale Marketing-Werkzeug, es sei denn, man richtete sich an lüsterne und andere Bewunderer der gleichgeschlechtlich ausgeprägten Ekdysiastenkunst.

»Man hat uns geprellt«, kreischte Cornelius. »Gott, wie ich das hasse. Ich hasse sie. Ich hasse sie.«

»Ja. Kleine Scheißkerle.«

Die anstößige Webseite wurde umgehend zu Schrott erklärt und eine neue hastig zusammengefügt, wobei man den Anweisungen des Kapitels »Wir bauen uns eine Webseite« des Bestsellers »Nett und adrett im Internet« von Rusty Bolger folgte. »A Sexton Sells Mats – Ein Küster verkauft Matten« lautete Cornelius' erster Beitrag, von Fergus dringlich abgeschossen, da ihm die innewohnende Absurdität auffiel, die der Kunde vielleicht nicht honorieren würde.

reifen platt war.«; »Dann durchsuchte er die Taschen des Toten und fand – nichts.«; »Dann tauchte sie in einem Cocktailkleid und mit erstaunlich aufreizenden *Gina*-Schuhen wieder auf.« und so weiter. Ich weiß nicht. Ich persönlich habe immer »aber« vorgezogen. »Sie sind gefeuert. Aber jetzt noch nicht.«; »Ich schlafe nie mit Männern, die ich nicht kenne. Aber in Ihrem Fall werde ich eine Ausnahme machen.«; »Normalerweise ist jetzt Sperrstunde. Aber morgen ist Weihnachten, deshalb haben wir noch eine Stunde offen.« Etc.

»Es ist das Wort ›Sex‹, oder. Ich weiß nicht, ob die Leute überhaupt wissen, was ein Küster ist. Und es hört sich an wie jemand, der auf dem Marktplatz sitzt und Teppiche verkloppt, wie so einer aus wieheißtdasnoch St.Gallen, Seneca ...«

»Senegal.«

»Genau. Diese Bande. Es ist das Wort als solches. Die meisten Kleinheinis haben keinen Schimmer, was ein Küster ist und was er macht. Sie hören nur ›Sexton‹, aha, alles klar: Sex.«

»Och, verpiß dich doch, du dicker oller Wichser.« Diese laute Verwünschung wurde vom Geräusch einer zugeschlagenen Tür verstümmelt: Cornelius, mürrisch wie stets –, viel zu mürrisch, wenn man Fergus fragte, für einen Burschen von sechsundzwanzig Jahren.51) Dies Betragen war auf jeden Fall der Produktivität nicht förderlich, wie Fergus, sanft zunächst, dann immer eindringlicher und lauter, im Laufe eines Telefonats mit der Amtsstube des Küsters von St. Derek darlegte.

»Halte du also deine gottverfluchte beschissene Fresse, okay?«

Trotz vorübergehendem Wirrwarr waren sie prima im Geschäft: Big Jimmie war an Bord, und ein Vertrag für die offizielle und exklusive Belieferung der Olympiade mit Untersetzern war auf dem Wege. Davon abgesehen, waren diskrete Vorstöße seitens eines »Geschäftsleutekonsortiums« mit schwerem Belfaster Akzent unternommen worden, welches hinter Big Jimmie's offenkundigem Engagement eine stille Teilhabe anstrebte. Fergus hegte heftigen Argwohn, was den inoffiziellen Zeitvertreib dieser Herren aus Belfast betraf –; einer klang sogar genau wie der Typ, der als Frau verkleidet aus dem Maze-Gefängnis ausgebrochen und – immer noch in Frauenkleidung – ein Fernsehinterview gegeben hatte, in dessen Verlauf er versuchte, die Protestanten »im Namen des Irlands toter Generationen« gegen die Briten aufzuhetzen (wobei er aber das falsche Land ansprach, Kumpel, was Fergus ihm gleich hätte

51) Und Autor so, wenngleich ernstgemeinter, vielversprechender Oden wie »Der Mann mit dem Leuchtgesäß » und »Mein' Lieb'

sagen können). Immerhin, Geschäft war Geschäft, und wenn etwas Ulsters Probleme lösen konnte, dann das: Geschäfte.

Es war alles ganz vielversprechend, vielleicht *zu* vielversprechend für jemanden, der vom Anbeginn an mit tiefstem nordirischen Pessimismus belehnt war.

»Na, immer noch besser als verkehrtrum mit einem Fleischerhaken im Arsch, wie meine alte Mam zu sagen pflegte.«

Fergus erzeugte durch schnelle Reibung beider Handflächen ein schmirgelndes Geräusch. Er rauchte eine Lulle und bummelte dann, nach irischer Art unbestimmt hustend, durch das Büro, wobei er so tat, als suche er angestrengt sein Schlüsselbund, und fand es (was er gewußt hatte: er überprüfte das schließlich zweimal täglich) an einem Haken hinter der Mikrowelle baumelnd wie frisch ejakuliert. Der Haken aber trug die Aufschrift »Keine Autoschlüssel«, um durchreisende Autodiebe zu verwirren.

»Aha! Hab ich euch, ihr Schweinehunde.«

Fergus ergriff die Schlüssel, machte einen Buckel und ließ eine Serie öliger Kicherlaute frei, ein Verhalten, das bei jedem in Hör- oder Sichtweite den Verdacht auf eine Störung oder gar ernsthafte Erkrankung des Gemüts geweckt hätte: es war aber kein solcher Ohren- oder Augenzeuge da –, und so war er nun mal, unser Freund.

»Zeit loszufahrn, mein lieber Herr Mister«, schnulzte er und knipste dabei Lampen, Fernseher und Heizsonne aus (münzgespeist, ein Glühstab). Erpicht war er und voller Vorfreude auf einen Doppelgenuß, die Fahrt in seinem neuen Wagen, einem in Taiwan gebauten Melanoma Distend XLS, und die Chance, sich mit den kleinen Bescheißern auf seiner Gehaltsliste bei Emerald Mats anzulegen, denn der September war fast vorbei, die Inventur stand bevor, und für den Supremo wurde es Zeit, die Fabrik zu besuchen und sicherzustellen, daß niemand zu viel Geld für »Sozialleistungen« und ähnlichen

hat ein' Glatz'«, die sich beide eindeutig Hoolihans Frühwerk verdanken, sowie auch ein wenig Ihrem sehr Ergebenen (s.w.u.).

Schwindel ausgab. Sobald er den Rücken kehrte, hatte Fergus herausgefunden, verstanden es Buchhalter und Geschäftsführer und ihresgleichen, Geld aus der Firmenkasse herauszufinassieren, meist im Interesse irgendeines weibischen Anliegens wie »Einwandererrechte« oder »Gesundheitsvorsorge« oder »Mutterschaftsurlaub«; daher die Wichtigkeit persönlicher Visiten. Seit der Firmeneröffnung in den späten '80ern – nachdem Fergus die Chauffierjobs dicke hatte (das erste und letzte Mal, daß Fergus unter fremdem Geheiß angestellt gewesen war, vielen herzlichen Dank), immer vom Hafen zum Bahnhof via Madame Walewskas Eurasischen Massagepalast (inzwischen eingegangen[52]) – war dieser Trip zur Fabrik zum zweimal jährlichen Ritual von etwa der gleichen öden Vorhersagbarkeit geworden wie eine Bäderreise der Königin oder eine Rock-'n'-Roll-Tournee. Am Tag vor dem Tag des Herrn wurde der Fabrikmanager, Mr.Wallfish, gewöhnlich gegen zehn Uhr morgens mit einem kodierten Telefonat (*»Walküre!«*) in Alarmbereitschaft versetzt. Danach pflegte Fergus kichernd aufzulegen. Am nächsten Tag rief er, wenn er besonders guter Laune war, noch einmal an und knallte, sobald Wallfish in seiner kriecherischen Weise ans Telefon gegangen war (»Emerald Matten und Untersetzer Wallfish am Apparat wie kann ich Ihnen behilflich sein?«), den Hörer auf die Gabel. Dann zog sich Fergus, dem Anlaß entsprechend plötzlich feierlich düster geworden, langsam und durchdacht um, legte seine übliche Bin-ja-nur-ein-Bursche-vom-Land-aus-Ulster-Kordsamtjacke mit Lederflecken und den eintopfbekleckerten Pullover ab und schlüpfte in auffälligeren Zwirn, einen Anzug von, sagen wir mal, Vasari, dazu einen Schlips aus dem Hause der Gräfin Nardi, das Ensemble in die Umarmung eines feinen DuChesnil-Mantels mit Faux-Pelzkragen gehüllt. Dazu vielleicht noch eine ausgelassene Volksweise aus Ulster[53] auf den Lippen.

52) Auf Anordnung von Ben Ovary dichtgemacht, damit Seine Hohlheit nicht selbst mal bei seinen dreimal-monatlichen Besuchen geschnappt wird.

Nachdem er sein Büro sorgfältig abgeschlossen, aufgeschlossen und wieder abgeschlossen hatte, um die Alarmanlage zu testen, pflegte er sich zur Garage zu begeben, um dort den firmeneigenen (d.h. seinen) todschicken silbernen Melanoma zu besteigen, ein Modell, das genau zum Image des Mogul-Unternehmers seiner Träume paßte. Sobald die Jetzt-mach-ich's-mir-hinterm-Steuerrad-bequem- und Aufwärmriten vorüber waren, rauschten der Melanoma und er majestätisch zur Einfahrt hinaus, glitt hinter ihnen geräuschlos die Garagentür zu und verschmolzen sie mühelos mit dem Vormittagsverkehr auf der King Idris Road (West).

Genauso verlief auch am fraglichen Tage der Ablauf der Ereignisse, bis auf eine leichte, aber bezeichnende Abweichung von der Routine: Als Fergus die Silbermaschine bei der Ampel in der Parnell Parade links und von dort sanft und seidig in Richtung Kreuzung steuerte, kam aus dem Borax Drive, einer Seitenstraße des Pollexfen Walk, ein mechanisches Husten, mit blauen Rauchwölkchen und dem hohen Jammerton altersschwacher Stößel dazwischen und dem verzweifelten Dreschen nachgebender Kolben, was alles zusammen an akustischen Effekten zu einem Ford Escort, Edition '80er Jahre (Jahrgang durch einen abblätternden Aufkleber authentifiziert, der für das »Brot für die Welt«-Konzert der Racing Heads '88 warb), überleitete, der in der Farbe von Rost bis Eitergelb changierte und von Anil Swain gefahren (wenn wir seine exzentrische Fortbewegungsart einmal als »Fahren« kennzeichnen wollen) wurde.

»Hab ich dich«, murrte er, als er den silbrigen Melanoma sah. Nach Rashmis Anruf und einer raschen Standpauke von Rubina – »Ich weiß nicht, wie du das siehst, aber Menschenskind, Onkel, MENSCHENSKIND, hör zu, ich habe nicht vor, noch sehr viel länger in dieser Einkommensklasse zu bleiben,

53) »Ihr süßen Jungs von Omagh«, »Tiriliert, ihr Burschen in Wildleder, ihr«, »Untenrum gehört er mir«, sowie noch viele, viele mehr …

und mehr habe ich dazu nicht zu sagen, und du wirst tun, was du tun mußt« – hatte er a) die Mattenfabrik nachgeschlagen (Geheimnummer, und Rashs telefontechnische Anweisungen waren durch das Kommen von »einem von Goones Mietlingen« unterbrochen worden) und dann b) Fergus Goone selbst, der immerhin so rücksichtsvoll gewesen war, im Telefonbuch zu stehen: (**GOONE, F.E. – 567A Dr. Thomas Maher Esplanade, Killoyle Ost** – [**123**] **765–4321**).

»Ach, wie hab ich's satt, ich hab es ja so satt«, skandierte Anil leise, der vieles satt hatte, nicht zuletzt seinen Job, d.h. bescheidenen gesellschaftlichen Status, endlose Schinderei für nix und wieder nix und Rubinas schmerzliches Gespür für Minderwertigkeit; satt aber auch die fruchtlosen täglichen Bemühungen um unbedingte Ehrlichkeit und das üppig besteuerte Geschufte, das EINEN UMS VERRECKEN NICHT WEITERBRACHTE, DA KANN MAN JA AUCH GLEICH EINE BANK ÜBERFALLEN ODER DOCH ALLERWENIGSTENS DEN SCHWEINEHUND ERPRESSEN (lebt wohl, ihr verzweifelten Nächte der Hoffnungen und Ängste) ...!

»Scheiße, verstehst du. Scheiße.«

So bestrebt war er, das flinke Silberauto im Blick zu behalten, daß er sich daran machte, die lang mißbrauchten Gänge einzuknüppeln – besonders den unsynchronisierten ersten –, mehr Gänge sogar, als er gewohnt war, mit Knirschlauten, die noch in der weit entfernten Ladenzeile The Shops und an vereinzelten südlichen Punkten Zahnschmerzen verursachten. Ungewöhnlich daran war nur, daß dies Konglomerat aus automobilen Geräusch- und Geruchseffekten, im Verein mit der zögernden, spasmodisch känguruhrattenartigen Vorwärtsbewegung und einem völlig neuen Motorenlärm, der wie klappernd plappernde Zahnprothesen klang (und der Zündeinstellung ihr Armageddon ankündigte), Anil, der sich Perlen von Kaltwetterschweiß abwischte, zu dem Ausruf hinriß:

»Hölle, verdammte, ich hasse dies Auto. Vielleicht sollte ich mir auch mal eine anständige Karre zulegen, zur Abwechslung. Ey?«

Trotzdem gelang es ihm durch ein Wunder an mechanischem Streben und präzisem Ampel-Timing, die Rücklichter von Goones Luxomobil bis über die Kreuzung Uphill Street/MacLiammoir Overpass und weiter zur T45-Ringstraße und von dort an Killoyles periodisch auftretenden Randgebieten vorbei und in die üppigen Vororte hinein, die so überhaupt nicht an Indien erinnerten (außer vielleicht an den Grüngürtel um Bangalore und eine kleine Gegend bei Simla) im Auge zu behalten.

»Jetzt krieg ich dich, du Schwarzes«, murmelte Anil in Rätseln. »Komplett, weißt du.«

Ja, Goone war der Feind, der böse vielköpfige Ravana, der Rashmi-Sita als Geisel genommen hatte. Und Anil? Er war kein Nakula, auch kein Bhima, nein, er nicht. Sabbernde Bürschchen, das. Nein, sowas Verzärteltes konnten wir hier nicht gebrauchen, vielen herzlichen Dank. Verpißt euch, ihr Bande! Dann werde ich den Bogen spannen und den Pfeil fliegen lassen!

Ja, Anil war Rama, Großgott des Ramayana!

Nein! Anil war Arjuna, Krieger des Mahabharata, Bogenschütze, Liebhaber, Rächer, von den Göttern zum ewig Siegreichen erklärt!

VORWÄRTS!

In seiner Phantasie wandte er sich auch der großen imperialen Tradition der früheren Herrscher Indiens und Irlands zu. »Ins Tal des Todes / Ritten die sechshundert«, brüllte er und sah sich als zeitgenössischen Spieler in seinem eigenen Großen Spiel, denn Krieg war Krieg, und dies *war* Krieg mit, hoffte Anil in seinem Wahn, präzisem Gewinst für seine Sache. Auf dem Beifahrersitz lagen, qua Rashmis Anweisungen, die Utensilien für seine Rache: Video-Minicam, Notizblock und Tonbandgerät. (Ebenfalls auf dem Beifahrersitz, wenngleich der Mission des Augenblicks nicht unmittelbar dienlich, waren zwei alte Ausgaben von *Bollywood Beauties*; ein ölverschmierter Anorak; eine halbleere Packung Lakmé Hindustan Halbfilter-Bidis; ein Exemplar *E-mail aus dem Garten Eden* von Tom Gore-Grimes, mit Eselsohren bis Seite 7, danach unberührt; mehrere Speisekarten aus dem Koh-I-Noor, durch die geheimnisvoll spirituelle Adhäsion der Zeit aneinandergeleimt, sowie einen *soupçon* Spucke; ein Taschentuch aus Leinen mit den Initialen AS, unbenutzt; mehrere Servietten, benutzt; eine Nagelfeile, unbenutzt; und eine Musikkassette, aus der das Tonband quoll, *Sitars at Sunset* von Shari Jaffrey.)

Er würde den Scheißkerl fertigmachen, die Sache wollte es. Er würde ihn mit Aussagen von Rash und ihrer Mannschaft in die Enge treiben. Er würde drohen, gerichtlich gegen ihn vorzugehen, falls er nicht ...

Na, falls er sich nicht auf gewisse Bedingungen einließ!

»Ja, komplett, weißt du«, wiederholte Anil und schaltete in den zweiten, ja, in den dritten Gang, um maximale Antriebsgeschwindigkeit zur Autobahn T45A zu erzielen, Richtung Flughafen und Freihandelszone und Anil Swains Dharma, vom silbernen Melanoma etwa zweihundert Meter achteraus und ständig an Boden verlierend; aber in ihm brannte die Leidenschaft des Rechtschaffenen, für die gute Sache von Gott Krishna wie der des Swain-Haushalts und aller Fans indischen Essens überall in Killoyle und Umgebung.

6

»Dann sagen Sie ihm doch bitte, ich hätte angerufen.« Eine Pause, durch Stentor-Atem gefiltert und von eindringlichem Keuchen durchbohrt. »Sheila Hasdrubal-Scott. Genau, Hasdrubal. Ha Ah Ess …«

»Beim gottseligen Jesulein, ich bring den Sausack um bring ich ihn.«

Soweit Sheilas Victor (dessen lachhafte bühnenirische Rede im folgenden auf diesen Seiten so wiedergegeben werden wird, als hätte er sie in schierstem Oxbridge geäußert, wobei wir einmal davon ausgehen wollen, daß die feuchten Labiale, verzerrten Diphthonge und verstümmelten Vokale der Grünen Insel unter dem glattgeschorenen Rasen seines Queen's English wuchern).54)

»Diese Klötenschweine«, fuhr er mit einer Tiefe des Gefühls fort, die zwar gründlich vorgetäuscht (aber weniger langweilig, als mit den Händen in den Hosentaschen im Haus herumzuwandern) war. »Diese kriecherischen, glatten, herablassenden intellektuellen schweinischen Klötenschweine. Winn heißt er, stimmt's? Nun?« räusperte er sich bedrohlich.

54) Im englischen Original steht an dieser Stelle, wie man welche Vokale und Konsonanten so verhunzt (I = oy; ou = ay; u, e, o usw. = ah, ay oder eh; t = ts; th = d, z. B.: »Dat's royghts, moyne's ah ehf stayts, uf yay dahn'ts moynd.« [»Stimmt, das ist mein großes Dunkles, wenn Sie nichts dagegen haben.«]), daß man als Ire durchgeht, was aber den Leser der deutschen Übersetzung nur unnötig verwirrt. (Anmerkung des Übersetzers) »Und *so*was nennen die Muttersprache?« fährt der Anmerker schwerstgenervt fort.

»DANKEschön, junge Frau. Und wie war nochmal Ihr Name …?« Sheila legte auf, ungeduldig, und das Telefon trillerte, als protestierte es. »Dumme Votze. Und er ist nicht da, sagt sie. Gott, wie kann er um drei Uhr nachmittags nicht da sein? Ist er ein wahnsinniger Attentäter oder was?«

»Vielleicht ist er tot«, meckerte Victor. »Ausgesehen hat er wie der aufgewärmte Tod, wenn du mich fragst. Der ist doch sowieso so gut wie im Arsch, würde ich sagen, mit Hilfe oder ohne. Du kennst doch die Sorte. Gräulich-grün, weißt du? Meist mit gelbroten Rändern um die Augen?«

»Ich bitte dich. Du bist gereizt.«

»Selber gereizt«, spie Victor kindisch aus. Eingeschnappt stürmte er ins Solarium davon, wobei er ziemlich ermüdend »Klötenschweine« wiederholte. Dort ließ er Wut ab, fand und entzündete einen Zigarillo, paffte hastig, wandte den Kopf von einem imaginären Gefährten ab, um mit lautem Rasseln, wie wir es von den nassen Trossen eines alternden Fischkutters kennen, der seinen Fang einholt, *phlegma* hochzuhusten. Auf einem Beistelltisch lag die Kleinanzeigenseite des *Killoyle Clarion* mit einer einzigen rotumrandeten Kleinanzeige. Direkt neben der Zeitung, in schönster Ursache-und-Wirkung-Nachbarschaft, kauerte erwartungsfroh das Telefon.

»Och Gott.«

Es stimmte. Es war hoffnungslos. Warum klappte nie was? Warum hackten alle immer auf ihm herum? Warum wachte er morgens mit dem Gefühl auf, von oben beobachtet zu werden? (Er hatte das überprüft: da war keiner.) Zualleröberst: Warum lebte er, Victor Scott, in so einer Wohnung, mit so einer Frau?

Antwort auf die letzte Frage: Weil sie Geld hatte und er nicht. Nie gehabt hatte. Er war sein Leben lang pleite gewesen, dann hatte er eines Tages Sheila bei einem Picknick-cum-Beherbergung am Lough Derg kennengelernt, wohin er sich begeben hatte, um um Geld zu beten. Erhörte Gebete: Geschmeidiger Bursche, der er war, hatte er sie, eine wabbelnde, nicht übermäßig einnehmende Maid, im Ruckzuck verführt. (Noch heute lebte sie mit der Erinnerung an den apollgleichen Victor von einst, nicht den doppelkinnigen, ständig hustenden Allesverkehrtmacher mit Kordsamthosen in Übergröße und der Stimme eines asthmatischen Papageis.)

Antwort auf die anderen Fragen: Weil er sie sowieso nicht mehr alle hatte, oder zumindest so sowieso, daß er vor kurzem nacheinander aus den drei folgenden Jobs gefeuert wurde:

1) Verkäufer bei Brown Thomas, entlassen, weil er die Arme verschränkt und finster geschwiegen hatte, sobald sein Beistand gewünscht war (und einmal, weil er die Lippen geschürzt und gegenüber einem besonders beharrlichen Kunden unfeine Furzgeräusche ausgestoßen hatte, worüber dieser sich dann beschwerte).

2) Unter-Auktionators-Assistent bei der Crumbles GmbH, wurde kurz nachdem bekannt wurde, daß er – wenn man davon absieht, daß er Rusty Bolgers Bestseller *Das Versteigerungswesen in drei leichtfaßlichen Schritten. Erster Schritt* gelesen (bzw. die Seiten 12 bis 15 und 103 bis 105, wo die Bilder waren, überflogen) hatte – nicht den Schatten des Schimmers einer Ahnung hatte, wie mit dem Bieten zu beginnen oder ein *objet* zu schätzen wäre. Ein einziges Mal hatte er sich als Kunstschätzer versucht, und da war die Dame tränenüberströmt aus dem Saal gerannt, die Limoges-Vase, die später mit £ 5000,– veranschlagt wurde und für die Victor ihr fünfzig Eier geboten hatte, welche er mühselig aus der eigenen Hosentasche hervorzählte, fest an den Busen gedrückt;

3) Untergeschäftsführer für Frei-Haus-Lieferungen bei Dudley's Do-Nut Boutique am Strand, in welchem Etablissement er mitten während eines Seminars zur Hebung der Arbeitsmoral der Angestellten seine Unzufriedenheit mit dem ganzen Geschäft ausgedrückt hatte –, sowie auch seine Empörung darüber, daß er einen weißen Kittel und eine Kochmütze tragen mußte, auf der ein lächelndes Gesicht und der Slogan »Dudley's Gibt Euch Süßes« prangte –, indem er einen Doughnut mit Zuckerguß, Sahne und Gelee auf Frederic Thomson warf, den zu Besuch weilenden Obersten Unterweiser der Region Südost, und eine spektakuläre Stummfilm-Zwölf auf

Mr. Thomsons Nase erzielte. Dieser Vorfall und Mr. Thomsons Drohung mit Einschaltung der Gerichte gaben zu ernsten Zweifeln an Victors Fähigkeit, überhaupt ein normales Leben zu führen, Anlaß. Sheila, in diesem Zusammenhang von den Gardai befragt, schnaubte vor Wut und nahm ihren lieben Männe gegen die große Gehässigkeit der Welt in Schutz. Später jedoch, nach einem Dîner bei Kerzenschein mit Sheila, in dessen Verlauf sie ihre Lippen mit der Zungenspitze befeuchtete und so saß, daß ihre Büste leicht das Hervorstechendste an ihr war, hatte sie Mr. Thomson dazu überredet, unter der Voraussetzung, er und Sheila könnten »einen kleinen Ausflug nach Balbriggan«[55] zusammen unternehmen, von einer Klage abzusehen. Danach postierte er sich gegenüber von den Hasdrubal-Scotts auf der anderen Straßenseite und winkte schmachtend, sobald sie sich sehen ließ, als aber der Tag zu Ende ging, gelang es Victors grollenden Gesichtszügen am Solariumfenster, Mr. Thomson von einem Rückzug auf die mittlere Distanz zu überzeugen, wo er eine erwartungsvolle Haltung einnahm, ohne zu wissen, worauf er wartete.

Soviel zu Victors Zukunftsaussichten. Er hatte keine Verbindungen, und sein Lebenslauf war eine Belastung, die mit jedem Job, der in diesem aufschien, schlimmer wurde. Nicht, daß ihm das was ausgemacht hätte. Für ihn waren alle Jobs identisch: Nicht enden wollende Langeweile im Dienste von Narren. Infolgedessen und kaum überraschend war er derzeit arbeitslos, was er theoretisch auch gern geblieben wäre; schließlich hatte Sheila genug Schotter für beide, und ohne zeitraubenden Job konnte er sich ganz seiner Sammlung alter Zeitungen widmen, seinem Hauptinteresse und wahrem Objekt der Begierde. Seine Sammlung war konservativ – *The*

55) O ja. Sowas habe ich auch schon ein paarmal durchgemacht. Letztes Mal war mit Kathy, irgendwann im Frühjahr '96, als Up Trumps in Leopardstown gesiegt hat. Wir haben den ganzen Tag hin gebraucht und haben bei der Abzweigung nach Skerries im Stau festgesteckt, aber sobald wir hinkamen … Muß ich deutlicher werden?

Grauniad (i.e. *The Guardian* mit sämtlichen Druckfehlern), *Der Ergonom, Janus spricht, Wahrheit²*, *Geflügelter Streitwagen der Zeit* –, aber eklektisch, mit klassischem Drall.56) Eines Tages hoffte Victor, sein Archiv als Kurator oder Fremdenführer zu überwachen, weltweit als *die Autorität* anerkannt ...; gegen die Art Job hätte er gar nichts einzuwenden gehabt, wenn er nur irgendwie an einen Computer kommen konnte.

Alte Zeitungen zu archivieren wäre ein Klacks mit so einem Ding.

Diese Überlegung, sowie Sheilas sanfte Ermahnungen, was Wohlanständigkeit, Ruhestandsregelungen usw. betraf, hatten Victor dazu gebracht, die Kleinanzeigen zu überfliegen, widerstrebend, aber ergeben, mit dem tiefsitzenden Gefühl, wie nervtötende Magengeschwüre, daß es nichts brachte, aber doch irgendwie nützlich war. Dies hatte er schimpfend getan, wobei er die eine oder andere Redensart aus seinem Syllabar fremder Zungen murmelte.

»HANNS-hingedabbadewaa. Sack und Eier. Ahack. Ah, na bitte.«

Unter all den Auflistungen für Zeitarbeit und Sekretärinnen (gern auch ohne Erfahrung) und *word processors* und Lektoratsassistentinnen und andere erbärmliche Stationen des Alltagskreuzwegs hatte eine einzige Wahrscheinlichkeit die Ehrenbezeigung verdient, mit Rotstift umkringelt zu werden: NaughtyBoy Graphics GmbH (SELTEN DÄMLICHER NAME, dachte Victor) suchten »eine/n sofort verfügbare/n Kandidaten/in mit etwas Computer-Erfahrung«. Also, Victor konnte ein sofort verfügbarer Kandidat sein, und er hatte sogar etwas Computer-Erfahrung. Nicht zu Hause: Sheila kam sowas nicht ins Haus. Sie behauptete, die Dinger verursachten

56) Wohl wahr. Die Schlagzeilen einer oder zweier angegangener Exemplare stechen als Klassiker des Genres hervor, zum Beispiel, aus *The Jupiter*, Juni 1934: »Röhm erschossen, tot begraben«, sowie, aus *The Munster Gong*, 1968: »Studenten meiden Cafés, plündern Obststand am Place Marceau«.

Kurzschlüsse und zögen Einbrecher an und wären der Grund für viele Brände »aus ungeklärter Ursache« (»aber wenn man weiß, daß der Computer den Brand verursacht hat, ist die Ursache doch nicht mehr ungeklärt«, nörgelte Victor, ein Spott, den sie nur belächeln konnte, auf ihre eigene matte Weise). Immerhin hatte Victor schon hie und da einen benutzt, in der Bibliothek zum Beispiel, und einmal in Galway, und dann nochmal bei seinem Cousin Shoots, in Crumstown, wo die beiden zwei Tage und Nächte hintereinanderweg das ultraheiße Videospiel »Wittgenstein II: Im Verlies« gespielt hatten. Da war es aber, beim Jesus, abgegangen! So ließ man sich das Leben doch gefallen, jede Menge Zigarillos und einen Klacks Super-Whip im Kaffee und schön Eintopf als Beilage und guten soliden Gin in den anständigen Gläsern, keine Pappbecher, und der Computerbildschirm flimmert so hübsch, und weit und breit keine verdammte Frau in Sicht, außer auf dem Bildschirm (Wittgensteins Geliebte, Dora-die-Domina, naja) ... Also. Wenn dieser NaughtyBoy-Müll ihm einen Computer verschaffte und ihn zufrieden ließ, so daß er damit weiterkam, womit er weiterkommen wollte – und ihn nicht dazu zwang, Aktennotizen und Bilanzen und Buchführung und diesen ganzen Kack zu tippen –, konnte er sein Archiv für alte Zeitungen ordentlich in Angriff nehmen, und sobald er eins im Computer hatte, *tatsächlich so richtig im Internet, Alter*, konnte er für den Zugang Eintritt verlangen und richtig die Kohle scheffeln!

Ja, das war eine tolle Idee, eine ganz tolle Idee war das. Er hatte sich sogar schon ein paar Namen überlegt.

VICTOR'S NACHRICHTENKARAWANE.

VIC'S WAS UND WO PASSIERTE.

DAS NEUSTE VON EINST.

Naja. Einen Versuch war es wert, und ein paar Stunden pro Tag hätte er *sie* nicht am Hals. Die Kneipe würde natürlich die

57) Tourette ist prima, eine meiner Lieblingsmacken. Klingt, als käme unser Vic dafür in Frage. Oder nehmen wir PUS, das Psychic Utterance Syndrome, bei dem der Patient, während er gerade (zum

gleiche Funktion erfüllen, das Wettbüro ebenfalls, oder die Cafeteria im neuen Flughafengebäude, aber die Idee mit dem Archiv hatte etwas, das seine Augen etwas weiter öffnete, das seinen Husten bis zu zehn Minuten lang durchgehend unterdrückte und das ihm nach neunundfünfzig Jahren des Machens und Tuns wie das einzig Wahre vorkam.

Er rauchte seinen Zigarillo aus, spie feucht in eine Hortensie nahebei und warf sich wie ein Sportler aufs Telefonieren, den Kopf gesenkt, die Schultern nach vorn, so recht gefällig die beflissene Zittrigkeit des Jobsuchenden nachäffend.

»Ja, ja, ich habe reichlich Erfahrung mit einem Macintosh.«

Sheila ging an der offenen Tür zum Solarium vorüber, hörte dies und fragte sich, was er jetzt wieder im Schilde führte, der kleine Schatz, vielleicht bewarb er sich ja bei einer chemischen Reinigung. Sie hatte eine kurze Vision, wie er starr hinter dem Ladentisch der Reinigung Panzer OHG in der Behan Avenue stand und vor verdrießlichem Publikum die Gebühren für einen Anzug, einen Sportsakko, einen Anorak und so weiter rezitierte –, der liebe, törichte Mann! Wie sie hoffte, er habe endlich etwas gefunden, wo man ihn wenigstens anständig behandelte. Es war einfach nicht fair, immer war es ihm dreckig gegangen, er brauchte Schutz vor der bösen, schlimmen Welt dort draußen, und dieser gräßliche Mr. Bibliothek Finn oder Winn – sein widerwärtiges Assistenzmädchen, die Person mit der üblen Redeweise und den schamlosen Titten, gar nicht zu erwähnen –, ach, das war ja wohl der Gipfel, das war ja die Höhe, dabei grenzt das nämlich bereits haarscharf an totale Diskriminierung und Ausgrenzung, schließlich war Victor in gewisser Weise behindert (so eine neuartige mentale Behinderung, sie stand noch nicht in den Enzyklopädien, begann sich aber bereits im Fernsehen[57)] zu zeigen), es mußte doch einen Grund dafür geben, wie er sich immer benahm, und wenn

Beispiel) Zigaretten kauft oder sich am Telefon nach Flugtarifen erkundigt oder zum Haareschneiden Platz nimmt, plötzlich mit schriller und entsprechendem Akzent versehener Stimme – oft dem eines

Sie's genau wissen wollen, war sie nicht gänzlich überzeugt, daß nicht sogar durchaus ein Prozeß drinlag, wenn man bedachte, wie weitherzig der Antrag von Looney, Nomad u.a. angewandt wurde, der gerade zum Thema Behinderungen vom Dáil verabschiedet worden war, nach drei Wochen voller Zischen und Papierschwalbenschmeißen und unflätigen Gesten hin und her, die törichten kleinen Buben, naja, Buben waren eben Buben, dermaßen, Gott segne ihre kleinen Herzen …; wenn sie nicht irrte, war es nicht nur ein schweres Vergehen, einen BM oder DC 58) in der Öffentlichkeit zu beleidigen (geringfügig mildere Bestrafung, wenn die Handlung privat erfolgt war), sondern bereits die Andeutung einer solchen Beleidigung, und das traf ja nun eindeutig auf diesen Mann Winn oder Finn zu, so wahr sie, Sheila, einen Kopf und ein Paar Augen vorne drin hatte.

längst verstorbenen Ausländers – etwa folgendermaßen herausplatzt: »Schnällll! Gehen Sie zur Bankchfiliale in der Den-Uyl-Straat und heben Sie genug Geld für zwei Tickchets in die Schweiz ab«, oder »Pssst! Kennen Sie aufnehmen mein cheißgeliebte Familie sind uns auf Flucht von Ochrana«, und so weiter, um dann normal fortzufahren, und völlig verblüfft ist, wenn er mit den sinnentleerten und/oder unbehaglichen Blicken (oder telefonischen Räusperlauten) seitens seines Gesprächspartners (oder seiner Gesprächspartner) konfrontiert wird. Mir ist das mal passiert, als ich mit einem Taxifahrer in Harold's Cross über den Fahrpreis diskutierte. Seine Version lautet, ich hätte ihn schon fast überredet, sich mit fünf Pfund zu begnügen (nicht schlecht, um ein Uhr nachts einmal nach Swords und zurück), als ich plötzlich jede Glaubwürdigkeit verlor, indem ich meine Stimme um eine Oktave senkte und von ihm brüsk auf italienisch, mit üppiger Gestik, die Telefonnummer einer Signora Gina Grissini verlangte, wohnhaft Viale Garibaldi 232, Apartment 15B, in Rimini, Provinz Marken. Zufällig erwiderte er mir in derselben Sprache – denn hieß er etwa nicht Tullio mit Vornamen, und stammte er etwa nicht aus dem östlichen Catanzaro als solchem? – und erklärte sich außerstande, mir mit Telefonnummern in Rimini dienlich zu sein, woraufhin ich ausspie, mir mein Cape über die Schulter warf und in die Nacht hinaus pirschte. Zwei Stunden

Stimmt schon, außer ihrer Kerngesundheit hatte sie nicht viel, wofür sich weiterzumachen lohnte (außerdem noch das Licht in Mr. Thomsons Augen), wäre nicht ihr lieber kleiner Victor mit all den Schlachten, die sie um seinetwillen focht.

Diskriminierung am Arbeitsplatz? Unfaire Praktiken? Verpaßte Gelegenheiten? Abwarten! Die Iren sind eine Rasse von Prozeßhanseln, und die Uhr lief!

(Sheila war eine jener wohlmeinenden Frauen, deren äußerster Mangel an gesundem Menschenverstand sie zur Gefahr für jedermann macht, und das bedeutet Sie, Leser, und mich – und Mr. Thomson, die arme Sau.)

Wie ein betauter Lufthauch durch Röhricht und Schilf seufzend, kuschelte sie sich, katzengleich, auf dem Diwan zusammen und fand zurück in die Phantasiewelt der Wallis Simpson auf Seite 354:

später wachte ich in einem Asyl in Irishtown davon auf, daß ein rechter alter Schrecken von einem mit Selbstgebranntem aromatisierten Westküsten-Flaschenmann den Inhalt meiner Brieftasche überprüfte (und sich für meinen Geschmack etwas zu lang in Kathys Fotografie vertiefte). Wieder bei Bewußtsein, sprach ich erneut Italienisch, aber nur bis zu dem Grad, daß ich »Ciao« sagte, und nahm den 12A zurück nach Ballsbridge.

58) »Andersbegabter Mitbürger« (s.w.o. S.9), die juridisch korrekte Bezeichnung in allen zweiunddreißig Grafschaften Großirlands und seiner Besitzungen seit letztem November, als die Vereinigung behinderter irischer Menschen Gar die Daumenschrauben anlegte und drohte, sie würde Adresse und Telefonnummer von diesem Mädel veröffentlichen, das er in Portadown zu vögeln pflegte, und kaum war nach zwei Sitzungen die Gesetzgebung verabschiedet, als das betreffende Mädel freiwillig ihre eigene Website in Dienst stellte, komplett mit Links zu Gar-Looney-Seiten, auf denen man sich außerdem noch über Gaelic-Football-Helden der Vergangenheit informieren und Einblick in sein High-School-Jahrbuch nehmen konnte (Portara, eher für vornehme Protestanten bekannt), in welchem er ein halbes Dutzend verschiedener Posen einnimmt und den berühmten schuldigen Gesichtsausdruck und einen geliehenen Blazer zur Schau stellt.

»Wie ein betauter Lufthauch durch Röhricht und Schilf seufzend, kuschelte sie sich, katzengleich, auf dem Diwan zusammen und fand zurück in die Phantasiewelt Edwards, ihres Gemahls, dessen erste Äußerung des Tages, meist zwischen 10:00 und 10:15 Uhr getan und gleichgültig, ob jemand anwesend war, der sie hören konnte (königliche Angewohnheiten sind schwer abzulegen), lautete: ›Ich weiß nicht, wie es irgendjemand schafft, das verdammte *Times*-Kreuzworträtsel zu lösen, für mich ist es zu schwer, kann ich dir sagen.‹ An dem Tag sagte er dann für gewöhnlich gar nichts mehr, außer daß er manchmal während der langen öden Stunden nach dem Mittagessen in die Küche tappte, königlich die Hände faltete und mit gedämpfter Stimme, so daß niemand ihn hören konnte, zaghaft anbot, den Abwasch zu machen, ein ritueller Akt, der Realitätsbezug andeuten sollte und von keinem ernstgenommen wurde, schon gar nicht vom Küchenpersonal, welches das eisige Schweigen aufrechterhielt, das doch eher seine, des Personals, Herrschaft kennzeichnete.

Abends neigte der Exkönig zu mehr Redseligkeit, wenn die Cocktailstunde geschlagen und man eine, zwei Runden auf dem Tanzparkett gedreht hatte; dann wurde er nostalgisch und entsann sich der Nebel von Balmoral und des Gerumpels von Wagenrädern auf den Kopfsteinen vor dem Buckingham-Palast und seiner einen Großtat als König, als er das Tal der Rhondda bereist und die Bergleute daheim besucht hatte, wo es ein ganzes Stück enger war als im Buckingham-Palast, wie Seine Majestät gern an Stelle von *small talk* äußerten …«

»Ach, Buckingham«, stöhnte Sheila. »Ach, Balmoral. Ach, Rhondda.«

Sie gönnte sich kurz ein Heimweh nach etwas, was sie nie gekannt; dann riß sie sich zusammen, fächerte durch ihren Rolodex und fand die Privatnummer dieses O'Malley, des Anwalts oder Advokaten oder was er war. »Prozeßsachen Chefsache« hieß es in seiner Anzeige, die eine Witzzeichnung mit dem drauf-fotomontierten Kopf von Tom O'Malley zeigte, der in der einen Hand die Waagschalen der Gerechtigkeit, in der anderen einen Beutebeutel hielt. Wenn er etwas war, dann geradeheraus, unser Tom, und *da*nach stand Sheila jetzt eindeutig der Sinn …

»Nun, Mrs. Ämm, im Augenblick habe ich ein paar Dinge zu laufen«, sagte Tom, als sie anrief. »Diskriminierung, was? Cool. Hört sich an wie eine Beschimpfung. Winn, sagen Sie? In der Bibliothek? Ich kenne einen Finn –; ach so, es *ist* Finn. Finn, so so! Und Sie sagen, er hat Ihren Mann beleidigt, welcher ein BM ist …?«

»Mental. Er hat Beschwerden. Manchmal flucht er ganz laut, aber das ist nicht seine Schuld.«

»Wessen Schuld ist es denn?«

»Na, die der Beschwerde natürlich. Wie ich Ihnen gesagt habe. Und die von Finn … Naja, eher die dieses Mädchens, Finns Angestellter …«

»Mädchens?«

»Ja, aber es ist seine Schuld, oder, wenn er seinen Untergebenen gestattet, so mit ihrer Kundschaft zu reden?«

»Ich weiß nicht. Vielleicht hatte er eine Beschwerde.«

»Mr. O'Mallet, dies ist eine ernste Angelegenheit. Meine Güte, ich wäre Ihnen dankbar, wenn Sie das nicht auf die leichte Schulter nähmen.«

Ernste Angelegenheit am Arsch, dachte Tom, wenn ihr das nicht beide ausschließlich wegen des Geldes macht, wüßte ich jetzt gern den Namen und die Faxnummer vom Mann im Scheiß-Mond. Aber wenn es tatsächlich der olle Finn ist (fragte er sich und bedachte flüchtig etwaige Interessenkonflikte im Lichte der anstehenden geschäftlichen Abschlüsse) …, *ach, Geld auf der Bank ist Geld auf der Bank, da beißt die Maus keinen Faden ab.*

Hörbar stimmte er nun die Schnulzenmelodie im Tonfall des professionellen juristischen Wegelagerers an, entschuldigte sich gründlich und pflichtete ihr bei, Finn sei höchstwahrscheinlich für die Unregelmäßigkeiten seitens seiner Untergebenen verantwortlich. (Zufällig wurde Toms Eifer noch durch den Umstand befeuert, daß sein eigener lieber alter Da,

Richter Gerald, mit ebenjenem Finn in Händel verstrickt gewesen war, in denen es um Schummeln beim *chemin de fer* ging, was zur Folge hatte, daß der Name des Richters - Richter hin, Richter her - in aller Stille aus dem Mitgliederverzeichnis des South Killoyle Golfing Club getilgt wurde, wobei Vertuschungsversicherungen abgegeben wurden -, zu erniedrigend, sich ihrer zu entsinnen; deshalb war Tom, wenn schon sonst nichts, dann doch seinem Familiennamen gegenüber loyal, nur allzugern zu der Annahme bereit, die Schuld *liege* bei Finn.) (Dann lief natürlich auch noch dies private Geschäftchen.) (Um es mit wenigen Wörtern zu sagen: Tom spielte ein sehr gefährliches Spiel.)

»Eins wüßte ich aber gern noch genau: Ist das Ihr richtiger Name? Das ist doch kein Künstlername oder Nomm Diplom oder sowas? Die Vertretung von Pseudonymen übernehme ich nämlich nicht, liebe Dame.«

Er versicherte ihr, wobei er ein Gähnen erstickte, tief in die Materie hineinschauen zu wollen. Diese Versicherung ging, wie die Suppe dem Braten, dem oft einstudierten letzten Satz voran, dem Satz für Gedärm und Orchester, O'Mallets aufmunternder Anwaltsansprache, in welcher die Breite und der Umfang seiner menschlichen und mitmenschlichen Qualitäten und sein tiefes Empfinden für den gemeinen Mann und die gemeine Frau zusammengefaßt wurden, all dies per Autopilot gemäß den Instruktionen des alten Professors McKinney am University College Dublin abgeliefert, nämlich: »Wenn ihr, meine Kindlein, je das Herz auf der Zunge tragen solltet, seht auf jeden Fall zu, daß es nicht das Eure ist«:

»Beschwerden wie die Ihres Mannes sind stille Tragödien, Mrs. Hannibal, äh vielmehr Hasdrubal-Scott.« Spontaneität platzte ungebeten herein. »Was übrigens Ihren wirklich überaus ungewöhnlichen Namen betrifft, dürfte ich fragen ...«

»Gewiß. Marokkanisch-spanisch, über Gibraltar. Er war ein Krabbenfischer aus Ceuta, wo, weil landeinwärts, die Krabbenpopulation nie der Rede wert war. Infolgedessen war er ein beständiger Meerengenüberquerer auf der Suche nach einer

Anstellung. Eines Tages traf er auf dem Felsen eine gewisse Molly …«

»Bloom?«

»Beavis. Meine Mutti. Sie emigrierten '59.«

»Verstehe. Ja, wie gesagt«, nahm er die juristische Standard-Ansprache wieder auf, »um auf die unglücklichen Beschwerden Ihres Mannes zurückzukommen. Das ist, leiderleider, eine alte Geschichte, wie wir von der Juristerei vielleicht besser wissen als die meisten. Tag für Tag kämpfen diese Märtyrer und unbesungenen Helden, um Behinderungen zu meistern, welche dann von den seelenlosen Bürokraten, die unsere öffentlichen Einrichtungen leiten, nicht anerkannt werden. Je heller wir diese Fälle mit dem Scheinwerfer der Publicity anstrahlen können, desto eindringlicher können wir ihr Elend ins allgemeine Bewußtsein rücken, und desto besser wird es für Vincent sein und für alle, die, wie Vincent …«

»Victor.«

Tom gähnte brüllend.

»ÅÅÅÅÅÅÅÅÅÅB. Ach, so heißt er? Na, da bin ich aber platt. Tschüs.«

* * * * *

7

Kalt legte O'Mallet auf, wirbelte zwei- bis dreimal auf seinem ledergepolsterten Ironman-DeLuxe-Drehsessel herum, pfiff ein Liedchen (eigentlich zwei Liedchen, miteinander vermischt: »The Wind was Green« von Sinatra und das »Rondo Capriccioso« in D von Hummel[59]) und bewunderte a) den Blick durch seine getönten Fensterscheiben auf den Hafen von Killoyle und b) seine frischgekauten Fingernägel. Aus der Nähe betrachtet (noch etwas näher ran, bitte), war Tom O'Mallet, der fleischgewordene Charme und Erfolg, ein leerer Rumpf, eine leere Hülse, ein lebendiges, atmendes Deutschland, und kein Gerald Manley Hopkins würde je seinen Hinschied vermelden. Was aus der Entfernung als Energie und Dynamik durchgehen mochte, erwies sich bei näherer Untersuchung als schwerer Fall nervlicher Zerrüttung: der flattrige *tic* des linken Lides, als versuchte ein gefangener Schmetterling sich zu befreien; die wäßrigen Augen wie die eines Pennerveterans; die schwerbenagten Fingernägel, die auf die Schreibtischplatte eintrommelten; die Schreibtischplatte selbst, auf der sich in ungebärdigen Garben und Bündeln verstreute und aufgetürmte Hauptbücher, Computer-Disketten, Rechnungen und Briefe breitmachten.

Hinter Toms Rippen tanzte sein Herz den Kasatschok (*Hey! Hey!*).

»So ein Blödmann, was?« murmelte Tom bei sich. »*Hasdru-*

59) Gibt es gar nicht. Habe ich überprüft. Am ehesten noch Karl Ditters von Dittersdorf, wer zum das auch gewesen sein mag (irgendein blöder Deutscher, höchstwahrscheinlich).

bal-Scott, aber ehrlich. Der arme Victor und seine Beschwerden, was? Wir werden Ihnen eine schöne Beschwerde zuschustern, liebe Dame, warten Sie's ab. Tom O'Mallet hat alles unter Kontrolle. Diesmal sind Sie bei der richtigen Adresse gelandet! Solche Beschwerden sind heutzutage so gut wie Geld auf der Bank, warten Sie's ab ...!«

Bettina, seine Sekretärin, stand in der Tür und kündete mit angstvollem Hüsteln von ihrer Anwesenheit.

»Tom?«

Er winkte ihr ab.

»Nö. Später.«

Hinter Bettina dröhnte die Stimme von Mary Rose Ryan, Toms Sozia und Teilzeitvertreterin vor den Gerichten Südostirlands, mit Kanzleien und Repräsentanten in Dublin, Sligo und Donegal ... Als Rose welkte Mary Rose schnell und – vielleicht infolgedessen fand sich selbst in dem Maße immer toller, in welchem sie Männer immer weniger toll fand. Besonders Tom O'Mallet, dem die arme Bettina die Stange hielt, was sonst niemand machte. (»Ich weiß, daß er manchmal nicht ganz sauber tickt«, wie Bettina ihrer Freundin Nellie Norris letzten Samstagabend im Balsa-Raum der Spudorgan Vacation Inn bei einem Piccolo »Babycham«-Schlichtsekt anvertraut hatte, »aber ich finde, er sieht aus wie dieser amerikanische Schauspieler Bobby Lee Irwin. Der mit dem Gesicht, weißt du?«

»Uuuuuu«, hatte Nellies Erwiderung gelautet, versiegelt mit einem Kichern und einem Schmollen in Richtung Esteban Barrientos, strammer junger andalusischer Barmann ...)

»Ich brauche heute nachmittag um drei einen Termin«, deklamierte Mary Rose. »Was soll das heißen, er ist ›dicht‹? Macht er Maniküre, oder ist er Arzt? Sagen Sie ihm, es tut mir leid, daß er ›dicht‹ ist, aber wenn er mich nicht dazwischenquetscht, laß ich ihn verknacken. Er weiß dann schon Bescheid. Fragen Sie einfach die Schlampe, die für ihn arbeitet.«

Ein Hörer wurde aufgeknallt, dann eine Tür zu. Tom lauschte konzentriert, wagte kaum zu atmen; dann nahm er seine Drehungen wieder auf und versuchte sich an einem, zwei Refrains aus seines und seines Das Lieblings-Sinatra-Songs – »The Wind was Green« natürlich, und »Strangers«, aber auch »Where Are You?« (»Y-û-û-û?«), »New York, New York« und »Laura« (»Laur-â-â-â-â«) – hauptsächlich, um seine Stimmbänder zu schulen, nach der widerspenstigen Schlaflosigkeit der letzten Nacht (ein bißchen länger an der Strippe gehangen als geplant) immer noch ein bißchen rauh…, aber langsam wurde ihm bewußt, daß Bettina sich nur bis zur Schwelle zurückgezogen hatte und ihn nach wie vor durch die offene Tür anstarrte, wie ein Nagetier im Unterholz, welches vorsichtig eine Katze im Auge behält.

»Also?«

»Mr. McGinty ist da und will Sie sprechen. Aus Belfast.«

»Oha.«

»Hallo, Tom. Wie geht's dem Burschen?« Eine herzhafte Begrüßung, brausend aus breitem, beef-farbenem Gesichtsbereich verbreitet, welcher plötzlich hinter der pummeligen Bettina aufragte wie ein Erntemond über den grünbrüstigen Hügeln von Meath.

»Martin, wie geht es? Hören Sie, können Sie mir noch einen halben Mo…?«

»Klar, Tom. Klar. Nehmen Sie sich Zeit.«

Tom lachte das hohle Lachen von Christopher Lee in *Draculas Bräute.*

»Großartig, Martin, bin in zwei Sekündchen soweit.«

Das war buchstäblich alles, was ihm noch gefehlt hatte: der harte Mann persönlich, von der Falls Road hergeeilt, um seine Investition zu überprüfen. O, die Falls-Jungs begannen ein bißchen zu sehr auf die Anwaltssocietät O'Mallet & O'Mallet zu zählen, o ja. Wenn ein Grabstein in Bodenstown versetzt oder poliert werden mußte, riefen sie Tom O'Mallet oder seinen Da an. Wenn die Evangelen in Weterford (oder, wie die Burschen mit ihren lauschigen nördlichen Akzenten sagten, »Waterford«) pampig wurden, hieß die Losung: Man muß O'Mallet anrufen. Wenn eine der Regierungswachhundegruppierungen oder die

Polizei unangenehm nah rankamen: *Alarmiert O'Mallet!* Letzterer Fall war übrigens der gegenwärtige Fall, der Grund für Toms schlaflose Nacht, das, was ihm die ohnehin besorgte Existenz vergällte, der saftige Knochen für einen eifrigen Journalisten: Nicht nur Waffenschmuggel, da Killoyle ein internationaler Hafen war (Brest, Quimper, Plymouth, Holyhead), sondern Waffenverbergung, das größte Versteck für AK47s, Semtex, Katjuscha-Raketenwerfer, Kalaschnikows, Uzis und Scud-Flugkörper in der westlichen Welt, alles fein säuberlich in einem Mietlagerhaus direkt an der N101, der Ringstraße Killoyle-Dinglederry, südlich vom Flughafen weggesperrt. Es hieß, die Polizei sei an der Sache dran, und eine örtliche Splittergruppe sei sogar noch näher an der Sache dran. Toms Da mußte seine Beziehungen einschalten, einschließlich, was Tom (zunächst) erstaunte, den bereits erwähnten Finn, der, wie es schien, nicht war, was er schien; eher schien er - nach eingehenderer Analyse - ein glühender Stammtischnationalist der klassischen, der Jahrgang-1916-Schule, ein passionierter Leser des Gelabers von Casement, Pearse, Connolly und Co.; kurz, ein perfekter Hans Arsch, wenn man einen brauchte, und ein maßgeschneiderter Strohmann …

Was Tom betraf, so hatte dieser da nie groß die Wahl gehabt. Sein Da war ein alter IRA-Mann der '50er Generation, als wenig mehr los war oder -ging als Polizistenfressen auf hektografierten Plakaten und Feuerwerkskörper in Milchkannen in Süd-Armagh, aber der Name des Richters stand unauslöschlich (und von ihm selbst dort eingetragen) in den Annalen der Bewegung, und der alte Pflug mit den Sternen wehte stolz in seinem Herzen. Die jüngste Schwächung der Armee des Volkes hatte ihn schwer getroffen, mit selbstgefälligen Unionisten, die fettig in den Zehn-Uhr-Nachrichten feixten, da konnten sie auch gleich den Sieg ausrufen, und, am allerschlimmsten, Arm in Arm mit denen, die, bis neulich die Charta von Derry - ihr Andenken sei verflucht - in Kraft trat, die Fußsoldaten und Legionäre der Armee des Volkes gewesen waren: Es ging wieder von vorn bis hinten los: Collins gegen DeValera, endgültiger Verrat, Wir gegen Sie, großgeschrieben. Zeit, fanden die O'Mallets (fand halbherzig auch Tom, weil ihm teilweise das Wohlergehen der Nation und hauptsächlich das seiner Bankkonten auf den Kanalinseln am Herzen lag), vorzutreten und seine Dienste wem immer anzubieten, der aus der anderen Richtung vortreten mochte und in dessen Augen der Patriotismus loderte, was natürlich einige komische Kerle einschloß.

Zeit, die Sache wiederzubeleben, Zeit, den *Óglaigh na hÉireann* zu dienen, und so weiter.

Nachdem er eines Abends besonders deprimiert war, weil er in den Fernsehnachrichten eine Pressekonferenz im Stormont gesehen hatte, in deren Verlauf ein unionistischer Politiker die Jungs als »die einstige Römisch-Katholische Armee« bezeichnet hatte, telefonierte Richter Jerry überstürzt nach hier und da, sowie einmal auch mit Martin McGinty, de facto Kommandeur der Falls/Ardoyne-Brigade.

»*Fock*«, verlautete der Brigadekommandeur gegenüber einem seiner Offiziere (Leutnant Finbarr O'Hagan aus Newry, Grafschaft Armagh) nach dem Telefonat, »der Mann ist wahnsinnig. Aber er ist scheißenochmal ein Richter und naja. Wir müssen herausfinden, was an ihm dran ist.« (Lese man künftig mit üppigem, gerolltem Belfaster Akzent.)

Die Dinge hatten sich also geschwind entwickelt. Zu jener Zeit, liebe Kinder, war es leicht, ein Armeechen im Taschenformat zu gründen, ach, sagen wir, ein Regimentchen, sogar in Divisonsstärke, und es war noch leichter, wenn man bereits die Infrastruktur dabei hatte und den einen oder anderen Typ mit Beziehungen in, sagen wir mal, den früheren Sowjetländern kannte; nachdem Osteuropa sich vom Gefangenenlager zum Basar gewandelt hatte, war dort jede Menge schweres Gerät zu holen, und der Handel mit Ländern wie Belorußland und der Slowakei, die außer alterndem sowjetischen Wehrmaterial, Wodka, sauer eingelegter roter Bete und großen Würsten – deren Geschmack sich noch Tage nach ihrer Einnahme im Magen hielt – wenig zu verkaufen hatten, boomte sowieso, und Container, die mit Namen wie Hrčko und Kajdarovskij und

Sprodj und Kurvi-Taš prangten, waren im Hafen von Killoyle ein gewohnter Anblick.

Darüberhinaus hatte Richter O'Mallet seine Lehrzeit mit Europäischem Handelsrecht verbracht und kannte alle Schliche sowie auch ein paar einschlägige Heinis auf den Korridoren der Macht in Straßburg und Brüssel …, ja, es war 1979 im winterlichen Straßburg gewesen, schwer hatte der Schnee auf den niedrigen Giebeln von La Petite France gelegen, und Eiszapfen hatten die durchhängenden Dachvorsprünge der alten Häuser geschmückt, die Goethe einst gekannt (wo er die Charlotte seiner müßigen Träume begafft), als der achtzehn Jahre alte Tom O'Mallet, mit dick gerundetem Bizeps für seine Jahre bereits, Einlaß im »Quartier Rouge« gefunden und, den Kopf von a) Gewürztraminer, b) Sinneslust und c) seinen achtzehn Jahren verdreht, seine Unschuld der Obhut von Maria Coelho aus Oporto (Portugal) überantwortet hatte, Sekretärin beim Europaparlament und nach Dienstschluß auch nicht faul

60) Fleißig. Maria wäre sowieso das richtige Mädel, um eine Unschuld einzubüßen. Dunkel, gut aussehend, aber so dunkel, daß man sich verirrt, wenn man ihre Augen sucht, die Art Dunkel –, so tamilisch, Ibo-mäßig oder was. Erst letztes Jahr wurde sie zur Ministerin für Hafenanlagen in der neuen katholisch-christlichen Regierung von José Neptuno os Pinheros ernannt, dem früheren Popsänger und Profi-Tennisspieler. »Jemand Lust auf Tennis?« fragte er mit schallendem Gelächter, wenn er bei Kabinettskonferenzen die Dinge in Angriff nahm (echt wahr: Ich habe das aus der Klatschspalte von *O Pais*), und wenn einer der Minister töricht genug war, einen Kommentar zu geben, verbrachte Neptuno die nächste halbe Stunde damit, daß er in tiefer, heiserer contr'alto-Lage den *fado* sang, wobei die Vorhänge zugezogen waren und eine einzelne Kerze brannte. Immerhin, immerhin, in Lissabon gibt es prima Meeresgetier zu essen, und die Straßenbahn ist auch ganz toll, können Sie mir ruhig glauben.

61) Ach, Carl, Carl. Wie oft wir zusammen in seinem Baumhaus gesessen haben, etwas zu rauchen, ein Schwätzchen und, ich leugne es nicht, ein Schlückchen aus dem alten Krug miteinander teilten. Die Vedute war weitläufig, oft auch grau, unter dem zucken-

(eher fleißig)[60] …, während unterdessen Richter Jerry, damals kurzfristig Mitglied des Dáil (und die kurze Frist war bereits abgelaufen: Fine-Gael-B-Liste; Blitzabstimmung; bald annulliert), am anderen Ende der Stadt in der Parlaments-Bar an der Place de l'Europe im besten After-Dinner-Stil feine Netze der Bekanntschaft spann, durchsetzt mit Whiskey und Zigarren und dem gelegentlichen Schulterklopfen und falscher Vertraulichkeit (»Lassen Sie mich Ihnen eins sagen, Jacques, und glauben Sie mir, mein Junge, ich habe das noch keiner lebendigen Seele gesagt, kaum zu glauben, aber wahr, ich habe all mein Lebetage schon immer an unverbleites Benzin geglaubt, o doch, aber das bleibt schön unter uns und der Zimmerpalme, ej?«). Ergebnis, zwanzig Jahre später: Jacques Neckar, aufstrebender französischer Parlamentarier, und Carl Marks aus Newcastle, einst sensationslüsterner trotzkistischer Zeitungsmann, jetzt Vorsitzender des Europa-Parlaments,[61] waren auf der Weihnachtsliste des Richters. Und Richter O'Mallet lieferte

den Wolkenpanorama von Ost-Wales, nahe Wrexham (nahezu England). Das aufdringliche Knurren vorbeifahrender Traktoren mochte, hie und da, unsere endlosen Reden unterbrechen, wie auch der gelegentliche Schmähruf eines vorübereilenden Bäuerleins, von Unwissenheit und Aberglauben durchdrungen. Auch kam der Tag, an dem Carl Kekse und Whiskey reichte und nach ein paar Trinksprüchen schnurstracks vom Baum fiel, armer Bursche, und sich heftig das Becken verrenkte. Danach ging er immer ein bißchen wie John Wayne, obwohl er nie wirklich mit dem Duke verwechselt wurde, dafür wirkte er zu zerbrechlich, klang seine walisische Satzmelodie zu schrill. Wenig später kam er aufs richtige Gleis und bewarb sich bei der Trotzkistisch-Parlamentarischen Partei um Aufnahme, im Blick stets die Erlangung eines einigermaßen anständigen Lebensstils, d.h. nicht mehr dieser vergammelte Quatsch mit dem Ewigen Studenten: ein anständiges Auto, ein nettes Haus und Maßklamotten. Jedenfalls warf sich Carl später mit seinem üblichen *aplomb* und *savoir-faire* auf die Europolitik, wobei ihm die Bekanntschaft mit mir massenweise Einladungen zum Essen einbrachte –; na, ich will ihm das nicht verübeln, ich hab's genauso gemacht.

mit Vergnügen, wenn aus Straßburg eine dringende Bestellung kam, herabgesetzte CDs mit irischer Musik oder Tweed aus Donegal oder Wolle von den Aran-Inseln oder Software zum Schleuderpreis oder dergleichen.

Daheim jedenfalls, mit der Charta von Derry und dem unerbittlichen weltweiten Triumph des Kapitalismus (bis der nächste -ismus vorbeikam), fühlten die Jungs sich angeödet. Angeödet vom Krieg, angeödet vom Frieden, angeödet davon, mit dem Daumen im Arsch herumzusitzen, anstatt ...

... tja, zu *diversifizieren.* Also diversifizierten sie. Links und rechts tätigten sie Investitionen. Sie hatten mehr Schwindelfirmen, als man mit einer *Armalite*-Maschinenpistole beharken konnte, zuviele Schwindelfirmen. Man kriegte sie nicht mehr auf die Reihe. Zuviele Abkürzungen, zuviel Quacksalber-Schlangenöl, zuviel glattes Palavern der Wall Street/City of London/Paris Bourse-Sorte. Bei all diesem Geldscheffeln gingen gläubige Nationalisten vom Schlage eines Richter Jerry in sich und fragten: Quo vadis, Erin? Bald würde die IRA im Internet inserieren, oder auf den Flanken von Linienbussen. Es war zuviel. Die alte Garde war von den finanziellen Möglichkeiten der schönen neuen Welt geblendet, in die Derry sie gedrängt hatte. Man konnte ihnen nicht mehr trauen, sagte der Richter. Wohl wahr, er hatte schon seit einiger Zeit, was die Jungs betraf, so seine Zweifel gehabt; mit typisch irischer Ironie war es ein zweischneidiges Schwert, über dessen Klinge man gesprungen war, denn es hatte dieses sogenannten »Friedensvertrags« bedurft, um das Schlechteste an den Schweinehunden zutage zu fördern ... *Waffenstillstand, was? Da wisch ich mir den Arsch doch gleich mit Brennesseln ab*, protestierte der Richter innerlich bei sich selbst. Waren nicht bereits ein bis zwei von den »Jungs« geschnappt worden, wie sie Zeug nach Norden schmuggelten? Die Pure IRA oder Die Soldaten O'-Briens oder wie sie sich nannten? Er hatte sowas in den Zeitungen gelesen. Dann war ein Boot mit Semtex und Zündkapseln bei den Blasket-Inseln von der Küstenwache aufgebracht worden. Laut war die Empörung des quondam Generalstabs gewesen, natürlich, o über die behauptete friedliebende Harmonie etc. war die Luft mit gallebitterem Gebabbel erfüllt gewesen. Sie waren wie Autoverkäufer bis zur n'ten Potenz. Es sah alles so, so ...

Es sah diesen Scheißkerlen so gar nicht ÄHNLICH. Schließlich waren sie für eins ausgebildet worden, und nur für dies eine, d.h. Mord, meist an Unschuldigen und an einem gelegentlichen britischen Soldaten; und hier waren sie nun, ziemlich unbesiegt, wenn man Kriegsbilanz zog, aber trotzdem Verlierer, klar waren sie nie auf dem Schlachtfeld bezwungen worden, aber das vereinigte Irland ihrer seltsamen alten Träume hatten sie doch um einige Längen verfehlt –, und jetzt erwartete man von ihnen, daß sie sich vor den Briten und Unionisten beugten, reich mal bitte die Vaseline rüber, Kumpel? Und sobald sie ordentlich und gründlich in den Arsch gefickt waren, sollten sie schwächlichst ihre Waffen hergeben? Von, Teufel auch, (und hier fand Richter J. sich plötzlich in tiefer Sympathie mit den Aufständischen wieder) wegen!

Scheiße mit Reis bzw. Klöten in Schalottensauce!

Die Anmutung als solche war bereits grotesk, absurd, die übelste Form von Wischi-Waschi-Wunschdenken und mediengezeugtem Kokolores! *Und sieh dir an, wer fast drauf reingefallen wäre ...!*

»Traurig genug, aber die alte Bande ist zu Taugenichtsen und zögerlichen, rückgratlosen, winselnden, pockennarbigen Quallen verkommen«, deklamierte er in die leere Luft hinein, allein in seinen Gemächern. »Ein Haufen Reisebürovorsteher und Scheiß-Gastronomen, falls Sie verstehen, was ich meine.«

Also schlug er etwas vor, schlug es vor, wie man eine Fliege totschlägt.

»Ganz einfach«, sagte der Richter zu Tom, als wäre das eine Erklärung. »Wir bringen die IRA dazu, uns ihre aus dem Verkehr gezogenen Waffen zu verkaufen, diesen Batzen draußen am Flughafen. Dann verkaufen wir ihnen den ganzen Kram wieder über Strohmänner aus Europa und streichen die Differenz ein.«

»Das ist Wahnsinn.«

»Das erste, mein Junge, was man im Leben lernt, ist, daß sich alles ändert. Manchmal ändert man sogar selber was. Wenn man Glück hat.«

Es war ein gefährliches Spiel, wohl wahr, aber der Nervenkitzel, o, der Adrenalinausstoß …

Und das Blutvergießen …

»UND DIE AUSSCHÜTTUNG«, donnerte der Richter, inzwischen voll wie ein Wassermolch. »Wenn wir unsere Karten richtig ausspielen.«

»Wie wenn man Profi-Poker spielt, wenn man von Haus aus nur Rommé kann«, nörgelte Tom, zweifelnd, aber fest entschlossen (Vater mußte es schließlich wissen) …

Tatsächlich war *diversifizieren* genau das Wort, das McGinty verwendete, als Tom, der hastig drei Aspirin mit herber, aber effizienter Larkin's Blended Private Reserve heruntergespült hatte, den Ex-Kommandeur hereinbat und zum ledernen Lehnsessel geleitete, der strategisch so plaziert war, daß er das Licht bündelte.

Die Flasche ragte vorwurfsvoll zwischen ihnen und proklamierte Auflösung und Dekadenz.

»Schlückchen?« bot Tom mit gefälliger Sorglosigkeit an.

»Ach, Sie wissen doch, daß ich strikter Abstino bin, Tom. Ist es nicht sowieso noch ein ganz kleines bißchen früh? Ihnen macht doch nicht etwa was Sorgen, wie? Nur die Ruhe. Es ist eine herrliche Jahreszeit. Ich bin weitgehend auf Häusersuche hier unten, die Missus hatte das Belfaster Wetter satt und wollte den Schrein der Unsichtbaren Jungfrau sehen, und ich wollte mal von den Geschäften im Norden ausspannen. Nachher sehe ich mich nach einem Haus um, aber ich hab mir gesagt, ich schau vorher mal vorbei. Jetzt. Zuallererst wollte ich Sie um einen klitzekleinen Gefallen bitten.«

»Einen Gefallen, Martin?« Unter dem Schreibtisch knackte Tom mit den Knöcheln: *krick-krack-krrrrrck.* Eine Gefälligkeit, wie von den harten Burschen definiert, konnte die gesamte Skala von selbstmörderisch bis viel schlimmer abdecken.

»Äh ja. Schön der Reihe nach. Sobald ich ein Haus finde, werde ich eine Haushälterin brauchen. Es heißt, die Perle Ihres Da – Mrs. Delaney, stimmt's? – soll einigermaßen kompetent mit Mop und Staubtuch umgehen, und ich stell mir vor, wenn Ihr Da zufrieden mit ihr ist, bin ich es auch, denn er ist weißgott schwer zufriedenzustellen. Also könnten wir Mrs. Delaney unter uns aufteilen? So auf Time-sharing-Basis?«

»O, aber absolut.« Tom atmete hörbare Erleichterung. »Sie macht bei meinem Da sowieso nur dreimal die Woche sauber. Bestimmt macht sie das gern für Sie. Hier ist ihre Nummer.« Übereifrig vertiefte er sich in sein Rolodex.

»Vielen Dank, Junge. Ja. Wie es so schön heißt, die normative Kraft des Faktischen.« McGinty versorgte die Nummer in einer Tasche, lehnte sich zurück und machte sich bereit für das echte Geschäft. »Oder des Praktischen, he he? Selig sind sowieso, die da Frieden stiften, was? Sie wissen, wie es heutzutage oben im Norden läuft. Schwerter zu Pflugscharen und so weiter. Jetzt diversifizieren wir also, o ja. Doch doch, unsere Hand werden wir drinbehalten. Wir liefern doch nicht unser gesamtes Inventar ab. Wir sind doch nicht so dumm wie Scheiße. Aber ein bißchen können wir erübrigen. Und wir werden einen Bruttoertragsziffergenerator brauchen oder so.«

Jeeesus, dachte Tom, das hört sich an, als hätte der alte Schweinehund unsere Gedanken gelesen.

»Also … Wir laden den Kram ab, aber …?«

»Das Inventar? Richtig. Naja, fast.« McGinty beugte sich vor. Als er sein Gewicht verlagerte, erzeugte die Reibung seiner fleischigen Hinterkeulen am Leder des Sessels ein mißmutiges Furzgeräusch, welches Tom entzückte. Er verriet sein Vergnügen mit einem dröhnenden Gelächter. McGinty hielt sekundenlang inne, fuhr dann kalt fort.

»Ich würde mit dem Verkauf von ein paar der größeren Artikel anfangen. Sie wissen, was ich meine.«

Er war untypisch kokett.

»Die ähm ja. Dinger.«

McGintys Widerstreben, Klartext zu reden, war der deutlichste Hinweis darauf, daß mit dem knallharten alten Ex-Brigadekommandeur eine Wandlung stattgefunden hatte; seine unbeholfene Umarmung des Euphemismus war ein sicheres Zeichen für einsetzende Wohlanständigkeit. Sein frisch erworbener Jargon hinkte mit dem glatten *ennui* von Gesprächen über Sport einher.

Tom versuchte, ihm ein bißchen Offenheit zu entlocken. (Er war ohnehin leicht angeödet.)

»Dinger? Das wären dann die Katjuscha-Raketenwerfer, Martin?«

»Ja.« Martin starrte seine Hände an, blickte dann plötzlich auf. »Das sind die Biester, Tom. Werden Sie sie los. Schmeißen Sie sie weg. Entledigen Sie sich ihrer, seien Sie so gut, und es ist mir auch ziemlich wurscht, wo, solang es nicht bei den sogenannten Soldaten des Nolan ist, oder bei der Puren IRA. Oder der SAS, he he.«

»Wie recht Sie haben. Die Pure IRA sind echte Schweinehunde.«

»Katholischer als der Papst. Solche gibt es immer. Und einige von den Jungs können sich nun mal kein Leben ohne Knarre in der Hand vorstellen. Ich kann's ihnen nicht verdenken. Aber die Regeln sind jetzt anders.«

»Tja, Martin, dann entledigen wir uns am besten des Materials, oder?«

Närrisches Frohlocken wallte in Toms Herzen auf: *Es klappte alles wie gewünscht!* 62)

»Ja. Probieren Sie Ihre Kontakte aus. Die Basken müßten Spitzen-Dollar zahlen. Wenn sie nicht gerade jetzt wieder mal Waffenstillstand haben. Oder die Korsen, ich bin da nicht so auf dem laufenden. Sonst verkaufen Sie sie eben mit Rabatt. Die schreien doch schon danach. Denken Sie an die ganzen nationalen Befreiungsbewegungen. Die Okzitanier, die Jütländer, die Burschen von der Insel Man, die Orkadier. Da draußen

62) Hier ein Tip, direkt aus dem Leben: Immer, wenn es zu klappen scheint wie gewünscht, klappt es gerade nicht wie gewünscht,

wartet ein Markt auf den, der was zu verkaufen hat, Tom. Und wenn wir je wieder Nachschub an geballter Feuerkraft brauchen, wissen wir, wo er zu holen ist, stimmt's?«

In beider Sinn entrollte sich der Name eines Ölreichs in der Wüste wie ein fliegender Teppich.

»Ja, das wissen wir. O ja.«

Der Witz war, sagte McGinty – der sich mit solchem Eifer auf seinem Sessel vorbeugte, daß er aussah wie ein riesiger Rindfleischvogel, der gleich zu schwerfälligem Flug abhob –, daß die Bewegung weiterhin existieren mußte, aber unsichtbar, in Verkleidung, hinter einer Fassade der Respektabilität, bis sie wieder gebraucht wurde.

»Und wir wollen Profit machen«, sagte McGinty. »Wir wollen ins Geschäft und Geld verdienen, und was gibt es in Irland derzeit Besseres als das Internet und die Gastlichkeitsindustrie, he?«

»Gastlichkeit? Sie meinen, ein Hotel eröffnen? Das Provisorische Palace? Das Sinn Féin Sheraton? Bobby Sands Towers?«

»Ganz und gar nicht, Junge. Haha, Sie sind mir ja eine Marke, aber wirklich. Nein. Gastlichkeit. Catering. Getränke und so. Beherbungsbetriebsbedarf. Sie würden die gute, alte IRA doch wohl kaum in einer Serviettenfabrik vermuten, oder? Steht alles auf unserer neuen Internet-Shopping-Seite. Mit entsprechenden Links. Und bei der bevorstehenden Bierzapf-Olympiade wird Killoyle der bevorzugte Austragungsort sein. O ja.«

»Mein Gott, Martin.«

»Ist ein Schocker, was, Tom. Das geht doch noch mehr los, als wenn ich Ihnen sage, daß wir eine Bombe auf dem Scheißhaus von Downing Street Nummer Zehn hochgehen lassen werden.«

»Die harten Burschen, verkaufen Platzdeckchen und Servietten. Ich weiß nicht, ob ich lachen oder weinen soll.«

es sei denn, man wäre Hitler persönlich, und selbst dann winkt am Ende der langen, beschwerlichen Straße der Bunker.

»Ja, ich weiß, ich weiß. Aber es ist besser, als völlig zu verschwinden. Und es ist ein lukratives Geschäft, keine Sorge. Ich habe alles überprüft. Wir wollen, daß Sie den Vertrag für die stille Teilhaberschaft mit einer hiesigen Firma namens Emerald Mats PLC aufsetzen. Gepflegtes kleines Geschäft, und es wird von einem Typ aus Coleraine geführt. Ich habe mich über Mittelsmänner in Belfast mit ihm in Verbindung gesetzt. Ein Mann namens Goone. Ich glaube, er ist Evangele, aber ich bin nicht sicher. Mit dem Namen sollte man es annehmen, aber wir sollen ja nicht mehr fragen. Und heutzutage soll das ja auch nicht mehr so wichtig sein, stimmt's? Wo wir jetzt alle mitregieren und fröhlich wie die Schweine in der Kacke da oben im Stormont sitzen. Trotzdem sollten Sie auch diesen Gesichtspunkt überprüfen.«

Plötzlich stand McGinty auf und erwischte Tom ohne Dekkung.

»Ich bin dann also im Spudorgan, bis ich ein Haus gefunden habe.«

Bettina, die immer noch gespäht hatte, schloß leise die Tür und öffnete sie dann jäh, als träte sie soeben ein.

»Darf ich Sie hinausbegleiten, Mr. McGinty?«

»Danke, Mädchen. Das mache ich selbst. Hier entlang, Martin. Danke, Martin.«

McGintys Abgang wurde von allmählich nachlassenden Lachanfällen begleitet, von Tom interpretiert[63] als ausgesprochen unheilverkündend. Er spürte dunkel, daß er überfahren worden war, irgendwie. Also wollten sie die Waffen jetzt doch loswerden, ja? Naja, er wußte, daß die verdammten Dinger seit Monaten ein Klotz am Bein waren, seitdem die Jungs beschlossen hatten, sauber zu werden –, aber sie wollten eine bequeme Garantie. Der Zugriff mußte da sein, das hatte McGinty auch gesagt. Die Waffen mußten versteckt werden, ja, aber eine Quelle mußte erhalten bleiben, wenn die Nation in Not war. Und hier war nun McGinty, der härteste der harten Burschen

63) Korrekt. Armer Tom, die dumme Sau.

aus der Falls Road, Übeltäter und führender Kopf hinter einem Dutzend heroischer Schandtaten gegen die Brits, legendärer Ausbrecher (aus der Crumlin Road, als Hausfrau von Shankill verkleidet, mit blauer Kittelschürze und Lockenwicklern), manchen ein Held, anderen ein Schurke –, hier war McGinty, so etepetéte mit diesen Waffen, daß er es nicht über sich brachte, sie mit Klarnamen zu benennen, nein, viel lieber saß er hier herum und laberte endlos über Fußmatten und Abtreter und Fußabtreter und was nicht alles –, hier war McGinty und sagte: »Schmeißen Sie sie weg.«

Was getan werden mußte, mußte jedenfalls getan werden, und Aufschub brachte immer weniger.

Tom, der den – berechtigten – Verdacht hegte, daß die arme, verknallte Bettina ihn immer noch durch die angelehnte Tür beobachtete, sang aus voller Brust:

»Steht Ihr Kleinbus günstig geparkt, Süße?«

Kurz darauf rasten beide in Bettinas Kleinbus den Pollexfen Walk entlang. Eine Anwaltskanzlei, die Krankheit simulierte (»Heute geschlossen«), hinter sich, und unter Toms Händen die kehlige Kraft des Ford-Elastolite-Achtzylindermotors, war es ein gutes Gefühl, unterwegs zu sein, wenn auch nur fünf Minuten lang. Tom hatte diese Gesangs- und Tanznummer satt. Irgendwie war es so am besten, es erforderte rasches Handeln. Ja: Sie wollten einen Aufklärungseinsatz durchführen.

»Wir führen einen Aufklärungseinsatz durch, ey, Mädchen.«

»Uuuh«, uuuhte Bettina und simulierte Schaudern.

* * *

Es war ein Weilchen her, seit Tom den Nerv gehabt hatte, tatsächlich hinzufahren und das Arsenal in Augenschein zu nehmen, und er hatte vergessen, wie riesig das Areal war, auf dem der ganze Komplex sich breitmachte, verglichen mit, sagen wir, seiner Zweizimmerwohnung in der Behan Avenue oder der Ladekapazität von Bettinas Kleinlaster oder Bettinas geräumigem Schlafzimmer. Jetzt mußten sie mindestens drei Touren machen, überlegte er, vorzugsweise mitten in der Nacht, dann schnell an die Küste und hinüber nach Brest, Quimper, die Kanalinseln und die sturmumtoste Île de Ré ..., es sei denn, Amerika rief an, wie es das in der Vergangenheit getan hatte, mit irischen Akzenten, in der Zeit eingefroren, und Mentalitäten eines anderen Zeitalters, die immer noch in der Blüte ihrer Jugend standen.

Tom war ganz vergnügt, als er den mächtigen Kleinlaster die T45 entlang lenkte, sich dabei sogar den kurzlebigen Luxus von ein paar Takten »It Was A Very Good Year« erlaubte, in welche Bettina einstimmte.

»Mein Leben so fein wie steinalter Wein aus dem Eichenfaß, / Darum schenke nun ein vom Wein süß und klar –: / ES WAR EIN SEHR GUTES JAHR.«

(Und o! die Sehnsucht hinter alledem.)

Das betreffende Lagerhaus gehörte zu Nolan's Self-Storage,

64) Schwämme der Bosheit, was? Erinnert mich an den Winzigen Willie Major, oder Billhelm Minor, wie wir ihn nannten, ein kleiner Bursche mit Augen, die eher wie Röntgenstrahlen waren als wie Schwämme, wenn Sie meine Meinung hören wollen, und der, obwohl er aus Sligo stammte, einen machtvollen deutsch-schweizer Akzent hatte, den er sich aus einer beträchtlichen Entfernung zur Schweiz angeeignet hatte, welche er meines Wissens nie besuchte. (Dies überschneidet sich mit dem großartigen Onion McBryde, Nobelpreisträger und vergöttertem Linkshänder, der, obzwar von Geburt und Geblüt von der Liffey, sein ganzes Leben lang mit dickem französischen Akzent sprach, außer unter Stress, wenn sein Tonfall reines *italiano* war). Also Billhelm hatte diese glitzernden Augäpfel, die vor ungetrübter Bosheit funkelten, wenn man ihm seine elektrische Eisenbahn wegnehmen wollte, was wir, mit monotoner Regelmäßigkeit, immer wieder taten, sogar als er längst verheiratet war und drei Kinder hatte: »Aber Daddy«, sagten sie dann, er aber erwiderte nichts, starrte nur. Nicht einmal seine Hornbrille minderte das harte Glänzen hinter ihr; *au contraire, mes*

an der äußeren Begrenzung des Flughafengeländes. Verschiedene Anschläge und Laufzettel wiesen das Staugut als »Camping-Ausrüstung« aus, und tatsächlich ähnelten die AK-47s, richtig gebündelt, den Zeltstangen des Wochenendlers. Die RPG-7-Raketenwerfer schon weniger, in (wie Tom sich erinnerte) Matratzen gewickelt, die wären echt scheiße von der Stelle zu bewegen. Dann gab es noch die »Heringe« oder Drčka-Röhrenbomben aus Prag; die »Zeltschnüre« oder Nrčka 75mm vollautomatischen Gewehre aus Prešov; die »Propankocher« oder Pjetruschka-Tonsplitterbomben (durch die mancher Sarezene auf den Gassen von South Armagh den Geist aufgegeben hatte) aus der Gegend der Prpet-Marschen im Westen Belorußlands...

Ein Sicherheitsmensch erschien am Tor, ein grimmig aussehender Bursche mit kurzgestutztem Bart. Seine humorlosen Augen waren Schwämme der Bosheit.64) Tom verzichtete auf seine gewohnte salbungsvolle Bonhomie, weil er ohne jeden Zweifel wußte (was sich einer durchdringenden Fähigkeit, das

amis, sie verstärkte die laser-artige Potenz seiner von keinem Lidschlag gebremsten Pupillen nur. »Schwämme der Bosheit« nannte sie einmal jemand (Benny aus den Liberties, der später - über die Falls Road - nach Mountjoy umzog, womit er sich eindeutig verbessert hat), und die Redensart ist in meinem Kopf stecken geblieben. Seltsam, daß mir das gerade jetzt einfällt, so weit von der Wirklichkeit entfernt, sozusagen. Und Billhelm? Ja, lesen Sie denn keine Zeitung? Er ist jetzt bei Gar Hilfsminister unter Nennwert. Frisch wiederverheiratet, lebt er jetzt mit seiner neuen Frau und ihren sieben Zwergen in einer Holzfällerhütte in den bewaldeten Gebieten nördlich des Phoenix Park. Gelegentlich stiehlt er sich davon, um die Gibbons im Zoo zu füttern, aber sonst ist Billhelm ein Eremit, Leute, und nicht einmal Gar darf ohne Einladung über seine Schwelle. Die elektrische Eisenbahn, habe ich gehört, pufft immer noch fröhlich vor sich hin, aber hinter Schloß und Riegel, schwerstens von der in Süd-Armagh ansässigen Firma Herschel, Pooter & Bland versichert.

Wesen des normalen Alltagsstadtmenschen zu erkennen, verdankte), daß sie bei diesem Exemplar nicht funktionieren würde. Er landete einen Überraschungsangriff aus einer anderen Richtung.

»Ex-Kommando, ja?«

Der Typ, verblüfft, musterte ihn flüchtig.

»Sie sind doch wohl nicht von der Polizei, wie?«

»Ich glaube nicht«, sagte Tom schalkhaft. Er blinzelte Bettina zu. »Sind wir Polizisten, Liebling?«

»Gott behüte.« Bettina kicherte.

»Na bitte«, sagte Tom. Er wandte, mit der beiläufigen Männlichkeit der Kameraderie, seine Aufmerksamkeit dem Wachmann zu. »Wie heißen Sie denn? Ich bin Tom.«

Der Mann schurrte unbehaglich mit den Füßen.

»Seamus.«

»Wo waren Sie denn dann, Seamus? Burundi? Neukaledonien?«

»Sinai. Und selber?«

Nun, es stellte sich heraus, daß, soweit es Seamus betraf, Tom ebenfalls beim irischen Kontingent der UN-Friedenstruppen gedient hatte, nicht nur im mörderischen Hinterland von Somalia, unter dem berüchtigten Oberst Paddy O'Whisker, sondern auch in Bosnien, unter Brigadegeneral »Big« Cormac McFall und unter Gefahr für beider Hals und unter ständigem Bombardement der serbischen Artillerie vor Sarajewo.

»Diese Serben, was. Ich hab gehört, die waren die richtigen Schweinehunde.«

»Nur allzu wahr, Kumpel. Eines Tages kam ein Brief für Big, mit dem Poststempel Ath Cliath, mit weiblicher Handschrift auf dem Umschlag. Na toll, Post aus der Heimat, oder? Also öffnet Big ihn mit zitternden Fingern – »Ich kenn gar keine Scheißweiber in Dublin, Tom«, sagt er zu mir –, und bumm,

65) Wie auch die Milchglastüren gewisser Zeitungsredaktionen einem gewissen Ex-Triestiner Belvedere-College- und Clongowes-

gehe ich unter der Kiste Armalites in Deckung. Am nächsten Tag finden wir sein linkes Auge und drei Finger seiner linken Hand auf der Kühlerhaube seines Land Cruisers.«

»Muttergottes.«

»Genau. Hat schon Spaß gemacht, o doch. Und seitdem, Seamus? Ich meine, Heimatfront?« Mit schwerer Bedeutsamkeit legte Tom einen Zeigefinger an die Nase. »Oben im Norden?«

Seamus sah nervös nach links und rechts, dann konfrontierte er Tom mit einem zornigen Flunsch.

»Hören Sie zu, was spielen Sie hier eigentlich. Ich meine, wenn ihr keine Polizei seid, was zum treibt ihr dann hier.«

Die Zeit, die Tom an Richter Jerrys Seite verbracht hatte, war nicht total verschwendet. Er hatte die Macht des Halogenstarrens erlernt, und noch das eine oder andere. Auch das eine oder andere Losungswort war in all den Jahren in sein Ohr geflüstert worden, teils beiläufig, als Teil von Bettgeflüster, und eins davon von der schönen Rosheen Brown, der süßen Rosalinde der Lower Falls Road und von Andersonstown, der weißgliedrigen Mutter Irland für alle und Liebhaberin manches einnehmenden Burschen ... »*Cruiskeen Lawn*«, hatte sie gemurmelt, auch gemurmelt, daß diese Worte, ebenso der Name »*Faustus Kelly*«, zur rechten Zeit am rechten Ort ausgesprochen, so manche Hintergassentür in der Falls Road und in Andersonstown, und, so wurde gemunkelt, auch in Divis Flats und Umgebung[65] öffnen würden; was nun die Bogside betrifft, sagte sie, denk nicht mal dran, für Derry braucht man einen ganz anderen Satz Sesam-öffne-dichs, aber Belfast war das, was schwer zu knacken war, wo man wirklich auf dem *Qui vive?* sein mußte, und in Belfast kam man weit damit, so weit wie Rosheen, die damit vollständig aus Belfast herausgekommen war, und immer weiter, bis zu den Antipoden nach Melbourne (Victoria) (inzwischen verheiratet, ein Kind, langweiliger Job bei SuperTemps); egal, dank den Zauberworten

Abgänger als »Höhle der Winde« oder, präziser, »Gas vom Kocher« bekannt waren.

»Faustus Kelly« gelang es Tom nicht nur, in exklusiven Hintergassen-Klubs zu trinken, sondern ernsthafter Verstümmelung seitens eines von McGintys Burschen zu entkommen, der sich in den Dickschädel gesetzt hatte, Tom sei ein Paisley'itischer Agent und/oder UVF-Kommandoangehöriger:

»Ich knall ihn ab, den Schweinehund. Versucht es nicht, mich dran zu hindern.«

Doch in der letzten Minute, Knarre entsichert, Ziel im Fadenkreuz, dreht Tom sich um und kommt mit »Cruiskeen Lawn« heraus. Nun, damals hatte es geklappt, und diesmal klappte es auch. Seamus blinzelte, sah sich nervös um und schlich näher.

»Bei wem hast du denn gedient?« erkundete Seamus, einen Ellbogen ins offene Fenster auf der Fahrerseite gelehnt, ganz plötzlich kumpelhaft, hielt gar dem nichtrauchenden Tom eine Zigarette hin.

»Danke nein. Hab's mir abgewöhnt, Seamus. Ist das Leben nicht so schon kurz genug? Egal. Geht mich ja auch nichts an. Unter wem ich gedient habe, dann halte mal deinen Hut fest, Jungchen. Hat der Name Martin McGinty irgendeine Bedeutung für dich?«

Seamus ließ entgegenkommend die Kinnlade klaffen und schickte sich an, einen langweiligen Bericht über seine drei Jahre als Läufer für die IRA anzustimmen, dessen kurzer Sinn eine Lobeshymne an die Jungs, eine Schmähung des Unionismus, eine Dithyrambe auf den Anblick Belfasts, von Antrim Road und Black Mountain aus gesehen, und ein Klagegesang auf das Ende der *Sache* war. Es war alles gutes altmodisches Irentum und so öde wie das Abendessen eines Buchhalters. Doch dann sprach Seamus eine Open-End-Einladung an Tom und Bettina aus, sie möchten doch nach Belieben kommen und gehen, und er schlug sogar vor, sie sollten mal zusammen ins Koh-I-Noor essen gehen.

»Auf die Weise könnt ihr meine Verlobte Claire kennen lernen. Ihr würdet euch verstehen wie ein Paar alte Stiefel, Bettina. Das garantier ich.«

»Ist gebongt, Seamus. Äh … Ob du uns wohl mal kurz öffnen würdest, solang wir sowieso gerade da sind, äh?«

»Mach ich doch gern, Tom.«

Er öffnete. Sie spähten hinein. Seamus prüfte den Anschlag.

»Camping-Ausrüstung, stimmt's?«

Sie standen im Eingang, blinzelten ins Finstre, während vage Umrisse sich zu deutlicheren, wenngleich immer noch geheimnisvollen Umrissen formten. In der abgestandenen Luft hielten sich … die Explosionen vergangener Jahre? Es war ein schwach beißender Hautgoût, der Duft wilder Tiere auf der Flucht und angebrannter Frühstücke in zwielichtigen Raststätten.

»Was zum Teufel *ist* das alles, Tom?«

»VS-Vertraulich, fürchte ich, Seamus«, sagte Tom. Und wieder Zeigefinger dwars nasalen Bördelrand. »Und nach und nach könnten ein paar Jungs vorbeischauen, um einen Blick draufzuwerfen. Höchstwahrscheinlich werden sie es sogar mitnehmen.«

»Äh, dafür braucht man aber doch eine Genehmigung, Tom.«

»Genehmigung am Arsch. Was sollte ich denn wohl mit Genehmigungen, wo ich doch in täglichem Kontakt mit dem alten Marty McGinty stehe, der immer noch das eine oder andere – vom einen oder andern Namen ganz zu schweigen – weiß? Egal, Seamus, eins kann ich dir sagen und ich sage es dir, weil mir dein Gesicht gefällt und ich alles daran setzen werde, daß es auch weiterhin so aussieht wie eben jetzt –: Wenn das Camping-Ausrüstung ist, bin ich ein beschissenes baktrisches Doppelbock-Dromedar.«

Seamus strahlte.

»Und gebockt wird nicht«, sagte er mit einem ganz schwachen Anschein von Sorglosigkeit. »Jedenfalls nicht im Augenblick.«

* * * * *

8

Die Tage waren lang, ZU LANG, O HERR; aber auf jedem Computerbildschirm gab es das Internet, und wenn niemand kuckte, lockte Italien. Ferrari zum Beispiel hatte eine schöne Website, und Alfa Romeo und Madolini und das Teatro della Scala und die Städte Mailand, Parma, Bologna, Gransportivo und Florenz und verschiedene Restaurants und das Grand Hôtel Jolly-Roger in La Spezia hatten auch sehr schöne. Auf zahlreichen Seiten, die von monomanischen Verehrerinnen in verschiedenen Grafschaften, die an London grenzen (mit einem Vorurteil gegenüber Hertfordshire) und in den Vereinigten Staaten (besonders Oregon, Kalifornien, Massachusetts und Maine) unterhalten wurden, spielte der große Tenor Espiano Frescobaldi eine Rolle. Mick stellte sich diese Jüngerinnen als pummelige, keuchende, katzenhafte Blaustrümpfe vor, die ernst auf Abbilder des rotgesichtigen, breithüftigen Maestro masturbierten und ihre sterilen Haushaltsgötter – ihre jämmerlichen, vergessenen, Katzen liebenden *lares* und *penates* – ersuchten, eines Tages die Erde an der Achse anzuhalten und den großen zerwuschelten Frescobaldi einfach beim kleinen quietschenden Tor am Ende jenes mit peinlicher Sorgfalt gepflegten Gartenpfads in Essex oder Portland (Oregon) abzuladen, an jenem Tor, dessen Quietschen so lange von unbedeutenden Ankünften gekündet hatte, auf daß er *es aufstoße*, damit das nur zu vertraute Quietschen endlich das Wunder melden konnte: *Il Prestissimo* persönlich, nach mannhaftem Schweiß und Tomatensauce duftend, gekommen, um zu begrüßen und warm zu umfangen und leidenschaftlich treppauf zu Bette zu tragen, *Ah, mia cara, icke 'abe sso langge geßehnte micke nake dire, immere ssaitedeme icke 'abe geßée daine Wäbe-ssaite!*

Jedenfalls waren die meisten dieser Itaker-Seiten super. Mick verbrachte manchen müßigen Moment damit, sich vom einen Kfz.-Hersteller zum anderen treiben zu lassen (Ferrari bot einen Nachlaß auf seinen neuen Marcello Speedster S an und ging bis zum Schnäppchenkellerpreis von hundert Riesen runter), und weiter ging's zu den superb amateurhaften und umso mehr heraufbeschwörenden Hotel-Seiten wie der des Gran Federico Palace in Rimini (drei Sterne, Faxmaschine und »persönlicher Kühlschrank« auf jedem Zimmer), des Splendid-Astoria in Cattolica (Satelliten-Fernsehen, Internet-Zugang, Privatparkplatz, Trattoria im Keller) und natürlich des Corona in Domodossola, »schallgedichtet die Räume und so alles sehr rihug auch«. Das Web wimmelte nur so von Testfahrtberichten und schönen Glanzfotos mit Autos und nackten weiblichen Gliedmaßen drauf und von langen falschgeschriebenen Tiraden über dies und jenes. Mick kam sich vor wie die Made im Speck. Er hatte keinen Heimcomputer, und das Internet hatte er bisher erst ein-, zweimal benutzt. Diesmal zog er Nutzen daraus und erkundete die Tunnel des Cyberlabyrinths. Glücklicherweise waren die Überwacher selten auf Patrouille, da sie selbst zu beschäftigt damit waren, eine Webseite nach der anderen anzuklicken – technische und popkulturelle Sites, die

66) Und das ist nicht immer der Fall, kann ich Ihnen sagen. Ich war mal bei Callow's in der Lehre, dem Präparator in der Tobymug Street. Vom täglichen Abladen und Entsorgen der Eingeweide abgesehen, war der alte Callow selbst das schlimmste. Er war ein strenger Lehrmeister und kaute *biltong*, Dörrfleisch vom Vogel Strauß, ein Vermächtnis seiner Jugend im südafrikanischen *veldt*, während er sein Team – mich und einen alten Suffkopp namens Ned – mit seinen endlosen Checklisten peinigte, wie folgt:

1) Schnurrbarthaare gelockert?
2) Stärke appliziert?
3) Augäpfel entfernt, in passendem Behälter gelagert?

Mick verschmähte –, aber wenn sie sich doch mal blicken ließen und falsche Leutseligkeit und zutiefst spürbare Herablassung gegenüber »älteren Semestern« wie Mick ausstrahlten (wobei sie die »älteren Semester« mit einem Lachen aussprachen, in dem kein Humor wohnte), war es relativ leicht, aus dem Web heraus- und auf eine zivil graue Seite mit trüber Büroprosa zurückzuklicken, die Mick für NaughtyBoys »Promo-Literatur« verfassen sollte, die etwa soviel mit Literatur zu tun hatte wie er selbst mit der Abstammung von den Scheiß-Großkönigen von Tara … Immerhin hatte er schon schlechtere (und bessere) Jobs gehabt, und das Geringste daran war die Arbeit.[66)] In Wahrheit war nur minimaler geistiger Aufwand von Nöten. Erscheinung und Einstellung spielten die Hauptrollen. Mick hatte die schrumplige Haut seines kaustischen Ich abgestreift und versuchte sich an einem etwas zeitgenössischeren Image (er *war* ja immerhin erst einundvierzig, Himmel nochmal) mit Seidenkrawatten, lose um die Button-Down-Kragen von Oxford-Hemden geknüpft. Die Hosen sollten dazu passen, und er wählte nur das feinste graue Flanell. In Opposition zu Micks stilvollem Flair stand jeder andere bei NaughtyBoy, angefangen mit Denny, dem jungen amerikanischen Oberverantwortlichen, einem T-behemdeten und blaubejeansten Bewohner des Software-Zeitalters, der beständig an einer Brausedose schlürfte und, während seiner raren »Auszeit«-

4) Krallen mit stets griffbereitem Taschenschraubenzieher extrahiert?

5) Künstliche Krallen, Augäpfel, Schnurrbarthaare eingearbeitet? usw. Und wenn man nur einen einzigen Punkt vergessen hatte, stürzte er sich auf einen wie eine der Wildkatzen, die er ganz besonders als Vorzeigestücke und »pièces de conversation«, wie er sie, blöd, wie er war, nannte, schätzte, wobei ihm aus keinem mir bekannten Grund als Zielgruppe die Hausfrauen und konservativen Wähler von Tunbridge Wells und Umgebung vorschwebten. Na, ich kann Ihnen sagen, diesem Laden konnte ich gar nicht schnell genug den Rücken kehren. Es war der Eilauftrag mit dem Narwal für das Heim für Bedürftige Seeleute in Newgate, das mir endgültig den Rest gab.

Perioden, von seinen Reisen zum Großen Barrier Reef und zum Ayers Rock berichtete – Australien war bei ihm und seinesgleichen enorm populär, bot es doch keinerlei Kultur, die das Hirn strapazierte, aber sonnenbeschienene Strände mit Möse à gogo –, sowie an andere, ungemein abgelegene Orte, wie Südost-Neuguinea (»Tolles Surfen, o Mann, Mike, solltest du auch mal hin«; »Mick heiß ich, Den«; »Auch schön«) und das Hinterland von Thailand und der Baja California, wie auch von seinen Taten als Hanggleiter, Bungeespringer und Mountainbiker an all diesen und vielen anderen Schauplätzen, von denen außer Barcelona keiner in Europa lag. Er fuhr einen schwarzen VolksBillard GTI, bemerkte Nick, bemerkte auch die ansprechende blonde junge Dame, die sich mit ihm ins Fahren teilte. Doch bot der Blick aus dem Fenster, welches an Micks Schreibtisch Ecke 1. Stock Gebäude 2 (Arb.-Einh. HQ IA) grenzte, nicht nur die kinotauglich geformten Beine von Dennys Freundin, wie sie aus dem beengten VolksBillard-Quartier auftauchten, sondern auch:

ein Vorbeijagen von Wolken;

einen Standort für Ahorn;

die Turmspitze der röm.-kath. Kirche SS. Laurence & Peter O'Toole;

67) Aha. Kalt erwischt. Das ist aus den *Atlantic City Cantos* IV bis VI von Hoolihan:

War's England oder
War's Wales?
Warst 's du oder
War's ich?
War's Vati oder
War's Mutti?
War's hoch oder
War's niedrig?

War's eine Pint Old Workingman's XXX Ostermontag Doppelschokoladiges Bernsteingelbes Lager mit Nußaroma in Hagan's Bar – die in der Thimble Road, ein paar Häuser weiter von der Drogerie Roaches, gleich neben St. Michaelis in der High Street gegenüber den gedemütigten Turm der einstigen St.-Oinsias-Kirche, die nun, als Laddi's Disco, allnächtlich zu den gottlosen Rhythmen von SpaceMusik oder Tip-Top vibrierte;

die untopografisch mittelmeerroten Giebel von Maher Village, dem neuen Eigentumswohnungsprojekt für den gehobenen Geldbeutel, nach Nordosten;

und am Horizont, wie es sich sonderbarerweise über dem Land abzuzeichnen schien:

das rastlose silberne Meer.

Ja –, da war auch Wales. (Oder war's eine Wolke?) [67)]

Mick hatte einen guten Teil seines ersten Tages mit der Überwachung dieses Horizonts verbracht, während er yuppyhaft einen Zichorie-mit-Zimt-*latte*-Kaffee verzehrte, den er in Sparkle's Coffee Cantina am Strand erworben hatte. Er kam sich etwa eine Stunde lang ganz toll vor und vergaß kurz seine niederschmetternde Bedeutungslosigkeit in NaughtyBoys großem Plan. Dies waren tatsächlich die kleinen Freuden des Jobs. Der eigentlich einträgliche Teil, das Verfassen technischer Texte und Notizen, bei dem Formulierung und Wortschatz so klischiert und anodyn zu sein hatten wie nur irgend möglich (»Insbezüglich Ihr Memo vom 18. ist der Schlüssel zu unserem Strategieren ein Zubiss-Approach in Richtung proaktives

von der alten Mrs. Dwyer und einen Steinwurf weit von Bernadette's Frisiersalon (Sie kennen den Laden, früher hieß er Sheila's, als Sheila ihn noch persönlich leitete, Sheila Kelly aus Navan nämlich, Bertie Kellys Älteste, sie war die, wenn Sie sich vielleicht erinnern wollen, die nach sechs Monaten Ehe ihren Mann »Tubby« Leeson abserviert hat, der später Fraktionsvorsitzender der Ard Fheis wurde, und mit »Pop« Henry, dem Bluesgitarristen, durchgebrannt ist, na, ich hätte ihr sagen können, daß von dem keine große Karriere zu erwarten war, aber haben sie mich gefragt, die Antwort lautet, Überraschung, Überraschung, nein, sie haben mich verdammtnochmal nicht gefragt, und jedenfalls habe ich als letztes gehört, daß sie sich in Nevada haben scheiden lassen und daß sie jetzt als altjüngferliche Aushilfe in – oder sollte man eher sagen: auf Long Island arbeitet), oder War's ganz normales Stout?

Rightsizing des Firmen-Mix mit Blick auf Fakultatives«), war natürlich zum Wahnsinnigwerden langweilig, besonders für Einen, der hoffte, eines Tages von seiner Feder oder seinem word processor leben zu können (»Das erste, was mir auffiel, als ich es mir auf dem genarbten Connolly-Leder des Fahrersitzes hinter dem walnußverkleideten Steuerrad des Berlinetta 275 GTS bequem machte, war die elegante – darf ich sagen; an Brunelleschi gemahnende? – Schlichtheit seines ergonomischen Designs ...«), aber so hatte er es vorhergesagt, und schließlich war es ein Job, er dürfte ausreichen, bis er wieder auf die Füße gekommen war – oder bis Tom O'Mallet es geschafft hatte, bei Jocelyn Motors eine Zufriedenstellung zu erwirken, was Micks Denkungsart ohnehin immer riskanter vorkam. O ja, in den Tagen, die seit dem Unfall und seinem Treffen mit O'Mallet vergangen waren, hatte Mick von dem Manne kein Wort gehört, und alle Telefonate waren blinder Alarm gewesen. Zweimal war er sogar ans Telefon gegangen, um sich einen wildfremden Menschen anzuhören, der auf pennälerfranzösisch Beleidigungen plärrte (naja, *wild*fremd nicht: er argwöhnte, daß es das kleine Zierpüppchen war, das bei ihm hinten aufgefahren war, da war etwas Verräterisches an sei-

68) Diese Art Schweinereien sind hier überhaupt nicht angebracht, mein Junge. Was scheren uns die verkommenen Phantasien des Mannes. Besser, man vertieft sich gar nicht erst in solche Sachen, wie mein alter Vater eines Nachts nach einer langen unzusammenhängenden Beichte sagte, die unser alternder einäugiger Nachbar Mr. Toomey (britischer Minenwerfer, Hauptpost Dublin 1916) abgelegt hatte und aus der hervorging, daß er jahrelang sein verbliebenes Auge ans dünne Ende eines Fernrohrs geheftet hatte, dessen anderes Ende auf das Schlafzimmerfenster meiner Tante Clementine gerichtet war – das war Mums jüngere Schwester, die, die es ein bißchen am Kopf hatte, sie war eine regelrechte Gypsy Lee Rose der Liberties; na, egal, es erübrigt sich zu sagen, daß der Schwall von Beschimpfungen, den Toomeys Sucht bewirkte, fast grenzenlos war, besonders sich selbst gegenüber. Mrs. Toomey war auch nicht gerade angetan, aber der alte Knacker hat ihr sowieso nie Aufmerksamkeit zuteil werden lassen, außer jeden zweiten Samstagabend, wenn er (nicht sie) übli-

nem Falsett und der unerklärlichen Überzeugung, daß Mick Franzose war): *»Allô, monsieur le français? C'est moi«; »Vous! Vous êtes un grand salaud«; Vous! Je vous déteste! Vous êtes une crapule«; Je vous dis merde, merde, merde«; »Avez-vous mon numéro de téléphone. chéri?«* usw.

Auch Penny Burke war incommunicado (oder sollte das, fragte sich der tief in Micks Seele vergrabene Romanist, in*communicada* heißen?), desinteressiert, nahm er an, seit ihrem gemeinsamen Drink bei Mad Molloy's, der sich dann doch – Überraschung! – in ein kleines Besäufnis verwandelt hatte, wobei gute fünf Pints plus Kurze (Kirk Watson's Indian Single Malt, pur, ohne was) auf seine Kappe gegangen waren, sie aber, nach den unvermeidlichen damenhaften Einsprüchen, ganz munter aufgeschlossen hatte ... Nettes Mädchen, im großen und ganzen –, doch, ziemlich groß ... (Mick schraubte sich ins Mondo Erotico davon, ohne das Hôtel Castello Visconti in San Pellegrino auf dem einen Bildschirm und den technischen Text von NaughtyBoys neuer NaughtyMan-ScriptBrowser-Büro-Software auf dem anderen zu bemerken.) Mann, sie hatte aber auch einen hübschen ...! Und hübsche ...!![68]

OJE!

cherweise die Empfängnis eines sechzehnten oder siebzehnten Kindes versuchte. Das Ergebnis der ganzen Affäre war, daß, als der alte Toomey mal wieder sein Fernrohr wie üblich aufbaute, er in ein noch größeres Fernrohr blickte, welches aus Tante Clems Zimmer auf ihn zurückspähte!!! Ihre Linsen trafen sich, hielten einander fest, es war die wahre Liebe, sie rissen aus nach Gretna Green und wurden eine Woche später vermählt ..., nein, Augenblick, ich habe die falsche Geschichte erwischt. Stimmt: Es war die Affäre des Da. »Entschuldigung akzeptiert«, dröhnte er nach dieser nicht sehr mitreißenden Erzählung. »Entschuldigung von wegen«, kreischte Toomey. »Ich bin gekommen, die Frau, die ich liebe, zu holen.« Na, das war vielleicht ein Schlamassel. Schließlich mußte der Da den armen Teufel mit einem Paar Schwarzdornknittel aus dem Gebäude geleiten. Schwere Vorhänge und 24stündige Überwachung waren von da an angesagt, aber später fanden wir heraus, daß es Tante C. immer noch gelang, sich jede zweite Nacht davonzustehlen und (ich weiß, ich weiß, *wer* hat ge-

Mick fiel in eine kurze Ohnmacht wollüstiger Erinnerung.

Zwar war Penny ein bißchen kratzbürstig, aber so waren sie heutzutage alle, bewaffnet mit dem Feminismus ihrer Schwestern. Widerstrebend im staubigen Magazin seiner Erinnerung kramend, erinnerte er sich schon mal an seine Ex-Frau Eileen. Ja, die Ex-Missis ließ sich am besten als ausgesprochen pampig beschreiben, zumindest bis sie dahintergekommen war, daß man ein halbwegs anständiger Kerl war und kein heulender bierchenvertilgender sexbesessener frauenfeindlicher Höhlenmensch (das war doch das Wort, sie mußten es alle mindestens einmal pro Stunde aussprechen, möglichst noch mit einem nachgemachten Kompositum davor wie »geschlechtsspezifisch«: »Höhlenmensch«, und davor ein »frauenfeindlich«, oder, noch besser, als adjektivisches Kompositum: »höhlenmensch-frauenfeindlich«, was lediglich, fand Mick, die Sprecherin wirken ließ wie eine amerikanische Studentin der, sagen wir, Politikwissenschaften nach dem ersten Staatsexamen). Ein bißchen so war Penny auch. O, Mick sah potentielle Schmerzen im generellen Arschbereich voraus, o doch. Das Mädchen war natürlich frustriert, weil niemand von ihr oder von ihrer Schreiberei Notiz nahm, und ganz fürstlich sauer war sie wegen der Dinge ganz allgemein, wogegen sich gar nichts einwenden ließ, er selbst war, um der Liebe Gottes willen, ebenfalls sauer: Über alle Maßen sauer war er; sollte »Pats« Bewley (oder, in zunehmendem Maße, Tom O'Mallet) doch mal seine häßliche Fresse in Spuckweite zu zeigen wagen …!

Natürlich war es seinerseits zu jenem jammervoll vorhersehbaren Spiel gekommen, daß er versuchte, sich verschärften Zugriff auf die versteckten Teile ihres pfirsichnen, sahnigen Körpers zu verschaffen, *en route* zum Gehen-wir-zu-dir-oder-zu-mir – was sie dann beide, wie sich herausstellen sollte,

sagt, man soll nicht im Schmutz wühlen) und an Toomey zu schmiegen, während sie beide durch ihre Fernrohre in das Zimmer spähten,

separat machten und an der unromantischen Ecke Uphill Street/ Maher Esplanade mit einem keuschestmöglichen geschwisterlichen Kuß besiegelten, gefolgt von einem verstohlenen Eintauchen in die Dunkelheit und Winken (oder Ertrinken; vielleicht hatte sie sich auch nur das Haar gerichtet; er konnte das durch die Schatten und die Tränen des Selbstmitleids, die in seine Augen zu schießen begonnen, nicht ausmachen).

Seitdem: Schweigen. Er hatte versucht anzurufen und wäre verdammt fast jedesmal gegenüber der friedfertigen, teilnahmslosen Tonbandstimme beherzt ausfallend geworden, da er sich aber an eine Gelegenheit erinnerte, als er sich auf einem Anrufbeantworter vergessen und nicht bedacht hatte, daß die Dame, mit der er zu sprechen versuchte, neben ihrem Telefon sitzen und mit Schrecken zuhören konnte, wie er wutentbrannt »du dämliche Kuh, warum hebst du deinen Scheiß-Hörer nicht ab« grölte, um nach dem Pfeifton in Redensarten von gurrender Unterwürfigkeit überzugehen, die sich an »na, hal*lo*« und »rate mal, wer dran ist, warum rufst du denn gar nicht an« orientierten, während der einzige Anruf, den sie gern getätigt hätte, der verwünschten Polizei gegolten hätte ...; immerhin, er hatte sich gerade noch rechtzeitig gefangen, diesmal. Wenigstens hatte er einen anständigen Vorwand zum Anrufen, außer so spitz zu sein, daß er ein Mutterschaf auf dem Felde bestiegen hätte: den Job natürlich, der zwar schließlich nur *ein Job* war, aber es war, immerhin, ein Job, und er war nur eine Woche lang ohne einen gewesen, für ihn sowas wie ein absoluter Rekord.

Ja, in den verrammelten Kasematten seiner bourgeoisen Seele regte sich Dankbarkeit, aber dies eher aalglatte Gefühl lag mit dem feuerspeienden Drachen seines autonomen, ausschließlich männlichen Jäger-und-Sammler-Egos im Streite, welches Jobs und Normalität zutiefst verabscheute, das Neun-

das sie gerade verlassen hatte, und Gott allein weiß, was sich hinter dem schweren Vorhangstoff abspielte!

bis-Fünf, Anzüge, Schlipse, Kleenex und Ehrbarkeit jeder Art und Sorte[69] …, *aber der verdammte Job zahlte die Miete*, und Penny hatte ihm, auf sehr präzise Weise, zu diesem Job verholfen. Sonst hätte er nämlich auf sein Sofa hingestreckt dagelegen, tränenselig und halb besoffen, die Kleinanzeigen um den Schoß herum geknüllt und nicht genug Mumm, das Telefon zu bedienen …, bei dessen mentaler Erwähnung sich Mick vom Fenster abwandte (nachdem er eine ziemlich gutaussehende Maid, so um die dreißig, ganz in plastisches Rot gekleidet, welche adrett von ihrem farblich abgestimmten roten Ford Octagon zu den verspiegelten Eingangstüren trabte, mit Hilfe eines *double take* in sich aufgenommen hatte) und das Telefon auf seinem Schreibtisch anstarrte, wobei er sich fragte, ob er die unzähligen Fehlinterpretationen und falschen Gesprächsanfänge eines Anrufs riskieren sollte;[70] dann, indem er sich behaglich in der endlosen Gemütlichkeit des Zögerns drehte und wand, beschloß er: nein, nicht jetzt schon. Seit gestern hatte er es bereits nicht mehr versucht. Sollte sie doch den ersten Zug machen.

(Frauen taten das nie, aber.)

Naja, er würde einen oder zwei Kleine zwitschern und von zu Hause anrufen.

69) Wenn man das Ehrbarkeit nennen will. Was mich betrifft, so hätte das eher dem Burschen gebührt, der gerade weggegangen ist. Wissen Sie, der mit dem stahlblauen Schlips und der durchgewetzten Kordsamthose? Komm jetzt nicht auf den Namen.

70) Da fällt mir ein Anruf ein, den ich nicht so schnell vergessen werde. Da hatte ich mich schön gemütlich mit Kathy zu Bett gelegt, und da prrrpt dies verdammte Telefon und unterbricht alles (nicht wirklich viel: K. sah sich ein paar Blaupausen für das neue Baumhaus an, während ich mir die Fußnägel schnitt, langsam und methodisch, wie es meine Gewohnheit ist), und am anderen Ende der Leitung hörte ich … nichts. Das heißt, zuerst. Dann flaches Atmen und die ganz leichte Andeutung eines lachhaften »Ha … ha … ha … ha … llo?« Stramm setzte ich mich mit in die Hüften gestemmten Armen auf und dröhnte: »JAAA?« womit ich ihn oder sie

Kurz, es war alles grau, langweilig, besorgniserregend, aber noch gerade erträglich, im Gegensatz zu *fast* unerträglich, wie es so oft gewesen war, außer wenn er einen murmelnden Sechs- oder Acht- (oder, einmal, sogar einen Zwölf-, diesen BMW 850, o Herr, was für ein Morgen) -Zylinder mit den Kurven eines echten Vollblüters unter den Händen durch die Arnage-Kehre und über die Mulsanne-Gerade spielend zum Sieg fuhr (d.h. nie) ... Nein, das echte Ärgernis, vom Job als solchem abgesehen, war Victor, mit welchem sich Mick in die grauen Stellwände teilte, Zwillingsschreibtische mit Computern und Telefonen und das Eckfenster seines halben Büros. Victor – der mit dem unmöglichen Namen, Hassan oder Hastdumal oder wie oder was, plus Jones (oder war es Smith?) – war einen Tag nach Micks Arbeitsantritt gekommen, war ins Büro geschlurft, hatte herzhaft gehustet, nach Wintergrün-Muskelbalsam-Öl gestunken wie ein Alterspensionär, der sein letztes Zimmer im Pflegeheim betritt und deshalb alle bereits Ansässigen, z.B. Mick, mit tiefem und offensichtlichem Argwohn betrachtet (»Wer sind Sie denn?«; »Bleiben Sie hier?«; »Wann haben Sie Dienstschluß?«; »Sind Sie endlich weg?«) und bereits über das eine oder andere was zu winseln hat, wahrscheinlich über Mick selbst.

natürlich vor Angst zum Schweigen brachte, und war ich nicht bereits auf dem besten Wege, vollends den Hörer aufzulegen, als es die Stimme noch einmal wagte, mit etwas mehr Einsatz: »Herr Hauptmann?« Und würden Sie das wohl glauben, zuerst dachte ich doch tatsächlich, er (oder sie) hätte mich gemeint, obwohl ich im tiefinnersten Herzen wußte, daß es lediglich eine falsche Nummer war (ich habe es nicht mal bis zum Obergefreiten geschafft, geschweige denn bis zum Hauptmann), weshalb ich keine Zeit verlor, brutal in den Hörer brüllte und dann tatsächlich und ehrlich auflegte, woraufhin, da mein Blut ohnehin geweckt war, ich prompt damit begann, Kathy mit den präzisen, aber trägen Gesten des Floristen zu liebkosen, der Blumensträuße für das Schaufenster arrangiert. Bald darauf ließ das Mädel die Blaupausen sausen, kann ich Ihnen sagen.

Als hätte er erwartet, in eine private holzgetäfelte Suite mit Blick auf die Bucht von Neapel geleitet zu werden, der alte Quatschkopp.

»Scheißkerl« oder »Affenscheiße« und herzhafte Hustenanfälle akzentuierten Victors Arbeitstag, und möglicherweise deshalb oder nur wegen ihres angeborenen Sadismus im Umgang mit Älteren, der genetisch in den Jüngeren lauert, schenkten Denny und seine Kohorten Victor und seinen Hervorbringungen mehr Aufmerksamkeit als jemals Mick. Dies behinderte Victor in der Durchführung seiner laut angekündigten Absicht, wie üblich mit Hustern, »Scheißkerl« und »Affenscheiße« gespickt, einfach den Tag mit dem Lesen alter Zeitungen im Netz zu verbringen.

»Nützlich, diese Scheißkerle«, sagte er.

»Wer ist nützlich, Vic?«

»Nennen Sie mich nicht Vic.«

»Verpiß dich, Vic.«

»Ich hab gesagt, nennen Sie mich nicht Vic, Sie Riesenhaufen Affenscheiße. Ahack.«

»Dann verpiß dich doch, *Victor.*«

»Na gut.«

Mick wartete, bis sich ein kleiner Huste-Taifun gelegt hatte, und fuhr dann fort:

»Wer ist nützlich, Victor?«

»Nicht wer. Was. Die alten Zeitungen. Ich versuche nämlich ein paar zusammenzukriegen.«

»Alte Zeitungen?«

»Hab ich doch gesagt, oder, was ist los, sind Sie komplett taub? Alte Zeitungen.«

»Toll, Vic. Äh, Victor.«

»Ja.«

»Und die stapeln Sie so einfach im Flur, gleich wenn man reinkommt?«

»Was stapele ich?«

»Die alten Zeitungen.«

»Im Flur, gleich wenn man reinkommt? Welchem Flur?«

»Der Flur, gleich wenn man Ihr kleines halbes Kieselrauhputz-Doppelhaus in der Vorstadt betritt, um Christi willen. Wo Sie Ihre beschissenen alten Zeitungen aufbewahren.«

»Jetzt aber mal einen Augenblick, Sie Scheißkerl aus Affenscheiße. Wer hat was über eine halbe Kieselrauhputz-Affenscheiße gesagt?«

»Egal, was. Ihr Haus.«

»In meinem Haus befinden sich die alten Zeitungen im Arbeitszimmer.« Victor vollendete seine Bemerkung mit einem Ruf: »IM ARBEITSZIMMER«, als könne die Wichtigkeit dieser Tatsache gar nicht zu hoch eingeschätzt werden.

»Na, welche Erleichterung«, sagte Mick. »Immer schön, wenn man ein bis zwei Stapel alte Zeitungen zur Hand hat.«

Dieser *dialogue de sourds* wurde durch das Herannahen von Denny Tool beendet. Tool war cool. In der Welt des Bosses war überhaupt alles »cool« und/oder »aufregend«. Zu formellen wie informellen Anlässen trug er, wie eben jetzt, ein T-Shirt und Jeans. Ein Mobiltelefon begleitete ihn auf seinen Runden, an seinem Ohr befestigt, wie ein Bärenjunges sich an seine Mutti schmiegt. Mick zuckte, innerlich, leicht zurück, als er Dennys schwarzen T-Shirts ansichtig wurde, welches mit großen scharlachroten Schmoll-Lippen geschmückt war, die einen rotweißen Strohhalm umschlossen, welcher aus einem zweiten, noch schimmernder geröteten Lippenpaar ragte, das Ganze, in neogotischer Fraktur, von dem Slogan gekrönt: »Thou Suckest.«

Der schiere Gedanke an die Existenz eines solchen Mannes beleidigte jemanden von Micks Schrot und Korn, aber die Welt war heutzutage die Welt der Dennys.

»Tag, Jungs. Tag, Vic, Tag, Mike.«

»Ah, Denny, wie nett«, sagte Mick und verströmte die nervöse Leichtfertigkeit, die schon immer seine Beziehungen zu Vorgesetzten am Arbeitsplatz gekennzeichnet hatte, besonders wenn dies Kinder waren, jung genug, seine eigenen zu sein. Victor emittierte ein komplexes Husten, Schnauben und Räuspern-cum-Murmeln als Zeichen seiner Opposition zur

Koseform seines Namens (wobei er allerdings, wie Mick zu bemerken nicht umhin konnte, nichts *sagte*, nicht zu diesem 23jährigen Trottel, dessen Wort zwei pensionsreife alte Zausel wie sie im Nu auf die Straße befördern konnte) und wandte sich langsam und mit Bedacht ab, als wolle er den trägen Verkehr auf dem MacLiammoir Bypass überwachen. Denny störte es nicht; Denny merkte es nicht (aber Mick merkte es). Denny Tool war zu jung, um wahrzunehmen, an wen auch immer er das Wort richtete, es sei denn, es sprang was – d.h. Geld, Sex oder Macht – dabei für ihn raus. Nein, Denny war es wurscht. *Et*was Cooles oder Aufregendes ergab sich immer. Heute war es cool aufregend für ihn, den Anbeginn eines neuen Projekts samt begleitendem »Team« anzukündigen, ein Wort und, schlimmer, ein Konzept, welches Mick haßte, da es an »Pats« Bewley und seine superbraven bergsteigenden Sportsfreunde erinnerte, Mussolini, Stalin, Pol Pot und Nazideutschland gar nicht zu erwähnen (NaughtyBoy über alles!) … Heute jedenfalls war Denny von etwas *getrieben*, um einen seiner Lieblingsausdrücke zu gebrauchen, was mit Computergrafiken in Gestalt von Whitney zu tun hatte, einer humanoiden Ratte mit Knickerbockern, der neueste Lauser, den der amerikanische Unterhaltungscomputergigant Thirtieth Century Colossus mit vereinten Firmenkräften in die Welt gesetzt hatte: ein Film, ein Riesenknüller für Jung und Alt gleichermaßen.

»Und den Outfit der Ratte haben sie an uns ausgesourcet.«

»Toll«, sagte Mick entgegen der äußersten Indifferenz, die in seiner Seele gegenüber allen Firmenprojekten, -Teams oder -Nagetiergarderoben herrschte.

»Cool«, besserte Denny nach. »Ich möchte also, daß ihr Jungs mit anpackt. Das ist eine echt aufregende Nachricht, und ihr beide werdet bei einem der am nach vornsten Konzepte der gesamten Branche teilnehmen.« Er machte eine Pause, damit der Beifall kommen konnte, der vielleicht von den weniger Intelligenten oder den zwanzig Jahre Jüngeren gekommen wäre.

»Ja«, fuhr er völlig unverdattert fort. »Nach vorn, wo es weh tut. Also erstmal keine Memos mehr für euch, Mike, Vic. Okay, knien wir uns hinein, Mike, ich möchte, daß Sie für mich auf Suche gehen. Tschecken Sie alle anderen Ratten, Mäuse, Hamster, egal, der Filmgeschichte. Wir wollen hier keine irgendwie problematischen, äh, Probleme. Ich will keinen anderen kleinen Kerl in ähnlichen Knockerbickers mit einer einstweiligen Verfügung in der Gesäßtasche vorfinden, versteht ihr, was ich sage?«

»Irgendwie absolut.« Das Wort war geschickt mehrdeutig gewählt, klang aber irgendwie entschlossen: Machen wir, Boß! Können sich auf mich verlassen, Boß!

»Und Vic.«

Wieder das verschwommen gemurmelte Halbschnauben.

»Klappern Sie doch mal im Netz ein paar alte Zeitungen ab und finden Sie was über die Golfmode der irgendwie 40er Jahre heraus.«

Victor ließ seine Verkehrsstudien auf dem MacLiammoir Bypass sausen und schwenkte herum, die Augen für diesmal weit aufgerissen, wie in ehrfürchtiger Scheu. »Ah, sagten Sie alte Zeitungen, wie, was, Denny?« Es war ein Beben der Leidenschaft in seiner Stimme, und daß er den Namen des Trottels aussprach, war in sich bereits ein Symptom für tiefes Gefühl.

»Ja. Wißt ihr, so Kram wie in ›Der Griff in die Geschichte‹: Wann sich wo was abgespielt hat. Gern auch was mit Bildung. Macht euch nichts vor, die ganze Scheiße ist sowieso für Kinder bestimmt. Also finden Sie heraus, was man zum Knockerbicker getragen hat. Wir sehen doch wie die letzten Arschlöcher aus, wenn wir den Typ mit Knockerbicker und irgendwie einem Tanktop anziehen.«

»Äh«, wagte Mick sich kühn vor, »ich glaube, das muß Knikkerbocker heißen, Denny. Die Ratte trägt Knickerbocker, wenn mich nicht alles täuscht.«

»Meinetwegen. Das fällt in Ihre Abteilung, Mike.«

»Äm. Eigentlich heiß ich Mick, Den.«

»Was Sie nicht sagen. Ich seh euch Jungs dann später. Ich erwarte aber einen irgendwie Zwischenbericht? Irgendwann am frühen Nachmittag? Cool. Und Jungs. Könnte sein, daß wir hierfür die ganze Nacht durchklotzen müssen, also cancelt schon mal alle irgendwie Verabredungen zum Abendessen, okay?«

Sobald die schreckliche Bedeutung eingesunken war, schrieb die Verzweiflung, wie ein Himmelsschreiber, ihre unzweideutige Botschaft quer über Micks Gesicht (eigentlich ja schräg, diagonal, rechte Augenbraue - linke Unterlippe). Er räusperte sich und hob eine zittrige Hand wie ein ängstlicher Schüler.

»Äh, Den. Tschuldigung. Canceln …?«

Irritation war der antwortende Ausdruck auf der Anzeigetafel von Dennys Visage, während er auf sein Mobiltelefon eindolchte. Im Geiste war er bereits ein gutes Stückweit weg.

»Genau, Mike, Sie sagen es, Urlaub bis zum Wecken abgesagt, bis wir ein Modell in Originalgröße haben, das wir den Jungs im Design zeigen können. Sie haften mit Ihrem Arsch, wenn wir gegen sechs nichts haben. Dies ist ein Eilauftrag,

71) O Jesus, das ist mein absolutes Lieblingslied. Diese Erkennungsmelodie, von »Satchmo« Armstrong gesungen –, oder war es »Scooter« O'Noonan, der *castrato* von Roscommon? *Bal-LIII-killoran, o, diesö Gloooockön, diesö Glo-o-ockön!!* Manchmal setze ich mich morgens auf und schmettere es mit einer solchen Lautstärke, daß sich alle um mein Bett herum aufstellen und einstimmig HALT'S MAUL plärren. Sie sagten, der Lärm sei nur noch schlimmer gewesen, als der Alte seinen Lee-Enfield-Hinterlader beim Frühstück über ihre Köpfe abschoß, um die Akustik in der Küche zu testen (erstklassig). Also, die fragliche Fernsehserienfolge war die, wenn ich nicht irre, in welcher der Bischof, bereits in schweren Schwierigkeiten, stolpert und über Mrs. Spine fällt, die nach ihrem morgendlichen Jogging und der darauffolgenden stärkenden Dosis Powers auf der Hauptstraße ruht, wodurch der Handlungsnebenstrang beschleunigt wird, in dem es darum geht, daß sich die beiden bis zum Saisonfinale beständig in den Haaren liegen, als der Bischof, inzwischen aus dem Priesteramt verstoßen, des Guten ein bißchen

also Eile, Eile, Eile, Jungs!« Und weg war er, heftig in sein Telefon halloënd und in der Luft (von Micks Phantasie) einen miasmischen Schweif von Eigendünkel hinterlassend.

Ojé ojé das durfte doch nicht wahr sein durfte doch nicht wahr sein, grübelte Mick tief aufgewühlt, 60/40 gespalten zwischen edler Entrüstung (WIE KONNTE ES DIESER KLEINE WICHSFLECK VON EINEM EMPORKÖMMLING WAGEN, IN DIESEM TON MIT MIR ZU REDEN) und poppliger Zustimmung (naja, gehört schließlich alles zum Job, und ein Job ist nun mal ein Job), aber edle Entrüstung gewann rasch an Boden: *Ausgerechnet heute nacht?* Er war 41, er war bereits ziemlich angegangen, und heute abend war der Abend, an dem RTÉ 6 Wiederholungen der ersten Staffel von *Die Glocken von Ballykilloran* zeigte, seine liebste Lieblings-Soap-Opera, drei Folgen am Stück, samt Pilot;[71)] und dann gab es immer noch die lindernde Pint; den Abend, per Radio, mit einem Symphoniekonzert, räumlich und zeitlich aus großer Entfernung verbracht (heute abend sollte es als festliche Tafelmusik einen Besuch bei Toscanini in New York geben, circa 1940);

zuviel tut, indem er Mrs. Spine in Hemdsärmeln umfängt und ihr ewige gute Nachbarschaft schwört. Sein Lohn: ein rechter Kinnhaken. Das war der Auslöser für einen weiteren Nebenhandlungsstrang, der zum Kliffhänger jenes Abends und zu drei Monaten des Nägelkauens für RTÉ-Zuschauer führte, bis zum nächsten Mal im September. Nunmehr tritt Mrs. Spine, inzwischen gründlich gereinigt und mit einer göttlichen Lederkombination angetan, als alternde Rock'n'Roll-Legende auf (weiblich), aber der Bischof (Kirche von Irland; braucht man gar nicht hinzuzufügen), jetzt als Radfahrer in Hochform, steht ihr Kurve für Kurve in seinem kastanienbraunen Spandex-Trikot in nichts nach. Sie sagen es: in den guten alten GvB gibt es für jeden etwas. *O diese Glockön, diese Glockön, diese irren alten Glockön zur Schlaaafönnszeit!!!* Nein, es war natürlich »Scooter« O'Noonan. Ich kann sein übelriechendes Kreischen immer noch in den Höhlungen meiner Banatzel hören, besonders während der Meditation eines stillen Abends im Waschraum, mit dem Weben der Wasser im Hintergrund und einem bis zwei Clurichauns als Zuschauer.

ein bißchen gute alte Lektüre (Twain, Higgins,[72]) O'Brien et al., die Zeitschrift *Autoself* und die gesammelten Werke Solly Mosses OBEs, einst Champion der Rallye Monte Carlo und Rollenmodell für Fahrer weltweit, gar nicht zu erwähnen); und natürlich (hélas) die stets flackernde Hoffnung, daß ein Orgiastikertraum in Erfüllung geht, daß jetzt gleich oder kurz darauf das Telefon klingelt und sie (Penny oder sonst eine) atemlos murmelt, daß sie etc., etc.

Und jetzt warf dieser kleine amerikanische Spritzer Spucke von einem Blödmann ihm einen Knüppel zwischen die Beine. Jungejunge. Mannomann. Das haute voll rein, und zwar mit Noppen.

Mick brütete. *O, wie er sich danach sehnte, den Job hinzuschmeißen.* Naja, die Bezahlung war anständig, aber nicht überragend. Und die Arbeitszeit, auf dem Papier, war flexibel und einigermaßen zivilisiert. Das Büro war okay, und das Internet war klasse. Aber Vic war eine echte Belastung, und diese ganzen 20-Jahre-Alten, die ihn herumkommandierten, verströmten einen Ruch der Dekadenz, wie beleidigende mindere römische Kaiser (Pertinax z. B., oder Florius Vicinius), und mit diesem Nachteinsatz hatte er nicht gerechnet, weit jenseits der Normen der 35-Stunden-Woche, EU-weit von den arktischen Bollwerken Spitzbergens bis zu den Dodekanes-Inseln Griechenlands mandatiert. Es war die Höhe h!

72) Twain natürlich, und O'Brien, klar; aber Higgins? Ah, Higgins, Higgins, wir kannten dich kaum ... Bert Higgins wäre das, Autor von *Immer in die Leistengegend* und *Mehr Erbsen, bitte.* Gott, welche Dichte der Prosa, welche Weitschweifigkeit des Stils. Hier ist eine Probe, gratis, aus *Immer in die Leistengegend*, Kapitel I: »Im Juli geboren, war er der Unwürdigste, Unbedeutendste der Juligeborenen, mit dem niederträchtigsten Charakter aller Gottesgeschöpfe; hasenschartig und bucklig war er, mit bebenden, hornbewehrten Fingern, immer begierig zuzuschnappen. Perlgrau war der stets an seiner Nase hängende Rotz, und laut war's, wenn er ihn hochzog. Andere Kindlein heulten, wenn er sich näherte, und Tiere des Waldes passierten ihn mit einem Knurren. Erwachsen war er noch schlim-

Da er von großzügiger, ja geselliger Gemütsart war, versuchte Mick, Victor für den Kampf gegen die Ausbeutung des Proletariats zu rekrutieren. Er hatte wenig aus der Richtung gehört, nicht einmal ein Husten, nur mißmutiges Stöhnen und das dringliche, plastikne und irgendwie feucht klingende Klick-klick-klick der Tastatur.

»Unheimliche Sauerei, was. Was meinen Sie, Vic, äh, Victor.«

»Bitte VIELmals um Entschuldigung. Ich habe zu tun. Haben Sie doch, so viel ich weiß, ebenfalls, mein lieber Herr Mister. Haben Sie nicht gehört, was Denny gesagt hat?«

Pikiert blickte Mick um die Böschungen aus Computern und das Spaghetti- oder Vermicelli-Gewirr aus Drähten, Schnüren, Kabeln usw. herum seinen Bürogefährten an. Victor war wie ein Fallschirmspringer vornübergebeugt, kurz davor, sich ins Leere zu werfen, und runzelte konzentriert den Bildschirm an, von welchem winzige Miniaturen als durchsichtige blaue Rechtecke im manischen Glanz seiner Brillengläser reflektiert wurden. Seine leicht herausgestreckte Zunge lungerte lahm im Mundwinkel, aus dem gleichzeitig emotionales Gemaule drang. Mick verstand diese Zurschaustellung als Zeichen für die Konzentration, mit der der törichte alte Dussel seine neue Aufgabe anging, nämlich die Suche nach alten Zeitungen, seinem persönlichen Dorado.

mer. Keine Frau war in seiner Nachbarschaft sicher, und Knaben machten, wenn er keckernd seine Runde in der Gegend um Ballymun zog, einen weiten Bogen um ihn, knusperte er doch zwischen den schwarzgelben Zähnen eine Knolle Knoblauch oder eine Lebertranpastille. Lang und zerlumpt waren seine Kleider, und auf dem haarbüschelgekrönten Gewölbe seines Schädels thronte eine Arbeitermütze, von Tabaksaft und Salben befleckt, die besser ungenannt bleiben. Flapp flapp flopp machten die übergroßen Viehtreiberschuhe, mit denen seine übelriechenden Füße beschuht waren …« Naja, Sie sehen, worum es geht. Das ist übrigens rein autobiografisch. Bald darauf heiratete er und zog sich von der Schriftstellerei zurück, heißt es zumindest.

»Na, haben Sie Ihre beschissenen alten Zeitungen schon gefunden, Vic?«

Es gab keine Erwiderung, nur die Sorte semi-kohärenter Eruktation des Protests, gefolgt von vehementem Zischen, wie ein Dachs oder Frettchen, wenn man ihn (oder es) aus dem Winterschlaf (oder auch nur einem Nickerchen) wachknufft. Mick knirschte mit den Zähnen. Auf ein Zigarettchen draußen, wich er bemüht den Blicken der schlauen jungen Dinger aus, die vorbeitrabten; irgendwie, fand er, verströmte er Subversivität, Alter, Überflüssigkeit, Zweifel. Er seufzte und stieß dabei fächerförmig Rauch aus. Vor ihm lag ein moralisches Dilemma, und es gab nur einen Ausweg: Er mußte wohl den Job behalten. Erzwungene Freiheit von Arbeit war nur eine andere Form von Gefangenschaft, und sich in den nach Pisse und Reinigungsmitteln riechenden Räumen des Arbeitsamts mit den Niedrigsten der Niedrigen von Irland gemeinzumachen, war als solches ein Albtraum, den es zu vermeiden galt –, und dann war da natürlich noch Penny, und falls er auf irgendeinen Fortschritt in dieser Richtung hoffte (nicht, daß er einen höheren Betrag oder sonstwas darauf gewettet hätte, beileibe nicht, er hatte bereits ein Auge auf ein paar andere wahrscheinliche unerwartete Siegerinnen geworfen, aber da sie Frauen waren, mußten sie auch genau wie Frauen in all ihren Meinungen sein, oder nicht, verdammte Frauen, die sie waren), empfahl es sich, noch eine gewisse Zeitlang an einem Job zu kleben, zumindest bis Tom O'Mallet ihm seinen Job bei Jocelyn Motors wiederbeschafft hatte (aber gegenteiliges Gelärme in der realistischen Ecke seines Gehirns versicherte ihm, daß das in weiter, weiter Ferne lag) …

Er trat seine Zigarette mit dem lässigen Schwung des erfahrenen Rauchers unter dem Absatz aus und kehrte mit der Last des wahren Martyriums auf den Schultern zu Victor, dem Aufspürer von Zeitungen, und Whitney, dem televisuellen Nagetier, zurück.

* * * * *

9

Keine Bewegung, ich habe eine Pistole.«

Anil konnte kaum glauben, daß er das gesagt hatte. Er hatte gar keine, damit fing es schon mal an. Es war nur seine Minicam, unter seinem großen blauen McShiny's-Serviettchen verborgen. Und zweitens war er Hindu, meine Güte. Hindus liefen nicht herum und überfielen Leute, jedenfalls nicht in Irland. Aber nachdem er es gesagt hatte, konnte er es nicht zurücknehmen oder sich entschuldigen. Wie hätte das geklungen?

»Ach nein tut mir leid mein Fehler ich hab gar keine Pistole weitermachen.«

Nein, das brachte es nicht. *Drin ist drin*, wie sein Onkel Arrunjee immer zu sagen pflegte, wenn er in seinen Krug rülpste; *und draußen ist draußen* (und rülpste in die Luft).

Anil sehnte sich danach, so frei zu sein wie ein Rülpser in der Luft, und sah zum Ausgang (einer Tür aus Tafelglas und Maschendraht mit der Aufschrift »Ausgang«, durch welche er einen verführerischen Blick auf den rostgeschmückten hinteren linken Kotflügel seines alten Escort und, jenseits des Autos, eine Gruppe Eichen erhaschte, ein Ensemble, welches die Bildunterschrift »Freiheit« zu tragen schien): Zu weit weg.

Er war drin.

Und es gab keine Zeit zu verlieren. Goone merkte etwas, schnell, er spürte es; aber er konnte immer noch einen Rückzieher machen.

»Nun machen Sie doch keine Dummheiten, Junge«, sagte Goone und hob eine bändigende Hand. »Wir kriegen das schon auf die Reihe, von Mann zu Mann.«

Es war einzig und allein Rashmis Schuld. Verdammtes Mädchen, dachte Anil. Sie hatte ihm genug aufrührerisches Hetzgeschwätz ins Ohr gezischt, um den ganzen Bundesstaat Sandra Pradesh – oder Tamil Nadu in all seiner wimmelnden Gänze – aufzuwiegeln; und er war der Trottel, der darauf hereingefallen war, und jetzt war sie irgendwo anders, im Westflügel, nahm er an, wo die Nissenhütte war, um das Klassenbewußtsein des Kantinenbedienungspersonals zu heben. Aber sie hatte Goone die Leviten gelesen, und, ernsthaft jetzt, sein Gesicht war, meine Güte, ein Anblick gewesen, auf den man gern ein Leben lang wartete, so lohnend, wie der pompösen Arroganz des Mannes – pop – einfach so die Luft rausgelassen wurde, wie eine plötzlich geleerte Tüte Chappaties oder Samosas! Dann brach die Hölle los, die Wörter »Sicherheit«, »Werkschutz« und »Polizei« wurden laut wiederholt und Türen geöffnet und geschlossen, und Menschen eilten herein und hinaus. Das war, als … tja, Rashmi sich noch einmal umdrehte und ganz deutlich die Geste pantomimisch vormachte und er sich schlagartig an diesen Film *Elephanta-Nächte* erinnerte, mit Sohrab Rustan, seinem (und ihrem) Lieblingsschauspieler, wo Sohrab einen richtig ekligen alten Mogul-Radscha oder -Maharadscha als Geisel nimmt (das müßte alles so im was? achtzehnten? neunzehnten? Jahrhundert gespielt haben) und ihn zwingt, im *sawaal-jawaab*-Dialog zwischen Tabla und Sitar[73]) die Rolle der Tabla zu übernehmen, während er die armen Schweinehunde losbindet, die der Despot an den Zehen hatte aufhängen lassen und die nun in den heißen Winden des

73) So ein reizender Moment aber auch, das. Ganze Internet-Seiten sind ihm, höre ich, gewidmet und geweiht. Fachmännisch seine Daumen auf dem hohlen Körper eines nahen Fakirs stimmend, bringt der Radscha (nicht Maha-) von Bihar einen getrommelten Flickenteppich aus reinseidenem Klang hervor, auf welchen der Typ an der Rustam (Jamil, Stationsvorsteher auf der Strecke Chennai-Haiderabad) eingeht, indem er die Zunge ausstreckt, die Augen weitet und presto! eine Parodie der morgendlichen Raga auf der Sitar liefert, nur *sans* Sitar: Triiiiiiiiiiiiiliiiiiiiiliiiiiii, oder doch verdammt

Radschput-Forts so sanft schwangen wie die Pfefferschoten, die zum Trocknen im Innenhof hingen … All dies war Wahnsinn, ja, aber notwendigerweise, wie die großen Schlachten des Mahabharata.

Die Spannung, die in der Luft lag, war, irgendwie, pervers, festlich; wie beim *Diwali*-Lichterfest, nur anstelle des Lächelns und Frohsinns und einem bis zwei Gläschen und einem Partiechen Roulette hinter verschlossenen Türen (und der Lichter, der Lichter, die friedvoll über ihren eigenen Abbildern in den spiegelnden Wassern des Barji-Ghapta-Kanals treiben) kündete all das Öffnen und Schließen von Türen von Gehässigkeit und von weiterem Geschrei und von einer gräßlichen Ladung rosa englischer oder irischer Gesichter mit vielen, tatsächlich spritzerweise ekligen Sommersprossen (besonders dieser eine Typ, sah er nicht fürwahr aus wie ein gesprenkelter Lemur oder, warum nicht, wo er gerade dabei war, Pavian), die, dachte Anil spöttisch, den einsamen kleinen Inder anstarrten, »dich miesen kleinen arabischen Paki-Heini«, wie MacWhippet, der schottische Vorarbeiter in Wolverhampton, ihn genannt hatte …

»Also. Gut.«

Sie waren im Büro des Senior-Geschäftsführers der Fußabstreifer. Goone saß hinter dem Schreibtisch, dem Schreibtisch des verstorbenen Senior-Geschäftsführers Bülent Tülüy. Eine gerahmte Fotografie der jetzt verwitweten Mrs. Tülüy (einer verhutzelten beweglichen Habe, aber entsprechend loyal) nahm noch immer den Ehrenplatz ein, im direkten Blickfeld

nah dran, in Opposition zum Burburburburburb des Radschas auf dem gekrümmten Rücken des alten Mannes *en lieu* von Tablas. Der Dialog funkelt vor ökonomischem Witz: »Nein, Sahib«, sagt der Ältere, am Schluß, als ihm befohlen wird, den Kaffee zu machen (keinen Tee: Darjeeling liegt zu sehr in der Nähe, vielen herzlichen Dank). Er wird, natürlich, von bedingungslos gehorsamen Lakaien tüchtig durchgeprügelt, während die Burschen, die vorher an den Zehen aufgehängt gewesen waren, sich vor lauter Dankbarkeitsbezeugungen gar nicht wieder einkriegen. Da kann man mal sehen, stimmt's?

dessen, der den Drehsessel eingenommen hatte ..., wobei der Einnehmer nicht mehr der arme, schwerarbeitende, exilierte Bülent Tülüy, der teure Dahingeschiedene und Vater dreier Kinder (laut Rashmi) war, sondern:

DAS ARSCHLOCH GOONE.

»Was ist das: Hängt an der Wand, macht ticktack, und wenn es runterfällt, ist die Uhr kaputt?«

Anil fuchtelte heftig mit der Minicam –, *zu* heftig, denn das Serviettchen wäre verdammt beinah hingefallen, und *das* hätte bedeutet: auf den alten Gewässern des Nationalparks von Bandipur bzw. im Dünnschißbach stromaufwärts ohne Paddel, wo Goones wachsamen Äuglein doch keine seiner Bewegungen entging! Der Mann war noch immer nicht überzeugt, und Anil konnte das aus einer Meile Entfernung erkennen. Was er für Einverständnis gehalten hatte, war ein Ausweichmanöver gewesen, nicht mehr und nicht weniger. Am besten zog man den Vorhang vor dies törichte Bhasa-Stück, und zwar schnell.

»Also. Gut.«

»Das sagten Sie bereits, Jungchen. Bißchen nervös, was?«

»Überhaupt nicht. Sie wissen, daß ich im Recht bin.«

»Inwiefern? *Sie* fuchteln doch mit dem Ding herum, noch dazu auf Privatgelände. Und es würde mir, glaube ich, keine Mühe bereiten, die Polizei davon zu überzeugen, daß Sie eingebrochen sind, o nein. Wo ist denn schließlich Ihre Einladung?«

»Ach, seien Sie still, Goone. Lassen Sie doch die Polizei. Ich spreche darüber, wie Sie Ihre Angestellten behandeln. Erbärmlich, und das wissen Sie auch.«

»Das können Sie alles Ihrer Oma erzählen. Hat Ihnen das die kleine Rashmi auf die Nase gebunden? Hier geht alles ganz korrekt zu. Haben sie etwa keine Jobs? Und leben sie etwa

74) Ah. Reine Poesie. Erinnert mich an Jackdaw Place, London Southeast 1, wo jeder Morgen eine Operette war und die Nacht aus Kondorflügeln gewebt: tat-tat-tat-tat-tat machten die Rammen, und tra-ala-lelalalala machte ich, die meiste Zeit unter der Dusche, ein-

nicht in einem zivilisierten Land, Gott sei Lob und Dank? Und die hiesige Versicherung liegt um einiges höher als die, die sie zu Hause in Pakistan kriegen, das kann ich Ihnen aber versichern, Jungchen. Übrigens verüble ich Ihnen das gar nicht. Legen Sie das Ding hin, und wir vergessen den Vorfall. Ich werde Sie nicht anzeigen und nicht mal die Polizei rufen. Nein, das ist doch alles Ihr kleines Cousinchen, diese Rashmi, die ist ja nun wirklich eine schlimme Schreckschraube, das wissen wir doch beide. Und ich wette, daß Sie sie bei sich auch nicht gerade liebend gern arbeiten lassen würden. Eine pampige Zicke ist sie, das ist sie, und das wissen Sie ganz genau, Mr. Singh.«

»Nein. Das ist alles Unsinn und geht Sie auch gar nichts an«, rief Anil, jäh bar jeder Geduld und Selbstbeherrschung. Er fühlte sich gestreßt. Er winkte, fuchtelte, zielte. Die Linse der Minicam war glücklicherweise lang und schmal, sehr wie ein Pistolenlauf; wenn irgendwas hervorlugte, konnte es genausogut die Mündung einer Beretta oder einer Mauser oder sogar einer halbautomatischen Tschanguli TT-36 sein, wie sie in diesem Film *Die Liebe ein Schrein* mit Ranjay Vohraswami und Lulu Ampwatt an die Gurkha-Krieger ausgegeben wurden …

AT-AT-AT-AT-AT-AT …[74])

»Also. Goone. Hören Sie zu.« (Wie sie in dieser amerikanischen Fernsehserie immer sagten, der mit dem schwarzen Angeber im Leder-Regenmantel, der immer mit blitzenden Augen in den Schatten dieser Tiefgaragen lauerte, welche Amerikaner so liebten –: »Hey, Määän, hören Sie zu«, wie er immer sagte, wobei er in alternierenden Fugen amerikanisch stilisierter Männlichkeit mit den Schultern manövrierte.) »Ich will, daß Sie folgendes machen. Ich will, daß Sie«, merkte Anil plötzlich, daß er verzweifelt nah dran war, sich diesen ganzen Scheiß nur einzubilden, »etwas Faires für jeden aushandeln.

geseift und abgespült (und einmal sogar beides, und das nicht ohne fremde Hilfe, falls Sie verstehen, was ich meine, stups, stups). Ja, so waren sie, die Tage, und wir werden ihresgleichen nie mehr zu sehen kriegen.

Schreiben Sie das hin. ›Ich, Goone, werde auf ewig fair zu euch sein.‹«

»Worauf zum Teufel wollen Sie überhaupt hinaus jetzt.«

»Rashmi ist jetzt schon volle neun Monate da, und Sie wollen ihr keinen Urlaub geben. Und die anderen. Sie leiden schrecklich. Dieser türkische Bursche, zum Beispiel. Sie haben den armen Typ in den Tod getrieben.

»Dämlicher Quatsch. Er war in seiner Freizeit in Waffenschmuggel oder Flintenschieberei oder sowas verwickelt, wußten Sie das? Er war gar kein Türke. Er war Kurde, haben sie zumindest gesagt. Da hätte ich doch sowieso die Polizei gerufen. Und er hat eine Million Lullen am Tag geraucht, das hat ihn nämlich umgebracht. Und es geht um Urlaub, ja? Och, du *meine* Güte. Darum geht es hier also alles? Urlaub, die schönste Zeit? Die guten alten Sommerferien? Benidorm, Malaga & Co.? Sie haben nicht genug Urlaub? Dann sollen sie doch nach Bundoran. Hier kriegen sie ein ganzes Ende mehr Urlaub, als sie in Bangladesh kriegen würden, denken Sie an meine Worte, mein Sohn. Aber in Ordnung, wenn Ihnen das so viel bedeutet, kriegen Sie's von mir. Sie können pro Nase fünf Tage bezahlten Urlaub haben. Sind Sie jetzt glücklich und zufrieden?«

»Nicht, wenn ich nicht auch das Restaurant kriege.«

»Na, das ist ja nun wieder ganz was andres. Da verlagert sich doch gleich der Schwerpunkt vom, sagen wir, Allgemeinen, meinetwegen sogar Humanitären, zum Persönlichen, ich wage sogar zu behaupten, Habgierigen, das müssen Sie doch einsehen.«

»Es ist für mich, ja, aber es geschieht auch zum Besten des Restaurants und all derer, die in Killoyle essen gehen, und zum Besten der indischen Kochkunst und der Menschheit ganz allgemein. Hölle auch. *Sie* können kein indisches Restaurant leiten, Goone, nicht mit allen Bildern vom Tadsch Mahal der Welt. Sie können ja nicht einmal anständige *nan* machen, Himmel nochmal. Mein Gott, zu Anfang konnten Sie nicht mal Koh-I-Noor richtig schreiben, wissen Sie noch? Ich mußte das Schild dreimal neu schreiben. Jetzt habe ich Geld, Goone.

Nicht viel, nicht soviel, wie Sie haben, aber genug für eine Anzahlung auf die Konzession. Das wissen Sie. Aber Sie haben mich abschlägig beschieden, weil ich ein Nigger bin. Stimmt doch, oder?«

»Ein Nigger? Hören Sie bloß auf.« Goone erhob sich entrüstet, aber Anil bedeutete ihm mit dem Lauf seiner Pseudo-Pistole, er solle wieder Platz nehmen. Goone gehorchte, aber: »So etwas habe ich nie gesagt«, platzte es aus ihm heraus, »und Sie sind ja auch keiner. Ich meine, letztlich. Sie sind doch ein Paki, oder, und kein. Dingsbums. Was für ein ausgesucht selten dämlicher Quatsch.«

»Ach, Scheiße, Mann, große Scheiße. Also. Meine Güte. Sie müssen es niederschreiben. Ich werde für die Konzession bezahlen. Ich bin kein Dieb. Sie müssen einwilligen, daß Sie das Eigentum überschreiben. Oder ich erschieße Sie, was jetzt unverzüglich oder aber sehr bald geschehen wird, müssen Sie wissen.«

»Na gut, na gut. Aber wir werden einen Rechtsanwalt brauchen, der den Vertrag aufsetzt. Warum lassen Sie mich nicht rasch meinen Anwalt anrufen, und wir treffen eine Vereinbarung.«

»Nein. Warum sollte ich?«

»Ja, Sie werden wohl müssen, Mann. Wenn Sie wollen, daß es überhaupt rechtskräftig wird. Ich meine, ich könnte hier herumsitzen und die Mädchennamen meiner sieben verheirateten Tanten und die Namen ihrer sechsundzwanzig Wellensittiche hinschreiben, und das besäße dann etwa genausoviel Rechtskraft wie das, was Sie mich hinschreiben lassen wollen, solang das nicht juristisch abgesichert ist, praktisch. Wir brauchen Notare, Junge. Und einen Anwalt.«

»Beruhigen Sie sich, oder ich feure sehr bald auf Sie, Sie alter Nazi.« Schrill war das Timbre von Anils Stimme; leerer, immer leerer, spürte er, fielen seine Drohungen aus. Er dachte, verzweifelnd, an Rubina, und wie bedrohlich nah er dran, sie zutiefst und äußerst zu enttäuschen. Mach dir nichts vor, verhöhnte er sich innerlich. Du bist zutiefst und äußerst ein Versager, du dämlicher Hund. Du hast es wirklich alles gründlich versaut, jetzt. Aber wennschon, dennschon, oder, wie Onkel Arrunjee sagte, lasse dem Ana die Rupie folgen, meist (wie Anil sich, mit einem Stocken in der Kehle, entsann) mit den knotigen alten Händen vor den Augen, spätabends, wenn er bei seinem zweiten Kakao-Lassi war, diskret mit Champagner abgeschmeckt (Veuve Cliquot, wennschon) …

»Na na, Junge.«

»Es ist mir ernst. Hölle auch.«

Goone entrang sich der schwere Seufzer dessen, der ganz schön was mitmacht, er ergriff widerstrebend seinen Füller und brachte ihn nonchalamment über einem dazugehörigen Schreibblock in Stellung.

»Also gut. Wir lassen das dann später von den Anwälten klären. Diktieren Sie.«

»Okay.« Anil, der merkte, daß sein Bluff aufgeflogen war,

75) Lieber Gott, hört das denn nie wieder auf? Ich werde Ihnen sagen, woran mich diese Szene erinnert, nur mit mehr Avec: Dieser alte Typ mit dem grauen Mecki-Haarschnitt und lustigen Augen, der, der in Paris lebte und immer diese stinkigen französischen Lullen rauchte und sein Leben lang den Gälischen Athletikverband unterstützte, obwohl er Evangele war: Sid Sowieso, oder war das Sean, wie hieß er gleich weiter, Bennett? Burnett? Irgendsowas in der Art. Jedenfalls habe ich mir eine Ewigkeit lang etwas angesehen, was aus seiner Feder geflossen war, am Samstagabend im alten Peacock war das, in der schrecklichen Zeit, als die PVC-Sitzgelegenheiten im Abbey Mooney's renoviert wurden und ich nicht die Kraft aufbrachte, in das andere in der Parnell Street zu gehen …? Da saß ich also und sah mir stundenlang etwas an, was sie im Scherz als »Stück« bezeichnet hatten, von diesem Dussel Burke oder Burdett. Auf jeden Fall ging es da, soweit ich das erkennen konnte, ausschließlich um listig getarnte Beleuchtung, d.h. fast völlige Dunkelheit, und um irgendeinen unrasierten alten Trottel mit dunklem Gehrock und gestreifter enger Clownshose, der durch sein künstliches Gebiß zischt und stöhnt, welches sehr locker saß, und da nimmt er es auch noch heraus und versucht, »Der schöne Monat Mai« von Patrick Kennedy aufzusagen, zahnlos, was sich etwa so anhörte:

begann, ordnungsgemäß zu schwitzen. In diesem entscheidenden Augenblick hatte er natürlich keine Ahnung, was er sagen sollte. Wörter quollen willkürlich hervor wie Luftblasen aus einem Frosch im Schlammloch. »Ich, Goone, oder wie Sie heißen, ich, Goone, schwöre hiermit feierlich, daß ich mich halten werde an die äh äh äh.«[75]

»Folgenden Bedingungen?«

»Ich werde Ihnen was sagen, Sie schreiben es hin, und ich.«

»Überprüfe es?«

»So beeilen Sie sich doch.«

Also setzte Goone das Schriftstück auf und schrieb, wobei er aus flinken Augenwinkeln den Blick auf die dubiose Silhouette der putativen Waffe richtete, die mal auf seinen Kopf, mal auf seine Magengrube zielte – je nach den eindeutig aufgewühlten Impulsen des jungen Singh oder Swing oder was es war – und einmal, direkt, auf seinen Schritt (autsch); wenn das

»O! PHIPEELLEEEEEEEEE-EEEEEEEEEEEEEEEEtE-
EEEEEP-EEEEEEEEEEEEEEE-PIPIPILILIPHEEPEE-
EWEEEEWEEWEEPILILILEEEEEPEWWWIRRRSS UND
SSSSSAAAAA RRAAARRRAPLLLLLLPPP UND PLLLLL-
BIBIBIBIBIBIBIBIBEE UND SSSSSSSBIBIBIRRRRRR IN
MAAAAAAAAAAAAAAAAAAAAAAAAAAAY etc.;
dann, wenn ich mich recht entsinne, stopfte er sich die Beißerchen wieder rein, kehrte uns den Rücken und beschränkte sich für etwa die nächsten beiden Stunden auf tiefes Schluchzen, wovon das Auf-und-ab-Gespiele seiner breiten Schultern zeugte, im umgebenden Dämmer kaum sichtbar. »Bravo!« kreischten die Kritiker. »Zugabe!« brüllten die Pseudos. »Wo geht's hier aufs Klo?« fragte ich. Wenn ich die Wahrheit sagen soll, ist mir doch eine Geschichte von den Brüdern Banim oder ein Albtraum vorm Kamin von Carleton zehnmal lieber als dieser Stuß, an sieben Tagen in der Woche, einschließlich sonntags. Eins will ich Ihnen sagen: Dieser Typ, Balfour oder wie, mag ein guter Automechaniker gewesen sein, und der Gälische Athletikverband wird ihm ewig für seine jährlichen Mitgliedsbeiträge dankbar sein, immer hat er pünktlich am 1. Januar gezahlt, aber ein Stückeschreiber war er nicht, möge Gott seiner Seele Ruhe spenden.

eine Pistole ist, steh' ich auf Frauen, sagte Goone, nicht dumm, bei sich und stellte plötzlich (dachte er) fest, daß die Mündung des Laufes glitzerte, nicht wie Metall glitzerte, wie man hätte erwarten mögen, sondern wie ... Glas?

Eine Linse?

EINE KAMERA!?

Natürlich! Um die Schurken dabei zu filmen, wie sie ihre verelendete Drittwelt-Arbeiterschaft knechten. Es war ein reines Linksradikalen-Manöver. Nur dieser Paki-Typ war impulsiv und hatte keinen Schimmer, was er trieb. Diese kleine Zicke hatte ihn an- und an der Nase geführt, wie immer. *Zeit zu handeln, mein Guter*, befahl er sich. Weiter an seinem pseudolegalistischen Unsinn schreibend (»und schwören wir, die Endunterfertigten, unter obigen Bedingungen unsere Pflichten vor Gott und Menschen verantwortungsbewußt zu erfüllen ...«), warf er Blicke durch den Raum, schätzte mögliche Ein- und/oder Aus- und Abgänge ein und ab und bemerkte einen Schatten, der an der Tür vorüberhuschte (Werkschutz? Wallfish? das Mädel Rashmi? arabische Terroristen?). Außer ihnen war niemand im Büro, dafür hatte der Junge gesorgt, als er mit seinem Kameradingsbums herumfuchtelte; und Rashmi (die in dieser Stadt, das nur so als Anfang, nie wieder arbeiten würde, von den einunddreißig anderen Grafschaften Großirlands ganz zu schweigen) machte das, was sie machte, was es auch war, was sie machte, drüben in der Kantine, bei den anderen Angestellten, stachelte sie zweifellos zu Aktionen an, noch dazu auf urdu oder hindi oder arabisch oder egal worauf, beim Geier, das konnte ausarten, wenn ...

Er brauchte seinen Zweiten Oberkommandierenden mit seiner ruhigen Art. Wallfish, das war's. WO WAR WALLFISH?

Glücklicherweise war Wallfish da; wie ein Dschinn, als wäre er dadurch, daß seiner gedacht ward, herbeigezaubert, platzte er nach seiner Weise verlegen herein, der Mund, stets sperrangelweit offen, stellte die schlechten Zähne einer vorigen Generation von Iren zur Schau (zersplittert, orangefarben, schief), die Brille war von Transpiration vernebelt, und ohne ersichtlichen Grund hielt er in der linken Hand eine halbgegessene Klappstulle mit Hühnchen drauf.

Anil ging zackig in Habtachtstellung und hob sein Gerät.

»Wer, Hölle, sind Sie? Bleiben Sie stehen, oder ich werde schießen!«

»Aber *das* ist keine Pistole.« Wallfish blieb schlingernd stehen. »*Das* ist eine Kamera.« Liebenswürdigerweise fiel das McShiny's-Serviettchen zu Boden und enthüllte die ganze jammervolle Wahrheit. »Ich hab auch so eine«, sagte Wallfish. »Das ist eine Nagano 3 X, stimmt's? Toll, wenn Sonne ist, aber mit der Auflösung in geschlossenen Räumen hatte ich ein ganz klein bißchen Schwierigkeiten, praktisch.« Er biß nachdenklich in seine Stulle. »Ihre Pistole müssen Sie irgendwo vergessen haben.«

»Danke, Wallfish«, sagte Goone. Er legte seinen Füllfederhalter hin und stand auf. »Jetzt können wir, glaube ich, dieses Herumgearsche lassen und Tacheles reden. Legen Sie das alberne Ding weg, Singh, und kommen Sie mit.«

Doch Anil, gehetzt, heimgesucht und zunehmend gehärmt, lehnte ab. Stattdessen gab er Fersengeld, hinaus in die freie Natur zu seinem ehrwürdigen Escort, welcher wundersamerweise keinerlei Einwände gegen das Angelassenwerden hatte. Indem er mit Höchstgeschwindigkeit fuhr (meist im dritten Gang, mit verzweifelten Überfällen auf den vierten), schaffte Anil es bis ins Innere von Killoyle, ohne den frühabendlichen Berufsverkehr zu verpassen.

* * * *

Anil sagte Rubina nichts, versteckte die Kamera unter einem Stapel Wäsche und duschte eilig den sauren Geruch von Wahnsinn und Erniedrigung ab. Dann rasierte er sich gründlich und verwendete reichlich *Geneva Nights*-Kölnischwasser. Eine Stunde später, pünktlich um sechs Uhr, war er im Restaurant auf seinem Posten und trug seine übliche Oberkellnerkluft: burgunderrotes Jackett, schwarze Hose, Querbinder, weißes Hemd mit gerüschter Spitze. Gäste kamen, drei grauhaarige Paare von unvergleichlicher Respektabilität, mit den englisch modulierenden Stimmen leidenschaftlicher BBC-Zuschauer oder Ex-Iren (oder beides). Anil glitt wie auf geölten Rollen von einem Tisch zum anderen, verteilte Speisekarten, schwebte schweigend und mimte das Lächeln der Dienstfertigkeit. In der Küche rangelte der Koch, Thackeray Singh, früherer Ordonnanzoffizier bei den Royal Inniskillings, ein letztes Mal präprandial mit dem Tellerwäscher, Pedro, aus Oporto (*anglice* Porto), Fußballspieler (Mittelstürmer) und Teilzeit-Prostituierter, den Goone eines Nachts an den westlichen Docks (Cherbourg/Brest/Quimper) nach Augenschein engagiert hatte.

»Nicht sehr gut, was? Eh?« brüllte Thackeray Singh. »Eines Tages bringe ich dir wirklich bei, wie man boxt, du miese Krabbe, also sei auf der Hut.«

Anil spähte um die Tür. Thackeray, ein großer Bursche (114,30 kg, mit entsprechenden Unterarmen), hatte Pedro, einen zerbrechlichen Buben, im einfachen Nackenheber. »Eh eh eh eh eh eh«, keuchte Pedro –, ob aus Qual oder Vergnügen, war unmöglich zu entscheiden.

»Seid still«, sagte Anil schroff. »Es sind Leute da.«

Kurz, es war mal wieder ein Abend im alten Koh-I-Noor –, nur heute abend war Goone abwesend, und jede Minute seiner Abwesenheit bohrte ihre Bedeutung tiefer in Anil Swains Schädel: War Goone auf der Revierwache? Gab es einen Steckbrief, der ihn, Anil, beschrieb? Aanen Häftbefehl, wie sie in diesen amerikanischen Kriminalpolizeidramen sagten? Alle Häfen bewacht, Plakate im Umlauf, mit verschwommener, aber wiedererkennbarer Ähnlichkeit? Würde er die ihm verbliebenen Tage im Gefängnis verbringen, während Rubina mit einem halben Hundert Iren brunftete? War Deportation die einzige Lösung? Selbstmord?

»Ich würde sagen«, blökte einer der silbrigen Essensgäste. »Ich würde sagen. Sie, mein lieber Bursche. Ja, Sie. Chappaties, bitte.«

Anil begrüßte die Gelegenheit, den Unterschied zwischen *chapatis*, einem nördlichen (Delhi, Jaipur) Konglomerat minderwertiger Kacke, das sich nur zum Exportieren eignete, und *nan*, dem glorreichen ungesäuerten Brot der Götter, zu erläutern, ursprünglich aus Sandra Pradesh und Pune, jener irdischen Vision vom Himmelreich als solchem, entlang der sagenhaften Marmagao-Küste des Arabischen Meers …

»Aber wir nehmen immer Chappaties.«

»Nun, heute abend nicht. *Nan* oder gar nichts.«

Anil zog sich in die Kellnernische zurück, schäumte vor Wut, biß sich auf die Unterlippe, wühlte nach einer Lulle. Er nahm kurz Zuflucht in der Küche, wo er wenigstens rauchen und Thackeray Singhs Mini-Fernsehapparat betrachten konnte. Er sah die Nachrichten, rauchte, war zwischen Hoffnung und Angst zerrissen: Hoffnung, daß gar nichts erwähnt wurde, Angst, daß seine Visage im ganzen Land auf Fernsehschirmen erschien.

»Beeil dich mit dem *nan*, Mann«, knurrte er Thackeray Singh an, der – während er am korrekten Durcheinander von Spezereien im *balti* oder Curry-Eimer schuftete – mit einem Aufgebot an pandschabischen Beleidigungen antwortete, nur hingehaucht, mit nach Gewürznelken duftendem Atem. Pedro flunschte fuchtig und inspizierte seine Fingernägel. Anil schnaubte angewidert und stellte den Fernseher lauter, der auf einem Regal hinter der Spüle kauerte. Die Nachrichten wurden von einem Verleser verlesen, den er noch nie gesehen hatte, einem knochigen Bagaluten mit Hornbrille und Tweed-Jacke und einem Mund wie ein Steinfisch der Gattung *Synanceja*.

»Dummer blöder Trottel«, knurrte Anil. »Fischgesicht. *Qus em'ma*«, fügte er in pandschabischem Urdu, sehr zu Thackerays Entzücken, hinzu.

Die Hauptthemen der Abhandlung des fischigen Mannes waren eine fehlgeschlagene, nämlich nicht-tödliche Bombenexplosion in Süd-Killoyle, freundlicherweise zur Verfügung gestellt von den Soldaten des Brian O'Nolan, einer einst obskuren, aber zu jäher Prominenz gelangten Splittergruppe;

Nachrichten aus Brüssel; Freihandel mit Afghanistan, Kirgisistan und der Mongolei; Gar Looneys neueste sexuelle In-

76) Ich bin mit diesen Berichten wohl vertraut. In diese läßliche Sünde war die Rektorin einer Mädchenschule in Offaly verwickelt. Sie wird das alles bald in ihrer eigenen Web-Seite vorstellen, mit Links zu Verkaufsstellen für Damenmode, allwo elegante und dekorative Dessins, sämtlich eigene Kreationen, zum Verkauf angeboten werden.

77) Ah, das wäre dann Prinz Anaximander von Wells, Gott gebe seiner Seele die ewige Ruh. Sein Nachruf erschien letzten Sonntag im *Ulsterbus Telegram.* Ich habe ihn zufällig vorliegen:

»Anaximander Arthur Eustace Houghton Stoughton Noughton Isidore Pheidippides Oscar Fingall Flaherty Wills Wells wurde am 2. Dezember 1917 im Badezimmer seiner Mutter zu Claridge House, damals Residenz des Herzogs von Rathgar, geboren. Getauft wurde er in der Chapel Royal, St. James's, im Beisein von George V und dreier Königinnen: Mary, Alexandra, sowie einer dritten, die ihren Namen als Doreen angab. Zwei Töchter Königin Victorias waren ebenfalls bei der Zeremonie anwesend, Prinzessin Ted, Herzogin von Heath, und Prinzessin Charlton, Gräfin von Heston, welche den Säugling in ihrer Eigenschaft als Patentante während des Gottesdienstes hielt. Wie es in einem Bericht heißt, ›erleichterte sich der kleine Kerl wiederholt mit freudiger Spontaneität‹. Pate standen außerdem der Prinz von Wales, später Edward VIII, sowie König Alfonso von Spanien. Ferner eng verwandt war Wells mit der schwedischen, der dänischen, der irakischen und der norwegischen Königsfamilie. Seine Tante, Prinzessin Zeta von Tyne und Wear, war die erste Frau König Faisals von Schweden, was ihn zum Vetter ihrer Tochter, der Königin Cyrus von Zypern, machte. Anaximander (›Sandy‹) Wells war als junger Mensch ein Spielkamerad der jetzigen Königin und 1937 1. Page bei der Krönung von König George VI. Er ging nach Eton und wurde 1938 Offizier der Grenadiergarde; sein Großvater, der Herzog, war Kommandeur des Regiments. ›Sandy‹ kämpfte dort während des Zweiten Weltkriegs in Nordafrika und verlor im Jahre 1943 sein rechtes Bein unter dem Knie als Ergebnis einer Verwundung, die er sich in einer irrtümlichen Schlacht bei Merguez (Algerien) zuzog. Danach bediente er sich eines künstlichen Gliedes; seine Behinderung hielt ihn indes nie vom Tragen des Kilts oder von der Ausübung diverser Kampfsportarten ab.

diskretionen;[76] der plötzliche Tod eines schon lange hinfälligen Mitglieds der britischen Königsfamilie;[77] der gestiegene

Von 1944 an war er drei Jahre lang Adjutant seines Vetters Basil Ffolkes-Ffawlty, des Herzogs von Torquay, des Vizekönigs von Neuseeland. Als sein Aufenthalt in Neuseeland bereits zur Hälfte vorüber war, überlebte er mit großem Glück einen Unfall, in dessen Verlauf sein Auto auf dem Flughafen von Auckland zwischen zwei Kofferkulis eingeklemmt und in zwei Teile geschnitten wurde, ebenso ›Sandy‹'s linkes Bein über dem Knie. Diese zusätzliche Verletzung dämpfte in keiner Weise seinen Schwung und Elan, und nach seiner Rückkehr schloß er sich den Wicklow Irish Dancers an.

Nachdem er 1947 die Streitkräfte verlassen hatte, zog ›Sandy‹ ins Brasenose College, Oxford, um dort Schwarze Bretter und die Rennzeitung zu lesen ...«

Hier bricht der Nachruf ab – tragikomischerweise habe ich den Rest Zeitung verwendet, um die Fischköpfe von gestern abend einzuwickeln –, aber ich kann den Faden weiterknüpfen, da ich in diesen Dingen eine gewisse Erfahrung besitze. Später im Leben verbarrikadierte sich der alte Junge – Sandy, wenn Sie wollen – im zum Landsitz der Vorfahren gehörigen Pfarrhaus von Hound Haven bei Battenberg Marsh und gab seinem Stab strikte Anweisung, gezielt zu schießen, falls sich jemand nähern sollte. Wie verwünschte er jenen Tag, als, befehlsgemäß, Butler und Kammerzofen das Feuer auf einen fröhlich gelben Lieferwagen eröffneten, der über die Einfahrt herangeschlingert kam und von Rick, dem glücklosen Satellitenschüsselmann, gesteuert wurde, welcher wiederum von ihnen (dem Butler, einem ehemaligen SAS-Scharfschützen, und zwei schwerbewaffneten Zofen) mit .38er Spezial-Kugeln durchlöchert wurde, was seinen Pensionsplan aktivierte und die Hoffnungen des Prinzen auf kristallklaren Empfang von 275 Fernsehkanälen aus Europa, Nordamerika, Asien, der ganzen Welt zunichtemachte ... »Wie, kein Fernseh?« lauteten die ersten und letzten Worte Seiner Hoheit, als er davon erfuhr. Kurze Zeit darauf ertönte ein Schuß im Salon –, aber ach, er hatte danebengeschossen, der alte Narr, es lediglich geschafft, daß ihm das massive Ölporträt seines Vorfahren Prinz Caspar, Herzogs von Chemnitz und Ehrenbürgermeisters von Karl-Marx-Stadt, auf den Kopf fiel. Sandy mußte natürlich fachgerecht eingeschläfert werden, was dann Anlaß zu vorhergegangenem Zeitungsbericht bot.

Benzinpreis; Kompetenzgerangel in der Torfbrikettformerei der Grafschaft Laois, bei welchem Punkt Anil merkte, wie sein Gemüt sich schlimm erhitzte; das Ende einer Rockband in Ulster;[78] ein Streik in einer einheimischen Fabrik –

Und da war Cousine Rashmi, die sich wie eine Muräne auf die Mikrofone der Reporter stürzte und sich als Retterin der Arbeiter in ihrem Element aalte. Es war *aux barricades* für das Mädel, es war Dresden '48, Petrograd '17, Paris '68 …[79]

»Kompletter Ausstand, ja«, sagte sie gerade, »bis sich die Firmenleitung bereit erklärt, über faire und gerechte Bedingungen zu verhandeln. Wir fahren den totalen Ausstand, und Streikbrecher werden nicht geduldet. Die Firmenleitung kennt die Problemstellung sehr wohl, hat sich aber bisher strikt geweigert, eine Vereinbarung auch nur zu diskutieren.«

Schnitt zur Firmenleitung: Goone und Wallfish, Letzterer diskret kauend, Ersterer kämpferisch, mit flatterndem Mantel, den Interviewer, die Kamera, die Welt annehmend.

»Es ist ein Skandal«, donnerte er, »daß eine winzige Minderheit verwöhnter Bälger aus einem, nun, seien wir ehrlich, Land der Dritten Welt, beziehungsweise Ländern, es schafft, eine lebenswichtige ortsansässige Industrie wie diese Fabrik lahmzulegen und auf diese Weise den Lebensunterhalt Dutzender, ja, Hunderter hiesiger Bürger zu gefährden.«

Anil fiel vor Erleichterung fast in Ohnmacht. Gott segne die verrückte Rashmi. Sie hatte die Fabrik dichtgemacht. Hundert Angestellte befanden sich im Streik. Das waren echte Nachrichten, nächst welchen sein groteskes Fiasko an Bedeutung verblaßte. Niemand suchte ihn; seine kleine Episode war vergessen. Goone hatte ihn nicht erwähnt. Goone hatte grö-

78) Wie ich von Kathys Neffen, aufstrebendem Fotojournalisten Schrägstrich Jazzgitarristen, erfuhr, handelte es sich bei der Gruppe um *The Foques*, eine Folk-Fusion-Band aus Limavady (Derry), lang vom Dissens zwischen rivalisierenden Fraktionen gespalten: dem pro-israelischen Drusen Sammy Henderson (voc) und der von Syrien unterstützten Koalition sunnitischer und schiitischer Moslems unter der Leitung des Lead-Gitarristen Wolfman O'Byrne.

ßere Klöße auf dem Tablett, wie sie zu Hause in Assam (und Teilen Westbengalens) sagten. Was war denn aber auch für ein Schaden angerichtet worden? Er hatte eine Kamera geschwenkt und behauptet, es wäre eine Pistole. Das war's. Er hatte niemanden verletzt und keine (wirklich) lebensbedrohenden Äußerungen von sich gegeben. Nein, es war gut und gründlich vorüber. Sein erniedrigendes kleines Ausflippen würde nun doch kein Nachspiel haben. Nichts würde in der Lokalpresse stehen, kein Spott würde ihn auf seiner Lebensbahn verfolgen. Es stimmte: Allen war es aber *so*was von wurscht.

»Danke, Vishnu«, murmelte er. »Vielen herzlichen Dank, Mann.«

Anil ließ erleichtert die Schultern sinken, ging mit der selbstbewußten maskulinen Leichtigkeit eines Mastroianni, oder eines Sohrab Rostum, sammelte einen warmen, dampfenden Armvoll frisch gebackener *nan* auf – wobei er mit traurigem Kopfschütteln Thackeray Singh und Pedro tadelte, die schon wieder in einem doppelten (oder die Hälfte) Nackenheber verkeilt waren – und kehrte in den Gastraum zurück, strahlend, unnachgiebig in seinen freundlichen Aufmerksamkeiten gegen die Gäste, ihnen nicht nur *nan* präsentierend, sondern leckerste, frischeste *nan*, noch dazu, wie er ihnen zusicherte, völlig kostenlos.

»Die gehen auf mich«, sagte er grinsend. »Alle. Also schön aufessen, ihr Mädels und Buben.«

»Ich würde sagen, nicht schlecht, Mohammed«, wieherte einer der silberhaarigen Gents und maß mit den Augen die Entfernung zwischen seinem Tisch und der Tür –, durch welche zufällig, in genau demselben Augenblick, die gesichtsschutz- und helmbewehrte Spezialeinheit der Polizei stürmte, Plexiglas-Schilde in der einen Hand, automatische Flinten im

79) Aber ja, aber ja. »Wonne war's in jener Zeit, zu leben, / Doch jung zu sein –, das war der Himmel selbst«, wie es bei Willie-dem-anderen-Barden (nah und fern als »Der Neanderbarde [hic!]« bekannt) heißt (oder hieß) (und wo da?).

Anschlag. Sie formierte sich zu einer ungefähren Schlachtordnung, und jedes Gesicht war auf Anil gerichtet.

»Anal Swine?« wollte der erste Eindringling mit belegter Stimme wissen. Der schwarze, glänzende Lauf seiner Schußwaffe suchte Anils Brustkorb wie eine Wolfsschnauze. Anils einziger Kommentar war wortlos.

»Äh.«

»Auf den Boden.«

»Grundgütiger Himmel«, rief ein Gast aus. »Das ist ja wie Fernsehen.«

»Oder Belfast«, sagte ein weiterer.

Anil zögerte, konnte nicht glauben, daß ihm etwas so absurd Filmisches geschah. Es war wie diese Fernseh-Miniserie, die sie daheim in Indien ausgestrahlt hatten, *Krise in Calicut,* die Szene, wo die Gurkhas, von einem chinesischen Trick (oder Tick; oder Track) irregeführt, in die Turnhalle eindringen, um Vijay Sundaresan zu verhaften.

(Und was macht Vijay? Er macht sich GSD, ganz schnell dünne, das macht er.)

»AUF DEN BODEN.«

»Nein.«

Unentschlossenheit ergriff plötzlich die gepanzerten Menschen. Einer trat vor.

»Sie sind Zuname Swine, Vorname Anal?«

»Nein. Kein Schwein hier. Wir sind Moslems. Außerdem ist das Restaurant geschlossen. Tut mir leid.«

Mit welchen Worten, sowie einer klaren Erinnerung an Vijay Sundaresans nächsten Zug in *Krise* Anil die verbleibenden *nan* dem Polizisten ins visiergeschützte Gesicht schleuderte (das Tablett schlug mit lautem Klick auf dem Plexiglas auf), schlau auf dem Absatz kehrtmachte und diesen Aktionen einen konzertierten Zickzack-Sprint zwischen die Tische und wieder hervor folgen ließ. Die Gäste lehnten sich zurück, einige rissen den Mund auf, andere suchten nach ihrer Außenoberbekleidung. Anil rannte in die Küche, an Thackeray Singh und Pedro vorbei – bemerkte dabei parenthetisch, daß diesmal

Pedro die Oberhand gewonnen zu haben schien, hatte er sich doch unaushebelbar in Thackerays Turban verkrallt – und eilte durch den rückwärtigen Korridor, in welchem Säcke mit Reis, Bohnen und Zwiebel-*bhajees* lehnten, und so zur Hintertür hinaus auf einen feuchten Hof, um den herum die Echos der donnernden Verfolgung immer lauter wurden, von Flüchen, und, einmal, dem Geschepper eines Mülleimerdeckels akzentuiert. Anil säumte nicht. Flink duckte er sich durch die Dunkelheit, versteckte sich bald hinter diesem, bald hinter jenem Auto; als überaus nützlich erwies sich ein Kleinbus, der ihn gänzlich verbarg, während die Truppen in entgegengesetzter Richtung zu den Padre-Pio-Häusern aufbrachen, in welche Anil seine Schritte lenkte.

Binnen kurzem war er zu Hause angekommen, hatte Rubina davon in Kenntnis gesetzt, seine Kellnerkluft abgetan und sich im Badezimmer vollends ausgezogen.

»Was machst du denn da?« erkundigte sich Rubina, das vulkanische Zischen der Dusche übertönend.

»Ich hau ab.«

»Aber dein Job.«

Anil lugte mit nassem Kopf zwischen den Duschvorhängen hervor. Das anzügliche Grinsen eines wahnsinnigen drawidischen Kobolds umspielte seine Züge.

»Scheiß auf meinen Job, Liebling«, sagte er. Das anzügliche Grinsen, als solches schlimm genug, wurde sofort durch eine »Ich bin der Mogul in seinem Wahn«-Grimasse ersetzt, die Rubina, soweit sie wußte, noch nie an ihm gesehen hatte. »Scheiß auf meinen Job, scheiß auf Goone, scheiß auf alle«, bellte Anil. Er verschwand hinter dem Vorhang und begann, sich mit Macht einzuseifen, mit kühnen Schlägen, und brach in Gesang aus: *»Mere sapno ki rani kab* (Königin meiner Träume, wann wirst du zu mir kommen?)«, einer von Rajesh Khannas *Golden Oldies*, (zwei Jahre lang auf Radio Sandrapore UKW 95 ganz oben auf der Hitliste).

Rubina stand in Ungewißheit dabei.

»Und meinst du, du willst etwas zu Abend essen?«

Anil hielt in seinem Einseifen, Singen und Selbstkasteien inne. War es eine Fangfrage? Wenn er mit Ja erwiderte, würde sie *Dann mach dir doch was erwidern*?

»Ja und nein«, murrte er.

Aber die Frage war ernstgemeint, und in Nullkommanichts, schien es, setzten sie sich dazu (zum Abendessen) hin, als wären sie das alte Ehepaar, das sie waren; nur, bemerkte Rubina immer wieder, waren seine Eigenheiten Parodien seiner üblichen. Anstatt sich still die Serviette hinter den Kragen zu stekken, ergriff er sie mit einer schwungvollen Bewegung, ließ sie peitschenartig in der Luft schnalzen und legte sie sich auf den Schoß, als sattelte er ein Maultier. Mit den Handgelenkbewegungen eines Kartenspielers oder Zauberers pflückte er eine *pakura* vom *pakura*-Stapel auf dem Tisch und wandte gleichzeitig seine Aufmerksamkeit dem Schweinefleisch-*rhogan josh* auf seinem Teller zu, wobei er herzhaft, theatralisch kaute. Auf dem Fernseher starrte ein anderes Gesicht das seine an.

»Weißt du, was ich meine?« sagte es zwinkernd.

»Ich liebe diese Sendung«, sagte Anil durch einen Mundvoll *jaggery* mit Kokosnuß hindurch. »Weißt du, was ich meine?«

»Ich weiß, ich weiß«, sagte Rubina gereizt.

»Nein, so heißt sie. ›Weißt du, was ich meine?‹ Es ist eine, wie nennt man das, Quiz-Sendung. Man kann Geld gewinnen. Kuck doch mal hin.«

Es brachte nichts, er war magnetisiert; was ihn auch quälen mochte – was an der Wurzel seiner neu entwickelten *tics* und Grimassen liegen mochte – was ihn dazu zwingen mochte, sie in dieser Minute anzufahren und in der nächsten mit ungeteilter Aufmerksamkeit in die Idiotenglotze zu starren – was es auch war, was mit ihrem Anil nicht stimmte –, es würde warten müssen.

Obwohl (erinnerte sie sich) er schon einmal so gewesen war, kurz bevor sie Indien verlassen hatten, als Bharjee Pal wirklich unerträglich zu werden begonnen hatte und alles immer schlimmer zu werden schien und ihre Eltern ständig über alles nörgelten, von ihrer Art, sich zu kleiden, bis hin zu den Preisen von Föns und es fast unmöglich war, bei Air India jemanden ans Telefon zu kriegen, besonders wenn sie dreimal pro Woche die Wäsche abholen mußte und dabei jedesmal riskierte, daß ihr der gräßliche Bharjee Pal in den Hintern kniff, wenn er aus seinem Bürofenster heraushing und in der anderen Hand die *Hindustan Times* hielt und zweifellos überprüfte, ob sie endlich einen seiner törichten Briefe abgedruckt hatten (»Sehr geehrte Herren, wann werden Sie endlich etwas gegen diese Pfeife in der Tata-Fabrik unternehmen? Sie treibt mich nämlich in den Wahnsinn, mit vorzüglicher Hochachtung«), während sich die Zeigefinger/Daumen-Kombo der einen Hand darauf vorbereitete, in Aktion zu treten (worauf das übelste Schnauben und Gelächter folgte, beim lieben Krishna, warum hatte sie nicht mehr Leuten davon erzählt, *weil sie ein verängstigtes indisches Kleinstadtmädchen war, deshalb*) ... Genauso also war Anil gewesen, so war er, wenn etwas Großes bevorstand oder gerade geschehen war: Etwa um die Zeit, als sie Wolverhampton verließen, zum Beispiel, und auf dem Weg zur Fähre nach Holyhead waren, hatte er sich merkwürdig benommen, er hatte sich aus dem Zugfenster gelehnt, die ganze Strecke über mit einem anzüglichen Grinsen auf dem Gesicht, aber sie hatte das damals kaum bemerkt, das war während ihrer ersten Scheinschwangerschaft gewesen (»Toll! Großartig! Wie werden wir ihn nennen? Rohit, nach meinem Vater? Aniket, nach deinem? Sohrab, wie Sohrab Rostum? Anil junior? Ach Scheiße, es waren nur Blähungen!?«); unglaublich, wie man in solchen Zeiten Schuld und Sehnsucht zugleich empfinden konnte ...

»Weißt du, was ich meine?«[80)]

80) Absolut. Ich meine, diese Sendung ist so real wie die Mahagoni-Anrichte meiner Oma, das weiß ich, weil ich selbst mal mitgespielt habe. Warten Sie, bis ich's Ihnen erzähle. Es war an einem eisengrauen Dienstag, nach der Arbeit, von Osten her die Spucke des Regens in der Luft, und ich fühlte mich ein klein wenig im Stich gelassen, praktisch, nach einem langen Tag der Kriecherei

»Ach, sei still.«

Er unterbrach sein gefräßiges Kauen. Seine Kinnlade klaffte. In seinen Augen lag der Ausdruck eines in die Falle gegangenen Kaninchens oder Fasans.

»Das war *er*«, deutete er mit einer halbgegessenen *pakura* auf das dumme Fernseh-Gesicht. »Ich hab gar nichts gesagt.«

»O Gott.«

Forsch nahm er die Kaubewegungen wieder auf, als wäre er selbst in einem Fernseh-Werbespot, und demonstrierte betrügerische Freude an diesem übersalzenen Imbiß, dieser faden Packungsteigware ... Rubina verzweifelte innerlich. Konnten sie nicht wenigstens reden? War das zuviel verlangt? War er ein derartiger Sklave des Fernsehers? Oder seiner selbst?

Aber das Abendessen war vorüber, bevor sie genug Grips zusammenkriegte, irgendwas dieser Art vorzuschlagen. Zum

und des unablässigen künstlichen Gelächters im Büro, so daß ich bei der Sendung angerufen habe, und bevor ich wußte, wie mir geschah, stand ich vor einer Million Zuschauern und tat mein Bestes, um meine Würde zu wahren, während der Showmaster, Pratt Wilkinson, mich über die Bühne führte und Sorge trug, a) mir in regelmäßigen Abständen ins Kreuz zu puffen, b) in lautes Gewieher auszubrechen, sobald ich mich anschickte, eine Konversation zu beginnen, und mir c) dreimal ein wohlbehostes Bein zu stellen, all dies gegen eine schroffe, ohrenbetäubende Lachspur, und die Fernsehkameras massenhaft auf uns gerichtet, und jedesmal schlug das Applausometer natürlich noch ein bißchen höher aus. Na, schließlich gelang es mir, Platz zu nehmen und meine Wunden zu versorgen, als ich aufblickte und sah, wie Pratt sich mit einem Brotmesser auf mich stürzte. So eine beschissene Abendunterhaltung, habe ich gesagt und bin weggegangen, wobei ich über meine Hosenaufschläge stolperte. Später haben sie mir einen Schal und einen Scheck über neun Punt geschickt. Den Schal habe ich weggeschmissen und den Scheck der Rettung der Seehunde gespendet. Ich meine, ehrlich. (Aber sehen Sie sich an, wie die Quote machen.)

Abschluß der Mahlzeit versammelte Anil einen geräumigen Rülpser aus den frischgefüllten Korridoren seines Bäuchleins (was er gottseidank nur selten tat) und hastete mit bereits von der Unterlippe wippender Zigarette zum Teewagen samt darauf stehendem Fernseher, um ihn aus dem Eßzimmer oder »snug«[81)] ins Wohnzimmer zu rollen. Diese Kammer, die still im Glanze von Rubinas Glastieren schlummerte, wurde unversehens vom Schein und Geschrei des Fernsehens wachgerüttelt. Es war Freitag, ein guter Tag zur Ausstrahlung von Quiz-Sendungen, »Bescheid gewußt?«, »Was darf's denn sein?« und »Dumm gelaufen«. Anil suchte Asyl in diesem geistlosen Reich betäubenden Lärms und blendenden Lichts, über welches ewig lächelnde überbezahlte Glotzenmonarchen herrschten, die (wie Frettchen) über erstaunliche Schläue und wenig Hirn verfügten und der gefühllosen Masse der Zuschauer arrogant schmeichelten (»Ihr schwachsinnigen Versager, wieviel,

81) Ja ja, genau. Erinnert mich an unseren alten Nachbarn Mr. MacPhelimey, einen Pooka. Sein ganzes Haus war ein *snug*, die Einzelsäuferkoje in einer gutgeführten Kneipe, aber innen unermeßlich viel größer als außen; eine Behausung, gezimmert aus Eiche, war das, oder Esche, mit leichtem Zutritt und Austritt und reichlicher Belüftung für das Ausmaß stark duftenden Pfeifenrauchs, den ein MacPhelimey der Pooka-Klasse ausstoßen mochte und ausstieß …, und er war einer von denen, im Süd-Dublin jener Tage durchaus nicht verbreitet, die gleichzeitig in verschiedene Richtungen blicken konnten, »so daß«, wie er immer mit seiner spatzenähnlichen Stimme tschilpte, »ich zu ein- und derselben Zeit die nach Norden wie die nach Süden fahrenden Busse überwachen und wegen Regens ein Auge auf die Wolken, auf die Taxameter in den Droschken, den Gesundheitszustand von Mrs. Bolands altem Spitz Ivan und, für den Fall unerwünschter Eindringung, auf meine eigene kleine Haustür haben kann.« Später zog er um und sein Haus mit ihm, irgendwohin weiter unten im bewaldeten Tal, einen Steinwurf von Ardee entfernt, und eine halbe Meile von den Gezeitenwassern von Ballymaree …, aber ich vergesse mich. Das sind hier ja schließlich *Inder*, Junge.

glaubt ihr wohl, verdiene *ich*? Na? Na?« »Tja, wieviel wird er wohl verdienen? Na?«) ... Aber immerhin befähigte ein Ausflug in diese Un-Welt der Unterhaltung Anil Swain dazu, kurz die Ereignisse der letzten paar Stunden aus seinem Sinn zu tilgen. Darüberhinaus ignorierte er das Telefon, welches ein- oder zweimal klingelte. Rubina, widerstrebend mit Geschirrtuch in der Hand, spielte die aufgezeichneten Mitteilungen ab. Die erste, von Rashmi, war heiser und unzusammenhängend, vermittelte nur die Aufregung des Mädchens und endete mit den Worten: »Das ist kein bloßer Slogan, Anil.« Der andere Anruf kam vom Schadenssachverständigen einer Versicherung, der einen Termin wollte, um Anils Papiere zu überprüfen. Rubina seufzte und schüttelte den Kopf. Irgendwas war los, soviel war sicher; aber er wollte es ihr nicht sagen, wollte sie nicht einmal fernsehen lassen. An seiner wilden Konzentration auf diesen Unsinn war etwas noch Irreres als üblich. Vielleicht sollte sie jemanden anrufen, aber wen? Sie kannten kaum jemanden. Das indische Ehepaar, mit dem sie sich von Zeit zu Zeit trafen, die Roybals (er Medizinalassistent am Mater Misericordiae Hospital, sie Physiotherapeutin), waren zum Jahresurlaub zu Hause in Mangalore, und sonst gab es kaum jemanden. Klar, dieser Typ McCreek im Erdgeschoß, Anil war mit ihm befreundet, aber sie fand immer, er hatte was von einem Tunichtgut an sich, und wie seine Augen irgendwo bei ihren Brüsten anfingen und es dann irgendwie schafften, gleichzeitig nach Süden und nach Norden zu schweifen, hatte sie noch nie gemocht, und mehr als einmal hatte sie ihn dabei erwischt, wie er hinter ihrem Rücken ihren Popo beäugte ...,

... nein, der brachte es auch nicht, aber wen gab es denn noch, außer diesem Moon oder Goon, über den Anil unablässig redete, seinen Boß im Restaurant –, und wo wir gerade dabei sind (dies hatte die ganze Zeit vage im Geist mit der Bewußtwerdung geflirtet), *warum war Anil eigentlich nicht im Restaurant?* Lieber Gott, es war Freitag, und der Laden dürfte rammelbammelvoll sein, das war der Ausdruck, den er immer verwendete, wenn er von einem Freitags-»Dienst« kam, wie sie das nannten, strahlend, und, geben wir es ruhig zu, tatsächlich richtig schweineglücklich, denn das Kellnern hatte Aspekte, die ihm wirklich Spaß machten, auch wenn er das in hundert, nein, in tausend Jahren nicht zugegeben hätte ...

Also Goone. Er war der Mann, der es wissen mußte. (Vielleicht hatte er ihn sogar gefeuert.) Sie mußte die Telefonnummer finden, weil sie wußte, daß Anil sie ihr nicht geben würde. Sie warf einen Blick auf ihren Mann. Er saß auf seinem Lieblingssessel, die Knie vor die Brust hochgezogen, die Augen weit aufgerissen auf den Fernseher starrend, so daß man hätte schwören mögen, er wäre eine dieser grauenhaften Seidenaffenmumien, die sie in Karakorum oder auf dem Hindukusch oder in Kaschmir oder Uttar Pradesh oder sonstwo oben im Norden gefunden hatte (und o, wie die Saiten des Heimwehs sekundenlang straff gespannt waren, als all jene Namen aus den lang vergangnen Tagen durch ihren Sinn purzelten, als diese Orte noch wahrhaft nördlich davon waren, wo sie war, physisch und mental, irgendwie, und sie selbst war südlich all dessen, wieder sowohl wörtlich als auch psychologisch; jedenfalls hatte man nicht nur einen Haufen zum Frösteln langweiliger Käffer im Norden, welche Dublin und Berry und Delfast genannt wurden, und was *die* im Norden hatten, wußte Gott allein, sie stellte sich sehr bleiche blonde Menschen vor, die mißmutig in Pelzmänteln herumstanden, mit reetgedeckten Hütten und Krüppelkiefern am Horizont); er rauchte natürlich und war immer noch von irgendeiner dummen Sendung wie gebannt ..., nur daß es gottseidank jetzt nicht mehr diese lächerliche Gameshow war, mit der er angefangen hatte, es war wieder dieser arschgesichtige Nachrichtenverlesertyp, und er verlas die Nachrichten, und das im Hintergrund war ... Goone.

Dann war er im Vordergrund, und hinter ihm war Rashmi.

»Haila!«

Rubina ließ ihr Geschirrtuch fallen, in welches feuchte Servietten gewickelt waren. Sie landeten mit einem leisen

»blatt«[82]) auf dem gebohnerten Parkett. Verwundert und bestürzt sah sie zu, wie Rashmi interviewt wurde (»das schlimmste Verbrechen, das ein Arbeitgeber begehen kann, ist das Verbrechen, das die Firma Emerald Mats begeht, und damit meine ich die Ausbeutung der Unterprivilegierten und daß man schon mal ein Auge zudrückt, wenn es um normalen menschlichen Anstand und die Achtung der Menschenrechte geht«), die sich inzwischen gut an das aufdringliche Auge der Kamera gewöhnt hatte und mit ihrem eigenen zornigen Auge zurückstarrte, und Rubina spürte eine Verbindung mit Anils plötzlichen Exzentrizitäten …

»Boykott«, brüllte Rashmi. »Es muß schon mindestens ein Boykott sein.«

»Sieht wirklich gut aus, wenn sie sauer ist«, platzte es aus Anil heraus. Rubina nahm diese Bemerkung den Atem, und *sie* war wirklich sauer angesichts der Dreistigkeit des Wichts, der seine kleine Cousine anschmachtete, seiner solangschonleidenden Frau dagegen keinerlei Aufmerksamkeit schenkte.

Das war's dann aber auch. Sie hatte es satt. Sie sammelte die Säume ihres Saris um sich und stellte sich vor Anil hin, seinen Blick auf den Fernseh blockierend.

»Hoy«, sagte er. »Ich kann nichts sehen.«

»Egal, ob du was sehen kannst oder nicht. Du wirst mir jetzt sagen, was los ist, Anil, oder ich schwöre beim heiligen Mahavishnu, daß ich meine Beutel schnüren und dich verlassen werde.«

82) Jiddisch für »Blatt« oder »Seite«, wie in »Das steht in der Torah auf einem ganz anderen Blatt.« Raffiniert. Hätte gut zum Urgroßvater des Exgatten meiner Exgattin gepaßt, dem Rabbiner Flowerfield von Cork. Oder zu einer von Jumbo Wydes Oritunditäten in seinem Bestseller *Zemlinskys Kinn.* »Zaubrisch umkragte dies Tüchlein seinen Hals, wie ein Kragen es vermocht hätte, Byron gemäß, oder Shelley, oder sonst einem romantischen Schwertträger gemäß, ganz Ego und Getobe; als, siehe, gehängt er wurde, von eig'ner Hand gehißt, und seine Zimmerwirtin nur gewahrt'

Er gaffte offenen Mundes.

»Ach, wirklich? Wohin?«

»Nach Hause. Indien.«

»Hör bloß auf. Nie im Leben.«

»O DOCH, ONKELCHEN«, sagte sie, artikulierte alles schön laut und deutlich, »UND DAS WERDE ICH AUCH.« Das saß; fast sah sie, wie etwas in ihm klick machte. Hörte es sogar –, *oder war das draußen etwas auf dem Treppenabsatz?* (Sie lauschte: Nichts.)

Anil setzte sich auf und schüttelte den Kopf.

»Also«, sagte Rubina. »Sag mir, was los ist.«

»Na gut, Tantchen. Ja, das war ein ziemlicher Tag heute, kann ich dir sagen. Ich weiß gar nicht, womit ich anfangen soll.«

Rubina taute ein ganz winzigkleines bißchen auf, er beugte sich auf seinem Sessel vor, sah nicht auf den Fernseher (und verpaßte so, wie ein verschwommenes Faksimile seines eigenen Gesichts, aus den Verbrechervisagen-Fotoarchiven Ihrer Majestät Zollamt, Heathrow, entwendet, kurz über den Bildschirm huschte), sondern ihr direkt ins Auge, wie stets, wenn er Gedanken der Zärtlichkeit äußerte oder ans Scheckheft wollte; ah, es klappte doch, sagte sie bei sich, er kommt wieder runter, er wird wieder sauber –,

als …

… mit einem Krach die Wohnungstür aufging und die Sondereinheit der Polizei ins Apartment donnerte.

»Anal Swine?« röhrte der Anführer, wie zuvor; aber wie zu-

das flinke Fersentrommeln gegen die Kaminverkleidung fern … Weh, ach auch, zu spät die Polizei (Nazis zudem)! Troutman baumelte, die Backen blau, die Augen vorgestülpt; hin war er jetzt, alles nur wegen eines schlechtsitzenden Ascot-Plastrons und eines alternden Kleiderhakens, so aufdringlich wie eine scherzhafte Fußnote auf einer sonst von Makeln freien Seite …« Wollen Sie alsbald noch mehr von Jumbo hören, bleiben Sie dran. (Oder blättern Sie bis dahin weiter, wo »ENDE« steht; das ist meine Lieblingsstelle.)

vor war Anil, zu jedermanns Überraschung (Rubinas, der Bullen) zu schnell für sie. Eine zerschmetterte gläserne Elenantilope oder Gazelle und ein umgestürzter Aschenbecher markierten das Kielwasser seiner Passage, ebenso die tiefe Falte, die der der Mogul-Ära nachempfundene Teppich im Eßzimmer geworfen hatte, sowie im selben Raum das Bodenfenster, welches offen klaffte, somit die feuchten Abendbrisen hereinließ und die Vorhänge bauschte. Die Schergen eilten ans Fenster und zwängten sich fünf Mann hoch auf den winzigen Balkon; aber, wie in einem Action-Thriller, der mit der Gutgläubigkeit des Publikums ein gewagtes Spiel treibt, war ihr Opfer nirgends zu sehen.

»Swine?« riefen zwei der behelmten Legionäre ein wenig verlassen in die gleichgültige Nacht hinein. Unten auf der Straße rumpelte ein Lieferwagen der Wäscherei Panzer vorbei, an dessen andere Seite Anil sich geklammert hätte, wäre dies tatsächlich ein Filmthriller; ist es aber nicht, hat er also nicht (obwohl sich dies einer oder zwei der Jungs kurz fragten, während sie den Rücklichtern des schuldlosen Lieferwagens mißbilligend hinterhersahen).

»Als wäre er jemand, der sich umdreht und sagt: ›Jawoll, hier bin ich, nehmen Sie mich bitte fest‹«, sagte Rubina und ließ ihrer verächtlichen Bemerkung ein noch verächtlicheres Schnauben folgen. »Wer er auch ist. Swine, auch das noch. Und jetzt zu Ihnen. Besorgen Sie mir einen Schlosser, der die Wohnungstür repariert, die Sie kaputtgemacht haben, und dann verlassen Sie mein Haus.« (Wie sie diese Wörter liebte, sogar zu einem solchen Zeitpunkt: MEIN HAUS.)

»Tut uns leid, Lady. Wir geben Ihnen eine Bescheinigung für die Tür.«

»Bescheinigung Bescheißigung. Geben Sie mir das Geld, oder rufen Sie einen Schlosser.«

»Wir sind aber leider dienstlich hier, gnädige Frau. Das mit der Tür wird geregelt. Und Sie sind …?«

»Stinksauer.«

Der junge Einsatzleiter fuhr verbindlich fort.

»Wir suchen den Mann namens Anal Swine. Sind Sie seine Frau?«

»Ich kenne niemanden dieses Namens. Und jetzt gehen Sie weg.«

»Wir können einen Durchsuchungsbefehl erwirken, gnä Frau.«

»Dann gehen Sie weg und erwirken einen Durchsuchungsbefehl. Aber vorher erwirken Sie noch rasch einen gottverdammten Schlosser, hören Sie, junger Mann?«

Große Matschklumpen und ein schwacher, aber beharrlicher Geruch nach vulkanisiertem Gummi waren die Mementos des abgezogenen Trupps (eigentlich nur fünf Mann, obwohl ihre Masse und ihr Lärmen sie zwei-, ja, dreimal so zahlreich hatten erscheinen lassen).

»Göttin Parvati, was sollte das denn?«

Zittrig kehrte Rubina die Scherben der zertrümmerten Gazelle (oder Elenantilope) zusammen, schrubbte stumpf den Matsch weg und ließ sich ins Schlafzimmer treiben, um dort – zum erstenmal seit Monaten (acht) – eine Zigarette aus Anils nicht-ganz-so-heimlichem Versteck zu entfernen: der Onyx-Schnupftabaksdose aus Chandigarh, wo irgendwelche albernen Sikh-Vettern dritten Grades von Anils Großtante lebten (die heiße Sonne des Pandschab; die Rufe der Straßenkinder; der starke Mief gerauchten Hanfs; das Puttputt zerfallender Mopeds; das zuversichtliche Muhen von Kühen ...). Sie zündete sie an, begierig auf die Therapie eines tiefen Lungenzugs.

Tja, wer hätte das gedacht! Onkelchen war heute aber auch ein ziemlicher Typ gewesen, oder?

(Tief innen, obwohl sie es sich kaum zuzugeben bereit war, glomm ein Kern ehefräulicher Bewunderung.[83])

83) Na, ich weiß nicht, wie es Ihnen geht, aber ich finde ein bißchen Varieté immer ganz schön. Sekündchen, warten Sie, bis ich es Ihnen sage, diese ganze sinnfreie Kiste erinnert mich an Chettie Byrne, damals in Mullingar. Eines Nachts kroch ein Trunkenbold von einem amerikanischen Autor namens Don Libby auf Lesereise zu ihrem Fenster herein und dröhnte dabei seinen Namen (»ICH

BIN'S, DON LIBBY, ICH BIN'S, DON LIBBY!«), weil er das betreffende Fenster fälschlich für die dortige Kneipe gehalten hatte, die allerdings um diese Zeit (2 Uhr nachts) längst sackzu war –, genau wie Chettie, die von der lauthals geäußerten Wiederholung des Namens (»Don LIBBY! Don LIBBY!«) unseres Freundes erwachte und, kaum erwacht, unseren Freund behaglich zwischen sich und ihrem seit neun Jahren angetrauten Ehegatten, »Maulwurf« Mullins, hingekuschelt fand (welchselbiger »Maulwurf« so impotent war wie eine gestrandete Qualle, was ihn aber nicht davon abhielt, sich selbst als den Schwerenöter und Damenschwarm schlechthin zu empfinden) –, unser Freund nun, der zwar zunächst von der Anwesenheit des »Maulwurfs« verblüfft war, sich aber bald von der üppigen Wärme, die von Chetties substanzhaltiger Gestalt ausging, beruhigen ließ ..., aber ich schweife ab. Es reicht wohl, wenn ich sage, daß der lang ungebrauchte *shillelagh* (oder Schwarzdornknittel), der unter dem Bett bereits Girlanden aus Wollmäusen angesetzt hatte, ein Souvenir von den Sankt-Pat's-Tag-Feierlichkeiten im fernen Boston und New York, endlich seiner Bestimmung zugeführt wurde, und daß die Flüche, mit ausgereiftem newyorker Akzent geäußert, welche die Luft kontrapunktisch zum gleichmäßigen Rhythmus der Schwarzdornhiebe vergifteten, von Don und nicht vom »Maulwurf« ausgingen, obwohl der »Maulwurf« durchaus auch ein Weilchen in den Staaten verbracht hatte – Providence (Rhode Island), wenn mich mein Gedächtnis nicht trügt – und bald durch Erinnerungen daran (meist an schmuddelige Bars und noch schmuddeligere Salons, in die von draußen Matsch und ein gelegentlicher räudiger Köter hereingeschleppt wurden; dazu im Hintergrund das ewig zwinkernde Glasauge) zum Handeln aufgestachelt wurde, aber nicht ohne zuvor mehrmals das Klo aufgesucht und den Fernseher überprüft zu haben (Wiederholungen alter »Columbus«-Folgen, wie stets zu dieser Stunde) ... Chettie reichte später die Scheidung ein, und als letztes habe ich gehört, daß sie die dritte Mrs. Don Libby wurde. Der »Maulwurf« ist jetzt Yachtkapitän in Monaco. Da kann man mal sehen, oder?

10

Während er, etwas gehemmt, die Standard-, ja sogar Klischee-Ausrufe sexueller Erfüllung ausstieß - *oh*s und *ah*s, gewiß, und die quotenmäßigen *O Gott*s und, irischer, JAYSUS CHRIST, und dabei ständig in Schweiß gebadet –, entwickelte Mick eine milde Neugier darauf, warum wohl seine Gefährtin der Leidenschaft, Penny Burke, so still unter ihm lag, als Kontrapunkt nur ganz leicht ruckelte und nicht auf ihn in ähnlicher Form, sondern mit kurzen, kaum hörbaren Keuchern reagierte, die klangen, als versuche sie, eine Dose Thunfisch zu öffnen.

»War das nicht okay?« erkundigte er sich, *post coito*, und krönte den Anlaß mit einem weiteren Klischee: einer Lulle, prunkvoll in- und exhaliert.

»Doch, natürlich war es okay«, sagte sie. »Ich weiß nicht, wie lange … Ach, egal. Doch, es war schön.«

Ah, die Lügnerinnen, sann Mick. Eileen war genauso gewesen (wenn sie nicht gerade quatschte). Die ersten paar Jahre waren sie prima beschäftigt gewesen, dann kam eins zum andern (ihr gesellschaftliches Leben, seine Lokalbesuche, ihre dämliche Karriere, ihrer beider blöde Jobs), und sie gaben es einfach auf; nicht, daß er nicht so spitz gewesen wäre wie zuvor, er strich sogar pudelnackig in der Küche herum und versuchte, ihr Interesse zu wecken, erreichte aber das genaue Gegenteil, was wohl auch am stetigen Wachstum seiner nunmehr mehreren Bauchschichten in die Weite und Breite lag; nein, es war nur so, daß manche Menschen, wie Tiere, manchmal in der Brunft waren und manchmal nicht, je nach Jahreszeit, und Eileen war auch so ein Mensch gewesen –, schlimmer noch, er hatte den Verdacht, daß alle Frauen solche Menschen waren. Hin und wieder erwischte man eine im richtigen Moment, und dann aber HALLO. Ansonsten war es wie eben jetzt, ganz toll für den Typ, aber man wußte, daß sie nur versucht hatte, nett zu sein, weshalb das Ganze eigentlich nichts anderes war als einmal ordentlich wichsen in 3 D.

Aber es war weißgott besser als die eindimensionale Spielart, mit der berauschenden Realität gekneteten Fleischs und..., naja, wie auch immer.

Sie lagen eine Zeitlang still, bewunderten das blaue Licht der Straßenlaternen, durch die zugluftgetriebenen Wirbel und Wuschel aus Micks Zigarettenrauch über ihren Köpfen gefiltert. Mick grübelte, genau wie Penny, ohne daß eins vom anderen wußte, daß dort ebenfalls gegrübelt wurde, noch dazu über dasselbe trügerische Nagetier gegrübelt, Whitney-die-Ratte, ohne dessen papierne Person sie sich nicht fleischlich verwoben oder sonstwie ineinander verschlungen hätten; denn Penny hatte klargestellt (als Mick, unfähig, es noch länger auszuhalten, sie schließlich angerufen und erfahren hatte, daß die offizielle Erklärung für ihr verlängertes Schweigen ihre Abwesenheit in Killoyle und ihre Anwesenheit in Ballycoughley war, um dort das Hinscheiden von Astro zu betrauern, des neununddreißigjähren Esels und besten Freundes aus dem Tier- wie Menschenreich, den Penny je gehabt hatte), daß sie nicht gewillt war, gesellschaftlich mit Arbeitslosen zu verkehren, wenn er sie also wiedersehen wolle, müsse er – Whit-

84) Augenblickchen mal eben, Kumpel. Ich bin nicht so sicher, was dieses Immer-weiter-immer-höher betrifft, diese o-so-viktorianisch-fortschrittliche Vorstellung vom Leben als Gewaltmarsch ins besonnte Hochland. Wenn ich den ganzen Tag auf dem Arsch säße oder mit dem Gesicht zur Wand stünde, würden die Dinge trotzdem geschehen, ohne merklichen Fortschritt und ohne ein sonnenbeschienenes Hochland in Sicht. Vielleicht, sage ich mir, vielleicht eine bessere Analogie für die Dinge, wie wir sie kennen, als die erprobte und für wahr befundene Lebensreise (wie bei Bunyan und Chaucer und einem halben Hundert verwitterter Gottheiten) wäre das Warte-

ney-die-Ratte hin, Whitney-die-Ratte her – seinen Job behalten und dankbar sein, daß er ihn überhaupt hatte bla bla *bla*!

»Versuch doch, in dieser Welt der Taugenichtse ein bißchen herauszuragen«, hatte sie am Telefon gesagt, mit der leichten Anmutung von Motivationstraining. »Schluck deinen Stolz herunter. Sowieso weiß Gott allein, wieso gerade du soviel davon abgekriegt hast.«

»Einzelkind«, quengelte er, von ihrem Ton nicht wenig verärgert, aber er hatte es pflichtschuldig hinter seinem Schreibtisch bei NaughtyBoy durchgehalten. Es stimmte zwar, daß ihn die Aussicht auf Arbeitslosigkeit nicht sehr reizte, nicht einmal im Schatten von Whitney-der-Ratte, aber das Leben mußte weitergehen, und er immer mit, er immer hinterher, immer höher, oder doch zumindest immer weiter, wohin es auch führen mochte (immerhin nicht in die Stütze)[84] … So, mit einer umsichtig applizierten Dosis Arschleckens am Arbeitsplatz – sogar die Mittagspause hatte er an Whitneys Garderobe durchgearbeitet (Dennys Kommentar: »Cool, Mike! Das geht doch richtig gut los! Aber dieser Hut muß weg! Und diese Hose! Und dieses Hemd, woa ey! Einfach noch mal ganz von vorne anfangen, und morgen mittag will ich das Modell in Originalgröße haben! Hey, dann bis später, ihr!«) – stellte Mick fest, daß ihm *im Verlauf eines einzigen Tages* die Verantwortung für …

a) Whitney;

b) Klamotten für Doc und Drooley, ein Paar orangefarbe-

zimmer beim Arzt, an dessen Ende die Diagnose steht, gut oder schlecht, und mit einem Stapel zerfledderter alter Zeitschriften – *GeoWorld*, *TimeWeek*, *Westheimers Monatshefte*, *Glam* –, um das Warten zu mildern (deren banale Auslassungen jedoch zu den letzten Wahlen in Bosnien-Herzegowina oder den Sklavenkönigen an Ghanas Goldküste oder zu Wie-erziehe-ich-meine-Kinder-in-einer-multikulturellen-Gesellschaft sich für alle Zeiten im halbvergessenen Halbschatten des erwartungsvollen Schließmuskelschürzens vor dem Verdikt vom Onkel Doktor, d.h. vom Hohenpriester [oder sogar, warum nicht, von Gott] aalen werden).

ner Raupen, die jüngst bei amerikanischen College-Studenten einen Popularitätsschub erfahren hatten (aber ein Gremium von Erziehern mit einem deutlichen, ja, abschüssigen Hang zum Puritanismus hatte geltend gemacht, daß die Raupen als orangefarben identifiziert werden konnten, weil sie nackt waren, weshalb es jetzt Irlands heilige Pflicht war, ihren Auftritt mit einer Kluft zu vervollständigen);

c) Victor, der nun mit langweiliger Regelmäßigkeit auf den Fußboden expektorierte, so vertieft war er in seine alten Zeitungen im Netz. (»Wußten Sie, daß Winston Churchill einen Pudel hatte? Hä? Können Sie sich das vorstellen? Ahack? Der alte Fettsack mit einem Pudel? Hwwwwikkkk! Speuz!«)

... übertragen worden war.

Und dann, am hinteren Ende des Tages, kam der Anruf, das Abendessen, *spaghetti vongole* mit Frascati und Grappa bei Signore Rimini's ... und dann heimwärts, und wildes Gerangel jäher Entkleidung, usw. ...

Auch Penny laborierte an den Nachwirkungen einer Benommenheit und konnte es immer noch kaum glauben –, fand es aber alles gleichzeitig viel zu leicht zu glauben, was es mit dem Sex und mit banalen Begegnungen wie dieser auf sich hatte. In Wahrheit jedoch hatte sie kaum erwartet, daß es mit einem Mann überhaupt so weit gedeihen würde, bei dem sie gleich dahintergekommen war, daß er ein Taugenichts vom Kopf bis zu den Zehennägeln und Drückeberger *extraordinaire* war, dessen offenkundige Interessen – Autos, das Schreiben von Artikeln über Autos, das Lesen von Autozeitschriften, Reisen an vorhersehbare Orte wie Florenz und Capri, Bier, Bier und noch mehr Bier, dazwischen ein paar kurze Whiskeys und vielleicht »ein Tröpfchen vino rosso« – ihr extrem öd und profan vorkamen. Trotzdem mußte sie zugeben, daß da Authentizität drin war, und eine echte Männlichkeit ohne jedes affektierte Benehmen oder Trendbewußtsein. Aber für sie war das nichts, es konnte nicht von Dauer sein, und eben jetzt hatte sie gelogen, natürlich war es nicht »schön« gewesen, sie war einhalbdutzendmal zweimal so gut ins Heu gestiegen, und sie war weder Sextherapeutin noch Madame de Pompidou, aber Mick McCreek war genau die Art sehr irischer Rein-raus-aus-die-Maus-Heini, der so gut wie sonstwas mit ihrem Da ausgekommen wäre, oder mit ihren Brüdern, oder mit Onkel Fergus, wodurch er als längerfristige Zukunftsaussicht für sie schon mal so gut wie ausschied, anspruchsvoll, wie sie war, sensibel bis in die Seele hinein und bedürftig in mancher Hinsicht, die Mick nie befriedigen konnte ..., und auf jeden Fall mochte Alf ihn nicht. Was auch der Grund dafür war, daß sie hier waren, in seiner Wohnung, nicht in ihrer.

Und Alf wußte schließlich meist Bescheid.

Mein Gott. Alf hatte aber doch Derek gemocht, das eine Mal, als sie ihm über den Weg gelaufen waren, unten am Hafen ...

Geräusche von draußen drangen in ihre Zuflucht. Ein Hund bellte mit hellem Tenor; mehrere Autos fuhren mit hoher Geschwindigkeit vorüber; ein Moped stotterte; auf dem Parkplatz hoben und senkten sich Stimmen, von heiserem Gelächter akzentuiert; plötzlich trampelten schwere Schritte den Korridor entlang; eine Tür wurde zugeschlagen; weitere Rufe, diesmal aus dem Innern des Gebäudes ...

»Was soll dieser ganze Scheißkrach«, meckerte Mick. Er drückte seine Zigarette aus, schwang seinen immer noch verschwitzten Körper hoch und hinaus und schabrackierte seine Körpermitte mit einer bescheidenen Herrenunterhose (blau).

»Nur die Nachbarn«, murmelte Penny und ließ sich auf die Seite fallen. »Meine sind auch so eine laute Bande.« (War sie mit Alf Gassi gegangen?) »Außerdem ist Wochenende.« (Ja.)

»So laut sind sie aber nie.«

Lautere Rufe, denen an der Zimmerdecke das Dun-dun-dun laufender Füße folgte. Weit weg wurde in geheuchelter Emotion eine Fernsehstimme erhoben. Eine Frau kreischte. Es begann sich anzuhören wie ein Kriegsfilm, komplett mit dem Galoppieren der Gestapo in voller Verfolgung.

»Kommt anscheinend von«, sagte Mick und näherte sich dem halb offenen Fenster, durch welches sich kühle, feuchte Luftströme hereinschmeichelten, »oben. Aus der Wohnung von den Sowiesos.« Er hob den Vorhang und spähte hinaus, wobei er ohne präzis benennbaren Grund das Wühlen der Besorgnis im Eingeweide spürte (oder war das nur die Enttäuschung nach, äh? schwer zu sagen, in seinem Alter, zu diesem Zeitpunkt)... Es flitzten jedoch keine Schatten verdächtig von Laternenpfahl zu Laternenpfahl, es war auch unter seinem Fenster niemand zu sehen, der z. B. zur über die Stirn gezogenen Hutkrempe einen ledernen Trenchcoat trug.

»Keiner da«, sagte er und wandte sich vom Fenster ab, als eine plötzliche menschliche Gestalt mit leisem Plumps auf dem Balkon hinter ihm landete. Penny setzte sich mit gedämpftem Quietschen auf. Mick schwenkte herum und nahm aus diesem Anlaß eine absurde Kampfsport-Grundstellung ein.

»Was zum? Ich ruf die Polizei, sofort.«

Der Eindringling, völlig unverdattert, drang kühn ein, zischte dann seinen Namen.

»Ich bin's nur. Anil Swain. Von oben. Ganz ruhig, Mick.«

»Swain! Was zum Teufel scheißenochmal?«

»Nein, nein, Mick. Bitte ganz ruhig.«

»Ach, ganz ruhig, ja? Gut, dann bin ich eben ganz ruhig. Bitte einzutreten! Zigarre gefällig? Legen Sie die Beine hoch! Stellen Sie den Fernseher an! Und unterdessen schwingt sich die ganze Welt mitsamt ihrem Neffen zum Schlafzimmerfenster herein wie Tarzan, der Arsch.«

»Ah!« Selbst unter dem Druck der Ereignisse hatte Anil seine guten Manieren nicht vergessen. Er neigte leicht den Kopf und drückte die Handflächen gegeneinander. »*Namaste.* Guten Abend, Miss Burke.«

Penny erstickte ein Kichern und verbarg verschämt ihre Nacktheit unter einem Bettlaken –, bzw., als Kind der Postmoderne, *stellte* sie das verschämte Verbergen ihrer Nacktheit *zur Schau*, wobei ein wissendes halbes Lächeln auf ihrem Gesicht spielte.

»Mr. Swain, stimmt's?«

»O je, o je, es hat sehr den Anschein, als käme mein Erscheinen recht ungelegen. Entschuldigen Sie bitte vielmals, aber die Greifer jagen mich in der ganzen Stadt, wissen Sie. Ich fürchte, ich bin so etwas wie ein gesuchter Schwerverbrecher. Ein Flüchtling, der sich dem Zugriff der Justiz entzieht, kaum zu glauben, aber wahr, ha, haha.«

Vernünftig erkundigte Mick sich, warum. Anil versprach eine Erwiderung, bestand aber darauf, zuerst das Fenster hinter sich zuzumachen und zu verschließen; dann zog er die Vorhänge vor und ging ins Wohnzimmer, um dort eine Zigarette und ein Radio zu erbitten. Daraufhin erklärte er und ließ mutig keinerlei Einzelheiten aus.

»Ach, die arme Rubina«, sagte er, als er geendet hatte. »Ich komme mir vor wie ein verdammter Lump, wissen Sie. Und für mich ist sie die Göttin Parvati.«

»Wie schön für Sie, mein Junge«, sagte Mick mit herzhafter Konzilianz. »Aber ihr kann doch nichts passieren, gegen sie liegt doch nichts vor, und wir sind hier schließlich in Irland, Mann, und nicht in diesem Scheiß-Indien ... Tschuldigung, ich hab natürlich Rußland gemeint. Äh, Pen, könntest du mal eben hochspringen und sehen, was mit Mr. Swains Missis ist, ich meine, so allgemein?«

»Nein«, sagte die kratzbürstige Penny.

»Na gut, dann mach ich das eben.«

»Nein, nein. Ich wollte sagen, paß bloß auf, Mick. Vielleicht treiben sich diese gräßlichen Mistkerle immer noch irgendwo herum.«

»*Ach*, mach du dir da mal keine Sorgen.« Mick, durch die erste seit etwa einem Jahr geschobene Nummer kühn geworden, tat mannhaft solch Gekrittel ab, zog sich seine Hose an und schlenderte treppauf, wo er angstvoll zurückschreckte, nicht vor schwerbewaffneten Schergen, die weit und breit nicht in Sicht waren (obwohl Mick sich einbildete, ein hohles Klackern zu hören, wie von zusammenprallenden Gewehrschäften, irgendwoher oben im Haus), sondern vor einer großäugigen, ein Nudelholz schwingenden (wie in einer lahmen Fernsehkomödie der Fünfzigerjahre) und offenbar zutiefst erregten Rubina Swain, über deren Wangen nach Pagliacci-Art tränenverdünntes Augen-Make-up in Zickzacklinien troff.

»Wo ist er?«

»Äh, unten, Madam. In meiner Wohnung. Wollen Sie nicht äh?«

Als sie unten mit ihrem Gatten wiedervereinigt war, metamorphosierte Rubina sich recht eindrucksvoll zu einem Racheengel und zog dem armen Anil in der besten Familie Feuerstein/Blondie-Tradition ordentlich einen mit dem Nudelholz über die Rübe.

»Dummkopf«, rief sie. »Jetzt ist die Polizei hinter dir her?«

Nun, es kam alles, da können Sie Ihre Schnürsenkel drauf wetten, heraus, bei einer Kanne von Micks mediokrem Tee (beutelgebrühter Earl Grey). Penny schenkte ein und genoß, sich selbst zum Trotz, mitten im Hier und Jetzt, die vorgetäuschte Häuslichkeit – das falsche Gattinnentum – all dessen, genoß auch, wie offensichtlich Mick selbiges genoß, sein Augenwinkelzwinkern, sein Besitzergehabe (solang er es nicht zu weit trieb, aber) …

»Ich weiß nicht, was über mich gekommen ist. Ich weiß es wirklich nicht. Ich hatte es einfach satt bis hierher mit dieser alten Schwuchtel Goone.«

»Schwuchtel Goone? Du meinst …? Ist der etwa?«

»Aber ja. Nicht, daß mir das was ausmachte. Weiß sowieso jeder. Er lebt mit einem Typ zusammen, der Lippenstift oder sowas verwendet. In der Gastronomie sind alle schwul. Du solltest das Pärchen sehen, das ich in der Küche habe!« Anil schluchzte auf, kurz, vor Heimweh. »Aber egal.« Er schniefte, straffte sich, verengte die Augen zu Schlitzen und betrachtete sein Weib. »Ich hab mich über das Restaurant aufgeregt, über den Job, über den vollständigen und äußersten Mangel an …. Ach, du weißt es doch, Tantchen, wie oft haben wir das schon durchdiskutiert, Himmel nochmal?«

»Und da hast du den Mr. Mogul gespielt und gedroht, alle zu erschießen, noch dazu mit meiner *Minicam*, daß Gott erbarm'.«

»Tja. Ja, hab ich. Aber dabei ist doch meine Güte niemand zu Schaden gekommen. Und auf jeden Fall war Rashmis Demo der eigentliche Brennpunkt des Geschehens, stimmt doch, oder? Die ganze verdammte Fabrik stillgelegt, Himmel nochmal, und alle zum Streik aufgehetzt. Aber wirklich. Da sollte man meinen, daß das Goone mehr zu schaffen macht als meine törichten Streiche, oder? Es war nur, weil er wußte, daß ich hinter dem Restaurant her war – er wußte, daß ich das Geld hatte, aber er wollte es nicht aufgeben –, deshalb hat der Mistkerl der Polizei meinen Namen gegeben. Das ist sonnenklar. Die Frage ist …«

»Was scheißenochmal du jetzt machst«, sagte Mick. Anil nickte, Mick nickte, dann nickten beide, spontan, einstimmig. Ihr plötzliches Einverständnis war von solcher Tiefe, daß sie in ihrem neugefundenen Geist der Kameradschaft und Kultiviertheit Zigaretten austauschten und einer dem anderen in schuldigem Respekt Feuer für die Lulle gab, der Weiberleut und der Umstände, die sie zusammengeführt hatten, vergessend, beides Männer von Welt, die einander verstanden (und *ist* das nicht was Seltenes in diesem Leben); lächelnd, mit mancher ausführlichen Inhalation von Rauch, der unerbittlich der kleckerweise Exodus desselben, lungengefiltert, durch die Nasenlöcher folgte, brachte Anil ein Präludium dar, auf welches ohne weiteres Aufhebens Mick, wie vor langer Zeit mit langem Bart ein Shanachie aus Erins goldenem Westen, begann, einen kurzweiligen Klagegesang anzustimmen, der sich aus lang (bis jetzt) vergessenen Erinnerungen und Hoffnungen speiste, die sämtlich bestenfalls marginalen Bezug zur gegenwärtigen Situation hatten:

– seine Tage auf dem College;
– die ersten trügerischen Andeutungen von Talent;
– diese erste Testfahrt in Italien;
– der Duft einer Frau;
– die tausendundeine Schweinerei, die man sich so von Tag zu Tag bieten lassen mußte, praktisch.

Welche Schilderung sich, sehr zu Pennys und Rubinas Bestürzung, ad infinitum ausdehnte, aber dieser Exkurs besaß die Tugend, die Frauen ihrerseits an den Austausch eigener Vertraulichkeiten heranzuführen, und bald wurde es Penny klar – die normalerweise Rubina ums Verrecken nicht wiedererkannt und darauf auch gar keinen Wert gelegt hätte –, daß das Mädel ganz schön durch den Wind und ihr Mann ein Narr war, sie selbst aber keinesfalls eine Närrin.[85)]

»Ist er denn den weiten Weg hierhergekommen, um dann wahnsinnig zu werden?« klagte Rubina mit Tränen in den Augen. »Ich dachte, er will sich hier verbessern. Stattdessen verbringt er seine ganze Zeit mit Nabelschau.«

»O ja, das verstehe ich sehr gut.«

»Nicht, daß ich unglücklich wäre.«

»Natürlich nicht.«

»Ich habe ihn ja schließlich geheiratet. Es war natürlich eine arrangierte Hochzeit. Dies verdammte Indien, wissen sie.«

»Genau.« Genau wie in Irland, wollte Penny gerade sagen, die den impulsiven westlich-liberalen Drang verspürte, ein kulturelles Gegenangebot zu machen, sogar wenn es der größte Quatsch war: »Genau wie in Connemara.«

Dann skizzierte Penny in überschwänglicher Manier ihr Leben, mit all seinen Stops und Starts und Einbahnstraßen und absurden Intermezzi, in deren einem sie sich gerade mittendrin befand. Ach, das Leben schien ja noch fiktiver als gewöhnlich, wenn sie darüber sprach, einerseits wohltätig bemüht, Rubina von ihren aktuellen Problemen abzulenken, anderseits vom durchaus egoistischen Drang beseelt, einmal alles vor einem teilnahmsvollen Zuhörer auszuplaudern, der eben nicht alles von Anfang bis Ende verächtlich abtut oder auf halber Strecke aufsteht, um zu telefonieren …

85) Aber wieviel hiervon war echte Betrachtung, und wieviel war weibliches Einfühlungsvermögen, d.h. *Die Männer sind alle Verbrecher, und wir Mädels, wir sind einfach toll*, wie? Ich weiß: Ich werd sie selbst fragen. Denkt: Was soll's? Die Antwort weiß ich eh.

»Astro hieß er, ja?« fragte Rubina nach, die auf dem schmalen Grat zwischen Höflichkeit und Verzweiflung balancierte (aber Penny schien wirklich ein nettes Mädchen zu sein, auch wenn sie sich ein bißchen sehr mit ihren blöden ollen Eseln hatte).[86)]

»Ja, und er war mein Lieblingsesel, mit Leichtigkeit. Als ich noch ganz jung war, also noch nicht mal mit zwölf muß das gewesen sein ...«

Und im selben Moment, da Anil versuchte, einen seltenen Kommentar in den Atempausen von Micks leutseligem Monolog unterzubringen (»Ach, ich kann dir sagen, Anil - brauchst du Feuer? klar, kein Thema, nimm meinen Flammenwerfer -, wie gesagt, damals war es nicht so wie heute, ich meine, ich weiß nicht, wie es für dich in Indien war, aber ich kann dir sagen, hier in Irland war die Lage völlig verzweifelt, man fragt sich, warum man nicht mit dem Gedanken an Emigration gespielt hat, am liebsten nach Italien, falls du das nachvollziehen kannst?«), als sich die Tür abrupt nach innen bog und unvermittelt eine Meute einließ, schweigend, aber eilig, mit viel Gequietsche geölter Gürtel und dem hohlen Aneinanderschlagen von Gewehrläufen.

Eine Stimme donnerte:

»ANAL SWINE?«

Und sieben vollbewaffnete Mitglieder der Polizeisondereinheit trappelten ins Vestibül, postierten sich und zielten. Zwar verblüfft über die Wendung, die die Dinge nahmen, merkte Mick, wie er - angesichts der Umstände mit ärgerlicher Kleingeistigkeit - die Reparaturprozeduren fürchtete, die Ausgaben gar nicht zu erwähnen -, es sei denn, dachte er mit

86) Na, da müßte ich Ihnen ausnahmsweise mal beipflichten. Ich meine, Pen ist eine ganz Süße und alles, aber wenn sie erst mit ihren ollen Eseln anfängt, Mannomann, in der Zeit könnte man einen Flug nach Taschkent buchen und sich einen Anzug reinigen und bügeln lassen, während man das Gesamtwerk von Jan Vermeer van Delft mit der einen Hand bewundert und mit der anderen die Salatsauce macht, falls Sie wissen, was ich meine.

einem innerlichen Atmer des Schreckens, der Hausbesitzer schmiß ihn sowieso wegen Krachmachens raus.

»Dies ist ein Skandal«, rief Penny. »Augenfällige Polizeibrutalität.«

»Dann ist sie Ihnen noch nie ins Auge gefallen«, sagte das anmaßende Befehlshaberbürschchen (Inspektor Donalson). »Es ist nämlich keine. Und Sie, mein Junge, Sie haben wir endlich erwischt. Anal Swine, wir sind hier zwecks rechtmäßiger Vollstreckung eines auf Sie als persönlich bekannten Flüchtling vor dem Gesetz ausgestellten Haftbefehls anwesend. Hände hoch und umdrehen, WENN Sie mal eben so freundlich sein wollen.«

»Haila! Chaaylaa!« kreischte Rubina, die vor lauter Emotion in Hindi-Verwünschungen zurückfiel. »Schweinehunde!« Sie warf sich, mit kraftlos dreschenden Fäusten, auf den Plexiglas-Schild, den einer der Polizisten in einer Weise hochhielt, die einen (sie nicht) an einen römischen Legionär erinnern konnte. Starke Hände schafften sie beiseite; Handschellen schnürten knackig Anils Handgelenke ein. Mit gesenktem Kopf wie tausend Jahre Zuchthäusler wurde er abgeführt und drehte sich gemäß der uralten Formel für den Weg zum Schafott ein letztesmal um, warf einen trauervollen Abschiedsblick in die Runde und verschwand durch die Türöffnung. Rubina keuchte und schluchzte und schlug die Hände vor die Augen.

»Wir werden jemanden vorbeischicken, der sich um die Tür kümmert«, sagte der Kommandeur. Mick verriet seine innere Verwirrung, indem er einfach nach Art des Guppys oder Kabeljaus den Mund öffnete und schloß. »Schönen Tag noch allerseits.«

Und weg waren sie, und mit ihnen Anil.

»Keine Sorge«, sagte Mick in das sich anschließende ergriffene Schweigen hinein. »Er braucht einen guten Anwalt, um da wieder rauszukommen, und ich kenne genau den richtigen Burschen für sowas. Könntest du mir das Telefonbuch holen, Schatz?«

»Nein.«

»Na schön, dann hol ich's mir selbst. Also mal sehen. O'Nan, O'Prique, ah, hier hamwas, O'Mallet, eins zwei drei vier fünf sechs …«

II

In einer Szene postprandialen Frühstücksbammels auf Squarestairs, Richter O'Mallets nachgemachtem Queen-Anne-Pfarrhaus, saßen der Richter und sein Sohn Tom in ihren Boxershorts (rosa Streifen für Richter Jerry, männlichere Azurtupfen für Tom) am Frühstückstisch und starrten aus dem Fenster auf einen zeternden Zirkus winziger grüner Vögel, die um Krumen in der Gabelung der 103-jährigen Ulme im Garten rauften, wobei sich beide O'Mallets der drei Tassen von Mrs. Delaneys Kaffee bewußt waren, die ihre Blasen in berstenwollende Ballons verwandelt hatte, zum Platzen *plein*.

»Man sollte diese Burschen im Auge behalten, mehr sage ich nicht«, bemerkte der Richter nach einem Besuch des Anstandsorts und einem wohlig tiefen Seufzer, durch den zwei von der längst dahingegangenen Hausherrin (Silvester '89, zuviel eine bis zwei vereiste Stellen) handbestickte Zierdeckchen vom Eßtisch auf den Boden geweht wurden.

»Ach, diese kleinen Vögel?« sagte Tom, der dem väterlichen Blick folgte. »Was sind das für welche, Stare? Nein, ich komm nicht drauf, Schwalben? Oder?«

»Die Soldaten des Brian O'Nolan, du Penner, nicht die Vögel. Für die wird es jetzt sowieso bald Zeit abzuhauen. Nach Marokko, glaube ich. Die haben ein Glück, die kleinen Saukerle.«

»Die Jungs setzen sich nach Marokko ab? Das ändert freilich einiges. Für uns alle eine gute Nachricht, wenn du mich fragst. Aha, näher an Libyen dran, nehme ich an. War damals die Hauptquelle für Bewaffnungen aller Art, ej.«

»DIE VÖGEL«, dröhnte der Richter. »Es sind übrigens

Hänflinge. Wie du, der du in diesem Haus und Garten aufgewachsen und so oft, daß man es gar nicht zählen kann, von diesem Baum heruntergefallen bist, wissen solltest.«

»Ach, sei doch still. Scheißvögel.«

In der unbehaglichen Stille, die nun folgte, steuerten mentale Manöver, wie jene kleinen ovalen Boote aus Flechtwerk, mit Leder überzogen, die sich durch die wilden Flutwirbel vor den Blasket-Inseln kämpfen, die nächste Folge Dialog in die Untiefen des gemeinsamen Hauptinteresses, das Thema, das auf ihrer beider Sinn lastete wie ein zwei Tonnen schwerer Felsbrocken auf MacGillicuddy's Strand, und zwar ohne jede Verwechslungsmöglichkeit mit Vögeln und Bombenwerfern: das Lagerhaus beim Flughafen von Killoyle und sein Inhalt.

Richter Jerry sprang als erster in die Bresche.

»Du hast also nichts gesehen, was darauf hätte schließen lassen, daß sich jemand daran zu schaffen gemacht hat?«

»Nein.«

»Und was ist mit diesem Jungen, Seamus?«

»Der gehört zu uns. Er glaubt, ich bin IRA.«

»Was ist mit den anderen?«

»Nichts deutet auf einen Besuch hin.«

»Besuch?«

»Ja. Diese Bande aus Frankreich, weißt du. Oder Spanien. Die Basken und so. Wovon McGinty mir erzählt hat. Aber eins will ich dir sagen. Ich nehme an, es ist alles Quatsch. Ich nehme an«, und hier beugte Tom sich vor, als wimmele es hinter ihm von Lauschern wie von Hänflingen, »ich nehme an, es sind die Burschen aus Belfast, die hinter dem Ganzen stecken. Die wollen doch nie und nimmer ihre alten Kanonen und Spielsachen aufgeben. Du und ich, wir wissen das.«

»Also weshalb brauchen sie uns, höre ich mich fragen, als brauchte ich mich das zu fragen?«

87) Fröhlich? Für *Sie* vielleicht. Für die Hänflinge sind das Schreie des Konkurrenzkampfs, der Wollust und Wut, und möge der Sieger alles kriegen, und soll doch den hintersten der Teufel holen,

»Ach, tu doch nicht so. Ist doch arschklar. Sie brauchen eine Nebelwand. Eine Fassade. Falls was schiefgeht. Wir sind die Blödis, die mit der Ware erwischt werden. Richter O'Mallet, einst aus dem dortigen Golfklub rausgeschmissen. Stand lange im Verdacht einer Beteiligung an bla bla bla. Und sein Sohn Tom, erstklassiger Krankenwagen-Geier. Wird ebenfalls mit bla bla bla in Verbindung gebracht. Und jetzt kommt auch noch diese läppische Spielzeugarmee von Brians Soldaten oder wie sie scheißenochmal heißen. Also presto, ab ins Curragh mit uns beiden, dann wäscht unser Freund seine Hände in Unschuld und hat nie was damit zu tun gehabt.«

»Nö, das Curragh verwenden sie nicht mehr für sowas.«

»Egal, wohin. Es kommt nur darauf an, daß wir bald handeln. Sonst stehen unsere Chancen, nicht gefickt zu werden, so günstig wie bei zwei Strandhuren am Samstagabend.«

»So, meinst du? So, so.«

Während der quälenden Stille, die nun folgte, und von der Länge von Toms Abwesenheit auf dem Klo gequält – einer Stille, ans herrliche Empyreum geheftet (es war nämlich schon wieder schönes Wetter) vom fernen Donner Toms abgeschlagenen Wassers und vom fröhlichen Getschilpe der Hänflinge draußen[87]) durchlöchert –, grübelte der Richter angestrengt nach. Sein zu Zeiten unerträgliches Balg von einem *spalpeen bawn* (oder blondem Rotzlöffel) hatte, alles in allem, wahrscheinlich doch recht, sagte er ernst bei sich. Man *wollte* ihnen was anhängen, ihnen beiden, und zwar wollten dies die Besten in der Anhängerbranche, die Maestri des Reinreitens, Vorführens und Fallenstellens, die Machiavellis der Manipulation: die Belfast Brigade, welche die Welt glauben machen wollte, sie entledige sich all ihrer Waffen (sie wußte, daß es sich herumsprechen würde, rechnete damit, wahrscheinlich über bezahlte Informanten in den örtlichen Medien und einen bis zwei

oder, eher, soll er doch aus dem Nest geschubst werden, damit er von einem vorüberstreunenden Hund oder was gefressen wird. Eine ganz natürliche Formel, ohne Konservierungsmittel!

zahme Polizisten), während sie in Wirklichkeit umständlich diese ganze mörderische Scheiße zurückkaufte, wahrscheinlich (hoffentlich) mit Profit.

Eine kleine Faust der Furcht schloß sich höflich, aber bestimmt ums Gedärm des Richters. Sie sah nicht gut aus, ganz und gar nicht. (Die Lage.) Da waren sie, Vater und Sohn, ein unscheinbares Paar Provinzjuristen mit, wie Tom so feinfühlig ausgeführt hatte, einer Vorgeschichte leicht getrübter Redlichkeit, welche die Verachtung der Öffentlichkeit besiegelt hätte, sobald die Akte O'Mallet *père et fils* geschlossen würde –, zusammen mit den großen Eisentoren der JVA Kilmainham ... oder Haughey Circle? Oder Crumlin Road oder Wormwood Scrubs? Dann kamen mentale Ausschnitte aus grellen Filmen, auch Schwarzweiß-Jahrgänge: Papillon; der Vogelmensch von Alcatraz; Colditz; die Brüder Kray; Zinnen, gegen turbulente Himmel silhouettiert; Insassen mit gestreiften Hosen; brutale Schließer, die mit Gesichtsnarben prunkten, welche auf Jugendakne oder die Einnahme von Drogen schließen ließen; winzige vergitterte Fenster, durch die man, in der Ferne, sieht, wie ein Baum den Wipfel schüttelt, verschwommen nur, durch die tränenverschmierten Augen des Lebenslänglichen, den jegliche Hoffnung verlassen hat ... Egal. Immerhin waren solche Bilder eine schöne Konzentrationsübung.

»Wir müssen hier raus«, murrte der Richter. Es war zutiefst undenkbar, daß er, Gerald O'Mallet, der den üblichen Weg gegangen war – Loreto, die Christlichen Brüder und Internat, mit 12 auf's Blackrock College, dann Triumph in der juristischen Arena am University College Cork, dann Zulassung als Strafverteidiger in Killoyle, damals, in den glücklichen Tagen der ausgehenden 50er-Jahre (Gott, er hatte Jack Lunch gekannt, sie waren zusammen geworden, was sie wurden, und hatte er nicht tatsächlich mit dem großen Mann diniert, als Jack eine Konferenz hurlingspielender Richter einberufen hatte, o der dampfende Braten, ah die errötenden Kartöffelchen, iii der Black Bush auf Eis), dann natürlich reichten Ehe und Erfolg sich die Hand wie er einst der Braut o-so hold und wurde weiter durchgewinkt auf jener vergoldeten Straße, die zum goldenen Topf am Ende von Finians Scheiß-Regenbogen führt ... Naja, das Leben hatte ihm ein paar harte, alte Stiefel in den Arsch beschert, wohl wahr, aber es war seine eigene Schuld, daß er, und Tom, im kalten Schatten der Jungs gefangen waren. Das war die große Illusion für seine Generation und für die ihrer Väter und für die ihrer Söhne. Für ganz Irland.

»Scheiße«, erklärte er munter. Die Hänflinge hielten mit Picken inne, wogten dann nach vorn; dann hielten sie wieder inne, im Ganzen, als wären sie eins, wie die Household Guards beim Parademarsch, dann explodierten sie plötzlich empor, und weg waren sie. Der Richter wäre gern ein Hänfling gewesen. Gleichzeitig mit diesem Gedanken kehrte Tom zurück, hinten vor der Seitentür gab es einen lauten Knall, welchem Flüche folgten, mit der rauhen Stimme von Mrs. Delaney, der Haushälterin, geäußert.

»Soll doch verdammt sein, die Frau«, sagte Tom. Er setzte sich und faltete die Hände. »Na gut«, sagte er. »Ich bin das mal im Geiste durchgegangen. Wir haben zwei Vorgehensweisen. Eins, wir können mitmachen und darauf vertrauen, daß sie uns nicht als Köder bei den Bullen verwenden. Das Risiko will ich nicht eingehen, dazu passiert in letzter Zeit zuviel, die Küstenwache schnappt das Boot, die Burschen betätigen die Zündung ... Nein, wir müssen sie überlisten.«

»Sehr gut, mein Sohn. Leichter gesagt als. Bist du demnach wahnsinnig?«

»Du hast es gerade nötig. Wessen Scheiß-Idee war denn der ganze Kack? Aber gut, wenn ich wahnsinnig *bin*, ist das nur günstig, denn wir werden eine Zeitlang so denken müssen, als *wären* wir bescheuert. Womit diese Burschen bei ihren Handlangern zuallerletzt rechnen, ist jede Art von Mut –, Mut, Traute oder Originalität, ich meine, das sind Terroristen, stimmt's, die haben alle eine Gehirnwäsche hinter sich, und sie sind Experten für alle Spielarten der Angst, aber wenn sich zwei ihrer Schlappschwänze umdrehen und *sie* in den Arsch ficken –, dann paßt das gar nicht in ihre Spielstrategie.«

Nun, die Spielstrategie, wie sie von den O'Mallets ausge- und überarbeitet wurde, wirkte oberflächlich komplex, wie Mack Gilhoons Sturmspitzenspiel in der Endausscheidung Kilkenny gegen Armagh 1996, war aber irgendwie bestürzend in ihrer Schlichtheit und/oder aberwitzig in ihrer Blödheit, wie die Politik manches/r britischen Premierministers/rin der letzten Jahre, und ging wie folgt:

Indem er Tom und Jerrys kontinentaleuropäische Kontakte nutzte, wollte Tom die Waffen ein bißchen durch die Gegend bewegen, im wesentlichen mit ein paar Schlenkern von Kilΐoyle nach Crumstown; und er wollte einen Heini namens Seamus als Käufer auftreten lassen, nur zum Schein natürlich, wozu die O'Mallets beiläufig Gelder von einem der verschiedenen Offshore-Konten zum anderen transferierten (die Insel Man, Jersey, Guernsey, die Malediven), die sie zum eigenen und zum Nutzen ihrer unterschiedlichsten Klientel unterhielten, dann, nach ein paar Tagen, sollte er die Stücke an einen weiteren Heini weiterleiten, der sie, mit Mikro verkabelt, heimlich, still und leise der IRA zurückverkaufen sollte, was dann alles getreulich aufgezeichnet würde.

»Hört sich nicht gerade nach einer Ruhe- und Erholungsphase an«, sagte Tom. »Stimmt schon. Aber wie du ganz richtig sagtest, könnte, wenn es überstanden ist, das eine oder andere Pfund für uns dabei herausspringen.«

»Ja. Aber ich habe da doch, Hölle noch eins, schwere Bedenken, Junge«, stieß Richter Jerry hervor. »Ich bin schon halb dafür, es ganz zu lassen. Für keine Million Pfund möchte ich in so ein Komplott verwickelt sein.«

»Eine Million? Brosamen, Dad. Eher sechs Mille, wenn man die Katjuschas noch obendrauflegt. Hälfte für uns? Die gehen auf dem Schwarzmarkt ganz schön ins Geld.«

»Nehmen wir doch einfach McGinty beim Wort, verkaufen an den höchsten Bieter und sacken unsere Prozente ein. Wozu diese Haupt- und Staatsaktion? Dieser gefährliche Aufwand, um der Liebe und Gnade Gottes und aller Heiligen im Himmel willen?«

»Weil sie uns bei den Klöten zu fassen kriegen, wenn wir sie nicht vorher bei den Klöten zu fassen kriegen. Und vergiß die Pure IRA und die Soldaten des O'Brühwarm nicht. Die lauern irgendwo in den Kulissen. Auf jeden Fall würden wir keinen Penny zu sehen kriegen. Plus *wir* würden als die Kriegshetzer dastehen, nicht die IRA, und sie würden sich als die Friedensstifter feiern lassen. Aber wenn wir den Jungs die Waffen zurückverkaufen und es irgendwie schaffen, uns genügend von der Transaktion zu distanzieren, um nicht selbst gefickt zu werden - noch dazu sozusagen vom eigenen Pimmel -, dann ist das der Beweis, daß *sie* gar nicht die Absicht haben, die Waffen niederzulegen. dann sehen sie nämlich aus wie die hinterhältigen Schweine, die sie tatsächlich sind.«

»Na bitte. Und dann erschießen sie uns.«

»Früher vielleicht mal. In Belfast oder Derry. Aber doch nicht heutzutage, nicht hier unten, und ganz bestimmt nicht, wenn wir in einem sicheren Bankfach ein unterschriebenes Statement hinterlegen, welches für den Fall, daß uns etwas geschieht, unverzüglich an die Medien geht.«

»O ja. Den Film hab ich auch gesehen.«

»Das ist kein Scheiß-Film«, bölkte Tom, der glaubte, es gehe los, und das Halogen-Starren anknipste - wirkungslos, da sein Da seine eigene Version bereits hatte patentieren lassen, als Tom noch ein winziger nicht-halogener Schimmer im Auge seiner armen, lieben Mutti war - und mit der Faust auf den Tisch haute, sanft zunächst, dann, mit dem vierten Schlag, so fest, daß das Geschirr klirrte. Ein weiteres Zierdeckchen glitt still, verzweifelt, zu Boden. Mrs. Delaney erschien durch die Seitentür und verschwand schweigend wieder.

»Schlag dir das aus dem benebelten Schweizerkäse von einem Hirn, Da. Dies ist das richtige Leben.« (Plötzlich herbe transatlantische Worte, die an Bobby Lee Irwin gemahnten, jenes pockennarbige thespische Genie; ah, die Härte, die sie vereinte, echte Männer allzumal...)

Nettoresultat, vorausgesetzt, sie wurden dabei nicht zu Ragoût zerhäckselt: Geld auf der Bank für die O'Mallets; angedrohtes Auffliegen für die IRA; Ende des prekären Twostep zwischen ihnen und uns; und, als Wichtigstes, ein langes Leben in Wohlstand für die Nachkommen der Gráinne Ó Mallet.

»Und.«

»Ja?«

»Wir brauchen jemanden, der für uns einen Lieferwagen fährt. Ich hab keine Lust, das Zeug persönlich aus Killoyle rauszukarren. Also brauchen wir einen eigenen Handlanger, der den Scheiß nach da unten fährt.«

»Wer ist gut für sowas?«

»Och, ein Schwachkopf aus meinem Bekanntenkreis namens McCreek.«

»McCreek, sagst du?«

»Mm. Ideal. Kannst es mir glauben.«

»Da sag ich aber doch Prost.«

Für das Wahre war es zu früh, also mußte frischgepreßter Orangensaft herhalten; aber ihre Hoffnungen waren hochgesteckt (obschon mit kleinen Zweifeln durchsetzt) und voll aufgeblüht ihre Hoffnungen, an jenem strahlenden Septembertag.88)

88) Und Schande komme über euch beide, und möge es ein langer Tag voll niedriger Wolken und speienden Regens sein, bevor die hellen Augen eurer Liebsten euch wieder mit ihrem Schein erfreun; und möge der Wind nichts Gutes von Osten heranwehen; und mögen die Dohlen auf den Eiben jenseits des Adlerfarns ein solches Geschrei anstimmen, daß weder der süße Laut der Flöte noch der Pfeife in den Tälern und Waldungen eures Landkreises vernehmbar sind; und möge es für euch beide nirgends auf Stämmen und Astgabelungen der Eiche einen Sitzplatz geben; und möget ihr eure Pfeifen mit nichts als trockenem Tabak stopfen. *Go n-ithe an cat thú is go n-ithe an diabhal an cat.*

12

Cornelius war ein impulsiver junger Mann (oder eine impulsive junge Frau), besonders für einen Küster. Mental lebte er immer auf der Kippe. Selten, wenn überhaupt, bedachte er etwas gründlich, kaufte sich, zum Beispiel (noch dazu als Bewohner eines Hauses auf dem Hügel), ein steinaltes Damenfahrrad mit einem einzigen Gang für Bergfahrten, nur weil es farblich (Vanille-aquamarin) zu seinem Arbeitszimmer (eierschalenweiß, mit blauen Zierleisten) paßte, oder bot unbesehen £ 100,- für eine Bronzebüste des Antinous, des bedeutenden griechischen Mund- und Lustschenks, um zu entdecken, daß es sich lediglich um in braungoldene Farbe getunkten Gips handelte, geschätzter Wert: £ 2,75.

»Scheiße«, kreischte er beleidigt und hatte die trügerische Büste bald mit bloßen Händen zu pulvrigen Kalkrückständen zerkleinert.

Hochwürden Granville Perker, geistlicher Herr über St. Derek und Arbeitgeber von Cornelius, um das öffentliche Ansehen der Kirche ebenso besorgt wie um das Wohlergehen seines wahnsinnigen jungen Küsters, hatte mehr als einmal Broschüren-und-Kaffee-Abende und Sitzungen des Aufeinanderzugehens im Kapitelsaal angeboten, was ihm aber nur spuckesprudelnde laute Beleidigungen einbrachte, einige davon, da war sich der gute Pfarrer sicher, auf französisch.

»*Grand salaud.*«

»Aber, Cornelius. Ich bin hier, um zu helfen. Das wissen Sie.«

»Helfen schmelfen«, schnappte Cornelius, während er im Taschenspiegel seines Puderdöschens überprüfte, wie sexy ein neues Augen-Make-up ausfiel. Mit einer ungewollten symbolischen Geste der Unzulänglichkeit faltete der Pfarrer schlaff die Hände.

»Aber, Cornelius, mein Junge.«

»Sparen Sie sich das für die netten alten Damen auf, die es gern mit ihrem Lieblingspfarrer treiben würden. Ich muß Freundschaften pflegen und Grabsteine fegen, dann kann ich mich zu Bette legen, *wenn* Sie nichts dagegen haben. Tralala di da.«

»Könnten Sie wenigstens die Musik leiserstellen?«

Im Hintergrund von Cornelius' das Thema Schwarz-Lila variierendem Büro stampfte und stöhnte eine Aufnahme des neuesten mega-mechanischen Hits von Vile Bodies, der in Damenkleidung auftretenden Gruppe aus Rotterdam.

»Na gut.« Er stellte das Gelärme leiser, erhob sich dann und wirbelte auf einem Bein herum. »Herr Pfarrer«, sagte er nekkisch.

»Ja?« Hochw. Perker drehte sich noch einmal um, Besorgnis kerbte sich in seine puddingbleichen Züge (beginnende Hängebacken, kein Kinn).

»Würde ich Ihnen gefallen, wenn ich ein Mädchen wäre?«

»Aber ehrlich, Cornelius. Fahren Sie mit Ihrer Arbeit fort, egal, was Sie gerade machen.«

»Nein, ehrlich. Stellen Sie sich mich doch mal mit Titten vor. Hätten Sie keine Lust, mit mir in die Kiste zu steigen?«

»Cornelius!« rief Hochw. Perker. »Genug, Junge. Genug. Sie haben Verpflichtungen gegenüber Gott und Menschen. Erfüllen Sie sie.«

Mit diesen unheilverkündenden, aber im wesentlichen leeren Worten eilte der Pfarrer hinaus. Beratung, sagte er sich, der Junge braucht Beratung und eine starke Hand. Die Gesellschaft hat ihn verwöhnt und verdorben. Und sein, äh, Freund ist auch keine Hilfe. O Herr, Herr, flehte Hochw. Perker, Opfer eines gemeinsamen Auftretens von Ungläubigkeit und Unglauben. Hilf mir die Lüste der Menschen verstehen. *Oder sie zumindest zu ignorieren.*

Doch Cornelius reagierte sofort auf seine inneren Impulse, einschließlich Gelüste der bizarrsten Ausrichtung (für die Mehrheit der Bevölkerung), und befand sich, sogar während er den angesammelten Unrat einer Reihe regnerischer Nächte von den Gräbern der vornehmen protestantischen Familien Killoyles (der Smyths, der Oxens, der Pratts, der Ovarys ...) fegte, in intensiven Verhandlungen mit ihnen.

»Gina Lollobrigida«, hauchte er, sich Heißblütigkeit und Kurven wie eine Gitarre vorstellend. »Ja, ich bin's, Liebling. *Chérie. Carissima.*«

Als er wenig später Fergus Goones Geiselnahme beschloß, war dies eine entsprechend spontane Entscheidung, die nichts alltäglich Triviales wie Pinkelpausen zuließ, oder daß er vergessen hatte, einkaufen zu gehen, oder daß auf solche Taten empfindlich lange Haftstrafen standen. Dieser oder anderer möglicher Folgen nicht achtend, informierte er noch am selben Abend Fergus beim Essen von der neuen Politik, und das mit Speckstreifen, Buttergebäck, einer Kanne schwarzem Ulong und der Spätausgabe des *Daily Clarion* als Konkurrenz, so daß er sich zweimal wiederholen mußte, um im Bewußtsein seines Liebhabers Wirkung zu erzielen.

»Hä?«

Um zu zeigen, wie bitter ernst es ihm war, schwenkte er den immer noch funktionsfähigen Maxim .45er-Dienstrevolver seines Vaters (Royal Inniskillings, Malaiische Halbinsel und Zypern, 1949-56).

»Hast du gehört, was ich gesagt habe, Fergus?«

Fergus blickte von seiner Zeitung auf, die in ihren Berichten von der Front den Namen »Goone« mal als »Goom« und mal als »Goote« wiedergab.

»Dämliche Schwachmaten. Wie bitte, Junge? Was hast du gesagt? Und was zum Geier machst du mit der Pistole?«

»Ich habe gesagt, ich nehme dich als Geisel.«

»Ach Quatsch. Trink deinen Tee aus.«

»Ich mache keine Witze, Fergus. Gott ist mein Zeuge.«

Fergus legte erst seine Zeitung zusammen, dann seine

Arme übereinander und nahm die Haltung des geduldigen Weisen oder klugen Großvaters ein. Stimmt, dachte er, der Junge sieht überanstrengt aus.

»Also gut, Liebster, es sieht aus, als müßten wir ein bißchen reden. Ich höre.«

»Da gibt's nichts zu hören. Ich habe lediglich beschlossen, eine Geisel zu nehmen, und du warst der logischste Kandidat.«

»Och, das kann ich nicht glauben.« Goone erwog kurz die statistische Wahrscheinlichkeit zweier Geiselnahmen an ebensovielen Tagen. »Aber warum, um Himmels willen?«

»Ich hasse dich.«

»Was?«

»Du gibst mir nie Geld. Du benutzt mich als Gefäß für deine leeren Vergnügungen. Ich bin nur ein Objekt für Analverkehr. Wie ein griechischer Sklave in einer römischen Villa. Aber ich habe es satt. Jetzt nehme ich mein Schicksal selbst in die Hand. Es sei denn, du gibst mir hunderttausend Pfund, heißt das, was du ganz leicht könntest, weil deine dumme, blöde Zierdeckchenfabrik ständig die Kohle abwirft wie sonstwas, du läßt es aber, weil du ein knauseriger alter Blödmann bist. Deshalb mußte ich mich für direkte und drastische Maßnahmen entscheiden. Wenn ich keine hunderttausend Pfund kriege, bringe ich dich um.«

»Wofür willst du denn hundert Riesen?«

»Na, zuallererst brauche ich schon mal eine Geschlechtsumwandlung.«

»Och, um des lieben Jesu willen.«

Cornelius sprang auf.

»Siehst du? Ich hasse dich«, schrillte er und fuchtelte mit dem Revolver.

»Krieg dich wieder ein«, sagte Fergus mit hohlem Wagemut. Ein zweitklassiger Ausdruck äußerster Nervosität, wie man ihn aus Varieté-Veranstaltungen kennt (hochgezogene Augenbrauen; gehetzter, unsteter Blick), spielte quer über die schäbige Bühne seines Gesichts. »Leg die verdammte Knarre hin und sei vernünftig, Junge.«

»Halt's Maul halt's Maul halt's Maul halt's Maul ...« Cornelius arbeitete sich zu einem Ausbruch tragikomischer Erregung hoch, als eine Detonation ihre Trommelfelle erschütterte. Die Luft duftete plötzlich nach versengtem Schießpulver. Verputzscherben rieselten wie Schneeflocken aus dem Einschußloch in der Zimmerdecke.

»Mann.«

»Siehst du, was du machst, du kleiner Dummbeutel? Jetzt leg das verdammte Ding hin und laß uns reden. Erstens, wann hast du beschlossen, daß du ein Mädchen sein willst?«

»Kein Mädchen. Eine Frau.«

Cornelius setzte sich, wandte melodramatisch das Gesicht der Wand zu und stieß lange, leise Schluchzer aus. Der Lauf seiner Pistole, immer noch auf Fergus gerichtet, wackelte mit seinen wogenden Schultern auf und ab.

»Na gut, na schön, dann eben eine Frau. Beim Jesus, Junge, ich mag diesen Kack kein Bißchen. Erstens, weil du mit einer Pistole auf meinen Kopf zielst. Zweitens wegen des Frauen-Aspekts. Glaubst du, mir wäre es lieber, wenn du ein Mädel - Tschuldigung, eine Frau - wärst? Willst du das deshalb machen? Es trifft sich aber leider zufällig nun mal so, daß ich - Überraschung! - keine Frauen mag. Ich bin *Arschficker*, Bubi, und du ebenfalls. Und wir sind ein Paar glückliche Arschficker. Zumindest hatte ich das angenommen, und auf jeden Fall hat Gott uns so erschaffen, deshalb sind wir hier, und ich dachte, wir eignen uns einigermaßen dafür. Also reden wir jetzt mal ein bißchen, ja? Und leg diese Scheiß-Knarre weg.«

Cornelius schwenkte herum. Die Pistole zeigte nach oben, unverbindlich, wie eine widerstrebende Erektion.

»Siehst du?« heulte er. »Siehst du? Kein *Fünkchen* Verständnis. Wenn *irgend*was an deinem ganzen Gerede dran wäre, würdest du mich als Frau genauso lieben, wie du mich angeblich jetzt liebst. Aber *nein. Du* willst ja nur deinen kleinen *Arsch*bubi. O ihr Kleingläubigen, was?« Wieder zielte er mit dem Revolver. »Genug ist genug. Ruf die Medien an, Goone, oder ich verspritze dein Hirn auf dieser grauenhaften Tapete.«

»Och, um Gottes willen, Cornelius.«

Als passionierter, fachmännischer und langjähriger Freund schlechter Filme, die nicht sämtlich schweinisch gewesen waren, vollführte Cornelius eine Geste, die er ausschließlich von Leinwand und Bildschirm kannte: er zielte mit der Pistole auf das Telefon an der Wand. Er genoß die Geste – sie erinnerte ihn an diesen niederländischen Schauspieler, den er schon immer toll gefunden hatte, Dyk van Dijk, in *Ein Citroën für van der Valk*[89] – und wiederholte sie mit elegantem Schwung, aber der elegante Schwung konspirierte mit der allgemeinen Atmosphäre nervlicher Anspannung, und die Waffe entlud sich ein weiteres Mal, diesmal mit der häuslichen Einkaufs- und Pflichtenliste an der Kühlschranktür als Zielscheiben-12.

»*Scheiße* aber auch«, flennte Cornelius. »Wieviele hab ich noch?«

Es folgte ein kurzes Slapstick-Szenario, in welchem Goone, der »Schluß mit dem Kack« plärrte, zur Tür flitzte, wobei er zwei Küchenstühle umstieß und Cornelius, der sinnentleert *»Ich hasse hasse hasse dich!«* skandierte, ein weiteres Projektil herausquetschte, welches verhängnisvoll nah an Fergus' Banatzel vorbeiwitschte, welcher sich duckte, strauchelte, auf die Knie fiel, einen umgestoßenen Stuhl packte, sich ein-, zweimal auf dem Boden wälzte und zum erstenmal seit vielen, vielen Jahren die Lippen im Gebet bewegte, an den Allmächtigen gerichtet, oder welcher Seiner Bevollmächtigten gerade Dienst schieben mochte, praktisch.

»Gott steh' uns bei. Hölle auch. Du hast sie ja nicht mehr alle.«

»Mach die Tür zu und ruf die Zeitungen an«, kreischte Cornelius. »Ich hab immer noch zwei übrig, hab ich gerade überprüft. Die reichen für uns *beide*. Na los, was meinst du? Ein

89) Besagter Citroën ist, wenn ich mich korrekt erinnere, nur einmal zu sehen, halbtotal, vor den Windmühlen, wie er über eine dieser holländischen Zugbrücken schliddert, Tulpenbauern dösen an den Flußufern –, und Plopp! plumpst er ins Wasser. Van Dijk dage-

Selbstmordbündnis? Liebende, im Tod und darüberhinaus vereint? Ich *sehe* schon die Schlagzeilen.«

»Sieh mal«, stammelte Goone. »Ich geb dir einfach das Geld, und du fährst nach Monaco oder Thailand oder wo das ist und läßt es machen? Was soll dies ganze Wahnsinnsgetue?«

»Zu spät! Ich will Publicity! HALT'S MAUL!«

Goone lag benommen auf dem Fußboden. Aber er hatte es satt, hatte es nach Goone-Art satt. Langsam kam er wieder auf die Beine, wischte sich die Knie ab und stellte die Stühle ordentlich auf und hin. Auf seinem Gesicht ordnete sich ein ernster Ausdruck von Entschlossenheit.

»Eher laß ich mich von der Seite mit einem Fleischerhaken in den Arsch ficken«, sagte er kalt, »als daß ich mich von dir in meinem eigenen Haus herumkommandieren lasse, Knarre hin oder verdammtekacke her. Also nur zu. Feuer frei, Junge.«

»Da fängst du schon wieder an! Siehst du? Siehst du? *Typisch.* Mich hast du überhaupt nicht auf der Rechnung. Schließlich, wer bin ich denn schon? Ich bin ja nur eine kleine *Schwuchtel*, stimmt's? Da hast du's! *Das* ist die Einstellung, gegen die ich aufbegehre. *Das* hat uns in die Scheiße geritten, Fergus. Deine angeborene Frauenfeindlichkeit und dein hegemonistischer Chauvinismus. Wenn ich eine Frau bin, werd ich's dir zeigen, wart's ab.«

Goone kreuzte längsseits Richtung Waffenstillstand.

»Tja, äh, wer weiß, mein Junge? Oder sollte ich ›mein Mädel‹ sagen, hähä? Vielleicht zwingst du mich, wenn du eine Frau bist, daß ich stino werde, wie? Ich werd dir was sagen, Cornelius –, wenn das alles überstanden ist, kann ich dann um deine Hand anhalten?«

Auf sein Gesicht skizzierte er den unwahrscheinlichen und nicht sehr glaubwürdigen Versuch eines spaßigen Lächelns;

gen ist, glaube ich, mit dem Schiff untergegangen, wenn ich da nicht an einen völlig anderen Film denke. (Unwahrscheinlich, bei dieser Schauspielkunst.)

dann, nachdem er die Stühle erneut umgestellt hatte, setzte er sich, nahm seine Tasse und blies nicht-existenten Dampf von der Oberfläche seines Tees. Schön war die Schau, zu welcher er seine Nonchalance stellte, und vorbildlich wäre seine Selbstbeherrschung gewesen; aber als der Spieler aus Ulster, der er war, konnte er der Versuchung nicht widerstehen, seine Chancen auf einen günstigen Ausgang noch ein wenig zu strecken.

»Na, worauf wartest du noch? Los, Junge, laß krachen«, sagte er. Um es noch schlimmer zu machen, griff er sogar beiläufig nach seinen Zigaretten; dann feuerte Cornelius entgegenkommend erneut. Seine Treffsicherheit besserte sich: Diesmal zerschellte die Teetasse in Fergus' Hand und besudelte seine Hemdbrust über und über mit kaltem Tee. Die Nonchalance floh durch's Fenster, und Fergus tat sein Bestes, ihr zu folgen, in einer Hektik aus Schreien und wirbelnden Oberschenkeln und weiteren umgestürzten Stühlen und vergeblichem Haltsuchen am Fensterbrett und Kampf mit dem Fensterriegel, vom vier Meter tiefen Fall ganz zu schweigen; doch muß man leider sagen, daß Cornelius seinen Spaß daran hatte, und bei seiner letzten Kugel zielte er ruhig und sorgfältig, bevor er sie auf ihre Flugbahn schickte, direkt von hinten in Fergus' Herz. Die Kugel erreichte verläßlich ihr Ziel, und bei einem Wettschießen hätte er Cornelius die Goldmedaille gebracht. Der Tod trat auf der Stelle ein; als er vornüber aufs Gesicht fiel, nachdem er blutig die Wand herabgeglitten war und

90) Wissen Sie was, ich weiß nicht, ob ich dieses ganze Gequatsche nicht höchstgradig beleidigend, zutiefst verletzend und eine üble Geringschätzung der wunderbaren schwulen Rasse finden soll. Ich meine, nur weil es passiert ist, ist das ja noch kein Grund, uns auch noch davon zu erzählen. Sind prima Typen, die schwulen Jungs, allesamt. Ich meine, sehen Sie sich die kleinen Arschficker (jeweils) an: Michelangelo, de Sade, White, Black, Grey, der alte Oscar natürlich, Simon-der-Fummler damals im College (oder war das Mr. Miller, der Mathe-Lehrer?), Angus, André, Giovanni, Gianni, Pjotr Iljitsch Tschai-verdammt-kowskij und Gott weiß, wer sonst … Wie ist es mit

lange wacklige Purpurspuren hinterlassen hatte, war Fergus Goone längst weit hinüber, übergetreten in welche Vergessenheit oder Strafzelle oder blümchenübersäte Wiese uns alle erwarten mag, schwul, normal und irgendwo dazwischen.

Cornelius starrte, ausdruckslos, näherte sich dann mit der Umsicht eines Großwildjägers. Er versetzte der Leiche sogar einen kleinen Stups mit dem großen Zeh.

»Nun *komm* schon«, sagte Cornelius. »Er kann doch nicht *tot* sein. Fergus? Steh auf, mach schon.«

Aber er konnte, und er war. Und Gejammer folgte auf dem Fuße, ex-post-facto-Klagen mit dem Tenor *ich hätte es nicht tun sollen* oder *ich habe einen Fehler gemacht; kann ich ihn bitte rückgängig machen?* aber keine Sühne war möglich, noch konnte die Zeit zurückgedreht werden, wie soviele Millionen während der kurzen der Menschheit zugedachten Zeitscheibe gebetet haben; denn da war die Waffe, entleert; und da war der Leichnam, zwischen die wiederum umgestürzten Küchenstühle hingestreckt.[90]

diesem Kerlchen hinter dem Tresen bei O'Meeley's zum Beispiel, unten am Strand, Merv heißt er, oder Elton, oder Elvis oder irgendwie so – na, Sie wissen schon. Etwas, wie die Augen beim Gespräch den direkten Augenkontakt meiden und im Schrittbereich verweilen. Oder die flinke Handbewegung aus dem Gelenk heraus. Doch, doch, der ist auch so einer, oder ich bin ein kubanischer Rumbatänzer. Denken Sie doch mal an den komischen alten Rog Casement und seine kleinen Badejungs, und hat er sich etwa nicht zum höchsten Martyrium für das süße Irland so grün aufgeschwungen? Gott segne sie alle und die Musik, die in ihren Sphären erklingt, sage ich.

13

Am nächsten Tag konferierten die O'Mallets auf neutralem Boden, wie Israelis und Palästinenser in der Schweiz, in der Kantine des Gerichtsgebäudes, gegen die akustische Interferenz beständig aufeinanderprallender Bestecke und des schroffen Kollerns der Unterbezahlten mit Mick McCreek.

»Also, ich würde sagen, die Sache wird so laufen, daß alle Beteiligten zufrieden sein können«, sagte Tom und verengte die Augen asiatisch gegen die Luvdrift von Micks Zigarettenrauch. »Wo Goone jetzt tot ist. Da wird seine Firma von seinen Anwälten übernommen, d.h. von uns, bis ein Konkursverwalter bestellt werden kann.«

»Schrecklich«, sagte Mick. »Ich meine, gut für Sie, aber schrecklich, Sie wissen schon, so ganz allgemein ... äh. Haben Sie irgendwas von Anil Swain gehört?«

»Der dreht immer noch Däumchen. Die Anklage ist anhängig, wissen Sie.«

»Und was ist mit äh ...«

»Ihrem Unfall? Der kam doch bestimmt bei Ihrer Unterredung mit den Bullen zur Sprache?«

Mick nickte grimmig.

»Na«, fuhr Tom fort, »wo der Typ, der Sie angefahren hat, wegen Mordes sitzt, stelle ich mir vor, brauchen Sie sich deshalb keine großen Sorgen mehr zu machen. Und könnten Sie sich bei der Gelegenheit vielleicht in Lee zu mir setzen, Mick?«

»So ein Scheiß, das Ganze.«

Obwohl durch die bisherigen Entwicklungen halb-erleichtert, war Mick nervös, es leid, in keiner Stimmung. Der Mord an einem Mann durch einen anderen war wirklich ein perverser Akt Gottes, um zu Gunsten von Mick McCreeks Seelenfrieden zu intervenieren. Dämlich, das war's. Verdammt dämlich und voll in die Hose gegangen, in der besten Tradition des Lebens als solchem. Also rauchte er aggressiv in kurzen, scharfen Salven. Das war ja wieder mal ein Wochenende, wiederholte er sich wie ein ganz harter Bursche im Film (die Off-Stimme von Sam Spade oder Philip Marlowe). Erst hatten sie ihm am Morgen auf dem Präsidium den dritten Grad verpaßt, weil sie behaupteten, er hätte einem Flüchtigen Unterschlupf gewährt oder zusammen mit besagtem Flüchtigen den Sturz des Präsidenten geplant oder ähnlich alberner Kack, die verdammten begriffsstutzigen Kretins aus dem schönen Neandertal; am schlimmsten war, daß sie ihm nicht mal sagen wollten, was der mutmaßliche sogenannte Flüchtige verbrochen hatte. Mord? Entführung? Vergewaltigung? Manipulationen an aufgewärmten Chapatis?

Und was hatte dieser Schwachkopf von einem Polizisten immer wieder wiederholt, wie ein drittklassiger Schauspieler (z. B. Vincent Edgbaston) in einem B-Movie (z. B. *Der Spanner* [1947])[91)]?

»Das lassen Sie unsere Sorge sein, Söhnchen. Beantworten Sie einfach unsere Fragen.«

»Söhnchen am Arsch. Ich heiße Mick.«

»Jetzt aber Vorsicht.«

Na, das hatte sich bis nach elf hingezogen, inzwischen hatten diese Fachkräfte vom Mord an Goone erfahren und räumten ein, daß Mick, wenn überhaupt, das Opfer eines ungewollten Eindringens seitens des besagten mutmaßlichen Terroristen Anal Swine war – Entschuldigungen ringsum, verdrießlich dahingemault, Gesichter abgewandt, wie oft angeschnauzte Hunde –, aber dann entdeckte Inspektor Sherlock Neame, ein

91) Ah, in dem kommt viel Gegrunze vor. Grunz, grunz, grunz. Dann voll auf die Wrexham Row oder irgendeinen anderen trübseligen kopfsteingepflasterten Durchgang im Londoner East End. Spektakulär steigt der Star zwei Stufen auf einmal die Treppe herab

Funke, so hell wie nur je einer in den vier Provinzen (»Ja, wen haben wir denn da?! Mick *Creek*?? Und ich hätte schwören können, es ist Mick *Greek*!«), den vernichtenden Beweis für Micks verabscheuungswürdige Verwicklung in diesen blöden gottverdammten Verkehrsunfall; aber (und hier griff der Zufall zum erstenmal ein) Neames Wasserträger, Sergeant McFay, kam prompt mit der beruhigenden Meldung heraus, daß das mutmaßliche Opfer, Frankie Feeley, zugleich auch zufällig Sergeant McFays Schwager - der kleine Effektenschieber -, zur fraglichen Zeit drüben in Wales wegen Trunkenheit/Urinierens in der Öffentlichkeit in Tateinheit mit Aufforderung zur Unzucht und Belästigung zum Nachteil einer ihm bis dato unbekannten Dame vor Gericht gestanden hatte, ist ja wieder mal typisch, dieser Abschaum, warum hatte Mick nicht ganze Arbeit geleistet und den kleinen Mistkerl vollends um die Ecke gebracht, wenn er sowieso gerade dabei war?

»Schlecht gezielt.«

»Dann ist da noch Regan, diese Transe von einem Aushilfsküster, steht unter Anklage wegen Mord. Soweit ich weiß, streitet er es nicht mal ab. Die beiden waren, ämm, Sie wissen schon.«

»Lassen Sie die Anklage fallen, Inspektor?« erkundigte sich Mick phlegmatisch.

»Och, ich weiß nicht. Wir halten noch ein bißchen an ihr fest, glaube ich, besonders im Hinblick auf Beihilfe und Vorschub und Betragen.«

»Verdammte Scheiße. Ihr spinnt doch.«

»Das reicht jetzt aber, Söhnchen.«

Alleingelassen, hatte Mick mehr Zeit, als er sich je für möglich erträumt hätte, mit dem Anstarren eines Kalenders an der Wand hinter Inspektor Neames Schreibtisch verbracht, einer

und verliert das Gleichgewicht; dann erklingt »Voller Mond und leere Arme« und zurück zum Grunzen -, oder vielleicht war *ich* das, der da gegrunzt hat, allein ganz hinten im Parkett, an einem graubraunen Wintertag?

September-Fotografie, welche (vermutlich) die Familie des Inspektors in den Ferien abbildete: ihn selbst, sie selbst, die Kinder (eins von jeder Sorte). Bundoran, offensichtlich. Ja, da war die Promenade, da Obies Frittenbude, da das Hotel Royal Seasplash … Auch Mick hatte als Junge reichlich Zeit in Bundoran abgebrummt, wobei seine Mutti die dortigen Mädels abschreckte und er nur Augen für die neusten irren Schlitten hatte, Escort GTs und heißgemachte Lotus Cortinas, die damals ganz groß im Kommen waren …

…, egal, das ging bis eins, dann ließen sie ihn mürrisch wieder laufen, und, hey, wer befand sich da presto in der Umlaufbahn um den klobigen Planeten, welcher Richter O'Mallet war, wenn nicht dessen Sohn, Micks mutmaßlicher Anwalt Tom, mit dem er sich unmittelbar nach Anils Verhaftung durch die Sondereinheit telefonisch zu einem Stelldichein verabredet hatte. Hier waren sie nun, bleckten breit nach einem entschieden submediokren Mahl aus Kartoffeln, Bratwürstchen und Bohnen die Zähne, und Mick wurde allen Ernstes gebeten, zu einer *geheimen Mission* aufzubrechen, um Christi willen, kein Trick, geht alles mit rechten Dingen zu, vom Vater-und-Sohn-Komiker-Duo, nicht gerade das typische Programm *du jour* unseres Freundes –, obwohl seine Existenz, einst ein Schlendern nur, zur Achterbahnfahrt geworden war, und auf jeden Fall sollten bei dieser ganz bestimmten Mission versprochene tausend … nein, *zwei*tausend Pfund herausspringen.

»Nämlich dreitausend.«

(Er mußte sich verhört haben.)

Aber die Anklage werde fallengelassen, sagten die O'Mallets. Sie würden die Sache heute noch, am nämlichen Tag, beschleunigen. Alles, was Mick zu tun hatte, sagten sie, war, sich ein paar Stunden freizunehmen, um einen Lieferwagen nach Crumstown und zurück zu fahren. Für zwei oder drei Riesen. Drei. Und drei Riesen waren drei Riesen, und einen Lieferwagen zu fahren war heißer, als Klamotten für einen Zeichentrick-Nager zu entwerfen, oder?

»Und sind Sie nicht genau der Richtige für die Autos«, sagten Seine Ehren und inspizierten Micks Züge beunruhigend objektiv, als unterzögen Sie eine Speisekarte einer genauen Überprüfung. »Tom sagt mir, Sie hätten hinter dem guten, alten Steuerrad ganz schön Karriere gemacht.«

»Mpff.«

»Ach, Tatsache. Also. Schwebte da nicht irgend so ein Verfahren, was Ihre Wiedereinstellung bei Jocelyn Motors betrifft ...«

Mick gestand ihm widerwillig zu, daß etwas in der Art oder so oder etwas ganz Ähnliches möglicherweise schweben mochte.

»Nun«, machte es sich der Richter bequem, indem er sich auf verschränkten Armen in der Weise eines vertraulichen Mitteilers oder Versicherungsvertreters vorbeugte, »Sie wissen, wie solche Sachen ablaufen. Ich würde sagen, Sie haben gute Chancen, bald wieder in vollem Wichs UND für den Verdienstausfall wohlentschädigt dazustehen, wenn es uns gelingt, eine kleine Vereinbarung zu erreichen ...«

Mick protestierte und beschwor die Firma NaughtyBoy Graphics herauf.

»Ach hören Sie mir doch damit auf Sie wollen mir doch nicht weismachen daß das ein anständiger Job für einen Mann ist.«

Mick grübelte. Er dachte an Denny, und an Victor, und an das elegante Nagetier. Er hörte, ganz kurz, in seinem geistigen Ohr, Victors Gemümmel und Gehuste. Er bedachte in seinem Sinn die Zeitungen des alten Zausels und die sengende Arroganz des Yanks.

Dann dachte er an die Stütze.

»Immerhin ist es ein Job.«

»Der letzte Kack ist es. Jetzt hören Sie zu. Sie werden sehen, Mick, mein Goldsohn und ich können Ihnen praktisch garantieren, daß mit der lieben alten Firma Jocelyns GmbH wieder alles ins Lot kommen wird.«

»Und so ein schöner Ford-Lieferwagen obendrein«, schwärmte Tom, »ein '96er, aber prima in Schuß, scheckheftgepflegt. Den Schub werden Sie lieben, Mick, mein Junge. Wie eine anständige Nummer. Toller alter Sechszylindermotor, oder sind es acht. Ich werd Ihnen was sagen, Sie können ihn haben, wenn Sie fertig sind.«

Micks anschließendes Gaffen wischte alle Spuren von Intelligenz von seinen Zügen.

»Was haben?«

»Den Lieferwagen. Behalten Sie ihn. Er gehört Ihnen.«

Richter O'Mallet runzelte die Stirn und äußerte sich seitlich, durch den Mundwinkel.

»Was redest du da. Dieser Lieferwagen gehört uns gar nicht, wie sollen wir ihn dann verschenken, du junger Dummkopf.«

»Hälzzzt du wohl die Schnauzzze«, zischte Tom. Dann schoben sie verständiger- und verständlicherweise ihre Differenzen lang genug auf, um Mick verbindlich anzustrahlen, wie Präsident und Vize-Präsident einer Regionalbank, die für ein Foto posieren, welches der Öffentlichkeitsarbeit dienen soll. Tom ging so weit, sich über den Tisch zu beugen und Micks Schulter zu quetschen, eine bisher einmalige Geste der Freundschaftlichkeit, die das Unechte des Anlasses noch verstärkte, als er Micks Teetasse umstieß, während er die Schulterquetschhand zurückzog.

»Ah tut mir leid, Mick.« Schroffes Schrubben mit Servietten, dann: »Also, was sagen Sie, mein lieber Herr Mister?«

92) In der Tat: s.w.o. Zufällig waren dies, wenn ich nicht irre, genau die Worte, die mein Vetter Monk äußerte, als er vor dem Bezirksgericht Galway wegen »Ruhestörung« während eines Konzerts des angesehenen rumänischen Maestros »Big Enesco« Enescu verurteilt wurde, den man für so ein stilles Provinznest wie Die Stadt Der Sieben Keltenstämme als ziemlich dicken Fang ansah ... Na, ich muß hier ein bißchen ausholen und erklären, daß es immer – zumindest solang ich ihn kannte – Vetter Monks Gewohnheit war, was er sich als Junggeselle und frei von Beschränkungen, persönliche Marotten oder Manieren betreffend, leicht leisten konnte, vokal zu gähnen, das heißt, anstatt das übliche gezierte »ho-hum«-Gähnen in Szene zu setzen oder es vollends hinter Faust oder Taschentuch zu

Mick, ratlos, ging mit sich zu Rate, entsprechend dem erhöhten Druck des Blutes, das in seinen Adern strömte, rang er um Mut (oder um eine Verurteilung zu lebenslangem Mittelmaß).

»Äh danke nein.«

»Äh aber Mick…«

»Keine Diskussion. Ich bin nicht der Blödmann, für den Sie mich halten. Ich brauche keinen verdammten großen Lieferwagen, wo soll ich den denn unterstellen? Außerdem haben Sie kein Wort darüber gesagt, was ich transportieren soll, und das ist kein Stock hasenrein, wenn Sie mich fragen. Und ich spiele nicht mit, wenn ich die Regeln nicht kenne.«

»Ah, Gott segne Sie, Mick McCreek. Ein paar Sachen, die an unsere europäischen Kollegen gehen, ja, gut, an der Steuer vorbei. Nichts Bedeutendes. Badezimmerarmaturen, Handtücher, Whiskey, solche Sachen. Ziemlich normales Zeug, nur daß wir beide vor Gericht dermaßen viel zu tun haben, damit unter anderem Leute wie Sie zu ihrem Recht kommen, daß wir nicht die Zeit haben, uns selbst darum zu kümmern.«

»Badezimmerarmaturen? Handtücher? Scheiß auf dieses Gewäsch. Semtex, schon viel eher. Oder ausgeschlachtete Autoteile. Mutter Gottes, ihr seid mir wirklich zwei echte Schönheiten, aber ehrlich jetzt. Wofür haltet ihr mich eigentlich? Einen Vollidioten?«[92)]

ersticken, transformierte Monk laut jedes Gähnen in eine Stimmübung, indem er bedeutungslose Silben wie »ah-la-la-la-la« über dem zugrundeliegenden spasmodischen Ringen nach Sauerstoff anbrachte. Unglücklicherweise war Monk am Abend des Enescu-Konzerts dermaßen müde, weil er die Nacht davor aufgeblieben war, um sich *Balzac II* auf ITV9 anzusehen, daß er in immer kürzeren Intervallen von Gähn-Anfällen heimgesucht wurde. Während der Passage in Thaddäus Flatows »Zeffirelli nella Trattoria« aus *Topolino sulla casa mia*, in welcher sanfte Winde, flüsternde Brisen und murmelnde Bächlein in das plätschernde, sublim lyrische *adagietto* eingefangen sind, blökte Monk mit ohrenbetäubender Lautstärke: »AH-LA-LA-LA-LA«, womit er manchem Konzertbesucher den Nerv tö-

Das Dilemma der O'Mallets war das von Fußballklubmanagern, sagen wir: von Manchester United, die es mit einem dumpfsinnigen, aber aufsässigen Spieler zu tun hatten, sagen wir: mit Archie Rowe, dessen Fähigkeiten gleichwohl in einem bevorstehenden Spiel, sagen wir: gegen Arsenal (5:2, wie sich dann herausstellte), gebraucht wurden; Gehälter mochten ins Kraut schießen, extravagante Versprechen mochten zweifellos gemacht werden, Verträge mochten verworfen und neu aufgesetzt werden, alles, um den Narren zu beschwichtigen, der nur auf seiner Narretei beharren und ohnehin im Tauschgeschäft in eine andere Mannschaft abwandern würde. Also schüttelten sie es mit einem Achselzucken ab und ließen ihm seinen Willen.

»Ganz, wie Sie wollen, Mick. Wer A sagt«, quengelte der Richter.

»Also gut, Mick«, sagte Tom. »Ich hoffe nur, daß es juristisch einigermaßen gut für Sie läuft. Naja, wir machen das schon, mein Junge. Nun gehen Sie schön nach Hause, und wir bleiben in Verbindung.«

Mick hatte sein Trotz in eine unangemessene Hochstimmung versetzt. Vom flüchtigen, vulkanischen Selbstvertrauen des Manisch-Depressiven ergriffen, erhob er sich und verließ abrupt die Kantine, ohne sich auch nur zum Winken umzudrehen. Nach seinem Aufbruch drückten die O'Mallets einander kurz ihr Beileid aus.

tete. Schließlich drehte Signor Enescu sich um und winkte mit dem Dirigentenstab. *»Vai de cel ce merge singur că, când va aluneca, n-are cine-l ridica«*, (oder doch Worte dieses Inhalts) kreischte er, die edlen dakischen Züge affenartig vor Wut. »Kein ›ah-la-la-la‹ mehr, okay?« Natürlich wählte Monk genau diesen Augenblick, um erneut zu gähnen, lauter als je zuvor: »AHLALALALA«, röhrte er. Nun, an diesem Punkt, kriegte Enescu einen guten, altmodischen Wutanfall, wie Sie sich unschwer vorstellen können, er zerbrach seinen Taktstock, rief über Handy Hilfe herbei, und bald waren die Polizisten im Gebäude. Zu diesem Zeitpunkt war es, daß mein Vetter die Worte sprach, die mich zu meinem kleinen Abstecher in die Straße der Erinnerung ver-

»Den können wir vergessen. Da hast du ja wirklich einen Klassetyp aufgetan, Junge«, sagte der Richter schwer ironisch. »Das muß dir der Neid lassen.«

»Er ist weder der erste Klassetyp im Lande Irland, noch ist er der letzte«, sagte Tom. »Obwohl ich zugeben muß, daß er schneller dahintergekommen ist, als ich erwartet hätte. Einen Versuch war es immerhin wert. Und nun sage mir folgendes, Da. Wärest du wohl bereit, einen Lieferwagen für, sagen wir, fünfhundert Pfund zu fahren, wenn deine einzige Alternative darin bestünde, nach Indien abgeschoben zu werden?«

* * * * *

Als Mick durch das Portal des Gerichtsgebäudes ins Freie trat, flatterten die Schöße seines Mantels gegen seine Fußknöchel, was seinem Anblick kurzfristig etwas von einem mannhaften Vaquero oder auch von einem Gestapo-Agenten verlieh. Rauch wurde in nahezu parallelen Strömen durch seine Nasenlöcher gefiltert. Eine Hand, seine linke, war fest in die linke Manteltasche gestopft, während ihre Steuerbord-Genossin mit einer Zigarette wedelte, und gute Figur machte er, eine oder zwei Minuten lang, oben auf den Stufen zum Justizpalast, wie ein Koloß im Herrensitz, und unter sich die Welt; aber bald fiel ihn der Wind an, hob seine Mantelschöße und enthüllte der nämlichen Welt die abgewetzte Kordsamthose, die kaum

führt haben. »Ja«, erwiderte der Sergeant prompt, »'s ist der verbrecherische Monk«, was sich auf englisch natürlich noch besser anhört, »'tis the felonious Monk«, heißt es da, »ich kenn' ihn wohl.« Natürlich war es nur Sergeant Neeson, ein alter Freund, und sie vertrieben sich Monks kurze Haft mit Radiohören und Armdrücken. Soweit ich weiß, hat dies Erlebnis unseren Freund nie dazu bringen können, einen diskreteren Zugang zum Gähnen in Betracht zu ziehen, aber dessen, was jetzt kommt, können Sie sicher sein: In absehbarer Zeit werden sie den Eyre Square bestimmt nicht nach dem großen Enescu umbenennen. »Ihr Bande von Bashi-Bazouks!« rief er aus, stolzierte von der Bühne und aus Galways kollektivem Leben hinaus.

die fleckigen Boxershorts unseres Freundes verbarg. Gleichzeitig stellten sich in der Bö dürre Haarsträhnen auf wie die Fühler des Hummers, der tief unten im Ozean wandert. Auch, zoomte man gnadenlos auf ihn drauf, mochte man Pickel entdecken, die seine Kinnladenpartie zierten, halb versteckt nur unter dem schweren Bewuchs drei Tage alter Stoppel.

»Du siehst aus wie der letzte Wichser«, hatte Penny an jenem Morgen gesagt, als sie vor seinen von Ergebenheit und Treue zeugenden Bestrebungen zurückschauderte, der kleinen Frau einen Abschiedskuß auf die Wange zu drücken. »Und du riechst wie ein Alki.«

Eine Frau ohne Hehl, bei Gott, und ehrlich wie Sau; und war es nicht endlich an der Zeit für eine wie sie, wenn nicht sogar sie selbst; auf jeden Fall ein bißchen Stabilität, jammerte seine innere Stimme. Ein bißchen *Normalität*, ausnahmsweise mal, und vergiß doch die Härten des Jobs, Whitney und die Raupen seien verdammt. Neun bis fünf und die behaglichen Gemeinplätze von trautem Heim und gelb erleuchteten Springrollos und dem Geplapper geliebter Personen und des Wochenends eifrigen Mühen in Obstbeet oder Rosengarten. Ein großes Dunkles, das auf dem hochglanzpolierten Beistelltischchen Wache stand, ein gefaltetes Paar Gärtnerhandschuhe, ein früher Abendsonnenstrahl, »Die Blaue Stunde« auf RTÉ3, die Herbstblätter, die noch geharkt werden wollten, der Rasen unter ihnen, für morgen mit Gemähtwerden dran –, aber nicht zu früh, da war ja immer noch die feudale Wärme des Federbetts, das Locken des Schlummerlandes, nur noch ein wenig länger …, *falsche Richtung*, plärrte die Stimme, und Mick sprang beiseite, um einem heranrumpelnden Lieferwagen auszuweichen –, einem Ford noch dazu, und einem ’96er, oder doch immerhin fast.

Mick sah ihm bedauernd nach.

»Platz da«, greinte er. »Ich bin der König der Landstraße.«

Kein Zweifel, dachte er (und das nicht zum erstenmal), das Leben packte das, was es anpackte, ganz schön gerissen an, wirklich wahr.

14

Von seiner gesamten Rasse und Kaste getrennt, landete Anil Swain, nachdem er sich von seinem Pflichtverteidiger, einem, wie der Beklagte es ausdrückte, »kleinen nassen Affenpimmel«, getrennt hatte, in Erwartung eines anderen Anwalts in einer Einzelzelle im Ersten Kreis der Vorhölle, eigentlich Ebene 2 der Charles-Haughey-Gedächtnisjustizvollzugsanstalt am Haughey-Kreisel. Anil war allein, einsam und niedergeschlagen. Überall ringsum waren Brutalität und die unerfreulichen Laute von Fremden. Gegen Mittag jedoch gab es etwas Erleichterung und Ablenkung durch die Ankunft von Cousine Rashmi. Sie sollte in einem Nachbarflügel einsitzen, nachdem sie sich vor den Toren der Firma Emerald Mats hatte festnehmen lassen, wo sie, nachdem der Entschluß gefallen war, der Streik sei »zu scheißlangweilig«, wie sie es nannte, sich die Fahrradkette eines dort abgestellten Fahrrads geschnappt und sie dazu verwendet hatte, a) einen vorbeischlendernden Sicherheitsmenschen zu schlagen (Eamonn Salmon, Vater dreier Kinder), und sich b) an die hintere Stoßstange eines Polizei-Kleinbusses (eines '96er Fords) anzuketten, was nicht ganz einfach war. Einmal angekettet, spie sie den normalerweise friedfertigen Fronknechten, die gekommen waren, um sie zu schelten und zu züchtigen, unerwünschte Beleidigungen entgegen.

»Verpiß dich, Bulle.«

»Bulle? Sowas sagt man aber nicht, Miss. Sie kommen jetzt mit mir mit.«

»Ich kann nicht. Ich bin hier angekettet.«

»Hier, wenn Sie erlauben.«
»Verfatz dich, du Bulle.«
»Unterlassen Sie das.«
»Ihr dauert mich. Das ist das richtige Wort. Dauern.«
»Wer dauert, Miss?«
»Du mich, Bulle.«
»Bulle am Arsch. Jetzt aber mit Ihnen auf's Präsidium, junge Dame.«

Dort angekommen, wurden ihr verschiedene Vergehen zur Last gelegt (Ruhestörung; sich der Verhaftung widersetzen; Beamtenbeleidigung; suggestives Schuckeln während der Ingewahrsamnahme), und man führte sie an der Zelle ihres Cousins vorbei zu den Frauenzellen, die vor denen der Männer durch ein laut dröhnendes Tor und eine dünne Trennwand aus rotzgrüner Pappe mit einer verblaßten Reproduktion von Millets *Abendgebet* versteckt wurden.

»Hallo, Cousin«, sagte sie, als sie vorüberging. Anil sprang auf.

»Hallo selber«, rief er aus. »Hölle auch, Rash. Was machst du denn hier? O, verwünscht und verdammt.«

»Schnauze«, schnauzte der Form halber der Schließer.

»Jammjamm«, schmatzten die Kenner mit feuchter Lippe.

»Dein Anwalt ist unterwegs«, rief Rashmi. »Bleib, wo du bist, Cousin.«

»Wassn Feger«, lärmten verschiedene behaarte schwere Fälle, für welche die Anziehungen des Weibes schon längst ins Reich des Mythos eingegangen waren. Bewundernde Pfiffe und schweres Atmen folgten Rashmis Gang durch die Männerquartiere, dann schloß sich dröhnend das Tor, und weg war sie, tief in den Brunnen der Einsamkeit getaucht – vorläufig. (Ihre Anwälte und fernen Arbeitgeber sammelten bereits die

93) »Und wo bleiben die Informationen?« so höre ich Sie fragen. Na schön, wenn Sie darauf bestehen. Hier ist ein Zeitungsausschnitt aus dem guten alten *Calrion* (sic!) vom 29. September, in dem irgendwo der Nachruf auf den armen Goone (sozusagen) begraben ist:

Kaution, gaben bekannt, boten Zusammenarbeit an usw. –, aber eins nach dem andern.)

Teilweise senkte sich Stille herab, wobei der Teil, der keine Stille war, aus dem Ächzen der Beladenen und dem Schlurfen der Füße und einem fernen Radio bestand, das auf dreschende Popmusik eingestellt war, sowie aus dem gelegentlichen brüllenden Husten aus der Beruhigungszelle, daß es einem die Eingeweide ausrenkte, mit feuchter Expektoration und dem befriedigenden Platschen einer oder mehrerer Schleim-Austern auf dem Betonfußboden untertitelt ...

»O Vishnu«, hörte man Anil murmeln, den Kopf in Händen.

Später am Nachmittag jedoch eine weitere Ablenkung: Cornelius Regan, in einem maulwurffarbenen Cocktailkleid von Bruce Oldfield mit dazu passenden Wildlederhandschuhen. Dies rief das erwartete Geheule und Gepfeife bei der Menschenaffenbruderschaft auf der männlichen Seite der Mauer hervor. Außerdem sekundierte Cornelius' Erscheinen der Nachricht von Goones Tod, dessen ursprüngliche Einzelheiten Anil von einem mitfühlenden Aufseher übermittelt worden waren, der einst mit einem pakistanischen Mädchen verlobt gewesen war (Nandeena) und der seinen Klatsch regelmäßig mit Exemplaren des *Killoyle Clarion* ergänzte: »Zoff bei schwilem (sic!) Pärchen endet tödlich« polterte die Schlagzeile, um die Tonart in der Unterzeile zur listigen Ansage zu wechseln: »Kleiderstoff aus städtischem Lagerhaus gestohlen, Küster der K von I unter Anklage«.[93]

»Goone ist also tot«, sagte Anil zu sich selbst, unter den gegebenen Umständen nicht geneigt zu trauern, eher war er mit der Hoffnung befaßt, daß diese unerwartete, ja groteske (dabei durchaus tragische) Entwicklung Freiheit signalisieren könnte, denn wenn Goone tot war und sein Arschpartner unter Ar-

BIZARRER ZWISCHENFALL MIT KILLOXLERIN (sic!) IM 12er BUS

Nach der Grundschule besuchte der junge Fergus die Abendakademie für Anlieferungswesen.

rest stand, wer sollte dann Anklage erheben ...? Aber man wußte ja nie, und schließlich vergammelten daheim in Indien die Leute jahrzehntelang im Gefängnis, während sie auf ihren Prozeß warteten, Rubinas Großonkel Farwat zum Beispiel, der war im Jahre 1967, oder war es 1968 gewesen, beschuldigt worden, Jahangir, den Hund des alten Mr. Nawar, über den Zaun verhöhnt zu haben, und da saß er nun, immer noch in U-Haft im Polizeigefängnis von Haiderabad, und wartete auf seine Verhandlung –, obwohl weder er noch sein Anwalt ganz sicher waren, ob er noch lebte, und Jahangir war bestimmt längst in den nächsten Lebenszyklus eingetreten, wahrscheinlich als An-

Als Mrs. Felicia O'Brien in den Bus einstieg, bemerkte sie einen uniformierten Mann, der sie anstarrte. »Da hab ich mich

und fing bei der Firma Smythe's Shops als Laufbote für acht Shilling die Woche an. Diese aufreibende Arbeit brachte ihn dazu, daß er

auf einen Platz weiter vorne gesetzt, falls Sie verstehen, was ich meine.« Wer beschreibt ihren Schreck, als sie sah, wie derselbe Mann

sich als Sekretär bei der Laufburschengewerkschaft für das Mittlere Ulster bewarb. Aber Goobe (sic!) war

sie von der Seite anstarrte. »Gehen Sie bitte weg«, schnappte sie wütend, ein solches Beäugtwerden nicht

damals noch blutjung, weshalb, während er bei halbem Gehalt für die Gewerkschaft arbeitete, der 18-jährige Goode (sic!) einen Job

gewohnt, fühlte sie sich doch, wie Mrs. O'Brien es ausdrückte, »wie eine Dirne«. Arme Felicia! Die gewöhnlichsten Montagsbesorgungen werden

hinter dem Ladentisch bei Neeson's Haushaltswaren antrat, einem expandierenden Warenhaus mit Filialen in

zu ihrem schlimmsten Albtraum. Einmal murmelte der Mann (wie ihr schien): »Noch immer von Felice kein Gunstbeweis?« Als der Bus an Vera's

Limavady und Londonderry, in welch letzterer Stadt der vielversprechende junge Geschäftsmann eine

Frisiersalon vorbeikam, sah Mrs. O'Brain (sic!), wie ihre Freundin Mrs. Cane das Etablissement verließ,

Papierwarenhandlung eröffnete, ohne im gerechten Kampf für die Belange des durchschnittlichen ehrlichen Laufburschen oder

walt …, aber das hier war Irland, Europa, hier wurden die Dinge effizienter geregelt.

Aber auch hier konnte das Leben Chaos sein, von der Vernunft unkontrolliert.

Anil barg seinen Kopf in den Händen und wiegte sich sanft auf dem orangefarbenen Plastikstuhl in seiner Zelle auf und ab, der sich so wirkungsvoll mit den braungraudüsteren Wänden und dieser wundbrandgrünen Trennwand biß.

»O großer Vishnu«, schnulzte er, »reich mir deine Hand.«

Eine Hand, nicht die des Vishnu, griff durch das Gitter und reichte, wie auf einem emblematischen Plakat der sozialisti-

welche eine schicke Dauerwelle schmückte. »Hoy!« rief Felicia ihr zu. Unterdessen, ohne Rücksicht auf ihr Unbehagen, kam ihr der Fremde,

Laufmädels von Ulster innezuhalten, ohne Rücksicht auf (und das war bahnbrechend für das Ulster jener Tage) »religiöse Zugehörigkeit,

mit stechendem Blick und Knoblauch-Atem, so nah, daß sich ihre Nasen fast berührten, und wiederholte: »Noch immer von

Nationalität und/oder Hautfarbe". Inzwischen (1976) war klar, daß Goose (sic!) sich ein doppeltes Standbein

Felice kein Gunstbeweis?« Da ihre Freundin Mrs. Cone (sic!) nichts von alledem ahnte und der Bus hartnäckig weiterfuhr, hatte sie

hatte: nicht nur »Primus inter Pares« unter den aufstrebenden Unternehmern der Provinz, sondern auch

die Wahl: Schrei'n oder Nichtschrei'n. Sie erinnerte sich, wie ihr eigener teurer Da unter den

der beste Freund des Laufburschen. »Ich liefer an, ich liefer ab« wurde sein Motto, als er nach Süden zog. Und es war

FESTUS BOOTE (sic!) BEI TRAGISCHEM ZWISCHENFALL ZU HAUSE GETÖTET

Black and Tans hatte leiden müssen, in den frühen Tagen des Bürgerkriegs, also entschloß sich unsere tapfere Maid zu einem Appell an

ein damals noch unbekanntes Seebad, Killhole (sic!), bekannt für sein relativ mildes Klima und den sagenumwobenen Schrein

schen Ära, welches für Freundschaft der Ersten mit der Dritten Welt wirbt, ein Päckchen Woodbines herein, volle Stärke natürlich, nichts mit verweichlichenden Filtern und niedrigem Kondensat und ähnlichem Unsinn: einfach die gute Lulle, stark wie ein Bidi, aber ja.

»Lulle?«

»Wie bitte? Äh ja, ich äh, glaube doch. Ich äh, vielen Dank. Es ist schon etwas her, seitdem ich geraucht habe. Ich bin nicht einmal sicher, ob das hier gestattet ist.«

»Das geht schon in Ordnung, nur zu.«

»Aber wer sind Sie?«

»O'Mallet. Tom O'Mallet. Anwalt. Bitte sehr. Eklige Angewohnheit, aber wir haben alle unsere Schwächen, stimmt's?«

Anil zog sich eine heraus, zündete sie an, atmete ausschweifend ein und aus.

»Ich kann Ihnen sagen, Sir, daß ich für diese kleine Zigarette so dankbar bin, daß ich mich bereit erkläre, mit Ihnen über alles zu diskutieren –, bis zu einem gewissen Grade natürlich.«

»Wie schön, Mr. – Swain, richtig? Man möchte es doch richtig aussprechen. Wie steht man denn da, wenn man von vornherein den Namen falsch ausspricht.«

ihre Mitreisenden, indem sie »Hilfe!« schrie und wieder »Hilfe!« und »Hilfe!« abermals. Ein höhnischer Blick und ein Zwinkern wurden ihr von jenem

der Unsichtbaren Jungfrau, sowie kleiner, aber wachsender Industrie- und Touristik-Standort, der den jungen

»gräßlichen Mann«, wie Mrs. O'Brien ihn später nannte, zuteil; wer aber beschreibt ihre Überraschung, als er sein

Goone verzauberte, den Unternehmer aus der Grafschaft Derry, der im Jahre 1988 Ehrenvorsitzender

Gebiß anlegte und, mit dem klaren Akzent von Cork, »Noch jemand ohne gültigen Fahrausweis?« sagte?! »Ich war ja so erleichtert, daß ich

des Laufburschenverbands von Killoyte (sic!) geworden war, um kurz darauf, während er dem Gottesdienst in

fast auf die Straße gefallen wäre«, rief Mrs. O'Brien aus. »Natürlich hätte ich gezahlt, aber als wir bei

Der willfährige Beschließer schloß die Tür auf, und Tom trat ein. Anil erhob sich, zwanghaft seinem oberkellnerischen Instinkt folgend.

»O du meine Güte, ich weiß, was Sie meinen. Treten Sie doch bitte ein, Mr. – O'?« Anil spürte eine augenblickliche Aufwallung von Wärme für diesen unerwarteten und liebenswürdigen Anwaltsknaben. Welcher, sobald sie einen Händedruck ausgetauscht hatten (seiner übertrieben fest und männlich, Anils eher schlaff, den Umständen entsprechend), pingelig in Kniehöhe die Bügelfalten seiner Nadelstreifhose hochzupfte und sich auf den ungemachten Lakenwirbeln und aufgewühlten Decken von Anils Pritsche niederließ.

»O'Mallet. Ganz richtig. Also, Mr. Swain. Ich habe Ihren Fall verfolgt. Sie waren, wie ich höre, nicht so sehr zufrieden mit dem Pflichtverteidiger.«

»O, ein entsetzlicher kleiner Wichser. Alles, worüber er reden wollte, waren Rassismus und Rassendiskriminierung, als hätte er was am Hirn, aber ich wollte ihn fragen: ›Was zum Teufel glauben Sie, wer ich bin, ein Nigger?‹ Ich habe ihn jedenfalls gefeuert. Paff, einfach so.« Er schnappte mit den Fingern. Tom lächelte und blitzte den Halogen-Blick durch besonders

St. Derek's (K. von I.) beiwohnte, wo, wie es das Schicksal wollte, ein gewisser Coriolanus (sic!) Regan als Küster amtierte, Mr. Goone

Supermac ankamen, dachte ich, ich muß hier sowieso raus, praktisch.« Bei der CIE war man weniger begeistert: wie wir hören, haben die Kon-

Schirrte (sic!) in Richtung des targischen (sic!) Vorfalls unternahm, welcher im Tohde (sic!) eines Mannes kumlinierte (sic!), den

trollabteilungen mehrerer lokaler und regionaler Busgesellschaften davor gewarnt, »die notorische Schwarzfahrerin Mrs. Felicia O'-Brien

kein Geringererner (sic!) als Jack Lynch (sic!) einst als den besten und freundlichsten aller Menschen; den DEN einsteigen zu lassen"! (sic!)

DEN GROSSZÜGIGSTEN MENSCHEN« bezeichnet hatte.

»Soll ich alles alleine schleppen?« sagt Bruce, einen Sessel hochwuchtend, im III. Akt, als wolle er

unausstehliche aufsteigende Bänder aus Woodbine-Rauch, der ihn bald zum Blinzeln und Augenreiben zwang, somit das Potential des Blicks gefährdete. Der kleine Saukerl war ein etwas schwieriger Fall, das sah er schon. Tom beugte sich vor, bemüht, trotz Rauch, nicht wieder zu blinzeln, und, wie einer jener legendären Fakire aus Swains wimmelndem Heimatland, versuchte er zu hypnotisieren, zu bannen, in sein Ein-Mann-Kraftfeld zu ziehen.

»Nun, ich würde das rassische Argument nicht so einfach von der Hand weisen, Mr. Swain. Es könnte sich noch als äußerst nützlich erweisen. Ich bin aber auf jeden Fall hinreichend sicher, daß diese alberne Anklage auf Grund mildernder Umstände fallengelassen wird.«

»Ja, Hölle auch, was bedeutet das? Nein, das klingt gar nicht gut, O nein, ganz und gar nicht, Sie werden doch nicht argumentieren, ich wäre plemplem und hätte keine Ahnung gehabt, was ich trieb, oder? Daraus wird nichts, das sage ich Ihnen jetzt schon. Die Familie zu Hause würde das überhaupt nicht billigen. Mein Gott. Schande und Verbannung sind bereits schlimm genug, kann ich Ihnen sagen, auch ohne daß auch noch auf der Liste steht, ich wäre bescheuert.«

»Nein, nein, ganz und gar nicht. Das ist doch gerade das Schöne daran, Mr. Swain. Mildernde Umstände können alles sein, was Sie und ich beschließen. Ein Furunkel am Hintern oder ein falsch eingesetzter Mikrochip oder ein Besuch beim Chiropraktiker.«

»Ein Besuch beim Chiromanten? Chips? Ein Furunkel am Hintern? Was? Bitte, Mr. Awmley, wovon reden Sie eigentlich die ganze Zeit?«

»Ich versuche zu sagen, daß wir etwas ausarbeiten können, ohne notwendigerweise unser Heil in verzweifelten Maßnahmen zu suchen, obwohl es gut zu wissen ist, daß wir sie bei Bedarf notfalls ergreifen könnten. Den Rassen-Aspekt z. B.«

Etwas besänftigt, zündete Anil sich seine zweite Zigarette an der ersten an, womit er wieder Toms Halogen-Blick umwölkte.

»Sie meinen, die werfen mich in den Knast, weil sie Inder hassen.«

Tom zwang sich ein Husten ab und starrte böse und traurig zugleich.

»Müssen Sie diesen Scheiß rauchen? Ja, na gut. Aber danach keine mehr, okay?«

»Ich sage, hören Sie zu, Awmley, oder wie Sie verdammtnochmal heißen, ich sage, verpissen Sie sich, klar? Ich meine, ehrlich, hier sind Sie, platzen in meine Gefängniszelle und bieten mir Fluppen an, und dann sagen Sie mir, ich soll nicht rauchen, dann wollen Sie wissen, ob ich ein Furunkel am Hintern habe, ja, sind Sie denn plemplem oder pervers oder was, wie?« Anil kochte und qualmte zugleich. »Jedesmal, wenn ich vor die Tür gehe, erwischt es mich irgendwie, und mehr ist dazu nicht zu sagen.« Tränen glänzten. »Plus, sie lassen mich hier drin nicht fernsehen. Ich weiß gar nicht, wo ich anfangen soll, wenn ich aufzähle, wieviele Sendungen ich schon verpaßt habe.« Noch höher wallten die Tränen beim Gedanken an seinen schönen Fernseh und die Normalität, die er repräsentierte. Er stellte ihn sich vor, wie er still und verschmäht daheim in seiner Ecke stand, den verächtlichen Blicken von Rubinas Glastieren ausgesetzt, aufgegeben und von allem entblößt, wie die Hausgötter der Drawiden, oder, eigentlich, ihr Besitzer …

Tom hob die Hände, Handflächen voraus, in einer priesterlichen Geste der Milde und Ruhe.

»Aber aber, Mr. Swain.«

»Selber aber aber.« Anil, dessen Füße vor Kummer steppten, wandte dem nunmehr lästigen Anwalt den Rücken zu und sah hinüber in die Nachbarzelle, wo gerade ein Damespiel zwischen Ironman Smyth und seinem Zellengenossen (und Zweitem in der Befehlshierarchie der Arier von Munster, laut Gefängnisgerede) Pewterhead O'Gorman stattfand. Beide saßen in U-Haft und warteten auf ihre Verhandlung wegen Banküberfalls. Keiner von beiden hatte bisher rassistische oder homosexuelle Tendenzen gezeigt; aber natürlich war Anil erst seit ein paar Tagen Knacki, und es war bestimmt noch jede

Menge Zeit für vieles, was passieren mochte. Wie dieser Hanswurst von einem Anwalt, der plötzlich auftauchte und mit seinen Lullen wedelte …

Ormlet, hieß er nicht so? Anil warf einen halben Blick über die Schulter.

»Sagen Sie, Ormlet, haben Sie mit meiner Frau gesprochen?«

»Nein, noch nicht. Aber ich bin hier, um Ihnen zu sagen, daß ich noch viel mehr erreichen kann, Mr. Swain … Wissen Sie, das klingt entsetzlich förmlich. Darf ich Anil zu Ihnen sagen?«

»Nennen Sie mich, wie Sie wollen. Hauptsache, Sie sprechen es richtig aus.«

»Ah-NIIIL?«

»Geht so.«

Tom schluckte und legte sich ins Zeug.

»Wissen Sie, Anil, in der Welt der Jurisprudenz, hier in Irland und, nun, wohl auch in Indien, gibt es so etwas wie Kompromisse und sogar, nun, Übereinkünfte, um nicht zu sagen: Deals, die vernünftige Menschen untereinander ausarbeiten. Ich bin sicher, daß Ihnen klar ist, einfach, indem Sie sich ein bißchen umsehen, daß Sie sich am Ende einer ziemlich langen Schlange befinden, was einen Gerichtstermin betrifft. Bis ich auf den Plan trat, hatten die noch nicht mal einen neuen Anwalt für Sie beauftragt.«

»Genau wie Indien.«

»Exakt. Aber wir wollen Sie hier doch so bald wie möglich wieder rausholen, oder?«

»Nun, Mr. Ormlet, ich schon, ganz bestimmt. Aber ich weiß nicht, was Sie überhaupt wollen.«

»Alles, was Ihnen nützt.«

»Ach, du meine Güte. Seien Sie ein netter Kerl und verpissen Sie sich. Und besorgen Sie mir einen Fernseher, ja?«

Weiterer Dialog sentimentaler Natur trug nur zur retrograden Qualität des Prozedere bei, und Tom begann sich zu fragen, ob man diesen aufsässigen und ziemlich trotzigen kleinen pakistanischen Schweinehund überhaupt für sich gewinnen konnte, dessen Rücken- und Schulterblattarbeit zu betrachten er reichlich Zeit hatte, weil die dumme Sau gekrümmt von ihm abgewandt herumsaß und eine DRITTE Ekelfluppe rauchte... Es schien keinen raschen Zutritt ins Herz des Mannes zu geben, zumindest nicht auf der Route, die der übliche Westler auf Schuldtrip traditionell einschlug, wurde diesem Trip doch geschickt vom eitlen und unwirschen Swain mit moralischem Absolutismus ausgewichen (»Was zum Teufel verstehen Sie denn schon von Rassismus, Ormley? Sind Sie schwarz? Und was geht es Sie an, wenn ich diskrimiert werde?«).

Mit seinem Latein am Ende, entschied Tom nunmehr, daß ein – wie Pétain in Verdun oder Maradona beim World Cup '78 – direkter Angriff das Beste – nein, das *Einzige* – war, sammelte also ohne weiteres Trara (bildlich gesprochen) seine Hinterbacken zusammen (auch wieder bildlich gesprochen) und wagte auf gut Glück einen Sprung ins moralische Ungewisse.

»Na gut, vergessen wir das alles. Sagen Sie mir nur dies, Swain. Können Sie einen Lieferwagen fahren?«

»Natürlich kann ich einen verdammten Lieferwagen fahren.«

»Dann kann ich Sie hier rauskriegen.«

»Kriege ich auch das Restaurant?«

Tom war perplex, aber bald erklärte Anil, wobei er sich schmirgelnd die eilfertigen Hände rieb, worum es ging. Die Konzession sollte kriegen, wer das höchste Gebot machte; warum also nicht er?

»Also, und damit fängt es schon mal an, weil Sie ein Vorstrafenregister haben«, erläuterte Tom, der erst jetzt begann, die exzentrische Art dieses Inders in ihrer Tiefe und Breite korrekt abzuschätzen –, und doch! Listig war er, und es mangelte ihm nicht an »intestinaler Kompetenz« (wie Bobby Lee Irwin sagen mochte, wobei er die Faust in der Luft und um Luft herum ballen mochte). »Zweitens weil Sie kein Geld haben.«

»Aber ich brauche kein Geld. Ich will, daß Sie mir das Restaurant besorgen. Sonst können Sie sich Ihren blöden Lieferwagen in den Arsch schieben.«

Inmitten von Toms legalistischen halben Versprechungen gingen ihre Verhandlungen rasch vorbei. Auf wundersame Weise bewirkten ein paar kurze Telefonate bald, daß Richter Jerry O'Mallet seinen Bezirksgerichtshof von mehreren Verfahren freigeschaufelt hatte: nichts Ernsteres erwartete seinen Vorsitz als zwei Fälle von Trunkenheit, einmal öffentlich, einmal privat, und einer wegen Erregung öffentlichen Anstoßes (d.h. ein schwergewichtiger Kneipenbewohner, den örtlichen Ordnungskräften wohlbekannt, der wegen lauten Schmatzens mit den Lippen und wiederholten anzüglichen Verschränkens der Arme, während er vor Heron's Mini-Market auf den 2:44er nach Newmanstown wartete, aus dem Verkehr gezogen wurde).94)

Um sechzehn Uhr rauschte Tom O'Mallets Kanzleipartnerin, die angesehene bei Gericht zugelassene Anwältin und frühere Miss Tipperary, Mary Rose Ryan, einen hängeschultrigen Anil Swain im Gefolge, majestätisch in die graue Düsternis von Gerichtssaal Nr. 3, Bezirksgericht Killoyle, wegen seiner Aussicht durch nachgemachte Bleiglasfenster auf den Glokkenturm von Laddi's Disco, wegen seiner Nähe zu Oliver's Haus der Riesenaustern und seiner relativen Nähe (zwei Straßen weiter) zu Mad Molloy's, der *poteen*-Taverne, mit ihrem berühmten (oder berüchtigten, kommt drauf an, wo man her-

94) Ich nehme an, das Lokalkäseblatt hat was darüber geschrieben, aber es ist mir nicht gelungen, es aufzutreiben. Als einer der wenigen überlebenden Augenzeugen kann ich jedoch die Aggressivität besagter Gesten bestätigen, welche überdies in widerwärtiger Weise von abwechselnd zum Kuß gespitzten und zum Flunsch verzerrten Lippen und explizitem Hüftschwung begleitet wurden –, von manchen als recht eigentliche Vorführung des hawaiianischen Willkommenstanzes bezeichnet, besonders abstoßend bei einem Mordstrumm von Dreckschwein, das 98 Kilo auf die Waage bringt und ohne Socken 2,08 Meter groß ist.

95) Siehe »Das Nichts-Sein« von Jean-Paul Prawn, Bd. 2, S. 123: »Plötzlich begann ein Leierkastenmann unten auf der Straße, sein Instrument anzukurbeln, was bei seinem Affen Schreie hervorrief.

oder reinkommt) Spielzimmer im hinteren Teil, absolut kein Zutritt, sei es Katholik, Protestant, Jude oder Dissident, für Personen unter achtzehn oder vor zehn Uhr *post meridiem*, Jerry O'Mallets Lieblingsgerichtssaal …

Im Hintergrund, wodurch die meiste Konversation unhörbar wurde, lief das mitreißende Schnurren von Frank Sinatra, live im Madison Square Garden, Vorfrühling 1967. Mrs. Ryan schmollte, also griff der Richter unter sein Podium und vollführte Fummelbewegungen, wie jemand, der etwas leiserstellt, und fortan hörte Sinatran man leiser, wie er mit der Reinheit seiner mittleren Periode Mädchen mit parfümiertem Haar Betreffendes vortrug.

»Ah, Mrs. Ryan, dies wäre also der gefürchtete Mr. Swain, wenn ich nicht irre?« polterten Seine Gnaden und strahlten jovial. Er wandte sich dem Angeklagten zu und schoß versuchsweise Andeutungen des Xenon-Blicks auf ihn ab, an welchem er den ganzen Morgen über im Rasierspiegel gearbeitet hatte. Es war eine ziemliche Aufgabe, wie der Richter entdeckt hatte, denn anders als der Halogen-, der lediglich eine gewisse nichtblinzelnde Starre erforderte, verlangte der Xenon-Blick, daß man die Lider so weit wie möglich aufriß, um, wenn schon nicht den Tatbestand,95) dann doch zumindest den Eindruck hervorquellender Augäpfel zu vermitteln, das alles mit dem

So stark war der Schock von diesem plötzlichen Angriff auf seine Empfindsamkeit und seine Begleit-Innewerdung der Schrecken der Existenz, daß Juliens Augen in ihrer Umlaufbahn gefroren und auf diese Weise permanent in ausgestellter Anordnung fixiert blieben: das linke, welches symbolisch nach links gerichtet war; das rechte, hélas, nach rechts …« Prawn arbeitete am besten, wenn er mit dem Gesicht nach unten ein Nickerchen machte, hat man mir gesagt, und gewöhnte sich diese Stellung bald auf Dauer an, was dazu führte, daß seine Freundin Sinead (oder war es Sylvie?) auszog und sich mit, tja, einer ganzen Reihe von Burschen anfreundete, muß ich leider sagen, das fing mit Monty Pea an, ihrem muskulösen niethosentragenden amerikanischen Arbeiter/Poeten, und ging flott mit Nicéphore weiter, jenem trägen, ständig Verlaine von

Vorsatz, Zweifel an der seelischen Stabilität ihres Besitzers und Besorgnis, ja, Angst beim Gesprächspartner zu schüren ..., Anil jedoch zumindest war unbeeindruckt, unbeteiligt, unberührt. Eine tiefe Hindu-Resignation hatte in seiner Seele Wurzeln geschlagen und so ziemlich alle Ergebnisse dieses quasi endlosen Melodramas dem Vergessen der kosmischen Gleichgültigkeit überlassen, dem göttlichen Ganges der Seele. Nicht einmal, auf den Zuschauerbänken, der Anblick von Rubinas gequältem Gesicht (naja, eigentlich gereizt, aber mit einer oder zwei Falten der Besorgnis die enge Braue hinab) konnte die Verzweiflung in ihm bändigen.

»Mach, was Du willst, Krishna«, quiemte er. »Schick mich ins Gefängnis, richte mich hin, laß mich einen Lieferwagen fahren, scheiß drauf. Was du willst.«

»Na na«, gurrte der Richter, »wollen doch mal sehen, Mr. Swain. Angesichts des bedauerlichen und unerwarteten, wenn auch zufälligen – obschon natürlich entsetzlichen – Ablebens des Haupt-Klageführers in diesem Fall, Mr. Fergus Goones, frage ich mich sehr, ob die Anklage überhaupt noch standhält ... Mrs. Ryan?«

Ein verhutzelter Mann mit pomadisiertem Haar und kastanienbrauner Weste trat vor, nickte dringlich oder zwanghaft, flüsterte dem Richter etwas ins linke Ohr, unterbrach sich zweimal, indem er offenen Mundes hustete und prustete, und wurde daraufhin vom Richter ungeduldig mit einem fahnen-

sich gebenden Portier aus dem VII. Arrondissement, mit Dario, dem kantigen italienischen Vogeldompteur, einem wettergegerbten griechischen Fährmann namens F. Charistopolis, jenem mannhaften spanischen Gentleman-Farmer Andrés García y García de Vino Tinto y Un Poco Más, einem relativ obskuren schweizer Alkoholiker und Porträtmaler namens Ueli-Peter Tschüdi, ein paar solipsistischen englischen Schauspielern – Nigel, Ken, Tony, Sid, diese Bande – und sogar mit einem graumelierten, mürrischen, verspielten irischen Schriftsteller, der beim Santé-Gefängnis um die Ecke wohnte, ein Dramatiker oder Dichter oder so, ein seltsames altes Teil angelsächsischer oder runischer Abstammung war er, und er

großen Taschentuch weggewedelt. Dann näherte sich Mrs. Ryan dem Richtertisch und konferierte, wobei sie ihren frisch manikürten Händen und den winzigen goldenen und silbernen Amuletten, die an ihren Handgelenken klimperten, glitzernde Seitenblicke zuteil werden ließ. Der Richter lächelte zahnreich, als habe man ihn von seinem ungebrochenen Schlag bei Frauen oder dem Sechser im Lotto informiert.

»Na, wunderbar«, sagte er. »Gute Nachricht, Mr. Swain. Nun ja, gut und schlecht zugleich, würde ich sagen. Es ist meine begründete Meinung, nachdem ich die Fakten des Falls überprüft habe, daß hier eindeutig Rassismus am Werk war, o ja. Das ist übel, und glauben Sie mir, ich erkenne Rassismus, wenn ich ihn sehe, das können Sie mir glauben, mein Junge. Jeder Mann aus Tipperary in Dublin weiß, wovon ich spreche. Links und rechts geschmäht und verspottet wird er. Landei, Sumpfhuhn, Negerkopf … Die Liste der Beleidigungen dieser kleinwüchsigen verdammten Dubliner Brut würde einen erbleichen lassen, wenn man sie in ihrer vorgestanzten Niedertracht vollständig hörte. Träge Bedienung in Restaurants. Verächtliche Taxifahrer, das können Sie mir glauben. Und lautstarker Hohn in gewissen Wohngegenden. Dann wieder von Leuten aus Cork gehänselte Dubliner und vizi versi. Natürlich schiere Dummheit. Vorurteil und Bigotterie gar nicht zu erwähnen, ja, haben wir nicht alle schon genug gelitten, ey? Wenn Sie also mich fragen, Mr. Swain, wurden die Umstände

hieß … Burnett? Burgess? Nein, *Bassett*, das war's. Stan Bassett. Toller grauer Schopf, der stand wie eine Schuhbürste. Merkwürdiger Mensch, wenn man's recht bedenkt. Ich habe ihn einmal getroffen. »Wie läuft's denn, Kumpel«, sage ich. »Ah! Sie sind's«, sagte er, dabei hatte er mich noch nie gesehen, und verschwand rasch im Novembernebel, wobei er das Hauptthema aus Prokofiews »Peter und der Wolf« pfiff und gleichzeitig aus vollem Halse die Erzählerstimme zu diesem reizenden Stück vortrug, ein Ensemble, das rapide in die hauchfein lampenbeschienenen Weiten der Place de la Bastille hinein- und abschwoll. »Cheerio«, sagte ich, verlassen, aber nicht verstimmt.

Ihrer Verhaftung ausschließlich von unbegründeter Abneigung auf der Basis Ihres Namens, Ihrer Erscheinung und ethnischen und/oder nationalen Herkunft motiviert und schließen alle weiteren Anklagen in meinem Gerichtssaal aus.« Er lehnte sich mit einem Seufzer zurück und trommelte mit den Fingern auf die Wölbung seines Wanstes. »Natürlich wäre da noch die kleine Angelegenheit mit der gemeinnützigen Arbeit an Stelle der Haftstrafe zu klären, wie Ihr Anwalt Ihnen bestimmt erklärt hat.«

»Welcher Anwalt?« erkundigte sich Anil verwirrt, und Mrs. Ryan ließ den Blick von ihren Fingernägeln zu ihm schweifen.

»Ja. Gut. Und ich lasse hier große Milde walten, Mr. Swain, mit Ihrer armen Frau hier im Gerichtssaal« (Rubina drohte dis-

96) Ach ja mein Gott ja o ja, sage ich, ja ja, die guten alten den Uyls, oder »Joops«, wie wir sie nannten, schmackhafte kleine Dinger; sobald man sie ausgedrückt hatte, entzündeten sie sich unweigerlich in angrenzender Nasen- oder Schnurrbartbehaarung erneut, ja, ich erinnere mich gut an sie, habe sie mir in den Teens angewöhnt, als ich mit meinem Zimmergenossen im Longford College, einem niederländischen Burschen namens Ruud, durch die Niederlande getrampt bin, später ist ganz schön was aus ihm geworden, Premierminister der Niederlande oder so, und kurz auch (bis ihr seine Veranlagung voll bewußt wurde, im Bett trockene ökonomische Daten aufzusagen) Prinzessin Katje van Otterkaats Freund ..., egal, da waren wir also in einem Kaff mit Kreuzung namens Doerpburg im schläfrigen Süden von Brabant, frisch aus den Betten der dortigen Jugendherberge aufgestanden, kümmerten uns um unseren eigenen Kram (auf der Suche nach einem Klo, wenn ich mich richtig erinnere), als (und das verschafft mir immer noch Albträume), als wer um die Ecke biegt, so ausladend einschwenkt wie das große Tor vom Dublin Castle selbst, wenn nicht ein Typ, den ich mal in Cork in so einer langweiligen Schriftstellerkneipe (billiges Ale, zwei Shilling die Pint) kennengelernt und nie wiederzusehen geschworen hatte –, aber »ja, mach nur einen Plan«, was? Es war Jumbo Wyde, der *homme de lettres*, Autor von »Fellinoptera« und »Ballyknocknee: Romanze in Semtex« und »Filmkritiker Schrägstrich Popmusiker Schrägstrich Romancier«, wie es in seiner Kurz-Vita heißt, welche seine denkwür-

kret mit der Faust) »und der bizarren Vorfälle eingedenk, die überhaupt zu dieser Anklage geführt haben, von Mr. Goones Tod ganz zu schweigen ... Na, wie auch immer. Hiermit verurteile ich Sie zu, äh, vier Stunden gemeinnütziger Arbeit, deren genaue Natur noch von Ihrem Rechtsbeistand nach Beratung mit dem Hohen Gericht, d.h. mir, zu bestimmen sein wird. Sitzung geschlossen.«

Der Hammer fiel mit Respekt einflößendem Knall.

»Sie wollen, daß Sie für sie einen Lieferwagen fahren«, erläuterte Mrs. Ryan, später, als Anil gierig ein Leber-mit-Salat-Sandwich verschlang, frisch aus einem der Kantinen-Automaten. Mrs. Ryan zündete sich cool einen *Joop den Uyl*-Filterzigarillo[96] an und fächelte zum Zwecke weiterer Einschätzung

digste Eigenschaft unterschlägt, die des Langweilers *extraordinaire*; und da war er, »auf Recherche«, wie er es in der ihm eigenen liebenswürdig sadistischen Art ausdrückte, bemüht, uns vor der Tür von Mijnheer Underloo's Apotheek (geschlossen, es war Sonntagmorgen) abzufangen, blockierte er jeden Fluchtweg mit seiner massigen Gestalt (und naschte die ganze Zeit an einer kraftvoll aromatischen Mischung aus Mayonnaise und den dortigen Pommes, fett in ein konisches Gebilde aus dem Fernsehprogramm der Lokalzeitung, *Het Blad*, gewickelt), »für meinen neuen Roman, in dem es um die Obstsammelexpeditionen nach Ostindien gehen soll, und ihr, die ihr mich kennt, erwartet nun natürlich auch ein bißchen was über die IRA, und tatsächlich kommt es in Kapitel 3«, – er hielt für eine eindringliche Handbewegung inne, die kurz den Glockenturm des St.-Weselius-Doms enthüllte, der in Richtung des Freiheit verheißenden für die niederländische Landschaft so typischen niederländischen Himmels deutete, so eben und eben hinter seinem mächtigen und immer stärker ausladenden Körperbau sichtbar –, »alles vor, komplett mit Erläuterungen zur Entstehung von ›Buster, der Terrorist‹ –, okay, seht mal, ich bin Popkulturfreak, und ich entschuldige mich auch nicht dafür, besonders nicht euch Eurosnobs gegenüber, war jetzt nicht böse gemeint –, ihr kennt doch die Geschichte über die erste Episode, oder, sagt halt, wenn ich sie schon mal erzählt habe«, »halt«, schmeichelten wir, fruchtlos, ungehört –, »aber ihr kennt doch Pete Hedges, den Typ, der bei Amanda Major in dieser

und Beurteilung den Rauch von ihren scharlachroten Fingernägeln. »Du meine Güte, ist da etwa ein Riß?« meckerte sie sichtend. »Zehn Otzen hab ich dafür hingelegt...«

»Äh, Missus«, sagte Anil. Aber der Würfel war gefallen und Anils Schicksal besiegelt. Mrs. Ryan wurde ungeduldig und stieß Anweisungen aus.

»Hören Sie zu, Singh, und unterbrechen Sie nicht.«

Ost-West-Action-Romanze, *Bao Dais Lehrjahre*, Regie geführt hat? Das war eine echte Überraschung, eine autobiografische Naßmach-Schnulze zuzüglich Prügel-Oper, wie ich in meiner Rezension für den *Wellington Boot* so richtig schrieb –, hab ich euch eigentlich je erzählt, wie ich diesen Film zum erstenmal gesehen habe, das war in Galway, als ich an den Fischerbooten arbeitete, und eins kann ich euch sagen, *auf die billige leben* ist noch heftig übertrieben, wenn man das beschreiben will, da war ich in einer Fließendkaltwasserwohnung im Süden von Salthill –, das war übrigens, als ich Larry »Lead« Drummer kennengelernt habe, vielleicht habt ihr ihn in *Die Mädchen des Blaubart* gesehen, da hat er Pullover gestrickt –, ein ganz guter Dichter und, wow, genau das Klischee vom beidhändigen Trinker, einmal bin ich nachts auf eine Party gegangen, wo er gelesen hat, und zuerst konnte ich kaum ein Wort von dem verstehen, was er gesagt hat, dann habe ich zwei Dinge bemerkt: erstens, daß er Deutsch gesprochen hat; und zweitens das leere Paar Whiskeyflaschen, das er in jeder Hand gehalten hat, Mann, war der breit –, und ich trinke selbst keinen harten Alkohol, kann das also vollkommen objektiv beurteilen –, Augenblick mal, ich glaube, Maureen Titus war auch da –, wißt ihr? die Leadsängerin von den Racing Heads? die Surf-Rock-Fusion-Gruppe aus Sligo? damals in den Sechzigern und Siebzigern? ein echter Klopfer? – war jedenfalls auch da, das kann aber auch in Mullingar gewesen sein, als ich 2. Kurator im Don-Levy-Wachsfigurenkabinett mit Schreckenskammer war –, nein, das ist gelogen, das muß dreiundneunzig vierundneunzig gewesen sein, das war nämlich in dem Jahr, als meine Eltern zu Besuch kamen, und sie hatten vierzigsten Hochzeitstag, damals, als ich den alten Zephyr von meinem Da fuhr –, ich habe euch doch von dem alten Zephyr erzählt, oder, das war ein regelrechter dicker Panzer von einem Kombiwagen, wir haben ihn »Mustang Sally« genannt, weil, wenn man damit losfuhr, hat er gebrüllt wie ein Mustang –, egal, ich bin mit »Mu-

Anil sollte am selben Abend um zehn bei den östlichen Docks sein, um den Lieferwagen und dessen Ware von einem Mann namens Seamus zu übernehmen; dann sollte er an der Küste entlang nach Südwesten (teils sehr schöne Aussicht bei Vollmond; Straßenkarten werden gestellt) bis Crumstown fahren, wo ein anderer Mann, zufällig auch wieder ein Seamus, ihn um Punkt Mitternacht vor der Orinoco Bar in der Poole

stang Sally« die ganze Strecke von Mullingar nach Holyhead gefahren, um meinen Bruder Brad und seine Familie zu besuchen - er ist der, der mit der australischen Schauspielerin verheiratet ist -, d.h. eigentlich ist sie aus Neuseeland, aber aufgewachsen ist sie in Australien, genauer gesagt, in Sydney, wenn ich nicht irre, und sagt halt, wenn ich das schon mal erzählt habe«, »halt«, gurgelten wir unbeachtet, »ich glaube, sie hat für diesen italienischen Regisseur gearbeitet, ich weiß nicht, ob ihr von ihm gehört habt, Federico Gran Turismo? Was hat er gemacht, *O Insalata Verde*, glaube ich, und *Te space' il grugno* (tut mir leid, hab mich ein bißchen vergaloppiert, euer neapolitanischer Dialekt ist wahrscheinlich ein wenig eingerostet, bei uns hatte der Film den Verleihtitel *Ich reiß dir den Kopp ab*, aber in den Staaten ist er als *Amalfi Freak Show* rausgekommen), fünf Jahre oder so hat sie für ihn gearbeitet, das war natürlich vor Brads Zeit, und jetzt haben sie zwei Kinder, Mann, so eine Menge, ich glaube nicht, daß ich je Kinder haben werde -, tja, mir fehlt da eine entscheidende Zutat, haha, nämlich eine Frau oder Freundin oder irgendwie geartete Partnerin, haha, und das ist ja ein ziemliches *sine qua non* -, und was führt euch Herumtreiber überhaupt hierher?« Unglaublich, er hielt eine bis zwei lebensspendende Sekunden lang mit Quatschen inne und mampfte die Überbleibsel seiner Mayonnaise-mit-Pommes-Zusammenstellung, bevor er das Interesse an uns und unserem reaktionslosen Maulaffenfeilhalten verlor (wir suchten dringlich die Gegend jenseits seiner Körperfülle ab, um zu sehen, was sonst noch auf der Welt vorging [ein DAF fuhr langsam einen der seltenen Hügel in den südlichen Niederlanden hinauf; zwei Damen, die sich für den Kirchgang feingemacht hatten, befanden sich, tatsächlich, beim Kirchgang; ein alter Mann, der an der Straßenecke gegenüber stand, entfaltete das Zondagsblad]), vergeblich, denn die Mauer, welche Wyde darstellte, dehnte sich seitwärts und nach außen hin aus, versiegelte alle Ausgänge. »Egal, ich bin je-

Parade oder da irgendwo in der Nähe treffen sollte. Der Inhalt des Lieferwagens wurde dann, aller Wahrscheinlichkeit nach, in ein anderes Fahrzeug transferiert, wie Mrs. Ryan, die inzwischen keuchend atmete, mit Augenbrauenzuckungen, die von enigmatischer Tragweite kündeten, sagte: »*wieder* in einen Lieferwagen ...«, zu welchem Zeitpunkt Anil sich zur öffentlichen Telefonzelle Modern Dance Street Ecke Peterpewter Place und

denfalls hier, weil ich ein Stipendium vom West of Ireland Arts Council bekommen habe, um ein Buch über Popkultur im siebzehnten Jahrhundert zu machen, deshalb geht es in meinem Buch um den Typ, der Het Poop erfunden hat, eine Art Ginger Ale, namens Piet uit Huis, er ist ein historisch verbürgter Typ, man kann hier in Doerpburg sein Geburtshaus besichtigen, es gibt sogar eine Webseite, die mit der Webseite der Vereinigten Presbyterianischen Kirche in Bangor, Grafschaft Down, vernetzt ist –, Augenblick, das erinnert mich an etwas, das in Ballykilloran in der Grafschaft Antrim passiert ist – das ist nämlich meine Heimatstadt, etwa zwanzig Meilen nördlich, nein, nordwestlich, oder vielleicht nordnordwestlich –, das ist, verdammt, auch so ein toller Film, Mann, hätte ich den gern besprochen, irre gut, schlicht und einfach irre gut, bis auf diese lächerliche Szene mit dem Schädlingsbekämpfungsflugzeug, ihr wißt ja, daß Hitchcock das nur gedreht hat, weil er seinen First-Unit-Regisseur an Universal verloren hatte, Paul Urbanite, ihr habt wahrscheinlich noch nie von ihm gehört, er hat diesen herrlichen kleinen Indie-Streifen gedreht, *Kleine Ränder unter großen Augen* –, ja, es gibt da jede Menge Presbyterianer, richtig rechtskonservative Typen, nein, verglichen mit anderen Nestern ist es da nicht so doll, ich meine, Amsterdam ist es schon mal nicht, aber Mann, als ich da aufwuchs, war es großartig –, nicht, daß wir im Luxus gelebt hätten, oder auch nur stilvoll, nein, es war ein typisches Vorstadt-Ranch-Kieselrauhputz-Pseudo-Tudor-Reihen-Fertighaus, aber es war ganz nah am Fluß, weshalb meine Freunde und ich« –, an dieser Stelle rannte Ruud los, aber das Schicksal wollte es, daß sich sein Blazer mit dem Uhrarmband an Jumbos rechtem Handgelenk, welches wirkte, als wäre es etwa eine Meile von seinem linken entfernt, verhedderte, und der glücklose Ruud wurde langsam wieder herangespült, wobei Wolken der Verzweiflung seine freien, offenen, mannhaften Züge verfinsterten –, »drei Jungs, mit denen ich immer noch

eine bereits vereinbarte und festgelegte Nummer wählen sollte..., bequem in natürlicher numerischer Abfolge und dem Gedächtnis entsprechend leichter einzuprägen, nämlich 12-34-56-7.

»Eins zwei drei vier ... Gott, das ist wie ein schlechter Traum«, sagte Anil.

»Ein noch schlechterer Traum«, sagte Mrs. Ryan salbungs-

in Verbindung stehe, nach all den Jahren, ach, was hatten wir Spaß miteinander, das könnt ihr mir glauben, es war eine Existenz wie vor dem Sündenfall, wie wir in dem alten Wasserloch geschwommen und auf Zackenbarsche gegangen sind –, also, zumindest mit Ken stehe ich in Verbindung, er arbeitet bei der Feuerwehr, inzwischen ist er ein bißchen eigen, o ja, in den Sechzigern und Siebzigern hat er ziemlich Drogen genommen, praktisch, aber nie sollst du mich befragen, sonst starrt er einen an wie Jack Nicholson in *The Shining* –, haargenau der Gesichtsausdruck, wir haben ihn hinter seinem Rücken sogar ›Jack Nicholson‹ genannt –, sowas konnte man ihm natürlich nicht direkt ins Gesicht sagen, da hat er einen angesehen wie Robert De Niro in *Cape Fear* –, Augenblick mal, wahrscheinlich haben wir ihn deshalb hinter seinem Rücken ›Robert De Niro‹ genannt« –, hier deutete sich ein weiterer Atemzug an, der durch die erstickend engen Maschen seines Gewäschs Leben verhieß, und ich war mit einem Ausbruchsversuch an der Reihe, unter dem riesigen Unterarm hindurch, den er kurz in einer Gebärde des verwirrten Kopfhautkratzens erhoben hatte wie eine niederländische Hebebrücke; ich kam knapp an seiner Hose vorbei, als mir der Unterarm schwer auf den Kopf fiel und ich besiegt zurücktaumelte –, »tut mir leid, Mann, hast du das nicht gesehen, bist du okay? Ja, ich glaube ehrlich, wir nannten ihn ›Robert De Niro‹, Mann, da wäre ich nicht gern dabeigewesen, wenn er gehört hätte, wie wir ihn so nannten, mit Ken kam man ganz prima aus, außer wenn er Drogen genommen hat, dann hätte er uns angesehen wie Nigel Hawthorne in *Yes, Minister* –, das war, laßt mich nachdenken –«, und plötzlich wurde mein Glaube, so schmerzlich geprüft, wiederhergestellt, denn mit Geschepper wurden die Läden einer Nasi-Goreng-und-Rijsttafel-Diele aufgestoßen, der alte Zeitungsleser faltete seine Zeitung zusammen und ging hinein, und Wyde, unglaublich, verstummte und wendete langsam, wie ein Öltanker im Hafen von Kil-

voll, »erwartet Sie dort«, und sie deutete mit einem manikürten Zeigefinger in Richtung des Gefängnisses, dem er vor so kurzem entwichen war.

»Gut-gut. Sehr schön. Ich verstehe. Hab ich Ihnen nicht gesagt, ich fahr den verdammten Lieferwagen«, brüllte Anil, so daß nahebei Köpfe herumfuhren. »Besorgen Sie mir nur die Restaurantkonzession.«

Eine Kaution war, aus irgendeinem Grunde, nachdem sie von den nunmehr machtlosen Vertretern der Anklage vorgeschlagen worden war, prompt vom Richter abgetan worden, es bestanden aber immer noch bewährungstechnische Vorbehalte, die Anil und seinem Rechtsbeistand (denn Tom O'Mallet war wiedererschienen, scharf mit einem Fürst-D'Arcy-Anzug und einem Lady-Catherine-de-Burgh-Binder angetan, um Verdächte desto besser zu zerstreuen) die Hände banden, was zum Beispiel die Frage betraf, ob es wünschenswert wäre oder nicht, Anils gesamtes Vorstrafenregister zu tilgen, immer natürlich vorausgesetzt, die Expedition jener Nacht nahm einen für alle Beteiligten zufriedenstellenden Verlauf.

»Nun machen Sie sich keine Sorgen, mein Sohn«, sagte Tom. »Kreuzen Sie einfach an der vereinbarten Stelle auf. Ah, da ist ja die Frau Gemahlin.« Er erhob sich halb, wobei er die Höflichkeit des Winkeladvokaten zur Schau stellte, der in der Knechtschaft seines eigenen Egos und der Brieftaschen anderer lebt.

Rubina kam herüber und kombinierte einen Kuß auf den Mund ihres Mannes mit einer brüsken doppelten Maulschelle.

»Autsch«, sagte Anil. »Hölle auch, Tantchen.«

loyle. »Hoy, ist das so ein Nazi-Göring-Laden?« wollte er wissen, rein rhetorisch, denn sein nicht mehr gebanntes Publikum war durch die Lücke, die sich plötzlich zwischen seinem linken Oberschenkel und der Mauer von Mijnheer Otterloo's Apotheek aufgetan hatte, flink entwischt. »Hey, dann bis später, ich hab ziemlichen Hunger«, sagte er, aber wir hatten bereits eine schöne Strecke zurückgelegt. Der letzte Anblick, den er uns bot, als wir uns in retrospektivem Horror noch einmal umsahen, ließ für den alten Zeitungsleser nichts Gutes

»Ich weiß nicht, was ich mit dir machen soll, Onkelchen«, weinte sie. »Ich weiß nicht, was ich mit ihm machen soll«, rutschte es ihr heraus, womit sie sich an Tom (der pantomimisch ein besorgtes Stirnrunzeln hinlegte) und Mrs. Ryan wandte (die kurz davor stand, einen weiteren ungebührlichen Makel im Glanz der Politur ihres rechten Mittelfingernagels zu entdecken).

»Machen Sie sich doch bitte auch keine Sorgen, Missus«, sagte Tom. »Er wird lediglich eine kleine gemeinnützige Arbeit verrichten. Wir werden uns schon um ihn kümmern.«

Genau davor habe ich Angst, dachte sie.

ahnen, auf dessen zerbrechlicher Person Wydes Augen nunmehr ruhten, da sie beide ihren Platz am Tresen einnahmen. »Mijn God«, keuchte Ruud, als wir außer Gefahr waren, »ik chlaub, ik chah jetzt naar de Kerk und bete um Protectie van alle Mensen cheechen diesen Chek.« Ich wählte Gin, die örtliche Variante in Flachmännern aus Steingut, und rauchte meinen ersten den Uyl. Schmackhaft, wenn auch zunächst ein wenig rauh.

15

Der alte Daimler schlingerte um die Ecke, Victor hinter dem Steuerrad in der Falle. Zylinderköpfe droschen, Verbindungsstücke klimperten, ein durchgescheuerter Keilriemen zwitscherte, eine Dichtung zischte Leckage. Am Straßenrand (N 45 A, Killoyle - Ballywen - Derrydingle - Weterford - Crumstown - Youghal, anregende dreiunddreißig Meilen, wie die Krähe fliegt, am Lenkrad geringfügig weniger, je nach Wetterbedingungen, Darmbefinden, Windgeschwindigkeit usw.) verrutschten im Kielwasser des Daimlers hörbar mehrere Mülleimerdeckel, was die Hunde nahebei dazu zwang, ihrer Pflicht Genüge zu tun und die dösende Bevölkerung von dieser monströsen Durchreise in Kenntnis zu setzen.

»Arf arf arf arf«, kreischten die Hündlein. »Arf arf arf«, etc., bis sie in die akustische Doppler-Distanz von lange-her-und-weit-weit-weg ausgeblendet wurden. Der Strahl des einen funktionierenden Scheinwerfers schien auf Steinmauern, verrammelte Fenster, überhängende Bäume, die engen Mündungen heckenbewachsener Sträßchen und den weit offenen Mund eines spätnächtlichen Joggers - Ted Johnston (29), aufstrebender Software-Ingenieur aus Cirencester, der hier auf einem Lehrgang war, praktisch - und sich angesichts des klappernden, dröhnenden einäugigen Leviathans angstvoll gegen die Mauer preßte ...

»Ölle haber hauch«, keuchte er.

Dann waren der wilde Wutsch asthmatischer Schläuche und der suchende Lichtstrahl dahin, und das Biest schrumpfte zu einem Paar rasch verglimmender roter Rücklichter, die wild hin und her wedelten, da den Händen des Fahrers die Kontrolle über das übergroße Lenkrad mählich entglitt.

»Scheiße, du Mistvieh«, protestierte Victor, während seine Finger Halt suchten. Die schütter werdenden Reifen quietschten in einer Doppelhelix wahnsinnigen Zickzacks, dann, glücklicherweise, auf einer schnurgeraden Strecke kurz hinter Ballywen (24 Einw.), gewann unser Mann wieder die Herrschaft über das Fahrzeug, und es gelang ihm, kurz einigermaßen geradeaus zu fahren; als er aber an eine Haarnadelkurve über dem Küstenkliff kam – *Snakey Drive* nennen sie die Einheimischen –, machte er diesen Erfolg zunichte, indem er freudig aufs Gaspedal stampfte und mit jaulenden Hinterrädern in die Übersteuerung plumpste, ein Manöver, das noch riskanter wurde, weil er spontan entschied, sich aus dem Fenster zu lehnen und Lungenklümpchen in die Nacht zu speien. Die Nacht schleuderte sie zurück, ihm ins Gesicht. Wieder schlingerte der Daimler; wieder signalisierten Straßenrandgegenstände und Begleiterscheinungshunde seine Durchreise.

»Verdammichammichammichammich«, brabbelte Victor, wischte sich das Gesicht mit einem paraten Taschentuch und riß das Rad soweit herum, daß es wieder nach »vorne« zeigte,

97) Aha, mit den BeeGees statt mit den Beatles im Hintergrund. Da bin ich voll dabei –, aber damals war ich nicht dabei, das können Sie mir glauben, die meiste Zeit des Minirock-Zeitalters habe ich damit verbracht, so zu tun, als ginge ich treppauf, sogar wenn ich gar nicht treppauf gegangen bin, falls Sie verstehen, was ich meine.

98) Aber haargenau wie Onkel Mel. Hat der Mann doch wirklich sein Leben dem Zweck geweiht, sein Auto sauberzuhalten. Aber vollinhaltlich. Das Auto war ein '64er Neptune, nichts Besonderes, aber es war der Apfel von Onkel Mels rosagerändertem Auge, kann ich Ihnen sagen. Bei Tag und meist auch bei Nacht war er in der Garage, Shampoo in der einen, Bienenwachspolitur in der anderen Hand, »Bitte nicht stören« großgeschrieben auf seinen ehrlichen Zügen des Ulstermannes (dabei paradoxerweise selbst gar kein Ulstermann; als Leinstermann geboren und großgezogen, wie wir alle auf jener Seite der Familie), bereit, jedes der zahlreichen Kinder, die seinen Lenden entsprungen waren (einschließlich den kleinen Monk, bevor er Cousin Monk v. Seines-Gleichen wurde), mit einem Knurren zu verjagen, wenn sie angeblich einzutreten oder sonstwie seine

zumindest annäherungsweise, eben noch rechtzeitig, um einem Hinweisschild auszuweichen (»Killoyle 16; Crumstown 19; Youghal 32«; »Wählt Fianna Fáil!«; »Aisling anrufen, die schnelle Nummer für die schnelle Nummer«). »Jesus nochmal. Scheiß doch auf dieses Kack-Auto. Ahack.«

Das Auto traf natürlich kaum die Schuld. Der Daimler war eine kühne, einst auch tapfere Maschine, die vom zweiten Minirock-Zeitalter her datierte;[97] sie war seit '82 in Victors Besitz und hatte vorher einem Ex-Obristen aus dem Falkland-Krieg gehört (Royal Irish Fusiliers), der sich jetzt froh sechs Fuß tief unter die Krume der Grafschaft Down in den Ruhestand zurückgezogen hatte, neben seine Frau, die ebenfalls darunter ruhte. Wohl wahr, damals hatte ihm der Daimler wie dumm und dösig das Dasein bedeutet, was hatte er für Aufhebens gemacht, tatsächlich manche Nacht mit dumpfem Brüten verbracht, ob wohl zuviel Wachs dem Fensterchrom schadet, oder übermäßiger (oder unzureichender) Luftdruck in den Schläuchen, oder die mögliche Existenz eines Eulen(oder Ratten-)nests im Kofferraum.[98] Auch hatte er da-

Konzentration zu stören wagten. Häufig waren unsere getuschelten Kommentare, und widerwärtig seine Bitterkeit *en suite.* »In Mexiko stündest du besser da«, wie einer betonte, »oder gleich in Arizona. Wann kriegt man an einem derartigen Ort schon je einen Regentag zu Gesicht.« »Aaarrrrgh«, meinte dann Mel und schwang ein Montier- oder Brecheisen. »Ganz schön blöd, sein Auto zu waschen, wenn es jeden Tag regnet«, bemerkte ein anderer, bald vom rasenden Mel gebändigt, dessen Braue von ehrlichem Schweiß gesprenkelt war und in dessen Hand sich eine gewichtige Flasche *Ableder-Spezi* oder sein Zwilling, eine Fünftelgallone Bushmills Black, befand. *»Örrrrrrr«*, brüllte er. Nun, traurig, aber wahr: nach einer Reihe von Jahren – sagen wir, fünf bis zehn – wuchs sich das Wachsen und Polieren zu gigantischen Proportionen aus und verdrängte alles andere aus seinem Tagesablauf: mit dem Hund Gassi gehen, Abende im Kreise der Familie, den Job (zugegeben, eine ruhige Kugel: Sportlehrer an der dortigen Loreto-Klosterschule), einkaufen (außer Kfz-Pflegeartikel), sogar die Kirche (röm.-kath., St. Judas, Gebete für seine Seele und die Reinlichkeit von Autos allüberall). Mel erhob

mals die Gewohnheit, mit einem Knurren und einem Schwall scharfer Beschimpfungen gegenüber Eindringlingen oder jedem, der anfragte, ob er sich die Autoschlüssel ausleihen könne, wegzurennen; doch nach und nach, als die Jahre vergingen und sein Leben hügelab zu taumeln begann, richtete sich der Kompaß seines Herzens anders aus, zerfraß verkalkte Vogelscheiße das einst blitzende Äußere des Daimlers, wurden die Reifen weich und atmeten langsam aus, die Stoßdämpfer sanken in die Knie, die Flüssigkeiten standen ab, und alle äußerlichen Zeichen der inneren Kapitulation waren

sich früh und wachste einmal täglich und mehr als zweimal am Sabbath, falls Regen während des Interims die Unverfrorenheit besessen hatte, die Flanken des edlen Neptune zu beflecken, was er treulich täglich tat, da wir hier (oder da) schließlich in Irland sind; da war nun also der wahnsinnige alte Mel, mit kurzen Unterbrechungen von Morgen- bis Abenddämmerung in der Garage niedergelassen, mit Armen, die wie Kolben arbeiteten, mit Schweiß, der ihm von der Braue flog wie Gischtfetzen von den Schaumkronen vor Malin Head, und betätigte die Lappen und Shampoo-Schwämme und Schwabbelwalzen wie nichts Gutes ... Die Reifen brauchten natürlich ihre tägliche Glanzwäsche, je glänzender, desto besser. Chromteile mußten blenden, sonst war ihre Existenz als solche sinnlos. Fenster und Scheinwerfer mußten ebenfalls glänzen, daß man blind wurde, vordere und hintere Kotflügel mußten mit ihrem Glitzern und Blinken Fabergé-Juwelen zitieren, und was nun die Trittbretter betrifft –, ah! Epen des Glanzes. Nun, Mel brauchte nicht lang, bis er die wenige Zeit, die ihm von seinen Säuberungen blieb, einschließlich Schlaf und Besuche des Nachtstuhls, damit zubrachte, kreuz und quer durch die Nation zu fahren – mit einem Mietwagen, um dem Risiko der Besudelung des Neptune zuvorzukommen –, stets auf der Suche nach dem idealen Wachs, Shampoo, Staubsauger, Waschmittel etc.; und gegen Ende seines neunundfünfzigsten Jahres wurde auch dem Letzten klar, daß er sein Leben *ausschließlich zum Zwecke der Sauberhaltung seines Autos* führte (nur zu, lachen Sie, aber damit rangierte er ein ganzes Ende über den meisten von uns ratlosen Mackern, wenn Sie mich fragen, ich meine, der Mann hatte immerhin einen Lebenszweck –, was ist denn wohl der Zweck *Ihres* Lebens, Kumpel?). Hélas, als er ins siebte Lebensjahrzehnt eintrat,

deutlich zu sehen. Trotzdem wollte Victor niemand anderen das Biest fahren lassen, »ich verleih ja auch nicht meinen Schlüpfer«, wie er das zu begründen pflegte. Es war und würde immer *sein* Auto sein. Mürrisch, sperrig, unzeitgemäß und kaum funktionstüchtig, war es die automobile Version seines Halters –, der es übrigens auch gerade fuhr, weil er Trost für den Ruin seines Lebens suchte, alte Zeitungen hin, alte Zeitungen her. An jenem Tag hatte der junge Liam, einer von Naughty-Boy Graphics' einheimischen Rekruten, ihn scherzhaft »Da« genannt. »Tagchen, Da«, hatte er sich im Korridor

bemächtigte sich ein permanenter Tremor seiner Arme von Ellbogen bis Achselhöhle, teils durch die Furcht vor dem bewirkt, was das Wetter an jedem gegebenen Tag bringen mochte (Regen natürlich, aber auch Hagel, Schnee, sowie, als allerschlimmstes für den automobilen Panzer, SCHNEEREGEN), und teils durch Schlagfluß, ein für Ulster typisches Erbleiden (obwohl, seltsam genug … Siehe hierzu oder so weiter oben). Das übte nun natürlich einen schädlichen Einfluß auf sein Autowaschen aus, und bald mußte er einen Mann einstellen, der ihm assistieren sollte; dies war Mr. Eamonn Daffy, B. A., ein echter Gauner. Nun, es konnte niemanden überraschen, als besagter Daffy anbot, die gesamte Operation zu übernehmen, und Onkel Mel aus der Garage hinaus- und ins Wohnzimmer hineinzwang, sozusagen, wo er kauerte und zuckte und sich nach seinem Reinigungszubehör sehnte. Es war kein leichter Übergang: Shampoo-Schwämme flogen, Wachs-Utensilien wurden geschleudert, und einmal landete ein Fenstergummi direkt auf Tante Nualas Schoß. »Jetzt reicht's«, erklärte die betreffende Dame und siebenfache Mutter, und indem sie ihre furchterregenden Überredungskünste einsetzte, gelang es ihr, alle Proteste beiseitezuwischen. Daffys Pflichten wurden erweitert, bis sie sich auf Politur der Küche, Fensterputzen und allgemeine Instandhaltungsarbeiten erstreckten, während Mel zu Verwandten nach Neuseeland geschafft wurde (Auckland, glaube ich, oder war es Christ Church?); wie ich hörte, machte er noch am Tage seines Todes Wachsgesten, letztes Jahr um Weihnachten herum war das. Ergreifenderweise lauteten seine letzten Worte, hieß es: »Gib mir den Lappen, und dann mach, daß du aus der Scheiß-Garage verschwindest.« 's ist wahr –, seinesgleichen wird nie wieder in unseren Rückspiegeln reflektiert werden.

vernehmen lassen, als Victor geschäftig zu seinem Schreibtisch sauste. *Da!* Die Webseiten mit ihren alten Zeitungen konnten das nie und nimmer wettmachen, sann Victor, und, was noch schlimmer war, er hatte dem gemeinen kleinen Hodenhirn nichts Unvergeßliches erwidert, nein, er hatte sogar (er fürchtete die Erinnerung daran, fotografisch eingeätzt) ein besänftigendes, wenn auch zahnloses (d.h. passend Da-mäßiges) Lächeln gelächelt und, mehr noch, den schwachen Anschlußtreffer des ranschmeißerischen Apparatschiks gewagt, sowas wie: »Na, Sohnemann …«, oder: »Soll ich Sie jetzt Junior nennen?« oder: »Hab Sie gar nicht gesehen, die alten trüben Augen, wissen Sie …«

Es war zuviel. Genau wie alle anderen Jobs wurde auch dieser zur Zeitverschwendung, zur Verschwendung eigener Zeit, um fremden Leuten die Taschen mit Geld zu füllen, kurz: eine verdammte Beleidigung des gesunden Menschenverstands. Na, er würde es ihnen zeigen.

Klar würde er Überstunden schieben. Aber von ihrem Kack würde er nichts erledigen, nein, vielen herzlichen Dank. Alte Zeitungen, das war es, was er machen würde, soviele, wie er im immer weiter gespannten World Wide Web finden konnte.

VICTOR! WENN'S SCHWIERIG WIRD, WENDET MAN SICH AN VICTOR!

Was nun Sheila betraf, so war sie mit irgendeinem Typ weg (in seiner Gleichgültigkeit hatte er vergessen zu fragen, wo, oder wer), und im Fernseh hatte es an dem Abend nur fremde Gesichter gegeben, die Quatsch redeten, und aus irgendeinem Grunde war die Webseite mit den alten Zeitungen auf seinem Computerbildschirm nicht zu haben gewesen (wenn *er* eine betriebe, wäre sie rund um die Uhr verfügbar, so wahr ihm Gott helfe), deshalb hatte sich Victor gegen halb zehn einen Knurranfall gestattet (»asarrgh! grummelummelummelummelgroll«) und war auf und davon, Ziel: Crumstown und Vetter Shoots' Junggesellen-Bungalow in der Layperson Lane. Dort winkten, hoffte Victor, eine oder zwei Runden von dem neuen

Videospiel, das Shoots gerade reinbekommen hatte, »Wittgenstein III: Der Tractatus«: »affengeil«, lautete die einhellige Meinung beim Mann auf der Straße.

Plötzlich störte Musik aus dem Radio, einem '79er Blaupunkt, seit der argentinischen Kapitulation in Port Stanley nicht mehr gewartet. Wie Victor neigte es zu Ausbrüchen, die sich von Vernunft nicht steuern ließen.

»Okay, Jungs und Mädels, jetzt kommt einer von den Oldies, die wirklich die Erinnerung in Gang setzen, für mich jedenfalls, aber ich hab das Schlimmste schon so ziemlich hinter mir, und deshalb denke ich mal, daß dieser Oldie für viele von euch da draußen im Zuhörerland was ganz Neues ist: aus dem langen heißen Sommer 1977 die Yum Yums mit ihrer Platin-Single ›Oh Yammatummatum‹.«

»Oh-ey«, plärrte das Radio, »ah-yeah, oh yammatummatummatumm, yam tum tum tum tum yamma yamma tum tum tummy tum tummy tum yam yam yamty yam yamma yamma yamma tum yammayummatummatum ...«

»Yamma yamma tum ditum tum«, wiederholte Victor gründlich, aber grüblerisch. Sein musikalischer Geschmack ging eher in die Richtung von Messrs. Gilbert & Sullivan. Trotzdem konnte er das, was sein Radio zu spielen entschlossen war, ebensowenig kontrollieren wie die Winde, den Regen oder den Himmel selbst; auf jeden Fall war Crumstown nah. Er atmete einen Seufzer der Erleichterung angesichts dieses minderen Mirakels, daß er und sein Auto von der Zerstörung *en route* verschont geblieben waren.

Exurbane Läden fegten vorüber, einschließlich einer schlecht beleuchteten Tankstelle und einer Serie ominöser Verkaufsstellen, in denen »Alles für weniger als 1 Pfund« zu haben war. Eine Kirche pirschte vorbei, mit hocherhobenem Glockenturm. Eine lilabestrumpfte Prostituierte winkte und schwang eine Handtasche. (Victor leckte sich die Lippen.) Schließlich deuteten intrikate Stränge aus bronzenen Perlen auf Zivilisation, oder zumindest Gesellschaft, oder zuallermindest eine Stadt, Crumstown, aber mindestens.[99] Äußerste Schwärze links von den Lichtern der Stadt positionierte das Meer, bzw., genauer, den St.-Georgs-Kanal; auf seinen Wogen trieb eine späte Fähre froh funkelnd dahin, in jener Septembernacht, wie die *Titanic* auf dem Weg zum Eisberg, an jenem fernen Abend im April.

Shoots wohnte links, direkt nach der Rechtskurve, dann links (oder war es geradeaus?).

»Whscht, wenn er das nicht höchstpersönlich ist«, sagte Shoots, der auf die unwillkommene Vorladung der Türklingel reagiert hatte, und nun seinen Vetter, der über hustengeschüttelten Schultern lächelte, auf der Schwelle seines Hauses gewahrte.

»Arrah, Shoots. Na, immer noch auf dem Damm, du? Na fabelhaft, na wunderbar. Ahack.« Indem er die lässige Pose von, sagen wir, Franco Fabrizi in *I Vitelloni* oder die von Paul Newman in *Der Wildeste unter Tausend* einnahm, stützte sich Victor am Türpfosten ab und hustete in die Büsche.

»Dann komm doch erstmal rein, Victor, um der Liebe und Ehre Gottes willen, und möge derselbe Gott uns alle vor der ewigen Verdammnis erretten, die wir – oder zumindest du – so überreich verdienen, ah ahaha.«

Shoots O'Bass (von den O'Basses in Carlow, entfernter Verwandter von Turlow O'Bass, Gründer der irischen Marine) war auf bloßen Füßen, in welchen sich die schlappen Überreste des einst so strammen Rugby-Gedrängehalbspielers für Irland im Turnier der Nationen 1958 zu einem traurigen Ende verjüngten, 1,80 Meter groß. Haarlos war er, bis auf einen Büschelsaum und einsamen Spitzbart, und der traurige Blick, den er trug, war der eines Mannes, der sein Lebtag ein Beobachter, kein Macher gewesen war. Beruflich war er von den Höhen des Senior Steward bei Aer Lingus 1970 – in welchem *annus mirabilis* er tatsächlich ein Mädchen ins Bett gekriegt

99) In seiner ruhmreichen Vergangenheit intim mit Persönlichkeiten wie Sir Walter Raleigh und Lord Lumley und anderen schneidigen Freibeutern zu Zeiten der guten Königin Bess in Verbindung ge-

hatte (falsch rum, aber immerhin) – Stufe für Stufe langsam abgestiegen, wie über den terrassierten Hang eines Berges in China, bis zu seinem aktuellen Status: Abteilungskoordinator für Mittag- und Abendessen bei Ramses International, der Software-Firma. Sein Leben war, wie er es zusammenfaßte, »die Schleimspur einer Nacktschnecke auf einem Blatt –, wenn überhaupt.«

»Bin rasch mal aus Jux und Dollerei von Killoyle runtergefahren, praktisch. Und? Wie läßt sich deine neue Wittgenstein-Schote an?« Victor stolzierte herein, wobei er ausgelassen hustete. »Hack ahack. »Äh –, irgendwas von dem Gin offen, sozusagen?«

Es war zweiundzwanzig Uhr fünfzehn, und Shoots hatte am Scheidewege jedes Trinkertags gestanden, nämlich: ins Bett oder noch einen Schnellen? Der Schnelle gewann, natürlich, mit Victor auf dem Grundstück –, und es sollte übrigens (wenn Sie erlauben) darauf hingewiesen werden, daß Victor alles andere als ein Saufaus war, überhaupt nicht das genormte bühnen-irische Teil, das nach dem zehnten doppelten Whiskey des Tages Aphorismen und zynischen Weltschmerz lallt; nein, es geschah ausschließlich bei gesellschaftlichen Anlässen wie diesem, daß er soweit aus sich herausging, ein paar zu zwitschern, was, wohl wahr, durchaus bei dem einen oder anderen Anlaß zu milder Berauschung führte, dies aber unweigerlich in der Gesellschaft von Shoots, der, als lebenslanger Junggeselle, große Hochachtung für alles hegte, was die dunklen Nachtwachen illuminieren mochte.

»Gin ist ganz famos«, sagte Victor, um Shoots' schwache Proteste zu übertönen, um seinen Ginvorrat stehe es nicht zum besten, die Lage sei sogar bedrohlich (wohingegen Victor, wie ein Hund, längst den Duft von Wacholderbeeren im Atem des Mannes gewittert hatte, und auch das Gemurmel und Geki-

bracht, ist Crumstown heute ein unbedeutender Hafen und Altersruhesitz für die zweitklassigen Pensionäre, die sich Killoyle nicht leisten konnten, von Marbella ganz zu schweigen.

cher des lang ersehnten Videospiels im Hintergrund, dessen natürliche Bundesgenossen ein paar Bechergläser Tanqueray's waren, ließ sich nicht verbergen).

»Wittgenstein?« frage Victor.

»Tanqueray«, erwiderte Shoots, der einen anderen, unparallelen, Gedankengang verfolgte. Eiswürfel klimperten; Getränk plätscherte. »Ja, ja, Wittgenstein.«

»Auf Wittgenstein.«

»Jetzt ist er auf Dora-die-Domina gestoßen. Die tritt ziemlich zu.«

»Ach je.«

Sie zogen sich ins Wohnzimmer zurück, dunkel war's, bis auf den Aquamarin-Schimmer des Computer-Bildschirms.

»Hier ist ganz was Flottes, kuck. Siehst du, wie man den Cursor über das Link an der linken Seite seiner Nase ziehen kann? Na, dann kuck dir das mal an.« Shoots richtete sich auf seinem Kommandoposten ein. »Aber jetzt.« Seine knochige Hand packte und führte die Maus mit dem Geschick eines Schwertfechters aus der Gascogne. Der Cursor raste diagonal über den Bildschirm und parierte einen dringlichen Doppelklick, indem er Dora-die-Domina schlicht einfror; dann, anstatt dem vom Pech verfolgten Wittgenstein zuzusetzen (der

100) Ja, und wenn Sie mich fragen, ist das gottseidank vorbei, da gibt es kein Vertun. Es war eine gottverdammte Schande, aber ehrlich, was auf diesem gottverlassenen Eiland unter der Gürtellinie an Spielerchen ablief, sogar zwischen respektablen Eheleuten, zu verdammt groß war die Angst, mal den oder das Gespons zu fragen, ob man vielleicht, eines Tages, völlig ausgezogen beieinander liegen könne? Natürlich nicht, *chauffage central oblige.* Als ich ein Steppke war, hieß es allgemein, 90% der irischen Rasse sei ihr Lebtag noch nie total nackt gewesen. Die Phantasie spielte verrückt, und ein alter Zausel draußen auf Inishmore sorgte für ziemlichen Wirbel, indem er behauptete, den fotografischen Beweis dafür antreten zu können, daß Frauen drei Gesäßbacken und mindestens ebensoviele Brüste haben, »wie Mab, die große Kuh-Königin von Connacht, persönlich«. Resultat: geistiges Drunter und Drüber und ein florierender

gerade mitten *in flagranti* mit der Abfassung seines Tractatus, Bd. III, beschäftigt war), wandte Dora sich dem Betrachter zu und trat in einen Bildrahmen. Blecherne Bumsmucke erklang, und die vollständig nicht-existente und deshalb so überaus befriedigende Pixel-Schönheit legte zügig einen Striptease hin, wobei sie die Kommandos des Users befolgte.

»Das ist ja eine ganze Ecke besser als der andere Scheiß«, sagte Victor. »Vollepullevollepullevollepulle.« Seine gedünsteten alten Augen strahlten mit unheiligem Glanz, als er sich mit Shoots in Tandem-Formation ausrichtete. Die beiden alternden Vettern beobachteten den Bildschirm wie zwei kleine Jungens im Zirkus - ohne jedoch, auch das sei gesagt, deren Unschuld; vielmehr brannte tiefinnerst die ewige Flamme der sexuellen Frustration, und wohlverwurzelt war Alt-Irlands Verneinung der simpelsten Freude, die die Natur ihrer Generation und all den toten Generationen in der ruhmreichen Vergangenheit der Nation zu bieten hat (außer dem Morgenstuhl, wie manche einwenden mögen).[100)]

»Arrah«, bemerkte Victor, zwischen einem Schluck Gin und dem pixelierten Kitzel gefangen, den die Bewegung der Maus und die Auswahl auf dem abrufbaren Menu dem User boten, nämlich:

Schwarzmarkt für schwedische Naturzeitschriften. Heutzutage liegen die Dinge natürlich anders, obwohl ich Ihnen versichern kann, daß es doch ganz so scheint, als grenzte es bei jedem Hansfranz inzwischen gemeingefährlich nah schon fast ans Schwuchtulöse. Und versuchen Sie doch mal, bei einem dieser Vamps droben im University College Dublin zu punkten: erst schlägt sie einem den Schädel ein, dann ruft sie die Bullen, und in diesen Zeiten geben die ihr auch noch recht, ohne dumme Fragen zu stellen. Aber es ist schon um einiges besser als früher. Immerhin ist die Mausi, wo man sie braucht: vorne Mitte, nicht exzessiv eingemummelt und sich unter die schlecht funktionierende Heizdecke in einer Fließend-kalt-Wasser-Wohnung irgendwo j.w.d. in den Liberties kuschelnd, und draußen regnet es Bindfäden, und mit sich selbst hadert man, weil man im Brazen Head eine Stubenlage verpaßt hat…

1) splitterfaser, voll frontal;
2) splitterfaser, Rückenansicht;
3) oben ohne, frontal;
4) unten ohne, Seitenansicht;
5) unten ohne, Rückenansicht;

etc., etc. *ad nauseam.*

»Pischt«, sagte Shoots, der nach mannhafter Indifferenz strebte, aber doch beständig herumfuhrwerkte, trockenen Mundes und flatternden Pulses. (Er erwog einen irrsinnigen Sprint auf's Klo, wo er sich, die Bildschirm-Abbilder von Dora-der-Domina noch frisch im verwesenden Sinn, einschließen wollte und ...)

Dann krachte es plötzlich draußen auf der Straße gewaltig.

»Vollepullevollepulle. Was war das denn scheißenochmal?«

Victors derbe Frage brachte eine atonale Note in den friedlichen Sprechgesang des Abends, aber schließlich war er lediglich auf die Dissonanz von der Layperson Lane eingegangen: die einer ohrenzerspleißenden, glaszerbröselnden, metallzerknüllenden Kollision zwischen zwei oder mehr umfänglichen und robusten Objekten, als wäre eine ganze Brigade irregulärer Territorialverteidigungskräfte durch eine Spülküche in ein Gewächshaus marschiert –, oder, wie Shoots vorschlug, der aus einer lange nicht genutzten Quelle einfallsreicher Rhetorik schöpfte:

»... als hätte ein einzelner Jagdbomber der türkischen Luftwaffe, ein, sagen wir mal, Mirage von Dassault, Jahrgang 1977 ...«

»Hawker Siddeley«, brachte Victor ein. »Oder Vickers. Nicht dieser Franzmännerquatsch.«

»Oder, na, eine Lockheed F-4 ...«

»Unsinn. Sind pleite gegangen. Lieber einen Dragon.«

»Als hätte dann eben ein Dragon versehentlich auf einer Strecke, die sowohl den Topkapi-Palast als auch die Hagia Sophia berührt, einen Looping versucht und dabei mit beiden Gebäuden Berührung gehabt, was zu schrecklichen Verwüstungen führte ...«

»Nun geh doch scheißenochmal hin und sieh nach, was los ist.«

Shoots, zu sehr der Gentleman, als daß er dagegen protestierte, in seinem eigenen Haus herumkommandiert zu werden (geschweige selbst zu kommandieren), gehorchte geduldig und kehrte mit undeutlichen Berichten über ein großes Fahrzeug zurück, höchstwahrscheinlich ein Lieferwagen, welcher versuchte (hier erhob er einen warnenden Zeigefinger: wramm-wramm röhrte wie auf Stichwort ein starker Motor), sich aus einem Gewirr von Stacheldraht und mindestens einer Reihe Mülleimern zu befreien, alles zur Verfügung gestellt von der Lagerhaus-Firma nebenan, Derek's GmbH.

Victor wählte jetzt mit Doppelklick Menu 6: splitterfaser, auf allen vieren, und war nicht geneigt, sich behelligen zu lassen.

»Ja Gott sieh dir das doch mal an das grenzt ja an ein gottverdammtes Wunder was man heutzutage alles mit so einem ollen Computer anstellen kann ...«

»Auf jeden Fall sieht es aus, als wäre der Fahrer des Lieferwagens Inder.«

»Inder? Na, von den Burschen gibt es auch immer mehr, allein in Indien mindestens eine Milliarde von der Sorte, da haben sie natürlich keinerlei Schwierigkeiten, mit dem Export nachzukommen ...« Victor mußte einem üppigen, augäpfellockernden Hustenanfall Ausdruck verleihen, der den ersten Teil von Shoots' Erwiderung überlagerte.

»... und kommt danach direkt hierher.«

»Du ha'?«

»Ja. Ich hab ihn eingeladen. Armer Kerl. Hat gesagt, diese Mülleimer wären einfach so auf die Straße gerollt, als er vorbeigefahren ist. Hat ihn ganz schön ins Schleudern gebracht.«

Wer war der größere Idiot, nahm Victor sich die Zeit zu fragen, der Idiot, der mit so einer Geschichte ankam, oder der Idiot, der ihm glaubte?

»Du dämliches altes Arschloch. Du läßt dich doch von jedem bis zum Anschlag bescheißen.«

»Was? Du hast ja einen ganz schönen Nerv, du alter du alter.«

Shoots, erhitzt, war bis zur Farbe von ungarem Roastbeef oder eben gerade reifen Erdbeeren errötet. Seine Gefühle waren verletzt, besonders angesichts Victors ständigen Genörgels, denn was man um der Liebe Gottes willen auch tat, der alte Schweinehund konnte jederzeit herumwirbeln und eine Beleidigung oder einen Schleimpfropfen abfeuern oder sonstwas unternehmen, um einen auf die Größe eines halben *vermicello* zurechtzustutzen, und *nie* anbieten, mal sauberzumachen oder einen auszugeben oder Geschirr zu spülen …

Shoots dampfte.

Und allein schon die schiere verdammte Zumutung, daß er hier um halb elf in der Nacht aufkreuzte.

Und der verdammte, öde, deprimierende Anblick, wie er sich über den Computer buckelte und mit seinen gierigen Stielaugen an den Bildschirm geschweißt war.

Und daß es plötzlich nicht mehr so ganz ausreichte, Tante Ednas Sohn zu sein, um seine Gegenwart unter Shoots' Dach willkommen zu gestalten.

All dies simmerte, bis es siedete, und plötzlich stürzte sich der so lang schon friedfertige Shoots auf Victor und ließ die Fäuste kreisen wie den Propeller eines Sturzkampfbombers. Victor, angegriffen, reagierte wie Frankreich auf die Stuka-Einsätze im Juni 1940, kapitulierte stehenden Fußes und tauchte unter Shoots' Sperrfeuer aus schwachen, aber anhaltenden und wohlgezielten Hieben zu Boden –, als sich die Haustür auftat und Anil Swain hereinwehte wie ein Passatwind vor der Coromandel-Küste (von den, tja, Andamanen-Inseln her, via Chennai).

»Ach, du meine Güte«, rief er aus, als er der Kombattanten innewurde. »Ziemliche Keilerei, was. Störe ich? Das ist doch hier kein homosexuelles Ritual, oder?«

»Verpiß«, keuchte Victor in Bauchlage, »dich.«

»Nein, nein«, sagte Shoots, wand sich in eine Position zurück, die einigermaßen perpendikulär zum Fußboden war, und versuchte hastig, sich ordnend mit den Fingern durch die übergekämmte Glatzenfrisur zu fahren. »Kommen Sie doch bitte herein, Mr. …«?

»Anil Swain, zu Ihren Diensten.«

»Sehr angenehm. Shoots O'Bass. Und dies ist mein Cousin Victor Hasdrubal-Scott.«

»Aha. Vettern, wie? Hervorragend. Meine Güte, ich hatte schon kurz Angst, ich wäre in eine Schwuchtelhöhle geraten. Heutzutage scheinen sie überall zu sein, wissen Sie.«

Anil setzte sich und nahm seine Umgebung mit glückseligem Lächeln in sich auf, dann, als er das große starrende Auge des Computers seh, wurde er munter. »Gütiger Himmel«, brüllte er, »erst dachte ich, das wäre eine Glotze, und, wissen Sie was, ich war schon drauf und dran, hinüberzugehen und einen Blick drauf zu werfen, es ist ja schon, Menschenskind, *endlos* her, daß ich einen stillen Abend mit dem alten Idiotenkasten verbracht habe …, aber, wie ich sehe, ist es nur ein Computer, und ich würde sagen«, seine Augen verengten sich, »das ist doch nie und nimmer ein übliches Computerprogramm.«

»Eher wie das Kamasutra, was, Mahatma«, japste Victor, der Dora wieder unter Kontrolle hatte: seitlich, halb und halb; alle viere, bekleidet; alle viere, oben ohne …

Anil verlor das Interesse an der Altmännerpornografie, entzündete sich eine Zigarette (die ihm der salbungsvolle Shoots in einem Silberetui angeboten hatte) und legte die Ereignisse eines in der Tat sehr seltsamen Tages dar.

»Nun, Freunde, Sie würden es kaum glauben, aber noch heute morgen saß ich im Knast, jawoll, meine Herrn, im Knast, habe ich gesagt, im Gefängnis, verstehen Sie? Machen Sie sich bitte keine Sorgen, ich bin nicht kriminell, nein, bitte keine Sorgen, von mir haben Sie nichts zu befürchten, weniger, als Sie voneinander offenbar zu befürchten haben, hahaha, nein, nein, ich will Sie nicht in kleine Würfel schneiden oder ähnliches, nein, im Grunde war es von Anfang an nur ein dickes, großes, dummes Mißverständnis. Es handelte sich nämlich um Terrorismus, verstehen Sie?«

»Ah, Terrorismus«, sagte Shoots und nickte mit gespielter Weisheit, während er gleichzeitig die Finger durch seine wenigen verbliebenen Haarsträhnen zog. »Wir Iren sind alte Hasen in dem Spiel.[101])

»Sie sagen es. Aber es ist ein Spiel, das ich nie gespielt habe. Da *war* ich jedenfalls, und jetzt bin ich hier. Und draußen steht ein verdammter großer Lieferwagen, der alles mögliche geladen hat, Camping-Ausrüstung, haben sie gesagt, aber wenn Sie mich fragen, ist das ein Riesenstuß, wie man in Wolverhampton sagt, entschuldigen Sie bitte. Und glauben Sie mir, es hat etwa soviel Spaß gemacht, mit diesem Ding über die Landstraßen zu fahren, wie es Spaß gemacht hätte, ach, ich weiß nicht ...«

»Auf einem Warzenschwein quer durch Afrika zu reiten«, schlug Shoots vor.

»Vermutlich, da ich nie etwas gemacht habe, was dem auch nur entfernt ähnelt ...«

»Dann eben ein Warzenschwein zu ficken«, knurrte Victor.

»Ja, na schön. Ich glaube kaum, daß das ein Vergnügen wäre, wie? Hahaha?«

»Getränk?« griff Shoots ein.

»Eher unüblich, nein. Hinduismus und das alles, also, nicht, daß es tatsächlich verboten wäre, nicht wie bei den Muslims, aber die meisten Menschen tun es einfach nicht ... Naja, stimmt nicht so ganz, meine Güte, in Mumbai gibt es ganze Stadtteile, wo man vor lauter Suffköppen gar nicht von der Stelle kommt (könnten allerdings auch Parsen sein?) ... Naja, egal, ich weiß, für Westler ist es ein bißchen langweilig, aber so ist es nun mal. Aber dies eine Mal, solang das alles zur traditionellen irischen Gastfreundschaft gehört, die ja allgemein gerühmt wird, tja ...«

101) Nur allzu wahr. Zehn Mitglieder meiner eigenen Familie waren oder sind Semtex-Experten, und die, die keine sind, behalten die anderen scharf im Auge.

102) Wunderbar passend für solche Slapstick-Zusammenkünfte wie

»Gin? Sagen Sie ja; was andres hab ich nicht.«

»Ja dann. Gin, ja? Gut-gut. Gordon's, wie die Reklame auf den Londoner Bussen?«

»Tanqueray's, fürchte ich. «[102)]

»Na schön.«

Trankopfer wurden eingeschenkt, bewundert, vertilgt.

»Na, das ist ja nett. Vielleicht sollte ich das häufiger machen.« Anil warf ein schrilles Lachen ein, bevor er fortfuhr. »Es war also niemand da, als ich ankam, wissen Sie, kein Seamus oder auch nur irgendjemand dieses oder eines anderen Namens oder überhaupt eines Namens, obwohl eine Dame namens Dora in einer Tankstelle fragte, ob ich den Weg nach Cork weiß, und mich, als ich meine Unwissenheit gestand, nach hinten auf die Toiletten einlud, ja, ist das denn zu glauben –; meine Güte, meinen Sie, sie war eine, äh, Bordsteinschwalbe?«

»Zweifellos. Heutzutage gibt es hier herum zehn für einen halben Penny.«

»Da fragt man sich, warum du nie einen Stich kriegst«, röhrte Victor, den seine jüngste Niederlage schmerzte, fettig.

»Ich zahle nicht für meine Freuden«, gab Shoots scharf und von oben herab zurück.

»Quatsch. Wieviel hast du für diese spezielle Freude hingeblättert, du alter Wichser? Und was hat der Benz in der Garage gekostet? Den gab es wohl für umsonst? Das verdammte Haus als solches gar nicht zu erwähnen, ach, du bist ein oller Wichsfleck, da gibt es kein Vertun ...«

»Aaaaahhh«, heulte Shoots, und bevor Anil eingreifen konnte, war er zornig durch das Zimmer gehuscht, wild um sich schlagend, um seinen Angriff auf Victor zu erneuern, aber diesmal war sein Vetter schon aufgesprungen und herumgefahren, bereit, sich der Bedrohung zu stellen:

diese, obwohl ich persönlich einen Martini mit Crystal Beefeater vorzöge, gerührt, nicht geschüttelt, und ohne Limone –, *hart*, wie wir bei Neary's zu sagen pflegten, um einen Lacher zu erzielen, sobald Engländer anwesend waren (täglich; sonntags zweimal).

»Laßt eilig uns zur Fehde zieh'n«, schrie Victor heiser, während sie Fäuste ballten und Griffe anzubringen suchten und hin und her schwankten,

»Zur Schlacht mit diesem Mann;
Die Furt, der wir uns nähern,
Wird Badbs Wehklagen hör'n!
Mit Shoots uns zu treffen,
Seinen zierlichen Leib zu verwunden,
Durch ihn den Speer zu stoßen,
Auf daß er sterben mög'!«

Aber als einstiger 2. Moderator beim West Cork Ard-Fheis war Shoots dem Anlaß mehr als gewachsen, noch dazu in durchdringendem Irisch:

»Fai sund nech rat méla,
is missi rat géna«,[103]) deklamierte er heroisch, obschon mit etwas erstickter Stimme, da eine feindselige Vetternhand seinen Adamsapfel quetschte; trotzdem kämpfte er unermüdlich weiter, wußte sich eins mit einer altehrwürdigen Tradition und seinen eigenen Erinnerungen an Schülerphantasien vom Großen Cuchulain auf der Brücke unter Ulsters epischen Himmeln. Die beiden alten Narren fielen zu einem auf Gegenseitigkeit verknäulten Haufen aus hämmernden Fäusten und zusammengebissenen Zähnen zusammen, ein echtes Schauspiel irischer Toll- und Entschlossenheit, das wohl jeden Zuschauer, wenn er nicht gerade Inder war, an die Schlacht in der *Táin Bó Cúalnge* zwischen keinen Geringeren als Ferdia und Cuchulain erinnert hätte.

103) Ah, »auf bald nun, Knab'«, oder Worte deses Inhalts; »bald setz' ich dir den Kopf zurecht«, etc. Große Burschen waren das, diese Burschen, mit Hüften, so breit wie ein Gebirgspaß, und einem Bizeps, so enorm, daß ein Heer von Männern dagegen Handball spielen konnte, und seien sie denn die Handball-Champions der vier Königreiche; und Schienbeinen von solcher Höhe, daß sich die Wolkenhaare von Ulster in ihrem Schatten trafen, und Brauen, so hoch geschürzt, daß es hieß, der Gedanke, der hinter ihnen geboren wurde, habe die halbe Lebenszeit der Kuh von Dun

»Ja, aber du meine Güte«, rief Anil, »hören Sie doch auf damit.«

Rasch ließ der Schwung des Kampfes nach, aber immer noch wuchteten und schlugen sie. Anil, der seinen Gin genoß, wollte nur ungern intervenieren, auch war es jetzt zu spät, sich zu erheben und zwischen die Champions zu treten. Hinter seinem Rücken sickerte Zugluft ein, die Haustür schloß sich klakkend, eine fremde Stimme sprach.

»Guten Abend.«

Und siehe, ein Fremder stand auf der Schwelle des Wohnzimmers und gebot, wie der Heiland, der sonntägliche Gast, Stille, ja, Waffenstillstand. Der Ruhespender war ein Mann. Anil haßte ihn sofort. (Victor und Shoots bemerkten ihn zunächst nicht, da sich beide lieber darauf konzentrierten, den Hals des anderen mit sovielen Fingern wie möglich zu umklammern.) Er war schlank, von dunkler Hautfarbe und schwarzgekleidet, tatsächlich sogar mit französischem Zuschnitt, wenn auch leicht levantinisch-vulgär, was durch den Glanz einer goldenen Armbanduhr, die er locker am linken Handgelenk trug, noch verstärkt wurde. Sein Haar, kurzgeschnitten, war von gleichmäßiger Dichte und wurde am Zubergestehen durch indiskretes Auftragen eines Gels gehindert, dessen herbes Zitrus-Aroma die Luft leicht mit seinem Duft füllte. Eine gewisse Flüssigkeit der Bewegung und die Ungezwungenheit, mit der er stand, Beine fest aufgepflanzt im gleichmäßigen Abstand, deuteten Sportlichkeit an – Fitness – Behagen, in der eigenen Haut zu stecken – Könnerschaft in

gebraucht, um zu den Lippen herabzusteigen; und Lippen, so weit wie der goldene Strand von Magilligan zu Füßen der schattenbesprenkelten Reeks; und Augen von der Strahlkraft zweier Sonnen und so funkelnd wie der Ga Bolga des großen Cuchulainn selbst. (Daß diese beiden zwei törichte alte Kacker sind, schmälert die Analogie, muß sie aber nicht vollständig tilgen.) Bleiben Sie kurz dran, ich habe da eine Idee. (Siehe weiter unten, noch ein paar Dutzend Seiten weiter, zwischen hier und wo dann ENDE steht.)

Kampfkunst – sogar, dachte Anil, Gefahr: Dieser Mann, stellte er nach einer raschen mentalen *tour d'horizon* fest, war ein Rüpel, ein Herumkommandierer (genau wie Hosang Jaffrey damals in Mr. Mukerjees Englisch-Vorlesungen auf dem College, wenn man es recht bedachte, nur schien dieser Typ etwas Klasse zu besitzen, und Jaffrey, der Fettsack, hatte etwa soviel Klasse wie ein *dhoti* mit Scheißeflecken) – ein mühsam beherrschter Wahnsinniger – ein potentieller Mörder – ein Egozentriker. All dies ergab, heutzutage, wenn man nicht mehr drüber nachdachte:

TERRORIST.

»Tag«, sagte Anil munter, wobei er, wie er hoffte, alle Spuren eines Zitterns unterdrückte (gar nicht wahr: der Mann bemerkte es und lächelte selbstbewußt irgendwo mit den äußersten Mundwinkeln).

Ja, ja, grübelte Anil, die Bände, die diese Augen sprachen (braun mit einem Hang zum Schwarzen, mit möglichen gelben Akzenten, wie die Augen des Krishna auf diesem Gemälde an der Wand von Arun Days Kameraladen in Sandrapore auf der anderen Straßenseite von zu Hause), waren ganze Wälzer der Verachtung, durch die Lektüre der Schwächen des Gegenübers angereichert: blitzgeschwind, in Anils Fall, wie Anil eher spürte als sah –; *aus der Ecke droht keine Gefahr*, sagten die Augen des Mannes, beruhigend, nachdem er das Beben in Anils Hand, das Tremolieren seiner Stimme, das Genußsüchtige seiner Seele (Sessel, Gin, Zigarette) eingeschätzt hatte. Der Mann tat die Altrecken gründlich ab, mit dem kürzest- und verächtlichstmöglichen aller Blicke. Wieder sah er in Anil, indem er in seiner offensichtlichen Dritt-Welt-Herkunft eine mögliche Verbindung erkannte, einen fakultativen Mitverschwörer.

Sein Englisch war französisch, zumindest sehr mittelmeerisch/romanisch: italienisch? spanisch?

»Baskisch«, erwiderte dieser auf Anfrage. Seltsamerweise war Shoots der Frager (»Ey, sind Sie Itaker, ey?«). Aber der Baske ließ Anil nicht aus den Augen.

»Verdammt«, fluchte Letzterer unhörbar und »Baske? Ach ja?« laut.

»Äh, wie heißen Sie? Doch wohl bestimmt nicht Seamus, oder?«

»Nein. Indien, ja?«

»Äh. Ja.«

»Hey.«

»Wie hey?«

»Hey, ich brauche Ihnen nicht zu antworten.«

Was zum Teufel hat das jetzt zu bedeuten, fragte sich Anil. Finster, das Ganze. Wie einer dieser entsetzlich langweiligen Videospielfilme, die jetzt gedreht wurden, *Mission: Botswana* oder *SuperQuest IV,* oder eins dieser dämlichen Stücke jugendlichen Mists, in denen meist Edd Dragonia die Hauptrolle spielte, oder dieser andere amerikanische Schauspieler, Benny Bob, nein, Bobby Lee Sowieso oder was..., und, wo wir gerade von Amerikanern sprechen, da war irgendwo in der Rede dieses Burschen eine Spur dieser Akzente, aber wenn man vom total un-ami-haften Aussehen des Heinis und seinen schicken kontinentaleuropäischen Klamotten ausging, lag das wahrscheinlich eher daran, daß er sich im Fernsehen zuviele amerikanische Filme angesehen hatte, als an einem Abstecher nach Harvard.

»Sind Sie, bzw. ich meine, haben Sie, äh?«

Aber es war nicht die Zeit für Fragen. Dringlichkeit bestimmte plötzlich jede Bewegung des Burschen. Er schritt mit den leichten, flüssigen Bewegungen eines Fechters oder, Gott steh' uns bei, Karate-*Sensai* mit schwarzem Gürtel aus und starrte Anil so kraftvoll an wie ein erfahrener Hypnotiseur.

»Also«, sagte er. »Wer ist verantwortlich?«

Verdutztheit und Leere regierten. Victor hustete leise. Shoots durchquerte das Zimmer, mit quietschenden Schuhen, um die Varieté-und-Ballhaus-Musik leiser zu stellen, die immer noch aus dem Computer quoll.

»Was dagegen, wenn ich wieder an meinen Computer gehe?« fragte Victor. »Macht ihr Jungs ruhig weiter, äh.«

»*Deinen* Computer?« sagte Shoots.

»Er nimmt uns schließlich nicht als Geiseln, oder?« sagte Anil. Er sah den baskischen Eindringling an.

»Sagen Sie mir einfach, wer verantwortlich ist, dann gehe ich wieder. Und Sie können sich mit Ihren, äh, Sex-Videos amüsieren. Ich brauche den«, er zuckte eine Achsel in Richtung draußen, »Lastwagen. Wer ist dafür verantwortlich?«

»Nun«, und Anil hörte in sich die miteinander im Streite liegenden Warnungen im Gelärme von Instinkten, die alle HALT'S MAUL schrien *aber war die Freiheit eines Mannes nicht verdammtnochmal die Freiheit, mit beiden Füßen reinzuspringen und scheiß' auf die Folgen?* –, »das bin ich, nehme ich an, wissen Sie, zumindest bin ich derjenige, der ihn hier runtergefahren hat. Den Lieferwagen, meine ich. Oder Lastwagen.«

»Es ist ein Lieferwagen«, grollte Shoots *sotto voce.*

»Also los«, sagte der Baske. »Sie und ich, Ghandiji.«

»Wohin?«

»Na, zuerst zum Lastwagen, dann zum Hafen. Wir haben, glaube ich, zu tun. Okay?«

Augenblicks, mit einem unwiderstehlichen Gefühl von Frömmelei, gab Anil seinen Hauptschwächen nach, seinem tobenden Temperament und seiner (völlig fehl am Platz:) Selbstüberschätzung.

»Ich sage, Sie, Sie haben gesagt, Sie gehen wieder weg, wenn wir Ihnen sagen, wer verdammtnochmal hier verantwortlich

104) Wirklich ein Laffe. Erinnert mich an ein weiteres Juristen-Arschloch, meinen zweiten Vetter ersten Grades, entfernt mit Monk verwandt, einen Scheißkerl namens Proinsias, oder schlicht und einfach Francie, den, der meinem ersten Vetter zweiten Grades Ossie, Monks Schwiegervetter, aufs Haar glich. Was für eine Marke. Einst der meistversprechende bei Gericht zugelassene Anwalt in Dublin, aber Mannomann, was hatte Francie Pryor für Höhen und für Tiefen. Warten Sie, bis ich's Ihnen erzähle. Eigentlich war er auf der Bühne besser als vor Gericht. Während seiner langen und verdienstreichen Zusammenarbeit mit der Midlands & Ballymuck Musical Society (M&B) brillierte er in allen Charakterrollen des Gilbert-und-Sulli-

ist, na Hölle noch eins, ich hab's Ihnen gerade gesagt, also warum verpissen Sie sich nicht und hauen ab zurück ins Baskenland oder woher Sie kommen, Sie großer Dschungel-Wallah? Wer glauben Sie denn verdammtescheiße, wer Sie sind?«

Zur Antwort zog der Baske eine kleine Pistole von effizientem mattiertem Schwarz hervor, welche zweifellos ein kompaktes Magazin mit vielen todbringenden Kugeln enthielt. Kein Zweifel auch, daß der Bursche sie zu benutzen verstand wie sonstwas.

»Okay. Jetzt reicht es mir mit dieser Affenscheiße. Gehen wir.«

»Natürlich«, sagte Anil milde, als wäre gar keine Pistole anwesend, als hätte ihn gerade das hübscheste Mädchen von Thirtahalli um einen kleinen Gang in einem Mittsommergarten gebeten. »Komme schon«, wobei er Getränk, halbgerauchte Zigarette, Aschenbecher abstellte … Heiliger Vishnu, wetterte Anil innerlich, es sah sehr so aus, als wäre dieser ganze zum Scheitern verurteilte Unsinn noch nicht vorbei, egal, was der Anwalt Ormlet gesagt hatte, der blöde Affe (»Fahren Sie'n hin, lassen Sie'n stehen, und wir werden da sein, um Sie nach Hause zu fahren, und Ihr Vorstrafenregister wird sauberer gewischt sein als Ihr Arsch, ist wirklich nichts dabei, Anil, mein alter Sohn«[104]) (genau, »alter Sohn«, genau dies silberzüngige *raanti*, dem man, koste es, was es wolle, aus dem Weg gehen wollte, aber die waren ja überall gleich), und hier wurde er

van-Repertoires außer der des Shadbolt in *Die königlichen Leibgardisten*, für die er sich physisch zu klein wußte (nie, auch nicht in Aufzügen, maß er mehr als 1,35 m). Aber er legte sich nicht auf G. und S. fest. Er war lebenslanges Ehrenmitglied der Bohemians und wußte dort mittwochs bei deren musikalischen Abendveranstaltungen in Burke's Hotel, Dundrum, zu unterhalten, hinter der Plattform, wo er völlig unsichtbar war –, bis auf die Bewegungen seiner steifgekämmten *chevelure*. Sein letzter Bühnenauftritt fand in *Baby Ahoi!* statt, worin er eine 1,35 m große männliche Rolle namens Parcels spielte, die im II. Akt von einem 2,10 großen Schwermatrosen namens Harold Wilson von der Bühne gejagt wird. Aber das Leben war kein rei-

also nun tatsächlich als Geisel genommen, und zwar nicht von einem törichten Trottel, der mit einer Minicam wedelte, sondern von einem richtig bewaffneten Mann, der wahrscheinlich ein komplett echter Terrorist war.

Als sie gingen, schien Shoots halbherzige Gesten der Einschränkung und Entschuldigung machen zu wollen, hielt es dann aber deutlich für besser, keine einzige zu vollenden. Dabei sanken ihm die Schultern als Zeichen Dessen, der sich dem Unabänderlichen fügt (ein lebenslanger Makel).

nes Zuckerschlecken. Man muß sein Brot verdienen, und Vetter Francies Arbeitsalltag fand in den Kanzleien der Allgemeinen Städtischen Elektrizitätsversorgung statt, denen er sich in den frühen '40er Jahren anschloß, nachdem er auf dem Trinity College Dublin Ius studiert hatte. 1954 wurde er bei Gericht zugelassen, wo er glänzte –, aber nicht lange. Seine Tendenz, vor Gericht und anderswo unerwünschte und salbungsvolle Ratschläge zu erteilen (»In diesem Leben ziemt sich 's nicht zu winseln«; »In unserem Beruf haben wir nur einen Wahlspruch: ›Keine Entschuldigungen, keine Erklärungen – außer Höhergestellten gegenüber‹«; »Je schneller man lernt, daß jeder ein Höhergestellter ist, desto höher stellt man sich«), wurde durch ein wachsendes Arsenal persönlicher Vorlieben noch verschlimmert, die dem Frieden im Gerichtssaal nicht eben förderlich waren. Diese schlossen a) das laute Zahnprothesenklackern zum Zwecke des Vortrags ausgewählter Musikstücke (eine nicht gänzlich risikolose Beschäftigung, tatsächlich, eines unvergeßlichen Abends, als er das Kastagnetten-Solo im *Iolanthe*-Thema zu Gehör brachte, erstickte er an seinen Beißerchen und mußte mit Blaulicht ins Mater gekarrt werden); b) daß er sich seinen Klienten als »Viscount Thompson, mit ›P‹« vorstellte; c) daß er bei der Arbeit maskiert war, wobei seine Lieblingsmaske die des Pongo aus *101 Dalmatiner* war, ein. Als er schließlich gefeuert wurde (was durch keinen Geringeren geschah als seinen aufstrebenden Seniorsozius, einen gewissen Gerald O'Mallet), begann er, die Landstraßen der Welt mit einem Fisch-mit-Fritten-Wagen zu bereisen, und soviel ich weiß, bereist er sie immer noch. O ja: das Leben ist ein komischer Sack Austern, wie Muttis Hausfreund, Mr. McCoy, wenn er einen dieser Überrraschungsschlüsse in seiner Lieblingsfernsehserie, *Ein Sack voll Austern* (RTÉ 19) sah, zu sagen pflegte.

»Tschüs«, murmelte er.
»Arrh«, knurrte Victor von fern.
Worte des Bedauern kamen Anil in den Sinn.
Ach, Tantchen. Es tut mir leid.

16

Tiocfaidh ár lá.«

»Tut mir leid, falsches Losungswort.«

»Wie verdammtnochmal jetzt, falsches Losungswort? Haben Sie mich überhaupt gehört? *Tiocfaidh ár lá*, um Himmels willen.«

»Tut mir leid.«

Das fahle, schlechtrasierte Gesicht - mit dem unfrohen Ausdruck eines Klerikers oder Schwerstverkaterten - verschwand hinter der Tür, welche sich dann sanft, aber bestimmt vor Pats Bewleys eigener blanchierter Visage schloß.

»Tja, Jungs«, sagte Pats.

»Tjajungsen Sie sich doch selber«, sagte einer der »Jungs«, Mrs. Bashir, eine, wie sie sich selbst beschrieben hatte, »libysche Genossin« von reifer Figur und überraschender Jugend. »Das dürfte in die Hose gegangen sein.«

»Ganz und gar nicht«, sagte Pats. »Ich habe noch den einen oder anderen Trick im Ärmel. Äh -, hat mal jemand fünf Shilling für das Telefon?«

»Nein, aber Sie können mein Handy benutzen«, sagte Mrs. Bashir. Sie verströmte das Flair einer Dame mit vielen solcher Geräte.

»Danke, Mrs. B. Dauert keine Sekunde.«

Pats verschaffte das Telefon und sich bis an die nächste Straßenecke und konversierte bald mit dringlichem Unterton, wobei Ausdrücke der Unterwürfigkeit und der Wut sich auf dem schlaffen Ödland seines Gesichts duellierten wie Scaramouche und der Marquis de Rathbone. Mrs. Bashir zündete sich eine Zigarette an und sah ungeduldig auf die Uhr. Ihre Gefährten, Fuad und Anwar, zwei angebliche libysche Steuermannsmaaten in den frühen Vierzigern, konferierten halblaut. Die drei waren unternehmungslustig angezogen: Anoraks, Knickerbocker bzw. Kordsamthosen, Pullover von den Aran-Inseln, Kameras. Rosig waren ihre Mahagoni-Wangen, aber es war die Röte der Gesundheit, nicht des Suffs, denn die zwei Burschen waren allesamt selbsternannte Abstinenzler,[105] Nichtraucher auch, und hätten zweifellos eifrig an solchen Frischluftveranstaltungen wie Pats Bewleys Wochenend-Wandertagen teilgenommen, im Vergleich mit welchen die jetzige nur ein fahles Nebenprodukt war. Als Ausflug aufs berühmt malerische Land von Südkilloyle getarnt, war der eigentliche Zweck der Veranstaltung die Durchführung einer streng-geheimen Zusammenkunft zwischen Mrs. Bashir, in ihren Papieren als die Nichte des libyschen Finanzministers beschrieben, und den Soldaten des Brian O'Nolan, einer wachsenden republikanischen Splittergruppe, die stets wachsam nach mehr Geld Ausschau hielt. Da Mrs. Bashir (zusammen mit ihrem Onkel, dem sinistren Iqbal Shaw) sich für »neue, aggressive, stromlinienförmige Befreiungsbewegungen« einsetzte, war dies Treffen so natürlich wie Fritten und Essig oder Reis und Kardamom. Es war das Werk eines simplen Telefonats seitens der Jocelyn-Vertretung in London (Jocelyns waren in den Ölkönigreichen sehr angesehen, wo laufende Reparaturkosten das Prestige förderten) mit Pats Bewley, wobei wie üblich ein Schnitt von zehn Prozent versprochen wurde, »fünfzehn Prozent«; »zwölf«; »dreizehn, oder wir können es lassen, und das ist amtlich«; »also zwölf, Mister«; »ach so, na gut« – und das Meeting geritzt war.

Den ganzen Vormittag waren Pats Bewley und seine drei Gefolgsleute grimmig durch die Sümpfe und Aufschüttungen marschiert, hatten den Mount Maher bestiegen, die berühmt sexy wirkende Sheila-na-gig-Gesteinsformation bewundert

105) Jetzt reicht's mir aber allmählich mit diesem Abstinenzler-Unsinn. Mit den unsterblichen Worten des großen verstorbenen Frank Sinatra: »Wenn man sich den ganzen Tag genausogut fühlen soll wie

und bei der luxuriösen Steinernen Hängematte des Hl. Oinsias vorbeigeschaut; Regengüsse hatten ihre Begeisterung kaum klamm werden, noch ein grausamer Ostwind ihr Feuer abkühlen können –, bis jetzt, auf einer Seitenstraße, die von der Hauptstraße des Weilers Crawlin abging, auf den heidekrautbedeckten High Breaks der südlichen Grafschaft Killoyle, Kommandozentrale der Soldaten des Brian O'Nolan, als es ganz so aussah, als kämen sie sowohl um ihr Abendessen, als auch um die Hauptattraktion des Tages.

»Guter Mann, so beeilen Sie sich doch und bringen Sie das in Ordnung«, sagte Mrs. Bashir, den linken Ellbogen in die rechte Hand gesteckt, die Zigarette zwischen linkem Zeige- und Mittelfinger wackeln lassend. »Ich habe Geschäftliches zu bereden. Und zu gern möchte ich einen dieser Helden kennenlernen, verstehen Sie. Ich meine, sie sind so stark und männlich. Und kaum jemand ist das noch, wenn man mal nicht mehr drüber nachdenkt. Besonders die Männer.« Und sie hatte schließlich, betonte sie parenthetisch, gutes Geld für dies Vorrecht bezahlt (£ 50,- pro Kopf, nicht erstattbar).

Pats klappte das Handy zu. Fuad und Anwar standen in einiger Entfernung von Mrs. Bashir beieinander und tauschten sich über die Wirtschaftspolitik der libyschen Regierung aus.

»Allein schon der Handelsüberschuß, minus acht Komma irgendwas drei Prozent im laufenden Geschäftsjahr.«

»Ja, aber wenn sich die Prognosen bewahrheiten, können wir im nächsten Vierteljahr mit einem anhaltenden Wachstum von nicht mehr als einem halben Prozent rechnen.«

Pats gab das Handy zurück.

»Es war alles ein Mißverständnis, Gott segne uns«, sagte er. »Mit meinem Akzent hatte er gedacht, ich hätte ›Bitte, geh nach Hause‹ gesagt, wohingegen in tatsächlicher Wirklichkeit – ich habe das gerade mit dem Fachschaftsbereich Altirisch am

ganz zu Anfang, kann man auch im Bett bleiben und sich eine Scheiß-Kugel ins Hirn jagen. Ich meine, ehrlich jetzt.« Ich meine, ehrlich jetzt.

Weiterführenden College Killoyle abgeklärt – das Losungswort ›Unsere Zeit wird kommen‹ lautet, mit der Betonung auf der zweiten Silbe: *TiocFAIDH.* Im Irischen war ich nie sehr stark. Okay. Zweiter Versuch.«

Die Schultern zuversichtlich gestrafft, schritt Pats zur Tür und klingelte. Die Tür öffnete sich unverzüglich, als hätte der Besitzer des bleichteigigen Gesichts (was er wahrscheinlich auch hatte) die ganze Zeit direkt hinter ihr gestanden und auf das Klingeln gewartet.

»TiocFAIDH ár lá«, erklärte Bewley laut, als spräche er mit einem Ausländer von begrenztem Auffassungs- und Hörvermögen.

»Stimmt«, sagte das düstere Gesicht, hellte sich etwas auf und zog sich auf die nötige Distanz zurück, um aufgehender Tür und eintretenden Besuchern zu weichen.

»Meine Dame, meine Herrn«, schmetterte das Gesicht, »willkommen im Hauptquartier des Oberkommandos der Südmunster-Brigade der Soldaten des Brian O'Nolan.«

Die Besucher befanden sich nun in einer Robert-Adams-inspirierten Eingangshalle. Eine Milchglaskuppel tröpfelte staubiges Licht auf ein stilisiertes Porträt von Brian O'Nolan, die Hauptinspiration der Bewegung, es zeigte ihn, auf den Tresen von McDaid's gestützt, im Jahre 1954, leicht nach hinten torkelnd, die Augen fest auf eine himmlische Vision Erins gerich-

106) Né John Stephenson in Walthamstow, kam er im zweiundfünfzigsten Lebensjahr zu dem Schluß, daß er einfach zu verdammt englisch war, falls Sie verstehen, was ich meine. Ich meine, sein Vati war Bulle, Ex-Royal Marines (Zypern, Aden), seine Mutti Lehrerin aus Lichfield. Der junge John ging auf die Walthamstow-Gesamtschule, machte ein Jahr vorzeitig Abitur, war ganz gut in Mathe und Geschichte und machte am Themse-Polytechnikum weiter und schloß in Industrie-Design und Hardware mit Zwei ab. Wie jeder andere Heini in seiner Straße rauchte er Embassy Regals in der blauen Packung, trank Bass-Bier, spielte jeden Samstag Fußball mit den Jungs und fuhr mit seiner Freundin (Sheila) nach Torremolinos in Urlaub. Tja, dann kam der Moment in seinem Leben, möglicherweise vor oder nach einem Spiel (Arsenal vor, noch ein

tet, als Halbgöttin mit rostrotem Haar in fließenden, toga-ähnlichen Gewändern inmitten von Stratokumuli einer in Irland nie gesehenen tropischen Üppigkeit verkörpert.

»Phantastisch«, sagte Mrs. Bashir. »Ist das William Shakespeare?«

Als man sie sanft korrigierte, sagte sie: »Ach, ein irischer Autor? Ich hatte ja keine Ahnung, daß es sowas bei Ihnen gibt. Oder daß ihr Bande soviel Geld habt.«

»Bestimmt alles gestohlen«, moserten Fuad oder Anwar.

»Spenden«, knurrte ihr Führer. »Ich würde mich vorsehen, wenn ich du wäre, Schlaumeier. Und jetzt schon mal damit anfangen.«

»Tut mir leid«, sagten Fuad und Anwar in slapstick-artigem Einklang.

Die Gesellschaft begab sich in die widerhallenden spitzgiebligen Clontarf-Gemächer, die Befehlszentrale, gleich neben dem Archiv, welches wiederum in die Große Sean-Mac-Stiofain-Halle führte, ein tonnengewölbtes Allerheiligstes, welches die Memoiren und Schriften von MacStiofein enthielt, des herausragenden Engländers und früheren Stabschefs der IRA.[106]) Ein bis zwei Stüfchen treppab, und dort, in einem früheren Salon, befand sich die Waffenkammer, mit Buchara-Teppichen auf dem Fußboden und Buntglasfenstern im Stil von Sir Runciman Petrie (viktorianisch-neugotisch, ca. 1874),

Tor!) in einer Kneipe in Kilburn oder Archway, da ihn seine Englischkeit schlicht überwältigte; und dies geschah in einem Moment, da er zufällig die köstlich verstümmelten Silben der Dubliner Redeweise hörte. Na, unser John lenzt sein Getränk, stolziert kühn zum Tresen, und anstatt »a pint of stout« zu bestellen, verlangt er laut »a point of staht«. Zu sich selbst sagte er: »Das hat es doch, Kumpel, genug ist genug, man kann niemanden zwingen, zu englisch zu sein.« Zur Welt sagte er: »Ich springe ab, wer hält mal eben meine Jacke, von jetzt an bin ich Ire, und ihr könnt Sean zu mir sagen.« Na, Sie können sich die Reaktion seiner Kumpels in der Kneipe vorstellen. »Ire? Du machst Witze.« »Ire? Ich *bitte* dich!?« »Hast du ›Ire‹ gesagt? *Ire?* Das kannst du deiner Großmutter erzählen.« »Und was ist das? Hängt an der Wand, macht ticktack, und

auf denen die Flucht der Herren Hugh O'Neill und Rory O'Donnell nach Rom dargestellt war, in einem niedrigen Kellerzimmer, in welches ein enger Korridor führte, war dann das Büro des Oberbefehlshabers. Der Oberbefehlshaber selbst, Mr. Finn, den wir bereits in seiner Verkleidung als Chefbibliothekar der Öffentlichen Bücherhalle von Killoyle kennen gelernt haben, saß an seinem Schreibtisch, einem imitierten Chippendale-Stück mit Krallenfüßchen. Er erhob sich, als die Besucher eintraten. Respektvoll zog der teigige junge Mann, der auf den *nom de guerre* Tyrconnell hörte (»reizend«, sagte Mrs. Bashir), sich auf die mittlere Distanz zurück und ließ die Besucher allein weitergehen.

Auf jeden Fall schien Pats Bewley mit Kommandant Finn auf mehr als nur auf Zunickfuß zu stehen, da dieser ihn namentlich begrüßte.

»Hallo, Bewley«, sagte er.

»Hallo, Finn«, sagte Pats Bewley. »Was dagegen, wenn wir?«

»Nur zu. Aber immer hübsch der Reihe nach.«

Hiermit kratzte sich Mr. Finn, der in seiner gegenwärtigen Funktion Dschungeltarnung mit ☆☆☆-Epauletten trug, die ihn als Brigadegeneral auswiesen, kraftvoll am Hintern und überreichte seinen Besuchern ein Formular, welches eine Aussageverweigerungserklärung enthielt, falls sie je im Verhör zum Standort des Oberkommandos befragt werden sollten.

»**Sie dürfen sagen, daß es sich in Irland befindet**«, hieß es in dem Formular, »**aber bitte mit Vernebelung. Wir empfehlen zum Beispiel, daß Sie behaupten, in einiger Entfernung den klagenden Schrei der Möwe gehört zu haben. Oder daß heftiger Fluglärm zu hören war, sogar innerhalb des Gebäudes. Oder daß die Menschen sich in Fünferreihen vor der Kinokasse ein Haus weiter drängten. Wir wünschen Ihnen noch**

wenn es runterfällt, ist die Uhr kaputt?« »Genau. Und ich bin King verdammte Scheiße Kong. Spielt noch jemand Darts mit?« Nun, da blieb unserem Freund John (inzwischen unserem Freund Sean) wenig anderes übrig, als der IRA beizutreten, einfach um es ihnen zu zeigen, den hochnäsigen Arschgesichtern aus dem East End. Und

einen schönen Tag, und vergessen Sie bitte nicht: Es lebe die Revolution!«

»Mein Orientierungsvermögen ist sowieso hoffnungslos«, sagte Mrs. Bashir. »Selbst wenn ich Leuten den Weg hierher beschreiben sollte, würde ich sie bestimmt in die Irre schicken.« Sie tirilierte das sorgfältig geschulte und gänzlich unechte Lachen von eintausend Cocktail-Begegnungen und setzte ihren Namenszug mit einem solchen Schwung unter das Schriftstück, als mache ihr die Zeremonie Spaß –, ganz im Kontrast zu Fuad und Anwar, die das Dokument mit der verbissenen Gleichgültigkeit Derer unterzeichneten, die es gewohnt sind, ihr Leben mit dreifachen Ausfertigungen und anderen *formulae* bürokratischen Lebens zu verhocken.

Sobald diese Formalitäten abgetan waren, schloß Finn die Formulare in eine Schreibtisch-Schublade ein und stellte jene milde Mischung aus Unterwürfigkeit und straffer Befehlsgewalt zur Schau, die ihn (glaubte er) zu einem nicht weniger effizienten Brigadekommandeur denn Chefbibliothekar machte. Es sei ihm ein Vergnügen, versicherte er seinen Gästen (wobei sein Stolz einen Satz nach vorn machte wie ein hungriger Leopard), das auf dem neusten Stand befindliche Computerzentrum und andere hypermoderne Einrichtungen der Soldaten des Brian O'Nolan vorzuzeigen, alles aufs großzügigste von der Regierung subventioniert, erklärte er, als Folge des dritten Friedensvertrags und des just in Kraft getretenen Allgemeinen Gesetzes zur Amnestie- und Beistandsregelung im pro-terroristischen Umfeld.

»O doch, es ist uns ganz gut ergangen, möchte ich sagen«, sagte er. »Himmel, Sie hätten uns sehen sollen, als wir angefangen haben, zwei veraltete IBM-Computer für sämtliche Operationen und überhaupt kein Internet-Hookup. Praktisch

bevor man (oder er) es sich recht versah, kümmerte er sich im Republikaner-Oberkommando in Belfast um alles und bewarf seine ehemaligen Landsleute mit Bomben wie nichts Gutes. Ich weiß nicht. Da kann man mal wieder sehen. Schon komisch, das Leben, oder?

dampfbetrieben. Vorsintflutlich, meine Dame, meine Herrn, vorsintflutlich. Das war natürlich vor der Amnestie, bevor wir uns vom Mainstream-Republikanismus losgesagt hatten, als die Haupteinkommensquelle in Bankraub, Flugzeug- und sonstigen Entführungen bestand –; Sie erinnern sich bestimmt, diese Geschichten sind ja alle durch die Presse gegangen«, schwärmte er, indem er sich zunehmend, wie ein kleiner Junge, der von elektrischen Eisenbahnen spricht, für sein Thema erwärmte. »Jetzt haben wir, wie Sie sehen können, im Nu weltweite Kommunikation. Dort ist unser Gaza-Bildschirm«, zeigte er, während sich ein fröhlicher Computerbediener umdrehte und winkte – »Das ist Seamus«, sagte Finn, »Seamus, sag mal guten Tag –, und da drüben sind unsere Links nach Athen, Tripolis – ja, gnädige Frau, wollen Sie Ihren Freunden hallo sagen? – und Teheran. San Sebastián, Chiapas und Bogotá sind irgendwo da drin«, deutete er in einen niedrigen Gang, jenseits dessen das Halbdunkel blau im matten Licht weiterer Computerbildschirme erglomm.

»Bemerkenswert«, sagte Mrs. Bashir. »Aber wofür brauchen Sie mich?«

Finn kringelte sich wie ein Flamingo bei der Fütterung in vorauseilender Pseudo-Heiterkeit.

»Lieber Himmel, Mrs. Bashir, natürlich für die Operationen vor Ort«, sagte er und wischte sich falsche Tränen aus den Augen. »Wir sind pleite. Wir haben alles, was wir hatten, für diesen Kram ausgegeben. Und für ein paar alte Katjuschas. Und Armalites, hie und da.« Einen Moment lang plierte er angespannt, zunächst seitwärts, dann, kühn, geradeaus. »Sagen Sie, sind wir uns nicht schon einmal begegnet?«

»Nein«, sagte Mrs. Bashir entschieden. »Und Sie selbst erledigen einiges an Bombenlegen und Schießen, Mr. Finn?«

Finn wieherte feinfühlig.

»Meine Güte, liebe gnädige Frau, wir ›legen‹ so gut wie keine ›Bomben‹ und ›schießen‹ auch kaum, wie Sie es so schön ausdrücken. Nein, wir ziehen es vor, unsere Missionen als aktiv oder explorativ zu bezeichnen, oft gemeinsam mit unseren Verbindungsleuten in Übersee, um die Beschaffenheit des Geländes in verschiedenen Zielbereichen zu erkunden. Letztes Jahr war ich, zum Beispiel, im Baskenland. Sind Sie je dort gewesen, gnädige Frau? Nein? Sind Sie sicher …? Ah, Sie sollten da mal hin, wenn sich die Gelegenheit ergibt. Ja, ganz was Herrliches. Das Guggenheim in Bilbao, wissen Sie. Hervorragende Bademöglichkeiten ebenfalls, und das Essen …! Tja, hier haben wir zum Beispiel einen Offizier des Bilbaoër Kommandos der ETA II, einer abgespaltenen Organisation, die der unsrigen ähnelt: Harry Batasuna, oder Subcomandante Harry, als welcher bekannt zu sein er vorzieht.«

Der junge Mann, der gerade den Raum betreten hatte, schrak leicht zusammen.

»Sind Sie Inderin?« wollte er mit einiger Beunruhigung von Mrs. Bashir wissen.

»Libyerin«, erwiderte sie rasch. »Benghasi.«

Harry nickte. Er war schon mal in Benghasi gewesen, einmal, und bei Erwähnung des Namens blitzten heiße Strände, endlose Fiats, heisere Straßenkinder, alte Männer, die an metallenen Cafétischen rauchen, und kein Wein oder Bier nirgends, außer zu horrenden Preisen im eingefriedeten Ölförderbereich, auf.

»Ah. Eine wunderschöne Stadt.«

So eine Lüge. Gott, wenn nur endlich diese Mission beendet wäre. Er hatte seine Isabella daheim in Irun, und die beiden schmiedeten Pläne für eine Mini-Rasse heroischer Euskadier, sobald der Krieg gegen die kastilische Welt gewonnen war …, aber erstmal spielte er mit, und bisher hatte er ganz gut gespielt, besonders die letzten zwei Tage, ja, jetzt war er reif für den Spitzenjob, wie Kommandant Finn gesagt hatte: der Provisorischen IRA ein Waffenlager unter der Nase wegschnappen und noch dazu einen indischen Kurier entführen: Beispielhaft!

Aber vielleicht gab es Differenzen in der Planung.

»Zuerst schlage ich vor, Lösegeld für den Inder zu fordern«, hatte Harry gesagt, »und das, was wir kriegen, zu teilen, wenn wir überhaupt was kriegen. Dann schlage ich vor, daß wir die

Waffen gerecht untereinander aufteilen, ein Drittel für die Soldaten des Brian O'Nolan, ein Drittel für mich und ein Drittel für die ETA II.«

Finns erste Reaktion war wenig günstig ausgefallen.

»Ein Drittel für Sie?«

Subcomandante Harry, uninteressiert, hatte in eine geballte Faust gehustet. »Vielleicht. Darüber läßt sich verhandeln. Ach, und übrigens, wenn für den Inder innerhalb einer Woche oder, sagen wir, innerhalb von zehn Tagen kein Lösegeld gezahlt wird – und das könnte durchaus passieren, wissen Sie, ich glaube, er ist absolut keiner, äh, eine Nullität, eine Null, wie heißt das …?«

»Äh, eine Unperson, glaube ich.«

»Dann schlage ich vor …«

»Oder ein Niemand. ›Ein Niemand‹ könnte man sagen.«

»… ihn hinzurichten, okay? Langsam natürlich, immer eins nach dem andern.«

»Ach ja? Naja. Okay, vermutlich. Bei eins nach dem andern weiß ich nicht so recht. Da müßte ich in den Vorschriften nachsehen.«

Gesagt, getan: Kommandant Finn blätterte flott im Vorschriftenbuch und fand bald heraus, daß »prompte oder zeitlich versetzte (zum Zwecke der Informationsbeschaffung) Eliminierung feindlicher Personen« tatsächlich bei politischen Gefangenen, die ihre Nützlichkeit überlebt hatten, gängige Praxis war, obwohl sich der Kommandant (nicht zum erstenmal) fragte, was denn wohl Mrs. Finn dazu sagen würde. Bestimmt nichts Gutes. Immerhin, Krieg war Krieg, ermahnte er sich munter, und die Missis brauchte ja auch nichts davon zu erfahren, und mit ihrer Aversion gegen Nachrichtensendungen im Fernsehen kriegte sie wahrscheinlich sowieso nichts davon mit, oder, und er konnte immer noch jemand anderem die Schuld in die Schuhe schieben, es war ja nicht so, als hätten sie das nicht schon ein paar dutzendmal gemacht …; gottseidank jedenfalls, daß es die Provisorischen gab, die gab es, damit der Druck nachließ, stimmte doch, oder?

Und wenn nicht, wozu waren sie dann verdammtnochmal nütze, außer daß sie für Ausbildung und Ausrüstung und einige dieser bombigen Videos sorgten ...?

Finn hatte sich außerdem parenthetisch gefragt, ob diese Miss Burke sich mit der halbjährlichen Landpartie der Bibliothekare befaßt hatte, welcher fernzubleiben man ihn gezwungen hatte .... aber man mußte Prioritäten setzen können, und er war bald wieder zu den dringenderen Dingen zurückgekehrt.

»Subcomandante Harry ist ein echtes Frontschwein, wissen Sie«, sagte er zu Mrs. Bashir. »Ich glaube nicht, daß er in den letzten achtundvierzig Stunden geschlafen hat.«

»Zuerst die Pflicht«, sagte Subcomandante Harry didaktisch.

»Guter Mann«, sagte Pats Bewley, selbst ein begeisterter Fürsprech der Erledigung fälliger Arbeiten. »Äh ... Könnten wir wohl ein Tröpfchen Tee bekommen, Mr. Finn? Es war ein langer und durstiger Tag, o ja, das war er.«

»Gewiß, Mr. Bewley, gewiß. Obwohl es Ihnen mit Ihrem Namen gelingen sollte, eine gute alte Kanne Tee aus der dünnen Luft erscheinen zu lassen, wie? Hahahaha.«

Bewley blickte sinnentleert.

»Hä?«

»Salaam, Harry.« Mrs. Bashir schwebte aus dem Zimmer. Nett, dachte Harry, nett. Diese arabischen Frauen sind doch alle mannstoll, weil ihre Männer mehr auf Jungs stehen ... Merkwürdig, sie sieht aber wirklich eher indisch aus ... Und wo wir gerade an Inder denken (erinnerte er sich), da ist doch noch der indische Kurier, das Lösegeld, die Aufzeichnung fürs Fernsehen, soviel war zu tun ... Und dieser Mann, dieser Finn, ist mehr in seine Uniform verliebt und in die Plakate, die er gratis von seiner Regierung bekommt, als in die täglichen Pflichten des Kommandanten einer Befreiungsarmee. Wenn denn die ganze Wahrheit heraus sollte (aber nicht Finn gegenüber), so war Harry Batasuna durchaus mit der Provisorischen in Verbindung getreten, ein paarmal, ein gutes halbes Dutzend mal, oder noch häufiger, da die *Soldaten* nicht ganz das gleiche Waffenversteck in Euskadi hatten, bisher jedenfalls noch nicht, aber diese Traditionalisten waren die gleichen wie in Bilbao, verstrickt ins Denken an Kriege von gestern, voll Verachtung für Neuartiges und Unerprobtes, mit einem Wort (oder unerheblich mehr): ALTE WEIBER MIT ARMALITES. Also hatten er und die ETA II (deren nomineller Oberster Kriegsherr er immerhin war, ein Ehrentitel, den die ETA II, unglücklicherweise, auf Finn übertragen hatte) sich auf Gedeih und Verderb mit den Soldaten des Brian O'Nolan verbandelt, und die fällige Anerkennung für beide war nach seiner letzten Mission nur noch eine Frage der Zeit.[107)]

Aber das mit dem Inder war nun echt Scheiße, wohl wahr. Er mußte sich um den Kerl kümmern, und zwar bald, besonders wenn ihm der Elendsmann wegstarb, was jederzeit passieren konnte (vielleicht war diese Eisenstange ein bißchen extrem gewesen, aber an der Front kam es immer anders als erwartet, oder?).

Unter der Bürde terroristischer Verwaltungsarbeit den Kopf schüttelnd, kehrte Subcomandante Harry in den Befehlsstand zurück, setzte sich an ein Computer-Terminal und machte sich erneut an das Ersinnen von Kriegslisten.

Und wo wir gerade an den Inder denken, beschworen Mrs. Bashir, Fuad und Anwar allesamt Pats Bewley und Kommandant Finn, ihnen einen kurzen Blick – nur mal eben kucken und weg – zu gestatten …?

107) In den Orkus mit diesem kriecherischen kleinen Schweinehund und seinesgleichen und dann ordentlich die Spülung ziehen. Das hohe Maß an Selbstrechtfertigung im Menschentier kann einem schon den Verstand oder Schlimmeres verwirren. Ich meine, diese Heinis können hingehen und Unschuldige in die Luft sprengen und die Nacht drauf selig schlummern, alles nur, weil sie »Tim und Struppi« gelesen haben und von Hergé verfaßte Zukunftsversionen (sic!) im Herzen tragen, und die Zukunft ist dann natürlich nicht entfernt das, was sie sich vorgestellt haben, die verdammten Narren. Denken Sie doch mal drüber nach: Haben Sie sich so das Einundzwanzigste Jahrhundert vorgestellt, nach all den Filmen und Comics? Ich nicht, Kumpel. Ich hatte mit einem Hubschrauber in jeder

»Ja, na schön. Aber wirklich nur einen ganz kurzen Blick.«

Finn führte sie eine kurze Treppe hinunter und einen schwach beleuchteten Korridor entlang, an dessen Ende eine Tür war. Mrs. Bashir wandte sich ab und kritzelte mit einem winzigen vergoldeten Drehbleistift, kaum länger als ein Streichholz, etwas in ein kleines Notizbuch, welches sie im Nu aus ihrem rechten Ärmel heraus- und ebenso rasch wieder hineinfinassiert hatte.

»Hier ist er«, sagte Finn jovial. »Heda! Hallo dahinten!«

Eins nach dem andern spähten sie durch das Guckloch.

»Er sieht nicht übermäßig gut aus.«

»Ist er tot?«

»Ich bin nicht sicher. Ich glaube nicht... Er wurde natürlich von Subcomandante Harry verhört, und wenn der etwas ist, dann gründlich, haha... Nein, da, sehen Sie, er hat sich bewegt.«

»Nein, ich glaube, das war eine Fliege.«

»Was hat er da um den Kopf?«

»Einen Turban? Ist er ein Sikh?«

»Warum fragen Sie ihn nicht selber?« sagte Mrs. Bashir durch zusammengebissene Zahne hindurch.

»Na gut. Sie da«, sang Fuad, »ja, Sie da, mein guter Mann, sind Sie vielleicht zufällig ein Sikh oder wie oder was?«

Es schien kurz, als rühre sich der liegende Inder beim Klang der Stimme ganz leicht.

Garage gerechnet und mit jeder Menge blonder Schnitten in einteiligen roten Bodys, aber allermindestens; die Wirklichkeit dagegen ist, wenn man die Natur der menschlichen Natur bedenkt, eben nur wieder derselbe alte Kack, plus mod. Zubeh. Ich bin zum Beispiel sicher, daß sich mein lieber alter Da bei Harrigan's hier in der Straße immer noch ganz wie zu Hause fühlen würde, wie vorher schon vierzig Jahre lang, mit Ausnahme vielleicht der Computer-Fachsimpelei und dergleichen, aber jedes Zeitalter hat seinen flüchtigen Jargon. Damals in den Vierzigerjahren sprachen die Leute mit reichlich ermüdendem Gestupse und Gezwinker von »Fehltritten« und »Enthaltsamkeit« als schwer im Kommen befindlich, und wer erinnert sich noch an den Quatsch? Ich mich schon mal nicht.

»O nein, sehen Sie, er ist ja völlig blutverschmiert.«
»Jchch. Ich frage mich, ob er bei Bewußtsein ist.«
»Hallo da! Hallo!«
»Können Sie die Curry-Gerichte empfehlen?«
»Ober! Bitte zwei Chapatis und noch zusätzlich Mango-Chutney! Haha!«
»So, das reicht jetzt. Kommen Sie bitte mit.«
Pats Bewley wandte sich an Finn, und ein ockerfarbenes Lächeln war quer über seine kriecherische Fresse gegipst.
»Nun, *Kommandant* Finn«, sagte er in einem Ton, der gefährlich und (für seine Gefährten) unerklärlich nach Ironie, wenn nicht sogar Sarkasmus klang: »Zum Geschäftlichen? Was?«
Also begaben er, Mrs. Bashir und ihre beiden Leutnants sich mit dem Kommandanten für ein gutes halbes Stündchen nach der Uhr von St. Wolseley [108] hinter verschlossene Türen, und als sie wieder auftauchten, geschah dies in einem krausverschwommenen, ja, regelrecht pelzigen Glanz menschlicher Wärme und Bonhomie, und sie spien förmlich Wohlwollen und Glück.
»Es war also Zürich, ja?« sagte Finn mit einer Spur von Händeringen. »Oder Genf?«
»Eins von beiden«, sagte Mrs. Bashir. Eine Ahnung von Müdigkeit – Weltmüdigkeit, Männermüdigkeit, Finnmüdigkeit – kreuzte ihre zierlichen Züge. »Wir haben Konten in beiden Städten, Mr. äh.«
»Finn.«

108) Dem Glockenturm von Crawlin. Das Interessante an diesem ganz bestimmten Weiler ist, daß es 100%ig englisch ist, obwohl es in Irland liegt, praktisch. Im Reiseführer heißt es: »Beachten Sie das Standbild des Hl. Wolseley und des Spaniels. Unter dem Standbild befindet sich ein Biforium, ein gekuppeltes, durch eine Säule geteiltes Doppelfenster. In der Lünette, dem kreissegmentförmigen gerahmten Feld oben im Fenster, sehen wir ein Relief mit dem Hl. Nicholson; einen Okulus, von Engelsköpfen umringt; und, auf Straßenhöhe, ein Paar kauernder Karyatiden.« Nett, aber leider Kirche

»Ja. Dann leben Sie bitte wohl.«

»Es war uns ein Vergnügen, Sie bei uns zu haben«, sagte Finn mit der größtmöglichen Ernsthaftigkeit, denn ihm war es tatsächlich ein Vergnügen gewesen, seine Uniform vorzuzeigen und seine Talente als Verwaltungsfachmann zu demonstrieren. »Und denken Sie dran! Sagen Sie nichts, egal, was passiert!« Blitzenden Auges führte er einen Zeigefinger gegen die Lippen. »Oder wir fangen euch ein und unterziehen eure Kniescheiben unserer professionellen Behandlung, haha!«

»Selber haha«, sagte Mrs. Bashir, als sie an der Bushaltestelle standen, außer Hörweite des nervös die Armbanduhr konsultierenden Pats Bewley (in fünfundvierzig Minuten war eine Testfahrt angesetzt, und dann sollte er gefälligst auf dem Gelände sein, denn sonst waren die imstande und gaben den Auftrag einem von den Neuen, zweifelhafte Burschen, einer wie der andere). »Ich frage mich, ob er das ernstgemeint hat«, sann sie. »Das mit den Kniescheiben.«

»Aber das nehme ich doch an«, sagte Anwar, oder Fuad. »Bei allen anderen weiß ich nicht, aber ihn fand ich ein bißchen gereizt.«

»Absolut«, sagte Fuad, oder Anwar.

»Natürlich ist der Mann ein Idiot von erstaunlichen Proportionen«, sagte Mrs. Bashir gleichermaßen zu sich wie in die Runde. »Idiotie dieser Größenordnung grenzt an Genie«, fügte sie laut hinzu, als sei sie sich bewußt, daß sie soeben einen Aphorismus geprägt hatte –, er wurde jedoch ignoriert, das Schicksal der meisten Aphorismen.

von Irland, und eine röm.-kath. gibt es gar nicht und in der ganzen Stadt kaum einen Namen, der mit O' oder Mac geschmückt wäre. Was die Kneipen angeht, so haben die alle alberne Agatha-Christie-artige Namen wie The Fox and Hounds und The King's Arms. Haufenweise Smythes und jede Menge Brownes und ein bis zwei Worsthornes und Thatchers, und weithin wird gemunkelt, am Geburtstag der Queen blähe sich über dem Rathaus träge der Union Jack, aber niemand hat je zugegeben, ihn gesehen zu haben. Idealer Ort für eine bewaffnete irische Guerrilla-Gruppe, könnte man, glaube ich, sagen.

»Dem möchte man nicht im Mondschein begegnen, stimmt's?« zwitscherte Fuad.

»Überhaupt nicht, vielen herzlichen Dank«, sagte Anwar. »Ah, da ist der Bus. Da schaffen wir es noch vor Geschäftsschluß in die Stadt.«

»Das glaube ich eher nicht. Wenn wir mit der Standardgeschwindigkeit von fünfundzwanzig Meilen pro Stunde reisen, verpassen wir ihn ganz knapp.«

»Fünfzig Eier, wenn nicht.«

»Topp.«

Und im Geiste guter Kameradschaft bestieg die kleine Gesellschaft, müde, aber relativ froh, den fröhlich grün-weißen (mit lila Borten) CIE-Bus und wiegte und wogte munter hin und her, im Gleichklang mit der alternden, aber immer noch flüssigen Radaufhängung des Fahrzeugs, den ganzen Weg zurück, über die Küstenstraße und landeinwärts durch die Bittermarschen der nördlichen Southern Breaks, an der großen Sheila-na-gig-Felsformation vorbei und so, via St. Oinsias' Steinerne Hängematte, bei der sich jetzt japanische Touristen versammelten, im Wunsch nach dem vollkommensten Fotoalbum der Welt vereint, nach Killoyle-Innenstadt –, genau kurz nach Geschäftsschluß (»verdammt!« rief Fuad – oder Anwar – aus, »ich schulde dir fünfzig Eier«) und den öden rotzgrünen Revieren des MacLiammoir ZentralOmnibusBahnhofs (alias Busaras). Sobald sie angelangt waren, rieb sich Pats Bewley unterwürfig die Hände und eilte davon zu den Jocelyn-Werken.

»Dann tschüs«, plärrte er, »und nie vergessen: das Losungswort, ah haha! Aber rufen Sie doch bitte an, wenn Sie, äh. Noch irgendwas brauchen, praktisch. Ja?«

Anwar und Fuad konferierten diskret mit Mrs. Bashir in der schattigen Umgebung hinter dem Busbahnhof, dann, nachdem sie ihren Lohn eingesackt hatten (jeder £ 5,-), saßen sie auf Anwars Vespa auf, wobei Fuad auf dem Sozius platznahm, und glotterten zu ihren Jobs als Oberkellner bzw. Unteroberkellner im Star of Bihar. Was nun die elegante und mysteriöse Mrs. Bashir betraf, so warf sie bald ihre Verkleidung ab und begann, einen Plan in die Tat umzusetzen, der bittebitte nicht fehlschlug, beim Vishnu, oder sie war nicht Rashmi Vashnapuram, frisch entlassene Pseudo-Militante (Kaution in Höhe von £ 1.000,- per Overnight Oberoi Express aus Kalkutta angewiesen), weltenbummelnde Vermittlerin *extraordinaire* und Möchtegern-*femme fatale* –, was sie natürlich war, und eine knospende Schauspielerin von nicht zu unterschätzendem Talent, selbst wenn die Tölpel, die sie als die nicht-existente Mrs. Bashir übertölpelt hatte, Kretins, wie sie sich wiederholt sagte, der gründlichsten und vertrauensseligsten Art waren. Wie zurückgebliebene Kinder mit einer Vorliebe für schwere Artillerie.

»Rubina?« befragte sie später ihr Handy. »Es ist okay. Er ist da. Ich habe ihn gesehen. Wir sind bereit. *Jai.*« Wieder wählte sie. »Kommissar?« befragte sie die nämliche Quelle. »Wir gehen rein.«

* * * *

Zwei Stunden später in die dunkelsten Tiefen der Nacht hinein glitt ein silbernes BMW-Coupé der 3er Serie, Rashmis, von ihr selbst gefahren und mit Rubina an der Seite, leise und mit Standlicht in den nachtverfinsterten Eibenhain hinter dem Repräsentationsbau Armalite Hall, beide noch dunkler im Gesicht als von Geburt her, hatte man doch hastig zum Zwecke der Anonymität ein Make-up aus verbranntem Korken aufgetragen, und kampfbereit in olivenstumpfer militärischer Arbeitseinsatzmontur (durch Rashmi von einem Lieblingsabstauber überzähligen Kommißbedarfs in Deradun bezogen), schlechtsitzend, aber o wie stilvoll, und in Armalite Hall war nur ein Fenster erleuchtet, das Fenster des Zimmers, in welchem (taxierte Rashmi) Anil gefangen gehalten wurde.

»Das ist er«, flüsterte sie. »Bestimmt.«

»Okay.«

Ihre Taktik war spontan, ihre Strategie dagegen eingeübt. Ihre Entschlossenheit war massiv stählern, aber ihre Abhängigkeit von den Göttern (besonders von Krishna) war absolut und bedingungslos. Rashmis Anweisungen waren klar und wurden im streitbaren *contr'alto* gegeben. Mit der Nagano 3500S SuperMicroCam, die ihr an einer Kordel um den Hals hing, war sie für die lichtbildnerische Dokumentation zuständig – »wir wollen diese Penner doch bei der polizeilichen Gegenüberstellung wiedererkennen, stimmt's?« –, sowie auch für die Absetzbewegungen. Anil, dem man schon lang den Zugriff auf die Minicam entzogen hatte – »Schluß damit, du böser Junge, haha« sollte sein eigener Wachposten sein und auf unerwartete Passanten achten. Unterdessen sollte Rubina ins Gehölz hinterm Haus laufen und dabei einen Vijay-Boas X240 MegaSound Stereo-CD/Kassetten-Beschallungsboliden mit notfalls abnehmbaren Supertieftönerlautsprechern schleppen. Hinter tarnenden Büschen sollte sie die Maschinerie unter besonderer Berücksichtigung der exakten Plazierung der Lautsprecher, vorzugsweise auf Baumwipfeln, zusammenbauen. Dann, nach einem verhalten geflüsterten Eins-zwei-drei-Hörtest, sollte eine nagelneue, digital verbesserte Aufnahme von Bhoona Bulbul, der nepalesischen Nachtigall, in den Stereo schlüpfen, auf welcher sie ihren neuesten Hit, »Swami Swami 0«, zum besten gab, einen Hit von der Länge und Breite des Subkontinents von Bhadgaon bis Bangalore, ein Lied, dessen unaufgelöste Modulation von g-Moll nach D[109]) so recht dazu angetan war, jedem Lauscher die Socken vom Leibe zu fetzen, wobei Begleitschäden an Trommelfellen alles andere als unwahrscheinlich waren. (Rubina war mit Schaumstoff-Ohrstöpseln von angenehm matschiger Konsistenz versehen, die zu kreativem Gezappel neigten, wenn sie nicht oder anders als vom Hersteller beabsichtigt in Gebrauch waren.) Unterdessen wollten Rashmi und ihre Kamera, hinter einem weiteren bequem angebrachten Stück Unterholz, den unvermeidlichen plötzlichen Exodus der armseligen Soldaten des Brian O'Nolan durch den Hauptausgang des Armalite-

109) Indem man das fis als schlichte Verzögerung des e mit Auflösungszeichen betrachtet, was auf eine Dominantsepte in der dritten Inversion hinausliefe? Her mit den Ohrstöpseln.

Gebäudes (sechs Mann mußten das, schätzte sie, insgesamt sein) erwarten. Dann, versicherte sie der bebenden Rubina, war es nur noch das Werk eines Augenblicks, das Haus zu stürmen und Anil zu befreien.

»Wie?«

»Hiermit.« Rashmi schwang ein Brecheisen.

»Was ist das, ein Nußknacker?«

»Nein, du Dummerle. Kuck mal.« Und sie fiel über ein bereitliegendes Vorhängeschloß her, welches sie geschickt innert Sekunden – Bruchteile oder ganze Sekunden, egal – mit all seiner kläglichen Technik besiegte.

»Wo hast du das denn gelernt?«

»Kalkutta. Arbeitsrechtliche Auseinandersetzungen. Die Staatsanwaltschaft hatte belastendes Dokumentenmaterial, da haben sie mich reingeschickt ... Aber das ist eine lange Geschichte.«

Rubina starrte offenen Mundes; ein sich windender Bandwurm vorauseilenden Neides auf ihre unerschrockene, flotte, junge angeheiratete Cousine nagte an ihr.

Die Lautsprecher waren angebracht, und die CD stak im Stereo, als ein neugieriger Hund ankam und mit gezischten Verwünschungen auf hindi verscheucht werden mußte –, eine Sprache, die der Köter zu verstehen schien, wenn man von seiner Reaktion auf visueller Basis ausging, welche zumindest einen hängenden Schweif und unsicher rückwärtsgewandte Blicke umfaßte. Ohne weitere Störungen, um drei Minuten nach Mitternacht WEZ, drehte Rubina die Maschine an und aktivierte die CD. Ein lautes Knistern drang aus den Lautsprechern, dann, zehn Sekunden später, pochten Tablas, eine Sitar äußerte ihr klagendes Diminuendo, und der durchdringende Kontersopran von Bhoona Bulbul zerriß die mollige, samtene indo-irische Nacht.

»Swami-i-i-i-i-i-i-i-i-i-i-i-i-i-i-i-i-i-i-i-i-i-i-i-i-i-i-i-i-i-i-i-i-i-i-i-i-i-i-i Swa-a-a-a-a-a-a-a-a-a-a-a-a-a-a-a-a-a-a-a-a-a-mi o-o-o-o-o-o-o-o-o-o-o-o-o-o-o-o-o-o-o-o-o-o-o-o-o-o-o-o.«

Ausrufe männlicher Wut ließen nicht lang auf sich warten. Mit still schnurrender Kamera kauerte Rashmi in ihrer olivdumpfen Kluft hinter den Büschen, erwartungsfroh. Im Armalite-Haus gingen die Lichter an und aus und wieder an. Schritte stampften. Ein Hund bellte auf englisch.

»*Macht* schon«, sagte Rashmi dringlich. »Nun be*eilt* euch doch mal.«

Endlich öffnete sich die Haustür, und sechs Männer rannten heraus: der unfrohe junge Bursche, der sie eingelassen hatte; Subcomandante Harry Batasuna (»dich kenne ich«, brummelte Rashmi und richtete die Microcam auf ihn, »o ja, dich kenne ich); Finn, mit ungelenken Arm- und Beinbewegungen; ein strammer Kerl mit Kochmütze; und zwei teigige Jungmänner. Zuerst schienen sie Rashmi verwirren zu wollen, indem sie sich aufteilten und in verschiedene Richtungen liefen, aber zu ihrer Erleichterung verquickten sie sich wieder und schieden in rascher Gangart miteins in den von Frau Nachtigall mit ihrem Schall erfüllten Wald hinein. Rashmi verlor keine Zeit. Sie stellte die Kamera ab, schlang sie sich um den Hals, und innerhalb einer Minute war sie an Anils Zellentür, das Brecheisen in der Hand; aber wie das Geschick – und die Inkompetenz – es wollte, stand die Tür offen, er war wach, wenn auch groggy, und sie hatte ihn aus dem Haus und sicher, wenn auch schmerzhaft, auf den Rücksitz ihres BMW geschafft, bevor er – oder man – »Jack Robinson« sagen konnte.

Rubina, die durch den Eibenhain wieder zum Wagen vorgestoßen war, klammerte sich so fest an ihren lädierten Männe, daß dieser vor Schmerzen schrie.

»Halt's MAUL«, fauchte Rashmi und manövrierte Auto und Getriebe in Aufbruchstimmung. »Wir sind noch nicht aus dem Wald raus bzw. aus dem Schneider.«

»Sind wir doch«, sagte Rubina. »Sind wir doch.« Liebevoll sah sie Anil an und gackste klagend über die blauen Flecken und die geschwollene Lippe, die von seinen jüngsten Qualen kündeten.

Sie rasten in die Nacht, da hinter ihnen das Crescendo mit

anschließendem Decrescendo der Stimme von Bhoona Bulbul plötzlich abgeschnitten wurde, wozu eine barsche Stimme knurrte:

»So. Schluß mit dem Scheiß-Lärm. Bleibt die Frage: Welcher Schweinehund steckt dahinter?«

»Der Inder!«

»Scheiße auch, ich wette, du hast recht.«

»Hübsche Anlage aber. Bringt uns bestimmt ein paar hundert.«

»Ja, für ein bis zwei Gramm Semtex reicht es bestimmt.«

»Ihr Vollidioten. *Madrecita.*«

»Nicht diese Ausdrucksweise. Sonst.«

»Sonst was? Hä? Hä? Sie großer Impotenter?«

»Na, na, immer langsam, Jungs. Gehen wir wieder rein und trinken ein Täßchen Tee. Wir haben zu tun.«

* * * * *

17

Die Bierzapf-Olympiade war nah, und die ganze Welt war ein Sportler. Die Brauer hatten ihre Mannschaften zusammengestellt, und Meister-Barkeeper waren von allen vier Punkten der Windrose unterwegs. Zu Ehren des Anlasses hatte Milo Rogers, Erbe der großen *fili* aus Irlands bardischer Vergangenheit und frischernannter poeta laureatus der Provinz Munster, ein Bröckchen neu-augusteïscher Lyrik zu Papier gebracht, ohne daß ihn jemand – bis auf die närrische alte Muse in seinem Innern – dringlich dazu aufgefordert hätte.

OLYMPIA HIBERNICA

Durch's sturziöse KILLOYLE hier
Neben dem silbern bekotzten Sand
Fließt unbegrenzt im Übermaß das ALE,
Aus gealtert eich'nen Fäßchen Biers.
Inspiriert von Träumen und von Zitterhänden,
Auf Suff und Weit'res sich bezieh'nd,
Von wannen sich der Kupferschaum des STOUTs ergießt,
Ein Rhein an Getränk, ein Mäander an Flut,
Zwischen Bar und Grundstück, Spät- und Frühdämm'rung,
Alle heftig, überfließend, voll BESOFFEN,
Bis daß der KATER schrill stößt in sein Horn.

Hey! Hey!

(Milo fand, die Versalien und seltsamen Apostrophe gäben dem Ganzen einen hübschen Pope'schen Anstrich,[110]) aber

110) Ich kann da nichts Papistisches entdecken. Kleiner Scherz. Aber: Das kommt dabei heraus, wenn man einen Mann nach seiner eigenen Arbeit befragt.

der *Clarion* lehnte es trotzdem ab, verdammte Philister.[111]) »Atrophischer Müll«, hämte der Lyrik-Redakteur. »Reinster Arschwisch«, dekretierte der Chefredakteur, ein früherer Freund. *Dann eben nicht*, schniefte Milo. *Die hätten sowieso nur alles falsch geschrieben.*)

So geschah es also im Balsa Room des Spudorgan Vacation Inn, vor seinen feuchten, rosageränderten, aber stets wachsamen (wenngleich leicht gelbsüchtigen) Augen,[112]) daß der Poetaster und Geschäftsführende Hoteldirektor die vor-olympischen Vorbereitungen überwachte. Es war der erste Tag des Ale-Festivals, das erste Großereignis der Olympiade, ein Verkostungen, Bierreisen und allgemeiner Trunkenheit geweihter

111) Das erste Gute, was ich über diese Burschen gehört habe, kann ich Ihnen sagen.

112) Danke schön für sehr wenig. Schon gut, schon gut, lassen Sie die Beine unten, ich schrubbe erst mal um Ihre persönlicheren Kommentare herum, aber wir werden das Thema wieder aufnehmen, wenn ich mit diesem törichten Mist fertig bin. Nur Sie und ich, Kumpel, hinten auf dem Hof, *comprende*?

113) Ein Riesenhit, habe ich gehört. Ein RIE-sänn-HITT, Junge, d.h. stimmt gar nicht. Sehen Sie einfach in den Archiven des *Clarion* nach. In Wirklichkeit war es ein Desaster – eine Katastrophe – eine *Farce*. Noch dazu an einem schönen stürmischen Tag dies- (oder jen-) seits des St.-Paddys-Tages, im Jahre Unseres Herrn 1828, und der Himmel abwechselnd von finster nordischem Grau und keramisch hellem Levanteblau. Tolle goldene Strahlen Lichts durchbohrten die flitzenden Wolken. Regen spritzte teils in leichten Schauern, teils als bösartiger Niederschlag in Pferdepisse-Stärke herab. Schirme – einheitlich schwarz – blühten wie die Blütenblätter des tödlichen Nachtschattens, klappten dann wieder, ihm darin unähnlich, plötzlich zu. Eine Kapelle spielte halbherzig die Schlager der Epoche (»Tyne of Harrow«, »For He's A Jolly Good Fellow«, »Ranulph Robinson My Dear«, »Wie kalt und maßvoll bin i worn«, »Mein Schäflein, ach! ich gab es her«, »Als alle Haine grün noch war'n« und anderes Gerngehörtes), die Nasen rot von Wind und Getränk. Auf der Pier knatterten die Standarten des Hauses Hannover, der drei damals vereinigten Königreiche, das blaue Harfenbanner des Brian Boru und der heilige Wimpel der Vier Provinzen. Anwesend waren Burke, Murphy,

Tag, von der zivilen Sorte, wie zu hoffen stand. Am zweiten Tag wollte man sich im Verkosten messen, und am dritten, letzten Tag sollten die besten Barkeeper der Welt um den Titel des Bierchenzapf-Champions gegeneinander antreten. Seit der Königlichen Visite im Jahre 1828, als S. M. George IV seinen alten Hit aus dem Hafen von Howth, »Hurra, der König kotzt sich voll«,[113] wieder ins Programm aufnahm, hatte Killoyle nicht soviel Aufregung gesehen.

Es war Milos zweiter Anlauf im Büro des Geschäftsführers des altehrwürdigen Gebäudes, dem er so lange in einer solchen Vielfalt von Stellungen gedient hatte, meist allerdings in Rückenlage. Was hatte er nicht alles, über die Jahre verteilt,

Smythe und Smith, die Ratsherren; Sir Percival Percy, Ritter im Kommandeursrang, der Magistrat; Zachariah Snodgrass, der Oberbürgermeister von West South (wie Killoyle damals genannt wurde, gelegentlich auch South West, wenn der Wind aus der betreffenden Ecke kam); der Militärgouverneur der Provinz Munster, Lord Elphinstone; Signor Spinelli, der berühmte neapolitanische Tenor; sowie die verschiedensten Lords, Ladys und Gentlemen. Angedockt und sich im Seegang leise wiegend, lag die königliche Yacht Hannelore, vom Hause Hannover ausgeliehen und deshalb nicht nur mit dem roten Feudel, der britischen Handelsflagge, und dem aufgerichteten Löwen prunkend, sondern auch mit dem Schwarz und Gold der deutschen Kleinstaaten und dem preußischen Königsadler; und dort erschien nun endlich, nachdem die versammelten Würdenträger anderthalb Stunden lang gewartet, ungeduldig geächzt und gestöhnt, immer wieder ihre Taschenuhren zu Rate gezogen, sich die langen Schnurrbärte gestrichen, die Schirme auf- und zugeklappt und den einen oder anderen Flachmann feinsten Single Malt hatten herumgehen lassen: Seine Majestät König Georg IV von England, Schottland und Irland, Fürst von Hannover, Sachsen-Coburg und Thüringen, Herzog von Cornwall, Prinz von Plattenberg, Maharadscha von Dschaipur, Erzherzog von Niederwald und Niederuhland, Verteidiger des Glaubens usw. usf. »Da kann ich nur sagen«, sagte Seine Majestät taumelnd, »noch mehr verdammte Iren«, dann, mit einer Hand auf der Reling, kippte er das löwenhafte Haupt seitwärts und erbrach sich herzhaft und reichhaltig über die breiten Schultern Sir Darcy Dancers, seines Kammerdieners. In Erwiderung

getan, außer, das fehlte noch, dem Chef die Geschlechtsteile geschrubbt?[114] *Beim süßen Jesus, bei Gott und allen im allscheißenochmal-mächtigen Himmel versammelten Heiligen.* Beim erstenmal war jedoch sein dichterischer Ehrgeiz zu groß gewesen, als daß er ihm den Luxus mittelmäßigen Denkens gestattet hätte, der so lebenswichtig für eine Karriere als Geschäftsmann ist (wovon ziemlich abgesehen, er mit knapper Not dem Mordanschlag eines Kollegen[115] entronnen war, der mit einem Pfeifenreiniger zu Werke gegangen war), weshalb er gern ein träges Urlaubsjahr als Sub-Redakteur bei Glam antrat, dem Damenmodemagazin, was er Kathy McRory Hickman zu verdanken hatte, Glams Star-Reporterin und Milos damaligem Lieb-

auf das Gemurmel, welches sich von der Menge auf der Kaimauer erhob, wandten S. M. sich um und donnerten: »Und ihr haltet gefälligst das Maul, ihr gräßliches irisches Lumpenpack.« Dann, ohne weiteres Getu', schwankte der König unter Deck, von wo zu hören war, wie er den Rest seines übelverdauten Mahls hervorwürgte und nach Bier schrie. Die Yacht legte ab, während die desillusionierte Menge pro forma und recht stümperhaft »God Save the King« anstimmte, bevor sie sich zu murrenden Zweier- und Dreiergruppen auflöste. Typisch, was? Kein Wunder, daß wir uns diese Schweinehunde vom Halse geschafft haben.

114) Sehen Sie, ich habe Sie gewarnt. Aber Sie haben natürlich recht. Hier dürfte es sich um *les privés* von Carfax handeln, dem früheren Jockey, der eben jetzt in der JVA von Dade County fünf bis acht Jahre wegen Geldmißbrauchs absitzt. Gott, habe ich diesen Mistkerl gehaßt. Trotzdem verdanke ich ihm alles.

115) Wolfetone Grey, wie jeder weiß (s. *Killoyle. Eine arische Force*, S. 1–315). Einst hochgradiger Spinner, wurde Grey inzwischen zu einem der mächtigsten Mauschler in der Volksversammlung von Ost-Ulster. Es geht ihm jetzt ganz gut, heißt es, aber ich rate keinem, ihn zum Thema Gott zu befragen, zumindest nicht, wenn sich ein Pfeifenreiniger in der Nähe befindet. Bei feuchtem Wetter pocht diese alte Sehne im Hals immer noch.

116) Ach, was für ein Prachtmädel (vgl. weiter oben). Jetzt hat sie die Kerle satt, wie so viele Frauen, die sie lieben. (Wohingegen die Lesben gar nicht genug von ihnen kriegen können. *Plus ça change* was?)

chen. Es war eine wohlverdiente Pause gewesen, die keinerlei Arbeit erforderte, außer Teemachen, Zeitungenlesen und nach dem Lokus Händewaschen –, bis, heißt das, Kathy[116)] Chefredakteurin wurde und Ehrgeiz entwickelte, und das mit dem Eifer einer Erweckungspredigerin. Sie verlor keine Zeit und führte eine Säuberung durch, die auch Milo nicht verschonte (tatsächlich sogar mit ihm begann), und feuerte ihn. Die bei ihrem letzten Gespräch angeführten Gründe schlossen sein unablässiges Rauchen unter inzwischen nikotinvergilbten »Nichtraucher«-Schildern (Kathy, einst selbst eine glühende Qualmerin, war jetzt zu Gesundheitsspaziergängen, Tofu und Kettennichtrauchen konvertiert); die Tendenz seines elasti-

Es ist jedenfalls eine ziemlich zu Herzen gehende Geschichte. Zuletzt habe ich sie in der Cafeteria der Peterborough Station gesehen. Warten Sie, bis ich's Ihnen erzähle. Ich wollte am nächsten Tag nach Südafrika zu einer vielversprechenden medizinischen Karriere aufbrechen, und Kath wollte zu ihrem kleinen Sohn nebst langweiligem, aber achtbarem Mann zurück ... Da saßen wir also nun, sahen einander ein allerletztes Mal in die Augen, als sich doch tatsächlich diese alte Schreckschraube von einem Klatschmaul Mrs. Witherspoon an unseren Tisch setzte und darauf bestand, endlos von ihrem Rhododendron und der Größe des neuen Fahrrads des Bischofs zu schwafeln (Übergröße; seltsam, weil Seine Eminenz ein Winzling waren). Immer der Gentleman, der ich bin, verzichtete ich darauf, ihr zu sagen, daß sie sich verpissen soll, deshalb konnten Kathy und ich hinter ihrem Rücken nur feuchte Blinzler austauschen, bis schließlich mein Zug ankam und ich weg mußte. Tränen schossen mir aus den Augen, aus Versehen quetschte ich Mrs. Witherspoons Schulter und stürzte blind hinaus, um mich unter den Schnellzug zu werfen ... Nein, das war ich gar nicht, das war Kathy ... Bleiben Sie dran, ich kriege alles durcheinander. An eins erinnere ich mich aber ganz genau – und es war verdammt komisch für einen BritRail-Hauptbahnhof, entsinne ich mich, damals gedacht zu haben –, nämlich an das Symphonieorchester samt Solisten, das irgendwo im Hintergrund Rachmaninow spielte. So war der ganze Tag, mal wie Gott in Frankreich, dann wieder die Hölle. Aber das waren andere Zeiten.

Nein! Jetzt weiß ich's wieder –, das Ganze war ein Film.

schen Blicks, an jüngeren Frauen festzukleben; seine dichterische Art (langwieriges Räuspern, Schal um den Hals, Hohngelächter zum falschen Zeitpunkt, wodurch nicht selten der falsche Zeitpunkt überhaupt erst heraufbeschworen wurde); und seine Angewohnheit, »ständig in der Tür zu lehnen, Hände in den Taschen wie ein gottverdammter Eckensteherflegel mit Bierfahne –, der aber in Wirklichkeit die meiste Zeit eine Weinfahne hat«,[117] ein.

»Ständig«, sagte sie, und ihre einst so freundlichen himmelblauen Augen funkelten jetzt so grausam wie die kristallnen Augäpfel eines aztekischen Gottes.

»Quatsch«, sagte Milo, seinem Stil treu bleibend, und ging.[118]

O über den Abschied von einst so geliebtem Vertrauten.

Das Hotel jedoch hatte, da es sich im fast permanenten Ausnahmezustand befand, Milo nur zu gern zurückgenommen, trotz jener *tics* der *Bohème.* Er war es sogar gewesen, der – durch eine Verbindung zu einem Geschäftsmann aus Chicago namens Tony und seiner aufreizenden Frau Trish, die er in seinen Oberkellnerzeiten geknüpft hatte, beide seit kurzem in den Vatikan des Beherbungswesens, Vacation Inns International

117) Eine Pose, zu welcher zweifellos eine Fotografie unseres Dichterkollegen, des jungen James A. Joyce, M. A., die Inspiration abgab, der sich nie mit solchem Käse herumzuschlagen brauchte –, d. h. nie, bis er die sexy Nora B. kennenlernte, die ihr Lebtag kein Buch gelesen hat, und schon gar nicht eins von Jim. »Ich weiß nicht, was der Mann da drin treibt«, beteuerte sie im Hinblick auf seine langen Phasen der Abgeschiedenheit im Schlafzimmer an der Square Robiac (im VIIe) und seine häufig ebendrin stattfindenden Ausbrüche in schrilles Tenorgelächter, »aber ich höre ihn furchtbar oft lachen«, (nur daß sie, da aus Galway, wohl eher statt »an awful lot« *an affa latt* gesagt haben dürfte, wie eine Jamaikanerin), was natürlich für den alten Jems nichts Gutes ahnen ließ, der dann nach einem weiteren, wie es Nora schien, in äußerster Trägheit verbrachten Tag (in Wirklichkeit waren 800 weitere Wörter *Finnegan* zu verbuchen) vor die Tür huschen und im Café an der Ecke mehrere *petits blancs* runterstürzen mußte, wobei er nur schwer verständliche unlogische Schluß-

in Hoyt City (Florida) berufen – den Verkauf von Spudorgan Hall, wie es damals genannt worden war, an die amerikanische Kette in die Wege geleitet hatte, was einen beunruhigenden Erguß von Milos bis dahin nicht vermutetem Geschäftssinn bewirkte und ihm Job-Sicherheit, ein Büro mit Aussicht und eine hübsche Rente garantierte – *erst mal.* Denn im Herzen war er Dichter und dem Nonkonformismus verschworen; und für die Welt von Banknoten und Business hegte er nur erbärmlichste Verachtung.

(Auf diese Weise hatte er also beides.)

»Sie da«, bellte er einen Günstling an und fegte dabei mit einem ausgestreckten Arm gebieterisch über die Landschaft wie das Standbild Peters des Großen in seiner eponymen Stadt, oder das von Jeanne d'Arc auf der Place d'Orléans: *»Halten Sie ein!«* (Milo war in bester Bardenstimmung und scheute Allgemeinverständlichkeit.)

Der Heini, der sich angesprochen wähnte, hatte keine Zeit für warme Brüder oder deren *semblables*, nicht einmal, wenn sie Geschäftsführende Direktoren waren, und reagierte auf etwas, was zunächst wie Afrikaans klang, sich aber bei näherer Analyse als der Akzent von Glasgow herausstellte.

folgerungen durch endlose Kringel Zigarettenrauchs hindurch äußerte (filterlose Gitanes *papier maïs*, zwischen nikotinbronzierten Zeige- und Mittelfinger gesteckt –, o, ganz klar sehe ich das jetzt vor mir) und damit Sam Balsam oder Hank Budgie unterhielt, zween Mitsäufer sie.

118) Jedenfalls eine getreuliche Wiedergabe des Rogers'schen Idioms. »Süperbe Sprach-Ökonomie«, wie es Hector Amethyst-Borges in seiner im *Llandudno Ledger* erschienenen Rezension von *In den Gully gegöbelt* ausdrückte; und natürlich betonte Tom Doubtfire in *Poete rechts, Poete links* in unvergeßlicher Weise die nahezu ausschließlich einsilbige Qualität des *œuvres* des Dichters mit einer ebenso knapp einsilbigen Formulierung: »So. Ein. Mist. In. Wor. Ten. (Und Wort mein ich, wenn ich ›Wort‹ sag!)« (Naja, solche muß es auch geben, auch die Arschlöcher, Kleiner –, und wo wir gerade so schön dabei sind, Sie hätten wohl nicht zufällig fünf Shilling dabei, Herr Schurnalist? wie mein lieber alter Onkel Francie zu sagen pflegte.)

»See yüü, Jimmie«, schnappte er. *»Whüüüü are yüüü pointing ât?«*

»Nein, nein«, seufzte Milo. »Nicht Sie, Jock. Er.« Matt deutete er auf einen bärtigen und beturbanten Reiniger, der das Display von Autumn Ale reinigte. »Das *soll* nach Spinnweben aussehen«, sagte er. »Sind Sie Türke? Oder nur schwerhörig?«

»Ich bin nicht schwerhörig«, sagte der Reiniger. »Und wer soll hier Türke sein? Ich bin aus Rathgar. Träumer sind wir allzumal, wie Sie wissen sollten.«

»Na, dann ist ja alles gut«, sagte Milo. »Machen Sie Pause. Geben Sie mir diesen Besen.«

Der Mann nickte und war bald in der kurzen Freiheit verschwunden, die ihm zu gewähren man sich herabgelassen hatte (eine rauchen, draußen auf den obersten Stufen; ein Blick auf das Meer im starken Westwind mit folgerichtigem Stich der Sehnsucht nach einem Leben weit jenseits der Mops und Besen und Fuselkliniken; ein Klasse-Auto; eine nette Torte ... Vielleicht sollte er doch einen Banküberfall in Erwägung ziehen.)

Unterdessen verpaßte Milo, dem die Zigarette lahm von der Unterlippe baumelte wie ein unbeholfenes Symbol der fehlgeschlagenen Libido, dem Fußboden vor dem Autumn-Ale-Display ein paar fachmännische Besenstreiche und trat zurück, um sein Werk zu bewundern. Alles sah unberührt aus – professionell – tipptopp sauber – konnte losgehen. Im Demi-Tages-

119) Jetzt Vorsicht, Bürschchen. Ich war nämlich da, Frühjahr '37. Da war einer, der wohnte im sechsten Stock, ohne Aufzug, in Billancourt und konnte sich ums Verrecken kein Auto leisten; stattdessen radelte er, via die Porte d'Italie. Es hieß aber, er sei Spion für die *boches*. Ich habe es nie so richtig in Erfahrung gebracht, aber drei Jahre später, als die deutschen Panzer in Paris einrollten, zog er plötzlich in eine Penthouse-Wohnung auf der Île Saint-Louis, mit Annick, der Comtesse de Noailles, am Arm, wobei sich die beiden *sweet nothings* zuraunten, süße Nichtse!!! wie der Deutsche sagt. Läßt alles ziemlich tief blicken, wenn Sie mich fragen.

120) Innehalten, um eine Betrachtung anzustellen: Warum geht von

licht der sechs Verandatüren des Balsa Room schimmerten die Biermaschinen unter ihren Plastik-Spinnweben wie eine Reihe Bugattis in einem Ausstellungsraum auf den Champs-Elysées, circa 1937.[119)] Sanft hinter dem Tresen im Pub-Stil, der mit verschnörkelten hölzernen Giebeldreiecken und *faux* Glasfenstern prunkte, waren plakatgroße Fotos vom schönen Schottland erleuchtet (da die Autumns Brauer aus Kilmarnock waren, in den windigen Windungen und zugespukten Zufluchten des schottischen Akadém wohlgelitten), vorhersehbar touristische Aufnahmen[120)] vom Loch Ness statt vom Loch Leven; Ben Nevis statt Ben Tulloch; Auld Reekie statt Greenock; und natürlich weit und breit kein Paisley, sondern das liebe schmutzige Glasgae ganz zum Schluß (wo es hingehörte, Gott segne es). Dudelsäcke klagten leise, wie hungrige Nesthocker, aus verborgenen Lautsprechern. Finster blickten vom anderen Ende der Halle die Deutschen die Schotten an, die Deutschen, Stolz der biertrinkenden Welt –, falls dieser Titel nicht den Belgiern gebührte, Schöpfern zum Beispiel des *Très Bon-Bon* Himbeerbiers (60%), mit den knollengesichtigen van-Eyck-(oder Dyck-)Porträts und stillen Szenen mit Grachten in Brügge und großartigen Wolkenbänken aus Kartoffelbrei über flachen flämischen Feldern, welche mit den tief ausgeschnittenen Zinnen von Ludwigs-des-Irren Neuschwanstein wetteiferten, das die Krauts naturgemäß in der visuellen Abteilung aufgefahren hatten, nächst Schnappschüssen vom Kudamm bei

Reisefotos aus Schottland immer, egal, wie hochglänzend und frisch sie sind, für meine mentalen Nasenlöcher so ein Ruch von 1940er und '50er Jahren aus? Die Gegend hat sowas Unmodernes an sich, wie das auf, sagen wir, Brüssel oder Mailand oder sogar – heutztage – Dublin nicht zutrifft, mit all den Handys und Kleincomputern ...; klar, auch in Edinburgh haben sie Handys bis tief in den Arsch hinein, sowieso, aber irgendwie erwarte ich immer eine Reihe schwarzer 1949er Wolseleys und Ford Populars mit einer Dampfwolke aus dem Schornstein des *Royal Scot* London–Edinburgh dahinter zu sehen. Ich weiß auch nicht, vielleicht liegt das nur an mir, und ich bin weißgott kein Schotte (und schon gar keine Schottin).

Nacht; Hamburgs mondbeschienene, glockenturmgekrönte Binnenalster; eine rote Ziegelkirche der lutherischen Glaubensrichtung, die inmitten der behaglichen Weizenfelder Schleswig-Holsteins döste; Weimar, mit seinen Zwillings-*buffi* Goethe und Schiller, beide schneebemäntelt im Märchenwinter von *l'Allemagne Profonde*; eine Statue von Bonns ureigenem Ludwig van, schwerstmuff; und eine Draufsicht auf das tiefbewaldete Gelände des Harz voller Walpurgisnächte und Vogelsänger und dem umherschweifenden bärtigen Geist des Friedrich Barbarossa. Alle vorerwähnten Abbilder trugen die demütige, aber beziehungsreiche Unterschrift »Deutschland«. Von Kneipesmanns und Kleine Ausgabe waren im Augenblick die angesagten vaterländischen Brauereien, und alle boten demjenigen Rabatt, der die gesamte Produktpalette feiner Biere nacheinander probieren wollte, wobei es auf die Geschwindigkeit des Barkeeper-Ausstoßes (eine altbritische Gallone pro Kopf und Sekunde, plusminus eine Kleinigkeit) ankam.

Dann gab es Amerikaner, meist behaart, alle von der Westküste, alle boten Pisse feil; einen frankophonen Kanadier aus Trois-Rivières, Québec (»La Bonne Bière du Tabernacle«); und natürlich waren die Tschechen direkt aus Plzeň und Ceské Budějovice da, drei Jünglinge mit offenen Gesichtern und eine Maid mit flachsblondem Haar, die bereits der Magnet für die Augen der ansässigen *roués* geworden war (Milos Augen glitten hin, diskret aber auch wieder zurück); und die Japaner (»Very Old Tory Gate Extra Special European-Style Drinking Beer«) aus Sapporo, dem – brautechnisch – Mittelpunkt des Chrysanthemenreichs, die mit kraftvollen Akzenten unbeholfene Bonhomie blökten, recht betrunken. Italiener dagegen gab es keine, trotz den Brautraditionen des Südtirols und Venetos; noch gab es Franzosen, noch Schweizer, und erstaunlicherweise hatten die Skandinavier gekniffen, aber die Talente der Region waren gut vertreten, wobei die üblichen stämmigen Burschen namens Arthur und Murphy dem kleinen Mann ins Handwerk pfuschten, und der kleinste Mann in diesem Fall war die in Killoyle selbst ansässige Brauerei Molloys Filthy Bitter Dregs (*Molloys schmutzig-bitt'rer Bodensatz*), hauptsächlich wegen ihres nagelneuen und seltsamen – doch aber irgendwie ansprechenden – Emblems bemerkenswert: eine bebrillte weiße Ratte, sorgfältig in Tweed, Knickerbocker Argyll-Socken und Tuchmütze aus Donegal gekleidet, die einen überschäumenden Krug mit (anzunehmen) Molloys hielt.

»Trinken Sie Molloys«, bat (oder drängte, je nach Stimmung des Betrachters) die Molloys-Reklame. »Seien Sie keine Ratte.« Die Meinungen gingen, was die Effizienz eines solchen Slogans betraf, auseinander, aber die Lampen brannten, die Biermaschinen waren angeworfen, und der eine oder andere Kunde (Journalisten, wie der Dichter Rogers voller Verachtung feststellte) stand Schlange, um davon zu kosten.

»Süß, diese Ratte«, sagte einer.

»Aber«, machte sein Kollege (oder Konkurrent) geltend, »der Slogan sollte lauten *›Seien Sie eine‹*, nicht *›Seien Sie keine‹* – *›Ratte‹*. Warum Zeit und Geld – sowie auch einiges Talent, wage ich zu behaupten – auf diesen ansprechenden kleinen Burschen verschwenden, wenn er etwas repräsentiert, was man *nicht* sein soll? Falls Sie verstehen, worauf ich hinauswill?«

»O doch, o doch. Ich persönlich will auf eine Pint hinaus.«

Milo ging mit inwendigem Lächeln weiter, wie ein verkleideter König.

Wenn hier heute abend nicht die Luzie lief, dann war er aber ein Oranier vom Scheitel bis zur Sohle.

In der Tat ... Sonnenlicht platschte auf jeden hyperpolierten Tresen.

Knackig gewaschene Biermatten lagen in Erwartung der nahenden Flut aus. Nach Waschmitteln duftende Geschirrtücher und schneeweiße Servietten hingen schlaff wie die Standarten der Königlichen Grenztruppen, welche die Ankunft Ihrer Majestät am Tag des Hl. Andreas erwarten. Tatsächlich sah die gesamte Halle gewienert und gestriegelt aus, passend für eine bis zwei Klassen über Jedermann und seiner Frau, und die Weltpresse und die Medien waren bestens in der Presseloge am ganz anderen Ende des Saals untergebracht, seine Idee, und, mußte er selbst sagen, eine einigermaßen anständige …

»Nicht schlecht«, sagte Milo selbst.

»Eh«, sagte der eben noch frisch erzürnte Schotte, der sich wieder näherte, diesmal aber zaghaft, mit schiefer Gangart, die ihm die Aura eines vielbeschäftigten Reitersmanns gab. »Sie sind doch hier herum der Geschäftsführer, stimmt's, Jimmie?«

Milo versuchte, diesen Dialog mit einem Ja zu beenden, dreimal wiederholt, das dritte Mal fast im Brüllton, im Interesse des Durchdringens des dicken Schädels des Schotten und/oder seines unzureichenden Hörvermögens.

»Ja, ich bin ein bißchen harthörig«, betonte Letzterer. »Sie werden lauter sprechen müssen, Jimmie.«

Der Schotte – der, wie während der Paraden und Ausfälle der gegenseitigen Vorstellung durchsickerte, (eher paradoxerweise) auf den Namen Jimmie, na ja, hörte – zauberte hinter einem Vorhang eine Gefährtin hervor (»meine Frau, übrigens«), die Eileen hieß und so irisch war wie Milo oder Gay Byrne oder die Beeren des Hl. Klabuster. Darüberhinaus war sie Killoylerin von Geburt und Geblüt.

»Bin im Schatten von St. Oinsias aufgewachsen. Aber jetzt bin ich in Schottland und liebe es über alles«, schwallte sie. Milos inneres Geschäftsführender-Direktoren-Relais (ganz zu schweigen von der Dichterseele, die ihn zum Verwandten von Alighieri und Milton machte und nicht zum Nachfahrn einer langen Linie reiner Hotelmanager) machte ihn gegen Hochnäsigkeit oder Unverschämtheit immun, und deshalb näselte er, einem italienischen Unternehmer aus adeligem Geschlecht nicht unähnlich –, einem, sagen wir, toskanischen Grafen-cum-Schuhexporteur oder einem umbrischen Maßkonfektions-*Principe* –: »Nun, ich bin ja *so* froh, daß Sie es über sich bringen konnten, auf ein Weilchen zurückzukommen.«

Der Wahrheit die Ehr: wie viele Mitglieder der irischen Rasse verachtete Milo den ewigen *émigré*, dessen Gras immer anderswo grüner war und der doch darauf beharrte, immer wieder zurückzukommen, um den glücklosen rückständigen

Freunden alles darüber zu erzählen; wohingegen solide Iren wie er selbst zuverlässig wußten, daß nirgends auf Gottes gesprenkelt grüner Erde grünere und üppigere Weide als haargenau hier im lieben alten Irrland anzutreffen war, besonders da die Software-Revolution in Gang kam und die Börse mit über 3000 abschloß.

»O«, sagte Eileen, die augenblicks den pikierten Patrioten hinter der falschen Fassade spürte, »es ist ja nicht so, daß es mir hier nicht gefiele. Es ist nur halt so, tja, sehen Sie, daß ich mich hier letztes Jahr habe scheiden lassen und mein Ex-Gatte ganz bestimmt hier irgendwo herumlauert. Wo es Bier gibt, gibt es Mick. Auf jeden Fall ist Killoyle nicht gerade so groß wie London, oder.«

»Nein, gnädige Frau«, pflichtete Milo bei. »Ist es nicht, war es nie, wird es auch nie werden.«

Wenigstens war nun Übereinstimmung hergestellt.

Wenigstens, oder sogar etwas mehr, hatten Eileen und Jimmie jetzt begonnen, Milo mit dem Respekt zu behandeln, der dem Geschäftsführenden Direktor eines großartigen Hotels eher zustand als die abrupte Überheblichkeit, mit der die Mammonmanischen nur allzu oft die schmuddeligen verdammten bis auf die Knochen faulen sogenannten Poeten abspeisten …

»Schön angelegt, das Ganze«, sagte Jimmie. »Eh. Spiro. Wie wär's mit einer Pint?«

»Nö. Zu früh. Wir können Ihnen aber Tee machen.«

»Ich nehm eine Pint Autumn.«

»Ich habe gesagt, nein, für mich ist es zu früh. Wie wär's mit einem Täßchen Tee?«

»Gut, eine Pint Dunkles und ein Päckchen Chips. Salz mit Essig.«

»Verdammt. Wallfish!«

Der so benannte Mann, der versucht hatte, sich in unbeobachteter Diskretion zu verdrücken wie das hoteleigene Gespenst, zuckte wie getroffen, zögerte aber nicht, gehorsam zu seinem neuen Chef zu rennen, keinem so geringfügigen Chef wie dem letzten (dem unbetrauert dahingegangenen Goone), aber ein bißchen hatte der es doch am Kopf, wie alle Chefs, und, wie alle Chefs, hatte auch er eine gute Seite, wenn man sie nur finden konnte, aber Milos gute Seite, hatte Wallfish entdeckt, war eindeutig unauffindbar, wenn Unterlinge wie er, Wallfish, stullenessend herumgingen und eine Spur aus Brotkrumen, Schinkenfetzen, Senfflecken etc. hinterließen, noch schätzte der Dichter aufsässige Zurschaustellungen jeglicher Art von Schmutz, sah er sie doch (zutreffend) als eigensinnige Bemühungen, die Bourgeoisie zu schockieren, und ...[121])

»Ja, Milo.« (Wie in so vielen Etablissements in amerikanischem Besitz manifestierte sich eine vorgebliche Ungezwungenheit in der Verwendung von Vornamen seitens der Unterlinge.)

»Brühen Sie eine Kanne Oolong für diese netten Leute, ja?«

»Absolut, Mike. Alles klar. Darjeeling, stimmt's?«

»Oolong. Leidender Jesus, ist hier denn plötzlich jeder taub?«

»Eh?« rief Jimmie laut.

»Absolut«, sagte Wallfish fischig und schlackerte davon.

»DAS WAR WALLFISH«, rief Milo, »hat früher bei Emerald Mats gearbeitet. Kennen Sie die Geschichte, echt klasse, hat wie ein Lauffeuer die Runde gemacht. Warten Sie, bis ich sie Ihnen erzähle.«

»Och«, sagte Jimmie.

Als Milo sich *à haute voix* wiederholt hatte, grinste Jimmie und sagte: »Och nein, es war genau andersrum, Spiro. Ich wette, Sie wissen nicht mal die Hälfte. Ich bin nämlich jetzt Besitzer von Emerald Mats.«

»Ach, wirklich? Ich heiße übrigens *Milo.*«

Es hatte Milo tatsächlich mit metaphorisch runtergelasse-

121) Tut mir leid, kann nicht anders, also folgendes: Ist Ihnen schon mal aufgefallen, daß es immer die bäume-umarmenden Öko-Wichser sind, die die dreckigsten, rußigsten alten Schüsseln fahren und die sich am ehesten wie gottverdammte Landstreicher oder Berber von der North Wall in Dublin kleiden, mit diesen schäbigen weißbefleckten, zerfetzten Jeans und so? Da kann man mal wieder sehen,

ner Hose erwischt –, oder *troosers doon*, wie Jimmie sagen würde (wobei sein putziger, aber irritierender Dialekt ein weiterer ist, auf den wir im Interesse von Klarheit und Leserfreundlichkeit verzichten können). Zunächst einmal war Emerald Mats immer eine stolze irische und eine stolz irische Institution gewesen, und dieser Jimmiedings war Ausländer –, kein doller, keltische Vettern und so weiter, klar, aber immerhin. Eileen agierte als Dolmetscherin, da sie es offenbar geschafft hatte, präzis die Tonhöhe zu treffen – cis-Moll –, die ihre Rede für Jimmie verständlich machte.

»Ja. Wir sind doch jetzt alle in der lieben alten EU, stimmt's?«

Zweitens, aber naja …

»Wie wir das geschafft haben?« fragte Eileen rhetorisch. »Nun, wir hatten uns auf eine Sperrminorität geeinigt, bevor Goone, äh, verschied. Das war übrigens kein Familienstreit. Das war die Arbeit eines Profis, habe ich jedenfalls gehört. Gewisse Parteien hatten ein Interesse daran, ihn rauszukaufen, und es hieß, er habe sich bereitgemacht, *sie* rauszukaufen und an die Costa del Sonstwas zu ziehen … Hab ich jedenfalls gehört.«

»Ich habe gehört, er wollte damit eine Geschlechtsumwandlung für den kleinen Colin bezahlen, seinen Strichbubi«, sagte Jimmie.

»Hieß er nicht Cornelius?«

»Nein. Colin. Goone hatte ein bißchen was nebenher laufen, hab ich gehört. Dieser Typ da, Colin. Ein Schauermann aus Bristol, der sein Praktikum für's Grobe unten in Crumstown Wharf gemacht hat. Er hatte den Ehrgeiz – hat ihn vielleicht immer noch –, eine Schule für transsexuelle Waisenkinder aufzumachen.«

wenn Sie mich fragen (haben Sie gar nicht, weiß ich, aber immerhin), hat gar nichts mit Umweltschutz zu tun, ist alles nur Leckt-mich-am-Arsch und Was-Mutti-und-Vati-sagen-schert-mich-keinen-Deut. Ich weiß, wovon ich rede: ich war selbst so einer (ach, Marijkje – Earth Day, Amsterdam '89 …, aber das ist wieder eine andere Geschichte).

»Mann«, sagte Milo.

»Na ja«, sagte Eileen und zuckte das Achselzucken der Gleichgültigkeit, die sich als Toleranz verkleidet –

Verdammt nochMAL, es war eine Schande, die allen zivilisatorischen Verhaltensmustern hohnlächelte (wütete Milo, inwendig) –

Genau wie seine eigene, höchst zweifelhafte Moral.

Und doch.

Wallfish, Krümel verstreuend, erschien mit einer Kanne frischen Darjeelings. Als er sich wieder entfernt hatte, benutzte er den Namen des Wichts als Bauernopfer in einem konversationstechnischen Gambit über die genaue Abfolge der Ereignisse bei Emerald Mats, aber Jimmie war plötzlich, trotz Eileens Intervention, zugeknöpft, weil er vielleicht Spionage argwöhnte, oder die inhärente Schwatzhaftigkeit der Iren.

»Ja«, war alles, was er mit langweiligem Hang zur Wiederholung sagte, außer zu den Gelegenheiten, bei denen er »nein« sagte. Eileen jedoch, als eine von uns, war dem Gelaber eher zugeneigt, und wie. Milos Gesicht, das zunächst vollauf mit all dem Gezwinker und Genicke zu tun gehabt hatte, das sein Tagesjob mit sich brachte, war bald wie unter sich härtendem Wachs gefangen und klaffte mit der Maulsperre des von der Python hypnotisierten Kaninchens. Zunächst war es gar nicht so schlimm, weil sie Milo mit den Erzählungen und Gerüchten versorgte, die in Umlauf waren, und das war immer nützlich, als sie sich aber zu unverbrauchten Matten aufmachte und anfing, in einer Weise weiter- und weiter- und *weiter*zuquatschen, die Milo in einem rückschrittlichen Augenblick durchaus als typisch weiblich bezeichnet haben könnte …

»Deshalb kontrollieren wir jetzt das meiste von Emerald Mats bis auf dieses Konsortium in Belfast, dem noch Prozente gehören, und wir beabsichtigen ein Engagement bei Jocelyn Motors und Aidan's Untersetzern, wie wir uns auch nach guten billigen Websites umsehen, die vielleicht mit dem Bauch nach oben treiben, Sie wissen schon, *die* Sorte, totales Mißmanagement von jungen Burschen, die ein gutes Geschäft nicht mal erkennen, wenn es sich aufbäumt und ihnen auf den Hinterbeinen *The Old Triangle* ins Ohr singt. Aber der Deal mit Emerald Mats war eine knappe Sache, wissen Sie. Goone wollte mit einer ganzen Reihe von Leuten ein doppeltes Spiel treiben, haben wir gehört. Einschließlich ein paar Spitzen-Investoren aus dem hohen Norden, stups stups zwinker zwinker.«

»Woher wissen Sie das alles?« platzte es aus ihm heraus. »Sie wohnen doch in Glasgow.«

»Eigentlich ja in Edinburgh. Schon mal was vom Internet gehört? Www.gossip.com?«

Kein Wort weiter nötig, sagte sich Milo, aber Eileen benötigte noch viele weitere Wörter. Sie verfaßte eine Chronik der Reise durch die Irrgärten und Dickichte von Gerücht und Hörensagen, wobei sie mit dem indischen Kellner Schrägstrich Terrorist Schrägstrich Bankräuber anfing, der auf geheimnisvolle Weise verschwunden war, und dessen *Frau* und *Cousine* ebenfalls auf geheimnisvolle Weise verschwunden waren (»Ach, im Koh-I-Noor? Hochnäsige Trottel, das. Ja, ich erinnere mich an ihn, der war da doch Obertrottel, wie? Ich habe den Star of Bihar immer schon vorgezogen. Herausragendes Hühnchen Tikka Masala«, lautete Milos letzter, gerufener Kommentar, bevor er endgültig im warmen Meer des Eileen'schen Gewäschs unterging), und zügig zum Kleriker in Frauenkleidern überleitete (naja, eigentlich ja Küster, har har[122)]) und was für herrliche Zeiten *den* im Knast erwarteten, wo er sich seine Freier mit Wilde'schem Elan aussuchen konnte. Von diesen Themen bog sie zu solchen von weniger Belang ab, es seien z. B. geisterhafte Wesenheiten gesichtet worden, die zu nächtlicher Stunde gekommen und gegangen seien –, und von dort aus verlor sie sich immer stärker, bis sie vollends weg war, in die totale Irrelevanz eines Supermarkt-Revolverblatts oder einer der obskureren protestantischen Sekten:

122) Eigentlich ja Küster, und zwar von der anderen Küste, bzw. vom anderen Ufer. Entschuldigung, ich hatte nur gedacht, ich … Entschuldigung.

– Gerüchte von Krieg und fernem Kanonendonner bei den Klippen von Moher (war wieder mal das Jahr der Franzosen [1798] angebrochen?), in und um Banion's Bar, Killiney, gehört oder vernommen;

– finster blickende graue Gesichter, allesamt unrasiert, in den schlechtbeleuchteten Wohnzimmerfenstern von Ringsend und Irishtown erblickt; dieselben Gesichter nur Sekunden später verschwunden, wie von unsichtbarer Hand gepflückt (wahrscheinlich die unsichtbare Hand, sann Milo, der Kneipenöffnung?);

– das Wiehern von Pferden und wild galoppierende Hatz über widerhallende kopfsteingepflasterte Marktplätze, circa 1897, letzten Mittwoch um 23:30 h erneut gehört, direkt nach *An Nuacht* auf RTÉ 2, es war aber (raten Sie mal) *niemand zu sehen*;

– wie der Wind durch die Ritzen der verfallenen Mauern von Inishbofin winselt, wo einst Mönche zu den Narrenglocken ihres verhängnisvollen Gottes beteten;

– das nächtliche Wimmern von Brachvögeln in den Schilfnestern des Lough Neagh;[123)]

– das Zirpen von Handys inmitten der Farne und offengelegten Ziegelwände von Sartre's Food Court (Grafton Street, Dublin 2), sowie die gesamte Speisekarte in dieser prächtigen Eßkneipe, einschließlich Teile des Dessert-Buffets;[124)]

– hohles Husten in den Kellergewölben des Hofguts Derer von Svidrigajlov (Grafschaft Kildare), von allen bestätigt, so in all den Jahren dortselbst gewohnt –, *und niemand zu sehen*;

– dröhnende Stimme im Vestibül der nämlichen ehrwürdigen Baulichkeiten, die spät nachts und frühmorgens mit altmodischen Bühnenakzenten à la Ralph Richardson oder Michael MacLiammoir gebieterisch verlangt: »Runter mit dem Schlüpfer«, aber es ist (natürlich) *niemand zu sehen*;

– wie hingehauchte Lichter aus shamrock-grünem Gas

123) Die süßeste von Gottes Musiken ist mir das. Nicht.

124) Baklava, Sachertorte, *bombe à la russe*…

(oder Ektoplasma?), mit den Giebeln des Mansion House kosend in mondheller Nacht wahrgenommen;

– die Menschenschlange, die rund um die Uhr vor Prinzessin Dianas Grab wartet, 72% davon Bürger der Republik Irland, 14% aller übrigen Nordamerikaner, und nur eine winzige Minderheit (10%) tatsächliches Britenpack;

– Sophie Ashburtons neuer Beau, der italienische Schauspieler Schrägstrich Dressman Schrägstrich Bestsellerautor Tadzio,[125] und war er nicht ganz toll in seiner winzigen Gastrolle als er selbst in *Das Wüstenpissoir*; naja, gehörte *tat*sächlich nicht so ganz zum Thema …

– aber die Neo-IRA, und ihre erweiterte Website mit Links zu Online-Buchhändlern, die noch druckwarme Bände verkaufen, welche anonym von Quartiermeistern, Strategen und anderen führenden Köpfen jener verehrungswürdigen Organisation verfaßt wurden;

– und zurück zu der einst vermuteten, jetzt aber ziemlich bestätigten (und hier taumelte das klappernde Vehikel des Monologs unerwartet zurück auf die zerfurchte Landstraße der Relevanz) Existenz dessen, was, wie Krebs, als Zelle begonnen hatte und nun zu einem richtiggehenden Irgendwas herangewachsen oder -metastasiert war, irgendwo in der südlichen Grafschaft Killoyle, und sich laut den neuesten Berichten von www.gossip.com *Die Soldaten des Brian O'Nolan* nannte.

»So nennen sie sich, manche glauben, nach einem mythischen nationalistischen Dichter und Aktivisten der späten vierziger und frühen fünfziger Jahre. Ich selbst hab nie von ihm gehört.«

»Ach«, sagte Milo, welcher hatte.

»Und sie haben einen baskischen Burschen dabei. Angeblich hat die ETA, die baskischen Terroristen, wissen Sie, der IRA den Krieg erklärt, weil sie den Geist des Terrorismus verraten hat, indem sie den Waffenstillstand unterzeichnete, also

125) Ah, Tadzio. Hat der nicht *Gabinetti da Rapallo* geschrieben? Gibt's bei allen Bouquinisten. Und *Bodysurfing zu fünft*? Oder war das dieser andere Typ.

ist jetzt dieser baskische Typ hier, um IRA-Material zu stehlen und ihr ganz allgemein ein paar Knüppel zwischen die Beine zu werfen. Auf jeden Fall geht das aus einem nicht namentlich gezeichneten Beitrag im www.gossip.com-e-board hervor.«

»In der Tat«, halbgähnte Milo, gründlich von a) allem mit *e*-davor gelangweilt, und von b) den end- und trostlosen Feinheiten terroristischer Politik, in der von einem Tag zum andern *dieser* in ist, *jener* out, *diese* Bande einen Waffenstillstand geschlossen hat, *jene* aber nicht, *diese* Pfeifen sich mit der Generisch Panmediterranen Befreiungsarmee verbündet haben –, o nein, *die* Pfeifen waren es gar nicht, es war genau umgekehrt! Aber *jene* Bande ist dann völlig von der Bildfläche verschwunden …, nein, Augenblick mal, da sind sie ja wieder! Feuer frei! Ad nauseam. Von dessen mörderischem Gesichtspunkt ganz abgesehen, überlegte Milo, anstatt Eileen zuzuhören, war das ganze terroristisch-nationalistische Befreiungsgeschäft wie ein Leben voller Katechismen zuzüglich schwerer Artillerie …, *sowas von beschissen langweilig.*

A propos: Eileen war noch lange nicht fertig. Da gab es natürlich auch noch, erinnerte sie Milo, die angeblichen kurz bevorstehenden Geldsorgen bei der Firma Jocelyn Motors, mit wahrscheinlich recht herben Konsequenzen für die Wirtschaft von Killoyle und Umgebung, die ihres Ex-Gatten eingeschlossen, erklärte Eileen und legte mit einer Tangentialdiatribe betr. Mick MacCreek von so erstaunlicher, filigraner Komplexität und Detailversessenheit los – seine Vorlieben und Abneigungen, seine Fußnägel (unregelmäßig geschnitten), seine Brustbehaarung bzw. deren Fehlen (»Weit und breit nichts, wie oft ich ihn schon angefleht habe, sich ein falsches Teil zu kaufen, aber hat er auch nur zugehört?«), sein Trinken, sein Rauchen (beides monumental und nonstop), seine Charakterfehler Teil I und II –, daß Milo, als sie zum Atemholen pausierte, außer einem Gefühl der Benommen- und Verschwommenheit, welches er bisher mit Zahnarztbesuchen oder richtig schlimmen Katern in Verbindung gebracht hatte, noch zusätzlich das

Gefühl beschlich, Eileen und ihren Ex nicht nur seit Jahren zu kennen, sondern auch die meiste Zeit davon bei ihnen als Untermieter verbracht und mit ihnen Höhen und Tiefen, Triumphe und Tragödien, das monatliche Erscheinen des Gasmanns, das Gezank über Rechnungen und Miete, den hysterischen Verlauf (Mick natürlich in der Kneipe) von Eileens zwei hysterischen Scheinschwangerschaften, die leicht kompensatorischen – immerhin erfolgreichen sechsstündigen Wehen ihrer Langhaar-Pointerhündin Simone (jetzt in Schottland), den vermaledeiten Lärm, den die O'Sheas von nebenan mit ihrer Musik machten (das war natürlich noch in Terenure), geteilt zu haben...

Komisch, daß er gefragt hatte.

Er hatte gar nicht gefragt, es war, als hätte man sich in einer der vorderen Sitzreihen bei Sotheby's beiläufig am Kopf gekratzt und so ungewollt für mehrere Millionen Pfund, sagen wir, van Goghs *Sonnenblumen* ersteigert.

»Ahem.«

War Milo, übrigens, verheiratet?

»Nein, Gott sei Dank.«

»Dacht' ich mir's doch. Aber das ist kaum die richtige Einstellung.«

Zwar war sie Irin, aber etwas an der Art, wie sie diesen Tadel äußerte, kam Milo zutiefst schottisch vor, von der Edinburgh-Sorte, sogar ungetrübtes Morningside, mit einer Andeutung von über dünnem Tee entsicherten kleinen Fingern und über Gebühr wiederaufbratbarem Butterkeks.

»Guter Tee«, sagte Jimmie.

»O, mein Gott«, sagte Eileen. »Ich hab's gewußt. Ich hab es einfach gewußt. Hab ich's nicht gesagt? Hab ich's Ihnen nicht gesagt?«

Milo war ihr weit voraus. Der tosende Strudel in seinem Kopf war verebbt. Er sah sich um. Ein Mann um die vierzig, in Pullover und Jeans, mit langem, gewelltem Haar und einem fleischigen, sinnlichen Gesicht, das an einen der romantischen Dichter erinnerte – Shelley vielleicht, oder Coleridge (oder dachte er an Boswell?) –, stand vor der Anlage von Molloys' Dregs und bewunderte mit süffisantem Grinsen die Ratte.

»Das dürfte demnach Ihr Ex sein?«

»Genau. Meine Güte. Sehen Sie sich das an. Sehen Sie, wie er zugenommen hat. Als wäre er vorher noch nicht fett genug gewesen. Inzwischen säuft er offenbar schon bei Tag *und* Nacht. Sehen Sie, man merkt es sofort, er kann es gar nicht erwarten, das Zeug in die Finger zu kriegen. Komm, Jimmie, wir gehen.«

»Zeit für ein Bierchen, mein Hühnchen«, dudelte klagend Jimmie-der-Sack, und sein Katzbuckeln ließ den geriatrischen Pflegefall ahnen, der er einst sein würde.

»Nein, nein. Keine Bierchen, Jimmie. Zeit zu gehen.«

Aber Mick MacCreek hatte sich umgewandt, wie das verzagte Beutetier, das den Greifvogel wittert. Der unerbittliche Prozeß des Erkennens tobte sich auf seinen klumpigen Gesichtszügen aus: eine langsame Halbdrehung in verbindliches Vergessen; eine immer noch von Vergessenhaben geprägte volle Drehung, dann eine kinematografische Pause; ein plötzlicher doppelter Hingucker; ein Ganzkörper-Herumschwenk; ein ungläubiges Schütteln des Kopfes; ein glänzend gemachtes Glotzen.

»Muttergottes, bist du das?«

»Er ist es, Gott steh' uns bei.«

»Was zum Teufel treibst du denn hier? Und ist das der Kerl?«

»Nein. Das ist der Hoteldirektor. Dieser ist der *Kerl*, wie du es ausdrückst. Ich bin geschäftlich hier. Komischer Zufall, was.« Sie äußerte etwas, was nur als unfrohes Gelächter beschrieben werden kann.

»Ha ha ha.«

»Ja, da leck mich doch.«

126) Ich weiß, ich weiß, unsterbliche Prosa ist es nicht, aber wenn man konstant am Abgrund steht, wie ich, muß man mit seinen Worten haushalten. Zahlt es sich aus? Wenn man doch mal was sagt, nei-

»Jimmie, das ist mein Ex-Gatte, Mick MacCreek. Mick, das ist mein Mann, Jimmie.«

»Sehr erfreut, *Ihre* Bekanntschaft zu machen.«

»Verpiß dich.«

Mick zuckte die Achseln und verschmähte einen Händedruck, zu Jimmies offenkundiger Befriedigung. Milo füllte das Vakuum.

»Milo Rogers. Guten Tag.«

»Ach, Sie sind der Dichter, stimmt's. Sehr erfreut, Ihre Bekanntschaft zu machen. Dichter stimmt doch, oder?«

»Nun. Ich bin einer. Kein gottverdammter Yeats, aber wissen Sie was, das stört mich nicht. Solang das nur irgendjemand anerkennt, praktisch.«[126)]

»Verstehe.«

Sie gaben einander kräftig die Hand, hielten auf den ersten Blick was voneinander. Schließlich wetteiferten sie zur Zeit nicht um die Gunst einer Frau, und sie waren beide gut abgelagerte Iren auf der Schwelle zum mittleren Alter, der Vergangenheit und ihren eigenen sechs Sinnen verpflichtet; und Mick gefiel die mit Grogblüten übersäte Visage des anderen, mit ihren zynisch herabgeglittenen Mund- und Augenwinkeln. Milo hatte Mick ebenfalls schon mal gesehen, ohne natürlich zu wissen, wer er war (irgendein armer Taugenichts mit dem Gesicht eines Weltergewichts-John Keats, oder war es Shelley), hie und da, ein paarmal. Dies traf auch auf Mick zu, der Milo gelegentlich bemerkt hatte, jedesmal bei Mad Molloy's über einem Glas nickend und seinen Mitmackern als »der Typ der Dichter da« oder »der da oben vom Hotel da« bekannt; aber Milo und Mick waren beide Männer von altmodisch liberalen Überzeugungen und führten, von der Prämisse ausgehend, daß der Suff die Schwäche eines guten Mannes sei, den Tatbestand des Saufens, Tropfen um heilkräftigen Tropfen, nie ge-

gen Frauen dazu, einen genauer zu betrachten. Nehmen wir jetzt Penny zum Beispiel. Nein, nehmen wir sie nicht jetzt, nehmen wir sie später.

gen jemanden ins Feld. (Klar, täten sie es, wären sie die strahlendsten Heuchler der Welt, wenn man die vielen – tatsächlich unzähligen – Male bedenkt, die sie selbst schon aus Kneipen in das matte, kalte Universum der Zeit nach der Sperrstunde hinausgestolpert waren …)

Trotzdem war es eine Darbietung, die ihr Eintrittsgeld (1 Eileen-Monolog) wohl wert war, Ex- und aktuellen Gatten Seit' an Seite zu sehen, eine Position, die keiner der beiden für länger einzunehmen gedachte.

»Also dann«, sagte Mick, »ich werde jetzt wieder am Stand erwartet.«

»Dann tschüs.«

»Ja. Na gut.«

»Sie arbeiten für Molloys?« erkundigte sich Milo. Die beiden Männer schlenderten in den nunmehr brummenden Bewirtungsbereich zurück.

»Nicht offiziell. Als Berater, praktisch.«

»Die Ratte, was?«

»Wie haben Sie das erraten? Na, wahrscheinlich haben Sie es gar nicht erraten.«

»Sie haben sie so possessiv bewundert.«

»So poss …? Ach, verstehe.«

»Sie hat gesagt, Sie hätten mit Computern zu tun. Grafik, habe ich das richtig gehört?«

»Nööö, in Wirklichkeit bin ich Automensch. Testfahrer, ja? Aber bei Jocelyns haben sie mich gefeuert, da hab ich dann diesen Job bei – und nicht lachen – NaughtyBoy Graphics angenommen, wo ich die Online-Klamotten für irgendsone beschissene idiotische Comic-Figur entwerfen sollte, eine Ratte, wenn Sie das wohl kurz mal glauben wollen …«

»Whitney, die Ratte. Klar, die sieht sich mein kleiner Neffe immer im Fernsehen an.«

»Ach, wirklich?«

»Wenn Sie mich fragen, sieht Whitney da oben ganz großartig aus. Sehr würdig. Genau die Ratte, mit der man gern ein Bierchen zischen würde.«

»Nein, nein, das ist nicht Whitney. Den hätte ich ohne Copyright nicht verwenden dürfen, praktisch. Nein, das ist ein vollständig neuer Typ.«

»Für mich sieht er aus wie Whitney.«

Mick erklärte, wie er in einem Moment der Muße im Büro das Original aus einer NaughtyBoys-Webseite ausgeschnitten, zusammengeklebt und ihm fingerfertig das eine oder andere differenzierende Detail angefügt habe, bevor das Design per E-Mail zu seinem alten Intimus Finnucane, Braumeister bei Molloys, gescheucht worden sei. Finnucane hatte den neuen Entwurf entzückt akzeptiert, obwohl er dazu weder die Autorität noch das Recht besaß und zur fraglichen Zeit wahrscheinlich sowieso zur Gänze oder teilweise einen im Kahn hatte. Sah aber doch insgesamt ganz toll aus oder.

»Und bitte beachten Sie die Brille. Ganz anders als die von Whitney. Und der Schnurrbart einen Tick länger. *Er* heißt Nathan.«

»Ah ja. Nathan.«

»Nathan der Nager, wissen Sie.«

»Echt prima, Mick.«

»Danke. Äh ... Ist sie noch ...?«

Mick warf einen verstohlenen Blick über die Schulter, aber Eileen war weg, und mit ihr ihr Jimmie. Was für ein Arschloch de luxe, dachte er. Aber was hatte sie doch für ein Glück gehabt, dachte er ebenfalls, von der totalen Abwesenheit einer Eileen-Nostalgie in seiner Seele beschwingt. Der Mann war ein nasser Sack und brauchte eine Amme, die ihn trockenlegte, und das hatte sie bei ihm, Mick, immer versucht, erfolglos, denn auch er war ein nasser Sack, naß aber nur im Sinne der kneipenwärts gerichteten Männer von Irland. So lebe denn wohl, Eileen, sagte er zu ihr, auf dem Weg durch sich selbst, innerlich. Prost, *acushla.* Viel Glück im Unglück komme über euch beide. *Und bleib mir scheißenochmal vom Halse.*[127)]

127) Und sie hört kein Wort, noch verspürt sie das mindeste Mitleid mit ihm, der einst ihr Ein und Alles war ... Ach Gott, die unendliche Traurigkeit gescheiterter Beziehungen, wenn die einst so geliebten

»Nettes Mädel, Ihre Exe«, sagte Milo unaufrichtig.

»Ach, kommen Sie. Sie und ich wissen, daß man ein Hackebeil braucht, wenn sie erstmal loslegt.«

»Ja, sie redet ein bißchen.«

»Ein bißchen, soso. Und der Papst ist, glaube ich, römisch-katholisch.«

»Habe ich gehört. Ich verstehe, worauf Sie hinauswollen.«

Sie ordneten sich, Ellbögen voran, auf dem Tresen an, als eine amerikanische Stimme von hinten kam:

»Nie und nimmer!«

Milo drehte sich schreckhaft um; Mick drehte sich um, weil er die Stimme seines Herrn erkannte, die Stimme Denny Tools von der Firma NaughtyBoys Graphics, wie üblich mit schwarzem T-Shirt und schwarzen Jeans bekleidet und bis zum präzisen Punkt eines Drei-Tage-Schattens unrasiert, nicht aber so weit, daß man von einer tatsächlichen Vollbartträgerschaft hätte sprechen können. Neben ihm ragte Ramona, eine »Art-Buyerin« aus New York, die gelegentlich auftauchte und eben jetzt in alle engen Winkel ihrer aufgesprühten Jeans und ihrer vorgeschrumpften Bluse schwoll. Die beiden sorgten bei Killoyles künstlerischer Demimonde für einen Hauch von Klasse oder doch zumindest Schäbigkeit.

»Das ist Whitney.«

»O hallo, Denny. Nein, ist er gar nicht. Ich meine, äh, Whitney.«

»Hey, Mick. Glauben Sie, ich kenne Whitney nicht? Das ist er. Und er sieht aus wie jemand, der Werbung für Bier macht.«

»Naja, vermutlich macht er Werbung für Bier, aber Whitney ist er nicht, er heißt vielmehr …«

Marotten zu abscheulichen Haßobjekten werden! Der Geist, der einst so keck, verkommt zu Frivolität und Lügen, der leichte Charme weicht hurenhafter aufgesetzter Künstlichkeit, gesunde jungenhafte Appetite werden über die Jahre zu den groben Lüsten eines Faruk … Naja, deshalb gab's ja auch den Volksentscheid zum Thema Scheidung. Hätte ich nur früher daraus Nutzen gezogen. Was nun Kathy betrifft …, aber Sie können schließlich genausogut lesen wie ich.

»Scheiß drauf. Das können Sie nicht machen, Nick. Sie können nicht einfach das Logo eines unserer Kunden nehmen und da oben hinpappen. Haben Sie auch nur eine ungefähre Ahnung, was das copyrightmäßig für Folgen nach sich ziehen kann?«

»Ja, hab ich, Den, und deshalb habe ich auch die Ratten unterscheidbar gemacht. Wenn Sie genau hinsehen, merken Sie es. Da, er trägt eine Brille …«

»Brille am Arsch. Hey, wenn ich auf eine Leiter steigen und die Augen zukneifen muß, um den Unterschied zwischen den beiden festzustellen, dann kann ich Ihnen eins sagen: Es *gibt* keinen gottverdammten Unterschied zwischen den beiden. *Capisce?*«

So stand er mit vorwärts gekipptem Torso und himmelwärts deutendem Zeigefinger da, ein Flüchtling vom rauhen Pflaster der Leinwand, der Mick zur Mutprobe herausforderte. (Das *capisce* verriet ihn.) Mick, auch er dem Reiz der Hollywooder Männlichkeit kein Fremder, nicht, nachdem er jahrelang Bobby Lee Irwin dabei beobachtet hatte, wie er »seine rohbehauene Rollenidentität formte«,[128)] war schmerzhaft versucht, dem Scheißkerl *mano a mano* zu begegnen, obwohl reifliche (und reife) Überlegung Dennys zwanzig Lebensjahre weniger, seinen Oberleib in Form eines auf die Spitze gestellten Dreiecks gar nicht zu erwähnen, eher als Grund für Flucht und nicht für Fucht ins Feld geführt hätte –, aber seine Impulse wurden bald von Gedanken an das vertraute Trio aus Arbeitslosigkeit, Stütze und der kleinlichen Erniedrigung alldessen erstickt –, bis er Penny Burkes ansichtig wurde und seine Hemmungen dahinschmolzen wie Butter im Kreuz eines Sonnenbadenden.[129)]

128) Klingt wie etwas, was ich vor einiger Zeit in *Flick Knife* gelesen habe: »Bobby Lee, wir kennen dich kaum«, oder auf Ähnliches Hinauslaufendes. Nämlich: Unser Mann schafft es, Lässigkeit mit schamloser Arroganz zu verbinden.

129) Oooooo, wie sexy. Du böser Bube, schreibst das da so einfach hin. Schande über dich. Das sag ich aber deiner Mutter etc., etc. Es erinnert mich jedenfalls an Torremolinos, circa 1979, das Jahr, in

»Selber *capisce*. In Wirklichkeit nämlich, Den, besteht ein Unterschied zwischen den beiden. Dieser Typ hat eine Brille und einen längeren Schnurrbart. Wie Sie sehen können.«

»Scheiß drauf. Hören Sie zu, wir sprechen hier gerade über die Erhaltung eines Arbeitsplatzes, beziehungsweise über das genaue Gegenteil davon, wenn Sie nicht tief Luft holen und nachdenken, was Sie sagen …«

Mick war, wie er an der Steigerung der Blicke des anderen sehen konnte, die von *entsetzt* bis *Starren* (*voll frontal*) gediehen waren, auf Dennys Radarschirm zu *sich selbst*, Mick McCreek, befördert worden und nicht mehr nur ein weiterer gesichtsloser, gestaltloser, gripsloser irischer Befehlsempfänger, keine üble Leistung bei so einem fleischgewordenen Monument der Selbstvergötzung wie Denny Tool; und als er selbst würde Mick in hellen Flammen untergehen oder ins blaue Empyreum auffahren, soviel schwor er sich (romantischerweise) im glorreich trotzigen Puccini-Stil, nach dem er sich sein Leben lang gesehnt hatte, ihn und seinen Widersacher als Schattenrisse gegen die stürmischen Himmel über der Aurelianischen Mauer abgesetzt –

Milo witterte Desaster und trat beiseite, nachdem er eine Vermittlerrolle kurz in Erwägung gezogen und verworfen hatte. Was nun Ramona, die newyorker »Buyerin«, betraf, so schmollte sie, und offenkundig das Interesse am reifenden Konflikt verlierend – oder neidisch auf die Aufmerksamkeit, die Denny ihm zuteilwerden ließ –, machte sie sich mit übertrieben stolzierender Gangart zum von-Kneipesmann-Stand auf, an welchem die Blaskapelle *Des Knaben Wunderhorn* aus

dem Brigitte und Olympia zu mir stießen und ich zu ihnen stieß, und das den lieben langen Tag, neben der brüllenden Brandung des Mittelmeers, unter der sengenden Sonne des Mittelmeers, und wir rieben einander Sonnenmilch in die Schulterblätter, während wir Blicke von schwerer Bedeutsamkeit austauschten und so in der Art von »Allo, Boy, ast du Lust?« und »Allo, Girl, das kannste aber annehmen« konversierten –, ah ja, jetzt kommt alles wieder zurück, der gemischt scharfe Geruch von Sonnenöl; das brüsk brackige

Füssen im Allgäu ihre musikalische Flatulenz verströmte. Denny, einen Augenblick lang unbesetzt, blickte ihr nach. Von den Tubas und dem exzessiven Deutschtum der Deutschen abgestoßen, nahm sie Kurs auf den belgischen Stand, der zwar selbst beleidigend laut von volkstümlicher Musik der Akkordeon-Spielart widerhallte, aber mit süßen Crêpe-Düften und dem strengen Mief von Himbeerbier lockte. Ein zwielichtiger Regenmanteltyp verlor keine Zeit, löste sich vom deutschen Tresen, auf dessen unzugänglicher Seite er gestanden hatte, schlenderte betont hinter ihr her, die Hände unverschämt in den Manteltaschen und mit einem unsichtbaren süffisanten Grinsen auf dem Hinterkopf. Denny glotzte.

»Na, wo soll's denn hingehn, Kleine ...?«

Mick war bereit loszuschlagen, als auch er abgelenkt wurde: ihm wurde plötzlich klar, daß ein Kerl, den er beiläufig bemerkt hatte, der vage herumzuhängen geschienen hatte, aber seiner Szene nicht enger anzugehören schien als sonst einer der anwesenden Macker, tatsächlich Penny Burke begleitete, und daß besagtes Exemplar eins jener Müsli-Weicheier mit Pferdeschwanz und, so wahr Gott sein (Micks) Zeuge war, einer Brille war, die der Brille von Nathan aufs Haar und gespuckt und geschissen ähnlich sah, welche wiederum (wie Mick eilig zugab, allerdings nur sich selbst gegenüber) von der Brille John Lennons inspiriert gewesen war, New York City, circa 1980 (arme Sau).

»Hallo, Mick.«

»Bleiben Sie mir gestohlen mit Ihrer Scheiß-Ratte, Tool«, schrie Mick. »Und mit Ihrer Scheiß-Gesellschaft ebenfalls.«

Mittelmeer; das Mauzen der Möwen; die seidige Haut der nordischen Zwillingsschönheiten; das angewehte Aroma von *paella*, *tapas* und *vino tinto*; das Geklimper von vier- (oder gar drei-) -zylindrigen Motoren; das schallende Gelächter von *burros* ... Nein, Augenblick, das war ein Fernseh-Werbespot für Cosmo's Cosmetics, oder doch für irgendeine spanische Weinplörre? Na ja. Man soll nie »sterben« sagen. Pen und ich fahren nächste Ostern hin, also wer weiß ...?

Aber Denny winkte nur brüsk und eilte mit einem über die Schulter gerufenen Abschieds-»Wir reden Montag!« hinter Ramona her.

Was nun wieder Milo, der dies beobachtete, betraf, so war dieser in seine erste Pint Molloys Schmutzig-Bitt'rer Bodensatz eingetaucht und scherzte nett und politisch linksradikal gefärbt mit dem Barmann Seamus, Ex-Zapfer im Orinoco Grill, Crumstown, sagte er kurz bevor die weitere Konversation ihn als einen Cousin ersten Grades von *Spudorgan*s altem Zapfer und Milos einstiger Erznemesis Peter X. Murphy enthüllte, der zur Zeit drei Jahre in der Crumlin Road wegen terroristischer Vorschubleistung oder Waffenschmuggels oder ähnlichen Quatschs absaß (»wer, wenn nicht Sie, Seamus, soll das Bierchenzapfen gewinnen, so, wie das bei Ihnen aus dem Handgelenk kommt, und so eine süße Blume habe ich seit den Zeiten nicht mehr gesehen, als Ihr Cousin, der Herr Petey, hier präsidierte«) –, und beobachtete von den olympischen Höhen seiner eigenen Entrückung (Poet, Hoteldirektor) herab, wie Penny sich Mick näherte (netter Kerl, vielleicht ein bißchen eindringlich) und ziemlich klarmachte (ihm, Milo, zumindest) (und hatte er nicht zentnerweise Erfahrung mit der Körpersprache des rächenden Weibes?!), daß Mick ihre Maßstäbe auf eine ernste, fundamentale, ja, lebensbedrohliche Weise gesprengt hatte, von der Mick wahrscheinlich nicht einmal etwas ahnte; oder daß Mick, alternativ, einfach, existentiell *nicht gut genug* war, auf jeden Fall nicht so gut wie dieser Ausbund an verrentetem Hippietum, den sie irgendwo unter einem Tisch aufgelesen hatte.

Um ehrlich zu sein, war Milo meliert genug, um sich wie der ergrauende Weise aus Schnitzlers (via Ophüls) *Reigen* vorzukommen, oder wie ein minderer griechischer Gott (Hephästos, sagen wir mal), der angesichts der Possen sterblicher Narren den Kopf schüttelt.130)

»Derek«, sagte Derek. »Mick, ja?«

130) Melierter jetzt, und doppelt ignorant. Ich weiß, daß ich nichts weiß, wie der alte Grieche sagte.

»Wiegehtsderek. Folk-Freak, was?«

»Tach. Wie jetzt?«

Derek hatte noch zwei Karten für das Baron-of-Beef-Konzert im *Auditorium* übrig, erklärte Penny mit einer defensiven hohen Note in der Stimme. Hatte Mick Lust mitzukommen?

»Baron of Beef? Willst du mich verarschen oder was? Du weißt, daß ich diesen Kack nicht ertrage«, sagte er. »Dies ganze Folk-Didelidelidelum. Und die kleinen Rotzlöffel mit ihren Ohrringen und Pferdeschwänzen.« Feindselig starrte er Derek an. Dieser lächelte.

»Ich weiß, aber ich hab gedacht, ich frage mal.«

»Och, das glaubst du ja wohl selbst nicht. Du hast sie doch nicht mehr alle. Dann tschüs noch, oder?«

Dies war Mick McCreek simultan vom Feinsten und vom Schlimmsten, welcher Qualitäten und Defekte an den Tag legte, die, zusammengenommen, den *echten* Iren ausmachten, nach dem sich Penny Burke abwechselnd sehnte und den sie verachtete und den sie, wie sie wußte, nie (und, zugegeben, auch sonst nicht viel) in der seichten Seele des sanften Derek finden würde.

»Ja, dann tschüs, Mick.«

Penny zuckte die Achseln und ging, wobei Derek leichtfüßig neben ihr einherhoppelte. Dann scheiß doch sowieso drauf, dachte Mick, und erblickte das, was, wie er dachte, die verwüstete Endzeit-Zone einer weiteren kurzlebigen Beziehung war. Nett, daß er im Zeitraum von zehn Minuten gleich *zwei* von der Sorte betreten hatte.

»Danke«, sagte er, wobei er sich nach oben wandte.

Na, na. Was blieb ihm denn, wenn nicht die Tröstungen männlicher Gesellschaft und der geröstete Hopfen des Braubottichs, die beiden besten Tröstungen der Welt, diese beiden. Wieder was zum Abhaken, wies Mick sich an. Aussteigen – abhauen – weiter.

»Darf's noch ein Bierchen sein?«

»Darf es.«

* * * * *

18

So alt die Katjuschas auch waren, und einige waren älter als der sowjetische Einmarsch in Afghanistan (1979–80), konnte man sich – wie bei Kriegsgerät aus dem II. Weltkrieg in Londons Parks und Gärten[131] – doch nicht darauf verlassen, daß sie nicht losgingen, was ein Glück für Zielsicherheit und Selbstachtung der Soldaten des Brian O'Nolan war, besonders für Subcomandante Harry Batasuna, dessen Auftrag darin bestand, ein Ziel auszusuchen und für soviel Publicity wie möglich zu sorgen, und zwar paradoxerweise nicht für die Soldaten des BO'N, sondern für die Provisorische IRA, die den Friedensvertrag unterzeichnet hatte, die Verräterbande. Und was gab es da Besseres als das wunderbare Hotel, wie es so überm Steilhang ragte? Mit einem halben Hundert Brauern aus allen vier Himmelsrichtungen, nebst anwesenden Trinkern und Reportern? Und Gerüchten, Angehörige höchster Kreise weilten persönlich aus diesem Anlaß dort?

Subcomandante Harry parkte den Lieferwagen in der Uphill Street, nickte einem vorüberkommenden Verkehrspolizisten ohne polizeiliche Befugnisse (Ernie Dornan [26], Vater zweier Kinder) liebenswürdig zu, rauchte eine kleine dominikanische *Porfirio*-Zigarre, brachte dann den Raketenwerfer in Stellung; zielte mit der Präzision des Pyrenäenjägers, der er war, und feuerte und feuerte erneut; dann fuhr er davon, ge-

131) Von denen ein Exemplar unter meinen Füßen in Onslow Gardens 1, London SW7, explodiert ist, als ich mich auf der Suche nach Bier, Gesellschaft und/oder einer Anstellung befand, die all dies beinhalten sollte. Zwei Zehen streichen und einen als Erfahrung gutschreiben, was? In der Unfallchirurgie hätte ich übrigens beinahe Kathy kennen gelernt. Da kann man mal wieder sehen.

noß den fernen Lärm des Geheuls von Menschen- und sonstigem Material, froh, wieder einen Punkt gemacht zu haben, ein bis zwei sonst bedeutungslose Menschenleben für das Endziel geopfert zu haben: ASKAPENA!

(O, und natürlich auch *Erin go Bragh*, wo wir gerade dabei sind.)

Kommandant Finn hatte bereits die erforderlichen Warnanrufe getätigt, einer hatte der Polizei gegolten und einer der Spudorgan Inn, von seinem Büro aus, in der Öffentlichen Bücherhalle von Killoyle, nachdem er am selben Telefon mit Mrs. Finn die Speisenfolge des Abends erörtert hatte (Schellfischauflauf, Kartoffelbrei, Steckrüben, ein Pintchen *Workingman's*, ein Stückchen Phelim-Torte).

»Och, ich weiß nicht. Fenchel-Quiche? Muß das sein?«

»Das sagst du immer, wenn ich Fenchel-Quiche mache.«

»Ja, na gut. Aber mit nicht so viel Fenchel, ja?«

»Ehrlich. Du bist unmöglich.«

Finn beendete das Gespräch mit seiner (viel) besseren Hälfte, wählte die Nummer des Hotels und summte vor sich hin. Diese Telefonrollen machten ihm ziemlichen Spaß. Er hatte einen oder zwei Lieblinge: den Priester mit der bebenden Stimme, den geilen Arbeitsmann in Jeanskleidung. Diesmal sah er sich als stämmigen, trinkfreudigen Rebellen aus der Hafengegend von Belfast, einen rasanten Selfmademan, einen muskulösen Mann von Welt, einen wilden Burschen aus der Kolonie, einen schnaubenden Hengst von Ulsters smaragdgrünen Weiden, einen in der Wolle grüngefärbten Nationalisten von den Zehennägeln aufwärts.[132)]

»Hallo, Vacation Inns, hier ist die Spudorgan Inn, ich bin Maire, darf ich Ihnen helfen?«

132) Kurz alles andere als das, was er in der fahlen Wirklichkeit war: ein bebrillter, saft-, kraft- und klötenloser, hämorrhoidaler Schrekken von einem Dödel, der die Port-Laoise-Gesamtschule, Maynooth und das University College Dublin (M.A. in Bibliothekswissenschaften) absolviert und sonst nix außer gelegentlich Ferien in der Algarve, Rumänien und Nordspanien gemacht und sich an ein- und

»Ja, hier sind die Provisorischen. In der Nähe vom Spudorgan wird ein Raketenwerfer losgehen«, knurrte Finn, der seinen Mund mit einem Taschentuch maskiert und sich, für zusätzlichen Schutz, vom Hörer abgewandt und Taschentuch und Mund mit der Hand bedeckt hatte und unter seinen Schreibtisch gekrochen war, um dort Nase an Nase mit dem Papierkorb zu sitzen und »das wird irgendwo hügelab geschehen, in einem Müllwagen, stelle ich mir mal vor. Ein richtig schöner Kasernenkracher wird das sein, o ja, also nicht lang gefackelt. In acht, nein, äh, in zehn Minuten. Die Uhr läuft« zu knurren.

»Ich bitte vielmals um Entschuldigung?« erkundigte sich die Stimme, ungehört.

»Frauen und Kinder raus, und zwar pronto.«

»Wer spricht denn da?«

»Provisorische IRA«, sagte Finn mit etwas, was er sich als nördlichen Arbeiterklasseakzent vorstellte. Er hielt die Augen geschlossen; er ging ganz in der Rolle auf. Nicht mehr Finn, der Bibliothekar, hatte er das volle Kommando über die Rolle, er war voll und ganz der Kommandant Finn, der kämpfende Mann aus dem Volke, Held aus Cuchulainns Heer, Kamerad und Genosse von Pearse und Smith O'Brien und O'Donovan Rossa und den Generationen, die für Irland den Märtyrertod starben.

Fast hätte er den Code-Spruch vergessen.

»Scheiße go Bragh. Ich meine sláinte am Arsch. Hier *spricht* aber die IRA, verstehen Sie.«

»Sie meinen, das ist eine Bombenwarnung?« flötete die Stimme alarmiert.

»Das geht Sie gar nichts an«, sagte Finn, der sich vor stummem Gelächter schüttelte, als er den Hörer wieder auf die

demselben schmuddeligen Bürojob festgehalten hatte, um die dazwischenliegenden achtzehn Jahre zu überbrücken. Und natürlich die Soldaten des Brian O'Nolan gegründet, das einzige, was ihm eine Fußnote in den Geschichtsbüchern eintragen wird –, oder zumindest in diesem Buch, welches seinerseits eine zukünftige Fußnote ist …

Gabel versorgte und sich auf seinen Sessel zurückbegab. Ein Weilchen sah er aus dem Fenster auf den Bibliotheksparkplatz im stillen Sonnenschein des beginnenden Vormittags. Ein älteres Ehepaar betrat die Bibliothek, er stützte sich auf sie, sie stützte sich auf eine Krücke, beide steif gekrümmt wie Grashüpfer (arme, elende, alte Teile, die waren nun schon so weit, daß sie nichts Aufregenderes mehr machen konnten als fünf Stunden lang alte Ausgaben von »Nähkreis« und »Geriatric Geographic« in der Bücherhalle zu lesen; was war das Leben doch für eine Plage, wenn man es recht überlegte) ..., und Miss Burke erschien (etwas zu früh, bemerkte Finn billigend) mit einem langhaarigen Pferdeschwanz-Heini (bemerkte er mißbilligend, aber meine Güte, er war schließlich nicht ihr Vater, und dafür dankte er Gott) ..., und eine kleine Gruppe aus der St.-Aloysius-Grundschule, ein Pulk kreischender Bälger (nur gut, daß keine Kinder bei dem Bier-Festival sein würden) ...; er spürte Regungen der Reue, rasch zermatscht. Diese Bande hatte zehn Minuten Zeit gehabt, das Hotel zu räumen, das war mehr, als *er* jeden Morgen hatte, wenn er sich in den nahezu tödlichen Verkehr auf der MacLiammoir-Überführung einfädelte ..., nein, er hatte seine Pflicht getan, er hatte sie redlich gewarnt. Es war die übliche Technik. Die Polizei, wie immer ohne Schimmer, würde alles wörtlich nehmen und das Ganze den Jungs von der IRA in die Schuhe schieben, den Belfastern, der *echten* IRA, den Mistkerlen, die den Waffenstillstand unterschrieben hatten, und danach würde es ziemlich schnell mit ihnen bergab gehen, und *das* geschah den Schweinehunden ganz recht, doppelt recht, wenn sie herausfanden, daß der junge O'Mallet sich aus IRA-Waffenlagern bedient und das Gerät mit Rabatt (aber immer noch zu einem ziemlich fairen Preis) an die Soldaten des Brian O'Nolan verkauft hatte ... Natürlich hatte er sie ein bißchen genasführt, ein bißchen hatte er ebenfalls abgezweigt, jeder wußte das. (Und es war nicht völlig ausgeschlossen, daß Subcomandante Harry ihm einen Besuch abstatten mußte, rein verhörtechnisch, praktisch. Tom O'Mallet *war* aber auch ein aalglatter Vertreter, immer auf Nummer Sicher, und

Harry konnte wahre Wunder wirken, wie er die Leute zum Reden brachte, dazu brauchte er nur eine halbe Stunde und ein unmöbliertes Zimmer.)

Da war natürlich immer noch dieser indische Blödmann, das war ja nun wirklich ein kleines Debakel gewesen, da durfte man sich nichts vormachen. Sie hatten eine richtig schulmäßige Hinrichtung angesetzt – Zapfenstreich, Augenbinde, gutgeölte Armalite, ein '70er-Jahre-Hit eigener Wahl vom Grammophon (er persönlich hätte sich was von den Platters gewünscht, circa 1959), stille Waldlichtung –, aber der kleine Scheißer war entkommen, oder befreit worden, hatte was mit dem Gejaule von hinten und dem indischen Stereogerät zu tun (nur £35,-, wie sich herausstellte, kaum genug für zwei Runden Muni oder eine anständige Fünftelgallone Black Bush) und mit dem Auto, in dem sie abgehauen waren. *Das* war in die Hose gegangen, aber hallo, da gab es weit und breit nichts zu deuteln. Er hatte Bewley angerufen, aber Bewley war stumm gewesen.

»Voll in die Hose gegangen, Finn, wenn Sie meine Meinung hören wollen.«

Und jetzt bekamen sie diese mysteriösen Anrufe von einem gewissen »Hamid«, der drohte, den Laden in die Luft gehen zu lassen. Harry war einmal drangegangen, er schwor, es war der Inder. Aber eine Frauenstimme hatte es auch gegeben, und die Frau des Burschen wurde vermißt: konnten sich die beiden auf den Hügeln versteckt halten und einen Angriff mit Minenwerfern planen?

Finn nahm den Hörer, wählte die geheime Verbindung und stieß die knappen Silben der Autorität aus.

»Hier Finn MacCool. Was Neues über den kleinen Inder? Nein? Habt ihr die Cousine gefunden? Die Frau? Ja, was zum Teufel treibt ihr denn da?«

Empört legte er auf.

»Dämliches Pack.«

Sie kamen nicht so recht voran. Auch die Cousine des kleinen Scheißers war irgendwie in die Sache verwickelt, und Finn hatte im Geiste eine (korrekte) Verbindung zwischen ihr und

Mrs. Bashir hergestellt, die mit Pats Bewleys Reisegruppe gekommen war –; na, natürlich war sie das, war ja wohl reichlich offensichtlich, das, sie hatten ihn schließlich befreit, oder etwa nicht, einfach durch den Wintergarten rein, was nur jemand wissen konnte, der schon mal im Haus gewesen war …, und was die zwei Burschen betraf, die mitgekommen waren, so waren die vom C.I.D., oder er, Finn, war eine einradfahrende, concertinaspielende Einmannkapelle, wie der Typ, den sie beim Grand Prix Eurovision de la Chanson gezeigt hatten, aus irgendeinem französischen Kaff, dieser Quatschkopp mit dem Affen und dem Blumentopf auf dem Kopf…

Und das war er nicht.

Doch doch, sie hatten ihre Lektion gelernt, aber. Keine Führungen mehr, beileibe nicht. Dafür waren sie nicht großartig genug, oder unheimlich genug, auch hatten sie nicht genug Freunde unter den medienerfahrenen bzw. amerikanischen Fernsehjournalisten. Er war schließlich kein Omar ben Salaad! 133) Nein, sie mußten mit ihren Mitteln straff haushalten (er mochte dieses Wort: HAUSHALTEN), und gab es einen besseren Haushälter als ihn, diesen regelrechten Karl den Großen oder Cosimo de' Medici, einen gelehrten Krieger wie nur je einen:

»Och, nennen Sie mich ruhig Cincinnatus«, sagte Finn mit einem Kichern.

Aber stimmte es nicht sogar, irgendwie? Einerseits leitete er die hervorragende Stadtbibliothek von Killoyle, welche brummte, wie sie seit Jahren nicht gebrummt hatte, mit einer halben Million Bänden in den Regalen, einem neuen Computer-Katalogisiersystem und einem vollen Sortiment an Buchbestellungen, Seminaren und Spielen für die lieben Kleinen. Anderseits war Finn der Kommandant des Armeerats der Soldaten des

133) Ein vergessener Frömmler von der gegnerischen Religion, circa 90er-Jahre des XX. Jahrhunderts. Auch ein ziemlicher Bombenwerfer und sich Einen-Bart-stehen-Lasser, in der Freizeit. Hielt allerdings nicht allzuviel von Menschen, genau wie die anderen.

Brian O'Nolan, Irlands neuester und schlagkräftigster Miliz (wie der Slogan auf ihrer Website lautete), ausschließlich mit Profis besetzt, diskret vom »Frieden ist machbar«-Programm der Regierung mit geheimen Mitteln für selbsternannte »Befreiungsbewegungen« subventioniert, aber das waren reine Stipendien, die gerade mal für Möbel, Auslegware und den einen oder anderen Computer reichten. Die echte Hardware wurde verdeckt durch Operationen wie telefonische Spendensammelaktionen und Mrs. Finns karitative Veranstaltungen zu Gunsten bedürftiger Einwanderer und gelegentliche Buchverkäufe finanziert; ihre neuen Armalites hatten sie tatsächlich vom Erlös für einen ganz besonders altehrwürdigen kompletten Satz P. D.-James-Erstausgaben[134)] angeschafft, was dem Verhandlungsgeschick und den kontinentaleuropäischen Kontakten Tom O'Mallets zu verdanken war –, was alles von Finn mit dem anschaulichen Ausdruck (er war ja aber auch wirklich ein Witzbold) »Aktion Spendierhose« subsumiert wurde.

»Zeit für ein Teechen«, sagte Finn bei sich, indem er dies Sentiment mit forschem Händereiben verstärkte, welchem ein wohliges Gähnen der Vorfreude folgte, indes in der Ferne das beruhigende Rumpeldipumpel von Raketen zu hören war, die in ihr Ziel einschlugen.

* * * * *

Mick setzte sich präzis in dem Augenblick an den Tresen, in welchem Milo davonwanderte, um die Biermaschine am Guinness-Stand zu bewundern, die, wie man in der trinkenden Bruderschaft munkelte, automatisch ein Tablett mit 32 Pint-Gläsern in genau drei Sekunden vollmachen konnte, kurz bevor die erste Rakete durch das Bodenfenster auf der anderen Seite des Saales hereinkrachte und hinter dem tschechischen Display explodierte, wobei sie ein schönes Porzellanmodell des Hradschin demolierte.

134) Schon wieder dieser Name (s.w.o.).

»Scheiße«, keuchte Mick und ergriff seinen Kopf mit beiden Händen wie einen gälischen Fußball. Flocken aus Verputz und Ruß regneten – oder schneiten – ihm auf die Schultern, als er zu Boden sank.

KAAA-TZUUUUUUUUUU.

BUMM. (In Wirklichkeit klang es mehr wie hundert fauchende Katzen.)

TZZZZZZZZZZZZZZZZZZZZZZZZZZZZZZZ.

POW.

Zweite und dritte Rakete schafften es noch weiter herein, bevor sie explodierten und die blutüberströmte, aber immer noch zuckende Gestalt des Milo Rogers[135)] und die liegenden – tatsächlich mausetoten – Körper der vier jungen tschechischen Standler, von denen keiner bisher außer für Tagesausflüge in die Slowakei und nach Deutschland die Grenzen der Tschechischen Republik verlassen hatte, mit Scherben aus Glas, Porzellan und geflammt Nußbaum überschütteten.

* * * * *

135) Autsch. Aber mindestens. Und zuerst fühlt man sich, als hätte einen bei einer Abgabe seitwärts ein Riesenbagalut von hinten ge»tackle«t (um einen Ausdruck aus dem Rugby oder dem Gälischen Fußball zu verwenden). Dann muß man plötzlich bibbern, als hätte jemand die Heizung runtergestellt. Wissen Sie was? Man halte sich nach Möglichkeit fern von sowas, wenn ich Ihnen einen Rat geben darf.

19

Die blasse Scheibe gelblichen Lichts von Tom O'Mallets Taschenlampe tänzelte auf und ab und seitwärts hin, bevor sie vollends erlosch.

»Scheiß drauf. Augenblick, ich seh nichts«, sagte er. »Seamus, bleiben Sie doch noch ein Momentchen da, um der Liebe Gottes willen. Meine Taschenlampe ist ausgegangen, und außerdem hab ich mir, glaub ich, den Knöchel verstaucht.«

Tom verfiel ins Humpeln, während Seamus irgendwo vor ihm stur durch den Adlerfarn knirschte. Tom blieb stehen, dann hörte er Seamus' Stimme und etwas, was seltsam und unerwartet wie ein leises Lachen klang, falls es nicht Räuspern oder Balzlaut eines wilden Waldgeschöpfs war.

»Hier entlang, Tom.«

»Wer ist das, scheißenochmal? Sind Sie das, Seamus?«

»Jau. Ich bin's. Der Mann aus Sarajevo, ja?«

Doch, das war eindeutig Seamus, aber seine Stimme hörte sich anders an, gleichzeitig wissender und amüsierter, als wäre eine Frage beantwortet worden, die Tom nicht gehört hatte; als wäre unser Mann gerade einem alten Freund über den Weg gelaufen und die beiden führten nichts Gutes im Schilde, wie lustige Schülerstreiche, nur einen Tick ernster, mit Kriegsgerät im Werte von einer Million Pfund für den Meistbietenden und überall ringsum die kalte, verdammte, nieselige Dunkelheit der südlichen Grafschaft Killoyle …

Ein oder zwei Menschenleben, die auf dem Spiel standen, gar nicht zu erwähnen, Toms eigenes zum Beispiel, damit fing es doch schon mal an. Er hielt inne und hörte ein winziges Stöhnen, zuerst wie das einer imaginierten Katze oder, sagen wir, eines verlassenen Fuchswelpen oder sogar einer Bohrmaschine, weit, weit entfernt; aber als er es wieder hörte, erkannte er es als ein schwaches pfeifendes Keuchen, welches sich in das regelmäßige Muster seines eigenen Atems einfädelte. Obendrein noch eine Andeutung von Asthma. Er war schon immer für Asthma anfällig gewesen, besonders in feuchten Nächten wie dieser, und wenn dann auch noch geraucht wurde … Er hätte tatsächlich schwören können, eine Ahnung von Zigarettenrauch gespürt zu haben, von irgendwo weiter vorne.

»Ooch das muß doch jetzt nicht sein mit den Lullen Seamus können Sie nicht warten bis wir's hinter uns haben.«

Keine Antwort. Die Dinge entwickelten sich etwas zu bedrohlich für Toms Geschmack, welcher eher zu Sicherheit tendierte, nur durch rein filmische Gefahr unterbrochen, von der Sorte, mit der Bobby Lee Irwin und seinesgleichen routinemäßig fertigwerden mußten. Ein kaltes Bächlein Schweiß tröpfelte Toms Rückgrat hinab. Alles, was er vorne sehen konnte, war der vage Umriß des Gipfels, oder das Gewucher aus Bäumen und Büschen, das den Gipfel krönte, vor dem Nachthimmel, der von den Lichtern des fünf Meilen entfernten Killoyle schimmerte (hätten genausogut fünfhundert gewesen sein können, aber). Direkt vor sich sah er nichts, beziehungsweise eine Ansammlung undeutlicher dunkler Formen, die alles sein konnten, nur nicht das, was sie wahrscheinlich waren, nämlich Büsche von Gaspeldorn, Heckensame oder auch Stechginster und nicht haufenweise …

Haufenweise.

Zum Beispiel haufenweise Handgranaten oder lose Muni, verdammter Gedanke. Er trat danach; es machte ein Geräusch und löste sich zu mehreren Stücken auf, wie Geröll.

»Scheiße«, sagte Tom. Dies stellte sich doch als keine sehr gute Idee heraus, und er konnte einzig und allein sich selbst dafür verantwortlich machen, selten dämlicher Blödmann, der er war. Er hatte darauf bestanden, allein zu kommen, hatte Bettinas Bitten abgetan, die seines Das gar nicht zu erwähnen.

»Scheiße, Junge, die werden die Waffen und das Geld nehmen und dich aus schierem Daffke abknallen«, hatte der Richter gesagt. »Im Augenblick ist die Lage viel zu brisant. Mucks dich erst mal eine Zeitlang nicht, klar?«

»Ach, Quatsch.« Ja, das hatte Tom zu seinem Vater gesagt, an jenem Abend, nur anderthalb magere Stunden zuvor, als seine Umgebung von dieser nicht unterschiedlicher hätte sein können, nicht hätte mehr Familienglück und Sicherheit ausstrahlen können: das Eßzimmer seines Vaters, wo sie so viele nächtliche Stunden mit Debatten und Appellen und manchmal nur mit Reden verbracht hatten ... In einem Anfall jugendlicher Tollkühnheit hatte er gesagt, er bringt den Job zu Ende, er deichselt das, o, Tom O'Mallet war der wilde *Irish Rover*, er war einer von den Jungs, aber ja, er fürchtete nicht Mensch, noch Biest –, nicht einmal die Provisorischen. Und außerdem, scheißedochbittenocheins, waren die Provisorischen doch auf *ihrer* Seite, etwa nicht? Hatte McGinty gesagt. Die andere Bande war's, die IRA mit dem Reinheitsgebot und weiß Gott wer sonst ... Vielleicht die Basken, jedenfalls ein paar davon ... *Die* Bande war es, vor der man sich in acht nehmen mußte. Was *hier* ablief, war ein simpler Austausch von Ware gegen Geld, ein grundehrlicher Geschäftsvorgang von der Sorte, wie Tom O'Mallet sie während seiner nicht-sehr-langen und nicht-sehr-glanzvollen Karriere zu Dutzenden gemakelt hatte.

Aber jetzt hatte er sich verlaufen.

»Äh. Seamus?«

Er war auf einer Art Lichtung angekommen, und die Konturen des Bodens hatten sich verändert, waren fest geworden, zu Asphalt, zumindest hart und eben unterm Fuß, wie ein Park- oder Be- und Entladeplatz; aber es waren keine Autos zu sehen, und die Umrisse, die Tom ausmachen zu können glaubte, waren zu unregelmäßig, um Gebäude zu sein. Eher Bäume, und Männer, wieder dies leise Lachen, dem ein laut muköses Räuspern folgte -

»Åååååååååkkkkkkk Ahem.«

Dies Geräusch kannte er doch, es war natürlich Irlands ureigenste Musik, aber dies ganz bestimmte Geräusch, mit dem abschließenden, irgendwie sittsamen »Ahem«, wie eine reflektive Erinnerung an ordentliche Kinderstube (»Hand vor den Mund, Kind!«): das war ein stinkvornehmes Belfaster Hüsteln, das war McGinty.

Spieler, der er war, warf Tom alles in den Pott.

»Sind Sie das, Martin? Den Raucherhusten erkenne ich doch überall diesseits des Lagantales.«

Aber es kam keine Erwiderung. Jetzt gab Tom sich stumm die Erlaubnis zur Sorge. Die Luft atmete Bedrohlichkeit. Er erwog abzuhauen, einfach blindwütig zu rennen, zurück den Hügel hinunter…, aber er hatte sich Seamus als Ortskundigem anvertraut, noch narrhafter, als er ohnehin schon war, ohne jede Hoffnung, seine Schritte im Dunkeln zurückzuverfolgen, nicht, nachdem er, wie ihm vorkam, etwa anderthalb Stunden lang hügelan geklommen war.

Er sah auf seine Uhr, ein Leuchtzifferblattmodell, unecht Swissmade aus Thailand: dort hieß es zehn nach zehn (ideale Uhrzeit in Anzeigen). Nur zwanzig Minuten, seit er in Crumstown den Wagen geparkt hatte? *Zwanzig Minuten*, die eine ganze Ewigkeit plus noch ein bißchen was ausgefüllt hatten?

Und nur eine Stunde, seit er von zu Hause losgefahren war?

Und wo war der baskische Kontaktmann, von dem sie gesprochen hatten? War das der Bursche, den er lachen gehört hatte? (Falls er denn jemanden hatte lachen hören?)

»Also gut, ihr Schweinehunde«, plärrte Tom, »zeigt euch, wie Männer, wenn ihr Männer seid, was ich bezweifle, ihr gottverdammten Hosenscheißer…«

»Kein Grund, solche Ausdrücke zu verwenden, Thomas.« Diese Worte fielen im reichen, rosigen, reizend beruhigenden Westbelfaster Tonfall des Brigadekommandeurs persönlich.

»NcGinty, Sie *sind's*.«

»Ja, ja. Ich halte mich an meinen Teil der Abmachung und überwache alles ein bißchen.«

Tom ließ einen Seufzer der Erleichterung frei.

»Toll. Toll. Toll, Sie zu hören, Martin. Ich muß ganz offen sagen, noch vor einer Sekunde war ich drauf und dran abzuhauen.«

»Ja. Keine so gute Idee, diese Transaktionen mitten in der Nacht zu tätigen. Ich weiß auch nicht, warum, aber wir machen das schon immer so. Nun zum Geschäftlichen.«

»Unbedingt. Nur zu.«

»Soso. Also die Soldaten des Brian Scheiße O'Nolan.«

»Wie bitte?«

»Diese Schweinehunde haben unsere Raketen auf das Spudorgan Hotel abgefeuert. Meine Frage lautet: Wie sind die an die rangekommen? Na?«

»Keinen Schimmer. Ehrlich, Martin.«

»Lassen Sie den Quatsch. Dies ist Ihre Chance. Jetzt oder nie.«

Tom schwitzte und bemerkte ein flüssiges gummiartiges Gefühl, welches seine plötzlich absackenden unteren Gedärme mit seinen Knien verband; aber er war ein O'Mallet, und O'Mallets zeigten der übrigen Welt den Stinkefinger, sogar wenn ...

»Geschäft ist natürlich Geschäft«, sagte O'Mallet. »Das war schon immer so«, sagte Tom.

»Also Schwamm drüber. Alles klar, Jungs?«

Toms Erleichterung war so groß, daß er eine geschlagene Minute brauchte, um zu merken, daß es fünf oder sechs der so angesprochenen Jungs waren, die ihn bereits umzingelten, und eine weitere geschlagene halbe Minute brauchte er, um das glatte, plastiken klingende Klick-und-schließ-Geräusch korrekt als das Entsichern einer halb-automatischen Pistole zu identifizieren; und bis er zu dem korrekten Schluß gekommen war, was die Verwendung betraf, welcher die Pistole zugeführt werden sollte, und deren Beziehung zu seinem unmittelbar bevorstehenden und ewigen Schicksal – denn was er auch an Fehlern haben mochte, dumm war Tom O'Mallet nicht –, war es für einen Sinneswandel oder für den Wandel eines Sinneswandels oder für Worte des Bedauerns oder Heiratsanträge oder auf in Bankschließfächern hinterlegten versiegelten Dokumenten basierende Enthüllungsdrohungen oder sonst eine Vorgehensweise oder überhaupt für alles zu spät, und das Riesengetöse der Waffe floß zu einem blendend rotgelben Blitz zusammen, und er war tot.

Und deshalb nicht in der Lage zu hören, wie Martin McGinty kalt kicherte und sagte:

»Durchsucht die Leiche, Jungs, nur für den wenig wahrscheinlichen Fall, daß er verdrahtet war. Dann schmeißt ihn in den Graben, Scheiße nochmal.«

Und dann heißt es immer, in der Mafia wären so harte Burschen.

* * * * *

20

Anils Körper war auf dem Wege der Besserung, seine Laune nicht. Vorfälle der jüngsten Zeit neigten dazu, sich ad infinitum auf der Kinoleinwand seines Hirns abzuspielen, was zur Folge hatte, daß er sich mehrmals täglich im Bett aufsetzte und hohl kreischte, die Stimme überkrustet mit Zorn.

»Gebt mir fünf Minuten mit diesem Kackwallah, und es wird von ihm nichts übrig bleiben als sein Skrotum, welches ich persönlich den Schakalen von Radschastan zum Fraß vorwerfen werde, was ich hiermit beim Großen Vishnu höchstselbst schwöre«, oder andere Worte, die darauf hinausliefen.

Rubinas Erwiderung auf diese Tiraden war immer die gleiche.

»Beruhige dich, Onkelchen. Du mußt dich erholen.«

»Und diesen Scheißschweinehund Awmley. Den Anwalt. Er hat das nämlich angezettelt.«

»Er ist tot, Anil«, sagte Rashmi, die sich über die neuesten Entwicklungen *au courant* hielt. »Im Wald erschossen aufgefunden, im Stil einer Exekution, heißt es in den Zeitungen.[136] Wahrscheinlich von der IRA.« Definitiv von der IRA, bekräftigte sie still, wußte offenbar mehr, als sie zuzugeben bereit war ...

»Gut«, sagte Anil. »Wenn ich ihn nur selbst umgebracht hätte. Üblen Dreck elegant losgeworden, würde ich sagen.

136) Vom *Clarion* unter der versehentlich von Seite 6 übernommenen Überschrift *Ein großer Tag für die Iren* gemeldet. Auf Seite 6, über dem brandaktuellen Bericht von Irlands Sieg beim Turnier der Fünf Nationen im Parc des Princes, schwebte die fehlgeleitete Überschrift *Mord vor Ort: Geheimnisvolle Leiche im Hügelland.*

Merkst du übrigens, wie meine Feinde dahingerafft werden? Zuerst Goone, dann dieser Bursche Ormlet. Da waltet irgendwo eine Gerechtigkeit, das kannst du nicht bestreiten.«

»Sei still, du unglaublich törichter Mann«, sagte Rubina. »Es bringt Unglück, so zu reden.«

Anil brütete.

»Ormlets Vater war Richter«, quengelte er.

»Gutgut«, sagte Rubina. »Jetzt leg dich zurück und sieh fern.«

Anil gehorchte grollend. Aber als die Damen schliefen oder weg waren (Rashmi hatte eine konstante Agenda mit ständigem Kommen und Gehen und mysteriösen Handy-Plaudereien im Nebenzimmer oder auf dem Parkplatz), stand er vorsichtig aus dem Bett auf, um rasch einen verstohlenen Blick ins Telefonbuch zu werfen, wo er weder Ormlets, noch Awmleys fand, dafür aber schließlich doch:

O'MALLET, Gerald F. D. C., Richter. Squarestairs Mansions, Volt Avenue 321, Killoyle Ost-, Tel. 987-6543

137) Das ist es ja wohl nicht so ganz. Eine Beleidigung des Andenkens des großen Maupassant, das ist es. Ach, der alte Wüstling, mit 40 am Tripper gestorben, nicht früher und nicht später –, und der einst (unterbrechen Sie mich, wenn Sie das bereits gehört haben), nach einer Stunde schweren Gaffens, seinen Lunch-Gefährten, der an jenem Tag (bei Simpson's am Strand, anläßlich von Guys einzigem Abstecher über den Kanal) zufällig Henry James war, welcher nasal über seine Verdauung, sowie über Handlungsstränge und Struktur seines neuesten Epos vom Oberschichts-*ennui* (*Die goldene Schale*) auf ihn eingenölt hatte, beides Themen, für die Guy, des können Sie versichert sein, sich etwa so sehr interessierte, als wären Sie oder ich dagewesen und hätten angefangen, ihm etwas über, sagen wir, die Funktionsweise der neuesten Rolljalousette vorzulabern (eher noch weniger) –, egal, Guy unterbrach den langweiligen ollen Henry, indem er ihn laut und unter Einsatz schwersten Gezwinkers bat, ihm eine Dame (verheiratet, in Begleitung) vom Nachbartisch zu »besorgen«. »Ich würde sagen«, platzte es aus Henry heraus, der sich, schokkiert, die Unterlippe tupfte, »besorgen Sie sie sich doch selbst, Sie blöder Franzose.« »Na gut, *mon ami*«, sagte Guy, dreht sich, frech wie

Er machte einen sondierenden Anruf, bekam aber nur eine kühle Stimme vom Band, die ihn einlud, eine Nachricht zu hinterlassen. Dies tat er, wobei er kühne Anstrengungen unternahm, seinen subkontinentalen Akzent zu verbergen, allein: vergebens; immerhin, malte er sich aus, der Satz »Ich hab dich im Visier«, von einem Fremden namens Hamid am Telefon mit welchem Akzent auch immer gesprochen, dürfte ausreichen, jede gewünschte Anzahl alter Schweinehunde in Angst und Schiß zu versetzen.

Rubina saß während seiner langwierigen Rekonvaleszenz an seinem Bett, zumindest während der relativ kurzen Wachphasen, wenn seine Aufmerksamkeit sich vom Fernseher löste. Da sie, soweit sie wußten, sowohl vor dem Gesetz als auch vor den Gesetzlosen auf der Flucht waren, hatten sie unter falschem Namen (»Mr. und Mrs. O. Henry«, nach dem Autor einer von Anils Lieblingsgeschichten, »Das Halsband«[137]) in einer King-Size-Double-Queen-Master-Suite (»The Im erial«, mit fehlendem p) im Mascara Motel an der Magistrale von Kil-

Os*car* mitsamt seinem Stuhl herum, stellt sich vor, und bevor man sich's versieht, schmieden er und die Dame (Lady Samantha Fortescue-Bolton, The Rubbings, Osprey, Bedfordshire) Pläne für einen gemeinsamen Besuch der Henley-Regatta und kriegen gar nicht mit, wie a) der arme Henry raunt und b) Denys, Lady Sams Gatte, spuckt und prustet. *Touché*, Guy! Sechs Monate später war der Arme mausetot, nicht, daß das Henry übermäßig nahegegangen wäre (»Geiler alter Franzmann«, quengelte er. »Gott, ich frage mich, mit wie vielen Frauen er geschlafen haben mag. Wahrscheinlich mit vielen. Tja. Wie sowas wohl ist? Na, Guy kann ich nicht mehr fragen. Aber diesen anderen Burschen, diesen Zola, den gibt es doch noch. Ob ich ihm wohl mal telegrafiere …?«) … Egal, um die Sache noch ein bißchen fortzuführen (keine Sorge, die nächste Runde geht auf mich): die schiere Erwähnung von Victoriana ruft vor meinem geistigen Auge mindestens Bilder von muffigen Boudoirs hervor, die vor schweren Wandbehängen und düsteren Draperien nur so starren, blutrot bis ins Extrem und von Sofa- und Sesselschonern halbtot, natürlich mit Klavier oder Pianola, das als Überlebender so manchen unendlich langweiligen Gesangsabends in der Ecke kauert, von einer Topf-

loyle nach Crumstown eingecheckt. Anil, mit zwei gebrochenen Rippen, einem gequetschten Schlüsselbein und einem lahmen Ellbogen – und Glück, daß es ihn nicht schlimmer erwischt hatte, wie Rubina ihn ermahnte –, brauchte ein paar Tage Bettruhe, nachdem ihn der befreundete Hausarzt Dr. Roybal versorgt hatte (»Ts, ts, Sri Anil, wann werden Sie aufhören, sich zu betragen wie ein Ziegenbock?«); und auf jeden Fall brauchte auch Rubina Zeit, die Dinge zu überdenken. Was sollte sie tun? Was sollte aus ihnen werden? Was hatte dieser Wahnsinn zu bedeuten? Mit wem war sie verheiratet? *Und warum?*

Geld stellte zumindest und zunächst kein Problem dar. Cousinchen Rashmi hatte sich in der üblichen Starkstrom-Manier vermittels Eilanweisungen aus London, Genf und Kalkutta darum gekümmert. Ja, Rashmi, kaum 28 Jahre alt, wurde schon ganz schön selbständig. Meiner Treu, dachte Anil, sie gedieh ganz prächtig mit all diesem Scheiß. Groß, wohlproportioniert (morgens sah Anil immer kurz hin und lang wieder

palme überragt, das Ganze leicht mit Staub bestäubt. Heutztage vermitteln nur noch Beerdigungsinstitute dieses Feeling, was auch – mir jedenfalls – diese Vorliebe für Blut (Vampire, Jack the Ripper, Barbey d'Aurevilly) und Tod erklären würde, die das viktorianische Zeitalter durchdrang. Eine Bande nekrophiler Arschficker, wenn Sie mich fragen, und damit basta. Mein Vetter Monk aus Galway lebte übrigens genauso, fällt mir dabei ein, in einer zugigen alten Bude beim Spanish Gate. Er ging so gut wie nie vor die Tür, außer wenn es nachts und windig war, und dann reiste er auch noch zu allem Überfluß im Kremser. Monk war ein seltsamer Bursche, das kann man wohl sagen. Er sagte, er hätte immer wieder denselben Traum, daß er einfach so dasteht, wie wenn nix wär, und, presto, fällt ihm ein Haus auf den Kopf; und einmal, als er seinen kleinen Nachtspaziergang macht, ein wehendes Cape um die Schultern, das Haar in bester Gruselmanier zerzaust, da erbebt doch tatsächlich Plunkett Place 145b, gleich beim Eyre Square (Südlondon) von Schornstein bis Keller, bricht zusammen, begräbt den guten, alten Vetter M. unter sich und klemmt ihn unter lauter Dachsparren fest. Die Bewohner, die MacShanes, Sid und Molly, haben sich entschuldigt bis sie blau im Gesicht waren (es war eine kalte Nacht), aber zwecklos, Monk lag einfach da, stumm,

weg, was, *hélas*, von seiner Frau bemerkt wurde) und hellhäutig,[138]) die Schönheit der Gesichtszüge lediglich durch eine Narbe quer über die Nase gemindert (»Von einer Kavallerieattacke der Polizei am Connaught Cirle, muß ich dir irgendwann mal erzählen, o, schon so spät? Muß los.«), hatte sie überall die Aura einer Königin. Immer noch stolz auf ihre Mrs.-Bashir-Nummer, beschloß sie, eine neue Identität anzuprobieren, die einer gewissen Layla bin-Hammas aus Damaskus, Syrien, kontinentaleuropäisch frisiert und mit stets an Handfläche oder Ohr angebrachtem Handy.

»Du bist echt nicht schlecht, Rash«, murmelte Anil voll robuster Bewunderung.

»Denke einfach immer dran, lieber Vetter«, sagte sie. »Für die Iren sehen wir dunklen Ausländer alle gleich aus. Du könntest wahrscheinlich morgen ins Büro dieses Richters O'Mallet latschen, ihm sagen, du wärest Vijay Amritraj, und er würde es glauben.«

glotzte durch eine Lücke in den Ziegelsteinen und wägte zwei der unzähligen kleinen Ironien des Lebens ab: hier lag er, genoß einerseits die Genugtuung, sein eigenes Schicksal vorhergesagt zu haben, alle Achtung, hatte aber anderseits vier gebrochene Rippen, eine Schädelfraktur, sowie sechs Monate im Streckverband vor sich. Dann ging es ihm allerdings wieder gut, er fuhr sogar Auto (einen Honda 800 Automatik), aber selten, und immer schön die Scheinwerfer an, und im Schritt-Tempo durch die engen nächtlichen Straßen. Tut mir leid: Machen Sie weiter.

138) Mann, hört sich an wie ein echter Klopfer. Hab mir sogar ganz kurz die alten Augen aus dem Kopf geflennt, Kumpel. Dies Mädel da sieht meiner Dolores ähnlich wie gespuckt. Ach, Dolores, oder »Dolly«, wie ich sie nannte. Ich habe sie in Youghal kennengelernt, beim Segelkongreß. »Lust auf 'ne schnelle Nummer, Süße?« sage ich. »Kannste aber annehmen, Großer«, sagt sie, und bevor man hoppla sagen konnte, ging es los, bzw. rauf, bzw. runter, bzw. alles drei, und Omas Zierdeckchen waren nie wieder dieselben. Meine unteren Rückenwirbel ebenfalls nicht, falls Sie meine Bedeutung verstehen (Austin 7, es wird schon dunkel, ständige Bedrohung durch a] Schalthebel und b] voyeuristische Passanten).

»Vijay, was?« sagte Anil. »Findest du, ich sehe aus wie er?« Kokett entblößte er seine schiefen Zähne zu einem Lächeln, welches zugleich neckisch, einnehmend und verführerisch sein sollte. »Ein ziemlich gutaussehender *chikna*, stimmt's?«

Indem sie wieder einmal die Rolle der keine Mätzchen schätzenden Vettel in einer angestaubten Ehefarce aus den überlasteten Studios von Bollywood gab – *Pestonjees Reisen* zum Beispiel, oder *Ranjis Hals* –, beugte Rubina sich vor und übte einmal kurz festen Druck auf die Gegend um sein linkes Ohrläppchen aus.

»Kaan käy nitschäy rappak laga'unga.«[139)]

»Autsch.«

»Hört auf, ihr zwei«, sagte Rashmi. »Wir müssen über Geschäftliches reden.«

Ja, sie war in der Tat mehr als hinreichend auf ihre neue Rolle als Layla bin-Hammas, »aktive Befreiungskämpferin«, ihre Bezeichnung für *gute* Terroristin, vorbereitet, im Gegensatz zu den »Babykillern« oder *schlechten* Terroristen. Ihre vorrangigen Feinde, erklärte sie, waren zwei, vom *System* als solchem abgesehen: die Soldaten des Brian O'Nolan, um dessentwillen, was sie dem armen Anil angetan hatten (der zumindest auf diese Weise seine Feuertaufe als Soldat der Revolution bestanden hatte); und die Firma Emerald Mats, Erz-Ausbeuter der Schwachen, Unterdrückten, Frauen, Braunen, Schwarzen, Behinderten, Langweiligen, sexuell Ambivalenten usw.

»Hör mir doch auf mit Emerald Mats«, rief Anil schwach. »Ich will diesem spanischen Scheiß- und Mistkerl von einem Schweinehund ans Leder.«

»Aber wieso Syrien? Versuch's doch lieber mit Palästina«,

139) »Hä?« sagen Sie? Als ich es in den hinteren Räumen des Taj an der Beaufort Terrace gehört habe, hat es »Ich hau dir was in deine dumme Fresse« bedeutet, oder doch zumindest sowas Ähnliches, aber inzwischen würde ich nicht mehr schwören wollen, daß es das wirklich heißt.

sagte Rubina ohne den geringsten Bezug zu dem, was Ms. bin-Hammas gerade gesagt hatte.

»Nein, da gibt es zuviele Assoziationen. Die Iren sind alle pro-palästinensisch, weil sie irgendwie unter dem unausgegorenen Eindruck stehen, daß das, was da passiert, ihre alberne Osterrebellion von 1916 oder ein ähnlicher Quatsch ist. Nein, Syrien ist besser. Niemand hier findet Syrien auch nur auf der Landkarte, da wette ich einen Haufen Rupien mit dir, liebe Base.«

Es sickerte sogar durch, daß sie hier und da den einen oder anderen Kontakt hatte, wie Anil es ausdrückte, bzw. daß sie Mitglied einiger alles andere als respektabler Organisationen war, von denen einige sogar über Schußwaffen, Granaten und dergleichen verfügten, wenn sie nicht sogar ausgesprochen darauf spezialisiert waren.

»Aber für gewöhnlich dringen sie nicht so weit westlich vor«, sagte sie vertraulich und beugte sich vor, um sich eine Dosis *chai* zu genehmigen, wobei ihr langes Haar wie Vorhänge über Anils verhauener Affenfresse schwebte, die in Wahrheit dem Gesicht des vornehmen Vijay Amritraj so unähnlich war wie nur was. »Hauptsächlich Kaschmir. Und die Gegend um Trincomalee, für die Tamilen, wißt ihr. Mehr darf ich nicht sagen.«

»Hölle auch.«

»Hölle ist korrekt«, sagte Rashmi. »Ich glaube, die Mistbande, die dich geschunden hat, ist über das Ziel hinausgeschossen. Das waren keine aktiven Befreiungskämpfer, nein, zum Henker. Unsere Einheiten zu Hause kommen doch auch ganz gut über die Runden, indem sie in der einen oder anderen Kaserne eine Bombe zünden oder aufs Geratewohl auf Gurkhas schießen, aber doch nicht, indem sie Zivilisten belästigen. Oder am hellichten Tage Raketenwerfer bedienen.«

Sie hob natürlich auf den Einsatz gegen das Bierfestival im Spudorgan Vacation Inn ab. Am Abend nach dem Angriff hatten sich alle eifrig vor dem Fernseher zurückgelehnt, Popcorn griffbereit, schön mit einem schnellen O-Saft oder einer Brause heruntergespült, und die Nachrichten auf RTÉ6 angesehen, Anils Lieblingssender.[140] In Schnitt und raschem Gegenschnitt tanzte es von einem Ende des Bildschirms zum anderen: Krankenwagen; Sanitäter, die einen Tropf in die Höhe hielten; Milo Rogers auf einer Tragbahre, die Augen starr in die Ferne über sich gerichtet, dem die hingestreckten Formen der toten tschechischen jungen Leute folgten, zur Gänze von Decken verhüllt: »Jedoch«, pulsierte der Erzähler, ein jungscher Hansel mit Sportweste und Hornbrille, »haben die Veranstalter mit der Billigung von Hrčko, der tschechischen Brauerei, bekanntgegeben, daß das Festival morgen früh unter dem Thema ›Das Leben geht weiter‹ wieder aufgenommen wird. Der Hoteldirektor, Myles Roberts, hat sich, obwohl selbst schwer verletzt, bereit erklärt, ein paar Worte zu den Reportern zu sagen.«

»Laßt mich zufrieden«, hörte man Milo schwächlich sagen, unter einem Gewirr von Schläuchen und Drähten und den ruckenden Schultern von Sanitätern und Sicherheitskräften und einem oder zwei Fernseh-Typen. »Verpißt euch, ihr dämlichen Saukerle.«

»Robert Myles, von seinem Krankenhausbett. Der generelle Eindruck ist der«, krähte der Nachrichtenverleser triumphal seine Klischees, »daß hier eine tapfere Gemeinde unter extremem Druck versucht, nicht den Kopf hängen zu lassen.« Dann

140) Ganz schön fernsehsüchtig, der Typ. Na, soll er doch, sage ich, nachdem ich ein halbes Leben lang mit Pseudos darüber diskutiert habe, ob es überhaupt ratsam ist, einen Fernseher zu haben, ich meine, inzwischen kann man sich den Disput sowieso schenken, aber es gibt sie immer noch, meist junge, ein bißchen linke Möchtegern-Künstler, die finden, es ist irgendwie etwas Höheres, wenn man keinen hat, daß das ihre unglaubliche angeborene Kreativität fördert, so daß sie ihre Aufmerksamkeit ganz der Herstellung von Keramiktöpfen und Halsketten aus tibetanischen Gebetsglöckchen zuwenden oder ihre Tofu-Felder bestellen können. Da erhebt sich doch die Frage, woher sie wissen, daß Fernsehen so schlimm ist, wenn sie nie ferngesehen haben? Und wenn sie ferngesehen haben,

wurde verschiedenen Würdenträgern und Amtswaltern ein zehnsekündiger Fernsehauftritt gestattet, in welchem sie kurz ihre Reaktionen zusammenfassen sollten: der scheidende Bürgermeister, Ben Ovary (»eine verabscheuungswürdige, feige Tat«); der Polizeipräsident, Pat Nugent (»eine feige, verabscheuungswürdige Tat«); der Bauunternehmer und-Philanthrop Dr. Thomas Maher (»arrhh arrah, eine Bande verabscheuungswürdiger Feiglinge, das sind sie, Gott stehe uns anderen bei, besonders denen, die auf einem Ohr schwerhörig sind oder es an den Nieren haben, da wollen wir doch zu Sankt Judas beten, daß er sich für sie verwendet, das geht dann schon in Ordnung, ich habe ein paar von diesen neuen Luxus-Wohnanlagen nach ihm benannt, d.h. nach Sankt Judas, die Smaragdgefilde des Heiligen Judas heißen sie, in der Derrydingle Road, mit allem modernen Komfort, da kannst du deinen Arsch drauf wetten, Junge, sowie auch vierundzwanzig Stunden garantierte Sicherheitsüberwachung gegen diese Sorte von Schweinehunden und warten Sie, bis ich's Ihnen erzähle – Tim war der Name, ja? Ich kann Ihnen sagen, wenn ich einen einzigen von diesen mörderischen Bastarden in der Nähe meines behaglichen Domizils erwische, von meinen anderen lieben hochentwickelten Wohnanlagen ganz zu schweigen, dann geht es aber los und ist dann noch lange nicht zu Ende, dann sind sie aber fällig, bei allen dicht gedrängten Hei-

wie haben sie es geschafft, nicht von den kulturellen Toxinen vergiftet, verseucht, aufgeschwemmt zu werden, die alle anderen umbringen, wenn man diesen snobistischen Schönrednern glauben will (und eine von der Sorte hat mir heute morgen mein Frühstück serviert. Spiegelei? Fand sie unter ihrer Würde)? Zum Teufel mit ihnen, habe ich damals gesagt, und zum Teufel mit ihnen, sage ich heute wieder, und sie können Schlange stehen, um mich an meinem erhabenen irischen Arsch zu lecken. Frage: Kommst du mit auf eine regierungsfeindliche Protest-Demonstration, nächsten Dienstag, vor dem Haus des Präsidenten? Antwort: Tut mir leid, meinem Terminkalender entnehme ich, daß ich an dem betreffenden Abend fernsehe.

ligen im Paradies persönlich, und wo wir gerade so schön dabei sind, Tim, erlauben Sie mir, Ihnen ein Kompliment wegen dieses schönen Schals zu machen, sieht aus wie ein College-Schal, Trinity, stimmt's da sind Sie ja ein Trinity-Mann, die Welt ist ja doch kleiner als das Innere einer Feinripp-Unterhose, wie meine alte Oma immer zu sagen pflegte, sie war natürlich aus Sligo ..., und so wahr wir uns unter Gottes sehenden Augen befinden, bin auch ich ein Trinity-Mann, genau wie Sie selbst, naja, eigentlich nicht, nicht so ganz, Ehrendoktor, verstehen Sie, praktisch, aber, Donnerlittchen, nur unter uns und den Mülleimern, ich hätte einen erstklassigen Trinity-Studenten abgegeben, das können Sie mir glauben«, usw.); Kathy Hickman Chefredakteurin eines bedeutenden lokalen Periodikums, *Glam* (»och, der arme Milo, jetzt ist er schon wieder im Krankenhaus, schrecklich, wenn das Zeug einschlägt, das sind ja wirklich verabscheuungswürdige Feiglinge, wenn Sie mich jetzt entschuldigen wollen«, dann: »Strongbow! Halt's Maul!« zu einem bellenden Hund im Off); Charles Carleton McShaunessy Finn, Leiter der Öffentlichen Bücherhalle von Killoyle (»och, ich weiß nicht, was ich sagen soll, ich meine, sie waren doch da, oder? Ich meine, ich nehme doch an, daß es eine telefonische Warnung gegeben hat, so zehn Minuten oder so, bevor es passiert ist, stimmt's, da *hatten* sie also Zeit, das Gebäude zu verlassen, wenn sie wirklich gewollt hätten, aber die Leute sind halt zu blöd, stimmt's, diese verabscheuungswürdigen Feiglinge?«), Eileen McCreek Cashman, geschäftsführende Direktorin der Firma Big Jimmie's Emerald Mats (»wirklich eine verabscheuungswürdige und feige Tat, die mich an drei Dinge erinnert ...«) ...

»Halt!« rief Rashmi. »Das war er! Er!«

Andere V.I.P.s kamen und gingen, aber Rashmi war nur von einem allein gebannt: der nasalen, herablassenden, nikkenden Anwesenheit, so bald schon wieder vorüber, Finns, des Bibliothekars.

»Das ist er, aber genau«, sagte sie. »Ich hab's gewußt. Fragt mich nicht, woher. Ich meine, abgesehen davon, daß man den

Mann tatsächlich kennengelernt hat... Hast du ihn denn nicht erkannt, Anil?«

»Nein, nein. Wie denn auch, Hölle noch eins? Ich gehe nie in die Leihbücherei, außer sonntags, um Videos zu mieten, nicht, daß sie da besonders gute hätten, und ich habe diesen Mann noch nie im Fernsehen gesehen, nein, ganz bestimmt nicht, da bin ich mir sicher...«

Nun, Rashmi mußte die mäandrierenden Gedanken ihres Cousins zurück ins Gerade, Enge steuern, indem sie die gefürchtete Realität in der lebhaften und militanten Weise ansprach, die sie als die ihre reklamiert hatte, und sobald das geschehen war, konnte weder ein toller Hund, noch eine Fledermaus, noch ein blutrünstiger Kreuzritter am Krak des Chevaliers im, sagen wir mal, Jahr Unseres Herrn 1275 es mit Anil Swain aufnehmen, was die Produktion schieren Schaums vor dem Munde und die Üppigkeit berechtigter Rachegelüste betraf.

Er erhob sich majestätisch aus dem Bett, streckte einen gebieterischen Arm aus und ähnelte ganz kurze Zeit dem Reiterstandbild von Lord Cavendish auf dem Connaught Place in Neu-Delhi.

»Gebt mir ein Gewehr«, sagte er grimmig, »und ich schieße ihm genau zwischen die Testikeln.« Er hielt inne, doch seine Augen suchten weiter. »Wenn er es wirklich ist. Wenn du ganz sicher bist. Ich meine, der Chefbibliothekar ein Terrorist? Das ist doch ganz schön dumm und töricht. Bibliothekare sind keine Terroristen.«

»Natürlich ist er das. Ich war gestern zum Tee bei ihm. Und du hast da immerhin herumgelegen. Ich habe sogar einen Scheck über zehntausend Pfund für seine dumme Organisation ausgestellt.«

»Menschenskind, ich hoffe, das war nur zum Schein.«

»Das hoffe ich übrigens auch. Er war auf eins unserer Schweizer Konten auf den Namen ... Na, egal. Na, falls der Scheck nicht ungedeckt sein sollte, können sie ihn immer noch sperren lassen oder was. Aber das braucht uns alles nicht zu kümmern. Wir haben keine Zeit für langes Hin und Her. Auf die Plätze, Mädchen und Jungens!«

Und so wurde eine schrullige, unerwartete, absurde und lachhafte, aber zutiefst hingebungsvolle Antiterror-Kampfgruppe geboren, mit Anil, der lahm am Stock hinterherzottelte, und unter Führung seiner tollkühnen, aber vornherum süperb ausgestatteten Cousine Rashmi wie weiland der weitaus weniger sexy wirkende Mohandas Gandhi auf seinem Salzmarsch zum Meer. Es war ein Kreuzzug, dem sich andere anschlossen, wenn man ihren Anschluß anrief und ihnen sagte, sie dürften den Anschluß nicht verpassen (manche begeistert, andere weniger): Fuad und Anwar vom Star of Bihar (»Ich hab gesagt, mein Wellensittich hätte Geburtstag, da hatten sie kein Problem, den Laden dichtzumachen.«); Sylvia und Adrienne, stämmige Gewerkschaftlerinnen aus Llandudno; Thackeray Singh und Pedro aus dem zur Zeit verrammelten Koh-I-Noor, vom Hals an aufwärts Arm in Arm; Prait, ein ernsthafter Intellektueller aus Dublin, der mütterlicherseits aus Mumbai stammte (wie er kurz erläuterte). Er sah Anil an und fragte: »Parse?«

»Nein«, sagte Anil.

Sobald alle komplett waren, versammelte sich die Gruppe in Rashmis Räumen nahe der Strandpromenade. Eine Stereo-Anlage spielte die Sarangi-Quartette von Hanuman Mishra.[141] Durch die hohen Bodenfenster wehte eine Brise, welche die Vorhänge bauschte und die fiebrigen Brauen der versammelten Militanten streichelte. Jenseits des Balkons, der von Mopeds widerhallenden Straße, einer Reihe von Geschäften und dem Michael-Collins-Standbild wälzte sich die graue, skrotumstraffende See.

»Genau wie Kerala«, wie Rashmi immer wieder gern sagte, »wenn man sich die Sonne, den Sand, die Palmen, die Gerüche, das Klima und die Temperatur dazudenkt. Außerdem ist das Meer hier grau; zu Hause ist es blau wie sonstwas.«

Sie wiederholte den Scherz für ihre versammelten Genossen, aber niemand lächelte auch nur. Thackeray hielt Pedro in liebevollem Polizeigriff, und Adrienne und Sylvia starrten bedrückt zu Boden, schwer atmend, lustberauscht von der Nähe der anderen.

»Hölle auch, Rash«, sagte Anil nörglerisch, »wir stehen hier kurz davor, einen Anschlag auf einen gottverdammten IRA-Außenposten zu verüben, und du sitzt nur herum und reißt törichte Witze. Ich weiß nicht, wie ihr darüber denkt, aber ich sage: Schluß damit.«

»Sehr richtig«, sagte Prait. »Hört, hört. Zur Tagesordnung.«

»Sei du doch still.«

Man ging aber, wie fragwürdig sie auch sein mochte, zur Tagesordnung über, und Ernsthaftigkeit kennzeichnete die weiteren Beratungen der Gruppe, welche zunächst dem Namen galten, unter dem die Einsatztruppe bekannt sein würde. Anils Beitrag, prompt von den anwesenden Nicht-Indern abgeschmettert, war die *Swayamsevaks*, oder Freiwilligen. Die *SoldatInnEn der Göttin*, von Sylvia und Adrienne vorgeschlagen, starben beizeiten den *HeldInnEntod*. Die *Irische Fremdenlegion* mußte sich zweifelhaftes Schnauben und Gekicher bieten lassen. Schließlich und endlich ging, obschon von den Zeitläuften arg zerfetzt, als allgemeiner Favorit der Name *Schirm, Charme & Melone* ins Rennen, da er den Männern zu Unrecht etwas John-Steediges und den Frauen zu Unrecht ein bißchen Emma-Peelerei verlieh.

»Cool«, sagte Prait.

»Wir haben bereits einen Aufklärungseinsatz hinter uns«, sagte Rashmi flott. »Deshalb kennen wir das Gelände im großen und ganzen. Aber diesmal wird es ernst, Jungen und Mädchen. Und fürchtet euch nicht: Das Recht ist auf unserer Seite.«

»Bringt nur nicht viel, wenn man tot ist«, maulte Prait zweifelnd.

141) Ah, das sind die richtigen Burschen, da fährt einem der Rhythmus doch gleich in die Zehen. Gibt nichts, was eine perfekte Soirée besser abrundet, als einen Spritzer Paddy im Glas und ein Quartett vom ollen Hanuman auf dem ollen Victrola.

Die Verteilung von Kriegsgerät und die Zuteilung – und Annahme – verschiedener Aufgaben füllte den restlichen Abend aus. Stimmen wurden nach Genossenart in Harmonie gedämpft, und die kleinen Kamine der Zigaretten färbten bald die Luft mit ihren Rauchbändern kameradschaftlich blau. Es kündete von Geistesverwandtschaft, Behaglichkeit, fast war es ein Love-in, das an die Herrlichkeiten von Greenham Common und Woodstock gemahnte, Dresden '48 und Paris '89 (und '68[142]) gar nicht zu erwähnen. Die meisten der Anwesenden hatten bereits in der einen oder anderen Form mit militanten Organisationen oder Milizen zu tun gehabt, vom Einsatz des damaligen Majors Thackeray bei der Elite-Einheit der 249. Kashmiri Rifles gegen die Berg-Pashtunen bis Anils unauffälligen, aber unvergeßlichen achtzehn Monaten bei den 1. Orissa-Füsilieren und bis hin zu den von Adrienne befrauten Anti-Mann-Barrikaden bei der schändlichen Belagerung von Radcliffe Hall, Sommer '69. Auch Prait Cunningham war kampferprobt, hatte er seinen Hauswirt doch einmal mit dem Hammer verfolgt. Seither betrachtete er sich als Experten in der Kunst des Spurenlesens und Erkundens. Alle Anwesenden waren deshalb, in höherem oder minderem Maße, mit Här-

142) Oh, '68 gehört auf jeden Fall dazu. Da war ich doch auch dabei, oder nicht? Doch, ich bin ganz sicher, daß ich auch dabei war. Ich erinnere mich, wie ich mit ein paar Pernods im Bauch an der Métro-Station Parc Monceau rauskam, und bevor ich auch nur »Kerls, was zielt ihr gut« sagen konnte, zog ich mich in einem Hagel von Gummiprojektilen und in Wolken von Tränengas zurück, nur weil das Scheiß-CRS mich offensichtlich mit so einem Blödi namens Dany le Rouge verwechselt hatte. (Später erhielt ich ein vollgültiges Entschuldigungsschreiben, von Monsieur Le Rouge persönlich unterzeichnet.) Das ging dann schon in Ordnung, aber. Es führte wie durch einen Irrgarten zu Jo Goldenberg im Marais, am Abend der Arbeitsniederlegung in Billancourt: volle Socke Klezmer-Musik, der Duft frischer Piroggen und Blinis, der aus der Küchentür herauswehte, eine schöne Flasche '64er Chateau Manischewitz auf dem Tisch, und ich Arm in Arm mit sechs bis sieben herzlich-derben Fließbandarbeitern von

ten vertraut (Rashmi selbst trug – bildlich wie wörtlich – die Narben mancher namenlosen Auseinandersetzung) und einmütig zu weiterem Kampf für eine gerechte Sache bereit. Alle stimmten überein, daß die Soldaten des Brian O'Nolan a) eine ekelhafte Behinderung von Killoyles wachsendem guten Ruf und ein entschiedener Hemmschuh bei den Bestrebungen des Fremdenverkehrsamts zur Förderung des Tourismus mit den entsprechend positiven Auswirkungen auf die örtliche Wirtschaft, Kellnerinnen, Taxifahrer, Vielfalt ganz allgemein usw. und b) eine echte Bedrohung ihres eigenen Lebensunterhalts und Lebens sowieso waren.

Ja, alles in allem waren sie so erpicht loszuschlagen wie das Kim-Il-Sung-Bataillon am Yalu-Fluß im November 1950 – und stocknüchtern, setzten sie sich doch aus Nicht-Iren zusammen.

Der Angriff begann um Mitternacht, nach einer lebhaften, aber haarsträubenden Fahrt mit drei Fahrzeugen: Anils Escort, einem Invaliden, zunehmend durch Schwächeanfälle eingeschränkt und selten außerhalb des zweiten Gangs anzutreffen; Rashmis BMW, selten innerhalb des zweiten Gangs, und einem landwirtschaftlichen »Bedford«-Nutzlieferwagen, der mählich von unten nach oben verfiel und Gemeineigentum

Renault, jeder einzelne so dumm wie zwei kurze Planken, aber gutherzig und in Treue fest, und wir schunkelten zu den Takten der *Internationale*, gesummt (weil keiner den genauen Text wußte), verdammt aufsässig, wie wir waren … Augenblick mal, war das nicht, als Kathy zum zweitenmal in mein Leben trat? »Hallo, Boy«, sagte sie, drehte sich um und ging hinaus, wobei ihr schlanker Rücken und ihre schwingenden Hüften mich herausforderten, ihr zu folgen, das alles vor dem Hintergrund aus wissendem Spott seitens meiner Renault-Fließbandkumpel: »Oûffe!«; »Oh-oh«; »Oui, oui!«; »Bist du ein Mann oder eine Frau?« u. dergl. Ich bin ihr damals nicht gefolgt, später aber dann doch, eindeutig. Merkwürdig, daß wir uns auf diese Weise ständig beinah kennenlernten und uns erst trennten, als wir endgültig aufeinander gestoßen waren. Aber *plus ça change*, wie die Franzosen zu sagen pflegen, stimmt's?

von Sylvia und Adrienne war. Diese Disparitätenkarawane erreichte Armalite Hall in einem Zustand, der an Hysterie grenzte, was für ihre Offensive nichts Gutes hoffen ließ.

»Jetzt beruhigt euch«, sagte Rashmi mit heiserem Bühnenflüstern

»Yessir«, riefen *sotto voce* ihre braven Fußsoldaten im Chor.

Als Schirm, Charme & Melone ihren Angriff vortrugen, geschah dies nach *desi*-Art, oder *à l'indienne*, wie Rubina anmerkte, mit Tiraden halb-zusammenhängender Rede, inmitten reichlicher Bonhomie vergessen, verstreuten Gebeten zu Vishnu und verschiedenen Avataren, Familienzoff und dem imaginären Aroma von Tandooris und Kohlenrauch; aber, wie Prait, hiberno-indischer Intellektueller *par excellence*, meinte: »Nicht wie es gemacht wurde, sondern daß es überhaupt gemacht wurde, wird Mundwerke von hier bis hin zum goldenen Samarkand[143]) nicht zur Ruhe kommen lassen.«

Um ein Uhr nachts wurde ein Rover 175, der Finn gehörte (auf seiner Windschutzscheibe prangte eine verräterische Rosette der Öffentlichen Bücherhallen von Killoyle), abgefackelt aber ohne Finn oder sonst jemanden drin –; »hatte zumindest nicht den Eindruck«, sagte Thackeray nicht wirklich grüblerisch, während Pedro in seiner strammen rechten Armbeuge nach Atem rang. »Aber auf dem Fußboden liegt irgendwas Schlampiges. Immerhin riecht es nicht nach Fleisch«, wobei er schnüffelte. (Rashmi rümpfte rügend ihr narbiges Näschen.) Eine Granate, von Anil durch ein angelehntes Spülküchen- oder Speisekammerfenster gelobbt, brauchte schöne, kostbare Zeit, bis sie zündete, was bei der Truppe Zorn und Neugier hervorrief, wie in jeder Menge lahm vorhersehbarer Kriegsfilme – »Ich geh hin und seh nach, woran es liegt«; »Nein, spinnst du,

143) Goldenes Samarkand? Das Restaurant? War mal mein Lieblings-Eßlokal, aber seitdem da diese Furie kocht, gehe ich nicht mehr hin, vielen Dank. Die mit dem blauen Haar und den Klebe-Fünkchen auf den Wangenknochen, wie hieß sie noch gleich –, Buddy? Nein –, Bud, nicht Buddy, so heißt sie.

komm zurück, nein, NEIN« –, explodierte dann genau zur rechten Zeit – PAAAAAAAAAPPPPBBBBBBBBBBSSSS und richtete schweren Schaden an, soweit sich das vom KRACH SCHEPPERKLIMPERDIKLIRR akustisch feststellen und vorwiegend Objekten aus Glas und Porzellan und alliierten Materialien, sowie (natürlich) Fenstern und ihren Kohorten: Oberlichtern, verglasten Türen, Vitrinen etc. zuordnen ließ. Eine Alarmklingel brach plötzlich, aber nicht unerwartet zu einem aufgeregten metallischen Monolog auf: SCHRIE-IE-IE-IE-IE-IE-IIIIIIIIII(ÄNNNNNGGGG). Im Haus des nächsten Nachbarn gingen Lichter an, etwa eine halbe Meile entfernt, hinter dem Eibenwäldchen und einem alten Wasserbecken. Irgendwo in der dunkleren Distanz, aus dem oder einem anderen Haus, stimmte eine kratzige, aber potente, im Faß gereifte und in der Provinz Munster anzusiedelnde Stimme eine monotone verbale Bastonade an, die mit den Launen der Nachtbrise an Intensität gewann und einbüßte; aber deutlich über den Wind erhob sich das Wort »Scheiße«, sowie seine Vettern »Kacke« und »Bockmist«,[144)] und, um der Ausgewogenheit willen, das gelegentliche »Arschficker« und »Verpissen«. Natürlich schleuderten Hunde ihre gekläfften Schmähungen in die unverständliche Nacht. Sogar ein Fuchs schloß sich an und hustete still im Gestrüpp. Die Nachbarschaft, kurz, war auf dem *qui-vive*. Binnen kurzem würden uniformierte Repräsentanten der zivilen Obrigkeit auf dem Schauplatz sein, und Rache als Motiv für Bombenwürfe hatte wenig Gewicht vor den Gerichten der Republik. Schlimmer noch, es war mehr als wahrscheinlich, daß dieser unbeholfene Akt der Vergeltung zu weiteren solcher Akte führen würde, deren Urheber weit erfahrener waren in der Kunst, Unschuldige zu belobben.

144) Hört sich an wie Victor. Sekunde mal eben, Sie meinen doch nicht etwa ...? Klar, den alten Hinterwäldler würde ich überall wiedererkennen. Er besucht wahrscheinlich gerade die alte Flamme, von der der olle Shoots ihm berichtet hat.

»Wir haben getan, was wir konnten«, flüsterte Rashmi Anil ins Ohr und erfüllte seine kleine Ecke der Nacht – der Welt – *des Kosmos* – mit vermischten Düften reifer Weiblichkeit, von Sandelholz, ätzendem Parfum und Schnittlauch. »Los, abhauen.« Plötzlich brüllte Verlangen unter seiner Erschöpfung; der arme Teufel wünschte sich, sie spräche über sie beide und niemanden sonst. O, Rashmi! Sie war Frau, sie war der Geist des Ganges, sie war Indien selbst. Sie war Leinwandgöttin Madhuri Dixit, sie war die mythische Göttin Lakshmi, sie war Göttin Parvati, Ehefrau und Liebhaberin. Anils Herz schürzte sich zu einem Knoten der Sehnsucht und des Sehnens nach – nun, ja, Mutter Indien und Sandrapore und Zuhause, *sans* Ärgernisse und Verdruß (dieses Arschloch Pal, das Kastensystem, Menschenmassen, Muslime); aber auch, man muß es leider sagen, nach seiner Cousine Rashmi; und seine Frau Rubina, scharfäugig wie ein Sperber über den gewellten Ebenen des Deccan-Plateaus, fand das gar nicht gut.

»Ich finde, mir reicht's jetzt mit diesem Unsinn«, sagte sie mit festem Griff um den Arm ihres Gatten. »Es wird Zeit für einen normalen Job, Sahib Anil Swain. Schluß mit diesen Possen. Ab nach Hause.«

Eilends kehrten Schirm, Charme & Melone ohne weiteren Zwischenfall zu den juwelenglitzernden Straßen und dunklen Gärten von Killoyle zurück. Die drei Autos nahmen drei verschiedene Routen, um Verdächte zu zerstreuen oder den Feind nicht auf den Plan zu rufen (alle außer Anils Auto, welches direkt vor dem Anleger der Continental-Ferry-Linie in Crumstown so machtvolle Fehlzündungen hatte, daß von dort bis zur Polizeirevierwache hügelan am Pewterpeter Place die Lichter angingen). Binnen einer Stunde hatten Schirm, Charme & Melone sich zerstreut, und die Mitglieder schliefen oder wachten in ihren jeweiligen Behausungen, allein oder zusammen, und in manchen Fällen grunzten sie bereits vor lang angestauter Begierde (keine Namen, aber ihre Initialen sind irgendwo zwischen A und Z zu finden). Kurz: Ende gut, alles gut –, aus *menschlicher* Perspektive betrachtet, aber aus dem Blickwinkel eines ganz bestimmten Maulwurfshügels am östlichen Rand der Autobahn Killoyle-Crumstown- Youghal war diese Nacht eine Nacht der Trauer, denn etwa eine Meile vor der Stadt überfuhren Sylvia und Adrienne mit ihrem vom Rostkrebs befallenen Bedford fast unbeirrt (*knirsch*: Adrienne runzelte die Stirn) einen jungen Maulwurfsvater, ein winziges, furchtsames Tierlein, knapp ein Jahr alt, das just diesen unglücklichen Moment gewählt hatte, um die beengten Abmessungen und *haut-goûts* und *-odeurs* eines behaglichen zwei Fuß breiten Baus zu verlassen und blind, der Nase nach, mit infinitesimaler Geschwindigkeit die Fahrbahn zu überqueren und auf der Suche nach einem Mitternachts-Snack für die Familie eine frische Müllkippe überprüfen zu wollen, da die Kleinen ziemlich schlimm gewimmert und gewinselt hatten. Sofort tot, zuckte er einmal, lag dann still.

Im Bau, nunmehr von einer Maulwurfswitwe und zwei Halbwaisen bewohnt, regierte die Stille, als hätte das Gefühl des Verlusts sie persönlich mit einer amtlichen Bescheinigung, einem Polizeifotografen und drei Zeugen heimgesucht.[145)]

* * * * *

145) Kommt mir ganz schön symbolisch vor (man kennt ja diese Autorenköppe), aber wofür? Das Risiko, das man eingeht, wenn man sich einzig auf seine Nase als Vademekum verläßt? Die Gefahren beim Überqueren der Fahrbahn, nachts, blind, mit einer Höchstgeschwindigkeit von drei Zentimetern pro Stunde? Die Heiligkeit des eigenen Baus? Das Zerbrechliche des Lebens? Na, letzteres ist in solchen Schoten ein alter Favorit, da werde ich mich wohl damit begnügen müssen. Allerdings schade um die Kleinen. Da möchte man doch gleich hinfahren und sie persönlich ausbuddeln, mit Pipetten voller Milch bei der Hand.

21

Verwirrung und Zorn wühlten Mick McCreeks Herz und Eingeweide auf. Sobald er vom Klo zurückgekehrt war, blieb ihm als einzige Lösung, sein schaumbesprenkeltes Pint-Glas hochzuhalten und damit suggestiv hin und her zu wedeln, damit der Kurat ihn mit einer dritten versorgte –, naja, mit einer dreieinhalbten, da er mit einer keuschen halben Pint begonnen hatte, entschlossen, uralten Versuchungen nicht zu erliegen, heute nicht, nicht an dem Tag, an dem es galt, sich aus der Scheiße, die Socken hoch-, die Schuhe anzuziehen etc.; nicht an dem Tag, an dem ER GEFEUERT WORDEN WAR – SCHON WIEDER – JA, ZWEIMAL IN EINEM MONAT – REKORDVERDÄCHTIG.

Indem er, der den Schaden gehabt hatte, auch noch für den Spott sorgte, d.h. indem er dem Schaden, den seine wogenden, biergeplagten Innereien genommen hatten, ein Frühstück im Hause My Three Buns zufügte, welches jeder Beschreibung spottete und aus unrasierten Klumpen als Speck verkleideter Schweineleiche unter einem mehr oder weniger ungebratenen Spiegelei, in dem der orangefarbene Embryo des Kükens, das es hätte werden können, immer noch sichtbar war, bestand. Micks Magen rebellierte; die unteren Gedärme mühten sich, das matschige Sediment zu verarbeiten. Nur halb im Scherz hatte er Devereux beschuldigt, er versuche, seine Gäste zu vergiften.

»Nicht alle«, hatte des gnatzigen Gnomen gnomische Erwiderung gelautet. »Das kann ich Ihnen sagen, Junge. Nicht alle.«

Deshalb war es mit viel magensaurem Aufstoßen und wildem Glucksen des Gekröses verbunden, wie Mick sein Ge schick in Gestalt von Denny Tool in Denny Tools Penthouse-Suite im dritten Stock um neun Uhr morgens sich zu meistern angeschickt hatte. Kurz und säuerlich war das Gespräch gewesen, sehr wie Micks Frühstück.

»Ihre Ratte?« hatte Denny gesagt und eifrig Zahlen auf einem winzigen Handy gedrückt, den Rücken Mick zugewandt, die Aufmerksamkeit voll und ganz vom Parkplatz unten in Beschlag genommen, welchen soeben Ramona verließ, nachdem sie sich ihrem roten Ford Octagon entschlängelt hatte. »Die ist Geschichte. Ich habe mit diesen Biermenschen telefoniert, und sie haben sich bereit erklärt, sie runterzunehmen. Und zwar *wie* die sich bereit erklärt haben, weil ich ihnen gesagt habe, sie behalten entweder die Ratte oder ihren Arsch. Da ging es dann ganz zügig. Hallo? Ist da Ken?«

»Nun lassen Sie doch mal um der Liebe Gottes willen das verdammte Telefon eine Minute lang zufrieden«, sagte Mick freundlich. Denny fuhr herum, und das Handy haftete immer noch seitlich an seinem Ohr wie ein in Ohren schmarotzender außerirdischer Parasit aus einem Sci-Fi-Thriller.

»Hey Ken hier Den. Hey Mann. Cool. Hey bleibst du mal kurz dran? Ich hab hier eine Situation. OK.« Er hielt das Handy so fest in der einen Hand, wie ein Biber einen Fisch umklammert halten mochte, und verpaßte Mick einen Halogen-Blick, der dem verstorbenen Tom O'Mallet wohl angestanden hätte, bei Mick dagegen keinerlei Wirkung zeitigte, dessen Hauptsorge der unmittelbar bevorstehenden Möglichkeit eines Darm-Ausbruchs und/oder -Bruchs galt. »Sie sind gefeuert, Freundchen«, erklärte Denny knapp, »nicht nur wegen Ihrer Einstellung – ich hab Sie immer schon für einen Schlaffi gehalten, und Ihre Klamotten kann ich schon gar nicht leiden, was soll das denn, jeden Tag mit Schlips? –, sondern auch und hauptsächlich wegen Bruchs des Firmengeheimnisses, etwa ein halbes Dutzend internationale Copyright-Gesetze gar nicht zu erwähnen, die in Irland, den Staaten und so gut wie überall auf der Welt gelten ...«

»Och machen Sie doch den Kopp zu«, hatte Mick gesagt, in

der gleichen entspannten Manier, als recke und strecke er sich in einem Lehrgang für Tantrisches Yoga oder tränke in fröhlicher Runde ein gut gezapftes Glas Bier. »Schicken Sie mir einfach dalli meinen Scheck. Alles andere können Sie sich in den Arsch stecken. Und mit dem Handy schon mal anfangen.« Indem er die flüchtige, aber überdeutliche Bestürzung auf Dennys Gesicht genoß, erhob sich Mick und ging so aufrecht hinaus, wie er das mit dem verstauchten Bauch konnte.

»Gut gemacht, mein Junge«, murmelte er sich selbst zu. »Da hast du's ihm aber gegeben. Dem Scheißkerl. Dem verdammten Eckensteher.« Er war vergnügt und zufrieden. Er hatte richtig gehandelt. Gut, er hatte seinen Job verloren, aber immerhin hatte er einmal einem echten Scheißkerl gesagt, wo der Hammer hing. Es wäre jedoch schwerer gewesen (überlegte er), wenn Denny Ire gewesen wäre. Irgendwie machte der Umstand, daß er Ami war, diese Art Beschimpfung entsprechend leichter, um nicht zu sagen, geradezu verlockend ... Zurück in seinem Büro, vervollständigte Mick seinen Abgang aus der grotesken Farce NaughtyBoy Graphics, indem er eilig die wenigen Requisiten von seinem Schreibtisch entfernte, die sein waren: *Die Geschichte der Bagiotti-Karosserien* von Conte Vittorio di Poggibonsi; ein Paket Gitanes *papier maïs*, ungeraucht; *Wagners Opern* von Franz von Tanzmann (Vorwort von Harald Graf Rowohlt); eine Kaffeetasse mit dem Wappen der McCreeks aus Glenbarry (ein aufgerichteter Löwe über zwei silbernen Schnäbeln, von den Armen des Zobels flankiert oder so), sowie auch mehrere, die dies nicht waren (sechzehn Floppy Disks, unbenutzt; ein Exemplar *Poodlestein*, das interaktive Video-Spiel, ungespielt; ein chrombeschichteter Souvenir-Aschenbecher aus Singapur, schon lang nicht mehr benutzt; ein Gelege Auto-Zeitschriften, neu und alt, abgenutzt). Am angrenzenden Schreibtisch plierte Victor Hasdrubal-Scott hustend und murrend auf seinen Computer-Bildschirm, Micks Anwesenheit, Abwesenheit, Ankunft, Scheiden oder Existenz mit myopischer Indifferenz quittierend; tatsächlich hätte, soweit es ihn betraf, der oder die, der oder die da seinen oder ihren Schreibtisch leerräumte, eine – oder keine – der im folgenden aufgeführten Personen sein können (eine willkürliche Stichprobe):

a) Hamid, Großwesir von Stambul unter den späteren Osmanen;

b) Adolf Eichmann;

c) Madonna, die halbnackte Popsängerin;

d) P. D. James[146)] oder

c) Vics alter und verachteter Gaelic-Football-Trainer in Clongowes, Monty McFee.[147)]

146) Da haben wir's, sehen Sie, was hab ich Ihnen gesagt ...? Naja, wie es immer so schön heißt, manche Paranoiker haben eben einfach immer recht. Sie werden tats*äch*lich verfolgt. Eins sage ich Ihnen jetzt schon: Wenn das nochmal passiert, hole ich die Bullen.

147) Meiner ebenfalls, ist das wohl zu glauben. Bleiben Sie dran, bis ich's Ihnen erzähle. Monty hat an meiner alten Schule unterrichtet, der Sub-Rosa-Akademie in Ballyblasket, bevor er kurz ins Empyreum von Clongowes auffuhr. (Heilige Muttergottes, ist Victor etwa in meiner Altersgruppe? Halte den Bus an, Welt, ich will aussteigen. Wissen Sie, was ich meine?) In der sechsten Klasse war ich Klassensprecher, und Monty fand Gefallen an mir. Da er nicht die geringste Menschenkenntnis hatte, glaubte er, unter der immerwährenden kränklichen Blässe des Heranwachsenden, die nur von gigantischen roten Pickel-Eruptionen belebt wurde, welche sich noch zu verschlimmern schienen, wenn ich in ausgedehnter Erforschung und Praxis der Wissenschaft des Onan Erleichterung suchte, so etwas wie Führungsqualitäten zu entdecken ..., aber ich schweife ab, genau wie Monty einst. Ich wurde, wie gesagt, zum häufigen Besucher in seinem gräßlichen rotzgrünen, winzigen, nach nasser Wolle riechenden Kabuff-Büro hinter dem Knaben-Umkleideraum, sowie auch zum Objekt seiner endlosen Anekdotik, die sich nicht darauf beschränkte, einen einmal eingeschlagenen erzählerischen Pfad weiter zu verfolgen, sondern unweigerlich (nach Art der größten Langweiler) die tangentialen Seitenwege der Sub-Anekdotik suchte, z. B. (um nur mal ein Beispiel zu nehmen, das mir gerade durch den Sinn huscht, praktisch): »Schön, daß du auch am Sportfest teilnimmst, Junge. Schade, daß du Letzter geworden bist, aber ich durchschaue deine Strategie, O'Donnell, o doch, die durchschaue ich.« (Er

»Dann tschüs auch, Vic«, sagte Mick.

»Sieh bloß zu, daß du Land gewinnst, du Quatschkopf. Wie oft soll ich dir noch sagen, daß ich scheißenochmal nicht Vic heiße, du Blödmann.»

»Hast ja recht, mein alter Sohn. Dann noch viel Spaß mit deinen alten Zeitungen.«

»Hereinspazierthiergibteswaszulernendotcom«, lag Victor ihm in den Ohren. »Nix mit alten Zeitungen. Das ist jetzt eine neue Website.«

»Wie du meinst, Vic.«

nannte mich immer O'Donnell.) »War das dein Da, den ich da vorhin bei dir gesehen habe? Sehr angenehme Erscheinung. Weißt du, das erinnert mich an eine Geschichte. Damals in Zypern ...« (zu spät, um unter dem Großen Monty im Großen Zweiten gedient zu haben, war der Kleine Monty bei der Britischen Armee auf Zypern gewesen – bei den Kgl. Walisischen Drückebergern, glaube ich, oder bei den Queen's Own Ulsterers) »... hatten wir einen Lkw-Fahrer, großer Kerl, hauptsächlich Bedfords, hin und wieder auch mal einen Transit-Lieferwagen, vielleicht auch dann und wann einen Humber, der hieß George, der sah genauso aus wie dein Dad –, wobei mir einfällt, daß General Grivas ebenfalls einen Dad hatte, den habe ich mal kennengelernt, da waren wir südlich von Limassol, wo wir einen geheimen Schlupfwinkel der Terroristen vermuteten –, das ist an der Südküste, so ein Scheißkaff, kann ich dir sagen, Junge (ich kann doch ›Junge‹ sagen hahaha, bei den langen Haaren?), und wir haben eine kleine Erfrischung zu uns genommen (für mich nur Limonade, vielen herzlichen Dank, und du kannst mir glauben, daß meine Jungs auch nur Limonade bekamen), in einem Café auf der Piazza, Makariosplatz –, und ich habe ihn sofort erkannt. ›Mann, Sie sehen ja diesem Grivas sowas von ähnlich‹, sage ich, ganz kühn. ›Ist, weil er ist meine Sohn‹, sagt der alte Krauter und entblößt sein zahnloses Zahnfleisch. Dafür hat er dann großzügig Fersengeld gegeben, als ich meine Jungs auf ihn gehetzt habe. Abgehauen wie ein Gepard, aber hallo. Wir haben ihn, soweit ich weiß, nie geschnappt. Aber in dieses Café sind wir, na, so zwölf- bis ein dutzendmal zurückgekehrt, na, ich war damals kein Heiliger, mein Junge, aber die Mädels dort konnten einen auf zwanzig Schritt Entfernung mit Blicken töten, eine war dabei, an die erinnere ich mich noch, die hieß Mario –,

»Für dich immer noch Victor.«

»Ja.«

Sogar sein fünf Jahre alter Jocelyn GTS schien danach besser gelaunt zu sein, überlegte Mick, der immer noch mit dem Schlimmsten rechnete – d.h. Entlassung, Beschämung, drohender Armut und ihren möglichen logischen Folgen, Wohnungskündigung und/oder Schande, um in immer engeren Spiralen zum *noch Schlimmeren* abzusinken, d.h. einer Myriade frischer Irritationen wie widerspenstigen Kfz-Zündungen, undichten Schuhen, weiteren Verdauungsbeschwerden (unheilverkündendes Stöhnen drang aus jenem Bereich, wie von einer lang eingekerkerten Seele), öffentlichem Spott, Prozessen, über die Schnürsenkel stolpern usw.; aber das Auto startete im den Zündschlüssel haltenden Handumdrehen, und Mick McCreek, Ex-Computer-Grafiker – Ex-Testfahrer – Ex-Gatte – Ex-Optimist – Ex-Jugendlicher, fuhr ohne einen Blick zurück davon, wurscht war seiner Seele, was andere von ihm hielten (z.B. Penny Burke, die mit ihrem verdammten bellenden bellenden bellenden Hund und ihrem Aufgebot an

komisch, daß ein Mädel ständig mit einem Jungsnamen rumläuft, aber der Grieche ist nun mal ein kauziges Völkchen, kann ich dir sagen, und mehr sage ich dazu nicht, obwohl, wenn es strikt unter uns und der Eibe da drüben bleibt, obwohl sie für ein Mädel einen ziemlichen Schnurrbart hatte, hatte sie doch ein schönes Paar –, wo war ich jetzt stehen geblieben«, und natürlich hatte er in mir, einem armen, ängstlichen, kleinen Sechstkläßler, ein gebanntes Publikum, wie er sehr wohl wußte; ich mußte da sitzen, bis der Mond über den Maamturk-Bergen zu Scheibchen aus Eis zerfiel, wenn ihm das gerade in den Kram paßte. (Damals waren die Schulen sehr streng.) Aber zum Schluß ist dann alles doch noch sehr gut ausgegangen: der Wichtigmacherei und Amtsanmaßung angeklagt, hat Monty in Clongowes gekündigt und wurde später erschossen, als er während eines Marsches der Apprentice Boys versuchte, die Stadtmauern von Derry hinauf- (oder herab-; da gibt es unterschiedliche Berichte) -zuklettern (habe ich gehört oder in der *Church Times* gelesen), und ob dies nun geschah, um die Oranier zu preisen oder zu begraben, haben wir nie erfahren. Ich weiß nicht, was auf seinem Grab-

plärrenden Eseln in Galway oder wo und am allerschlimmsten diesem scheißlanghaarigen Folk-Music-Wichser), aber fest war seine Überzeugung, daß seine Abreise beobachtet wurde, hohläugig, von Denny Tool, der an seinem Bürofenster stand und dem bereits das Gewissen pochte. (Wohingegen Denny in Wirklichkeit, obwohl er tatsächlich an seinem Bürofenster stand, Namen und Dasein Mick McCreeks bereits vergessen hatte und in diesem Augenblick verbindlich, aber laut per Handy mit Ken Kim in Söul, Korea, telefonierte, um sich und Ramona für nächste Woche mit ihm zum Lunch bei Spago's in West L.A. zu verabreden, während sich Ramona im Hintergrund von Dennys schwarz ledern geschmückter Penthouse-Suite zur stampfenden und sabbernden Neo-Musik der Tekkno-Hürlein, einer Band aus den weniger ersprießlichen Industrie-Slums des früheren Ostens, der zum Westen geworden war,[148)] nach Stripperinnen-Art wand und schüttelte ...

»Cool, Ken«, sagte Den.

(Bumsdistampf! Bumsdistampf! Bumsdistampf! Bumsdistampf! Bumsdistampf! Bumsdistampf! Bumsdi ...)

stein steht, weil ich ihn nie gesehen habe, aber ich weiß. was drauf stehen sollte, meiner unmaßgeblichen Meinung nach: »Hier ruht ein Spinner.« Z.B. war er ja schon mal strikter Antialkoholiker, ja, noch so einer von der Sorte. Außerdem war er kamerascheu, und kein einziges Foto von dem Mann hat überlebt, außer einem verschwommenen S/W, wie man so schön sagt, aus großer Entfernung aufgenommen, wie er sich im Vorfrühling des Jahres 1949 aus dem Rückfenster eines Morris Minor lehnt, auf der Fahrt nach Skibbereen. Beerdigt ist er in Magilligan Strand, in Sichtweite der Golfplätze, die er so liebte.

148) Ganz erfolgreich, in Magdeburg, Rostock und Leipzig ganz oben in den Charts, und in Gera und Weimar ganz schön nah dran. Natürlich mag der kollektive Selbstmord ein bißchen nachgeholfen haben, bestimmt sogar. Schauriges Volk, die Krauts, aber, Mannomann, was machen sie für köstliche Currywurst. Noch eine, Herr Ober! (Beethoven ist auch nicht schlecht, bis auf dies geschwätzige Musikstück »Wellington's Victory«. Armer schwerhöriger alter Zausel. Ich erhebe mein Glas in seinem Andenken. Prost, Lud.)

Mick war zunächst, nur für den sehr, sehr unwahrscheinlichen Fall nach Hause gefahren, daß ihn kompensatorische gute Nachrichten (*ein Angebot von Jaguar – der Hauptgewinn im Pferdetoto – ein signiertes Foto von Prinzessin Arabella Toricelli, dem amtierenden Schwarm von Cinecittà – die Ehrenbürgerschaft der Stadt Paris*) in seinem Briefkasten erwarteten; aber in seinem allertiefsten Innern wußte er, daß die Chancen dafür jetzt oder je so gut standen wie dafür, daß er plötzlich fließend Yoruba sprach, oder daß ihm Hörner wachsen und er ein Mutterschaf auf dem Felde besprang (gern auch alles gleichzeitig).

(Schlechter.)

Später, nachdem er bei der Sozi angerufen hatte (»Laut unseren Unterlagen hatten Sie noch nie eine Anstellung ... Wie war nochmal der Name? Nein, soweit wir wissen, hatten Sie noch nie einen Job ... Ich verbitte mir diesen Ton *mir* gegenüber.«), hob er sich in dringendem Bedürfnis nach einem Kruge eilends hinweg – entschlossen, tätige Solidarität zu bekunden, indem er auf dem Schlachtfeld trank – und machte sich nach dem halbreparierten, mit Leitern übersäten und von Hammerschlägen widerhallenden Austragungsort der Bierchenzapferolympiade im Spudorgan Vacation Inn auf, nunmehr, dank dem Raketenanschlag, zur Touristenattraktion geworden, dem Martello-Turm in Sandycove, Yeats' Grab oder Glendalough ebenbürtig (»Toll, mal da zu *sein*, wo die IRA tatsächlich eine Rakete reingeschossen hat«, bemerkte ein Australier im Vorübergehen, von seinem eigenen Nationalgebräu angeheitert; »muß man sich mal vorstellen: die IRA!«) –, und außerdem war Mick auch milde neugierig, was Molloys mit Nathan, dem negierten Nager, anzufangen gedachten.

Er fand es bald heraus. An Nathans Statt hing dort ein Hand-

149) Ah, sie rühren mir ans Gewissen, diese Worte. Auch ich war einst ein nassauernder Satellit, und die Eins und die Zwei und die Hoppsassa. Und nie war ich das mehr als in Gesellschaft eines weiteren, noch erfahreneren Nassauers, eines gewissen James O'Joyce, Erkletterer von Barhockern und sozialen Stufenleitern vom regne-

tuch mit einem auf eine imitierte Schriftrolle gestickten Claddagh-Ring über dem in nachgemachtem Irisch abgefaßten Slogan CEAD MILE FAILTE. Als wäre das noch nicht schlimm genug gewesen, war der schichthabende Barkeeper auch noch kein anderer als der alte Saftsack Francis Feeley, Ex-Opfer von Micks Verkehrsübertretung, frisch aus dem Knast in Wales oder auf der Insel Man oder sonstwoher in Übersee entlassen.

»Danke für die Ratte«, knurrte Feeley, ein altersschwaches Muster der Sorte Mann mit Tränensäcken, so tief wie die Bergseen in den unwegsamen Hügeln von Wicklow, und Haarbüscheln, die so wild auf seinen Wangenknochen wucherten wie das mutige Gras auf den Felsnasen des Slieve Donard. »Und danke nein, wir brauchen keinerlei künstlerische Ausschmükkung mehr von dir, Ratte hin, Ratte her. Ratte! Am Arsch! In letzter Zeit mal wieder jemanden überfahren?«

»Dann nehm ich eine Pint.«

»Aber nicht hier.«

Als wolle sie Micks Demütigung feiern, stimmte die deutsche Blechblaskapelle ganz in der Nähe ohrenbetäubend »Das ist die Berliner Luft Luft Luft« an.

»Du bist eine ganz trübe Tasse, Feeley«, blökte Mick, »und ein veritabler wandelnder Sack Scheiße.«

»Paß bloß auf, McCreek, oder ich.«

»Kannste ja mal versuchen.«

Siedend begab Mick sich an den Autumns-Stand, der bereits von eifrigen Trinkern und ihren nassauernden Satelliten wimmelte.149) Eine halbe zum Löschen der Flammen führte zu einer ganzen, und bevor er merkte, wie ihm geschah, stützte er sich auf den Tresen, den Kopf seitwärts geneigt wie den Pfeifenstiel eines Gemeindevorstehers, und sagte zu einer benachbarten Schnapsnase:

rischen Rand von Ranelagh. ’s war in der Tat an einem Regentag, als wir einander kennenlernten, O’Joyce und ich, jeder bestrebt, den anderen in Nähe zu den Einzeltrinkerkojen der schattigen Flanagan’s Bar in Sandymount heraußen anzunassauern, nur einen Dreisprung vom sandigen Strand und dem wogenden, gedärmelösen-

»Zweimal in einem Monat, ist das wohl zu glauben. Zuerst, weil ich einen gottverdammten Autounfall hatte, und jetzt wegen so einem beschissenen Arschloch von einem Ami. Nee, die Amis, ich weiß nicht. Überall sind sie, stimmt's? Und sehr viel schlauer werden sie auch nicht dabei, oder? Ich meine, Grundgütiger, was bringen sie denen denn in ihren komischen Schulen bei, wahrscheinlich Baseball, oder dieses Affenspiel, das sie Football nennen, da brech ich doch in Gelächter aus, Football? Egal, was es ist, Geschichte oder Erdkunde ist es schon mal nicht, und wenn es unter uns bleibt, sage ich Ihnen, daß neunundneunzig Prozent von der Bande Europa nicht auf der Landkarte finden würden, ganz zu schweigen von …«

»Also, ich würde es finden. Und ich bin aus Cleveland, Ohio.«

Wieder suchte Mick Zuflucht in einem stillen Kloabteil. Während er so saß und schiß, hörte er ein Waschbeckengespräch zweier Angestellter des Spudorgan, schwere Bronchialfälle sie beide, beide von der Liffey stammend.

den Meer entfernt; ja, zween Schnorrer waren wir, er und ich, und Erkenntnis unserer gemeinsamen Schwäche-und-Stärke dämmerte bald in unseren ansonsten leeren und ausdruckslosen Augen, ein Anlaß, »Lassen wir's« zu sagen, beide die Arme in die Hüften gestemmt, und mit vereinten Kräften weiterschnorrten, um beste Resultate bemüht. Und Resultate erzielten wir, bessere als die Besten, o ja, bei Gott und dem Hl. Kreuz, viel bessere, er, indem er sich als einen ganz anderen, schlankeren (und damals bereits toten) Joyce (*sans* O') (ja, als den) ausgab, und ich, indem ich mich als seinen traurigen Kumpel Sam, Sam wie Sam Bludgett, den Rugby-Fan, den lieben, toten Sammo fürwahr stilisierte; Sammo O'Bludgett mit der wohltönenden Vorliebe für die singende Lyrik des Vokals, für das Vergnügen eines Doppeldiphtongs, welches man haben kann, wenn das »o« in »Sammo« geschmeidig in das »o« von »O'Bludgett-o« übergeht. O, indem ich für mein Abendbrot sang, suchte ich die Gassen heim, o. Deklamierend à la Parnell, war auch er auf der Jagd nach Fraß, und zusammen bildeten wir ein ziemliches Team, und zwar ein so erfolgreiches, daß uns versehentlich von einem gewissen Theo Tafferty, dem selbsternannten Bürgermeister einer Land-

»Armer Mann, der Mann. Milo. Deprimiert ist er. Ahaaak ahååååååkkk.«

»Haaksss. Hwwwwwwwk. Das liegt doch wohl daran, daß er Dichter ist, meinst du nicht auch, Sean.«

»Dichter am Arsch. Er wäre beinahe in Stücke gesprengt worden, Mann. Ich finde, da hat er das Recht, es sich so richtig gepflegt schlechtgehen zu lassen.«

»Als Arbeitgeber ist er jedenfalls gar nicht übel. Bist du ihn schon besuchen gewesen? Haaaaakkk?«

»Nein, das mache ich heute abend während der Spätbesuchszeit. Meine Schicht geht bis sechs. Wie du nur allzu genau weißt, da du ja direkt danach anfängst.«

»Ich glaube, ich bringe ihm eine Flasche Powers mit, wenn ich ihn besuchen gehe. Huuuuwwwkkk. Bei Madame Walewska gibt es welchen mit Rabatt.«

»Hauptsache, er hält das nicht für Bestechung, praktisch. Haaaasaak speuz.«

»Na, und wenn schon. Es *ist* Bestechung, Mann. Ich will

gemeinde, zu weit südlich, als daß sie von Belang gewesen wäre, geschweige es auf die Landkarten geschafft hätte, die Bronzemedaille für Bürgersinn zuerkannt wurde ... Mr. O'Joyce war nämlich einst Schankgehilfe gewesen und führte seine geistig-seelische Formung auf den langjährigen Einfluß von Kneipen als solchen zurück, wie auch auf den der dort erhältlichen Waren. Er war ein Witzbold war Mr. O'Joyce. Ein Witzbold, ein Scherzkeks ... und vielleicht sogar auch ein Spaßvogel? Aber leider (schnief) fiel er der Unausweichlichkeit zum Opfer, die ganz nah um die Ecke auf uns alle lauert, und presto hatte ich auf halbem Wege durch die dritte Runde an einem stürmischen Tag diesseits von St. Pat's einen toten Mann am Halse, und sein Name lautete James O'Joyce, Wohnsitz unbekannti-o. Betteln ging nie wieder ich, doch durchsuchte ich im Fortgehen seine Taschen. Jetzt gibt's für mich nur noch die Wohlanständigkeit, und was nun ihn betrifft (wie *hieß* er noch gleich?), so weiß niemand, wo seine Knochen ruh'n, noch ob sie nächtens von Milchmädchen oder Moguln heimgesucht werden –, oder von ganz normalen ollen Ghulen, die miteinander buhlen in ihren schwulen Kuhlen. (Oha.)

endlich von der gottverdammten Friedhofsschicht runter, und ich weiß, daß Milo einen gelegentlichen Tropfen zu schätzen weiß. Außerdem trinke ich selber mit. Da kann es ihm wurscht sein, ob es Bestechung ist oder nicht. Ahuuukk. Ahaaaaaakk. AHÅÅÅÅÅÅÅÅÅÅKKK.«

»Aha. Brillanter Gedankengang. Bist ein guter Mann, Wally Dalton.«

»HaaaaaakSPEUZ. Bah. Bring mich nicht zum Erröten, Sean Henry. Das war doch gar nichts. Nur die allersimpelste Analyse der menschlichen Natur.«150)

Nachdem die beiden Getreuen gegangen waren, tauchte Mick geläutert aus seiner Box auf. Angesichts des auf ihn unbedeutenden Winzling einteufelnden Molochs seines eigenen wahnsinnigen Schicksals hatte er die prekäre Lage eines anderen vergessen, eines, der in der Schlacht verwundet worden war – eines, den er, fand er, einigermaßen mochte, und davon gab es verdammt wenig, lebendig oder tot –, und es war reinstes, blindestes Glück, oder göttliche Einmischung, daß der fragliche Mann nicht sogar TOT war –, wobei der fragliche Mensch natürlich kein Geringerer war als der Dichter/Geschäftsführer Milo Rogers, beim Raketenanschlag verletzt und

150) Das ist doch nie und nimmer Wally Dalton. Ich kannte den Mann noch aus seiner Franzosenzeit, als er zwölf Stunden am Tag für ein paar Franc wie ein Trojaner schuftete, Mauern mit dem Sandstrahlgebläse säuberte und Fußböden bohnerte, um sich am Ende des Tages das tröstende Glas und die Scheibe Brie leisten zu können. Ein Verwandter von Vetter Monk war er, wenn ich mich recht erinnere; und auch sein Mörder, könnte man sagen, obschon indirekt. Tatsächlich bot er bei einem fröhlichen Glas Sherry in Traynor's Bar an, Monks altes Pfarrhaus in Galway von First bis Keller zu renovieren, wenn Monk ihn danach mietfrei wohnen ließe. Na, Sie liegen ziemlich richtig, so, wie Sie sich die Erwiderung meines lieben Vetters vorstellen, möchte ich sagen. »Raus!« kreischte er, das Gesicht fleckig vor Wut, mit einer Hand das neueste *Irish Times*-Interview mit Edna O'Brien umklammernd (Gott segne und bewahre ihr reizendes Gesicht). »Raus, aber sofort!« Erst viel später merkte er, daß er sich in der Kneipe befand, nicht zu Hause, und deshalb den falschen

eben jetzt in der Mater zu Bette liegend, nicht einmal in einem eigenen Privatpatientenzimmer, sondern Bett an Bett mit älteren, weniger übel zugerichteten Bresthaften, immerhin aber doch mit Blick auf den Hafen von Killoyle...

Aber all dies konnte Mick noch nicht wissen. Er trank seine Pint in sicherem Abstand von dem amerikanischen Trinker aus, der ihn durch die hin und her wogende Menge von Biermardern böswillig beäugte und einmal sogar lautlos mit den Lippen in Micks Richtung die Worte »Ech breng dech om« formte. Mick bleckte zurück, wandte sich ab und wägte die Optionen. Eine weitere Pint schien völlig angemessen, und der tschechische Stand fuhr natürlich die Ernte des Mitgefühls ein: schwarz drapiert, mit schwarz umrandeten Fotografien der toten jungen Helden, von Frauen mit großbusiger Körperhaltung, eigens frisch aus Prag und Brünn eingeflogen, betrieben, die ein spezielles böhmisches Gebräu ausschenkten, welches nur aus grimmigem oder zeremoniellem Anlaß gebraut wurde, z. B. der Amtseinführung eines neuen Präsidenten der Tschechischen Republik; am Tag der Kriegsopfer oder am St. Bohumils-Tag, die jedes Jahr mit tiefer, getragener Holzbläsermusik und entsprechend tiefem, getragenen Trinken gefeiert

Standort gewählt hatte, um Menschen herumzukommandieren; aber nun war es zu spät. Inzwischen hatte sich Monk in einen Schlaganfall hineingebrüllt und wurde eilends in die Lady-Gregory-Klinik in Coole geschafft. Während er dort war, setzte Wally – genaugenommen hinter seinem Rücken – seinen Plan in die Tat um und wandelte Monks grauslichen Schuppen in etwas Helleres, Luftigeres, vollkommen Natürliches um, echte *nouvelle cuisine* in Ziegelstein und Mörtel, in den Pastellschattierungen anderer Klimazonen ausgeführt. Warten Sie, bis ich's Ihnen erzähle. Als Monk zurückkehrte, in dicke Schals gewickelt, um gegen den trügerischen atlantischen Wind gewappnet zu sein, entdeckte er, daß sein einst graues Haus in tiefem St.-Tropez-Aubergine erstrahlte, mit rosaweißen Akzenten. Sein Gesicht lief farblich genau darauf abgestimmt an, er rannte herum, zerschlug Fensterscheiben, fiel dann auf den Rasen, um dort ein Weilchen tot liegen zu bleiben. Als er immer noch tot dort lag, hat ihn dieser große Typ irgendwo oben in Sligo beerdigt.

wurden; Smetanas Geburtstag (aber nicht der von Dvořák, dem alten Yankee-Piraten) … Natürlich hatte man bei aller Trauer nichts gegen einen kleinen Profit und das Spezialgebräu seinen Preis, zu zwei fünfzig war es gute zwanzig Pence teurer als, sagen wir, Autumns Bestes, von Molloys Schmutzigstem mal sowieso abgesehen; aber Mick zahlte froh die Differenz und schlürfte seine Tinktur so anerkennend wie ein Önophiler einen schönen Médoc verkosten mochte, während er (nicht anders konnte und) mit gleicher Anerkennung die stämmigen Brustkörbe und runden Oberschenkel der Barmaiden musterte, Ulrika (ex-Karlovy Vary) und Nadja (ein Mädel aus Pisek zuvörderst und zuletzt).

»Na, großer Junge?« säuselte Ulrika.

Als Mick zum Krankenhaus kam, war er so besoffen wie durchaus schon ein paarmal in letzter Zeit. Sein Gesicht war burgunderrot, sein Haar so verwuschelt, als träte er soeben aus einem Windkanal (was ja auch stimmte, bei den Strömungen, die im Herbst die Uphill Street hinaufwehen). Die diensthabende Schwester im Empfang sah ihn von oben bis unten an, und da sie Irin war, hakte sie ihn mit tödlicher Präzision als hackenstrammen kleinen Taugenichts ohne Hirn und Zukunft, aber doch letzten Endes harmlos ab.

»Arrah, Schwester. Einen wunderschönen guten Tag. Milo Rogers da?«

»*Wie* bitte?«

Schmeicheleien nützten immer, sogar bei einer fleischgewordenen jungfräulichen Grimmigkeit wie Schwester Theodore, die trotz angeschworenem Gottesgehorsam ihr gerüttelt Maß an nutzlosen irischen Männchen kennengelernt hatte, namentlich viel zu viele Brüder, einen bis zwei Onkel, sechs bis ein Dutzend Vettern und natürlich den lieben alten Da, vor soviel Jahren schon auf einem Fensterladen von der Walstatt getragen … Ein paar verirrte Tränchen konnten auch nie schaden. Als Mick Milos Station erreichte, hielt er Schwester Theodores Schultern umfangen und hatte ihr eine weinerlich wilde und wundersame Wiedergabe gewoben und geweiht, in welcher sein Lieblingsvetter Milo, der Sohn der Schwester seiner, Micks, Mutti, unter Opfern achtzehn Kinderchen in Abwesenheit brutaler Väter großgezogen hatte, die ihre iberokeltischen Runden in Sachen Gaststätten, Geliebte und Gäule machten; o Gott o Gott, winselte Mick, und nun habe ich solche Angst, daß es mit dem armen Mann zu Ende geht und sich eben jetzt die geballten Engel des Himmels um sein armes kleines Bett versammeln ...

Engel hatten sich nicht versammelt, stattdessen stand an Milos Bett eine rothaarige Frau von voller Figur.

»Ich verlasse Sie jetzt«, sagte Schwester Theodore. »Passen Sie auf, daß Sie nicht aus dem Fenster fallen oder auf dem Fußboden ausrutschen.«

»Alles«, grölte Mick. »Für Sie doch alles.«

»Sie sind ja ganz schön im Tran«, sagte Milo. »Nett, daß Sie mich besuchen kommen, aber.« Er lächelte den Rotschopf an, und der Rotschopf lenkte seinen seltsam lockenden Blick – grün, likören, schimmernd – auf Mick. (Oder war es nur das Bier?)

»Das ist Kathy McRory Hickman«, sagte Milo. »Meine Exe. Der hier ist Mick McCreek, Liebling, ein Typ, den ich erst neulich kennengelernt habe, aber es kommt mir vor, als kennte ich ihn schon mein halbes Leben lang.«

Sie lächelte: nicht mehr jung, noch nicht alt, war sie auf dem Weg in die polierte Reife des mittleren Alters. (Nein, es war mehr als das Bier.) Mick unternahm eine bewußte Anstrengung, sich zu straffen, sein Haar zu glätten, seinen Blick zu bündeln: *Ach*-TUGKKK!

»Kann ich mir vorstellen«, sagte Kathy McRory Hickman durchaus ernstgemeint. »Und was treiben Sie so, Mick McCreek? Außer daß Sie sich vollaufen lassen?« Ihre kühne Badinage verstieß gegen keinerlei Dekorum. Auch sie hatte den Eindruck, Mick bereits seit Jahren zu kennen, oder jemanden, der sehr so war wie er –, ihren verstorbenen Gatten, zum Beispiel. Als Mick nämlich das Zimmer betreten hatte, war ihr eine Sekunde lang gewesen, als wäre der Geist Phelim Hickmans an seiner Statt eingetreten: das gleiche Stolzieren, die gleiche zerwuschelte Irenfrisur, das gleiche reuige Glitzern im Auge ..., und Phelim hätte mit dieser alten Schwester haargenauso rumgemacht. Alt-Irlands Männer warn im Herzen alle gleich, und sie, beim Heiland, liebte sie dafür.

»Na aber erlauben Sie doch bitte mal eben ganz schnell und Gott segne Sie«, sagte Mick, »ich habe mich nicht vollaufen lassen, das würden Sie doch sofort merken.«

Milo sah sich all das an und strahlte. »Vollgelaufen oder nicht, Mick war Testfahrer«, sagte er. »Aber sie haben ihn gefeuert, als er gleichzeitig eine Reihe anderer Autos und einen Fußgänger angefahren hat. Ich habe das doch richtig wiedergegeben, oder, Kumpel?«

»Hören Sie bloß auf, Milo«, schimpfte Mick schroff, und die vage Andeutung eines Errötens zeichnete sich über seiner Braue ab (notierte Kathy gewitzt, sie selbst seit sechs Monaten unbemannt, und die Zeit lief).

Gut bei Stimme und rötlich bei Wange, außer daß er in einem Krankenhausbett flachlag und ein Schlauch in seinen linken Arm hinein- und wieder herausführte, hatte Milos Erscheinung nichts von der Hinfälligkeit oder Qual, die man als Ergebnis eines Katjuscha-Einschlags mit anschließendem Mauerwerk- und Scherbenbefall erwarten mochte.[151)]

»Eine Katjuscha? Die wurden doch von den Russkis in Afghanistan eingesetzt, stimmt's? Na, keine üble Rakete. Welche Ehre. Weniger Ehre für die armen kleinen Tschechen. Ich habe Blumen geschickt. Ich wäre hingegangen, wenn ich gekonnt hätte. Nein, es geht mir gut. Es war nur ein Kratzer, wirklich, aber ein Kratzer am Schädel, hier, da meinten sie, ich soll noch ein paar Tage hierbleiben. Aber ich bin echt sauer, weil ich die Olympiade verpasse, echt wahr. Deshalb delegiere ich hiermit euch beide, damit ihr mich dort würdig vertretet.«

»Ich war aber schon da«, sagte Mick.

151) Das können Sie jetzt leicht sagen, Klugscheißer. Sie hätten es mal mit meinen Augen sehen sollen.

»Dann trinken Sie einen Kaffee und gehen nochmal hin. Um vier fängt das Halbfinale im Bierchenzapfen an. Natürlich nicht, wenn Sie was Besseres vorhaben. Aber dann wären Sie ja jetzt nicht hier höhö.«

»Ach, ich kümmer mich um ihn«, sagte Kathy. »Und wir werden dir Ehre machen, Milo. Stimmt's, Mick?«

Mick merkte, wie er sich Hand über Hand mit unerwarteter Bereitwilligkeit die schlüpfrige Leiter der Nüchternheit hinaufzog, von immer noch unvergessenen Begierden und alten Schlagertexten angestachelt, denen in ihrer närrischen Gültigkeit die Zeit nichts hatte anhaben können:

Something in the way she moves …

»Wir werden ihm Ehre machen, Kathy«, sagte er fest. »O ja, das werden wir.«

Something in the way she wo-o-o-o-o-s me …

Oder war es doch nur das Getränk.

* * * * *

22

Nachdem er elf Tage tot gewesen war, wurde Fergus Goone, oder was von ihm noch übrig war – tatsächlich immer noch ein ziemlicher Brocken, minus dies und das (ein Augapfel, ein Testikel, um welche Schmeißfliegen und Maden wetteiferten: ein veritables *smörgåsbord* für Ungeziefer, wie wir alle am Ende[152])) – in sein heimisches steiniges Erdreich auf dem Kirchhof der Vereinigten Freien Presbyterianischen Kirche von Dun-

152) Du vielleicht, ich nicht, Kumpel. Ich lasse mich verbrennen und die alte Asche unter den Bus Nr. 12 Richtung Ballsbridge streuen, irgendwo in der Gegend von Ringsend, zur Not auch in Irishtown, wo früher die Bolands-Fabrik stand, vielleicht, oder gegenüber von Mrs. Ryans Frisiersalon. Ah, das war immer mein Lieblingsbus, der alte 12er, wie er an einem frischen, süßen Herbstmorgen die Dame Street hinauftorkelte und -schwankte und stöhnend an der Ecke hinter der Waterhouse-Uhr zum Stehen kam; ah ja, JA, so wahr Gott mein Zeuge ist, besonders damals in den Tagen der lieben alten Kubakästen (das war, als wir die Busse, die wir verbilligt von der London Transport bekommen hatten, an Kuba verkauften, dann haben die Kubaner ein bißchen gewartet und, ganz ähnlich wie dieser Quidam Hugh Boylan mit seinen zweimal verkauften Pferden in J. J.s Reiseführer für Dublin [einschließlich das Schloß von Howth] und Umgebung, die alten Busse mit Aufpreis an uns zurückverkauft, wodurch Fidel einen hübschen Profit einstrich und Sie-wissen-schon-wer, alias Poblacht na-hEireann, alias Muggins zum etwa neuntausendsechsundfünfzigstenmal in den siebenhundert Jahren des irischen Martyriums angeschissen war), als ich Steppke immer wieder versuchte, einen College-Abschluß zu bauen, und stattdessen aus einem College nach dem andern wegrannte (ich bin dann oben in Roscommon gelandet, umso schader).

dreary, Grafschaft (London)Derry, Bezirk Antrim, Provinz Ulster/Die-sechs-Grafschaften, Vereinigtes Königreich/Besetztes Irland gesenkt, und es geschah dies am frischen und bedeckten zweiundzwanzigsten Tag des letzten September, typisches Wetter für diesen Teil der Welt zu dieser (oder jeder anderen) Jahreszeit. Es war ein Ereignis, das am Ort einige Beachtung gefunden hatte. Der regionale Fernsehsender, Red Hand Channel 1, hatte den Tod eines Mr. Boone falschgemeldet, des »ortsansässigen Philanthropen und Unterstützers freisinniger Anliegen wie guy rights.« Das schwülstige und fast völlig ungelesene Lokalkäseblatt des Oranier-Ordens, das *Orange Horn*, versuchte, seine eigene Schlagzeile über dem Bericht von Goones Ermordung – VERRÄTER ERSCHOSSEN – mit »VERRÄTER VERSCHARRT« noch zu übertrumpfen, und so hätte die Überschrift auch tatsächlich gelautet, wenn sie nicht telefonisch übermittelt worden wäre und wenn die Setzer des *Horn*s (antiquierterweise wurde das *Horn* aus Tradition und Knauserigkeit immer noch im Buchdruck hergestellt) ihrer Arbeit wach, aufmerksam und ordentlich nachgegangen wären; es war aber in den windigen Seitenwegen und Nebengassen von Dundreary, 1221 Einw. (plus minus ein gerades oder Bäkkerdutzend, besonders wenn der Walters-Klan auf Majorca weilte), daß diese Druckerburschen, Sammy Anderson und sein kleiner Bruder Billy, von Alters her die Gewohnheit hatten, in den ersten Tagen des Herbstes einen draufzumachen, was mit einem Nachlassen der Konzentration und der Akkuratesse der Druckerzeugnisse einherging, Ergebnis: jede Menge Druckfehler. Verschlimmernd kam hinzu, daß das Blatt, hélas, bereits vor Zeiten seinen einzigen Textredakteur in den Ruhestand verabschiedet hatte, den alten, blinden Manny McBurns Bushcastle, der jetzt das Pflegeheim »Lilien auf dem Felde« in Cookstown, Grafschaft Tyrone, vollfurzte; folgerichtig schmetterte der Aufmacher des *Horn*s an jenem bedeutsamen Tage: »TROMPETER VERSCHARRT«, was die schwindende Leserschaft der Gazette dazu veranlaßte, verwirrt eine das Thema angemessen begleitende Geschichte zu suchen, ganz gewiß aber keine über das Leichenbegängnis eines halb-obskuren einheimischen Würdenträgers ...[153)]

Welches an besagtem frischen, taubengrauen Vormittag etwa elf Tage nach dem Mord stattgefunden hatte, von dessen Aufklärung Dundreary sich noch erholen mußte. Sobald die Sensationspresse von dem Leben berichtete, welches Goone geführt hatte (ein zutiefst ruhiges Leben der normalen Zwei-Personen-Häuslichkeit, wenn man darüber nachdachte[154)]), und es mit ihrem *bruit* anreicherte, wurde der Name Killoyle – bereits genug von den unendlichen Sünden vermuteten Papistentums durchdrungen; man denke nur an den Schrein der Unsichtbaren Jungfrau, Priester, den Umstand, daß es in der »Repibluk« lag usw. – für die ernsten Presbyterianer von Dundreary zum Synonym für Sodom-sur-mer, waren viele von ihnen doch Blutsverwandte des verstorbenen Fergus, und hatten sie doch alle, wie der Dahingegangene, funkelnde keltischblaue Augen, dünne Linien anstelle der Münder, sowie die Gesichtsröte, wie sie lebenslanger schwerer Teegenuß, und den erhöhten Blutdruck, wie ihn der Gedanke an all die transmontanen Transen, die in der Nähe lauerten, mit sich führten ...

»Ja. Man weiß nuu, was als nächstes um Süden drinten geschuhen wurd«-, philosophierte ihr Presbyter, der Sehr Ehrenwerte D. (Edinburgh) Patrick Pinnup, eine männliche Hutzeltante von etwa dreiundachtzig Wintern, wenig Hirn und keiner Weisheit. »Es ust ein Land der Römuschen.«

Der Wind blies von den nordischen Meeren herein und wirbelte kleine raschelnde Strudel aus Herbstlaub beim Grabe auf. Der Wind roch hohl nach Verfall, Herbst, gekommenen und gegangenen Halloweens und der Verklärung, die uns alle erwartet. Es war ein grauer Herbstwind, ein Ulsterwind, ein mittelalterlicher Wind, der düstere Ebenen und morastige

153) Falls nicht wohlmeinende, linksliberal empörte Denkungsart dahintersteckte, kein Ding der Unmöglichkeit, nicht einmal in den mittelalterlichen Mooren und Tälern der Provinz des Oranier-Utan.
154) Aber nicht zu gründlich.

Bergpfade und Burgruinen wie die zerklüfteten Überbleibsel von Dunluce Castle heraufbeschwor, keine zwanzig Meilen entfernt über dem eisengrauen Meer kauernd, über welches einst Wikinger und Marodeure von der Insel Man zu streunen pflegten. Kalt und feucht bliesen die Böen und ließen die fünf Trauernden, die bei der Grube standen, frösteln: Linda Darnell-Goone, Mutter des Verblichenen, in ganz Dundreary und den angrenzenden Revieren als »Linda« oder »Lynn« bekannt; Veronica Goone-Lake, Tochter derselben, Schwester des verstorbenen Fergus; Richard E. (»Ricky«) Lake, Gatte der Vorerwähnten und somit Schwager des Verewigten; Angus MacGillivray, Schatzmeister der Demokratischen Unionisten von Dundreary, der noch kein einziges Mal, zumindest nicht seines Wissens – na, vielleicht einmal, unbeabsichtigt, im Bus nach Limavady, das muß im Vorfrühling des Jahres 1973 gewesen sein (»Wieviel Uhr ist es?«) – mit einem Papisten (»Halb vier.«) gesprochen hatte; und Ewer Burk, Rektor der Samuel-Lever-Oberschule und Ortsvorsitzender der Ulster-Schwan-und-Öko-Partei, Gesamtmitgliederzahl neun, davon eins unentschieden, kam nur mal rein, um den Kaffee zu machen und die Tische ein bißchen abzustauben, praktisch.155) Ewer Burk war der älteste Kindheitsfreund des Verstorbenen und, wie er sich selbst nannte, »progressiver Demokrat« und »Betroffenheitshirsch« und »durch dick und dünn« und hatte sich, vielleicht einen Tick zu laut, als von den Details der *ménage à deux*, wie sie von solchen Flugschriften wie dem *Horn*, *The News of Everything Everywhere* und *The Absolute Truth, Belfast Style* enthüllt wurden, völlig ungejuckt erklärt und genoß, darüberhinaus, nichts mehr als den Anblick von Schaudern der Verlegenheit und Mißbilligung, wie sie einander die gelatinösen

155) Ah, allmählich kapiere ich. »Schwan« spielt auf altehrwürdige irische Bardentraditionen an, auf die Legende von De Danaan insbesondere, ohne aber zu spezifisch zu sein und sich mit Protestanten-Nasen anzulegen; und »Öko-Partei« statt »Grüne Partei«, weil die Farbe Grün und ihre vierzigtausend Schattierungen im guten alten blau-weiß-roten, blauäugigen Ulster strikt politisch/religiös, d.h.

Wangen von Dundrearys Notabeln hinauf- und hinunterjagten, hierin den Eichhörnchen auf Baumstämmen gleich.

Ewer selbst war K. von I., sogar ziemlich streng hochkirchlich eingestellt, aber natürlich freierdenkend, als man meinen sollte –, wenn nicht sogar gänzlich nichtdenkend.

»Och, oft und gern habe ich Fergus und Cornelius unten in Killoyle besucht«, pflegte er zu sagen, beiläufig, während er sich in seinem Queen-Anne-Ohrensessel zurücklehnte, seine Rolle als linksliberaler Haus-Freigeist genoß und sich an den grimmig geschürzten Lippen und den gesenkten Augen seiner Gesprächspartner weidete, wann immer die Namen »Killoyle«, »Fergus« und »Cornelius« fielen, weshalb Ewer darauf bestand, daß sie so oft fielen, wie der Zusammenhang nur irgend hergab. »Ein schönes Paar waren die beiden, Fergus und Cornelius, paßten sehr gut zueinander, fand ich, und eindeutig stark ineinander verliebt und ganz glücklich, daß sie da in Killoyle waren, obwohl mir doch, zugegebenermaßen, der junge Cornelios für den Posten eines Küsters ein Ideechen zu extravagant vorkam, mit seinen Abendkleidern von Balenciaga und dem Gummibusen, selbst wenn man in Rechnung stellt, wie relativ freizügig sie da unten in Killoyle an solche Dinge herangehen. Gott, wie Fergus diesen Gummibusen haßte«, und das Licht der Erinnerung, sei es nun echt oder aufgesetzt gewesen, glomm in Ewers durch die Brillengläser vergrößerten Augen, »fast so sehr, wie er Sie haßte«, womit die vergrößerten Augen wie pummelige Tauben auf der Person des Presbyters Ruhe fanden.

»Nin, mein Motto ust vergeben ind vergessen«, sagte die Ortsgröße salbungsvoll. Am Grab sagte sie noch einiges mehr, war ihr doch die Aufgabe zugefallen, das zu halten, was in die-

stramm schwachsinnig, mit den ewigen Widersachern der Oranier identifiziert werden, DEN KLEINEN GRÜNEN MÄNNERN, jenen bezechten papistisch-republikanischen Kobolden, die beim Schein des smaragdenen Mondes an Kreuzwegen im ganzen Land ihre kleinen irdenen Krüge kreisen lassen und mit ihren Schwarzdornknitteln winken.

sen ländlichen Bezirken des finstersten Ulster immer noch lauschig die »Grabrede« genannt wurde.

»Sünder sund wur alle, o ja, Sünder sund wur alle, das sund wur, wur alle, ind haben nucht vuule von euch gesagt, auch Fergus Gien war ein Sünder, aber sund wur nucht allzimal Sünder, ind hunterläßt nucht sogar der schlummste Sünder geluubte Menschen, sogar Hutler, im der Luube Gottes wullen ...«

»Hutler?« quengelte Mrs. Darnell-Goone.

»Ich glaube, er meint Hitler«, sagte Ewer mit einem Bühnenflüstern, das es darauf anlegte, gehört zu werden. »Der alte Narr vergleicht Fergus mit dem Führer.«

»Das geht aber jetzt ein bißchen zu weit«, sagte Mrs. Darnell-Goone und pirouettierte mit gewaltiger Entrüstung auf die Beine. »Unterlassen Sie das augenblicklich, hören Sie.«

»Schon git, Lunda«, deklamierte der Sehr Ehrenwerte Reverend Pinnup wohltönend. »Setzen Suu such hun ind halten Suu den Mind. Hab uch doch nucht so schlumm gemeint. Nir unsofern, als wur *alle* Sünder sund, ob wur nin Hutler sund oder nucht, verstehen Suu? Uch bezweifle zwar, daß es inter ins so schlumme Sünder gubt, wuu der arme kleine Fergus einer war, o ja. Aber meinesgleichen steht es nucht an zi ruchten, o nein. Das ust Gottes Terrutoruim, ja. Wu es so sunnfällug um giten Bieche heißt, auf Seite zweiindfurzug: ›Teil deinen Pokal, halte deine Weste sauber, gub acht auf duu Zummerdecke, und zuh den Kipf aus der Schlunge.‹«

(Hier endet das phonetische Dialekt-Transkript. Erneut müssen solche Zitate in diesem Werk mit dem warnenden Hinweis versehen werden: *Alle irgendwie Einheimischen, wie folkloristisch sie auch sein mögen, werden durchaus als Sprecher eines Standard-Englisch vorgeführt, eines manchmal etwas verschrobenen Standard-Englisch.*)

»Welches gute Buch soll das denn sein?« erkundigte sich Mrs. Darnell-Goone greinend. Ihre Stimme schwang in Kannelüren, deutete an, daß Hysterie nicht mehr fern war. »Hört sich für mich gar nicht wie die Bibel an.«

»Macht nichts, Lynn, mein Liebes«, dröhnte Ewer Burk.

»Dann hat er eben noch ein gutes Buch gelesen. Erstaunt mich aber, daß er mehr als eins gelesen hat, der alte Einfaltspinsel. Es ist ja auch bald vorbei, dann können wir zum Leichen-Tee. Sie haben gesagt, es gibt Würstchen. Lecker, lecker, was?«

»O Gott«, flennte die Mutti. »Mein armer kleiner Fergus.«

»Ja, Lynn, mein Mädchen. Ja.« Ewer quetschte ihr mit dem Ernst echter Verbundenheit den Ellbogen, wobei er sich einen verstohlenen Seitenblick gestattete, um in den Augen der Betrachter seinen Status als der gute alte tolerante Burk, Freund der Mutter eines toten Homosexuellen, sicherzustellen.

»O Herr«, intonierte Reverend Pinnup, »höre Du im Himmel-Deiner-Behausung unsere Gebete. Aber gestatte mir zunächst eine kurze Werbeunterbrechung. An die versammelte Gemeinde. Ja. Für die, so zwischen Sünde und Güte gefangen sind, habe ich ein Wort der Warnung, oder sogar mehrere: Laßt's! Es ist's nicht wert! Fünf Worte insgesamt, es sei denn, man zählt die mit den Apostrophen doppelt.« Er gähnte und reckte sich und beugte sich vor, eine Hand hielt sich auf einem Grabstein bereit, so daß er für alle Welt aussah wie ein etwas überalterter Plácido Domingo auf dem Cover seines neuesten Romantische-Hits-am-Kamin-Albums, auf dem Sprung, Nostalgie und Intimität nachzuäffen, während er, tiefinnerst, völlig unbeteiligt blieb: »Wißt ihr, damals, als ich ein Bursch noch war, da gab es eine Comic-Serie, das war natürlich damals, als ich ein Bursch noch war, die hieß Desperate Dan, so hieß sie, o ja, und was ich damals, als ich ein Bursch noch war, so alles ausgeheckt habe, das ließe sich kaum in so illustrer Gesellschaft wiederholen och. Und einer dieser Streiche, muß ich leider sagen, war der zweifelhafte Ausfluß dessen, was von so suspekten Quellen wie der Zeitschrift *Boy's Own* als *Weisheit* unter die Leute gebracht wurde, jenem Organ, in welchem Desperate Dan seine verzweifelten Taten verübte. Ich erinnere mich, wie ich einmal ...«

Irgendwann kam der Zug seiner Rede ächzend zum Stehen, aber nicht, bevor er über die Myriade von Schwellen aus Erinnerung, Salbaderei, schwächlichem Humor, Anekdotik, Serenität und Senilität gerumpelt war. Asche zu Asche, Staub zu

Staub: Die sterblichen Überreste von Fergus Goone, Sünder, Liebhaber, Magnat und Sykophant, wurden schließlich zur ewigen Ruhe gebettet, oder bis der Kirchhof aufgebuddelt wurde, um Platz für eine neue Orange Hall oder die Mittel-Ulster Shopping-Galleria Weltweit & Wunderbar[156)] zu schaffen, je nachdem, was zuerst kam.

Das Hauptereignis der Woche war natürlich die Testamentseröffnung, die am nächsten Tag im Rathaus von Dundreary, Anbau III, in der Kanzlei von Kronanwalt Claude Quiller stattfand, dem einzigen hohen Tier, welches der Stadt nach Fergus' Heimgang verblieben war. Eigentlich war Kronanwalt Quiller, ein vielbeschäftigter Jurist, meist in Belfast oder Cork oder London unterwegs, um die Reform des Strafrechts zu torpedieren und das nötige Kleingeld für Unterhalt und Ausschmückung seines auf dem sonnigen Ibiza hügelan gelegenen Hauses mit Eigentumswohnungen zu scheffeln, wohin er auch bald aufzubrechen gedachte; aber im Augenblick wußte er (vergleichsweise) wenig mit sich anzufangen. Außerdem hatte ihn mehr als nur milde Neugier dazu angestachelt, der Testamentseröffnung vorzusitzen: Er wollte wissen, ob für ihn auch was drin war. Er hatte mal während einer Fußballschlägerei (Linfield gegen Ballymena United) Fergus' Partei ergriffen und dachte, vielleicht hat sich der alte Scheißkerl daran erinnert: aber Kronanwalt Quiller war ja nicht von gestern, und die seidene Robe des Kronanwalts war ihm nicht dadurch zugefallen, daß er an den Mann im Mond geglaubt hatte, oder an die Großzügigkeit sogenannter alter Freunde.

156) O, Oranier-Veranstaltungszentren sind auf dem absteigenden Ast, da haben Sie mein Wort drauf. Das wird eine Einkaufsgalerie, keine Sorge, eine, in der es (und ich weiß das, ich war in meinen Träumen dort, direkt hinter Manderley rechts abbiegen) Emporien geben wird, die sieben Sorten Ober- und Fußbekleidung anbieten werden; eine Video-Arkade, in welcher die jeweils neuesten superscharf animierten Doc-und-Drooley-Zwillinge-SuperRama-Schalte-den-Gegner-aus-Spiele eine besondere Attraktion darstellen werden; ein Dro-Markt; ein W.H. Smiths; Samosas, ein indisches Wein-

»Alte Freunde gehen mir am Gesäß vorbei«, sagte er gern, im Idealfall (also im Freien) von einem beiseite gespieenen Spritzer Speichel untermalt. »Zeigt mir lieber die Farbe eures Geldes.«

Desillusionierung schied somit aus, Überraschung dagegen nicht.

»Sind wir alle anwesend?« befragte Kronanwalt Quiller das Publikum, welches in der Tat offensichtlich anwesend war, im Gegensatz zu so vielen anderen, fast die gesamte Menschheit eingeschlossen, die abwesend waren. »Gut. Wollen keine Zeit mit Verbeugungen und Kratzfüßen und wie-geht's-wie-steht's und dem ganzen Quatsch verlieren. Sie wissen, wer ich bin, und ich weiß, wer Sie sind, Gott helfe uns allen. Fangen wir also an.«

Nun war jedem im Raum klar, daß es, wenn man die abrupte Art von Fergus' Ableben und den damit einhergehenden Mangel an Dringlichkeit vor seinem Tode, das Testament zu ändern oder ihm ein ausschließendes Kodizill anzufügen, Cornelius Regan war, Goones mörderische Witwe, der ordentlich was erben würde. Das Geschick von Goones geschäftlichen Unternehmungen lag in der Hand von Killoyler Schiedsleuten, schottischen Unternehmenskapitalisten, Belfaster Geschäftsleuten und Kronanwalt Quillers gerissenen Pendants im Süden. Von dieser schmalen Gewißheit abgesehen, war der Unbekannte Faktor Nr. 1 der, was genau und wie die leidtragenden Verwandten es zu erben kriegen sollten. Man mußte gerechterweise zugeben, daß Mrs. Darnell-Goone echt gramge-

lokal und Restaurant, das nicht dem Ex-Goone-Imperium angehört; ein Spar- oder Tesco-Markt; ein Pub im englischen Stil mit unkriegerischem Namen, der, sagen wir, die Fauna im kaninen (*Dog*) mit dem ornithologischen (*Duck*) Bereich versöhnt (*The Dog and Duck*), um der Bildung verfeindeter Fraktionen vorzubeugen, die z. B. Murphy's Bar oder Taylor's Public House für sich reklamieren könnten … Und natürlich ein Lullenladen, nur billige Marken (Player's usw.), von zwei libanesischen Brüdern geleitet, der eine ständig sauer, der andere ein bißchen zu fröhlich.

beugt war und zumindest erstmal frei von den gierigen goldumrandeten Träumen der Veronica und des Ricky Lake (zum Beispiel). *Dieses* Pärchen war bereits zu einem wilden mentalen Einkaufsbummel mit der Penunse des verblichenen Fergus aufgebrochen und verblitzte sie für so Verschiedenes wie ein Feriendomizil auf einer griechischen Insel, wahrscheinlich Patmos (billiger, weniger entwickelt und o, diese Keramiken!); ein kieselrauhverputztes Imitations-Tudor-Mini-Herrenhaus in einem der belaubten Seitenwege in Nutts Corner mit einem 39zölligen Watanabe SuperScreen-Fernseher und einem gärtnerisch gestalteten halben Morgen Land hintenraus (bei der Gartenlaube wußte man noch nicht so recht, aber Sie können Ihren werten Hintern wetten, daß Ricky seinen Töpferschuppen-cum-Werkstatt kriegen würde, o ja); einen kobaltblauen Range Rover mit Vierradantrieb, um die Einfahrt aufzupeppen und die Nachbarn zu beeindrucken; »Sie«- und »Er«-Golfschläger im Partnerlook mit lebenslanger Mitgliedschaft bei der Owen Parsley Hills Orange Golf Association nebst Klubhaus, einer feinen christlichen Sportbegegnungsstätte für feine Christenmenschen, Bewerbung für Juden und Katholen zwecklos (naja, be*werben* können sie sich gern, aber hinter dem Hauptklubgebäude steht ein Altpapiercontainer, und außerdem haben die doch ihre eigenen Juden- und Katholenklubs, oder etwa nicht?); eine Schnupper-Mitgliedschaft bei der Billy-Herron-Gedächtnis-Schwimm-und-Athletik-Gesellschaft an der Ormeau Road im malerischen Ost-Belfast; einen eleganten Sofa-Überwurf im Frank-Lloyd-Wright-Design, wie Veronica einen im Museum in Tulsa (Oklahoma) gesehen hatte, als sie letztes Jahr zur Abschlußfeier ihres Söhnchens Ian am Billy Jones Locker State Bible College in Noddy (Oklahoma) in Amerika waren; einen DVD-Player mit digitalisierter Vor- und Abspannüberspring-Automatik; und Gott weiß, was noch alles.

»Meiner Schwester Veronica Goone-Lake und ihrem Mann Richard E. Lake: nichts«, intonierte Kronanwalt Claude Quiller. »In die hohle. Nada. Keinen Penny. Tut mir leid, Veronica und Rick. Mehr Glück beim nächstenmal.«

»Perverses kleines Schwein«, tobte Veronica, stolzierte durch eine Tür, die mit dem Wort »Ausgang« markiert war, und weiter auf die Straße hinaus, aber nicht, ohne sich zuvor umzudrehen und den Verbliebenen ein galliges »dieser miese kleine geizige Schwuchtelschweinehund« zuzugrölen.

»Genau«, sagte Gatte Rick. »Sie hat recht. Er war ein Schwulinski *und* Arschficker. Das hab ich immer schon gesagt, oder etwa nicht?«

Als die leidenden Lakes weg waren, hellte sich die Atmosphäre kurz auf und verdüsterte sich dann wieder.

»Auch du hast leider eine Niete gezogen, Lynn«, sagte der Anwalt. »Nichts. Null. Zero. Ništa, griechisch Midhén.« Aber immerhin fügte er eine Entschuldiung an, mehr oder weniger. Hier ist sie.

»»Tut mir leid, Mutti, aber Du warst einfach nie für mich da. Tschüs erstmal.«<

Linda stieß tiefe, präzis artikulierte Bühnenschluchzer aus, von Hustern akzentuiert.

»Ö hö-ha-hö-ha-hö«, dröhnte sie, *basso profondo.* »AAH hö-hö-hö-ha-hah-ha-ååk-ååk.«

»Haltsmaul«, zischte Angus MacGillivray von hinten mit einer Stimme, die er für leise hielt, aber Ewer Burk schwenkte böse herum und spießte ihn mit einer Maßregelung auf, folgendermaßen:

»Noch ein Wort, und Sie kriegen es mit mir zu tun.«

»Ach, zieh dich doch am Pimmel, du Papist.«

»Meine Herren«, bellte Claude Quiller und strahlte die verbindliche Autorität aus, die mit der seidenen Robe des Kronanwalts einhergeht. »Still da, ihr zwei. Wir sind noch nicht fertig. Aber so gut wie, denn er hat, um ehrlich zu sein, keinem hier auch nur das mindeste vermacht. Cornelius Regan kriegt natürlich einen schönen Batzen ab, ganz schön widersinnig, was? Mannomann. Dreißig Riesen, keinen Penny weniger. Und hallo hallo was haben wir denn da. Raten Sie mal, was. Außerdem hat der olle Fergus den Betrag von sechstausend Pfund Sterling, eingewechselt aus irischen Punt – nach Steuern also ein bißchen weniger, aber immerhin – der Zeitung *Orange Horn* vererbt, vorausgesetzt, daß sie ihren Namen in *The Gay Orangeman* umwandeln, fünf bekennende schwule und lesbische Journalistinnen und Journalisten, sowie einen kompetenten Setzer einstellen, den römisch-katholischen Gemeindenachrichten eine feste Kolumne einräumen und ganz allgemein einen fortschrittlicheren Standpunkt beziehen.«

»Scheiße auch«, sagte MacGillivray.

Kronanwalt Quiller, eindeutig ein vielbeschäftigter Mann, sah auf seine Uhr. »Ja. Das war es also. Danke, daß Sie gekommen sind, und lassen Sie sich von mir nicht weiter aufhalten. Da drüben ist die Tür. Hallo, Doktor, tut mir leid, daß ich Sie habe warten lassen«, in seine Freisprechanlage. »Nur wieder so eine blöde Testamentsverstrickung, äh, -vollstreckung, Schuldigung. Mittagessen um eins? Bei Wally am Donegall Place? Na fabelhaft.«

Während Ewer Burk Linda zum Portal des Anwalts hinauseskortierte, fuhren Veronica und Ricky mit ihrem lindgrünen Renault Cabane Minivan vorbei. Ricky saß am Steuer, deshalb fiel Veronica die Aufgabe zu, sich umzudrehen und die Finger ihrer eigenen Mutter und dem besten Freund ihres toten Bruders gegenüber! – zur vertrauten V-Formation des »Ihr euch aber schon lange!«157) zu heben.

»Gottverdammte Scheißkerle!« kreischte sie, was nur schwach von den geschlossenen Fenstern des Autos gedämpft wurde, welches einen kleinen Bogen fuhr, als hätte es einen Schreck gekriegt, und dann um die Kurve in Richtung Bushmills, Ballymoney, Ballymena und Belfast verschwand.

»Weg mit Schaden«, sagte Ewer. »Als hätten wir ihnen die Kohle weggeschnappt, um Christi willen. Und jetzt zu den Würstchen, was, Lynn?«

»Ich habe sie beide verloren«, klagte Linda. »Eins nach dem andern. Erst meinen Jungen, dann mein Mädchen. O weh und ach.«

157) Oder »Leck *mich* und verpiß *dich*!«

Nun, das war ein unbehaglicher Gedanke, und wenn Ewer etwas war, dann wohlgemut, was die Dinge im allgemeinen betraf, *echt gut drauf*, wie man so schön sagt (oder sagte), deshalb grinste er lediglich in neutraler Zustimmungsverweigerung und nahm ihren Arm, als sie die Fahrbahn überquerten; bezeichnend war vielleicht, daß sie seinem Griff entstrebte, als sie die andere Seite erreichten.

»Danke, Ewer«, sagte sie. »Aber ich schaffe es allein weiter.«

Ja, dann leck mich doch am Arsch, sagte Ewer Burk bei sich, verbannte seine Enttäuschung mit der munteren Handflächenfrottage der Vorfreude und der sich, Ewer, selbst gestellten scherzhaften Frage: »Alsdann! Wo sind denn nun die Würstchen, von denen man so viel hört?«

23

Hallo, Richter Ormlet? Ich bin's, Anil Swain.«

»Swain? Nicht Hamid? Der Typ, der immer spät nachts anruft? ›Hallo, ich habe Sie im Visier‹? Diese Sorte?«

»Haha. Also gut, Herr Richter. Okay. Sie haben meine Stimme erkannt. Na und.«

»Bisher ja nicht. Aber plötzlich klang sie unverkennbar. Und habe ich nicht noch nach dem letzten Anruf letzte Nacht gesagt, daß Ihre Stimmer aber *so*was von vertraut klingt, wirklich wahr, mit dem ganzen Akzent und allem. Aber macht nichts. Macht auch nichts, daß es verdammt zwei Uhr morgens ist. Ich schlafe sowieso in letzter Zeit nicht mehr viel. Was kann ich also für Sie tun, Swain?«

»Nun, ziemlich viel, glaube ich, Herr Richter; ich meine, erst mal, denn laut Ihrem Plan müßte ich ja eigentlich tot sein, stimmt's?« Anils Stimme erreichte eine schrille Höhe (und näherte sich dem hohen C –; was wäre gewesen, wenn er in Mailand studiert hätte! Was für ein *bel cantore* unser Swain hätte werden können![158]) und schwebte dort weiter, Qualen aus-

158) Was wäre, wenn, was wäre, wenn. »Die schrecklichen ›Was wenns‹ beginnen, sich zu häufen«, wie Cousin Monk zu sagen pflegte, wenn er sein Ebenbild im Rasierspiegel bewunderte. Was wäre denn gewesen, wenn Swain als der Sohn eines Bergarbeiters geboren worden wäre, fragen Sie? Doch, stimmt, da fragt man sich dann doch. Den Biß hat er, aber nicht den Stil, könnte man sagen. Nehmen Sie doch zum Beispiel diese Bergleute in Wales, Jones ap Jenkins und all die anderen, wie sie mit den bloßen Fingernägeln achtzehn Stunden am Tag Scheiß ausschachten, außer sonntags, wenn sie in der Kapelle erwartet werden, und bitte keine Kneipen,

stehend. Der Richter hielt den Hörer während der gesamten Stimmübung auf Distanz von seinem Ohr und fuhr mit dem langsamen, kopfschüttelnden Überfliegen von Toms Briefen fort. »Und ich *wäre* auch tot, aber ja, Sie alter Mörder«, fuhr Swain in einem tieferen Register fort, »wenn diese unfähigen Idioten nicht gewesen wären, die sich Soldaten des Brian O'Nolan nennen ..., *Ihre* Bande, Herr Richter. Die Bande, die Sie mir angehängt haben. Ich sage, wissen Sie, ich weiß alles über Ihren verdammten, törichten Plan. Na, ganz schön nach hinten ist er losgegangen, wissen Sie. Ich meine, Ihr Sohn hat sich dabei erschießen lassen –, und ich bin vermutlich sehr oder ziemlich traurig darüber, naja, in Wirklichkeit nicht, wissen Sie, und wenn Sie wollen, sage ich Ihnen auch, warum ...«

»Halten Sie sich nicht damit auf, traurig zu sein, Swain. Ich

wir sind hier alle Kirchgänger – und jede Nacht in ihre unzentral geheizten Backsteinreihenhäuser zurückkehren, jedes mit einem Kohleherd, einer eisernen Waschschüssel, einem Kamin zur Verbrennung gesundheitsschädlicher Substanzen – d.h. noch mehr Scheiß-Kohle – und einem gemeinsamen Nachtgeschirr für die zwölf bis fünfzehn pro Paar erforderlichen Kinder (die Missis mit neunundzwanzig grauhaarig und abgemagert und tuberkulös), alle von Kohlenstaub geschwärzt und verschmiert und husten sich die mickrigen Lungen aus dem Leib. Demütige Idioten, würden Sie sagen? Getreues Arbeitsvolk von begrenzter Geisteskraft? Kretinöser Bodensatz, der es nicht besser verdient hat? Dann denken Sie mal eine Sekunde lang über folgendes nach, Mr. oder Mrs. Hollywood: Wieviele von diesen Jungs und Mädels, jeweils die Jüngsten von, sagen wir, achtzehn Gören, hatten denn je die Chance, der Welt zu zeigen, wie gut sie als Schriftsteller, Komponisten, Korrektoren, Bogenschützen, Literaturkritiker, Filmsternchen, Turnierreiter und dergleichen sein könnten? Kein Schwein, soviele. Nicht die geringste Chance, irgendwas anderes zu tun, als den Kohlenstaub abwaschen und den grauen Ollen begraben, wenn er den letzten kohleverdickten Qualster gespeuzt hat, dann die Pickhacke nehmen, und schon hustet man sich selbst den Weg in ein frühes Grab –, und was nun Sie betrifft, Sie mit Ihren fetten Ärschen auf den Bänken Ihrer selbstgefälligen röm.-kath. oder K.-v.-E.-Mittelschichtlerkirchen,

habe, seitdem es passiert ist, keine zehn Minuten geschlafen, so benommen bin ich von diesem dummen, jungen Schweinehund. Wie oft habe ich ihm gesagt, er soll sich vor diesen Blödmännern in Acht nehmen …«

»Meine Güte, Sie nennen ja Ihren eigenen Sohn einen dummen, jungen Schweinehund, das ist aber wirklich ein bedeutender kultureller Unterschied zwischen Irland und Indien, kann ich Ihnen sagen, denn ich darf Ihnen unzweideutig versichern, daß, wenn ein Vater daheim in Indien so über …«

»Ach, seien Sie still, Swain. Kommen Sie auf den Punkt, oder ich lege auf.«

»Still sein? Sie sagen ›Seien Sie still‹ zu mir? SIE!? Na gut, na schön, Hölle auch. Der Punkt ist folgender, und das könnte auf mehr Menschen zutreffen als nur auf mich, wissen Sie.

wie Sie Mordsdankgebete an den Großen Tischredner dort oben ablassen, weil Er den wasserdichten Anstrich Ihres Zweitwohnsitzes in den Chiltern-Hills oder in der Dordogne so umsichtig beschützt oder diesen neuen Hongkong-Aktien, die Ihr Broker gerade anschleppt, einen kleinen Stups versetzt hat …!! Während diese armen kohlefördernden Schweinehunde in den kalten Stunden vor der Dämmerung eines neuen nassen walisischen Wintermorgens ihre mottenzerfressenen Decken abwerfen und sich von ihren schmalen rattenzerkauten Matratzen erheben, dazu verdammt, gesellschaftlich oder kulturell nie aufzusteigen, außer vielleicht (wenn sie *großes* Glück haben) zum Betriebsrat oder Vertrauensmann mit einem Ford Capri in der Garage und einem grauen Gärtlein hintenraus … Sag mir dies, o Herr: Wieviele potentielle Senecas und Victor Hugos und Puccinis haben ihr Leben nutzlos in jenen gnadenlosen schwarzen Tunneln verschuftet? Wieviele helle Geister und starke Herzen wurden dort unten im Vorzimmer der Hölle verschwendet? Wieviele, o Gott, falls Dich das schert …? Na, auch egal. Die meisten von denen sind jetzt sowieso tot, und die, die nicht tot sind, sitzen an Computern, sehen sich nackte Titten und Ärsche an oder lesen den neuesten Gesellschaftsklatsch oder ordern online CDs. Schöne neue Welt, tatsächlich. Aber nicht für mich. Ich nehme lieber ein gutgezapftes Alter Hut, bitte, und als Kurzen ein kleines Christentum für Arschlöcher.

Nämlich zweitens diesen Typ Mick Creek. Drittens meine Frau. Andere gar nicht zu erwähnen. Hier könnte sich ein enormer Prozeß anbahnen, Herr Richter.«

»Nun, die Iren sind eine Rasse von Prozeßhanseln. Ich wußte gar nicht, daß die Inder das auch sind.« .

»Der Punkt ist nämlich der, daß ich alles über diese verdammt dummen, ich weiß nicht, wie man sie nennt – *Verschwörungen?* – weiß. Gut, schön, also Verschwörungen, die Sie und Ihr Sohn ausgeheckt haben, meiner Treu. Und ich bin sehr froh, wenn ich allen davon erzählen kann.«

»Es sei denn ...?«

»Es sei denn was?«

»Na, Sie müssen doch irgendeine Art Erpressung im Sinn haben, sonst hätten Sie nicht angerufen.«

»Ja, na gut, Sie haben recht. Aber keine Erpressung, wissen Sie, nur wie du mir, so ich dir, okay? Ich habe nie gesagt, Sie wären ein dummer Typ, Herr Richter, und das sind Sie meiner Treu auch nicht, wissen Sie. Der Gedanke ist folgender. Ich weiß, daß Sie in einer Position sind, die Sie befähigt, Rechtsansprüche von hier nach da und Besitzansprüche von A auf B zu übertragen ...«

»Augenblick mal jetzt, Junge. Ich bin kein verdammter indischer Satrap, wissen Sie. Ich weiß nicht, wozu Bezirksrichter in Indien ermächtigt sind, aber hier sind sie durch etwas eingeschränkt, was man ›Verfassung‹ nennt.«

»Papperlapapp. Sie können tun, was Sie wollen. Sie haben die Regeln ja auch ganz schön freizügig ausgelegt, als Sie versucht haben, mich umbringen zu lassen, stimmt's, mich aus dem Gefängnis geholt und was nicht alles, nur damit ich diesen Lieferwagen fahren und mich von diesem spanischen Irren in die Luft sprengen lassen konnte? Also hier ist mein Vorschlag. Sie besorgen mir die Besitz- und Übertragungsurkunde für das Koh-I-Noor-Restaurant in der Bundoran Street hier in Killoyle, und ich sage nichts über Ihre Sperenzchen.«

»Außer daß Sie das nicht können, weil ich meine eigene Versicherung abgeschlossen habe.«

»Versicherung?«

»Richtig. Versicherung. Ich weiß alles über das Ding, das Sie neulich nachts gedreht haben, als Sie Armalite House mit Granaten angegriffen haben. Da liefen nämlich Überwachungskameras. Natürlich sind die ein Haufen Volltrottel und Grobiane, zweifellos, da bin ich rundum Ihrer Meinung. Mit dem Gehirn von Nacktschnecken und etwa so viel Sorge um das blöde Mütterchen Irland wie die Menschenaffen im finstersten Afrika. Aber sie waren vernünftig genug, eine oder zwei Kameras anzubringen, sowie die entsprechenden Filme einzulegen. Welche sie dann der Staatsgewalt aushändigten. Und mit meinen Verbindungen zur Polizei war es nicht schwer, einen kleinen Blick daraufzuwerfen. Und nun raten Sie mal, Mr. Swain, da waren Sie ja, klar und deutlich wie der lichte Tag unter dem Holzkohlen-Make-up, welches ein wenig, darf ich sagen: redundant, ohne Ihnen zu nahe zu treten? war. Mit Ihrer Cousine, diesem Vashnapuram-Mädel, die da ebenfalls herumlief, Jungejunge, was für ein Exemplar, mehr, als das bloße Auge erkennen kann, wenn Sie mich fragen. Und Ihre Frau obendrein, sehr zu meiner Überraschung. Ja, lieber Gott, guter Mann, herumlaufen und links und rechts mit Bomben schmeißen ist schon schlimm genug, aber müssen Sie auch noch die Missis mit hineinziehen?«

»Unsinn. Das sind alles Lügen und Papperlapapp.«

»Tut mir leid, Swain. Es ist alles auf Zelluloid gebannt.«

»Auf Zelloloseband?«

»Zelluloid, nicht Zellulose. Um Himmels willen. Ich meine damit: Wir haben es auf Film. Und wir werden es verwenden.«

Es entstand kurzes Schweigen, während dessen an beiden Enden der Strippe schweres Atmen vorherrschte, als wären die Anrufe zweier Schamverletzer kollidiert; dann sprach Anil, scharf, von neuer Zuversicht durchdrungen.

»Nein, Sie werden den Film nicht verwenden, Herr Richter, und ich sage Ihnen auch, warum. Sie sind nämlich Richter und eine wichtige Person in der Stadt, aber wer bin ich?«

»Tja.«

»Das stimmt, sehr höflich von Ihnen, es nicht zu sagen, aber ich bin nichts als ein armer kleiner vergessenswerter Winzling von einem indischen Kellner, und die kriegt man weißgott im Dutzend für einen *Ana*, wie Steuereintreiber oder Kakerlaken, meiner Treu. Und wir Inder sehen sowieso alle gleich aus, stimmt's? Also los, zeigen Sie den Film. Erzählen Sie allen, Sie glauben, ich laufe herum und schmeiße mit Bomben, welches ich höchstdefinitiv nie zugeben werde, ja, Hölle auch, na und? Wer will das wissen? Ich bin nur ein armes verdammtes unscheinbares Insekt von einem Kellner, das nur dazu da ist, daß man darauf herumtrampelt, es zerquetscht und vernichtet. Und noch dazu Ausländer, und wir wissen ja alle, was das für ein schräger Haufen ist. Aber überlegen Sie mal folgendes. Wenn ich den Leuten sage, hey, dieser Richter, der hatte mit Terroristen zu tun, und so weiter, und er und sein Sohn haben versucht, mich umbringen zu lassen, na, was, glauben Sie, werden dann die Leute sagen? Was ist das doch für ein schrecklicher Richter, das werden die Leute sagen! So einen Richter wollen wir nicht, der zu unschuldigen Menschen im Gerichtssaal ›Setzen Sie sich hin‹ und ›Halten Sie das Maul‹ sagt, nein, so einen Richter wollen wir nicht, beim Zeus. Von ›Sie sind schuldig‹ und ›Sie sind unschuldig‹ und ›Sie wandern in den Knast‹ und so weiter sowieso schon mal abgesehen. Dann können Sie nämlich, glaube ich, zu Ihrem Job adieu sagen, Herr Richter. Und was für ein Geschiß das geben würde, stimmt's? Vielleicht sogar einen nationalen Skandal. Daheim in Indien hat es mal so einen Fall gegeben, in Bihar war das. Der Richter, Mr. Patel, ein entfernter Cousin meiner Frau, wurde mit einigen *dakaits* im Bett erwischt und mußte dann etwa fünfzig Jahre lang ins Gefängnis.«

Ein sattes Baritonschnarchen vom anderen Ende der Strippe (schließlich *war* es 2:15 Uhr) signalisierte den Übergang von Dialog zu Monolog. Richter O'Mallet war plötzlich tief eingeschlafen, das Telefon moribund auf dem Brustkorb, Brille schief, Mund sabbernd offen in mitleiderregender Ältere-Leute-Manier.

»Zur Hölle mit ihm, wenn es ihm egal ist«, muckte Anil. Er legte auf. »Da könnte ich weiterreden, bis ich schwarz bin im Gesicht. Naja, mit dem werde ich auch noch fertig. Hallo?«

Dies Letztere wurde an eine telefonische Stimme hingesprochen, die sich bald als Tonbandaufnahme herausstellte, die den Anrufer davon informierte, daß die Finns eben jetzt nicht in der Lage seien, ans Telefon zu kommen, daß aber er oder sie, der Anrufer oder die Anruferin, nach dem Ton eine Nachricht hinterlassen könnten ...

»O ja, ich werde eine Nachricht hinterlassen, keine Sorge«, schimpfte Anil. »Ob mit Ton oder ohne, mein lieber Mann.« Ja, er war in bester Kampfform, wehe, wenn er losgelassen, er war bereit, er war WIEDER DA; der Ire in ihm erwachte. Er wollte Rache und abermals Rache. Denen würde er es zeigen. Besonders Finn, diesem *hajaam*.

Er rauchte eine Zigarette nach der anderen, um seiner Stimme jenes bedrohliche Raspeln à la Jimmy Cagney zu verleihen, wobei ihm die Augäpfel à la Donald Sutherland vorstanden. Anil Swain war, hoffte er, Meister seines Geschicks, endlich –, zumindest zu Hause, wo er wieder wohnte, inmitten des Geglitzers von Rubinas neu angelegter Glastiersammlung. Auch sie war da, nebenan, im Schlafzimmer, schlief, träumte Träume von verzweifelter Normalität. Zu Anils Füßen, bzw. zu seinen Knien (er saß in der tantrischen Yoga-Lotosblütenstellung) lag aufgeschlagen das Telefonbuch für Killoyle-Stadt und Killoyle-Land, die Ausgabe von letztem Jahr (Sonderausgabe für das Ferienende September, mit der neuen B.-Ahern-Gesamtschule auf dem Einband).

»Hallo, Finn, wie geht's. Deine Zeit ist abgelaufen, du falscher Hund. Ich weiß alles über dich und deine dämliche Bande von Mördern, besonders über diesen spanischen Typ. Ich rufe jetzt die Polizei an.«

Junge, das wird ihm den Schreck seines Lebens verpassen, sann Anil, nachdem er den Hörer mit sanftem »Klick« aufgelegt hatte. Junge, das haute doch voll rein.

* * * * *

Es haute tatsächlich rein. Zehn Minuten später kauerte Finn immer noch in der Anchorite Avenue im Dunkeln neben dem Telefon, vornübergebeugt wie ein besiegter Boxer, spielte sich immer wieder die Nachricht ab, zischte Verwünschungen durch seine falschen Zähne und versuchte sich gleichzeitig an einer mentalen Exegese dieser telefonischen Botschaft. Auf dem Tisch tanzten seine Finger den nervösen Fingertanz des Verurteilten, der gleich zum Schafott geführt werden wird.[159)] Zwischen den Verwünschungen entluden sich auch Ausdrücke des Schmerzes: Finns Hämorrhoiden, die während all der jüngsten Aufregung nachgelassen hatten, hatten sich plötzlich so entschieden zurückgemeldet wie der Pinatubo (oder Vesuv).

»Schweinehunde«, quengelte er, änderte seine Position zu

159) Sidibou Sayyid, zum Beispiel (wenn Sie mir eine kleine Abschweifung gestatten, aber dazu bin ich schließlich da), der frankotunesische High-Society-Vergewaltiger/Würger, ob seines *modus operandi* der Pariser Boulevardpresse als »le Chatterley arabe« bekannt, nämlich sich als Gärtner einstellen zu lassen und unverzüglich seine *châtelaine* mit verbindlich gestellten Fragen zur Funktionsweise einer Mulchmaschine oder zur Anzahl der zum Anlegen von Gräben benötigten Hacken (null) hinter den Kompost zu lokken, am 31. Dezember 1954 in Saint-Gilles (Gard) guillotiniert, während er noch an einer befriedigenden *explication* seiner Übeltaten rätselte: »Ich bin Satan« wurde von Maître Henri-Rousseau, dem *juge d'instruction*, als alles andere denn zufriedenstellend abgetan; »Sie sind Satan« fand noch weniger Gnade; »ich bin Gott« idem, noch dazu blasphemisch; »ich bin Casanova« wurde schlankweg abgelehnt, und »Sie sind doch Hühnerkacke« (*Vous êtes de la merde de poule*) wurde nur als in einem Sartreschen Kontext stehend gelten gelassen –, d.h. in einem Sinne, in dem man durchaus einerseits Hühnerkacke sein mag, gleichzeitig aber (wenn kein intervenierendes Prinzip zwischen das Nichts und die Absurdität gerät) auch der Papst, oder der Taoiseach, oder der Chef von General Motors –, aber nicht überzeugend genug, um einen Aufschub vor der Henkersklinge zu erwirken. Der Vollstrecker, M. Gaston-Marie Châtillon – selbst kurze Zeit später hingerichtet, als er über das dunkle und (außer von *seinem* Vollstrecker) verlassene Gelände um seinen Bungalow am Rande des Ur-

einem gorillaähnlichen Hocken, mit den Gesäßbacken auf den Waden sitzend. »Mal sehen, was er gesagt hat.«

»Hallo, Finn, wie geht's«, war etwas, wo sich schwer etwas hineinlesen ließ, eher eine beiläufige Höflichkeitsfloskel als etwas anderes, die allerdings durch den schieren *Nerv*, den der Anrufer an den Tag gelegt hatte, als er mitten in der Nacht, wo sie am blutigsten war, anrief (und da wir gerade von Blut sprechen, mußte er sich rasch entfernen, um einem weißgekachelten und sanft plätschernden Ort einen kurzen, aber intensiven Besuch abzustatten; zu seinen Grübeleien konnte er früh genug zurückkehren), sowie natürlich durch den formlosen, ja, unverschämten Gebrauch seines Zunamens unter Verzicht auf einen höflichen Titel wie *Mister* –

walds von Guyana schlenderte –, ölte die Laufschienen von *la belle Guillotine*, schliff und polierte Klinge und Bolzen mit liebevollem Eifer, sich auf's schärfste (sozusagen) der Ehre bewußt, die ihm als dem offiziellen Auslöser der Nemesis von Damen der höchsten Kreise zuteil wurde –, von denen übrigens nicht alle so bekümmert darüber waren, Objekt von Sibidous Aufmerksamkeiten gewesen zu sein, wie man annehmen sollte (s. hierzu *Le Petit Parisien Libéré*, Bd. LXI, Nr. 332, 24. Dezember 1955), vorausgesetzt, sie hatten seine anschließenden Strangulationsversuche überlebt (von denen die meisten wiederum, offen gesagt, keinerlei Expertise erkennen ließen); tatsächlich aber, etwa acht Monate, nachdem M. Châtillon den Todeshack auf Sibidous Hals ausgelöst hatte, genas eine solche *belle dame avec merci* (die Comtesse de Levallois-Perret) eines Knäbleins, welches dem verstorbenen, weithin unbeweinten Sidibou so ähnlich sah, daß es später von seinen Schulkameraden *Eh! Toi! Bougnoule!* genannt wurde, was er zum Anlaß nahm, sie einen nach dem anderen zu verkloppen –, aber das ist wieder eine andere Geschichte für einen anderen Kamin, besonders, wenn man bedenkt, daß besagter Bursche, inzwischen 44, derzeit die Flotte von Staats-Citroëns des Präsidenten im Elysée-Palast unter sich hat und allgemein als Kandidat für das höchste Fahrer-Amt, welches die Republik vergeben kann, im Gespräch ist –, wenn und falls er es schaffen sollte, den guten alten Führerschein, bzw. das *examen de conduite* zu machen, wenn Sie mal eben mein Französisch entschuldigen wollen.

»Du falscher Hund« wäre eher eine männliche Beleidigung als irgendwas anderes, so, wie man einem Kumpel in der Kneipe auf die Schulter haut, wenn man zu derlei Macho-Betragen neigte, was ihm schon immer sehr ferngelegen hatte.

»Besonders über diesen spanischen Typ« war ein bißchen weniger problematiscn, da es sich um Harry Batasuna handeln mußte, Mann, wie Harry aus der Haut fahren würde, wenn er hörte, daß man ihn als »spanisch« bezeichnet hatte, hehehehehe (autsch) –

»Ich rufe jetzt die Polizei an«, die »Polizei«, nicht die »Gardái« –, ein ganz schön deutlicher Hinweis, oder, daran merkt man schon gleich zu Anfang, daß der Bursche Ausländer ist...

Es ist natürlich keine Überraschung, daß es sich bei ihm um einen Ausländer handelt, bei dem Akzent, bei dem komischen Akzent, walisisch, oder? Nein, Augenblick mal, griechisch? Arabisch -

INDISCH!?

Das war's. Natürlich.

Finn stand taumelnd auf, in Schweiß gebadet. Es war alles vorbei. Wenn dieser Jammerlappen von einem indischen Bagaluten ihm ebenfalls auf der Spur war, dann waren es alle, nicht nur die Alte Garde der Belfast-Brigade, die es nicht so toll fand, wie ihre Investitionen in die Bierchenzapfer-Olympiade zu Scheiße gebombt worden waren (und die auch nicht lange darüber nachzudenken brauchte, woher denn wohl die Katjuschas gekommen waren), sondern auch die Polizei selbst natürlich und die Jungs vom Finanzamt und die Bibliothekenaufsicht und Interpol und M.I.6 und ..., na eben *alle*.

»Schöne Scheiße«, winselte er, stark von Furcht befallen. »Hallo, Gott, bist Du da?«

Es kam keine Antwort, auch nicht zum erstenmal. In Wahrheit hatte Finn nichts, woran er sich hätte wenden können. Es sei denn, er verließ überstürzt das Land. Pats Bewley hatte sich obstinat geweigert, ans Telefon zu gehen, und seiner Frau konnte er natürlich auch nichts sagen. Es gab Burschen in Übersee, die unter Umständen zu helfen bereit waren (aber darauf war kein Verlaß). Ja, es war alles prächtig gelaufen, doch, das war es, aber nun war der Tanz vorüber, doch, das war er. Vorüber, Junge, und das nicht zu knapp.

Die Soldaten des Brian O'Nolan hatten insgesamt zuviel Aufsehen erregt, und skandalöse Unterlassungen im Sicherheitsbereich, Unterlassungen vom Umfang des Spundlochs eines Elefanten, hatten das unwillkommene Scheinwerferlicht von Fernseh-Publicity und Gerüchten hell erstrahlen lassen: Diese albernen Besichtigungstouren, damit hatte es doch angefangen (nicht seine Idee, aber immerhin), dann diese Anzeige im Lokalkäseblatt und eine Sonderausgabe der Monty Montgomery Show (RTÉ 5, freitagabends um 20:15 Uhr), in der sogar die bevorzugte Katzenrasse erwähnt wurde (abessinische oder Nubier-Katzen, um Katzenhaar[160])-Allergien zu umgehen), die der kompanieeigene Koch (Mr. Hamless) hielt. Das Armalite House hatte der Polizei von Crumstown übergeben werden müssen, und man sprach sogar darüber, im Foyer einen Werbespot für *Quest?*-Bluejeans zu drehen –, ohne natürlich auch nur die mindeste Aufwandsentschädigung anzubieten, die Knickstiefel.

Schlimmer noch, im Parlament wurden seitens der ekligen rechtslastigen Fianna Fáil und der Keltentümler, die wahrscheinlich jahrelang insgeheim die Jungs oben im Norden finanziell unterstützt hatten, Fragen gestellt.

Was nun Finns Karriere als Bibliothekar betraf, dito: Mann über Bord, Schluß-aus-vorbei, finito, kaputt, adiós, do swidanja etc. Ich meine, könnten Sie sich vorstellen, wie er frisch ins Büro schreitet und – mit der gesamten herzhaften Herablassung, wie sie jeder leitende Angestellte gegenüber seinen Untergebenen empfindet – »Guten Morgen!« tiriliert,– während auf seinen schiefen Schultern Schuldbewußtsein und Schluritum schwer schlingern und schlummern, daß Atlas persönlich darunter zusammenbrechen würde …? Denn auch der

160) Präzise. Erinnert mich an die Gefahren in einem durchschnittlichen Dubliner Bus, in Richtung Innenstadt.

Klatsch hatte bereits wirbelnd seine Runde gemacht, mit bösen Konsequenzen. Finn war, hieß es (laut Graffiti-Gekleckse in Vestibül, *vestiaire* und darüberhinaus), ein »Phylyster« (sic!); ein »Terorist« (sic!); ein »wertloser Schürtzenjäger« (sic!); ein »Westbritte« (sic!); ein »fettes protystantisches (sic!) Fick-

161) Wohl wahr, wohl wahr. Firmen sollten sich um ihren eigenen Hierarchiekram kümmern und dafür sorgen, daß sich niemand ungebeten mit den Ellbögen Zutritt verschafft. Genau zu dem Thema, wo Sie gerade davon anfangen: Erst neulich ging ich quietschend über den altehrwürdigen Holzfußboden der Herrenoberbekleidungsabteilung von Clery's, trat so leise wie möglich auf, um keinerlei Aufmerksamkeit zu erregen, usw., aber, wie selbst die dämmrigste Glühbirne weiß, ist die einfachste Methode, Aufmerksamkeit zu erregen, die, daß man versucht, keine Aufmerksamkeit zu erregen. »Oy!« singt es aus dem selbsternannten Warenhausdetektiv, einem Waliser namens David ap Rhys aus einer Ortschaft namens Llareggub (ja, wir haben uns wieder ins mystische Cymru aufgemacht). »Sie da! Mann *bach*!« Na, ich weiß nicht, wie das bei Ihnen ist, aber ich besitze eine mir innewohnende eingefleischte Angst vor Walisern, wie auch vor Autoritätsgestalten in jeglicher Verkleidung, nicht nur Polizisten und Lehrern und Zöllnern und Finanzbeamten und Kartenknipsern im Bus und dergleichen, sondern auch vor Warenhausdetektiven, Schulbuchlektoren und sogar vor Mrs. Mulligan, der Dame hinter dem Ladentisch im Süßwarengeschäft an der Ecke. Mein Instinkt rät mir, nie zu verweilen, immer zu fliehen, diskret, wenn möglich, laut schreiend, wenn nicht. In dieser ganz bestimmten Situation war ich, nachdem Taffy-der-Scherge mich gesichtet hatte, bereit, mich mit Höchstgeschwindigkeit und voller Lautstärke und unter Mitnahme meiner völlig legitimen Einkäufe (ein Handtuch; zwei *Mockingbird*-Feuerzeuge; ein Briefbeschwerer aus Onyx; ein Miniaturdruck der Pyramiden von Giseh mit falschvergoldetem Rahmen) in der linken Hand; ergo wählte ich als am meisten versprechende Route den Weg zu einer Tür, über welcher »Ausgang« stand, und beschleunigte zu flottem Schritt, aber, wie der Dichter in einer hellbeschienenen Mondnacht einst sagte: »Och.« (*Danach* sagte er: »Da können Mäuse und Menschen noch so kluge Pläne schmieden, es kommt doch erstens anders und zweitens, als man denkt. Und ich persönlich hätte gern

schwein«; sowie schlicht *»sik«* (sic!). Viele dieser Sentiments mochten den tiefen Brunnen des Analphabetentums und Grolls abgezapft worden sein, die in den unteren Schichten jeder Gemeinschaft oder Organisation existieren,[161] aber eine persönliche Note von finsterer Direktheit hatte sich diesem

jetzt noch ein Bier, Jimmie.«) Und war ich nicht im Handumdrehen gestellt, und saßen nicht plötzlich nicht einer, sondern drei Waliser auf mir, allesamt (wie ich später erfuhr) ehemalige Rugby-Mittelstürmer, und gingen die drei etwa nicht sehr methodisch und gründlich alle meine Einkaufstüten und Hosen- und Jackentaschen durch, wenn auch (Gott sei Dank!) asexuell? Und war ihr Text etwa nicht zutiefst uncharmant, vulgär und noch total von der alten Schule? »Was ist das denn, *bach*?« »Dann mal her damit, *bach*.« »Und was soll das sein, *bach*?« »Aha, wohl ein gottverdammtes Scheiß-Bild, *bach*?« »Sind Sie blind oder was, *bach*?« »Dann verpissen Sie sich doch, *bach*.«, und so weiter. Irgendwann erschien dann der angebliche Geschäftsführer, ein Mr. Bach - ein zwittriger Herr von Mitte vierzig -, von einer angeblichen Dame herbeigerufen, die zufällig Mrs. Bach hieß und - völlig zu Recht - annahm, in meinen kaum sichtbaren, aber immer stärker ins Grünliche spielenden Gesichtszügen die ersten Anzeichen von Erstickung zu erkennen, als diese Gesichtszüge fußbodentechnisch seitwärts unter den muskulösen Arschbacken von Taffy 2 und 3 zu liegen kamen (Vettern, wie sich später beim Tanztee im Savoy herausstellen sollte). Widerstrebend ließen sie mich, als Mr. Bach sie darum ersuchte, los, und er erklärte entschuldigend, das gesamte Detektivcorps von Clery's befinde sich seit drei Wochen im Alarmzustand, seitdem nämlich der Überfall in Parfums und Damenoberbekleidung stattgefunden habe. Der Schuldige, erläuterten sie zerknirscht (einer entschuldigte sich sogar und zog eine ziemliche Tja-äh-ich-äh-Schau mitsamt Füßescharren ab, die in der Überreichung einer Visitenkarte gipfelte, welche jemand anderem gehörte), entspreche haargenau meiner Personenbeschreibung, indem er weder groß noch klein, rundlich noch schlank, jung noch alt, rotgesichtig noch blaß, blond noch brünett, bärtig noch bartlos, zahnig noch zahnlos, betrunken noch nüchtern, adrett noch verkommen, traurig noch vergnügt, dumm noch schlau, charismatisch noch vertrottelt war. Na, ich bin's jedenfalls nicht, sagte ich und stolzierte empört davon. Später,

speziellen Austausch beigesellt. Penny Burke, ausgerechnet, hatte ihn neulich (gestern) im Korridor geschnitten, während sie mit diesem pferdeschwänzigen Hippie-Beatnik-Kesselflikker-Heini, mit der sie in letzter Zeit herumhing, konversierte, hatte sie ihm den Rücken zugekehrt, als er erschien und ein schuldbewußtes Halblächeln probierte, und dann hatte sie auch noch auf Vollbedienung hochgeschaltet, indem sie sich nicht anmerken ließ, ob sie ihn überhaupt erkannt hatte; diese Brüskierung, als wäre er Aushilfskellner oder umherschweifender Mormonenmissionar ..., ihn, Finn, so zu behandeln! Es war verderbt, dekadent, verletzend! Von *unvorstellbar* ganz zu schweigen, noch vor dürftigen vierzehn Tagen.

Und als wäre das alles nicht genug, selbst dem fröhlichsten Jünger des Maître Pangloss Schmerzen im Arsch zu bereiten, sozusagen (autsch), hatte diese Frau Hasdrubal-Scott Nachrichten auf seinem Anrufbeantworter im Büro hinterlassen, einschließlich eine, die sich anhörte wie eine trunkene Einladung zu Libertinage unsicheren Ausmaßes ..., oder vielleicht hatte er sich auch nur verhört, bei ihrem Gibraltar-Akzent und gelegentlichem Gebrauch sephardischen Ladinos (oder war das Spanisch? »*Ay, cabroncito*«?) ..., nichtsdestotrotz waren rechtliche Schritte eingeleitet, und die Schritte waren schnell, trotz der permanenten Abwesenheit des Seniorpartners der Kanzlei O'Mallet & Ryan. Ms. Mary Rose Ryan hatte die Akten von ihrem verstorbenen Partner mit der größtmöglichen Eilfertigkeit und Entschlossenheit übernommen, mit denen man bei Weibchen ihrer Spezies immer rechnen muß, besonders bei einer schneidigen Schnalle in Reithosen. Mrs. Hasdrubal-Scott (auch nicht gerade ein im Verborgenen blühendes Veil-

als ich entdeckte, daß mein Portemonnaie, der Onyx-Briefbeschwerer und das Bild von den Pyramiden von Giseh fehlten, wurde mir klar, *daß die ganze Sache ein abgekartetes Spiel gewesen war.* Und stand etwa nicht bereits am nächsten Tage im *Independent* eine Beschreibung der walisischen Drillinge und ihrer teigigen Komplizen Mr. und Mrs. Bach? Ja, da leck mich doch, knurrte ich und kuschelte mich tiefer in meinen Ohrensessel, eine schöne Tasse Ovomaltine

chen) war entschlossen, ihr Pfund Fleisch zu kriegen, aber ja, nur wegen irgendeiner imaginären dämlichen Beleidigung ihrem Mann gegenüber, diesem tobenden Tollhäusler ... Nein, Finn, bei Gott, Finn, sagte Finn zu sich selbst (inzwischen ins Schlafzimmer zurückgekehrt und die liegende Gestalt anstarrend, die so sehr an die gewellte Silhouette der Knockmealdowns bei Sonnenaufgang erinnerte und zu Mrs. Finn gehörte, der langleidenden Märtyrerin in der irischen Tradition der gemarterten irischen Ehefrau, die sie war), nein, Finn, hier gibt es für dich nichts mehr zu holen. Schwing dich aufs Fahrrad, Junge. Zeit, den Ränzel zu schnüren, *me owld spalpeen bawn* (d.i. *mein alter blonder Saisonarbeiter*). Zeit, dir den Abschied zu entbieten (richtete er sich-wieder an sein Weib), mavourneen, acushla, darleen. Du wirst mich nie vermissen, nein, kein bißchen wirst du das. Du wirst einen anderen Typ finden. Da wohnt doch dieser Kanake hier in der Straße, z.B., den gierst du doch schon seit Jahren an, glaub nicht, ich hätte das nicht gemerkt (Ägypter oder was, der Wichser?) ...

Was seine loyalen Gefährten und Kampfgenossen, die Unteroffiziere der Soldaten des Brian O'Nolan, fortan aufgelöst, ehemalig, ungültig, betraf: Scheiß drauf. Ex-Kommandant Finn verspürte keine Verantwortung für diese Bande, mit ihren albernen Uniformen und Spielzeugflinten und Video-Kriegsspielen und Herumlaufen und »Peng peng!« Schreien. Sie wußten, daß es eine riskante Mission war, sie hatten es von Anfang an gewußt. Die würden schon auf die Füße fallen, keine Sorge. Und Harry Batasuna hatte seine baskischen Blutsbrüder und Blutbäder daheim in Spanien oder Frankreich oder im Baskenland, zu denen er zurückkehren, und jede Menge Spanier

in meiner starken Rechten, und damit mir noch wärmer um's alte Herz wurde, erschien das finstere, aber tröstliche Antlitz von Gaybo auf dem Bildschirm. Ebenfalls tröstlich war zu wissen, daß der Schlüssel (umgedreht) im Schloß (abgeschlossen) der Haustür (zu) für Sicherheit vor dem Eindringen der Welt sorgten (falsch: ich habe das Küchenfenster und den silbernen Hammer vergessen, der stets griffbereit liegt).

oder Franzosen, die er im Interesse eines Groß-Euskadi verstümmeln und in die Luft sprengen konnte; und Paddy und Seamus und Turlow und die anderen –, klar, die standen so selbstverständlich beim Sozialamt um Staatsknete an, wie sie sich, später, auf den Tresen von Molloy's stützen würden, um ebenjene Knete für eine oder zwei Runden auszugeben.

Finn entfernte eine ordentlich zusammengelegte Hose vom Sessel in der Ecke seines Schlafzimmers, setzte sich hin und schluchzte wenige (sechs) Minuten lang leise, aber bitterlich, halb verborgen von den ihn einhüllenden Falten der Fenstervorhänge, die das fluoreszierend Grelle der Straßenlaterne über der Mauer aussperrte, die ein Tor illuminierte, ein heraldisch verschlungenes Fahrradpärchen, die rote Ziegelrückwand von Moynihan's Fahrradfabrik, einen verkümmerten Garten .... Es war der Friede des Gekannten und Vertrauten, aber Finn wandte sich ab, als böte sich ihm ein Schauspiel des Grauens. Tatsächlich stolzierte zu etwa jener Zeit eine Parade der Mißerfolge seines Lebens hühnerbrüstig über eine imaginäre Bühne vor seinem blutunterlaufenen Auge vorbei. Einen nach dem anderen zählte er sie auf: *College*. Ha! Vier Jahre Gewäsch, zwei oder drei lauwarme Affären, ordentliche Quanten Bier, aber nie Zugang zu den inneren Zirkeln des Kumpeltums, so sehr er sich auch bemüht hatte. Das Ergebnis, nach sporadischen Examina: ein kavaliersmäßig dritter Rang mit eingebautem Versagen. Dann *die Ehe*, fast so vorherbestimmt wie eins dieser arabischen oder iranischen Arrangements (sie waren als Nachbarn zusammen aufgewachsen und hatten einmal, als die Eltern zu einem Hurling-Spiel in Kilkenny weilten, Doktor gespielt). Es hatte bereits ziemlich dünnblütig angefangen, und inzwischen war es vollends blutleer. Familie? Doch, sie hatten einen Sohn gehabt, hieß er nicht Spike –? nein, Spike war der Yorkshire-Terrier gewesen, den sie eine Zeitlang gehabt hatten. Der Junge hieß Spark, das war's. Er schien so alt zu sein wie sie, wenn nicht älter, aber in Wirklichkeit war er zwanzig Jahre jünger als sie. Geschieden, lebte er jetzt in Winnipeg, in derselben Straße (Elm Street) wie sein eigener älter wirkender Sohn Skip und am anderen Ende der Stadt von einem Job im Archiv der Kgl. Kanadischen Berittenen Polizei. Und generationenübergreifend schwollen die Hämorrhoiden! Das Ganze konnte man getrost als zutiefst in die Hose gegangen verbuchen.

Wie ein Eichhörnchen kaute Finn nervös auf dem Innenfutter seiner Backen. *Karriere?* Ha! Einst selbsternannter Chronist des ewig scheiternden Kampfes der Nation, ein revolutionärer Poet à la Neruda und Jessenin, wurde er zum Versager, vorhersehbarerweise, unveröffentlicht, unbesungen, unbekannt, aber weithin verachtet. Es hatte keinen Zweck, es hatte nie einen Zweck gehabt: ihm hatte es schlicht immer am *noúmenon*, an der Mannhaftigkeit, den Klöten gemangelt. Also war er Bibliothekar an einer Folge Öffentlicher Leihbüchereien geworden –, Sligo, Athlone, Monaghan, Skerries, Dundalk. Dann kam das Assistenzdirektorat in der Killoyler Öffentlichen, dem Kronjuwel des Offentlichen Bücherausleihsystems der Provinz Munster: O wundersame Chance, vertan, dahin, zernichtet, wie soviel anderes! Wie die Soldaten des Brian O'Nolan, jene (wie sie zuerst gedacht hatten) Streitmacht edler kämpfender Männer und Frauen, die Herz und Seele der endgültigen Überwindung der britischen Tyrannei im Norden und der Wiedervereinigung der sechsunddreißig Grafschaften unter dem Banner von Aufklärung und Brüderlichkeit widmeten! Und egal, wenn – vor dem Gesetz zur Hilfe von Terroristen – sie den einen oder anderen Bibliotheksgroschen umverteilen oder Einkünfte aus Versteigerungen unterschlagen mußten, um Waffen zu kaufen, und dabei auf ein paar Zehen traten ...; na schön, dann sprengte man eben hie und da ein paar Leute in die Luft, um seinen Ansichten etwas Nachdruck zu verleihen, aber die Ansichten hatten es dann auch in sich! Und genau das hatten die Märtyrer und Helden der Vergangenheit doch auch getan, stimmt's? Spartacus, Washington, Bolívar hatten doch alle als Terroristen angefangen, wie? Fragen Sie die Historiker, Scheiße nochmal. Und Finn hatte sich eindeutig von einer Biografie über Menachem Begin inspirieren lassen, die ihm auf seinem Schreibtisch in der Bibliothek über den Weg gelaufen war, mit der Widmung »Meinem lieben Freund Anwar« (später auf einer Versteigerung zum Gegenwert von ein paar Gramm Ammoniumnitrat-Dünger, Zucker, Diesel und Semtex verkauft): Begin, als Terrorist geschmäht, später als Held verewigt, zierlich und bebrillt, aber unstreitig mannhaft (ein Ausgleich, der dem zierlichen, bebrillten Finn für alle Zeit versagt blieb), später Ministerpräsident der Nation, die seinem »Terrorismus« ihre Existenz verdankte ..., und Arafat?

Und Collins und Connolly und Pearse, sowie Plunkett?

Und O'Higgins, Gott segne ihn, und Kenyatta und Nelson Mandela ...?

Aber nicht Finn, o nein, in ihre erhabene Gesellschaft gehörte er nicht – hatte er nie gehört – würde er nie gehören!!!

Finns Schluchzer quälten seine Lungen wie ein plötzlicher Fungus-Ausbruch, und bald keuchte er wie ein Rundkopfdelphin in den milden Wassern der Karibik und röhrte wie ein lüsterner Elch in den unerschlossenen Waldgebieten der Jamesbai, wobei er nur pausierte, um lärmend erst durch das eine, dann durch das andere Nasenloch Schleim abzusondern, darin dem Elefanten gleichend, der in den stillen Seitengewässern des Gangesbeckens eine sumpfige Dusche nimmt. Es war ein Lärm, dem bald gehört zu werden beschieden war, was er auch wurde. Instinktiv vom unorthodoxen Gebrauch, welchem die Nachtwachen, traditionell dem REM-Schlaf vorbehalten, zugeführt wurden, aufgeschreckt, stöhnte (a), wachte (b) und setzte Mrs. Finn sich (c) auf.

»Was ist los? Wie spät ist es? Was machst du da drüben?«

»Die Hämos, Liebes.« Finn schniefte.

»Warum unternimmst du dann nichts, anstatt im Dunkeln herumzuflennen? Laß sie dir wegmachen. Hämos sind entbehrlich.«

»Gute Idee.«

»Ich meine das ernst.«

»Ja, Liebes.«

»Kommst du ins Bett?«

»Nein, Liebes. Ich meine, ja, Liebes.«

Mrs. Finn kehrte die Reihenfolge ihres Erwachens um, und zwar so: Sie legte sich zurück, stöhnte und schlief wieder ein. Finn wartete atemlos etwa zwei Minuten lang, dann tappte er leise herum, sammelte diese Unterhose ein, jenes Hemd, diese Socken, jenes Sparbuch, welches all ihre weltlichen Aktiva enthielt (außer Pfandbriefen und Kommunalobligationen, die ihr gehörten, auf daß sie nach Belieben damit verfahre); und lautlos (bis auf einen weiteren Schluchzanfall, der ihn magere zehn Sekunden lang überkam, als er an den gemeinsamen Gemüsegarten dachte, den *sie* immer vernachlässigt hatte und der sich jetzt auf eigene Faust durchschlagen mußte, ach, die armen, wehrlosen, kleinen Nutzpflanzen! Und dann erst der Kürbis, o schluchz) packte er diese wesentlichen Dinge in eine Reisetasche (ein Geschenk von Subcomandante Harrys Chefin Lisalotta, der alten Charmeuse) aus weichem Connolly-Leder mit Schulterriemen. Es war halb vier. Er schloß die Tasche und ging die Treppe hinunter. In der Küche fand er einen Notizblock und kritzelte eine Nachricht für seine Frau.

»Tut mir leid, Süße«, stand da. »Da habe ich gründlich Scheiße gebaut, was? Ich habe Dich mal gemocht, RICHTIG gemocht. Weißt Du, was ich meine?«

Um halb vier ging er fort, um nie zurückzukehren. Sein Mietwagen, ein Toyota Corolla, stand am Bordstein, streifig von der kalten Feuchtigkeit des Taus, der vor der Morgendämmerung kommt. Eine Katze, kurz von der Straßenlaterne beleuchtet, tropfte wie Melasse über die Mauer gegenüber. Fern klang ein Nebelhorn von den großen Weiten der See. Finn sah sich ein letztesmal um – die Leere der Anchorite Avenue, mit den Gaswerken am einen Ende und dem verlorenen Glockenturm von Laddi's Disco am anderen; sein Tor, einst grün, jetzt ein abblätterndes Grau; der Briefkasten mit der Aufschrift No. 115A, mit einem Plastik-Shamrock geschmückt; Sparks altes Fahrrad, auf ewig gegen das Haus gelehnt (»Am Wochenende schieb ich die Karre zu Moynihan's und laß sie reparieren, dann krieg ich endlich mehr Bewegung«); verängstigt um die Ecke, schwach von der Straßenlampe erhellt, spähte der Gemüsegarten (schluchz) –, dann atmete er tief ein und sah sich in der Verfilmung seines Lebens, in der diese Szene kurz vor dem Abspann kam, wenn die Kamera zum Himmel hochzieht, und schleuderte die Reisetasche mit großem Flair in den Kofferraum, zuckte dann sofort voller Angst vor den Echos und forschenden Gesichtern zusammen (zuckte dort eine Gardine an Mrs. Malones Fenster?).

Er bemühte sich, die Tür nicht zu knallen, stieg ein, ließ den Motor an, wartete dann genau fünfzig Sekunden, bis der Motor warmgelaufen war (eine alte Gewohnheit, mit der Armbanduhr überprüft), und fuhr langsam davon, ohne einen Blick zurück, nur mit einem kurzen Ruck, als er aus dem ersten in den zweiten Gang schaltete. Die Docks von Rosslare waren sein Ziel, und von dort eine Autofähre nach Frankreich; und von Frankreich nach Spanien, Bilbao und in die Pyrenäen, wo er bei seinen hervorragenden Waffengefährten Zuflucht suchen würde – jenen erprobten und echten Freiheitskämpfern – jenen strengen, aber gerechten Männern der Berge – den Revolutionären von Euskadi (und ihrer charmierenden Pasionaria, Lisalotta)! Und wenn alle Stricke rissen, konnte er immer noch bei Berlitz Englischunterricht geben oder irgendwo in luftiger Höhe mit Blick auf die Bucht von San Sebastián einen hinreißenden Selbstmord begehen …

Sobald Finn auf der Ring Road in nordöstlicher Richtung war, mit wenig oder ohne Verkehr in Sicht, fühlte er sich seltsam überschwenglich, obwohl die Umstände so extrem waren (und obwohl er seine Hämorrhoiden spürte, was aber im Augenblick unerheblich war); deshalb entging ihm, durch die rosige Schattierung seines plötzlichen ungerechtfertigten Optimismus, daß er in einigem Abstand von einem dunkelblauen Ford Mondrian mit einem massigen, schweren Mann am Steuer verfolgt wurde, zu weit entfernt, als daß man die Züge des Mannes hätte erkennen können.

Aber wenn wir – das heißt, Sie und ich, lieber Leser[162]*) – ein Weilchen am Straßenrand warten, im beschaulichen Lichttümpel einer alles erhellenden Peitschenlaterne, und wenn wir dann gemeinsam den Hals recken, um einen Blick auf den geheimnisvollen Kraftfahrer zu erhaschen, wie er vorüberrast, wild mit einer Hand am Schaltknüppel steuernd, zum Herunterschalten bereit, um noch größere Wucht zu erzielen, wird er flüchtig ein scharfes Bild von sich bieten und sich (wie wir uns das bereits gedacht hatten) als er selbst herausstellen, als Martin, ja, als unser alter Freund und Kumpel Martin McGinty, einstens Brigadekommandeur und nun ambulanter Rächer, freischaffender irischer* ronin. *Martins Gefühle, verbal ausgedrückt, werden zweifelsohne kurz durch das zu einem Viertel offene Wagenfenster zu hören sein, bevor der dahinjagende Finn/-McGinty-Expreß forever (and a day) entschwunden ist.*

»DICH KRIEG ICH, DU SCHEISSKERL DU.«

162) Lieber Leser, so ein Scheiß. Für wen hält der sich, Charles Scheißenochmal Dickens? Bei solchem Gesülze vergewissere ich mich immer, daß mein Geldbeutel noch da ist und daß niemand an meiner Unterwäsche rumgemacht hat.

24

Charles Finns Flucht gab nicht nur in der Bibliothek Anlaß zu *small talk.* Köpfe wurden auf dem Polizeipräsidium zusammengesteckt, getrennt und wieder zusammengesteckt, als bekannt wurde, daß auch McGinty geflohen war.

»Verdammt komisch«, maulte Polizeikommissar Nugent, der mehr als nur Zufall argwöhnte. Mit Patrick Nougent am Rohr, seinem französischen Gegenstück in der bretonischen Küstenstadt Killouayle, erfuhr der Kommissar, daß beide Flüchtigen dort ausgemacht worden waren; einer - »der Dicke, ja?« - folgte dem anderen - »dem Dünnen, ja?« - und daß sie zweimal in dortigen Supermärkten gesehen worden waren: im Hyper-Champion in Killouayle-Nord und im Carrefour in Bonbec an der Straße nach Quimper. Der zweite Mann - »der Dicke, ja?« - hatte im Hyper-Champion eine Packung scharfe Würstchen, einen Laib Weizenbrot, eine Michelin-Straßenkarte, ein Paket englische Zigaretten und eine Flasche Zesti-Cola gekauft. Der andere Mann - »der Dünne, ja?« - hatte in beiden Läden nichts gekauft, aber Jacques Kerouac, der adleräugige Leiter der Rôtisserie-Abteilung des Carrefour (»die beste in Finistère, wenn nicht in der gesamten Bretagne, *ah non, éh oui*«), verdächtigte ihn, ein Brathühnchen gestohlen zu haben.

»Ja«, erklärte M. le Commissaire. »Denn in einer Minute sie ist da, in der nächsten Minute pouf! Sie ist weg! Wie Ihr Freund, der Dünne, Ja?«

Während diese *pourparlers* auf den höchsten Ebenen der europäischen Gesetzeshüterei stattfanden, wachte Penny Burke in das hohe und hochstimmende Amt der Leiterin der Öffentlichen Bücherhallen von Killoyle zu einem Jahresgehalt von IR£ 35.000, – auf vorläufiger Basis auf, d.h., man wollte erstmal sehen, aber das dürfte keine großen Schwierigkeiten machen, bei all den lieben alten Schätzen, die darüber zu befinden hatten. Zuerst, nach dem Anruf (»Finn ist weg. Möchten Sie seinen Job?«) hätte sie fast aufgekreischt, ob vor Freude oder aus Verzweiflung, konnte sie nicht sagen. »Fünfunddreißig gottverdammte Riesen«, schrie sie, für die jährliche zehn Riesen ein kleines Vermögen gewesen waren.

Nun, es hatte auf der Hand gelegen, daß die Wahl auf sie fallen würde, sagte die Vorsitzende des Beraterpremiums für Öffentliche Bücherhallen, Mrs. Sabre, bei der Konferenz des Gremiums. Penny strahlte.

»Ein hervorragender Lebenslauf und eine gute Arbeitshaltung. Sie kennen das Bibliothekssystem, Sie haben einen guten Uni-Abschluß, beeindruckende Kenntnisse der irischen Sprache, und Sie sind bereits einige Zeit im Gremium, seit wann, fünf Jahren? Und wir konnten in Ihrer Anwesenheitsliste keinerlei Abwesenheiten feststellen. Es gibt allerdings Eintragungen über Ihre Bluejeans. Dahingehend, daß sie in der Hüftpartie und an den inneren Säumen etwas weniger eng sein könnten.«

Aber ich will doch Schriftstellerin sein, gellte Penny innerlich, *und dafür brauche ich enge Bluejeans und einen randständigen,*

163) Klingt vielleicht etwas gereizt, aber daß man Arbeitsplätze erbt, ist die gängige Einstellungspraxis, die man nicht beim Namen nennen darf, in Irland wie anderswo, und nicht nur in Nepal und Syrien. Ihr sehr Ergebener, z.B., ist im Spudorgan zu Ruhm gelangt, trotz Morgenflatulenz und einer pampig-bolschewistischen Einstellung, dank der Emigration seines Ex-Chefs Emmet Power nach Italien und den anschließenden Umwälzungen, verbunden mit Betrug und Unterschlagung in monströsem Ausmaß, was die Suche nach einem echten Kandidaten zu einer langen, kostspieligen Tortur gemacht hätte, öffentlichkeitsmäßig (s. Killoyle. *Ein unirisches Fest*, pp. 1-2 *passim*); Sally O'Brien, um ein anderes Beispiel zu nehmen, seit vielen Jahren hochgeschätzte Vorgesetzte der hiesigen Du-

halbwegs menschenunwürdigen, lausigen Job, den ich guten Gewissens verachten kann, nicht so eine Nummer im Straßenkostüm, gut bezahlt, gut gepolstert, mit Prestige und Vergünstigungen, nichts, worauf ich mich jeden Morgen freue ...!

Aber sie sagte nichts, strahlte nur wieder. Es war diese falsch wahrgenommene enigmatische Qualität, dieser Mona-Lisa-Charakterzug, der Bescheidenheit, Tiefgang und Verläßlichkeit andeutete, der sie an die Spitze der Kandidaten katapultiert hatte. Wie absurd! Aber so war das Leben. Und das Leben hatte es an sich, plötzlich harte Teile weich zu machen, besonders wenn sie die falschen Teile waren, und nichts konnte weicher sein, als in die ausgetretenen Schuhe eines anderen zu schlüpfen. Es war wie die dynastische Erbfolge in Marokko oder wo. *Pro forma* mußten sie natürlich eine Ausschreibung veranstalten, und in den Lokalblättern würden Anzeigen sprießen wie Löwenzahn auf der Wiese, aber alle voraussichtlichen Kandidaten sollten freundlich mit einem routinemäßigen »Ihr Name kommt zu den Akten, falls sich neue Perspektiven« bla bla bla (und so weiter), abgespeist werden; und auf jeden Fall stand die Tür für Penny jetzt weit offen, was sie ihrer eigenen harten Arbeit, der heillosen Verwirrung, die Finn gestiftet hatte, sowie dem Umstand verdankte, daß Gott sie zu dem erschaffen hatte, was sie war, nämlich ein Mädel mit Hirn.[163)]

Sie hatte also Erfolg im Beruf, völlig unerwartet, und jetzt

chas-Zweigstelle (Stiftung Nationales Erbe), ist ihrem Vorgänger, Sir Errol Giggleglass, auf den Posten nachgefolgt, nachdem dieser daran gestorben war, daß er in einer bezechten Nacht am Strand stur darauf bestanden hatte, (trotz Warnungen) von der Ölpest befallene Muscheln zu essen. Es gäbe noch andere Beispiele, die meisten davon Erfolgsstorys (man denke nur an Polizeipräsident Nugent). Darüberhinaus - und vor allem - erleichtert dies quasimonarchische System den Auswahlprozeß, indem es die Arbeitsstunden reduziert, die für solch schieren profitlosen Unsinn draufgehen. Ja, in erster Linie *spart es Geld*, was in neun von zehn Körperschaften ein unschlagbares Argument ist. Auch Cousin Monk kam kurz auf diese Weise in den Genuß einer Beförderung:

saß sie auf einem kunstlederbezogenen Drehsessel mit zurückstellbarer Lehne und praktischer PVC-Fußstütze.

»Das ist ja wohl eine unglaubliche Schote«, sagte sie, »aber ich könnte mich dran gewöhnen, so gern es mir leid täte.«

Umso mehr, als Derek weg war; unter Vorhaltungen, Galle und Geifer war er davongestürmt, nachdem sie ihm die gute Nachricht übermittelt hatte.

»Das ist doch Ausverkauf, Pen«, quengelte er, finster, wobei er die Lautstärke seines Walkmans mit »Pork Pie Me Pork Pie You« regulierte, des neuesten Hits von dem in Antwerpen ansässigen Mega-Metallic-Star Jan Opdijk.[164)]

sein Chef Dave McMole (56) fiel einem Aneurysma zum Opfer, während er eines hektischen Vormittags zwischen zwei Konferenzen durch »Drücken« versuchte, Stuhlgang herbeizuführen. Dave war bei der Firma »Antilope«-Füllfedern in der Rhombus Street eine Reihe von Jahren lang (drei) Mentor des jungen Monk gewesen, und sein plötzliches Hinscheiden stürzte den Betrieb (elf Angestellte, alle männlich und alle in einem bestimmten Alter) in Stromschnellen der Ungewißheit. Schlimmer noch, jede Minute wurde ein Regierungsinspektor auf dem Gelände erwartet, und alle wußten um die empfindlichen Geldbußen, mit welchen Firmen, die ihrer Geschäftsführenden Direktoren verlustig sind, belegt werden; deshalb wurde Monk, mit seinem *savoir-faire*, wie sich das gehörte, durch stillschweigenden einstimmigen Beschluß auf den Posten berufen. »Erstklassig in Schuß, der Laden«, sagte ihm der Inspektor, drückte ihm kraftvoll die Hand und starrte ihm auf mediterrane Weise voll ins Gesicht. »Monk mein Name«, sagte Monk. »Sehr gut, weitermachen«, schoß der Inspektor zurück, drehte sich flott auf dem Absatz um und strebte zur Tür, wo er mit einer Hand auf der Klinke innehielt und über die Schulter zurückblickte. »Und äh, Dave?« »Ja?« sagte Monk, ein Beben der Verzweiflung unterdrükkend. »Der Spitzbart, mein Alter.« Er schüttelte den Kopf. »Hat's nicht. Ich würde es mal splitterfasernackt versuchen, kinntechnisch. Ist natürlich nur eine persönliche Meinung.« Und damit war er weg, eine Aura von Old Spice, Zuversicht und Präzision zurücklassend. (Was für ein Mann! Seinesgleichen werden wir, 's ist wahr, nie wieder zu sehen bekommen.) Vielleicht erübrigt es sich zu sagen, daß Monk prompt seinen Rat befolgte, was in Sekundenschnelle ge-

»Komm da bloß runter, du«, hatte Pennys ungehaltene Erwiderung gelautet. »Wenn dir nichts Besseres einfällt. Warum besorgst du dir eigentlich nicht mal einen anständigen Job?«

»Anständigen Job? Hör dir doch mal selbst zu. Wie bourgeois willst du denn noch werden?«

Siedend steckte er sich mit nervösen Zeigefingern das Haar hinter die Ohren, aber Alf hatte diesen Augenblick gewählt, um mit Bellen zu beginnen; indem er »Ver.. PISS dich!« schrie, hatte sich Derek ahnungslos (aber unterbewußt) den eigenen *coup de grâce* versetzt, den er mit einem flinken Tritt in Alfs Allerwertesten besiegelte. Der Hund jaulte, wich aber nicht zu-

schehen war, da der Spitzbart bei der Firma Fun Fair Ltd. in der Corner Street erworben und mit Mastix an der Kinnspitze befestigt worden war. Spitzbartlos preschte Monk vor. Bevor er wußte, wie ihm geschah, war er zum Assistant Senior Associate Executive Director-Manager der Füllhalter-Marketing-und-Research-Abteilung befördert worden, woraufhin er kündigte und sich mit einer Spritztour-Chaise von einem Auto nach den Neben- und Seitenstraßen von Connemara aufmachte. Immerhin, guter Rat ist guter Rat. Wie Onkel Francie zu sagen pflegte, Gott schenke seiner Seele an Seinem Ewigen Busen Ruh: Der Himmel ist deine Auster, wenn du jung bist, aber paß auf die Tauben auf.

164) Au, die Nummer kenne ich. Nicht, daß ich das toll fände, aber die Kinder nebenan halten uns manchmal damit wach, und neulich abends haben wir das auf Eurovision gesehen. Das geht so (sagen Sie Halt, wenn ich mich irre): Bumpafump bumpafump bumpafump bumpafump bumpafump bumpafump bumpafump bumpafump bumpafump bumpafump bumpafump bumpafump (jammer) IIII-oooh bumpafump bumpafump bumpafump bumpafump bumpafump bumpafump bumpafump bumpafump bumpafump bumpafump (noch lauter jammern) IIII (Text, sozusagen) Påååk Paa Mie bumpafump bumpafump bumpafump bumpafump bumpafump bumpafump bumpafump bumpafump bumpafump bumpafump bumpafump (jammer) IIIIII (noch mehr Pseudo-Text) Påååk Paa juuuuu bumpafump bumpafump bumpafump bumpafump bumpafump bumpafump ... Na, ich glaube, Sie merken, worauf es hinausläuft. Musik? Wenn die Geräusche einer schweren Geburt oder das Aufbohren einer Schotterstraße als solche zählen, was sie nicht tun.

rück; vielmehr trug er den Angriff erneut vor und ließ seine Zähne in Dereks Fußknöchel sinken. Derek kreischte. Dinge fielen zu Boden, Derek tat es ihnen nach. Im Gewühl gelang Penny mit dem Knie ein Treffer in Dereks Schritt, und kurze Zeit später schlug Penny ihre Wohnungstür hinter Derek zu und gleichzeitig im übertragenen Sinne, fand sie, eine neue Seite im Buch des Lebens auf, auf welcher Verzicht, Isolation, Zölibat standen. Na, auch in Ordnung. Sowieso zur Hölle damit, schwor sie bei sich. Sie hatte einiges Pech mit den Jungs gehabt. Mick? Nein danke. Derek? Für das, was er war, war er schmuck genug gewesen und genau, was sie gebraucht hatte, und sie hatten auch hin und wieder viel Spaß miteinander gehabt, o ja, und die Bettmusik, die sie gemacht hatten, war gelegentlich süßer gewesen als das Pfeifen von Rohrdommeln an einem wintrigen Morgen im Röhricht eines Bergsees in Wicklow; aber Sex war nicht alles, und Derek hatte, mußte man leider sagen, ein Gehirn, das besser in die Adoleszenz paßte, oder in einen Seeigel, und er spielte, was noch schlimmer war, bei Tag und Nacht seinen Musikbrei ... Lieber Gott, fast war ihr Mick McCreeks Nonstop-Diät aus Verdi und Puccini und Staubsaugerini lieber, die war wenigstens erwachsen ... *Und über eins wollen wir uns klar sein,* ermahnte sie sich süperb, *die Leiterin Öffentlicher Bücherhallen sollte sich nicht öffentlich mit einem Wanderarbeiter wie Derek am Arm sehen lassen.*

Oder mit Mick, was das betraf.

Gerechterweise muß man aber auch sagen, daß sie einen leichten Tremor der Schuld durchlebte, als die Vision vor ihrem geistigen Auge vorübertrieb, wie sie das lang verehrte, tatsächlich ikonische Abbild ihrer selbst mit Jeans, Lederjacke und Barett durch jenes im Chantal-Straßenkostüm ersetzte, cool, ironisch und irenisch, aber das Pochen der Schuld wurde sogleich von einem warmen, eben und eben und nur beinah selbstgefälligen Gefühl der Vorfreude auf Erfolg und Wohlstand ersetzt, welches wiederum geistige Bilder entfaltete, zu wunderbar, als daß man sie erzählen könnte, von Vergnügungspalästen auf glattgrünen Rasenhügeln und weißen rankenüberzogenen Häuserwänden und mageren gebräunten Körpern, die lautlos topasfarbene Fluten zerteilten, und buckligen graubraunen Inseln am Horizont und gleißenden Jaguars und Mercedessen auf Phantasie-Fahrbahnen und nicht weit entfernt davon die schlaffen weißen Handschuhe eines Fahrers, die die Hände eines Fahrers enthielten, ehrerbietig mit Wachspolitur und Fensterleder beschäftigt…

Augenblick mal, Mädchen, ermahnte sie sich. *Du wirst nur Chefbibliothekarin, keine gottverdammte Maeve Collins.*

Immerhin, fünfunddreißig Riesen waren fünfunddreißig Riesen, das ließ sich nicht bestreiten.

»Ge*wöhnen* könnte ich mich dran«, wiederholte sie später Alf gegenüber, als sie gemeinsam die Außentreppe ihres Verhaus hinabgingen, sie mit der Zuversicht eines Zweibeiners, der von seinesgleichen frisch bestätigt wurde, er mit der unsicheren, kletternden Gangart eines Vierbeiners, für den Treppen nur ein weiteres Konzept wie statische Aufladung, Fernsehapparate und Gasheizungen waren, von Menschen ersonnen, um Hunde zu verwirren.

Ja, dachte Penny und betrachtete den Verhau. Eines Tages wird all dies jemand anderem gehören. Eines baldigen Tages wird sie aus dem Verhau mit seiner billigen Beleuchtung, seinen papierdünnen Wänden und seiner Imitationsrauhkieselverputzfassade ausziehen und ihn den Abendschülern, immigrierten Kellnerinnen und Lastwagenfahrern überlassen, die ihn so redlich verdienen.

Die Oberfläche der Uphill Street, am Ende der Thomas Maher Mews, der zu Wohnungen umgebauten Stallungen und Kutscherhäuschen, schimmerte unter einem Glanz fast unsichtbaren Nieselregens. Penny blieb stehen und wartete, während Alf das Maul tief in den olfaktorischen Bekanntmachungen und Vermischten Nachrichten von anderen Hunden vergrub: einem kleinen Klumpen feuchten Grases, gründlich volluriniert. Autos fuhren vorüber. Oben flog ein Flugzeug, seine Lichter blinkten. Gegenüber stand schwarz und schweigend das indische Restaurant Koh-I-Noor. Auf einem Schild im Fenster stand »Wegen Renovierung geschlossen«, aber Renovierungsarbeiten waren unsichtbar. Alf überwältigte alle anderen Gerüche mit seinem eigenen, indem er ein Bein hob, sich dann straffte; dann aber richteten sich seine Ohren auf, und sein Körper wurde starr.

»Alf!« verkündete er im Ton eines Hundes, der etwas oder jemanden von potentiellem Interesse entdeckt hat. Als dies stellten sich, aus dem Dunst, ein Mann, eine Frau und ein weiterer Hund heraus. Der Hund vergalt Ralfs Interesse mit Interesse, und bald war die feuchte Luft von den heiseren Begrüßungen erfüllt, wie sie gemeinhin von einander persönlich unbekannten Hunden ausgetauscht werden, sowie von den fruchtlosen Appellen ihrer Besitzer.

Rarararararararararararaf.

Alf! Alf! Alf! Grrrrrrrrrrrrrr... Alf!

Rrrrrraarrararararar.... Rarr!

ALF! ALF! ALF!

»Nu hör schon auf damit.«

»Komm her, du verdammte Töle.«

»Halt endlich mal das Maul.«

ALF! ALF! ALF!

»Sitz, Alf! Sitz, Sir!«

»Strongbow! Böser Hund!

Rrrrrraarrarararararar.... Rarr!

»Ach, hallo, Penny.«

»Ach. Du bist's.«

Rarr!

ALF!

Und in der Tat war es Mick McCreek, einen Tick gepflegter als letztens, das Haar außer an den Seiten ein bißchen unter Kontrolle (Romano-Gel? er würde es nie richtig hinkriegen) und mit derselben alten Bomberjacke-und-T-Shirt-Kombi, an die sie sich so gut erinnerte; doch siehe, er war in Gesellschaft einer Frau, reif, sogar elegant, in jeder sichtbaren Hinsicht. Ihre Statur, Frisur, Figur, Ausstattung waren verdammt nah an der Avenue Montaigne dran, oder doch zumindest an der Regent Street (naja, vielleicht zur Not auch an der Grafton Street). Auf jeden Fall definierte ihre Erscheinung das obere Segment des gehobenen Anspruchs. Sie war das, was Penny nach einer gewissen Zeit in der Führungsetage des Bibliothekswesens auch sein würde, dachte Penny; und der Gedanke war gut, oder zumindest nicht so schlecht, wie sie gedacht hatte, und *so* toll waren die beständigen Ablehnungsschreiben aus den Verlagen auch wieder nicht. (Und wer brauchte schon weitere Schriftsteller?)

»Äh, Pen, dies ist Kathy McRory.«

»Tag, Pen. Steht doch für Penny, ja?«

»Tach. Penny Burke. Freutmichun'ehrtmich«, sagte Penny in ihrem Bin-das-Mädel-auf-dem-Radel-und-wohn-hier-in-der-Gegend-Stil.

»ALF!«

»Hübscher Rüde«, sagte Kathy McRory. »Oder ist es eine Hündin?«

»Nein, Rüde. Er ist aber auch hübsch«, sagte Penny, indem sie Mick kühn in eine weibliche Verschwörung verwickelte, wer den besseren Kerl hatte – bzw. eingebüßt hatte. Kathy lachte, ein klares und deutliches Ha! Ha!, als hätte sie an der Kgl. Akademie für die Darstellenden Künste Lachen studiert, für Alf und Strongbow ein Signal, die Feindseligkeiten wiederaufzunehmen.

Alf Alf!

RAAAR! Rarararararararararaarrr . . .

Die Hunde, obwohl nach Hundeart irritierend, waren eine willkommene Ablenkung von den betreten machenden Notwendigkeiten der Gesprächsführung. Mick, kein echter Hundenarr – »Sind schon in Ordnung, also, immer noch besser als Katzen, falls Sie verstehen, was ich meine?« – gab unbeholfene Kommentare zu Strongbows stachligem im Gegensatz zu Alfs lockigem Fell ab. Dies verhalf den Frauen zu einem Moment vereinter Herablassung gegenüber dem törichten Mann in ihrer Mitte, und latente Feindseligkeit verdampfte wie der Tau eines Sommermorgens.

Das war sie also, von der er erzählt hatte, dachte Kathy. Gestern nacht, nach der Kneipe. Als sie zu seiner Wohnung zurückgegangen waren. Und er sich eines Platzes in ihrem Leben würdig erwiesen hatte, und in ihrem Bett.

Aha! dachte Penny. Da hat er einen guten Fang gemacht, sie weniger, obwohl (und hier traf sie ins Schwarze) *sie aber allermindestens vierzig ist*, und über vierzig hat man nicht mehr groß die Wahl (überlegte die siebenundzwanzig Jahre alte zukünftige Leiterin der Öffentlichen Bücherhallen). Trotzdem sackte in ihrem Herzen etwas ab. Nicht, daß sie Mick vermißte, übermäßig; netter Kerl und alles, aber sie paßten nicht gut zueinander, und fertig. Autos, Bubenhaftigkeit und italienische Oper, damit hatte sie nichts am Hut. Doch dann hinwiederum. Jenseits von ihm (und Derek) erstreckte sich Einsamkeit, abgesehen von Alf.

ALF! ALF!

Rarararararaaar!

Entschlossenes Zerren an Leinen stellte eine Scheinordnung wieder her, aber Unbehaglichkeit – die Original-Unbehaglichkeit, keine Schein-Unbehaglichkeit – kroch heran wie der sie umgebende Herbstnebel. Penny öffnete den Mund, um eine abschiedsanzeigende Banalität zu äußern – »Tja!« oder »Ja dann« oder (wobei sich die Stimme auf dem falschen Teil des Zwielauts hob) »So-o« –, aber Mick platzte mit einer Bemerkung dazwischen.

»Kathy ist die Herausgeberin von *Glam*«, sagte er, stolz, als widerstrebe es ihm, das Treffen zu beenden, ohne diese Ansage gemacht zu haben. »Sie ist meine zukünftige Arbeitgeberin, stimmt doch, oder.«

»Könnte gut sein«, sagte Kathy. Sie lächelte, erst ihn, dann Penny an. »Ich habe Mick einen Job als Auto-, Motor- und Sportkorrespondent angeboten. Ich denke mal, qualifiziert ist er.«

»Volle Socke«, sagte Penny. »Auto, Motor und Sport, was? Mann, da freust du dich doch bestimmt wie ein Schneekönig, Mick.«

»Tu ich auch. Gar kein schlechter Auftritt. Da kann ich jede Woche ein anderes Auto fahren.« Er hielt inne, merkte, wie jungenhaft - aber nein, bubenhaft - er sich anhörte. »Und komme außerdem auch noch ein bißchen herum, sagt sie. Ey?«

»Vielleicht. Wenn du ein braver Junge bist. Und versprichst, mir diese italienischen Speisekarten zu übersetzen.«

»Für manche das Paradies. Hey«, sagte Penny, bemüht zu wirken, als breche sie nun aber wirklich auf, und vom plötzlich feuereifrigen Alf mit dringenden Schwimmbewegungen der Vorderpfoten zollweise seitlich weggenötigt, »Sie sollten mal in die Bibliothek kommen und uns einen kleinen Vortrag halten. Über die Zeitschrift und so. Journalismus, egal, worüber. Ich leite den Laden jetzt nämlich, wissen Sie.«

»O ja, das wissen wir«, sagte Kathy. »Nach der Geschichte mit diesem Finn –, unglaublich. Was für eine Farce. Wir werden etwas Kurzes über die ganze traurige Angelegenheit bringen.«

Und so schieden sie voneinander.

* * * * *

Mick und Kathy gingen schweigend unter einer Unbehaglichkeit von der Größe Gibraltars dahin. Davon mal ganz abgesehen, daß sie bei ihrem ersten gemeinsamen Spaziergang Micks Ex-Freundin über den Weg gelaufen waren, hatten beide den anderen zum erstenmal in einem gesellschaftlichen Rahmen gesehen. Beide analysierten deshalb eifrig die Bedeutung von diesem und jenem, wiederholten sich im Geiste alles, was gesagt worden war, diesen Blick, jene Anspielung, solche Bezüge zu echten oder eingebildeten Dingen und Andeutungen (eingebildet, sämtlich) erneut abrufend –, verspürten aber auch beide den dringenden Wunsch, den anderen zu beruhigen, weshalb naturgemäß beide gleichzeitig sprachen und die über ihnen hangende Wolke der Unbehaglichkeit zum Cumulonimbus (mit Amboß) aufbliesen, bevor sie in gegenseitiger Übereinstimmung darüber, daß das Leben ein komischer alter

Eimer voll Scheiße ist, lachten und jeweils (Kathy zuerst) folgendes sagten:

»Das war jetzt also Penny.«

Dann Mick:

»Ja.«

Noch einmal Kathy:

»Wir fahren also nach Italien, ja?«

Dann wieder Mick:

»Jau.«

»Gut, daß wir zufällig auch ein Büro in Mailand haben.«

»Verdammt gut, acushla.«

Dann Strongbow, der etwas entdeckt hatte, was, wie er hätte schwören können, eine Katze war:

»Rarrr! Rarararararararararrrr. Rarararr«,

was sich aber als Tragetüte mit Zwiebelaroma von Toolan's Markets entpuppte, welche, der kalten Nachtbrise einen Schritt voraus, vor dieser floh.

»Rrrrf«, überlegte Strongbow scharf, aber seine Menschen beachteten ihn nicht, ineinander verkrallt, wie sie in einem Spektakel waren, das bis in die Zehennägel - die des Spektakels oder die der Spektakelnden - filmisch wirkte, sogar in Abwesenheit einer anständigen Filmmusik von, sagen wir, Jerry Goldsmith oder John Williams; aber sie machten weiter und küßten sich trotzdem, ohne des schäbigen Soundtracks zu achten, wie er das richtige Leben in Gestalt von zween Milchwagen bietet – einer von Tony gesteuert, der andere von Colm, beide von der Molkerei Brosnahan –, sowie natürlich die stets tutenden Schiffe auf See; und so, mäandrierend, zu Bett (seins: günstiger gelegen).

Ach, Mick! Ach, Kathy!

Ach, Sex! Ach, Jugend! Ach, mittleres Alter!

Schwarz ausblenden, oder perlgrau.

25

Wieder einmal war unsere schöne Stadt in der Presse fast der ganzen Nation auf der Titelseite, und das nicht wegen ihrer touristischen Attraktionen. Obwohl die *Weterford Osprey-Gazette* sich die Zeit nahm, »die herrliche Umgebung des Schreins der Unsichtbaren Jungfrau« und »das unerreichte Shopping, das man in den Shops, die als ›The Shops‹ bekannt sind, betreiben kann«, sowie auch »die einzigartige Attraktion, die das Tanzen in Laddi's Disco darstellt, wo einst Priester von der Kanzel herab gegen die Gefahren des Tanzens usw. wetterten« zu erwähnen; andere Veröffentlichungen befaßten sich direkter mit den Vorkommnissen des Augenblicks.

»Verzweifelter Versuch von Splittergruppe, Friedensprozeß zu sabotieren«, quasselte feierlich der Leitartikel der *Tir-Na-Nog Times*;

»Wahnsinniger Bibliothekar verduftet«, kreischte die *Clurichaun Chronicle*;

»Exterrorboß haut ab«, plärrte der *Innisfree Independent*.

Und was nun den *Hiberno-Manx Herald* betraf, so tat er es nicht unter »Marbella immer noch der Hit für Sonnenanbeter in der Nachsaison« –, o, und in der linken Spalte unten auf Seite 3: »Böse Buben bombardieren Bierbankett«. Andere Zeitungen und Zeitschriften wandten ihren wäßrigen Blick nach draußen, auf Weltereignisse von repetitiver Monotonie, wie die ewigen Krawalle im Mittleren Osten, in Südostasien und Afrika, Ereignisse und Schauplätze, die für neunundneunzig Prozent der großen irischen Nation von keinerlei Interesse waren, mochte auch eine Million sterben und eine weitere erkranken …, jedoch noch weit mehr Bekanntmachungsorgane konzentrierten ihr begrenztes Aufmerksamkeitspotential auf Titelseitenkrachkram im Zusammenhang mit regionalen Sportveranstaltungen, z. B. »Kippt Laois Offaly? Wir berichten Tag und Nacht«, oder »Grafschaft leidet: Millionen betrauern Kilkennys Niederlage im Croke Park«, oder Promi-Klatsch von der »Deandra Drake landet in Shannon; hebt gleich wieder ab«-Sorte. Eines oder zwei ignorierten sogar alles oben Erwähnte und zogen es vor, forsch-fröhlich über den Preis von Futtermitteln für Rinder oder die Eigenschaften von *Easi-fert*-Dünger zu faseln.[165)] Hätte es natürlich einen im Fernsehen übertragenen Prozeß oder eine aufsehenerregende Verhaftung oder einen *wirklich schlimmen* Bombeneinsatz gegeben, so hätte das die Aufmerksamkeit der Presse einmütig auf sich gezogen; aber die Tage vergingen, und nichts geschah. Nachrichten tröpfelten herein, trockneten langsam und tröpfelten erneut. Aus Frankreich hieß es, zwei Männer, auf welche die Beschreibung der Flüchtigen McGinty und Finn zutreffe, seien in der Nähe von La Rochelle in einem Codec-Supermarkt gesehen worden, wo der eine – *»un gros, oui?«* – eine Flasche *Wild Space*-Aftershave, zwanzig filterlose *Obélix*-Lullen,

165) Ah, das dürften die Bauernmagazine der Midlands sein, Scholle-und-Wolle-Blätter, meist aus Longford und Leitrim, mit einer schweren Dosis Roscommon-oder-Gartenfarm-Bewirtschaftung. Und jetzt, da Sie's erwähnen, erinnere ich mich, daß Vetter Monk früh in seiner schneckenschnellen Karriere als 2. Redaktionsassistent für den *Zuchtspiegel* in Longford gearbeitet hat. Er machte sich zunächst ganz gut, weil er die Art Mensch ist, die was kann, wenn sie mit dem Kopf an eine Sache herangeht, aber im Laufe weniger Tage wurde ihm klar, daß es einem, wenn man den ganzen Tag Berichte über Dünger und Gebärmütter liest, den Appetit für's Abendessen verdirbt, und er kündigte. Den Rücken gewandt und die buckligen Schultern verquer – und auf dem abgewandten Gesicht einen Ausdruck von Wut und Qual – gab der Herausgeber, ein gewisser »Quasimodo« Fitzpatrick, seine unwirsche Einwilligung, aber noch in derselben Nacht griff ebenjener Quasi den armen Monk mit gekreuzten Marlspiekern und zwei Knüppeln an, im Durchgang hinter Gill's Bar & Grill, woraus Monk gerade, von Shan-

einen Liter halb-fettarmer Milch und hundert scharfe Würstchen in der praktischen Familienpackung gekauft habe; der andere dagegen – *»un mince, oui?«* – habe eine Zeitlang vor dem Damenklo herumgelungert und verschiedene Sonnenbrillen aufprobiert. Der erste Mann sei später auf der Standspur der Autoroute erneut gesehen worden, wo er mit der Faust auf die Motorhaube seines Wagens, eines Ford Mondrian, eingeschlagen habe; aber der dünne Mann sei verschwunden, es sei denn, er wäre der Mann gewesen, der mit seiner *»voiture étrangère«* nahe Biarritz eine Panne gehabt, einen vorüberfahrenden Kraftfahrer angehalten habe, aber hinter einen Busch gerannt sei, als der Autobahn-Samariter ausgestiegen – und sofort wieder eingestiegen sei, als laute *»Allez vous-en«*-Rufe mit starkem »englischen« (wie der Herr, der noch nie Frankreich verlassen hatte, es ausdrückte) Akzent hinter dem Busch zu hören gewesen (und auch tatsächlich gehört worden) seien.

»Ich nahm an, der englische Monsieur habe einen angelsächsischen Witz gemacht oder ein plötzliches Bedürfnis nach physischer Erleichterung verspürt. Wissen Sie? Da bin ich weitergefahren.«

non-Forelle, mehreren kleinen braunen Krügen Porter und dem Vergnügen an seiner eigenen Gesellschaft erfüllt, auftauchte. Für Quasi unerwartet, erwies sich der olle Monk als einer jener Burschen, die schwer zu reizen sind, sich aber, einmal gereizt, trefflich schlagen; und seine unvermutete Beherrschung von Kentnagano, der altehrwürdigen, aus Hokkaido stammenden Kunst des Knüppelfechtens, kam ihm dabei sehr zustatten. Bald hatte er Fitzpatrick zu Boden gedrückt, der um Frieden und eine zweite Chance betete, ein weiseres und traurigeres Leben führen zu dürfen. Amen, Quasi. (Er versucht sein Bestes, der Bursche. Als letztes haben wir gehört, daß er zweiter Knecht auf einem Landgut in Dumfriesshire ist, das einst James Boswell gehörte; es heißt sogar, er habe seinen Namen qua Absichtserklärung in Quasimodo Boswell umändern lassen.) Sie können alles darüber auf Victor Hasdrubal-Scotts neuer Alte-Zeitungen-Website nachlesen, die jetzt Emerald Mats Worldwide gehört, unter www.goodoldvictorhasdrubalscottsnicebigneworldnewspaperswebsite.com.

»Physische Erleichterung, das kann man wohl sagen«, maulte Polizeikommissar Nugent. Er legte auf und betrachtete aus dem Fenster den Schulhof nebenan. Dort dribbelte ein kleiner Junge einen Fußball: zack *plopp*, zack *plopp*, zack *plopp*. Dieser kleine Junge war er einst gewesen, sann der Kommissar müßig.

»Nun?« sagte sein Besuch mit einer Stimme, die weiblicher als die des Kommissars klang, mit – tatsächlich – einer weiblichen Stimme und einem komischen Akzent –, walisisch? Arabisch?

»Nun, irgendwo da draußen sind sie, mehr kann ich dazu nicht sagen.«

»Nun, dann werde ich sie finden.«

Indisch, aber ja *doch.*

»Nun, dann müssen Sie allmählich los.«

Der Kommissar drehte sich auf seinem Drehsessel, seine Hände formten nervös die gern imitierte Finger-Kapelle des Schreibtischbewohners, welche für Nachdenken und/oder die Entschlossenheit, nicht kribbelig zu werden, steht.

»Ihre Leute haben mich gestern abend angerufen, Major«, sagte er. »Ein Bursche namens Nahveed, aus Neu-Delhi?«

»Ach, der«, sagte die Gesprächspartnerin des Kommissars, auf ihrem Stuhl zurückgelehnt, ganz beherrscht und gelassen, und genoß die Identität, die ihr von ihren vielen Persönlichkeiten die wesensgemäßeste war, nämlich die von Maj. Rashmi Vishnapuram vom IIS (Indian Intelligence Service), Abt. Forschung und Analyse, RAW (Research and Analytical Wing). »Er ist ein Zwerg.«

»Ah. Sie meinen, rangniedrig? Ein Affe, der sich bemüht, die eingefettete Fahnenstange zu erklimmen? Der fleischgewordene Ehrgeiz?«

»Der fleischgewordene Ehrgeiz trifft es genau, aber nein, er ist ein echter Zwerg. Ein Meter zehn, glaube ich. Aber was für ein Intellekt! Und er macht einen göttlichen Manhattan.« Etwa eine Sekunde lang ritt die feurige Maid auf dem Gedanken wie auf einem Hengst zum Fenster hinaus und über die Weiden einer fernen Traumwelt, dann warf sie die rabenschwarzen

Kaskaden ihrer Locken zurück, glättete ihr Khaki-Kleid und war plötzlich (als der Kommissar gerade aufschrecken wollte) ganz geschäftsmäßig. »Was wollte er denn?«

»Och er äh ich.«

»Weil ich Ihnen nämlich versichern kann, daß Nahveed keine Mätzchen macht, wenn er an einem Fall dran ist. Was er will, das kriegt er auch. Oder Gott gnade seinen Widersachern. Also was wollte er denn?«

»Eigentlich nur, daß ich ihm einen Bericht über den gesamten Vorgang faxe. Ihre Zusammenarbeit mit uns, oder *deren* Zusammenarbeit - eher deren totales Ausbleiben - mit der G2, und natürlich die gesamte *Emerald Mats*-Schweinerei und die Beteiligung der Belfast Brigade - ihre ›verborgene Hand‹, wie er das, ganz phantasievoll, fand ich, nannte - allüberall.«

»Ja. Sogar in Paschtunistan, um Himmels willen.«

»Ja.« Wo immer das beim Geier sein mochte. Aber der Kommissar blieb, äußerlich, gefaßt, streng, mannhaft. »Ach, diese pakistanischen Angestellten von Emerald Mats, die sich als Inder verkleidet hatten? Gott weiß, daß sie deportiert werden können, wenn all dies vorüber ist, aber ich kann nichts versprechen, das liegt alles bei der G2 und ihren Kriechern im Außenministerium.«

»Zu schade. Ich hatte auf Trophäen gehofft. Ich wollte mindestens den Organisator des europäischen Ablegers der Kaschmir-Pandschab-Koalitionszelle mitbringen, diesen Jamal Jaffrey –, ich meine, deshalb bin ich ja wohl hergeschickt worden, stimmt's?«

»Um diesen Jaffrey-Menschen zu fangen ...?«

»Nein, nein, um ihre Tarnung auffliegen zu lassen. Um die Verbindungen zwischen diesen Typen und der IRA, den Basken und der Madras-Mungo-Subfraktion der Tamil-Nadu-Unabhängigkeitsbewegung aufzudecken.«

»Mensch«, sagte der Kommissar und dachte nicht zum erstenmal, was dieser Major doch für eine verdammenswert attraktive Frau war, daß sie aber auf täglicher - oder häuslicher - Basis wohl eher eine ziemliche Nervensäge sein könnte ...

... naja, wer – oder was – war das nicht...

(Der Kommissar war 54, unverheiratet, bodenständig, ein Profi bis ins tiefste Mark und normalerweise die Ruhe selbst, aber ein Mann hat seine Bedürfnisse.)

»... und allein schon die *Vor*stellung, daß mein armer Cousin Anil etwas damit zu tun gehabt hätte! Der törichte Wicht!«

»Ich weiß. Armer Bastard. O, Entschuldigung. Aber keine Sorge, wir werden diese entsetzliche Fehlleistung der Eingreiftruppe wiedergutmachen. Treten zu sehr in Erscheinung, wenn man sie nicht braucht, und wenn man sie braucht, sind sie sonstwo, ey? Es ist uns also gelungen, alle schwebenden Klagen abzuschmettern, wissen Sie, die Art Zeugs. Und war da noch was mit einer Lizenz für das Beschicken von Banketten? Das hat unsere Rechtsabteilung in Arbeit.«

»Gehört sich unter den Umständen auch so, ich meine, ausgerechnet der arme alte Anil! Hat sich dann aber doch als ziemliche Brutstätte herausgestellt, stimmt's. Nicht nur all die anderen, über die wir gesprochen haben, sondern auch die Moslemgruppen aus Kaschmir, und natürlich *last*, aber keinesfalls *least*, wie konnte ich sie nur vergessen, diese bekloppten Soldaten des Brian O'Nolan...«

»Die sich als wenig mehr denn Tarnveranstaltung für die Jungs in Spanien herausstellten, von einem vertrottelten alten Kauz geleitet, der gern Soldat gespielt hat. Das hat mich echt kalt erwischt, muß ich gestehen. Besonders, als wir den Film gesehen haben, den Sie während des fingierten Überfalls gedreht haben ..., und, übrigens, gratuliere zu dieser Großtat. Dazu brauchte man wirklich, äh«, er suchte nach ersprießlichen Alternativausdrücken für das Wort und das Konzept von...

»Klöten?« sagte Rashmi. »Danke.« Sie lachte in sich hinein. »Der Überfall war alles andere als fingiert. Es war ein echter Überfall, und er lief ganz prima ab. Ohne jede Frage wäre er mißglückt, wenn ich mich an Ihren Rat gehalten hätte, nehmen Sie mir das jetzt nicht übel, und mit der Sondereingreiftruppe zusammengearbeitet hätte. Danke nein, keine Profis.

Wenn man will, daß etwas klappt, nehme man einen Amateur, das ist mein Rat.«

»Und dann wollte ich Sie noch für Ihren verdeckten Job im Kerker loben. Naja, im Stadtgefängnis. Dazu waren ebenfalls äh äh Klöten erforderlich.«

»Vielen herzlichen Dank, Herr Polizist! Gehört alles zum Job, wissen Sie. Hat richtig Spaß gemacht mit all den Gewerbsmäßigen und Fummeltrinen. Erst dachten sie, ich wäre auch eine. Später wurde mir dann klar, daß diese Kaschmiri-Torten in Wirklichkeit zu einem internationalen Prostitutionsring gehörten. Ich hatte keinerlei Hinweis, aber hinterher ist man immer schlauer.«

»Ja, na ja. Wir haben viel daraus gelernt. Auch aus dem Überfall. Und ich kann Ihnen sagen, die Hälfte der Burschen im Raum haben diesen Harry Batasuna erkannt, sobald sie ihn in Ihrem Film sehen. Üble Fehlkalkulation seinerseits, ohne Verkleidung vor die Tür zu gehen. Aber unsere Jungs haben ihn ausfindig gemacht, einfach ...«, machte der Kommissar und wollte mit Mittelfinger und Daumen der rechten Hand schnipsen, aber die Adhäsion fehlte, und er brachte nur ein trocken krümeliges Geräusch hervor, »... so.«

Aber Rashmi blickte in die mittlere - oder obere - Ferne, an seiner Schulter vorbei, wo sich an der unverputzten Backsteinwand gegenüber Licht und Schatten in rechten Winkeln-trafen und sie machtvoll an den Hof eines Restaurants (JiJi's) in Delhi erinnerten, welches mit Jugend und Leidenschaft und blauen Himmeln, tief genug, um sich in sie zu stürzen, in Verbindung gebracht wurde, tatsächlich so machtvoll, daß sie ein kaum hörbares Keuchen ausstieß, bevor sie wieder am Gespräch teilnahm.

»Ja«, sagte sie. »Es war auf seine Weise lustig. Aber unglücklicherweise sind dabei Menschen zu Tode gekommen, obwohl das ja wirklich ein absurder Ort war, genau wie die *Emerald-Mats*-Fabrik. Zu schade, das mit diesem Goone. Ich glaube nicht, daß er irgendwas darüber gewußt hat.«

»Wußte er auch nicht. Er mag durchaus Kontakt zu IRA-

Strohmännern gehabt haben. Er brüstete sich ja auch, soweit ich weiß, damit, ein mit allen Wassern gewaschener Geschäftsmann zu sein. Aber solche geriebenen Geschäftsmänner, Tschuldigung, Geschäfts*leute* sind oft wie die Kindlein im tiefen Forst, wenn es um Zwischenmenschliches geht. Wenn sie tatsächlich mit Menschen zu tun haben, meine ich, nicht nur mit dem Aufspüren ihrer Schwächen.«

»Sehr scharfsinnig beobachtet, Herr Kommissar. Und Sie haben natürlich völlig recht. Ich meine, sehen Sie sich seinen wahnsinnigen kleinen Freund an. In dem hat er sich doch ziemlich gründlich getäuscht, oder?«

»Mmm«, sagte der Kommissar.

»Diesen Fall wird die indische Presse nur so aufschlabbern, kann ich Ihnen sagen. In Indien ist die Gier auf Sexklatsch unstillbar, unSTILL-bar. Die meisten blutrünstigen Details habe ich an meine beiden Kontaktpersonen in Haresh's Hideaway weitergereicht.«

»Ah. Die beiden Kellnerjungs?«

»Ja. Sie lieben solche Geschichten. Besonders schwule Dramen, in denen der eine Typ Frauenkleider trägt, weil die Bollywood-Dramen so stino sind, daß sich alles dumm und krumm langweilt.«

»Bolly …?«

Rashmi nahm zur Kenntnis, daß der Kommissar sich in kartografisch nicht verzeichneten Gewässern abstrampelte.

»Die indische Filmindustrie. Mit Sitz in Bombay, oder Mumbai, wie wir es jetzt nennen …, wie Hollywood, verstehen

166) Schönes Bild (um im Bild zu bleiben). Das kann ich nur bestätigen. Besonders die Augen haben sowas. Wie auf verschiedenen Gemälden: Klaas Erschnitts »Kopf Johannes des Täufers auf einem Bett von Reis mit Schalotten, jungen Champignons und einem Gurkensalat« (1649) kommt einem in den Sinn, sowie das von mir überhaupt nicht geschätzte »Entfernen des Kopfes eines unterdrückerischen weißen homophoben rassistischen europäischen männlich-hegemonialen kolonialistischen Oberherrn und somit die symbolische Enthauptung der faschistischen Vergangenheit« (1987)

Sie? Bolly …? Na, auch egal. Haben Sie übrigens gehört, daß der Loverboy ein Gnadengesuch eingereicht hat, er wolle wegen exzessiver Einsamkeit und Seelenpein aus dem Knast entlassen werden?«

»Naja, entweder das oder.«

»Arschficken à gogo, und das lebenslänglich. Ich weiß. Aber trotzdem. Immerhin *hat* er den Typ abgemurkst.«

»Hat er. Aber Sie glauben gar nicht, wie milde manche dieser Richter sind. Grenzt an Manie, wenn Sie mich fragen.«

»Apropos Richter, was ist mit Richter O'Mallet? Was hat er zu gewärtigen?«

Rashmi saß behaglich auf einem Sessel mit erhöhter Dreh-Kapazität, wodurch sie in der Lage war, den faden Kommissar mit einem gelegentlichen mädchenhaften Dreher ungeschützt zu erwischen. So geschah es auch jetzt, da er mit einer Erwiderung rang. Als sie zu ihrem Ausgangspunkt zurückkehrte, hatte er sich abgewandt und starrte auf den Hof, der jetzt verwaist war, weil – vom Anblick eines strengen Erwachsenengesichts, welches durch das Fenster grimassierte, alarmiert (der Kommissar hatte in den vielen Jahren seiner Junggesellenschaft mimische *tics* entwickelt, deren er sich völlig unbewußt war, wie z. B. die Tendenz, den Mund klaffend weit zu öffnen und gleichzeitig die Augen nach oben zu rollen und die Zunge nach Art eines enthaupteten Kopfs rauszustrecken, wie, tja, die von Johannes dem Täufer auf den Gemälden der alten Meister[166])) –, der kleine Fußballdribbler seinen Fußball woandershin gedribbelt hatte. Keine beseelte Bewegung war ge-

des radikalen Scheunenkünstlers Giles Sarasate-Carmen. Der ist übrigens auch ein ziemlicher *hombre*, dieser Giles. Ich habe ihn mal in einer Disco in Marrakesch getroffen, in den frühen Siebzigern, in Gesellschaft seiner damaligen Geliebten, Henrietta Hissler. »Ooooh«, quietschte Henrietta, als sie den Blick auf mich stülpte, und rannte aufreizend X-beinig davon. Ich versprach zu folgen, aber leider traten Seine Gnaden vor mich hin und versperrten mir die Sicht. »Ola! Sind Sie langweilig?« wollte er von mir wissen. Ich bekannte mich schuldig, worauf Giles auf der Hacke herumwirbelte und, *avec*

blieben. Nur Blätter rutschten über den Boden, und Wolken rasten über den frisch windgewaschenen Herbsthimmel, der den Kommissar an den Himmel über dem Pferderennen in Leopardstown erinnerte, wo er zum erstenmal sein Glück beim Wetten versucht hatte, damals '72 (und Angela kennen gelernt –, aber das geht Sie nun wirklich nichts an).

»Richter O'Mallet, je nun. Er ist ein alter Freund, wissen Sie. Ich meine, Sie wissen doch, wie sowas läuft.«

»Das weiß ich wohl, Herr Kommissar, das weiß ich wohl. Bei der RAW geht auch nicht immer alles mit rechten Dingen zu, manchmal sogar das genaue Gegenteil, das können Sie mir glauben.«

»Er hat ja wohl genug durchgemacht, oder. Ich erwarte, daß er einfach zurücktritt. Man muß den Mann ja nicht noch zusätzlich quälen, wenn er schon den Sohn verloren hat.«

»Genau. Das überlasse ich Ihnen.« Anhänger klimperten an Rashmis Handgelenken, als sie die ausladende Geste des Überlassens machte. »Verfahren Sie komplett nach eigenem Ermessen. Ist doch sowieso Ihre Chose, wie? Achten Sie nur darauf, daß Sie in Ihrem Fax an Nahveed nett sind.«

»Eben jetzt arbeitet mein Hauptkommissar daran. Nein, nein, Major, wir wollen doch Ihre Leute nicht verprellen. Sie waren eine große Hilfe, und wir sind Ihnen dafür, daß Sie das mit den Soldaten des Brian O'Nolan aufgedeckt haben, großen Dank schuldig, und was die Tamilen- und die Kaschmir-Connection betrifft, so werden wir tun, was wir können. Wollte ich Ihnen nur auch noch eben sagen.«

»Wie schön, Herr Kommissar. Und teilen Sie bitte Nahveed

superbe, ansagte: »Dann gehen Sie weg. Ich bin Künstler. Langweilige Menschen langweilen mich.« Das Letzte, was ich von ihm gesehen habe, war, wie er seine farbeverschmierten Hände überall auf dem Gemälde eines anderen hatte (Rembrandt, glaube ich) und es so zum eigenen Werk transformierte, geschätztes Anfangsgebot $50.000, – bei Southby's. Was Henrietta betrifft, so haben wir uns später wiedergesehen, im Rigolo's in der Via Montenapoleone, aber das war es schon nicht mehr so ganz.

kurz mit, daß ich in etwa einer Woche wieder in Delhi bin, aber erst noch nach Frankreich oder Spanien muß, oder wo diese Heinis inzwischen sind. Ich bin hinter diesem Harry Batasuna her. Meistgesucht in fünf Ländern, einschließlich Indien und Sri Lanka. Die Tamilen-Kaschmir-Connection, wissen Sie.«

Diese Heinis. Manchmal klang sie wie eine Figur in einem alten Terry-Thomas- oder Peter-Sellers-Film, dachte der Kommissar. *Ausgerechnet Charlie Brown* oder sowas, mit einem Spritzer Rider Haggard. Machte sie irgendwie noch ungewöhnlicher. (Man lese: noch attraktiver, für gewisse alternde Kommissare der Gardai Síochana.)

»Sie sind eine tapfere Frau, Major äh.« Er war entschlossen, es richtig zu machen. »Vash-na-*pu*-ram.« Wenn man Ausbildung und Herkunft des Kommissars bedachte, und die strenge Sterilität des Behördenlebens, in welchem Einzelgefühle so schonungslos ausgelöscht wurden wie in Stalins Rußland, dann war dies für ihn so nah an einer ausgewachsenen Anbaggereinheit wie überhaupt nur möglich; obwohl er als Ire, noch dazu als unverheirateter (wenngleich Vater eines unehelichen Sohnes, inzwischen Parlamentsabgeordneter für Offaly-Ost[167)]), durchaus, ohne allzu dreist zu wirken, vorschlagen konnte, ob man nicht vielleicht noch auf eine kleine Pint wohingehen wolle; weshalb er das auch tat.

»Würden Sie, ömm? Hier in der Straße? Ein Getränk? Nur, naja, fünf Minuten. Oder das Hotel? Das Bierfestival? Heute ist doch die Bierchenzapf-Olympiade, aus gutem Grund verschoben ...«

167) Der? Was Sie nicht sagen. Daß er ein Bastard ist, habe ich schon immer gewußt, schließlich ist er bei der Fine Gael, aber doch nicht, Sie wissen schon ..., so, so. Aber jetzt, da Sie es erwähnen, er *hat* sowas Polizeiliches um die Kinnpartie herum, von seinen Schuhen und Hosen und diesem Fahrrad ganz zu schweigen, mit dem er immer zur Arbeit und wieder nach Hause fährt, und Gott weiß, daß er bei allem, von Lachsfischerei bis Führerscheinvergabe, den Standpunkt der Gardai bezieht, oder etwa nicht? Merkwürdig, daß er diese be-

Major Vashnapurams Antwortgelächter überklimperte die Anhänger an ihren Armbändern.

»Aber, Herr Kommissar, Sie machen doch wohl keinen Annäherungsversuch, oder?« Sie verpaßte ihm einen Blick, der, wie dem Kommissar zu dämmern begann, sehr wohl ihre Spezialität bei Verhören sein konnte, ein durch kein Blinzeln gemildertes und irgendwie höhnisches Starren, welches jeweils den vorletzten Schritt auf der Straße in die Verführung oder das kühle Maßnehmen einer Frau bedeuten konnte, die einem gleich in die Eier treten wird. So leuchtkräftig und voller geheimer Gemächer waren ihre *kohl*-umrandeten Augen, daß sich der Durchschnittsmacker leicht darin verirren konnte. Und wenn er etwas war, dann war Kommissar Nugent der Durchschnittsmacker.

»Nun, Herr Kommissar?«

Der Kommissar wurde so backsteinrot wie die Backsteine an der Wand gegenüber und fummelte angelegentlich mit einem Gummiband.

»Ganz und gar nicht«, sagte er und zog sich hinter die Sturheit zurück, den Freund und Helfer des Polizisten. »Wollte die Sache nur auf traditionelle irische Weise zum Abschluß bringen, mehr war es nicht.«

»Nun, ich wäre entzückt, auf traditionelle indische Weise.«

Ja, auf dieser Welt wirken Kräfte, mächtiger noch als das sexuelle Charisma der Frauen, auf Männer ein, und einige dieser Kräfte sind machtvoll fürwahr, Ehrgeiz ist eine, Habgier und Begehrlichkeit sind andere, und der Drang, Gutes zu tun, ist die mächtigste von allen; aber alle sind verbundene Stränge im Geweb aus Überleben und Fortpflanzung, und keine hat die ausweidende Unmittelbarkeit der Lust, oder Sehnsucht,

kloppte Lehrerin aus Oban geheiratet hat, aber. Sie ist Redgrave-Maoistin, vom trotzkistischen Flügel, wenn ich das richtig verstanden habe. Wie heißt sie noch? Jocasta? Theodora? Maria Theresia? Nein: Noreen. Mannomann, was für eine Marke. Die Königin von Saba der Inneren Hebriden nennen sie sie da drüben. Man sollte annehmen, daß sie bei jeder Politikerkarriere ein ziemlicher Hemm-

oder Leidenschaft, nennen Sie sie, wie Sie wollen. Und Kommissar Nugents strenge, alte Fassade war eine, die Risse zu zeigen begann. Und lang würde es nicht mehr dauern, dann war es zu spät für Instandsetzungsarbeiten.

Und auf jeden Fall hatte er noch nie so ein Paar Titten gesehen. Schon gar nicht an einem Kollegen.

* * * * *

schuh ist, aber es heißt, sie habe einigen männlichen Angehörigen seines Wahlkreises mehr als einmal auf den Abtritt geholfen, falls Sie meine Bedeutung verstehen. Und ihre heißen Butterküchlein, noch zusätzlich mit dick guter Butter beschmiert, sollen auch nicht zu verachten sein, wie mir aus erster Hand berichtet wird. Nichts Neues unter der Sonne, stimmt's, da kann man noch so genau hingucken.

26

Richter Gerald O'Mallets Augen hatten gequollene Tränensäcke und waren rosa gerändert. Kein Xenon-Blick mehr; nicht einmal Halogen, um den Tag zu begrüßen. Nur das trübe Wolfram-Glimmen eines siebenundfünfzig Jahre alten, ausgebrannten Fünfzehn-Watt-Teils, eine aschgraue, gebrochene, schlurfende Hülse, eine Verkörperung abgelaufener Hybris, keimenden Wahnsinns, unerlöster Sünde: ein hohler Mann, ein Ex-Prometheus. Er haßte sich. Gott, wie er sich haßte.

»Gott, ich hasse mich, du Schweinehund«, grölte er, solo.

Er haßte auch alle anderen und entließ seine verhaßte Haushälterin, Mrs. Delaney, in einem Sturm aus Geschrei, idiomatischen Wendungen aus West-Cork (obwohl er in Killoyle geboren und aufgewachsen war und Mrs. Delaney aus Nord-Donegal stammte) und unausgesprochenen Anklagen des Zusammenspiels mit dem Feind, wenn nicht sogar mit dem Teufel.

»Verpissen Sie sich bloß schleunigst, Sie alte Fettsau. Sie haben uns nämlich ständig nachspioniert, Sie alte Bache.«

»Ach kommen Sie hören Sie doch auf damit Herr Richter bei Gott dem Herrn und Hand aufs Herz bei meinem eigenen Erretter Jesus Christus geschworen ich nie und nimmer.«

»Drauf geschissen. Für diesen Schweinehund McGinty haben Sie gearbeitet. Alles ausgeplauscht, schlicht und einfach.«

»So wahr wie Gott mein Zeuge ist habe ich den Mann nie gesehen. Für Mrs. McGinty habe ich und arbeite ich noch, Herr Richter. Und eine bessere Chefin findet man nicht in den sechsunddreißig Grafschaften des heiligen Irland.«

»Sie Lügnerin. Und eine beschissene Köchin waren Sie

obendrein; der Teufel selbst würde bei Ihrem Fraß die Nase rümpfen. Hauen Sie bloß ab. Sie sind gefeuert, Sie alte Vettel. Tritt hiermit in Kraft. Bezahlung? Können Sie sich in den Arsch stecken. Lohn? Daß ich nicht lache. Wissen Sie was? Bringen Sie mich doch vor Gericht, aha ha ha ha.«

Es war kein heiteres Lachen, *au contraire*. Die Nackenmuskeln des Richters zeichneten sich ab wie kurze Tampenenden; seine Augen wölbten sich, leicht, aber obstinat, wie Pingpongbälle; die Adern pulsierten in seinen Schläfen wie Regenwürmer; der Saum seines gelben Nachthemds hob und senkte sich, im Einklang mit seinem dringlichen Atem und dem Wehen der ihn umgebenden Zugluft. Mrs. Delaney eilte geschäftig bald her, bald hin, maulte kaum hörbare Flüche, und bald war sie weg, wobei Unterwäsche aus ihrer Reisetasche quoll und sie lang und breit in einer Sprache laberte, die dem Friesischen ähnelte, oder Englisch, wenn es von Niederländern gesprochen wird.

»So ist es recht, verpissen Sie sich schnell«, bölkte der Richter, indem er ihre kleine, massive Gestalt beobachtete, wie sie durch die buchsbaumgesäumte Einfahrt von Squarestairs davonwatschelte. Er achtete darauf, ihr den Stinkefinger zu zeigen, als sie sich beim Tor auf einen letzten Blick zurück umsah und ob seines Anblicks den Kopf schüttelte. Es stimmte, daß er mit ungekämmtem Haar und gelbem Nachthemd allen, die vielleicht zusahen, ein exzentrisches Schauspiel bot –, nicht, daß es ihn geschert hätte. *Sollen sie doch zusehen!* Tatsächlich hatte er seit Toms Tod das Nachthemd nie aus- und sich nie umgezogen, nicht einmal zur Beerdigung. Dort erklärte er, nächtlich schabrackiert, so sei er besser gerüstet, »direkt zurück ins Bett zu gehen und dort zu bleiben, bis die ewige Verdammnis ihre Tore öffnet«.

Aber wie es im Leben geschieht, blieb die ewige Verdammnis, herbeigewunken, fern. Ja, jeden Tag erwachte der Richter zu einem weiteren Durchleben von Elend und schamloser Selbstverachtung, wobei sein Körper perverserweise mit der göttlichen Strafe zusammenarbeitete, um alle Anzeichen von

Siechtum oder chronischen Gebresten zu tilgen; er fühlte, kurz, sich physisch toll, wohingegen er mental etwa so fit war wie der Maulwurf, der von Sylvias und Adriennes Lieferwagen auf der Straße nach Crumstown am Ende von Kapitel 20 zerquetscht wurde –, d.h. gar nicht gut. Er hatte Visionen –, es sei denn, die Husaren aus napoleonischer Zeit, die hinten in seinem Garten so gravitätisch die Quadrille tanzten, waren real. Und die schwebenden Androgene, die unter der Eibe erschienen und wieder erschienen. Und die pelzige Eule, die er auf einem Ast hocken sah, eine ganz haarige (oder pelzige) Angelegenheit, wie sie ihn so unverschämt anstarrte …, war sie auf exzessives Laster zurückzuführen? Kaum. Nun, ja, er ließ sich ein bißchen gehen, aber warum auch nicht, wenn es ihm so schweinemäßig toll ging. Was war der Unterschied zwischen, sagen wir, zehn Zigarillos pro Tag und fünfzehn, halt, zwanzig in extremis? Wenn man vom moralischen Aspekt absah, auf den er ohnehin keinen Furz ins Flanell gab –, bzw. ins Nachthemd. Und es ließ sich durchaus darüber debattieren, daß er die Cocktailstunde bereits um halb sechs oder fünf, oder sogar noch eine Idee früher, einläutete, z. B. um sechzehn Uhr fünfundvierzig an bewölkten Tagen. Wenn er niemanden hatte, mit dem er sie begehen konnte, und dem stets dröhnenden Fernseher im Hintergrund, war es kaum von Belang, zu welcher Uhrzeit er die olle Pulle in Schräglage versetzte, oder welcher Tag es war, oder wer er war oder nicht war …, und auf jeden Fall hatten sie im Fernsehland einen unerklärlich unersättlichen (aber irgendwie dunkel beruhigenden) Appetit darauf, immer und immer wieder dieselbe alte Scheiße abzuhandeln und sich dabei jedesmal zu benehmen, als wäre es das allererstemal und noch dazu die göttliche Offenbarung des Allmächtigen Höchstpersönlich …!

Und lieber Gott, wie er den kleinen Tom vermißte, seinen geliebten süßen Sohn.

Sinatra's Greatest Hits, und einige seiner nicht ganz so *greaten* (The Sands '71; Madison Square Garden '78; London Palladium '82), erfüllten das Haus mit süßlichem Gepoch, bis der Richter, der einen seiner alten Ruhe-oder-ich-lasse-den-Gerichtssaalräumen-Hämmer schwang, in einem Anfall von Verzückung und Leidenschaft auf seinen Stereo fiel und diesen zu einem mit Plastikscherben überzogenen Gewirr aus Drähten reduzierte.

Sobald alles vorbei war, bereute er es.

»Alles vorbei«, wimmerte er und verbrachte den Rest des Nachmittags damit, die Schweinerei aufzufegen.

Dann, an einem Morgen, trüb und bedeckt, mit kaum einem Hauch von Brise, kam Anil Swain zu Besuch. Nachdem er seinen keuchenden alten Escort weiter unten geparkt hatte, hielt er beim Tor von Squarestairs inne, um an seiner Zigarette zu ziehen und sich das Kinn zu streicheln, auf welchem sich ein Spitzbart formte. Rauchend sah er sich das Haus an: Backstein; Queen Anne oder kurz danach (nicht, daß Anil Epoche und Baustil mit Anspruch auf Akkuratesse hätte benennen können: »Ganz schön alt, aber nicht so alt wie das Scheiß-Tadsch«, so oder sinngemäß hätte sein Verdikt zweifellos gelautet); quadratisch, wie der Name bereits andeutete, mit einer breiten Freitreppe, die zur in der Manier des Palladio gearbeiteten Haustür hinaufführte; nach oben hübsch von vier ragenden weißen Kaminen abgerundet, die auf dem Dach steckten wie viel zuviele Eselsohren. Buchsbäume säumten adrett die kiesbestreute Einfahrt und übermittelten die Anmutung der irren Ordnung eines surrealistischen Gemäldes. Eine Hecke, unbegärtnert, bewachte den Besitz nach Osten, und auf der anderen Seite standen die Überreste einer einst eindrucksvollen Backsteinmauer, gegen welche, in der Ecke, herbstliches Rech- und Fegegut getürmt war.

»Cooler Bau«, erklärte Anil und feuerte seine Kippe ab. Dann knirschte er angeberisch die Einfahrt entlang, marschierte die Treppe hinauf, pfiff – mit einer Aggressivität, die den Neugierigen eine Warnung gewesen wäre – eine alte Melodie (»Maria« aus *West Side Story*, was er letzte Nacht noch kurz in »MaxiMovie Mogul Madness« auf RTÉ7 erwischt hatte, ja, war hier und da nicht schlecht gewesen, jedenfalls das Mädel, zumindest – wie hatte sie noch geheißen, Millie? Molly? irgendwas Amerikanisches … nein, Maria, das war's – war hübsch anzusehen gewesen, aber das Ganze war dann doch langweilig geworden, wenn sich diese dämlichen starrenden Blödmänner immer wieder so dämlich anstarrten und mit den Fingern schnipsten und sich beim Fingerschnipsen auch noch mit krummen Beinen sozusagen begleiteten) und klingelte sorgfältig, dreimal. Verstimmt erklangen drinnen sekundenlang Rufe, dann öffnete sich die Tür und gab den Blick auf Richter Gerald O'Mallet frei. Es war neun, oder kurz danach, und der Richter hatte seinen bebenden Leib erst zehn Minuten zuvor aus dem Bett gehoben. Sein Haar, unfrisiert, bildete zu beiden Seiten des Kopfes breite Protuberanzen wie die Flossen eines Stachelrochens. Sein Nachthemd war über der Magengrube heftig gerillt, hatte er doch die Nacht halb schlaflos auf ihr verbracht, den Schwarzdornknittel zwischen sich und dem Bett, falls einer jener napoleonischen Herren vorbeikommen sollte –, und was nun jene Androgene betraf…

»Guten Morgen, Herr Richter. Können wir reden?«

»Wer sind Sie, Wally? Irgendson Kesselflicker, was? Hier gibt es nichts für Sie zu holen, mein Sohn.«

»Lassen Sie mich einfach eintreten, dies hat weißgott schon lange genug gedauert.«

»Was hat lange genug gedauert? Wer sind Sie überhaupt? Irgendson arabischer Kesselflicker, Sie Bürschlein? Oder sollte ich lieber ›Landfahrer‹ sagen?«

»Sie kennen mich recht gut, würde ich meinen. Sie haben schließlich, Hölle auch, arrangiert, daß ich aus dem Gefängnis entlassen wurde, damit Sie mich mit diesen idiotischen Mördern losschicken konnten…«

»Ach! Der kleine indische Arschkriecher. Abdul, stimmt's?«

»Anil. Bitte? Darf ich?«

»Ja, kommen Sie doch rein, kommen Sie doch rein, ist doch sowieso egal, fühlen Sie sich ganz wie zu Hause, übernehmen Sie das Haus, wenn Sie wollen, lassen Sie Ihre Verwandten kommen, widmen wir doch gleich das ganze Haus zum Zoll- und Einreiseschuppen um, warum nicht, ey? Oder zu einem scheiß-indischen Restaurant, ja, fackeln wir es doch gleich ganz ab, wenn Sie mögen, mir nützt es sowieso nichts mehr –; Sie sind bewaffnet, stimmt's? Ja, dann erschießen Sie uns doch bitte beide, mir egal, oder, los, machen Sie sich ein bißchen Curry-Ratte oder Biryani, oder was euch sonst so schmeckt. Kaffee steht da drüben, Tee steht hier drüben, und zwar jede Menge, das können Sie mir glauben. Aber machen können Sie ihn sich selbst. Einen Drink? Eher unwahrscheinlich. Wer, glauben Sie, bin ich denn? Ein gottverdammter Oberkellner?« Mit flatterndem Nachthemd schwamm der Richter durch die Luft, lässig, locker, unbemüht, / Wie ein Hund, der Flöhe sprüht … Dann hielt er inne und sah sich um, fast wie ertappt.

»Wer sind Sie?«

»Anil Swain, Hohes Gericht.« (Auf diese kleine Vergeltung war Anil ganz besonders stolz, o ja, nicht ohne Grund war er einst als der Fernsehrichter bekannt gewesen, damals, als *Staatsanwalt Ihrer Majestät* der große Renner im Marine Drive und dessen *environs* gewesen war, und er hatte keine einzige Folge verpaßt und sich sogar ein Riesenfoto von Julie Barnett aufgehängt, dieser heißen Gerichtssekretärin, o ja, an der Wand von der winzigen Koje, die er sich mit seinen Vettern Musadhi, Jawa und Sharma teilte –, Rashmis Brüdern, wenn man genauer darüber nachdachte …)

»Und was genau wollen Sie?«

»Ich will Gerechtigkeit.«

Anil stand stockstill und bot den Anblick eines Mannes, der stockstill steht und einen dringenden Bedarf an Gerechtigkeit hat.

»Gerechtigkeit?« brüllte der Richter. »Gerechtigkeit?!«

»Ja«, sagte Anil. »Oder Sie werden, wie ich bereits am Telefon sagte, ein großes Problem mit Ihrer Glaubwürdigkeit haben. Ein großes«, wiederholte er und hielt die Hände einen

168) Da haben Sie wieder recht. Erinnern Sie sich noch an Vetter Monk? Er hat es an einem besonders deprimierenden Morgen fünfmal mit einer .22er versucht (der alte Husten plagte ihn wieder, sowie, bestimmt, seine sich ewig hinziehende Ungewißheit darüber, was präzis er mit seinem Leben anfangen sollte) und die ersten vier Male da-

Meter auseinander, um die potentielle Größe des richterlichen Problems anzuzeigen. »Ich bin sehr willens, in dieser Angelegenheit richtig lästig zu fallen, wissen Sie. Willens und in der Lage, wie Sie sehr wohl wissen, Herr Richter.«

Richter Jerry O'Mallet hatte eigentlich vorgehabt, durch die Eingangshalle in sein Schlafzimmer zu krabbeln, sich auf das Bett zu legen, seine .22er aus dem Nachttisch zu holen, sich besagte .22er ins Maul zu stecken und sich das gottverdammte Scheiß-Hirn aus dem Schädel zu pusten. Es war jedoch nur eine .22er, und diese Dinger waren günstigstenfalls verdammt launisch.[168)] Und Anils gleichmütige Redeweise und fester Blick interessierten, ja, enervierten ihn; also machte er andere Pläne für die unmittelbare Zukunft.

»Na gut. Hier entlang.«

Er ging vor in den Salon. Die üppigen Handbewegungen, die er *en route* nach links und rechts machte – durch das mit Zeitschriften gefüllte Foyer, den Korridor, der bis an die Decke voll alter Videos war, die Anrichte, die von Wand zu Wand mit Blechbüchsen prunkte, welche eine ganze Bibliothek aller Tees dieser Welt, von Orang-Oolong (Andamanen) bis Damask (Sansi-, bzw. Zanzibar), enthielt (eins der alten Hobbys des Richters, inzwischen längst untergepflügt, ich meine, nicht einmal ein Ire würde sich unter den gegebenen Umständen mehr als ganz schön flüchtig mit Tee befassen), waren für Anil ohne jede Bedeutung, der nicht ahnen konnte, daß Snacks, Whiskey, Zigarren, Zigarillos etc. in den verschiedenen Wandschränken und Anrichten verborgen waren, in deren Richtung Seine Lordschaft gestikulierten, den Geist überwölkt vom fahlen Schimmer des …

»*Dacht'* ich's mir doch.«

Richter Jerry ergriff einen schlanken schwarzen Monoli-

nebengeschossen, bis es ihm beim fünftenmal gelang, sich ein Loch ins Maul zu schießen, wodurch er sofort mit einem Wolfsrachen aufwarten konnte, was ihn (nach langwieriger und erschöpfender Untersuchung durch das Ministerium für Behinderungen) zum Bezug einer Behindertenrente berechtigte, die er, da er Monk war, verschmähte.

then, der auf einer Chaiselongue lag und den Anil, sogar auf diese Entfernung, ohne Mühe als Fernbedienung identifizierte, aber dann drehte sich der Richter um und starrte Anil mit so wütiger Intensität entgegen, daß er, Anil, schon »Aber, Herr Richter« sagen wollte, als ihm klar wurde, daß der Blick des Richters gar nicht auf ihn, sondern auf etwas gerichtet war, was sich kurz hinter ihm und links von seiner, Anils, rechter Schulter befand. Anil sah sich um und gewahrte eine Kutschenuhr im Genfer Stil des späten XVIII. Jahrhunderts.[169]) Während sie sie anstarrten, äußerte die Uhr sanfte Glockentöne, welche die halbe Stunde anzeigten. Der Richter glotzte offenen Mundes.

»Ja, du lieber Himmel, wo hatte ich nur meine Gedanken? Es ist Zeit für *Bonzo's Babes*«, haderte er. Majestätisch wandte er sich wieder um und schwenkte die Fernbedienung wider einen riesigen, bisher diskret verhüllten Fernseher, der sogleich auf die elektronischen Stimuli reagierte, indem er zur vollen Lautstärke und grellen Ausleuchtung von …

»Bo-o-o-nzo's Ba-a-a-abes!!!«

… erwachte, was von einer rauhen Fernsehstimme herausgedröhnt wurde. Stroboskopische Lichter stocherten im Dunkel. Ein irrwitziger Vorspann aus Buchstaben in Regenbogenfarben tanzte über den Bildschirm. Plötzlich wurde es ganz hell, und gelenkige Geliebte in anschmiegsamen Freizeitanzügen aus weißem Leder stolzierten über eine Bühne, von einem absurd zum Luden aufgemotzten Burschen in himmelblauem Smokingjackett mit Rüschen an den Manschetten verfolgt …

»Das ist doch nicht etwa Don Bonzo? O doch, er ist's, ja, da soll doch gleich«, murmelte Anil, als erblickte er Gott Vishnu persönlich. »Ich habe furchtbar viel über ihn und seine Show gehört, aber ich muß zu meiner Schande gestehen, daß ich

169) Ah, den Stil kenne ich. Hübsch anzusehen, aber ich wette ein Pfund gegen zehn Shilling, daß diese hier hastig im ausgehenden zwanzigsten Jahrhundert von der Firma Han's Western Goods hergestellt wurde, welche derzeitige und ehemalige politische Gefangene

nicht glaube, sie je tatsächlich gesehen zu haben. Herr Richter, würde es Ihnen wohl schrecklich viel ausmachen, wenn ich…?«

»Aber überhaupt nicht«, dröhnte der Richter mit maximaler Leutseligkeit. Er ließ sich auf einem Sessel nieder und stopfte die Säume seines Nachthemds in die Taschen, die sich zwischen seinem hingefläzten Leib und den Armlehnen bildeten. »Mein lieber Junge. Setzen Sie sich. Sehen wir ein wenig fern. Eine brillante Idee.«

Die dringenden Angelegenheiten, welche sie auch gewesen sein mochten, vertagten sich, während die beiden Männer, nunmehr im besten Einvernehmen, in der warmen, ansprechenden Behaglichkeit, wie sie die Gewißheit vermittelt, daß sie auf für beide angenehme Weise Zeit verplemperten; derart niedergelassen, genossen sie nicht nur »Bonzo's Babes«, sondern auch mehrere der Werbespots, die die Sendung unterbrachen (besonders den mit dem Mercedes und dem Hund mit dem einen braunen und dem anderen blauen Auge, o, wie sie sich darüber eins lachten), und natürlich »Der Maurer«, das universell geachtete Fernseh-Actiondrama aus Yorkshire über einen verdeckt ermittelnden Häuslebauer, welchem nun wieder eine Wiederholung der rundherum vortrefflichen amerikanischen Krimiserie »Pete Martel, Privatdetektiv« folgte, und, natürlich, in die Mittagessenszeit überleitend, die allgemein geschätzte Nachrichtensendung »An Nuacht« mit Nachrichten aus der irischsprachigen Gaeltacht der Grafschaft Killoyle (342 Seelen), ein preisgekröntes Programm, von dem Anil, da er kein Irisch konnte, kein Wort verstand; aber indem er die gebotene Rücksicht auf einen Mit-Telephilen und Gast unter seinem Dach (ungeladen zwar, aber wir wollen nicht kleinlich sein) nahm, übersetzte der Richter, matt, mit monoton gedämpfter Stimme.[170)]

in einem kleinen Lagerhaus in der Industriezone Nr. 5 am Stadtrand von Hangzhou (bei Marco Polo als Kinsey erwähnt) beschäftigt.

170) Wenn Sie's wirklich wissen wollen: Gestern abend um 18:30 hielt die An Cumann Gaelach ihre alljährliche Vorstandsversamm-

Es war bereits früher Nachmittag, als Anil sich zurücklehnte, umsah und besann. Ein weiteres amerikanisches Drama lief jetzt, »Auden & Hitch«, in dem ein, wie Anil ihn nannte, »Parkplatz-Wallah« so herausragte wie die Nase eines Bengalen, einer dieser Heinis in Amifilmen, die gern in Parkhäusern abhängen. In diesem Fall trug der Bengel einen weißen Trenchcoat und starrte ohne ersichtlichen Grund in die Kamera, während eine blonde Frau mit Minirock versuchte, einen dieser

lung ab und wies ein Defizit von fünf Pfund auf, wobei der Verdacht an Nuala hängenblieb, die gerade von einer »Geschäfts«-Reise in die Bretagne zurückgekehrt war. Letzten Samstagabend (dem fünften) führten die Traditionalisten *Slan Abhaile* aus Connemara ein Programm auf, bestehend aus sechzehn alten Liedern und Tänzen aus Connaught, sowie auch ihrem Nummer-Eins-Hit *Slan go Foill*, dies alles im Oranier-Logenhaus von Ballykilloran, weil das Jugendzentrum wegen Instandsetzungsarbeiten geschlossen ist. Am Sonntag erreichte uns die Nachricht vom Hinscheiden des langjährigen Gaelge und gleichzeitigen Lokal-Mythos Seamas Ó Suilleabhain, der im Alter von 86 im Pflegeheim von Crumstown nach langer und vornehmer Krankheit verschied. Hierzu der *Crumstown Harpister*:

Nachdem er in Killoyle als neunzehntes von neunzehn oder möglicherweise zwanzig Kindern geboren war (»Ich strebe den Rekord an«, hatte man eines Nachts seinen Vater Pedro in Mulligan's Bar sagen hören, obwohl er sich damit vielleicht auch auf die Anzahl von Runden bezog, die er getrunken, aber nicht bezahlt hatte), besuchte Seamas die Schule der Christlichen Brüder im Kloster Killoyle mit Hilfe eines Murphy's-Stipendiums. Dort bewies er bald sein Talent als Redner und Biertrinker und beim Hurling im Mittelfeld, spielte auch später für Killoyle-Land. Während er mit Hilfe eines weiteren Stipendiums, diesmal von Guinness, seinen Schulabschluß machte, hatte er mehrere glühende Liebesaffären mit Mädchen von der Loreto-Schule hinter dem Park, die gewiß alt genug waren, um es besser gewußt zu haben. Seamas' erster Job, im Jahre 1936, war als zeitweiser Gälisch-Dolmetscher zu £2,- die Woche bei der Bezirksmolkereigenossenschaft in Ballydungarvan, einem Bezirk, der auch die Gaeltacht von Killoyle-Süd einschloß, deren Einwohner, obwohl allesamt des Englischen fließend mächtig, sich weigerten, mit Milchmännern Englisch zu sprechen. Bald setzte Seamas diesem ein Ende,

großen, alten amerikanischen Chevy-Mustangs oder sowas irgendwo auf einem Dach mit Blick auf eine flache, langweilige Gegend mit ein paar Hochhäusern drin (sah Kalifornien wirklich so aus?) anzulassen …

»Das ist jetzt wirklich zu töricht«, sagte Anil. »Oder, Herr Richter?« Er sah zu seinem Gastgeber hinüber, welcher schlief, nach steuerbord gekrängt wie ein alter Fischdampfer, der auf Grund gelaufen ist. Wie Brandung, die gegen die Riffe schlägt,

dann, von Rechtschaffenheit entflammt, warf er ein Auge auf die Jurisprudenz. Er trat in die Dienste des Killoyler Bezirksstandesamts ein, dessen Leiter, welcher so gut wie taub war, Seamas alle Auftritte vor Gericht überließ. Dadurch trieb er seine juristische Karriere voran, indem er ausschließlich Irisch sprach und von allen unverstanden blieb. Manchmal stahl er sich davon, um am University College Cork zu hören, und seinen akademischen Titel erwarb er 1938 in Botanik am Trinity College in Botany Bay, Dublin. Arbeitslos faulenzte er bis 1946, als ihm plötzlich die Möglichkeit, gälischer Barde zu werden, einleuchtete. Die Nachteile dessen fand er noch einleuchtender, weshalb er sich der Regierung anschloß. Sein erster Job, von 1951 bis 1954, war Juniorminister für die Westlichen Barden, unter De Valera. »Dev konnte einen in den Wahnsinn treiben«, erinnerte er sich. »Ständig blinzelte er einem zu und machte dabei alberne Geräusche mit den Lippen. Schließlich habe ich mir gesagt, den kann man auch vergessen.« Nachdem Seamas den Ruf in Mulligan's Bar erhalten hatte, entschied er sich, wie er sagte, »durch Münzenwerfen«, den Staatsdienst zu verlassen, und kandidierte für die Fianna Fail in Armagh, welches, damals wie heute, unter loyalistischer Besatzung schmachtete. Als er hiermit gescheitert war, eilte er in die Bergfestung der Ó Suilleabhains und erklärte, bis zuletzt erbittert Widerstand leisten zu wollen, was von allen und jedem bis auf ein experimentelles Fernsehteam, später unter dem Namen RTÉ bekannt – ignoriert wurde. Als Seamas' leidenschaftliche Züge auf den damals zwölf bis zwanzig Fernsehschirmen des Freistaats auftauchten, war eine Legende geboren. Alles Weitere, einschließlich des Safariparks und der Nacht, als er die Oscar-Verleihung moderierte, ist Geschichte. Seine reifen Jahre verbrachte er mit Jagen und der Teilnahme an Geländejagdrennen. Lebenslanger Fummler, der er war, blieb er ledig.

entströmte dem offenen Mund des Richters ein stetiges Gezeitengeräusch von Ebbe und Flut. Sein Nachthemd breitete sich in zerknittertem Gewoge um seinen sich hebenden und senkenden massigen Rumpf. Unerwartet spindeldürre Beine verjüngten sich zu behaarten Füßen, die in Socken und Pantoffeln staken.

»Vorsicht!« brüllte der Fernseher. Anil gähnte.

»Ich muß schon sagen, Herr Richter«, sagte er. Ein aggressiver Grunzschnarcher war die einzige Erwiderung. Anil beugte sich hinüber und berührte den Richter sanft an der Schulter, dann, als er sich wieder erinnerte, daß dieser dösende alte Mann, der im Schlummer Anils so lang schon totem *babu* ähnelte – bis hin zu jenem gelben Nachthemd und jenen karierten Socken, wenn er es recht bedachte –, haargenau derselbe schonungslose alte Schweinehund war, der ihn genau so sehr betrogen hatte, wie Rama im *Ramayana* Sita betrogen hatte, und ihn dann mit diesem furchtbaren spanischen Scheißkerl seinem Schicksal überlassen –, naja, eher mit diesem furchtbaren baskischen Scheißkerl, wenn man dem furchtbaren baskischen Scheißkerl glauben mochte; aber die Arroganz, das Getue, das herausfordernde Geglotze, die dünnen Lippen: all dies war das, was Anil, in seiner Ignoranz, gern für typisch spanisch hielt. Und der Bursche hatte ihn ganz schön verhauen, wissen Sie, den Schlag auf die Glocke mit der Eisenstange gar nicht zu erwähnen. Die erste Reaktion war, natürlich (Nachfahr der Moguln, der man schließlich und immerhin war), den Mistkerl ebenfalls zu hauen, aber das hatte sich als ganz schlechte Idee herausgestellt, wo es vor Schlagringen, Tolschlägern, Klappmessern, Fünfter-Gürtel-Schwarzer-Dan-Karate und diesem ganzen Käse nur so wimmelte –, und wo ein echter Appetit vorhanden war, das alles auch zu benutzen, ein regelrechter Heißhunger auf Sadismus. Das war der schlimmste Teil, ich meine, Anil Swain hatte wahrscheinlich ein paar hundert Menschen in seinem Leben kennengelernt, und während er manche Straße und manchen Boulevard (Mumbai, Chennai, Delhi, Wolverhampton) beschritt, hatte er zweifellos noch etwa eine halbe Million mehr gesehen oder gestreift oder flüchtig begehrt, unter denen natürlich auch Fieslinge wie dieser Harry-Typ gewesen sein mochten, aber das ging in Ordnung, wenn man sie nie wirklich gekannt hatte, und er hatte vorher noch nie einen Sadisten *kennen* gelernt. Diese Tatsache war es, die ihn wurmte, die echte Gewißheit, daß so jemand außerhalb von Nazifilmen und diesen Steve-Kong-Bestsellern über Kerle mit grünen Augen und so weiter existierte ... Nein, es waren nicht nur die Haue und die gelegentliche Folter, die diesem Schwein so offensichtlichen Spaß machten (»Nun, Gandhiji, ein bißchen Elektrizität, genau das, was soviele von euch in Indien nicht haben, aber hier kommt jetzt genug für ein paar Dutzend eurer lauschigen Dörfer in Assam«), nein, nein, es war vielmehr das sichere Wissen (wo man vorher das Ganze hatte vergessen können oder so tun, als wäre das alles nur Bollywood-Schund oder Phantasie), daß es, irgendwo dort draußen, einen Mann gab, der es genoß, Schmerz zu bereiten, so, wie andere eine Tasse Tee genossen, oder eine schnelle Liebkosung ... Na, es war fast unerträglich.

»Hölle auch«, maulte Anil.

Und dort lag der Mann, der dafür verantwortlich war, und feuerte wuchtige Salven aus den Nasennebenhöhlen ab.

»Wachen Sie auf, Sie altes Schreckgespenst«, rief Anil und stampfte mit den Füßen. »Wachen Sie auf, sage ich. Genug von diesem Fernseh- und Einschlaf-Unsinn. Wir haben wichtige Angelegenheiten zu bereden.« Hiermit ergriff er kühn die Fernbedienung und verbannte eine Parkhaus-Szene aus »Auden & Hitch« ins Vergessen (nicht ohne kurzes Widerstreben, denn der Typ mit den starrenden Augen schien endlich in die Gänge zu kommen, was bei diesem alten Dodge-Cadillac oder was und mit dieser echt gutaussehenden, wenn auch leicht nuttigen Ami-Schnalle im Minirock am Steuer, die ihn jetzt mit etwa 165 Meilen pro Stunde bedrängte, durchaus verständlich war ...).

Der Richter erwachte genau in der dafür vorgeschriebenen zeitlichen Reihenfolge beim alternden Männchen der Spezies, welches eine Revierverletzung wittert: Augenlider plötzlich weit offen; volle Drehung des Körpers; feindseliger Blick; Aufbäumen des Körpers. Aber anstatt sich nun auf Anil zu werfen, wie dieser sekundenlang erwartet hatte, stand der Richter kurz schwankend da, drehte sich dann um und stürmte aus dem Zimmer, wobei er Geräusche freiließ, die denen des Elefantenbullen auf dem Höhepunkt der *musth* nicht unähnlich waren. Anil sah zu, wie er in den geräumigen Kammern jenseits des Vestibüls verschwand, aus welchen Echos seiner Anwesenheit drangen – laute schlurfende Schritte; klapperndes Geschirr; wortloses Jammern, von Stöhnlauten der Qual und/oder des Selbst- (und Welt-) Hasses unterbrochen, die langsam zu unbehaglicher Stille verstummten. Das Haus war ruhig; dann kam das Viertelstundengeläut der Genfer Uhr, so klein und leise, daß es nur in Anils Kopf zu bimmeln schien. Es unterrichtete ihn sanft, aber bestimmt, daß die erste Viertelstunde nach zwei post meridiem soeben abgelaufen war und somit ebenso ausgestorben wie die erste Viertelstunde nach vierzehn Uhr am, sagen wir, 19. Dezember 1966, dem Tag der

171) Ich bin jedenfalls froh, daß Sie gefragt haben. Durch einen seltsamen Zufall war der Mann neben mir in der oberen Etage des 12A heute morgen auf der Fahrt stadteinwärts Dozent für Indo-Drawidische Kulturen am Päpstlichen Neukarthäuser-College in Ringsend (für seine Hurling-Mannschaft bekannt) und sagte, nur kurz nach dem matutinalen Verzehr von Speck mit Eiern und schwarzem Tee, indem er die lange Strähne grauen Haars ordnete, die auf seiner ansonsten kahlen Schädeldecke lag, er sei von meinem Anblick seltsam berührt und deshalb außerstande, der Versuchung zu widerstehen, mir die Geschichte der, wie er sie nannte, »lieben alten Moguln, Gott segne sie« zu erzählen. »Wußten Sie, daß wir ohne sie kein Mango Chutney hätten? Eins zu null für die Moguln.« Ich rutschte unbehaglich auf meinem Sitz und versuchte, ihn kraft schweren Ausstoßens von *Capstan Volle Stärke*-Tabakrauch in Schach zu halten, erreichte aber nur ein erstickendes Husten meinerseits. Er kuschelte sich nur noch näher an mich, mit leuchtenden Augen, und kam dann richtig in Fahrt. »Wie geht's Ihnen? *Arrah*, Gott segne die beiden Augen in Ihrem Kopf und das,

Geburt des Anil Swain im Allgemeinen Krankenhaus zu Sandrapore (waren doch seine Eltern mittelständisch genug für ein Krankenhausbett, vielen herzlichen Dank, sogar eins mit einem Bettler in der Ecke des Kreißsaals – Dr. Abdussalams Schwager Najiz, der Versicherungsvertreter, wurde gemunkelt –, der die werdenden Mütter um Bakschisch anhaute) –, oder, was das betraf, dasselbe Datum (durch eine unerwartete und unbekannte Fügung) im Jahre 1756, an welchem historischen Tag der Grundstein zu Squarestairs gelegt wurde, oder die erste oder letzte Viertelstunde nach achtzehn Uhr am 15. Februar 1758, dem Tag der Vollendung des Pfarrhauses (wegen der Abwesenheit von Sir Giles Wallop um einen bis zwei Monate verzögert, da der anglo-irische Grundbesitzer in den Niederlanden weilte, um diese verdammten Franzmänner zu bekämpfen [oder waren es diese verdammten Krautfresser?], wieder mal), oder tatsächlich so unwiderruflich, unerlösbar dahin wie die frischbetaute Morgendämmerung des ersten Tages der Herrschaft der Dynastie der Großmoguln, wann immer das gewesen sein mochte …[171])

was sie gewärtigen. Haben Sie was dagegen, wenn ich rauche? Danke, ich nehme eine von Ihren. Ach, das ist *Ihre* Tasche? Tut mir leid. Ah, schon viel besser. Was nun die alten Moguln betrifft, so wurde diese Dynastie, wie Sie wahrscheinlich bereits wissen, von einem tschagatai-türkischen Heini namens Babar-der-kein-Elefant-war gegründet (Herrschaft von 1526 bis 1530), der väterlicherseits von diesem alten Knilch Tamerlan und von Tschagatai, dem zweiten Sohn des Dschingis Khan – den kennen Sie aber doch, ›so einen Mistkerl‹ nannten sie ihn von Peking bis Konstantinopel –, mütterlicherseits abstammte. Naja, von seinem ererbten Spielplatz in Zentralasien vertrieben, noch dazu von einer hergelaufenen Bande arbeitsloser chinesischer Bogenschützen – mit denen man sich besser nicht anlegt, kann ich Ihnen sagen, harte Burschen sind das, da macht man lieber keinen Fehler –, hatte Babar eine ziemliche Stinklaune, das können Sie mir glauben, er stampfte herum und fluchte wie nichts Gutes und immer an der Gattin dran, damit sie noch mehr Chutney macht oder aber die Höschen fallen läßt. ›Och, halte du doch das Maul‹, sagte da die Gattin, Sie wissen ja,

Anil zitterte gewaltig, wie ein Süchtiger ohne Drogen. Etwas in ihm erwartete halb den Schuß, aber nicht dessen betäubende Lautstärke, welche die nachfolgende Stille kräuselte und eine wachsame und wartende Zone gespannten Vorgefühls hinterließ, als wäre ein weiterer Schuß unvermeidbar. Es kam keiner, aber im Garten kam wie eine Mimikry die sanfte Explosion einer Wolke aus kleinen grünen Vögeln, die sich *en masse* vom Wipfel eines entblätterten Herbstbaums aufschwangen.

»O, Sohn des Kunti«, keuchte Swain. »O Gott. Das ist schlimm. Schlimmschlimm.« Er verfiel in ein Traben, dann in gestreckten Sprint, die Arme pumpten pleuelstangenähnlich, die Hüften drehten sich ballettös, die Augenlider plinkerten mechanisch. Er wich den teuren Hindernissen auf seinem Pfad – einem echten Humidor aus Limoges-Porzellan, einem baufälligen *escritoire* aus imitiertem Mahagoni, einem nachgemacht antiken Schaukelstuhl – so geschickt aus, als wäre er Cooper Lansky, der den Puck zur feindlichen Torlinie powert, und nahm drei Stufen auf einmal. Auf der vorletzten Stufe rutschte er kurz ab, da sie von der soeben stattgefundenen Passage eines ausladenden Körpers kündete: Geländer schief, gelockerter Teppich. Die karierten Socken des Richters waren aus irgendeinem Grund über den Fußboden verteilt, eine lag säuberlich direkt hinter der anderen, beide deuteten zum Schlafzimmer, wie eigens dort ausgelegte Indizien, um Fahn-

wie die Weiber sind, oder wie, Sir? Sehr weiblich, jedenfalls die meisten, wie ich feststellen mußte, und ich habe Augen an der Vorderseite meines Kopfes, kann ich Ihnen sagen. Zu Hause jedenfalls angeödet wie sonstwas, wandte sich der olle Babar nach Indien, um seinen Appetit zu befriedigen, und bevor man Mary Robinson sagen kann, hatte er den ganzen Pandschab unter Kontrolle, und im Jahre 1526 oder daherum, ein Jährchen mehr oder weniger spielt keine Rolle, rieb er in der ersten Schlacht von Panipat die gesamte Streitmacht des Delhier Sultans Ibrahim Lodi auf, und ein Jahr später fickte er, wenn Sie mal eben entschuldigen wollen, den gesamten Bund von Radschput unter Rana Sanga von Mewar in den Arsch, und, als wäre das noch nicht genug gewesen, besiegte er

dern zu helfen –, und dann waren sie überflüssige Indizien, denn hier lag nun der verstorbene Hausherr, auf die linke Seite gelümmelt, eine eklige blutige Wunde in der rechten Schläfe, die Augen so weit offen wie bei einem toten Fisch, und er war genauso tot wie jeder tote Fisch, den Anil je gesehen hatte, sogar so tot wie die Fische auf dem Markt in Mangalore (und töter als die wurden keine).

Anil schlug sich die Hand (links) vor den Mund und unterdrückte den sehnlichen Wunsch seiner Galle, ihm hochzukommen.

»*Haila!*«

Dann, von einem Impuls getrieben, der ihm riet, genau das Gegenteil von dem zu tun, was er hätte tun sollen, entriß der törichte Wicht der toten Hand des Richters, die sich noch nicht zur Leichenstarre versteift hatte – waren doch, seit der Besitzer der Hand den Geist aufgegeben hatte, erst etwa vier Minuten vergangen – die .22er und fuchtelte damit wie ein Idiot von einem Schauspieler im Film und unterhielt sein Abbild im Kleiderschrankspiegel … Dann brach, natürlich, ganz plötzlich die Wirklichkeit über ihn herein und erinnerte ihn an seine eigene Patsche und daran, wie es wohl aussehen würde, wenn er, Anil Swain, immigrierter unterbeschäftigter Kellner aus Sandrapore, Indien, – bereits wegen a) der Sache mit Emerald Mats, b) der Affäre mit den Soldaten des Brian O'Nolan und c) ganz allgemein unter schwerem Verdacht –, dabei ent-

1529 die Afghanen des östlichen Uttar verdammtnochmal Pradesch, Bihar gar nicht zu erwähnen, was ich auch lieber nicht tue. Als er jedenfalls 1530 endlich abkratzte, hatte er das gesamte verdammte nördliche Indien vom Indus im Westen bis nach Bihar im Osten und vom Himalaja bis hin nach Gwalior im Süden unter sich, und Sie wissen wahrscheinlich ebensowenig wie ich, wo zum Teufel *das* nun wieder liegt. Sie hätten nicht übrigens einen nutzlosen Shilling dabei? Hab ich doch tatsächlich mein Bargeld auf der Frisierkommode liegen lassen, Sie können sich gern davon überzeugen. Ach, ist das wieder *Ihre* Tasche?« »Meine Güte«, rief ich in gespieltem Entsetzen aus, »da ist meine Haltestelle.« Als er natürlich Kathy kennenlernte, war das Vergnügen ganz auf seiner Seite.

deckt würde, wie er im Haus eines toten Richters, den er erst jüngst telefonisch bedroht hatte (die hatten Aufzeichnungen, o, da war er ganz sicher, o, alles war angezapft, wahrscheinlich war sogar jetzt noch alles verwanzt), eine Pistole mit sich herumschleppte.

Er warf die Waffe weg (aber nicht, bevor er sie hastig und angewidert an der Tagesdecke abgewischt hatte, die die bloßen Beine des Richters wie in einer nachgeäfften verschämt-nekkisch-koketten Pinup-Pose verhüllte), dann zwang ihn pure Panik aus dem Zimmer, die Treppe hinunter und aus dem Haus. Oben auf der Freitreppe vor der Haustür blieb er stehen, als erwartete er (was er tatsächlich tat, ganz bewußt) ein Komitee von Zeugen und Anklägern: Niemand. Kein Schwein. Nicht einmal ein Vogel. Wieder sah er sich um, rannte flink über die Einfahrt und auf die Straße und stürzte sich in sein Auto, welches schon in guten Zeiten nur widerwillig startete, jetzt natürlich, wenn es am dringendsten gebraucht wurde, räusperte es sich lediglich ein paarmal, erschauderte, hüstelte diskret und verstummte mit der schwachen Andeutung des Gespensts eines Stöhnens.

»Haila!« schrie Anil. »Ayla! *Scheißkerl!*«

Durch die schlechtgeschorene Hecke von Squarestairs stach ihm ein metallischer Glanz ins Auge: das Auto des Richters, ein perlgrauer 1997er Jocelyn Crannog GTX, durchaus ein hübsch anzusehender Wagen, tief und schnittig –, obwohl Anil, alles andere als ein Autonarr, nicht ahnen konnte, daß der Jocelyn in Irland hergestellt war und nicht nur mit Zylinderköpfen aus Aluminium und sechzehn munteren Ventilen aufwarten konnte, sondern auch mit einer Geschichte reparaturbedürftiger Bremsen, so wildbewegt wie die Geschichte seiner Herkunftsinsel selbst. Nein, unserem indischen Protagonisten genügte es, daß das Auto ein ganzes Ende besser aussah als sein alter Escort oder die schrottigen Hindustans und Marutis, mit denen er aufgewachsen war.

Auf jeden Fall verging die Zeit ungenutzt.

»Verdammt höchste Zeit, hier zu verschwinden«, meckerte

Anil und entstieg seinem unzuverlässigen (und möglicherweise, wie der Richter, längst entseelten) Gefährt. Trübe argwöhnend, daß himmlische Kameras jede seiner Bewegungen zur künftigen Erheiterung der Götter filmten, trabte er halb, und halb ging er rasch (weil er nicht wünschte, schlankweg zu rennen und sich so die Aufmerksamkeit von Mitgliedern der Gardai Síochana oder des Militärs oder juristischer Berufe oder der breiten Öffentlichkeit als solcher, die vielleicht gerade vorüberkam, zuzuziehen) zu Squarestairs zurück und überquerte die Einfahrt mit einem aufreizend lauten Knirschknirsch von Schritten –, und warum, da er doch wußte, daß der Richter tot und das Haus ansonsten leer war, hatte er so ein fast überwältigendes Gefühl (er sah nicht hin, wagte es nicht), als würde er aus einem der Fenster im ersten Stock beobachtet? Dieses Gefühl hatte er nicht gehabt, als er zum erstenmal die Einfahrt beschritt – und der Richter noch unter den Lebenden weilte und deshalb eminent dazu in der Lage gewesen wäre, an einem Fenster zu stehen und hinauszuschauen ...?

Also riskierte er doch einen Blick. Und da war nichts, außer der milden Spiegelung flitzender Wolken. Und doch.

Und warum fühlte er sich so schuldig, als hätte er die dumme alte Sau persönlich umgenietet? Er mußte kurz langsamer werden und sich mit schulmeisterlicher Strenge ermahnen ...

»Nun hör mal zu, Swainji ...«

..., daß er mit der Auslöschung des Richters nichts zu tun hatte.

»Also schlag dir das sofort aus deinem närrischen Kopf, du *Sulemani Keeda*!«

Er erreichte das Auto. Zum Glück für ihn hatte der törichte alte (TOTE) Richter seine Wagenschlüssel im Zündschloß steckenlassen. Die Kolben in ihren sechs Zylindern feuerten, da sie deutschen Ursprungs waren,[172)] willig und geschmeidig

172) Sekündchen bitte, ich habe das gerade nachgeschlagen ..., ah, da steht es ja. Von der Rowohlt GmbH in Hochgroßvaterstadt, Bayern, fabriziert und von Diplomingenieur Herrn Memminger aus

los, und das Gerät hatte eine Automatik, wodurch unnötiges Gefummel vermieden wurde (das Prinzip hat mir schon immer gefallen, überlegte Anil während des Zeitraums eines bis zweier Sekundenbruchteile, viel bequemer, als gleichzeitig mit dem Getriebe und den Zähnen zu knirschen), so daß sie Einfahrt und Tor in sage und schreibe praktisch nullkommanix hinter sich ließen.

Dann geschah es, in seinem Zustand bebender Panik mit einem feinen Glanz von Brauenschweiß (trotz der in der Luft liegenden Kälte), daß Anil das der Gewohnheit, keinerlei sonntägliche Ausflüge zu unternehmen, um die Umgebung zu erkunden, innewohnende Risiko entdeckte. So eng war sein normaler Tagesablauf - Wohnung-Restaurant, Restaurant-Wohnung, einmal im Jahr nach Dublin, um mit den Roybals zu essen -, daß fast die gesamte Innenstadt von Killoyle zwischen der Brendan Behan Avenue und dem King Idris Drive *terra incognita* geblieben war. Wohin fuhr er? Wieder leitete ihn der blinde Glaube an die Söhne und Töchter Vishnus - und die Erinnerung an Rashmi, die lebende Avatara von Lakshmi (oder war es Parvati? Nein, das war Rubina). Unerwartete Kreisverkehre verlangsamten sein Fortkommen, wie auch die eine oder andere Ampel, und dann war es auch noch verdammte Hacke mitten am verdammten Nachmittag, und die halbe Stadt war unterwegs - außer unten am Hafen, aber das war eine riskante Gegend, die er noch nie wirklich überprüft hatte - beim Strand scharf links, dann ein bißchen Gummi geben (Nadel schwebte zwischen 50 und 60, nur gut, daß an diesem eher unter par einzuschätzenden Tag keine Schlenderer ihr Unwesen trieben) auf der Promenade, dann eine weitere rote Ampel und ein impulsives Abbiegen nach rechts, dann nach links, und dann flog er presto die Bedstead Lane mit ihrem Aufgebot an idyllischen Kaschemmen und Pillenläden entlang (und das war doch eben

Memmingen so eingestellt, daß sie das Galoppierpotential von umgerechnet eindrucksvollen 161 Pferden laut Deutsche Industrie-Norm (DIN) hergaben, bei einer Motorleistung von etwa 3 Litern.

jede Wette eine Nutte und wenn nicht sah sie aber bestimmt wie eine aus mit diesen Netzstrümpfen und wie ihr der Arsch halb aus dem Minirock heraushing), aber hier schien es hoppla keinen Weg zu geben der da wieder hinausführte und da fuhr er wieder über die Promenade rüber und hätte fast einen Bus verpaßt und dann direkt eine lange abschüssige Straße zwischen zwei Mauern hinunter die dann aber gar keine Straße war, sondern eine gottverdammte Schiffsrampe, sollte man auch nicht meinen, und was ist mit den Bremsen nichts ist mit den Bremsen überhaupt nichts ICH HABE GAR KEINE VERDAMMTEN BREMSEN o Vishnu o Jesus o Gott o wer oder was auch immer zu spät zu spät die Bremsen sind im Arsch und ich ebenfalls und WAMM …

Er schlug auf das Wasser auf.

Bevor Denkprozesse sich dazu aufraffen konnten, dies Überangebot an externen Stimuli zusammenzutragen und abzugleichen, übernahm erst mal der Instinkt, und Anil kämpfte, um sich von diesem verdammten Sicherheitsgurt zu befreien, kämpfte mit unbekannten Fensterbedienungen, um Fenster und/oder Tür zu öffnen …

»*Chaayla!!!* Hilfe!!!!«

Das Auto rockte und rollte. Irgendeine Art Fischerboot schaukelte nicht weit entfernt. Strammes Amüsement sprach aus Körperhaltung und Gesten der Mannschaft. Einer winkte. Andere wandten sich ab, ihre Schultern zuckten.

»Klar, ich muß recht lächerlich aussehen«, rief Anil bei sich, »aber das mindeste, was die Schweinehunde tun könnten, wäre, daß sie mit ihren Handys jemanden anrufen. Aha«, ergänzte er, als genau dies zu geschehen schien: Krabbenfischer mit Handys, schöne neue Welt. Nicht, daß sie große Eile an den Tag gelegt hätten, eher war das Gegenteil der Fall. Es war erstaunlich, wieviel Mannschaft das kleine Fischerboot zu ha-

Der Motor ist, mit anderen Worten, ganz prima, nur Karosserie und Fahrgestell neigen, da sie von der Insel der Heiligen und der Spülküchen stammen, zum Versagen.

ben schien, mindestens fünf sechs sieben acht zehn, oder mehr, zwölf dreizehn vierzehn ...? Während er die verschiedenen Garnituren aus Kopf und Schultern an Deck des Fischerboots zählte, wurde Anil langsam klar, daß er diese langwierigen und geruhsamen Betrachtungen anstellte, weil sich das Auto inzwischen friedlich mal hier-, mal dorthin wiegte – und weil ihn, noch erstaunlicher, innerhalb des Wagens genügend Trockenheit umgab, um ihm die Muße für seine Gedanken spielend zu ermöglichen. Tatsächlich war das Auto innen ganz trocken, und nirgends drang Wasser ein. Mit anderen Worten: es trieb über die stillen Wasser des Hafens von Killoyle so seetüchtig wie eine Feluke oder Boje.

»Ja, Scheiße aber auch«, sagte Anil mit untypischer Vehemenz. »Na ja«, fuhr er, weiter an sich selbst gerichtet, fort, »besser so als geschwommen«, (er selbst nämlich Nichtschwimmer, von gelegentlichem Schwimmunterricht in den Bädern von Sandrapore mal abgesehen) »o, ganz definitiv. Hölle auch, ja.«

So verschränkte er die Arme und lehnte sich behaglich zurück und erwartete weitere Entwicklungen, dieweil das Auto sanft vor sich hin trieb. Ein Vorteil bei dieser jüngsten Absurdität war, daß er a) den Richter, b) Rubina und (logisch aus b) folgernd) c) Rashmi vergessen hatte; und sogar das liebe alte Koh-I-Noor tauchte kaum noch in seinen Gedanken auf, außer als verschwommene Kulisse zu einem Szenario, in welchem sein Leben Würde und Zweckbestimmtheit hätte.

* * * * *

27

Fünfhundert Riesen und keinen Penny mehr.«

»Scheiß drauf, Sie verdammtes Mistvieh und Riesenroß, Sie ahack ahack ahack hummmssaddagaddadad AHACK. Ist das Ihr letztes Angebot, Sie Arschloch?«

Eileen war unnachgiebig, und ihrer Waffen waren drei:

1) **Moneten;**
2) **Mascara;**
3) **Monologe.**

1) **Moneten.**

Eigentlich natürlich Jimmies Moneten, Mäuse oder Moppen –, oder, genauer, die des Stammhauses, Big Jimmies Untersetzerfabrik, aber ihr stand es nach eigenem Be- und Gutdünken zur Verfügung, schließlich war sie die offizielle Geschäftsführerin der Firma. Jimmie, den nominellen Geschäftsführer, »konnte man mit sowas nicht behelligen«, und er hatte ihr das gesamte Finanzielle überschrieben.

»Gegen das Moos habe ich ja gar nichts, Hühnchen«, wie er gern sagte, »aber sieh dir mal die Bürozeiten an. Der reinste Mord.«

Also war er wieder auf den Orkney-Inseln und fischte mit seinen Kumpels Jock und Hamish aus Kirkcaldy auf hoher, wilder See. Ach, wie sehr sie sich wünschte, jetzt bei ihm, bei ihnen, beim Mann, bei den Männern zu sein! Aber – trotz der stets akuten Gefahr, daß sich die aufgedunsene Fresse ihres Exgatten Mick mitsamt den blassen, traurigen Augen ins Bild schob – war Eileen in Killoyle geblieben, weil dort die Möglichkeiten waren; sie wußte, welche Steine sie umdrehen mußte, und unter einem der Steine fand sie die vielbeinigen

»Investoren« aus dem Norden, die angesichts der jüngsten Entwicklungen beschlossen hatten, sich zurückzuziehen, ohne jemanden zu erschießen oder jemandem das Knie zu brechen (»Wie nett von Ihnen«, kommentierte Eileen kühn und wurde als Erwiderung mit einem eisigen Zwinkern bedacht.), und die tatsächlich ihren mageren Anteil ohne zu murren verkauften; und unter einem anderen, kleineren Stein stieß sie auf einen gewissen Victor Hasdrubal-Scott, welcher (verbotenerweise, während der Arbeitszeit, ts, ts) eine erstaunliche Alte-Zeitungen-Website erschaffen hatte, auf der es ihm nicht nur gelungen war, aufeinander folgende Ausgaben derselben Zeitung, sagen wir, dreißig Jahre hindurch abrufen lassen zu können – z.B. den *Dependent* über die Ausrufung des Notstands und De Valeras Dramen bis hin zum in einen Sittenskandal verwickelten Oberstaatsanwalt einen Stock tiefer aus den Haughey-Jahren, ohne eine einzige Krise der Vorortsbusse oder einen einzigen Tag beim Pferderennen auszulassen –, aber auch verschiedene Publikationen nebeneinander, die dasselbe Thema behandeln, z.B. das Foto-Finish in Leopardstown 1991, wie es die *Financial Times*, *Der Hurlingsüchtige*, *Eigentor*, das *Wettblatt* und andere sahen, die den Nasenlängen-Sieg von Spanish Corvette lautstark in Zweifel zogen und den Preis Katie's Vineyard zuerkannten, dem zweijährigen Stutfohlen aus Kildare; ferner die Berliner Luftbrücke aus Stalins Sicht (schwer beleidigt, der arme Mann), Zypern, wie Grivas es sah (die Briten haben bereits zuviele Inseln und brauchen nicht noch eine, da kann man ja nur »Hört hört!« sagen), die Aktion Desert Storm (halb geplant und teils durchgeführt von nichtrauchenden, abstinenten Amis und Kirchgängern, ganz im Gegensatz zu den stark rauchenden, ständig saufenden rauheren und bereiteren Rauhreitern früherer Generationen) und so weiter. Als Eileen, auf ihrem Zimmer in der Spudorgan Vacation Inn (Queen-Size-Schlafzimmer-Suite mit Eßzimmer und Blick auf den Glockenturm von Laddi's Disco) und die unbewegte Oberfläche von Victors Website überflog (er hatte sie zu sich nach Hause eingeladen und ihr versichert – mit ungesund feuchter

Aussprache vor einem Hintergrund, ob echt, ob aufgenommen, konnte sie nicht beurteilen von leisen Knallen und seltsamen Schreien, als würde jemand sanft verdroschen –, seine Frau würde ebenfalls zugegen sein; aber die Haare auf Eileens Genick sträubten sich, weshalb sie dankend ablehnte), sah sie den Bericht von ihrer eigenen Scheidung in der Sonntagsausgabe des *Clarion* (»Gescheiden (sic): Eileen und Michael Greek (sic)«) entschied sie, nachdem sie sich kurz mit ihrem Makler in Leeds beraten hatte, die Kohle anzulegen.

»Wenn ich mich da wiederfinden kann, können das Millionen andere schließlich auch«, schrillte sie telefonisch Mr. Panatella an, der vernünftig den Hörer leise auf die Gabel legte (siehe **3**), weiter unten). Auf jeden Fall lag der Fall bei Victor, der die Nase von NaughtyBoy Graphics vollhatte, wundersam einfach, sobald Eileen die Summe niederschrieb: IR£ 5.000.000,– …

»Nicht Pfund Sterling? Ahemsadad. Scheren Sie sich doch zum Teufel, Sie Miststück.«

»Nehmen Sie's, oder lassen Sie's bleiben.«

»Nun. Wirklich soviele Nullen?« schniefte der alte Weise. »Lassen Sie mal sehen, eins, zwei, drei, vier, fünf… Das genügt, stelle ich mir vor.«

Ein explosiver, gen Himmel schreiender Hustenanfall besiegelte das Geschäft.

2) Mascara.

Auch dies funktionierte, obwohl der Ausgang eher unsicher war, besonders wenn mit übermäßig schwerer Hand aufgetragen und abhängig von den geschlechtlichen Tendenzen der männlichen Zielperson, sowie ihrer Reife, Weltläufigkeit und Bereitschaft, positiv darauf zu reagieren, daß eine sexuell verderbte Frau in mittleren Jahren einem kriecherisch zu Willen ist und/oder eine runterhaut; tatsächlich waren unerwarteterweise viele so veranlagt, auch und gerade Victor Hasdrubal-Scott (obwohl *seine* Neigungen von Anfang an offensichtlich waren, mit seinen unbeholfenen Anspielungen auf »hohe Hakken« und »Reitgerten, hihihi« und natürlich »Strümpfe«, und das etwa alle zwei Minuten). Dick aufgetragen, mit lila-regenbogenen Farbtönen, sah Eileen (hoffte sie) durch das Mascara (»Nächte des Sueton« von der Baroneß Machiavelli) ein bißchen wie eine Vierziger-Version von Fanny Steptoe, dem siebzehnjährigen Pop-Phänomen (»Ein Schleck für die Schakale«; »Hip-Hop-Sause«; »Größere Titten als ich«) aus und konnte sich so leichter durch schwierige Verhandlungen lavieren mit der unschätzbaren Hilfe umsichtigen Wimpernklimperns, Lippenschürzens und Hinternwackelns natürlich. Seltsamerweise klappte das tatsächlich von Zeit zu Zeit, allerdings nie erfolgreicher als damals bei Jimmie, der (an jenem ersten Tag in den Robert Adam Chambers in der Chambers Street in Edinburgh) mit leerem, hündischen Gesichtsausdruck hinter ihrem Körper her war, bevor sie noch den wichtigsten und oft abschließenden Teil ihrer Drei-Phasen-Methode zur Erzielung erfolgreicher Geschäftsabschlüsse hatte ins Spiel bringen können:

3) **Den Monolog.**

Anders als viele Langweiler, die Andere nur als praktische Nachtgeschirre ertragen, in die sie den dringlichen Strahl ihrer eigenen verbalen Pisse lenken können, war sich Eileen sehr wohl des Ausmaßes bewußt, von welchem an sie bei männlichen wie weiblichen Mitmenschen *ennui* hervorrief, und regelte die Intensität ihres Gelabers entsprechend. Bei Mick hatte das zum Beispiel wahre Wunder gewirkt, sowie auch bei einem bis zwei unwahrscheinlichen Burschen, die sie mit konventionelleren Mitteln nicht hatte abblitzen lassen können – Türen knallen, Gesichter schneiden, einsilbige Botschaften auf Haftis hinterlassen –, die aber doppelt schnell verduftet waren, wenn das honigsüße Gesumm ihrer Stimme in die, sagen wir mal, dreißigste ununterbrochene Minute eintrat. Dieser Trick, mit List angewandt, hatte, noch wichtiger, nicht wenige männliche Geschäftsleute überzeugt oder eingeschüchtert, besonders wenn, paradoxerweise, mit **2**) (siehe weiter oben) kombiniert.

»Sie wollen einen Fick, aber sie wollen sich nicht eine ganze endlose Rede zum Thema ›Eileen McCreeks Meinungen zur irischen Wirtschaft der Jetztzeit‹ oder ›griechische Ferienziele‹ anhören, weißt du«, wie sie ihrer Freundin Libbie McBlair anvertraute, der festangestellten Psychiaterin der Ballett-Compagnie von Dungarvan. »Deshalb geben sie mir, was ich will, und ich gebe ihnen ein bißchen von dem, was sie wollen, egal, wie unschicklich das ist.«

»Igitt«, sagte Libbie, den linken kleinen Finger gereckt, dieweil sie Earl Grey zu sich nahm und im Geiste kurze sehnsüchtige Gedanken an Vsevolod skizzierte, den unrasierten, sprunghaften, nicht mit ihr zusammengezogenen Zigeunertänzer aus Kasan (oder war es Kasachstan?) …

Am Ende verkaufte Victor dann alles fein aus, kam eines frohen, grauen Morgens munter in Dennys Büro, den Scheck in der Hand.

»Sehen Sie das?« Er wedelte Denny mit dem Scheck vor der Nase herum. »Das ist meine Fahrkarte raus hier« –, an dieser Stelle pausierte er längere Zeit, um mit wortlosen Bellgeräuschen zu schildern, was sich vergangene Nacht in seinen Bronchien angesammelt hatte (während Denny sein Handy liebkoste und fragend starrte), »Sie Ahagsa–dagsadagsadags ahack.«

»Hoffentlich ist er gedeckt, Vic«, sagte Denny. »Ich würde nämlich sagen, daß Sie gerade die Brücken hinter sich verbrannt haben.«

»Natürlich ist er gedeckt, Sie hack ahack Blödmann ahack ahem.«

Victor wollte gerade weitere Beschimpfungen rufen und den Mann mit der elaborierten Täuschung der AlteZeitungen.com-Webseite foppen, inzwischen hundert Seiten stark, die er während mehrerer »Überstunden«-Abende peinlich sorgfältig aufgebaut hatte und die jetzt jemandem eine coole halbe Million wert waren –, aber er erinnerte sich an Mick McCreeks kleine Krise, und zum erstenmal in seinem Leben …

… hielt er einfach die Fresse.

Aber nicht lange. Mit fünfhundert Riesen auf der Bank sah er für sich zuallererst einen Ausweg aus der Ehe. Entsprechend führte er die angebrachten juristischen Telefonate und fürchtete, Sheila würde sich an ihn klammern; aber glücklicherweise, für ihn, war Sheilas Affäre mit diesem Mr. Thomson, die lange auf einer der hinteren Herdplatten vor sich hingeköchelt hatte, wieder aktuell geworden und siedete fröhlich vor jedermanns Nase und lieferte Victor den idealen Grund, a) Trennung, b) Sequestration gemeinsamer Güter und c) Scheidung zu beantragen. Sheila protestierte milde und stattete den Tagen, da sie Victorn einst geliebt hatte, eine nostalgische Visite ab; aber Victor hatte sie, selbst wenn er besonders gut drauf war (und besonders gut war das nicht, seien wir doch ehrlich) nie auf Zehenspitzen herumgeschwenkt oder sie auf eine schnelle Autofahrt die Corniche entlang in Juan-les-Pins mitgenommen oder ihr das Tangotanzen beigebracht; und Mr. Thomson hatte all dies getan, und darüberhinaus - im Gegensatz zu Victor, der nie irgendwohin fuhr - unternahm er regelmäßig Geschäftsreisen nach New York und Buenos Aires, und nun raten Sie mal wer ihn auf seiner nächsten begleiten sollte...? *Jawooohl!* Hatte das Mädel nicht wirklich Glück!?

Also willigte Sheila ein und wurde zusammen mit ihrem Mr. T. in den Schrank der Lebenserinnerungen, guter wie schlechter, gemütlich weggesperrt. Victors Abschiedsworte an seine Gattin - ihre lauteten: »Victor, lebewohl!«, unter Tränen geäußert, sich am gelassenen Mr. Thomson festhaltend, der knapp mit einem flotten »Tschüs, Kumpel« winkte - gaben über Ausmaß und Tiefe seiner Sentimentalität Aufschluß:

»Bin ich euch endlich los, ihr Mistpack.«

Dann besuchte Victor seinen Vetter Shoots, der sich noch kaum von jener Regennacht erholt hatte, als der Inder und der andere Ausländer ihn heimgesucht hatten. Er war sogar noch immer im Morgenrock und hatte sich seit jener gräßlichen Nacht nicht vor die Tür gewagt –, naja, vielleicht einmal, rasch ins gerade geschlossene Orinoco und zu Vin's Video Van hinauf: *Lange Beine, kurze Wörter*, mit Bobby Lee Irwin und dieser werdenden Sexbombe Arnette Nichon ..., ach, und *El Kid*, mit Sonia Lloret ..., aber Shoots war schon immer zu sensibel für die volle Macht der Anomalien des Lebens gewesen, der arme Kerl. Vic übernahm voll Selbstvertrauen die Kontrolle und beruhigte aufkommende Zweifel an seiner Fähigkeit mit dem Gedanken an eine halbe Million Pfund auf der Bank.

»*Arrah*, du alter Trauerkloß, Shoots. Echt wahr, verdammt. Ein alter Quatschkopp, ohne Vertun. Was sollen wir bloß mit dir machen?«

Indem er seine eigene Frage beantwortete, tat Victor (fand er) wenigstens einmal das Richtige und lud seinen Vetter dazu ein, sich um den Posten seines, Victors, Kammerdieners, Küchenchefs, Fahrers, Allesreparierers und allgemeinen Faktotums zu bewerben.

»Dein Kammerdiener?« Shoots war wie vom Donner gerührt, auf sehr überzeugende Weise, mit seinem roten Gesicht und besonders wenn er sich zu voller Größe (< 1,76 m) erhob. »Ich soll dir in deine mottenzerfressenen alten Pullover und Kordsamthosen helfen? Du beliebst zu scherzen. Als nächstes soll ich dir auch noch den Arsch abwischen.«

»Nein, das schaffe ich selber. Kümmer dich einfach darum, daß das alte Auto fährt, und bring das Haus in Ordnung.«

Es folgten weitere Proteste, mit lebhaften Schmähungen verwoben, was Victors Charakter betraf –, schließlich besaß Shoots immer noch eine winzige Neige maskulinen Stolzes; aber am Ende schaffte Geld alle Skrupel ab, wie es die Art des Geldes ist, und der Handel war perfekt. Victor zog aus seinem oder eher Sheilas altem Haus aus und mit lauten Anweisungen, der erste Stock müsse renoviert werden, und zwar »wie in dieser Fernsehserie, weißt du, wo dieses Amimädel mitspielt ...«, in Shoots' Haus in Crumstown ein!

»Du meinst ›Bei Marcia Lewis daheim‹?«

»Genau. Dieser Quatsch. Und sorg dafür, daß jede Menge Zeitungen ins Haus kommen, aber nur die besten. Den *Argus*, die *Saturday Silence*, die *Tipperary Constitution*, *Le Monde*. Und Computer. Wir werden reichlich Speicherkapazität für den neuen Wittgenstein IV brauchen, ich weiß nicht, ob du davon gehört hast, aber das ist das Zweitschönste, das kommt gleich danach, persönlich bei der Wittgenstein-Popper-Debatte dabeigewesen zu sein ahack. Aber das ist nicht der einzige Grund, weshalb ich alles auf dem neuesten Stand haben will, glaub doch bloß nicht, daß ich diese quatschköpfige Streunerin von einem Weibsbild mit meinen alten Zeitungen durchgehen lasse, praktisch. O nein. Ich werde eine größere und bessere Website bauen und sie aus dem Geschäft drängen, das beschissene kleine Drecksstück von einem Weibsbild, ahack ahack ahansadagadad.«

Dies war die Essenz von Victors endlosem unbemerkten Pläneschmieden, als Eileen (und der arme Jimmie, hätte er's nur gewußt) als Besitzerin und Direktorin von Victorhasdrubalscottsaltezeitungen.com die Geschäfte übernahm, das Ganze frisch in BigJimmiesUniversalNews.com umgetauft, »weltweit die größte Quelle im Netz von einst bis jetzt und darüberhinaus«. Eileen machte sich prompt daran, Sponsoren und Werbungtreibende zu gewinnen, indem sie die kombinierten Elemente ihrer Standard-Taktik (die drei M) plus Einschüchterung und Bedienung der Telefone bei Tag und Nacht einsetzte. Natürlich mußte sie auch, bevor Mietlinge angemietet, verschreckt und, vor einem Weiterleben in Ausbeutung, angemessen unterbezahlt wurden, selbst Nachrichten sammeln,

173) Und das ist elend schwer, was? Ich war z. B. mal fest entschlossen, einen überaus informativen, sogar entscheidend wichtigen Artikel über den Zustand der Investitionen des durchschnittlichen Iren in überseeische Ölbohrvorhaben zu lesen – was mich durchaus persönlich betroffen hätte; meine halbe Geschäftsführerrente ist in diese Brunei-Aktien geflossen –, aber im letzten Moment wurde mein Blick von einem Interview im ShowBiz-Teil abgelenkt, geführt mit dem Bonzen der Stars, einem gewissen Slambang Sihanouk, buddhistischem Mönch und Vertrautem (und, wie manche sagen, noch weit mehr) von Größen wie Jill-Jolie Richards, Jessica Gomez, Millie McKeown und Judd Carstairs, um nur ein paar zu nennen. »Lächeln« lautete der Rat des Weisen. »Sogar wenn ich schlafe, achte ich darauf zu lächeln. Und regelmäßig den Darm entleeren. Aber immer lächeln.« Seltsamerweise blickte

ablegen und zusammenstellen; schließlich schliefen Nachrichten, wie mancher banale Pressefritze (oder manche banale Pressefrieda) betonte, nie.

Eine der ersten Nachrichten, die nach Eileens Übernahme über den Draht kam, war ein ziemlicher Muntermacher aus Frankreich, von mehreren der irischen Provinzorgane, denen Victor den Vorzug gab, übernommen (genau die, welche Eileen auslaufen zu lassen entschlossen war, um ausführlicher über die Cuisine von London und Los Angeles berichten zu können). Die Überschrift auf der zweiten Seite in *The Offaly and Laois Yeoman* (*Der Freibauer von Offaly und Laois*) war ziemlich typisch:

»Mann aus Belfast tot am Strand von Bizarritz gefunden«

Es folgte ein kurzer Artikel, dessen Nachrichtenwert etwa so dürftig war wie die allgemeinen Kenntnisse des durchschnittlichen irischen Lesepublikums oder seiner journalistischen Informanten, was die genaue Lage von Bizarritz betraf, welches der Artikel (vom All-Irish Union Press Syndicate übernommen) widerstrebend als »einen der führenden Badeorte des französischen Biskenlands (sic)« identifizierte. Dann, falls der Leser durchhielt und den Lockungen der Sport- und Unterhaltungsseiten widerstand[173)] und eifrig zwischen den

er auf dem dazugehörigen Foto eher finster, vielleicht weil er beim Verlassen einer Disco in West-Hollywood gezeigt wurde, einen Arm um die üppigen Hüften von Jessica Gomez gelegt … Jedenfalls habe ich wegen dieses Stusses die gesamten Finanzseiten verpaßt und damit den Artikel, der mir befohlen hätte, alles abzustoßen und JETZT auszusteigen, weil die Brunei-Seifenblase kurz vor dem Platzen stehe –, was sie auch prompt eine Woche später tat, weshalb ich hier hängengeblieben bin, mit diesen lausigen mottenzerfressenen Bettlaken und dem immerwährenden Geruch in ihrem Fette gesott'ner Pommes frites. Immerhin gibt es immer noch Penny, sowie den morgigen Tag …, und Sie stecken wahrscheinlich mitten in einem identischen Schlamassel, voll davon überzeugt, anders als alle anderen armen Schweine zu sein. Ja, dann viel Glück noch, Partner.

Zeilen las, konnte er (oder sie), in keiner bestimmten Reihenfolge, die folgenden Fakten erfahren: daß eines schönen Spätoktobermorgens eine Leiche an den Sandstrand des Badeorts getrieben worden sei (dazu können wir aufschlußreiches Detail beitragen: die vermischten Düfte französischen Frühstücks – *grand crème*, *tartine beurrée*, *croissants au chocolat* – und Dieselauspuffgase; das melancholische Purpurrot des Sonnenaufgangs auf dem Meer; die mauzenden Schreie von Möwen hoch droben auf Frühstückssuche); daß kleine Kinder beim Sandburgenbau vom Anblick der liegenden massigen Form aufgeschreckt, ja, entsetzt waren (wieder können wir die gelegentliche bezeichnende Kleinigkeit beisteuern: von Seetang-Strängen bedeckt, über die winzige Krustentiere rutschten, sah der Leichnam auf den ersten oder gar zweiten Blick nicht voll und ganz menschlich aus, da seine Aufgedunsenheit und lehmig grüne Färbung ihm die schreckliche Anmutung einer schlecht fabrizierten Attrappe gaben, und dies umsomehr, als ein Arm mechanisch im Gleichklang mit dem Herein und Hinaus der Brandung auf und ab plumpste); daß die Gendarmerie die Leiche provisorisch als die eines *Irlandais du Nord, provenant de Belfast*, wahrscheinlich mit »Armeen der terroristischen Republikaner« in Verbindung stehend, identifiziert hatte, wobei diese Mutmaßung auf »Polizeiinstinkt« und dem Etikett in der Jacke des Verblichenen von Clarkeson & Lowes, Antrim Road 485, Belfast, Herrenausstatter (en détail) beruhte; daß der britische Konsul in Bordeaux informiert worden war; daß die Leiche, kaum sichtbar auf der linken Schulter, mit einer Blumentätowierung versehen war; daß die örtliche Gendarmerie auf direkte Anweisung des soeben ins Amt eingeführten Premierministers M. Jacques Neckar handelte, der bei seiner ersten Pressekonferenz schwor, »die Terroristen zu schlagen, wo immer sie ihr häßliches Haupt erheben«, und der lobend die sofortige Unterstützung erwähnte, die ihm der neu in seinem Amt bestätigte britische Botschafter Sir Carl Marcks zugesichert hatte; und daß, schließlich, die Fahndungen begonnen hätten, mit dem Ziel, den toten

Mann eindeutig zu identifizieren, bevor die Woche vergangen sei…

Diese Nachricht, die in Killoyle vom *Clarion* gebracht wurde, hatte mindestens zwei Leser, die das Verdikt der Gendarmerie nicht abzuwarten brauchten.

»Scheiße, das ist doch McGinty«, sagte Kommissar Nugent, der über den üppig hingestreckten Körper von Major Rashmi Vishnapuram hinweg nach seiner Lesebrille griff. Sie stöhnte in ihren nach Gewürznelken duftenden halbwachen Träumen (Elephanta, das Tor zu Indien, der Palast von Mumbai, wo sie Salman kennengelernt hatte, die dunklen Wälder Kaschmirs), während Nugent die Zeitung mit geschäftsmäßigem Rascheln entfaltete.

»Clarkeson & Lowes, was? Berüchtigte IRA-Ausstatter, die Burschen. Und aha! Ich weiß Bescheid. Hör mal eben zu, *acushla.* ›Auf der linken Schulter der Leiche befand sich die Tätowierung einer kleinen Blume.‹ Das ist doch wohl eindeutig, oder?«

Major Vishnapuram wünschte, er wäre still und überließe sie ihren Träumen von Indien, aber dann fiel ihr ein, daß sie noch in derselben Woche im Flieger nach Indien sitzen und deshalb in der Lage sein würde, persönlich all die traumhaften Orte wiederzusehen; also setzte sie sich auf, anziehend zerwuschelt, und bemühte sich gähnend um Wachheit.

»Ich bin noch nicht ganz da, mein süßer Kommissar«, sagte sie. »Eindeutig wofür?« Der Kommissar blickte durch seine Lesebrillenhalbmondgläser zu ihr hinab. Auf seinem Gesicht lag ein Ausdruck, der zu gleichen Teilen aus Begierde, Zuneigung und Verlegenheit zusammengesetzt war, und sie konnte alle drei Gefühle so deutlich ablesen, als wären sie in drei Fuß hohen schablonierten Lettern niedergeschrieben. Sie mußte lächeln, wie leicht die Kerle doch zu durchschauen waren.

»Also«, sagte der Kommissar, »wenn der typische, handelsübliche, picklige, revolverschwingende Hooligan aus der Falls Road oder Andersonstown Mitglied werden will, wird er einer ziemlich rigorosen Reihe von Loyalitätsprüfungen unterworfen, weißt du, zusätzlich zur Grundausbildung und so weiter, das heißt Explosionswissenschaften, Gewichte schleppen, Kinderwagen verkabeln, Plastiksprengstofftransport und was nicht alles (101 lustige Verwendung für Flüssigdünger gar nicht zu erwähnen) –, und sobald man ihn für einen geeigneten Typ hält, wird ihm die Weiße Lilie auf die linke Schulter tätowiert, wenn er Rechtshänder ist, und umgekehrt, wenn er nicht das schöne Händchen gibt. Alles klar?«

»Also war der tote Mann in der Belfast Brigade?«

»Also ist der tote Mann McGinty und nicht dieser gräßliche Wanderarbeiter Finn, will ich damit sagen. Finn war nie ein echter IRA-Mann, nur ein bösartiger Spielzeugsoldat. Merkwürdig ist nur, daß es aussieht, als hätte er das Duell gewonnen. Auf jeden Fall können wir die Suche nach einem unserer Flüchtigen abblasen.«

»Es sei denn, eine dritte Person hätte beide umgebracht, und Finns Leiche wurde nur noch nicht gefunden.«

Der Kommissar blickte kurz entgeistert, nickte dann langsam.

»Recht hast du, Liebling. So könnte es gewesen sein. So könnte es tatsächlich gewesen sein.«

Er brütete einen Augenblick lang; dann obsiegte die Wollust.

* * * * *

Unterdessen war in derselben Straße »Pats« Bewley in seiner Küche dabei, kraftvoll mit der einen Hand juvenile Mengen Zuckers in seinen Tee zu rühren, während er mit der anderen Hand die Zeitung durchblätterte, bis … Erraten.

»Ach, du Scheiße«, sagte er. »Das ist ja Big Martin.«

Er stellte den Pott ab und sah nachdenklich durch die Gardinen, die die untere Scheibe des Küchenfensters bedeckten, auf die leere brisengeschüttelte Wäscheleine in seinem Hintergarten. Vom ersten Stock des Nachbarhauses blickte das fahle Gesicht von Irmgard zurück, der ganz leicht zurückgebliebenen Tochter von Herrn Beuler, deutschen Handlungsreisenden und Honorarkonsuls der Bundesrepublik für die Südostküste. Herr B. war ein anständiger, gottesfürchtiger Mann, bei Gott, das war er, obzwar Evangele und obzwar natürlich Krautfresser; und »Pats« hatte sich schon lang mit dem täglichen Ärgernis ausgesöhnt, daß Irmgards leeres Antlitz ihn beobachtete, besonders in der Küche, in welche von ihrem günstigen Aussichtspunkt aus sie einen unbehinderten Blick auf Pats' tägliche Gaben an fettbespritzten Kochtopfkratzereien samt gehäuften Tiefkühlpommes direkt aus der Packung hatte.

Er hatte kurz überlegt, sie exorzieren zu lassen, und war zu diesem Zweck sogar soweit gegangen, den verstorbenen Pater Doyle von der früheren St.-Oinsias-Kirche zu konsultieren, aber beide waren widerstrebend zu dem Schluß gekommen, daß sie wohl tatsächlich nur behindert war, tja...

Er winkte. Sie starrte weiter, bewegungslos.

Aber sollte Irmgard doch sehen, wo sie blieb. Dies war eine dramatische Neuigkeit. Außerdem eine schlechte. Ziemlich übel, jawoll.

Oder vielleicht doch nicht?

»Da ist McGinty also abgekratzt«, quengelte er in sich hinein. »Aua.«

Ein baskischer Anschlag, ganz klar. Dieser Harry-Heini. Subcomandante Dingsbums. Das trug überdeutlich seine Unterschrift, bzw. die seines Vereins, der Euskal Herria; nur allzu gern schmissen sie ihre ollen Kadaver in die salzige See, nur allzu gern. Leichtere Vertuschung, und nachrichtentechnisch machte es auch mehr her, wenn Leichen am Strand angetrieben wurden und was nicht alles. Und keinerlei Einschußloch –, diese Jungs hatten es schon immer mit einem Hauch Garotte gehabt, oder eine Zimmermannsahle in die linke Schläfe.

Aua. Sogar, wenn McGinty ein rechter Schweinehund gewesen war. AUA.

Was nun Finn, den alten Narren, betraf, so fühlte Pats mit ihm (fast), denn wenn die Gezeiten ihn nicht auch demnächst an eine Küste zu schwemmen planten, bedeutete das, daß er zwar noch lebte, aber auf ewig ein Schuldner der ETA war, und wenn Pats die Wahl zwischen ausgerechnet diesen beiden Schicksalen hatte, war er nicht sicher, ob er nicht doch das von McGinty vorzöge …

Also war der große Mann tot.

»Na gut na gut na gut na gut na gut na gut na gut na gut na gut na gut.«

Nicht, daß McGinty nicht vermißt würde, sann Pats –, und das nicht nur von Mrs. McGinty und den Bälgern. Nein, hie und da hatte er ein paar loyale Fans. Trotzdem würde es keinen echten Aufruhr geben, nahm Pats an. Im Augenblick dürfte ohnehin leichter Stunk angesagt sein, wegen der jüngsten Verhaftungen, und weil die »Soldaten« den Betrieb eingestellt hatten; aber es war ja nicht so, daß »Pats« nicht noch andere Verbindungen in den hohen Norden gehabt hätte, nicht so, daß sein Leben und Wohlergehen von dem blöden Martin McGinty abgehangen hätten, um Gottes willen, nur daß der große Mann gerade zu diesem Zeitpunkt nach links abgetreten war, erschwerte die Dinge um ein Geringes, das ließ sich nicht bestreiten –, falls »Pats« nicht ein Comeback in Szene setzte und selbst die Kontrolle übernahm …

»Das wäre eine Idee, mein Guter«, murmelte er bei sich.

Ja, er mußte persönlich die geeigneten Schritte unternehmen. Vielleicht war es tatsächlich an der Zeit, komplett die Deckung zu verlassen und die alte Mannschaft, den alten Namen, die alten offenen Rechnungen wiederzubeleben. Er mußte die alte »Fünferbande« aufspüren –, Paddy »Unterernährt« Colley, Seamus »Schritte« Flanagan, Eddie »Zwei Zähne« Hanrahan, Turlow »Der Mechaniker« Crowe und Malachi »Backblech« McKing, alle Dublin, außer »Schritte«, der in Bradford als Tontechniker beim Yorkshire TV arbeitete, was er als letztes von ihm gehört hatte. Dann, und vorausgesetzt, diese Jungs waren noch am Leben, oder zurechnungsfähig, oder willens – oder nicht gerade im Knast –, dann ging es darum, und leicht würde das nicht werden, ermahnte sich Pats, zurückzubekommen, was ihm von Rechts wegen zustand, nämlich das alte

Kommando oben in Dundalk, das Versteck von AK-47s und Katjuschas, von dem er keiner Menschenseele etwas gesagt hatte (unter der Statue des Heiligen Patrick auf dem hohen Hügel von Tara, wenn schon, denn schon, ein genialer Einfall, wenn er das in aller Bescheidenheit anmerken durfte), und die harten Beweise (Briefe, Fotos, akribisch gezeichnete Lagepläne), welche die Jungs mit der Explosion des indischen Flugzeugs über dem Atlantik in Verbindung brachten (schade, daß der indische Geheimdienstmensch, hinter dem sie hergewesen waren, einen früheren Flug genommen hatte, aber wo gehobelt wird ...) ... Ja, es war Zeit, diese Phase zu beenden. »Pats« Bewley war bereit.

»Also, *ich* bin bereit.«

Er hoffte nur, daß die anderen es auch waren. Er war schließlich ganz gut in Schuß für sein Alter. Er rauchte und trank nie, und was den Sex betraf, nun, so war er noch nicht so ganz dahintergekommen, was es damit auf sich hatte, er war immerhin Ire, oder, einer bestimmten Generation, oder ...? Jeden Samstag ging er wandern, er betrieb ein bißchen Bowling und spielte Golf. Aber wie sehen diese anderen Burschen aus, nach all den Jahren (nach dem Bombenanschlag: drei Jahre nochwas)? Drall? Drahtig, wie Turlow? Alkoholabhängig (»Schritte« und »Backblech« waren zweifellos auf dem Weg dahin gewesen)? Krank? Tot?

Und sie würden einen neuen Namen, neue Tarnung brauchen. Schluß mit dieser »Soldaten des Brian O'Nolan«- oder »Unbefleckte IRA«-Scheiße. Und definitiv keine blutrünstigen Bibliothekare mehr als Strohmänner. Nein, jetzt war zur Abwechslung mal was Reelles angesagt.

Er faltete die Zeitung zusammen. Es gab eine Methode herauszufinden, wie es den Jungs ging. Er ging in den Korridor und nahm den Telefonhörer ab, in welchen er dann ein paar Minuten lang in schnellem, lautem, fließendem[174)] Irisch hinein-

174) Fließend ...? Augenblick mal, ist er nicht der, der ...? Alles klar schon kapiert. Mutatis mutandis, wie es so schön heißt.

sprach. Er ging nach oben und kehrte zwanzig Minuten später mit einem Matchbeutel über der Schulter und einem kreuzschattierungsgemustertem Hemd, einem Trinity-College-Binder und einem blauen Daunen-Anorak am Körper zurück, alles Ziviltarnung, die er dem Blödmann Finn kurz nach dem Überfall entwendet hatte. Er würde aussehen wie ein Ami-Tourist, fand er.

»Tschüs, Irmgard.« »Pats« winkte, als er zur Haustür hinaustrat. Das Mädchen war ans Erkerfenster vorneraus umgezogen und starrte ihn immer noch an. »Tschüs. Ich fahr weg.« Plötzlich fiel Irmgards Gesicht zusammen, und durch das Fenster konnte »Pats« ihr Kummergejohle hören.

»Hölle auch, Mädchen«, murmelte er und stieg in sein Auto, einen silbernen Jocelyn Asphodel (ja, genau den Jeep, den Mick McCreek zu Klump gefahren hatte, und es war auch ein schönes kleines Auto, aber zu verdammt auffällig, dachte »Pats«; er mußte ihn irgendwo zwischen hier und dem Einzugsgebiet von Dundalk verlieren.) »Reiß dich doch mal zusammen.«

Aber Irmgard plärrte weiter, und das Letzte, was »Pats« Bewley in den Seitenspiegeln seines Wagens von ihr sah, war der bleiche Mond eines Gesichts in Falten der Qual, und Tränen (stellte er sich vor) hinterließen Streifen auf ihm wie Schneckenspuren in der Einfahrt, wenn es geregnet hat.

* * * * *

28

Na, da bin ich ja mal wieder«, sagte sich Anil, als er ins Gefängnis geführt wurde. »Dieselben alten Poster, derselbe alte Gestank.« Schreie wie von brünftigen Pavianen erhoben sich aus den Zellen. »Dieselben alten Vollidioten.«

»Hoy!«

»Ein Nigger!«

»Nö, das ist kein Niggerboy, das ist ein curryfressender pakistanischer Indo-Indianer direkt aus Kalkutta.«

»Ober! Wo bleibt meine Tikka-Rolle?«

»Scheiß doch auf sowas, Dermot. Ich nehm eine Pint Murphy's.«

Und dergleichen.

Anils Bekanntschaft von seiner vorherigen Visite, der junge Vollzugsbeamte mit der pakistanischen Ex-Verlobten, hatte schlußendlich, laut seinem älteren und weniger mitfühlenden Nachfolger, sein »Paki-Mädel, auch son Gesocks wie du« doch geheiratet, weshalb es jetzt für Anil an diesem Ort nichts mehr gab, außer Stagnation, Kummer und Düsternis. Einer bis zwei der Insassen waren Überreste von vorher, aber viele waren relativ neu dazugestoßen, und von dieser Bande wiederum gehörten viele der Gattung des Feld-, Wald- und Wiesen-Taugenichts an, Stammkunden auf dem Arbeitsamt, sowie muntere Spechte von der gerade abgeschlossenen Bierchenzapf-Olympiade –, einer Exegese der Begriffe *Schmutz* und *Verkommenheit* par excellence, wie sich herausstellte, nachdem die Sieger benannt und die als 1. Preis ausgesetzte Kneipe[175)] und andere

175) Da war ich dabei, in der ersten meiner beiden Eigenschaften.

Trophäen vergeben waren, unterm Strich aber (sehr zum Verdruß der Geschäftsleitung der Spudorgan Vacation Inn) glatte fünfzig Riesen Sachschaden zu Buche schlugen, den Raketeneinschlag nicht gerechnet. Viele derer, die für die umgestürzten Braukessel und die (umgerechnet) einen Morgen Land bedeckenden Scherben von Pintgläsern und Spiegeln mit Milchglasornamentik verantwortlich zeichneten, waren jetzt Anils Nachbarn und Zellengenossen.

»Weshalb bist du hier, Abdul? Schlangenbeschwören ohne Lizenz?«

»Ey! Wo hastn du deinen Turban?«

Anil wahrte rigoroses Schweigen. Wegen Autodiebstahl und Gefährdung von Leib und Leben anderer hopsgenommen (»Ich mein, der Mann ist Inder, oder, diese Leute sind doch dafür bekannt, daß sie Sachen klauen und Menschen in Brand setzen, oder, bei Gott geschworen sind sie morgens, mittags und abends dabei«, wie es der gelehrte Vertreter der Anklage ausdrückte), aber nicht in den Tod des Richters verwikkelt, da mehrere Selbstmordankündigungs-Haftis, in juri-

Zuerst fanden sie (d.h. die Preisrichter, welche sich aus a] dem Reverend Dr.phil. Granville Perker, dem spirituellen Berater von Sir Phineas Finnegan, Eigner der Firma Geistige Getränke und Aufgesetzte Weine Weltweit GmbH; b] Tony MacNamara, Moderator von *Guter Junge! Bring's! Sitz! Willst du Gassi? Wo ist denn deine Leine?* auf RTÉ II; c] Claudine Futtock, dem Model; und d] Murphy, keinem Geringeren, zusammensetzten – ja, er war wieder da, aber ich habe ihm die kalte Schulter gezeigt, das können Sie mir glauben), indem sie die alte Augenbinde-plus-Zeigefinger-Technik anwandten. Meagher's Bar in Westmeath im Telefonbuch unter »Immobilien«, weshalb wir versuchten, sie zu verschenken, bevor Barrabas X. Meagher, der Wirt, von der ganzen Sache Wind bekam, aber der alte Meagher, der schließlich weder telefonisch, brieflich, noch sonstwie kommunikationstechnisch in Kenntnis gesetzt worden war, erhob in unmißverständlichen Worten Einspruch (hatte er sich doch gerade noch rechtzeitig in preiseundauszeichnungen.com eingeloggt, um zu erfahren, daß seine eigene kleine Kneipe von Fremden weggegeben zu werden im Begriffe stand) und ging sogar so weit, der Jury

stischem Ton verfaßt, unterzeichnet, datiert und notariell beglaubigt, an verschiedenen Schreibpulten, Kleider- und Küchenschränken im ganzen Hause Squarestairs klebend, entdeckt worden waren, wobei jedes Hafti eine Stufe im Countdown zum letzten Stündlein bedeutete: »Mittwoch, 15. huius, nur noch zwei Tage«; »Donnerstag, 16. huius, Vorabend der Selbstexekution«; »Freitag, 17. huius, und jetzt ist Schluß, nach etwa 1430 Stunden wird die Welt keinen alten Jerry O'Mallet mehr haben, mit dem sie machen kann, was sie will«. Dann war er ohne diesen Vorwurf zu einem Jahr und einem Tag verurteilt worden, folgte aber dem Rat seines Rechtsbeistands Mary Rose Ryan, Alleinerbin von Portefeuilles und Prestige der Anwaltskanzlei O'Mallet & O'Mallet, und hoffte gegen alle Hoffnung aus einem unerwarteten Lager auf Erlösung: Veronica und Ricky Goone-Lake, Schwester und Schwager des verstorbenen Fergus Goone. Sie hatten gemeinsam einen Prozeß wg. ungerechtfertigten Vererbens gegen die Firma Emerald Mats angestrengt und Anil als möglichen Mitkläger aufgeführt.

»Überlassen Sie es einfach mir«, sagte Ms. Ryan und be-

mit nasalem, durch jahrelangen Schnupftabakgenuß aufgerauhten Bariton zu raten, sich das Ganze sonstwohin zu »stecken«. Dann fand das Komitee (*sans* Claudine, die einen Termin in Livorno hatte (wieder mit Hilfe des Telefonbuchs, zwei wenig bekannte Etablissements draußen in Crumstown, deren eines, Spittoon (»Zum Spucknapf«) geheißen, sich als wenig mehr denn eine einzelne aufrechtstehende Mauer entpuppte, Folge einer von übereifrigen Patrioten (aber gibt es andere?) falsch abgefeuerten Übungsrakete; aber die andere Kneipe (vor Ort als »De Udder Place [hic]« – *Die andere Kneipe* – bekannt), das liebe alte Orinoco, war gerade auf den Markt gekommen, nachdem es von Angehörigen der Eingreiftruppen ziemlich jäh geschlossen worden war. Ergebnis: Ein gewisser James Hynes, ein profunder Denker und Theologe aus Ballybigrapids, Grafschaft Laois, wurde mit der Kneipe ausgezeichnet, wo er jetzt, über den Überbleibseln des Schankraums, mit zwei alten Katzen wohnt. Manche sagen, er spiele mit dem Gedanken an Selbstmord, andere beteuern, er stehe kurz vor einem größeren (oder kleineren) Durchbruch. Bleiben Sie dran.

trachtete cool ihre Fingernägel. »Sie werden nicht mehr als fünf Tage hier verbringen, das verspreche ich Ihnen.«

Das will ich verdammt auch nicht hoffen, dachte Anil und gab zehn Tage später auf. Unterdessen war Rubina zu Besuch gekommen. Die Beziehungen zwischen den einst einander so ergebenen Eheleuten waren etwas frostig.

»Ich weiß nicht, Onkelchen, ich weiß nicht. Jetzt sitzt du schon wieder im Knast. Du bist ein törichter alter *gangaram*, stimmt's?«

»Das kannst du zweimal sagen, Tantchen.«

Rubina arbeitete bei Emerald Mats.

»Jetzt laß dich nicht von denen betrügen.«

»Sie betrügen mich nicht. Es macht mir sogar Spaß. Und sie sind sehr nett, nicht wie diese Dämchen in Wolverhampton. Heute abend gehe ich mit einem paar von ihnen Bridge spielen.«

»Solang es kein gutaussehender *chikna*-Typ oder Rennfahrerheini oder sowas ist.« Anil rieb sich kraftvoll die Nase und bereitete sich so auf die unbeholfene Frage (wo wir gerade von gutem Aussehen und so sprechen) vor, ob Rashmi ...?

»Sie ist wieder in Indien«, sagte Rubina knapp. »Und da kann sie auch bleiben.«

»Immerhin hat sie mir die Haut gerettet, Tantchen. Das solltest du nicht vergessen.«

»Und seitdem hast du nur noch ihre Haut im Kopf. Dabei ist sie deine Cousine, meine Güte nochmal. Und was hat es für einen Sinn, dir das Leben zu retten, wenn alles, was du damit anfängst, ist, daß du wieder im Gefängnis landest? O *hayla*.«

Sie ließ Anil mit seinen Gedanken und seiner Trostlosigkeit allein.

Er gewöhnte sich daran, richtig viel Zeit zu haben, und lag den nächsten Tag lang und noch länger auf seiner Pritsche und starrte die Zellendecke an. Gelegentlich, wenn die Belästigungen des Mannes unerträglich wurden, ergab er sich widerstrebend in zwanglose Zwiesprache mit Flames Nolan, seinem Zellengenossen, zum Thema Motorräder, deren eines (eine

MotoGuzzi) Flames gestohlen hatte, was mit einer drei- bis sechsmonatigen Haftstrafe geahndet worden war: »Genau wie bei dir, die haben doch gesagt, du hast dem alten Richter die Karre geklaut, richtig?«

»Eigentlich nicht, aber es hat so ausgesehen.«

»Och, hör doch auf, Junge, das kannst du sonstwem erzählen. Sag mal, bist du je eins dieser doi-tschenn Fabrikate gefahren, so eine Bee-Emm-Weh, die sind doch der reinste Zauber, ich weiß noch, wie ich zu Silvester, ich hatte natürlich ein paar genommen«, usw.

Dann brachte Mary Rose die Nachricht, daß Veronica und Rick auf Drängen ihres Anwalts Herrn A. Swain, Esq. als Mitkläger fallengelassen hätten.

»Scheiß-sprunghaftes Affenpack.«

»Nun, äh, ja.«

Mary Rose saß auf Anils Pritsche und las mit trockener, mechanischer Stimme aus Dokumenten vor. »In Anbetracht des unberechenbaren Verhaltens, der Vorstrafen und – unter Berücksichtigung seiner auswärtigen Herkunft – des Mangels an Vertrautheit mit dem irischen und britischen Rechtswesen seitens des Betreffenden ...«

»Nein, nein«, protestierte Anil und wedelte mit den Armen. »Was für eine auswärtige Herkunft? Was bin ich denn, ein gottverdammtes Mondkalb? Guter Gott, an diesem verdammten Ort weiß inzwischen niemand besser über das Rechtswesen Bescheid als ich. Und bitte sagen Sie mir eins, Mrs. Ryan, worauf basiert denn wohl das indische Rechtswesen, Himmel nochmal?«

»Meine Güte, ich weiß nicht, worauf es basiert«, sagte Mary Rose Ryan und zupfte an ihrem Rocksaum, um Flames' plötzliche feurige Prüfung abzublocken, da er gerade aus einem Nickerchen erwacht war und nun ein echtes Stück Mausi aus Fleisch und Blut in seiner Zelle vorfand. »Sanskrit?«

»Sanskrit! O Gott. Ihr Bande wißt ja wirklich nicht viel, oder. O Vishnu.« Seine Schultern sackten ab, und Anil ließ, ein Bild des Jammers, den Kopf sinken. Mary Rose zog ihren

Schminkspiegel hervor, prüfte sich nun ebenfalls und fing dabei Flames' Blick auf. Er zwinkerte. Sie warf mädchenhaft den Kopf zurück.

»Machen Sie sich keine Sorgen, Mr. Singh«, sagte sie. »Ich tue mein Bestes.«

»Davon bin ich *arrah* überzeugt, Süße, und ich wäre schon mit halb so gut zufrieden, wenn ich's von dir kriegen könnte«, gurrte Flames.

»Na, aber wirklich. So ein Frechdachs«, usw. Na, egal, wir können uns vorstellen, wie glaubwürdig der arme Nicht-Singh die Zusicherungen der Frau fand. Die Verzweiflung, nichts Geringeres, faltete ihre schwarzen Flügel über seinem Haupt, und die samtenen Schatten ewiger Nacht schienen auf das zu fallen, was von seinem Leben übrig war; selbst Flames, nach einer langen Zusammenfassung ihrer wahrscheinlichen Vorzüge aus der – zugegebenermaßen voreingenommenen – Perspektive eines rotblütigen Iren, schwieg plötzlich still, gleichwie von der benachbarten Existenzangst überwältigt. Die Stunden wurden zu Tagen, die Tage zu weiteren Tagen. Anil wandte sich mechanisch dem traurigen Geschäft des Gefangenen zu und tauchte ab ins Reich der Erinnerung. Er lag auf seiner Pritsche und erinnerte sich an Indien. Er tauchte tief ein und mit seiner eigenen Kindheit wieder auf. Er stolzierte herausfordernd über Sandrapores heiße, staubige Sommerstraßen, die im Herbst zu schwappenden Schlammflüssen wurden. Er erinnerte sich an die Ladeninhaber und die Mädchen, Vohraji und seine Pflaumenkuchen und Anupryas Fingerfertigkeit hinter einer Hecke. Er hörte wieder das Plock-Plack des Kricketballs während der Qualifikationsspiele. Er sehnte sich nach dem windig wogenden stoppeligen Oberland von Sandra Pradesh unter den heißen, blauen, wolkengestreiften Himmeln, eine karge, hochgelegene Gegend, außer an den Flußniederungen und in den alten Hainen mit Jamun-Bäumen –, von denen einer, ein etwa achttausend Jahre altes Monster, wie er als Kind dachte, der echte Manorathadayaka oder Weltenbaum war, in welchem bei der Nacht Affengeister und große Spinnendinge hausten (einmal, als Dinali war, hatte er sie gesehen, schwor er). Während eines langen heißen Sommers in seiner frühen Pubertät hatte er die Jamun-Frucht an Passanten verkauft. An einem einzigen Tag verdiente er 120 Rupien. Ein Vermögen. Er gab alles für Süßigkeiten und Zigaretten aus. Zwei Tage im Bett und eine Tracht Prügel von *babu.*

Und jenseits von Sandrapore auf der Hauptstraße nach Westen die kleinen Städte, alle weiß getüncht und so sauber geschrubbt wie die weißen *lungis*, die die Leute über die Knie hochgezogen trugen, wenn sie langsam dahinradelten und sich an Karren und Autos und Schlaglöchern und rülpsenden alten Lastwagen vorbeischlängelten.

Aber die weiße Tünche der Häuser hatte einen blauen Stich. Anil hatte nie entschieden, warum.

»Wie der Himmel«, murmelte er.

Ihm wurde heiß, dann kalt, dann heißer. Die Hitze, die er spürte, entschied er, strahlte vom indischen Himmel aus, von seiner Vergangenheit. O doch, er war ein heißer junger Bursche gewesen, da brauchte man nur Anuprya und irgendeine von den anderen zu fragen ..., phantasierte er. Die Kälte war dann wieder strikt irisch. Das Delirium setzte ein, und auf einer Tragbahre wurde er ins Mater Misericordiae Hospital geschafft.

»Wirklich eine Schande«, erklärte Flames seinem nächsten Zellengenossen, Tiger McIlhenny, zum drittenmal dabei, weil er seine Alte verdroschen hatte. »Armer kleiner Schweinehund. Ein Arááber oder was, Gott segne seine dumme ...«

»Nö. Paki, oder ich will Owen Scheißenochmal Parsley heißen.«

Die Nachricht von Anils Elend – krank, und es verschlechterte sich schnell (»irgendsowas Tropisches, die Motten halt«, wie es Dr. Eddie Fast, F. R. I. C. S. ausdrückte) – erreichte Rubina mitten im dritten Robber in Mary Malones Bungalow am Strand.

»So ein Quatsch«, sagte sie. »Der will doch nur wieder im Mittelpunkt stehen.«

Aber sie war da, an seinem Bett, unter dem stetigen Blick von Schwester Theodore, und beobachtete, wie der unglückliche Anil schwächlich an der Tagesdecke zupfte (»Du dummer Unglückswurm« war ihre einzige Begrüßung gewesen, und nur Schwesters Dazwischenfahren hatte dem delirierenden Swain eine Maulschelle auf die fein geschnittenen drawidischen Züge erspart) und widerwärtigerweise deliriumbedingte Vorladungen an die abwesende Rashmi und andere richtete, eine sogar an Rubina. Mit leuchtenden Augen rief er mäandrierend Kalki an, den Schimmel des Vishnu; den Windgott Vayu, Träger des Parfums, für ganz Nordwestindien zuständigen Gott; Belinda Barnsley, Moderatorin der beliebten Gameshow *Dumm gelaufen*, den alten *babu*; einen Nachbarn in Sandrapore, der alte Rasenmäher reparierte (Mr. Krishnamurti); dann stimmte er ein Klagelied an: »Goone, Goone, ich hab dich kaum gekannt ...«

In diesem Augenblick erschien Mary Rose Ryan, strahlend und atemlos.

»Alles in Ordnung, er ist draußen«, sagte sie. »Sie müssen Mrs. Singh sein?«

»Nein«, sagte Rubina.

»O, aber jemand muß es seiner Frau sagen ...«

»Ich bin aber doch seine Frau.«

»O. Gut. Nett, Sie kennenzulernen, bestimmt. Auf jeden Fall ist er draußen, er ist frei, zumindest ist er auf Kaution freigelassen, für die aber die Firma Jocelyn Automobile in voller Höhe aufkommt, solang er dies hier unterschreibt.« Mary Rose streckte eine coole weiße Hand aus, in welcher ein cooles weißes Dokument knackig raschelte. »Das ist ein Vertrag. Gehört

176) Doch wohl nicht etwa Fiona Blacke-Whyte?! Die ist aber doch Gar Looneys top-aktuelle Obergespielin, am bekanntesten dafür, daß sie letztes Jahr das Freßlokal *Le Phacochère* in der Innenstadt übernommen und Warzenschwein-Schmortopf mit Oliven auf einem Bett von Kopfsalatscheiben als Hauptgericht angeboten hat. Mannomann, war das eine Sensation. Danach rannten sie noch stundenlang die Straße rauf und runter, und nicht wenige mußten sich gleich an Ort und Stelle den Magen auspumpen lassen. Na, als das

alles zu dem, was die Schauspielergewerkschaft verlangt, verstehen Sie.«

»Anil Swain wird Filmstar?« erkundigte sich Rubina, weniger ungläubig, als sie sich noch vor sechs Monaten erkundigt hätte, da die Welt noch in geordneten, vorhersehbaren Bahnen gelaufen zu sein schien.

»Nein, das nun nicht. Aber es könnte sein, daß er im Fernsehen ziemlich berühmt wird.«

Die Jocelyns, sagte Ms. Ryan, hatten Kronanwalt Claude Quiller eingeflogen, den juristischen Superstar aus Belfast, Cork und London. Quiller hatte mit einer Serie von träge magnetisierenden und scheinbar aus dem Hut vorgetragenen Argumenten, die er die »Quiller-Memoranden« nannte, die Richterin ziemlich bezaubert, eine 34 Jahre alte Novizin namens Fiona Blacke-Whyte,[176)] und es war ihm gelungen, alle Anklagepunkte auf Grund a) zeitweiligen Irreseins; b) eklatanter Rassendiskriminierung; und c) unverläßlicher Zeugenaussagen, da Krabbenfischer notorische Trunken- und Lügenbolde seien, in der Luft zu zerreißen.

Außerdem hatte die Firma angeboten, alle Anwalts- und Prozeßkosten zu übernehmen.

»Was für eine nette Firma«, sagte Rubina. »Einfach so? Ohne Bedingungen?«

Nun ja, nicht ganz. Sondern als Gegenleistung, wie Mary Rose erläuterte, dafür, daß sich Anil dazu bereit erklärte, die Hauptrolle – mit Turban, mit Bart – in einer Reihe von Fernseh-Werbespots zum Thema »Der wasserdichte fliegende Teppich des Fakirs« zu übernehmen, in denen er einen Jocelyn Cran-

Restaurant schließlich wegen Gefährdung der Volksgesundheit dichtgemacht wurde, mußte sie eine andere Betätigung finden, da haben sie und Gar dies juristische Ding gedreht, und irgendwie wurde sie dann Richterin. Tolle Beine allerdings, verstehen Sie mich da nicht falsch. An Gar Looneys Geschmack, was Frauen betrifft, hatte ich auch noch nie etwas auszusetzen –, außer bei seiner Missis, aber das hat er, sobald er konnte, versucht, in die Reihe zu kriegen, muß ich sagen.

nug GTX weltweit in die verschiedensten Hafenbecken setzen sollte – Hong Kong, New York, Trincomalee und natürlich Benares –, dies als Teil einer Kampagne, mit dem Slogan »Jocelyn: Das Auto, mit dem Sie überall gut ankommen« wieder etwas Leben in den flauen Umsatz zu bringen.

»Offenbar waren sie ziemlich beeindruckt davon, daß das Auto nicht abgesoffen ist. Und sie fanden, daß er als Fahrer Rallye-Format hat. Sehen Sie, ein brillanter Schachzug.«

»Schon, schon. Ich bin ebenfalls entzückt. Aber vielleicht stirbt er ja auch vorher. Onkelchen! Hast du das gehört, Onkelchen?«

Anil sang mit monotoner Stimme halb auswendige Fetzen aus Popsongs und Balladen.

»Es rufen die Trommeln zum Strei-hei-te. Michelle, my belle. *Mere sapno ki rani kab?* Oh see the moon's silvery barque. Hey hey. No milk today …«

Dr. Fast lungerte bedrohlich im Korridor wie ein Voyeur.

»Oy, verpißt euch, ihr Bande«, sagte er. »Kommt morgen wieder. Bis dahin wissen wir, welche Chancen er hat.«

Anil verbrachte eine unbeständige Nacht, aber eindringliche Echos jenes Bettkantengesprächs sickerten langsam in sein pochendes Hirn.

»Schauspielervertrag? Fernsehen?« murmelte er.

Sobald sich natürlich ein Spalt in der Rüstung von Anil Swains Fieber öffnete und die wirkliche Welt mit ihren glorreichen Verunreinigungen hereinzuschwärmen begann, zog sich die Krankheit überstürzt zurück, und Fieberträume machten bodenständigeren und sehr vertrauten Träumen Platz, in denen es um materielles Wohlergehen, Restaurants, neue Häuser etc. ging, all dies überstrahlt von der Herrlichkeit, im Fernsehen aufzutreten; aber er mochte es noch nicht glauben, bis sie am nächsten Tag wieder zu Besuch kamen und Dr. Fast ihn für »kerngesund; wenn er nicht in den nächsten achtundvierzig Stunden die Kurve kratzt« erklärte.

»Wo unterschreibe ich?« krächzte Anil und raffte majestätisch sein hinten offenes Krankenhausnachthemd. Strahlende

Jocelyn-Speichellecker standen bereit, um den Handel perfekt zu machen. Ringe blitzten auf, als sie kurz, aber erbittert um den besten Platz rangelten, von dem aus man auf die punktierte Linie deuten konnte.

»Hier.«

»Nein, hier.«

»HIER, DU BLÖDIAN.«

»Ich unterschreibe überall«, sagte Anil jovial und wagte ein Lächeln, welches sich bald in den zum heimtückischen Grinsen verzogenen Schlund eines Toten verwandelte, als er sich unter einem monströsen Hustenanfall spasmodisch wand und schüttelte. Die Jocelyn-Männer wichen zurück wie Hunde, die Gefahr wittern. Dr. Fast ballte die Hand zur Faust, und diese Faust drosch die bösen Säfte aus dem armen Swain, bis dieser wieder zur Leistung einer Unterschrift fähig war.

»Himmel«, sagte Mary Rose. »Ich dachte, jetzt wäre es um Sie geschehn.«

»War es natürlich nicht«, säuselte ein Speichellecker. »Das haben wir gleich gemerkt, Sie Maulaffenfeilhalterin.«

»Das reicht jetzt aber. Paß bloß auf, du Dämlack«, zischelte sein Stallgefährte.

»Das Auto ist übrigens Mist«, sagte Anil und ließ sich zurück auf sein Kissen sinken. »Die Bremsen haben versagt.«

»Das bleibt aber unter uns, ja? Braucht man ja nicht überall herumzuerzählen.«

Jedenfalls, unglaublich, aber wahr: Anil erholte sich. Er trieb es auch wieder mit Rubina, sie brachten es fast auf ihren früheren Leistungsstand, nur die eigentliche Klimax fehlte (aber sie konnte nicht aufhören, sich zu fragen: Dachte er jetzt? An *sie? Nicht* sie?). Der erste Jocelyn-Werbespot wurde zwei Monate später im Hafen von Hong Kong gedreht, wobei ein schwervermummter Land Rover verwendet wurde, da die vorgesehenen Jocelyns bei Probeaufnahmen ständig untergingen. Nicht ganz einwandfrei, diese List, aber sie funktionierte: niemand merkte was, und der Umsatz schoß in die Höhe. Bald darauf drehten sie in New York den zweiten Spot, und diesmal wurde (nur um ganz sicherzugehen) ein alter Pontiac Minivan eingesetzt, aus einiger Entfernung aufgenommen, mit einem Stuntman für den inzwischen berühmten, also wertvollen Anil Swain (unterdessen auf der Delhi-Mumbai-Chennai-Talkshow-Schiene mit dem Spitznamen Bibi versehen); und so erfolgreich war dieser Spot, daß Jocelyn Ausstellungsräume in Los Angeles, Amman, Delhi und (ja) Sandrapore eröffnete.

Die Fachzeitschriften waren, offen gesagt, verblüfft.

»Einst gleichbedeutend mit automobilistischem Kot, hat der Jocelyn Crannog imagemäßig eine Kehrtwendung um hundertachtzig Grad vollzogen und die Welt im Sturm erobert«, schrieb Mick McCreek, international renommierter Auto- und Motorsport-Korrespondent mit Wohnsitz in Mailand, dem Magazin *Glam.* »Die bemerkenswerten, wenn auch leicht zweifelhaften Meter belichteten Zelluloids, die den indischen Stuntman Anil ›Bibi‹ Swain zeigen, wie er seinen Crannog mitsamt Vierradantrieb in alle großen Häfen der Welt fährt, wobei weder Fahrer noch Fahrzeug irgendwelche Abnutzungserscheinungen aufweisen, haben – obschon sich in der abgestumpften Brust des Rezensenten doch der eine oder andere Verdacht breitmacht – die Autonarren dieser Welt so elektrisiert wie kein Werbespot seit den herrlichen Zeiten von Nissans Mr. K und seinem Jack-Russell-Terrier ...«

Dann kaufte sich Robin Brashford, der Star von *Yellow Jackets* auf BTV und Protagonist des supererfolgreichen Abenteuerstreifens *Mickey Mungas Rache*, einen auf seine persönlichen Bedürfnisse zugeschnittenen Asphodel, und die Zukunft der Firma Jocelyn war gesichert, vorerst.

* * * * *

29

Also kündigte Rubina bei der Firma Emerald Mats, und sie zogen in ein Haus in der End Street mit Blick auf den Strand, und Anil rasierte sich den Bart ab und kaufte ein neues Auto (keinen Jocelyn) und eine ziemliche Garderobe aus Spantucci-Anzügen und di-Mangano-Schuhen, vorwiegend geschnürte Halbschuhe, hochglanzpoliert; dann, etwa zur selben Zeit, als die wahre Qualität der Jocelyn-Automobile weltweit ruchbar wurde, was die entsprechenden Gerichtsverfahren nach sich zog, stellte er fest, daß er und Rubina praktisch so gut wie pleite waren, aber, wie das Leben manchmal so spielt, intervenierte das Geschick, und er empfing, persönlich von der Garda Síochana abgeliefert und mit einem von Oberüberkommissar Pat Nugent handgefertigten Entschuldigungsschreiben, was die Sondereinheiten betraf (»unklare Umstände ... absurde und beleidigende Anschuldigungen ... Rassismus ... tiefes Bedauern ... jederzeit mal Abendessen, auf jeden Fall ein paar Drinks«), die uneingeschränkte Lizenz für das Restaurant Ko-I-Noor.

Was rechtzeitig geschah, denn Anils Startum setzte Rost an, Jocelyns setzten sich nicht mehr ab, und bei Rubina setzten die Wehen ein. Ja, die Swains bekamen endlich ein Baby, eins vom Typus Mädchen, und sie nannten es ...

»Nein. *Nicht* Rashmi.«

»Aber, Tantchen.«

»Eindeutig nicht. Ich möchte sie nach meiner Großmutter nennen. Indira.«

»Indira? Aber die Hälfte der Nutten in Sandrapore heißt Indira.«

»Und woher weißt du das, frage ich mich?«

Also blieb es bei Indira. Und als sie geboren war, begab Anil sich zurück in die Schlacht, nervös zunächst wegen seiner Vollmachten als Chef (wobei Optionen für die Eröffnung von Koh-I-Noor-Filialen sein stets appetentes Hirn plagten); aber sobald er Wallfish als Oberkellner ein- und Thackeray und Pedro zurück in die Küche gestellt hatte, erfüllte übertriebene Zuversicht seine Adern wie ein Schuß Kokain.

»Wir sind am Ziel, Tantchen. Geld Geld Geld! Jede Wette. Und ehrlich verdient. Das bedeutet natürlich Arbeit. Richtige Arbeit.«

»Natürlich.«

»Weißt du, was ich meine?«

»Natürlich weiß ich, was du meinst. Arbeit ist Arbeit.«

»Nein, nein, die Fernsehshow. Sieh nur. Da kommt sie schon.«

»Accchh. *Hayla.*«

Rubina tat, als wolle sie ihrem Gatten mit einem Flußpferd aus nachgemachtem Murano, das sie vor einiger Zeit während einer Zwischenlandung in Dubai auf dem Flug von zu Hause nach Irland gekauft hatte, den Schädel spalten, aber er war von der Magie der Glotze zu absorbiert, um sie, das Flußpferd oder das röchelnde Kind zu bemerken.

»Anilji, mit dir ist es hoffnungslos.«

Und als wäre das noch nicht schlimm genug, erschien *sie* auch noch kurze Zeit später, diesmal als Überwachungsbevollmächtigte der Weltgesundheitsorganisation getarnt.

* * * * *

30

Nach dem Fiasko mit der Bierchenzapf-Olympiade kündigte Milo – plötzlich gar nicht mehr darauf erpicht, irgend die Schuld dafür am Hals zu haben, von den Schulden ganz zu schweigen – als Geschäftsführender Direktor bei der Spudorgan Vacation Inn. Der Grund, den er dafür angab, war recht simpel: »Ich bin Dichter, kein klappriges altes arschleckendes Scheiß-Mädchen für alles.« 177)

Dann verbrachte er eine bis zwei dichterische Wochen in seinem Bungalow mit dem Verfassen ernsthafter Bettelbriefe, trank selbstgebrautes Bier, sah die über den St.-Georgs-Kanal aus Wales ausgestrahlten Fernsehsendungen und schrieb, wie allgemein angedeutet wurde (und zwar mit einer gewissen Berechtigung, wie sich bald zeigen wird), Lyrik. Dann begann er auszugehen, zunächst in die Kneipen, wo er die üblichen armen Schweine traf, dann in die Bibliothek, wo er Penny Burke traf, die Bibliotheksleiterin.

»Tag. Milo Rogers. Schön, Sie zu sehen. Äh, Dichter, übrigens. Ob Sie's glauben oder nicht.«

»Tag. Penny Burke. Chefbibliothekarin.«

Pen war inzwischen natürlich, nachdem sie vor geraumer Zeit den Doofen Derek hatte fallen lassen, wieder frei wie der Vogel in der Luft –, aber nicht lange, nicht nach dem kurzen, aber bedeutungsschwangeren Wortwechsel von eben. Ja, Milo und Penny verstanden sich auf Anhieb so gut miteinander, wie

177) Oder doch zumindest sinngemäß. Eher knausrig, wenn es gilt, Tatbestände in Worte zu fassen, vervollkommne ich meine anderen Fertigkeiten umso mehr.

das nur zwei Dichterkollegen gelingt, besonders wenn der eine Dichter ist und der andere nicht, wenn Sie verstehen, was ich meine.[178] Und, gaaanz wichtig, Alf mochte Milos Geruchsmischung aus verwohnter alter Kordsamthose und von Tausenden von Pints überlagertem Tabak, und diese spontane Freundschaft zwischen Mann und Hund (»Sitz, Sir«; »Alf!«; »Braver Junge!«; »Alf! Alf!«) beseitigte alle Zweifel, die Penny gehegt haben mochte – nun, *hegte*, und wer will ihr das verübeln, nachdem sich zwei so dubiose Exemplare wie Mick und Derek die Türklinke in die Hand gegeben hatten.

»Bett?« erkundigte sie sich eines Abends nach einem süperben Tikka Masala im Koh-I-Noor. (»Vielen Dank, vielen Dank, vielen Dank«, platzte es aus dem unterwürfigen Mr. Swain heraus, der seine schwerberingten Hände aufblitzen ließ.)

»Arrah.«

Kraftvoll war er in dieser Arena, für einen dicken Zausel auf der alternden Seite des Lebens, wenn auch leicht schrullig und arschorientiert, sowie, gegen Ende, bös asthmatisch –, was aber eine schnelle Lulle rasch behob.

»Na, war das nicht ganz toll, wie?«

»Arr.«

So eng war das Band der neuen Liebenden geknüpft, so eng, daß Pennys Gefühl ihrer eigenen literarischen Unzulänglichkeit abnahm (nicht komplett verschwand, aber) und sie ins goldene Zeitalter ihres Amts als Bibliotheks-*Suprema* eintrat, indem sie einen Lyrik-Leseabend um Milos neuesten Schwall von Ungereimtem herum organisierte, eines Knittel-Epos, welches die bedeutsamen Vorgänge des vergangenen Jahres aus der Sicht des unglückseligen und nunmehr ausgestorbenen Klans der O'Mallets (Zweigstelle Killoyle) schilderte.

178) Du bist ja wohl ein ganz Schlauer, du dumme Sau. Ich verstehe sehr wohl, was du meinst. Aber eins kann ich dir sagen: Wenn Penny ihrer Dichtkunst nur halbsoviel Aufmerksamkeit schenkte wie ihren heißgeliebten arbeitslosen Radaubrüdern und Eckensteherflegeln, wäre sie eine zweite Elizabeth Barrett Scheißenochmal Browning, da gibt es kein Vertun.

Viele wohnten der Lesung bei, einschließlich (von ihrem offensichtlich völlig vernarrten Aufseher, einem Mr. Deck, begleitet) Cornelia Regan, Gastgeberin der enorm erfolgreichen Radio-Talkshow »Wie küßt der Küster? Eine Fummeltrine packt aus« (Jailhouse Rock Radio UKW 360 MHz/ MW 1860 kHz, werktags 22:30h); der neu in sein Amt eingeführte Stellvertretende Regional-Polizeipräsident Pat Nugent, ungewöhnlich heiter und wohlwollend wirkend, wie viele bemerkten, die in der Vergangenheit seinen Zorn auf sich gezogen hatten; Sean »El Maxi Macho« McSpackle, Besitzer von McSpackle's Spanish Cantina, der zu dem Anlaß Sonnenbrille und *bolo*-Binder trug; Kathy und Mick McCreek, auf Stippvisite aus Mailand; Jumbo Wyde, Autor des Bestsellers *Zemlinskys Kinn*, der gehäufte Hände voll gerösteter Paranüsse aus einer *Tesco*-Tragetüte mampfte und gleichgültig mal mit dieser alten Dame, mal mit jenem wimmelnden Kriecher, mal mit diesen eingenickten Dösern konversierte; die Thriller-Autorin Sinead O'-Hall, bei ihren vielen Fans als »die irische P.D. James« bekannt[179)]; Fred Hasdrubal-Thomson und seine Gattin Sheila, diese jüngst (die früher so harten Meinungsverschiedenheiten waren weich geworden, matschig geradezu) in den Inneren Kreis der Freunde der Bibliothek gewählt, jenen exklusiven Cocktail-und-Lese-Zirkel, der nur Spendern von mehr als £ 25.000,- per annum offenstand (formschöner PVC-Aktenkoffer ohne Aufpreis, zuzügl. MWSt.u.Versandkosten); ein Schwarm noch geringerer Koryphäen, einschließlich Stan und Nancy, wer immer sie gewesen sein mochten; Oberkellner Wallfish, der die gesättigte Luft und Aura dessen, der gerade gut zu Tische gesessen hat, verströmte; dieser Ami-Heini, Denny, mit schwarzem T-Shirt und unangebrachtem Armani-Sakko; Ramona, Dennys Mausi; Inspektor Sherlock Neame, der da war, weil der Hauptkommiss ... – Entschuldigung, der

179) Autsch. Das war ein Tiefschlag, Alter. (Ich mache mir eher Sorgen um die Autorin, die als »die englische Sinead O'Hall« bekannt ist, wenn Sie mir soweit folgen können.)

Stellvertretende Regional-Polizeipräsident – da war; Maher, der Baulöwe, der mit einem schönen neuen aschblonden Toupé (ganz natürlich wirkende Locken, zur Pagenfrisur gebändigt) prunkte; und nicht wenige Nichts- bis Garnichtstuer.

Kurz: *le Tout-Killoyle*, wieder beisammen.

In seinen einleitenden Anmerkungen vor der Lesung beschrieb der Dichter Rogers seinen jüngsten Versuch als einen »Spaß für die ganze Familie. Tolle Preise winken bei Tesco in Killoyle-Süd, Samstag, 1. April« –, o nein, das war die Rückseite. So. Jetzt hab ich's. Also:

»Tag auch. Wie geht's. Schön, hier zu sein, nehme ich doch mal an. Habt ihr vielleicht ein Glück, ihr Bande. Euch erwartet nämlich ein echter Leckerbissen, aber ja. Ein guter, alter Eintopf mit Selbstgedichtetem. Eine würzige Mischung aus *Die Gesichte des MacConglinne* von Dallán Forgaill und Philip Larkin.[180] Bon appétit. Und bitte leise dahinten.«

Und so begann die Lesung folgender Strophen.

»Ahem.« *(Oder hätte das Amen heißen sollen?)*

DIE GESCHICHTE DES O'MALLET BAWN

Kein Epos

Lang nach der großen Brehonen Zeit
Und kurz vor dem heut'gen *ard fheis*
Lebte zu Killoyle ein berühmter Richter, inzwischen
verstorben.
O'Mallet Bawn war sein Name (naja, eigentlich Jerry.
Das Bawn kam hinzu aus poetischem Zwang.)
Einst stellte ihm diese Frage ich. »O, O'Mallet, Sohn des
O'Mallet«, sprach ich,
»Was waren als Richter die Gewohnheiten dein?«
»Nicht schwer zu sagen«, sprach O'Mallet Bawn.

180) Den wichtigsten Teil haben Sie weggelassen: »Und abgeschmeckt mit einer Prise William MacGonagall.«

»Ich war ein Vertilger von Bücklingen
Ich war ein Raucher von Pfeifen
Ich war Inventar von Tavernen
Ich war selten in Kirchen
Ich war Zuhörer den Lügnern
Ich war Lügner meinen Zuhörern
Ich war freundlich zu manchen
Ich war stolz zu den meisten
Ich war stark unter Schwachen
Ich war redlich zu Schurken
Ich war ein Sünder *de luxe*
Ich war ganz und gar Mann, von der Braue zum Zeh.«

Der Richter hatte einen Anwalts-Sohn. Vor den Gerichten des Königreichs
Verteidigte der Sohn die fette Hälfte des Pöbels von Eire.
(Mochte die magere baumeln.)
Der Name des Sohnes war Tomas,
Und Halb-Irland war halb-voll seines Ruhms.
Gefolgsleute kamen von Belfast und jenseits, um nach ihm zu fragen.
Manche, heißt es, begierig, der Sonne rotgold'nes Rund beim Aufgeh'n zu seh'n und beim Sinken,
Schien sie doch – laut selbsterschaff'nen Legenden – ihm aus dem Arsch.
Und kamen auch dorthin Boten von ferne
Aus Iberien teils, teils aus Hindustan, dem verrückten,
Wo junge Männer die Tracht tragen älterer Damen
Und die Bärte zu Dolchspitzen pomadisieren
Und Obstbäume essen, mit Wurzeln und allem.
Auch kamen solche von nah,
Mit fetten Lippen die, und die mit den länglichen Haxen,
Die Unreifen und Verräterischen,
Die Schlanken und Schlawiner
Aus Erins grünem Herzen, zu fragen O'Mallet um Rat.
Alle hieß man am Hofe des Richters willkommen,

Wo tiefe Züge sie tranken vom Biere aus Hopfen
Alle, außer den Mahometanern, die ihre Klinge eher
versenken
Im Brustkorb eines irischen Ritters,
Als daß sie genössen vom Teufelsgebräu, das sie Pipi-Teer
nennen.

»Friede sei mit euch, ihr dämlichen Säcke«, waren die Worte
des Richters,
Und sie verstummten beim Klang seiner Stimme, denn sie
donnerte wie
Das Wummern des weibstollen Widders von Cavan.
Und er sprach weiter.
»Eßt und trinkt, ihr Scheißkerle«, war'n seine Worte,
Und die Stimme, in der sie erschollen, ließ die Schwelle des
Himmels erbeben
Und läutete wie Gewitter über den finsteren Klippen von
Inishmaan.

Sie röhrte wie der Hirsch in Siodhmhuines steiler
Schlucht
Sie dröhnte wie die weißen Wellen am Magilligan
Strand
Sie grub sich in jedermanns Seele wie die Erinnerung
an die Sünde.
Sie sang wie die Harmonien von Phelim-dem-Schäfer
nach der nächtlichen Tat.
Sie pfiff wie die Stürme des Frühlings über den
unbekleideten Hängen des Slieve Gallion.
Sie dudelte wie der Ruf des wilden Schwans in den
Tümpeln des Lough Coole.
Sie grollte wie der Wolfshund von Glin in einer Nacht
voller heftiger Winde.

Wahr ist's, der Richter ein stattlicher Mann war von fünf
Gehstunden Höhe

Brachyzephalisch die Birne, rund wie ein Brotlaib aus Weizen,
Und seine Braue war hoch wie die Vorderseite Ben Bulbens,
Und von seiner Braue erglänzte das Leuchten der Weisheit.
Volle fünf Karossen weit war die Brust sein von Schulter bis Rückgrat,
Tiefer als die Bergseen des großen Sumpfes von Allen die Augen,
Und seine Kehrseite war breit wie die Mauer des hohen Tara, des Hügels der Stämme.
Wahr ist's, der Richter war einer, mit dem man rechnen mußte,
Und wahr ist's, daß wir seinesgleichen nie wieder zu sehen bekommen werden.

Nun hatten die Boten ihre Narretei beklagt,
Und wie die herabstürzenden Seeschwalbenherden des schroffen Inishbofin
Oder die aasfressenden Möwen des bögigen Bundoran
Machten über Speise und Trank her sie sich, wovon es übergenug gab,
Wie's für des Großen-O'Mallets-des-Blonden Haus und Küchen sich schickt.

Es gab Seiten von Speck
Und süße Milch von der Kühe Nachgeburt
Und geräucherte Heringe
Und Bombay-Ente
Und eine ganze Brut Bratäpfel.
Haselnüsse waren ebenfalls da
Und Räucherbückling aus Sligo
Und Kartöffelchen und Überfluß aus Navan
Und Sülze aus Newbridge
Und ein vollständiger kiefernholzgeräucherter Frischling von der Insel Man
Und zur Sättigung Pommes, mit Salz und mit Essig,

Und Krabben aus dem Lough Corrib.
Bechergläser voll Bier, nicht lohnt's, sie zu zählen,
Und Hörner mit honigduftendem Met,
Und als der Hunger der Boten gestillt und ihr Durst voll gelöscht war,
Und ihre Finger Musik konnten klimpern auf dem straff nun gespannten Wanst,
    Wie der Winterwind spielt im Schilfröhricht des Lough Erne,
    Wie der *file* singt zur kalten Stunde des Friedens,
Wurden sie vor den Richter gebracht, bei ihm zu Hause,
Auf daß er ihren Wünschen entspreche und ihre seltsamen Sitten erlerne.
Wie ein Mann entledigten ihrer Botschaft sie sich, manche schrill, manche blökend:
»Von weither sind wir gereist, aus Orten wie Bilbao und Kaschmir,
Und Gegenden, noch ausländischer gar, mit Akzenten à gogo,
Um den von Sachsen bedrängten Soldaten Eires zu helfen«,
Sagten die Boten aus Hindustanien und Spanien.

Noch mehr sagten sie.
»Und für die Hilfe, die wir unseren Freunden angedeihen lassen, erwarten wir Hilfe,
In Form von dreimal zwanzig Raketenwerfern
    Und einer Gallone *Easy-Fert*-Flüssigdünger
    Und Heckler & Koch SPG und Robar-SR 90-Präzisionsgewehren
    Und AK-47-Magazinen
    Und Ammoniumnitrat
    Und Zucker
    Und Dieselöl oberster Güte
    Und Semtex
    Und einen getreuen Kleinbus, von Ford, und schön zäh,
    Sowie ähnlich gelagerte Gaben …«

»Bleibt«, sprach da der Richter, tiefinnerst im *bodhran*-
großen Herzen bewegt,
»Denn euer Wunsch wird Erstattung sein für meine Mühen
und die meines Sohnes,
Hat mein Sohn doch das Herz eines Häuptlings
Und die Gedärme eines Königs
Und die Sehnen eines Ebers der Hochebenen von
Gougane Barra
Und die Augen des Falken von Carrick-a-Rede,
Und auf ihm fließet das güldene Haar eines Prinzen,
Und neben ihm reitet des Großvaters Schatten, des
Ó Mallet aus Keane,
Und vor ihm lodert das silbrige Leuchten künftiger
Reiche
Und so einem gebühren doch Lohn wohl – und auch
Respekt.«
»Benennt Eure Bedingungen, Richter«, gellten da die
Gesandten,
»Nur seid hurtig, macht hinne, wartet doch schon unser
Flug.«
Gehetzt blickten sie um sich, hatten die schöne Stimmung sie
zerstört doch,
Plötzlich war Rache das, was sie am meisten besorgte,
Als hätte in ihre dürstenden Ohren
Der Wind flink gewispert
Vom Trick des Speers Bolga
Und der starken Faßdaube des Cu Chulainn.
»Das heißt, wenn's Euch nichts ausmacht«, fügte hinzu dann
einer aus Spanien.

Und so sprach der Richter in träger, befehlsgewohnter
Manier.
Seine Stimme war seiden, doch in ihr schimmerte Eisen
Wie des Erinwatch, des Königsmörders, verdrossener Dolch:
»Am Ende des Jahres, zuzüglich zu dieser lachhaften Summe,

Stopft Silber und Gold ihr in einen Tresor in Höhe von einer
Million per,
Sans Abzug, *sans* Steuern, *sans* Vergütung jedwelcher Art,
Und tuet dies durch die Heere eifriger Anwohner
Und Oberherren von Wohlstand an wechselnden Orten,
Verstreut wie Häcksel über die sechs Nationen von
Gallien
Und die bergichte Feste der Helveter
Und die rauschenden Wälder von Hermann-dem-Deutschen.
Und indem wir dies gutheißen, werden ich und mein Sohn,
der Anwalt,

Der die Wellen reitet wie des Sturmes Gott
Der so hoch pißt wie der Wasserfall von Barrenglas
Der mit einem einzigen Sprung springt von Gipfel zu
Gipfel
Der rittlings besteigt die vier grünen Felder von Erin,
dem schönen
Der sich die Brust schlägt und alle rufet zum Kampf

Wie der mächtige Dinertach von den HyFidgenti,
Bevor er auf Aidnes traurigen Boden gestürzt (ach),
Hiermit das Ehrenwort geben, herausragende Männer, die
wir sind,
Eure Mission zu erfüllen: Menschen in die Luft zu jagen.«
Die Boten nahmen nun Abschied und eilten nach Hause,
Und die Kunde verbreitete schnell sich, reiste von Zunge zu
Zunge
In Form von Klatsch und als der Huren Geschwätz,
Bis sie das eifrige Ohr McGintys erreichten, des Herrschers
der Falls Road.
»Scheiße«, sagte da er und »Mist« und auch »Kacke«,
Und nach Killoyle kam er
Vom fernen Wasser des Lagan, um mal die Lage zu peilen
Nach Art der weisen Männer von Clonmacnoise
Und der Shanachies von Ennis und Kilkee.
»Richter, ich bin auch gekommen, weil ich

Eure Hilfe brauche, verdammt«, sagte McGinty aus des roten
Ulsters Reiche, dem grünen.

Der Richter besah sich nun ihn und besah ihn sich gründlich.
McGinty war stattlich und stolz,
Und nur der große Weltenbaum war noch größer
Als er, dessen Haupt hochragte in die wirbelnden Wolken
Wie die Gipfel der Reeks, die sich in Böen des Sommers
verlieren,
Und die großen purpurnen Felsen der Knockmealdowns,
Über welche die Schafe tollen, weiß wie die Wolken,
Flecken unter den dazu passenden Wolken des Himmels.
»McGintys Wert als mein Freund ist nicht geringer«,
Sagte der Richter, und seine Stimme war wie der eilige Strom
Zu Shannonford und die rasch fließenden Strömungen
Vor Kinsale.

»Weit mehr«, sagte McGinty mit der Stimm' eines Riesen.
»Und um dir zu geben Reichtum und Waffen
Und die gleiche Summe
Am Ende des Jahres, sowie meine Freundschaft dazu.«
»Ich denk' drüber nach«, dröhnte der Richter, »Mann aus dem
Norden,
So kehre dorthin zurück nun und erwart' meine Botschaft.«
Doch McGintys Gewohnheit war's, laut zu sprechen,
Und Ausdruck verlieh er dem Zorn sein im Ton des
Verderbens,
Welcher den Richter an den *Causeway of Kings* gemahnte
Und die ernsten Mühen des tapferen Finn McCool.

Schließlich, als McGinty weg war
und hinter ihm Strudel von Luft umeinander in kleinen
Stücken tanzten
Wie die flachsfarbenen Strähnen geflochtenen Weizens
In den überquellenden Scheuern im Golde des Herbstes,
Verfiel Richter Jerry in totalen Bammel

Und blieb einen Tag so, ohne Getränk,
Auch ohne Speise, schlaflos sich wälzend.
Da erschien ihm der Geist von Shirley, seiner Ex-Braut,
Wie sie gewohnt es zu tun war auch im Leben und setzte ihm zu mit Genörgel,
Kurz bevor's Zeit war zu schlafen
In den niedrigen schattigen Korridoren des lang schon Vergang'nen.
Und während sie über ihm schwebte, sprach sie: »O'Mallet Bawn, warum fastest du?
Es steht Speise bereit, aber du ißt nicht. Was quält dich?«
Keine Antwort zuteil ließ er werden dem Schatten, also sprach das Phantom:
»Schlaflosigkeit hat befallen O'Mallet zu Hause.
Da war etwas, worüber er brütet,
Ohne mit jemand zu sprechen. Er dreht sich zur Wand,
Der Krieger der Fían von ungebärdigem Ruhm; es füllt
Uns mit Sorge, daß O'Mallet Bawn ist
Schlaflos und matt.«
Drauf der Richter: »*Ich* matt? Kuck mal *dich* an!«
»Scherze nicht, O'Mallet Bawn, mit den Schatten der Toten.«
So sprach der Schatten, mit einer Stimme, scharf ehern.
Da wandte der Richter seinem Sohne zu sich, Tomas, dem Tapfern,
Und sprach leise zu ihm, so daß das Gespenst ihn nicht hörte.
»Sohn«, sagte er, »denk an die Worte des Crimthann Nia Nair:
›Teile nie dein Geheimnis mit Frauen oder mit Kindern.‹
Eines Kindes Geheimnis ist nie gut verwahrt.
Und was Frauen betrifft, so vertraue man ihnen keinen Schatz an.«
Dann sprach Tomas, und seine Stimme war wie das Lied des Teichhuhns am Abend
Über den kargen Hängen des Slieve Donard
Oder der Schrei beim Kalben vom Glas Gaibhneach her
Oder die Hymne der Königin von Connacht, einen Monat erst, seit sie bestiegen den Thron,

Um über die langbeinigen Landsleute der sieben Stämme zu herrschen.
Tomas-der-Gerechte sprach: »Tapferer Vater mein, sogar mit einer Frau
solltest du sprechen,
Wenn sonst kein Verlust dir entsteht. Ein Ding, das dein
Eigener Geist nicht kann durchdringen, der Geist eines anderen schafft's.
Und ich bin dein Sohn, und mit mir kannst du sprechen.«
»Hör ihm fein zu, du Blödmann«, zischte darauf das Gespenst, und seine geisterhafte Stimme
War der Laut eines zornigen Wasservogels, belauert vom Fuchs,
Oder die beregnete Glut eines lang schon schwelenden Feuers.
Also gehorchte der Richter. Lustlos erhob er sich,
Und sein Gang war das traurige Schlendern des Königs,
Dem man die Herrschaft genommen, gebeugt von der Habgier,
Beute den gelbäugigen Dämonen der Furcht.

»Wir tun etwas Böses, wir tun's der guten Sache zuliebe«, sprach er, und seine Stimme umfaßte
Die Kadenzen langer Nächte ohne Liebe und Tage ohn' Licht.
»Übel war's, daß sie um das Semtex mich baten. Viele große und
Geliebte Männer werden um der Raketenwerfer willen fallen. Die Zwietracht
Über den Dünger wird schlimmer werden denn angenommen.«
»Ja«, betonte der Sohn da. »Und wenn nicht ich ihn kriege,
Ist das ein unfreundlicher Akt. Die Leute McGintys werden nichts hinter sich lassen,
Was irgend von Wert, außer der Erde. Leichen wird produzier'n er
Ringsum im Land. McGinty wird

Uns vertilgen, vernichten wird er uns, daß nichts bleibt von
uns außer Asche.«
Weh ist uns, heulten sie da, wie Gören ohn' Spielzeug.

»Sieh über das Meer doch, zum mächtigen Gallien«, sagte der
Richter,
»Wo, als du ein Knäblein noch warst,
Du in den linksrheinischen Wirts- und Hurenhäusern tobtest
Und die Zunge der Gallier studiertest
Und die Titten und Ärsche der gall'schen *colleens.*«
»Pfui darüber!« zischte der Schatten der Shirley und drehte
vor Wut sich im Kreise.
»Es ist gefallen der Apfel nicht weit weg vom Stamm« –, und
weg war sie
Wie ein Wirbelwind im März
Wie ein Wölkchen vom Holzrauch
Wie der Morrigan-Vogel, dessen Ruf halb gehört wird,
Halb real, halb geträumt nur, beim Grenzland des
Schlafes,
Wo Phantome regieren und Eichen tanzen
Und Stein sich in Wasser verwandelt
Und versickert in des Pookas Hand.

»Hebe hinweg dich, du *aisling* und Geist«, deklamierte der
Richter,
»Verpiß dich, du *boccanach*, du *bannanach.* Alle Schatten,
hinweg!«
Aufrecht stand er, mit streng verzogener Miene
Und die Anordnung seiner Extremitäten äfft' nach die Eiche,
Kind und Kegel überragend, der knorrige König
Im Baum- oder Menschenreich, erhaben und kräftig schlecht-
riechend
Nach Art eines Lords der Fianna-Finn, der kühnen.

Und Richter und Sohn dann beschlossen,
Die übel erworbene Habe an sich zu nehmen.

Doch wie eine Axt im Gehirn war der Schmerz nun des
Richters
(Es war Eis auf der Axt,
Als sie auf des Richters Haupt einhackte)
– Wie ein Speer, von den alten Nordmännern geschleudert,
Wie der Schmerz, den Badb, die schwarze Schlachtenkrähe,
dem großen Chu Chulain bereitet',
Wie ein Schlag auf die Banatzel, von Gott persönlich dem
Schurken verpaßt.
»Unsinn«, sagte der Richter, »'s war für die Sache Erins,
Daß die Tat getan werden mußte.« Kriege waren Männerspiel,
Und solche Spiele war'n das Geburtsrecht der Gälen,
Und weit besser war's, auf den hellen Feldern
Unter Baumwipfeln zu kämpfen, neben Wasserfällen, die
spritzten,
Als mit bloßen Knöcheln und geduckt in der Nordmänner
Met-Halle.
»Und vergiß nicht unsere Bedürfnisse«, warnte den Sohn er,
»Noch die Gemeinheit der ausländischen Emissäre,
Die ihre Opfer einzeln aufstapeln
Wie die alten trockenen Knochen längst toter Habe
Wie das Brennholz eines nicht angezündeten Feuers
Wie das moosbewachsene Anmachholz eines lang nicht
gebrauchten Herdes
Wie das trockene Bergheidekraut nach eines langen
Sommers Dürre.
Sie sind Ausländer, Scheiße nochmal«, dröhnte der Richter,
Und seine Stimme prallte ab von den Wänden seines Hauses
Wie das Echo eines Gewitters im regenschluchtigen
Poyntzpass
Wie das Gepurzel von Felsbrocken im matschdurch-
weichten Glen Glum
Wie die feindseligen Liebesgedanken eines liebestollen
Narren
Wie der flinke Flug sich paarender Spatzen im
Frühling

Wie die Stimmungen deiner Liebsten, nimmst du zu
Bett sie.
Und sagte dann dies er.
»Informiere deine Freunde, daß wir Bankkonten brauchen
Und einen Plan zur Unterstützung – ach ja, und ein schnelles
solides Auto
(Keinen Jocelyn, vielen herzlichen Dank)
Für eine rasche Flucht, sollte der Plan
Übel ausgeh'n.«
Unverrückbar stand da der Richter.
Er war eine Flut: den Hügel hinunter
Er war ein Widder: Meister der Herden
Er war ein Bach: neben der Mühle
Er war eine Ulme: unter blattlosen Eichen
Er war ein Schwert: heraus aus der Scheide
Er war eine Höhle: wo der Fuchs sich vermehrt
Er war eine Sode: von Torf abgehackt
Er war ein Aal: unter den Felsen
Er war ein Meilenstein: auf gekrümmter Straße
Er war das Gold: in einem Pokal voller Rheinwein
Er war die Brise: er kühlte die See
Er war die Flut: die Treibgut verteilt
Er war die Möwe: die von Treibgut sich nährt.

Dann tat Tomas-der-Sohn, wie ihm geheißen,
Rasch wie ein Pfeil vom Bogen des Brian Boru,
Schnell wie das Frettchen, scharf wie der Hund, höh'r als der
Falke,
Mit Augen, die leuchtender glommen als Königin Madbs
gesamte Juwelen,
Und alle Schätze des sagenumwobenen Auslands
Und des Meeres Schaum, welcher in Sonnenstrahlen des
Winters funkelt
Vor Inishmagoole.

Also sicherte er diesen sich:
Einen abscheulichen Rüpel,
Ein aufsässiges Schwein,
Einen unverschämten Leibeigenen,
Einen derben Provinzler
Einen Streuner,
Einen aufmuckenden Schurken,
Einen laut faselnden Narren,
Einen ermüdenden Swain (Anil er mit Namen),
Einen taumelnden, speichelnden, maunzenden, die Knöchel hinterherziehenden, niedrigbrauigen, braunhäutigen,
Tierlistigen Lieferanten von Fleisch und Getränk,
Noch dazu einen Hindu und eine launische Seele und
Ungezogenen Flegel und bübischen Menschen, der Flausen im Kopf hat.
Im Gefängnisse war's, allwo Tom ihn einfing, mit festen Versprechen
Und der mannhaften Haltung eines Mannes, der gebor'n ist zu dienen,
Eines, der befiehlt, weil für den Part er geboren,
Mit der tieftönenden Stimme eines Führers von Männern.
Halb verführt war jener Swain schon; jedoch
So wahnsinnig war er vor Sehnsucht nach Wohlstand
Und nach Kisten voll Gold und Schlössern hoch oben
Und – ganz besonders – dem Eigentum Goones,
Dem Festsaal von Khanen, jene ungewöhnliche Speisegaststätte
Von hindustanischer Pracht,
Jenen Tempel asiatischer Leckereien und Würzen.
Daß er Tom sein Ehrenwort gab und damit sein Leben –, doch halt, fragt euch jetzt:
Was ist dies Goone?
Oder wer?
Oder welcher ...?

Nun, ein Kaufmann war Goone, und gerissen –; wie ihn gab's nicht viele,
Und ein Händler, schärfer an Witz
Als die Myriaden Steine in Loch Diolars schwärzlichen Zuflüssen
Und die klappernden Hufe von MacMahons muhenden Küh'n
Und die schnappenden Zähne des beleidigenden Brendans, des Beißers,
Und die reißenden Klauen der Falken von Howth Head
Und die blitzenden Klingen in der Halle des Fürsten
Und das weitgeschwungene Schwert des ersten Ritters des Fürsten,
Und es war nicht ohne Grund, daß man ihn diese miese kleine Schwuchtel nannte.
Aus Ulsters Herzen dann kam er, ein Mann aus Finns Hinterland.
Aus dem schlichten Coleraine war Goone –, kein übler Ort,
Von East (London)Derry das Juwel, und von Ulster die Krone,
Wo der Bann sich entrollt zum sich hinzieh'nden offenen Meer.

»Sag mir, Goone, Enkel des Goone«, sprach einst zu ihm ich,
»Nenne drei Dinge mir, die dir Vergnügen verschaffen.«
»Das ist ganz leicht«, sagte Goone.
»Ein Profit in der Hand
Das Glucksen des Bann
Und eines Burschen entblätterte Glans.«

(Denn wahrlich war Goone ein Buhle den Burschen.
Kein Frauenaufreißer er, nein
Kein Möger von Mädels, nein
Kein Streichler der Schwanenbrüste, nein
Des Venushügels kein Erklimmer er, nein
Kein Götzinnendiener von Mädchen, nein

Kein Sucher des Ewig-Weiblichen.
Nein.
Hinter *ihm* war er her, auf Jungs stand unser Goone,
Ihnen zu stärken den Stab
Ein Analverkehrer
Ein Den-Jungs-in-den-Schritt-Fasser
Ein Besteiger von Männern.)

Die Gesellschaft eines Kirchenputzmanns
War seines Vergnügens Sitz,
Bis die Laune des Kirchenmanns sich gegen ihn wandte und dieser herumfuhr;
Und er Goone füllte mit Blei:
Miesemausetot.

Also war Goone nicht mehr; im Leben jedoch war er ein'ges gewesen.
Ein Macher, ein Träumer, ein Antreiber, ein Tuer,
Ein Jäger, ein Kämpfer, ein kosender Kumpel den Kerlen,
Kein Geck, nicht verweichlicht, kein schwächlicher Schwuli,
Und fiel nun Anil ihm zum Opfer? Nun, die zwei lernten sich kennen
Und klafften bald fast auseinander,
Als Swain, der gern wäre Radscha gewesen
Von Chappati und Pomfret und Nan,
Sich lustig gemacht über Goone und prompt aus dem Sattel gehievt wurd',
Von Tom jedoch gerettet und mit einem Lieferwagen beschenkt:
»So einen Lieferwagen hat Erin, das güld'ne, noch nie geseh' n«, sprach Tomas, der Macher von Helden.
Und seine Augen blitzten wie die Feuerbake auf dem Mount Mweelrea
Und wie die Sonnenstrahlen, so über das eisengraue Meer stelzen,

Und das neue Zaumzeug des Esels auf dem Platz von Roscrea
Und der bronzebeschlagene Schild des Cormac, des Großkönigs
Und der Ring an der Hand von Emer, der süßen
Und die Quecksilberfelsen von Inishkilleen.

»'s ist ein Monument, dieser Wagen, geschmiedet, geschmolzen
Und zu einer Festung auf Rädern gehämmert,
Ein Fuhrwerk, mehr wert als sieben Sklavinnen, würdig des Hochkönigs der Gälen,
Wie die mächtigen Kriegskarossen der Herren über die Kelten,
Wert die Breite deines Gesichtes in Silber und Gold,
Das Schätzgewicht der Titten der Frau dein in Gemmen und Bronze,
Die Länge deines Rückgrats in Gewändern und Trinkhörnern
Und den Umfang deines dicken Bauches in Rubinen und Schwertern.
Und in dem Wagen wird bewegliche Habe sein
Und Äpfel
Und Elstern und Myrten
Und feine eiserne Geräte für Wandererzelte
Und gute Güter wie Kissen und Laternen und kräftige Längen von Hanf,
All dies zum Vergnügen von Campingfreunden und Picknickern und deren Tantchens und Onkeln,
Ganz prächtige Leute zumal. Alles and're geht klar, guter Swain, die Sache ist praktisch geritzt,
Und zum Zeichen sei dir uns'res Bundes diese Versich'rung:
Hast du gedient uns, reden wir nicht mehr von deinem Verbrechen,
Und Gott weiß, der Richter, wenn man nett ihn anspricht (und gehörig bekniet),

Könnte den traurigen Goone seiner Curry-Lizenzen
entkleiden
Und dich zum Großmeister der Hindu-Nahrung ernennen
von Killoyle bis zur Hölle.

Dein Arm soll voll sein der Ernte an Münzen aus Golde,
Anteil an Feldern und Farm,
Oberherrschaft über die Curry-Backöfen,
Freiheit deiner Person und der deines Weibes
Von heute an bis hin zum Jüngsten Gericht.
Swain junior, Sohn des Swain senior,
Mehr als das, worauf du kannst hoffen,
Warum solltest - wie könntest du mich abschlägig
bescheiden,
Der dir nichts wünscht als das verdammtnochmal
Beste?

Geh also hin, tapf'rer Swain, Anil aus Bombay, und tu, wie ich
dir geheißen,
Geh mit Gott du dann dorthin, und mögen die Brisen des
Rath Murbhuilg deine stämmigen Knie küssen.«[181)]
Und in so kameradschaftlichem Ton! Und so vertrau-
ensvoll gesagt!
Wie die Geheimnisse der Liebe in recht blanken Versen
(Von Ethne und Ele und ihrem von abgöttischer Liebe
handelndem Liebeslied,
Sohn des Fathna Fathach, Sohn des Turbech Angus),
Daß der ums Leben verzweifelte Swain darauf
ansprang und, sei es lebendig, sei's tot,

181) Im Original wurde an dieser Stelle eine kurze Episode eingefügt, in welcher der glücklose Protagonist plötzlich rhythmisch von einer Moorvettel namens Lucy um die Ohren gehauen kriegt. Aus Gründen der Delikatesse und um der Gewandtheit des Vortrags willen, sowie auch wegen der Kürze hat der Dichter entschieden, daß diese Episode nur auf Wunsch erhältlich ist, ganz wie elektrische Schiebefenster bei einem Sportwagen oder Vollpension.

Schwor, alles auszuführ'n er und die Zelte zu liefern
Und Paraffinkocher und Zeltschnüre und Kletter-
ausrüstung,
Oder was es auch war. (Anil war's egal.)
»Meiner Treu, ich mach' mit!« und »Ich komme an
Bord!«
Armer Narr. Nicht das erstemal, daß Tom sich ent-
schloß, so gar nicht nach der Brehonen, der
schlichtenden, Weise
Hinters Licht zu führen und juristisch zu täuschen
Einen Trottel – einen Einfaltspinsel – einen jedwede
List schluckenden Deppen.

Dann kam McCreek.
Mick besuchte ihn dort, und sein Gesicht war wie Molke,
Wie die Kriegsbemalung des Sachsen,
Wie aus weißem Lehm angerührt,
Nach ganz alter irischer Art.
Heil dir also, Mick McCreek,
Strahlendes Banner Killoyles, stets guter Freund!
Mick, »Lausbub des Sean« ist kein passender Spottname dir.
Erins Frauen und Rennfahrer
Seine Wirte und starken Männer
Seine Gassigeher und Bibliothekarinnen
Seine Journalisten und Immigranten
Seine Schlepper und Bürokraten
Seine Polizisten und Redakteurinnen
Alle wetteifern in Rivalität nur um dich.
Eine Tonne von Mann ist er, ein ganz prima Kerl.
Nur leider – wie George Best oder der Prinzgemahl Ailill mac
Matach ist er sterblich
Und an einem Tag hier oder da und am nächsten Tag – weg.
Hütet vor ihm euch, liebwerte Damen.
Doch lasset auf ihn uns trinken: *Sláinte*, schäbiger Mick!
Und hier folget nun seine Geschichte:

Also.
Voll wie ein Flaschenkürbis war Mick eines wolken-
bestreuselten Tages,
Hatte verloren er doch (nicht verlegt) seine Arbeitsstelle, die
einz'ge,
Als Erprober von Autos der Firma Jocelyn's, Hersteller – in
dieser Stadt voller Zierde
Dieser mit silbrigem Strand umgürteten Zitadelle
Dieser vieltürmigen Gemeinde
Diesem zinnengeschmückten Bergfried
Dieser tapferen Festung
Diesem szeptertragenden Killoyle -
Von siehe oben.
Dann: Krach! So eine Scheiße auch! O Jammer! O Sack und
Eier!
Und ein Mann fiel, sich windend -
Wie der traurige Kriegerkönig Ruadhri O Baoigheallain
An der Brücke von Ballykillorawn
Oder der mächtige Ferdia, Sohn des Daman, Sohn des Daire,
Den Cu Chullain in der Schlacht an der Furt –
Wie eine Mühle das Malz mahlt
Wie ein Bohrer das Holz bohrt
Wie ein Falke herabstößt
Wie eine Ranke Bäume umschlingt
Wie ein Fluß wäscht die Steine
Wie eine Axt spaltet den Ast
Wie ein Stier aufspießet den Wolf
– erledigt, abgetan, verworfen, ausgespien,
Wo die vier Ströme des Königreichs aufeinander treffen,
Bei der Straße aus Kalkstein und der Erdhütte der lang-
atmigen Todesfee,
Genau, wo Dolb und Indolb zur letzten Ruhe gefunden –,
Doch ich schweife ab.

Kein Ferdia lag hingestreckt unter Micks Rädern,
Auch kein Cu Chullain, noch war ein Sohn es des Mil.

Nein, nur ein Bierlieferant,
Ein dummer
Schlampiger
Schlabbriger
Schlurf,
Dessen Loblieder niemand sang, dessen Vorzüge null waren,
Außer daß er das große Rad des Schicksals in Gang gesetzt,
Das den kühnen Mick auf den richtigen Weg gebracht und auf den falschen
In die Arme mehr als einen flachsblonden Mädels
Und in den Bereich der Bedrohung, die – erraten! – Tomas darstellte,
Vom Klan der O'Mallets, vom Stamm Derer zu Killoyle.
Schulfreunde war'n sie gewesen, Bekannte, voreinander auf der Hut war'n sie jetzt,
Beide von Sex und Bier und schal gewordenen Hoffnungen verhärtet,
Und indem er Micks Mühsal erahnte, führte Tomas, der Gerechte (gerecht er nicht mehr: so falsch nun war er wie
Der Blitzespeer Bolga beim Kampf
Der Hund auf der Eb'ne von Ailbe
Die Morgendämmerung vor der Morgendämmerung
Feldspat
Der das Nest usurpierende Kuckuck
Die Mistgabel in des Städters Hand
Die Liebe einer Kurtisane
Die Versprechen des Fergus mac Roig)
Ihn ganz schön ins Schlamassel.

Mick jedoch, Swain darin unähnlich, als geborener Ire
Hielt inne hier für ein Streicheln, für einen Krug dort,
Und ließ nie zu, daß der Ehrgeiz zu sehr mit ihm durchging –, tatsächlich
Hatte er einen Job, absurder als manche, so absurd wie die meisten:
Er starrte auf gläserne Schirme und klickte mit einer »Maus«.

Besagte Maus zeugte nun eine Ratte, die Ratte genas einer Maus,
Die der furchtbare Meister des Dot.com als sein eigen flugs reklamierte
Und drauf – verrät'rischer Wurm er – verbannte den armen Mick er aus seinem Reich.
Mein *áer* auf ihn
Und seinesgleichen.
Wie Bricriu Giftzunge
Sprach von einem guten Manne er schlecht gegenüber Dritten.
Wie Loegaire-der-Triumphator
Verachtet' den Anblick er eines guten Mannes von vorn wie von hinten.
Wie Forgall Manach
Tilgte den Namen er eines guten Mannes aus den Listen und aus seinem Kopf dessen Antlitz.
Wie Medb von Cruachan Ai
Stolzierte beleidigt er seitlich davon.
Und McCreek war, kurz gesagt, wieder mal
Ohne Job, ohne Zukunft, ohne Freunde auf den Straßen
Der windgepeitschten Abgerissenheit,
Zeitungen und der Klagemusik leerer Dosen
Und einer Flasche, die einst, in glücklichern Tagen,
Lucozade hatte enthalten.
Doch Mick –, trotzdem war er munter, wie McCreek es geziemt.
(Wohingegen Sie und ich maunzen würden und winseln
Und in unseren Tee weinen
Wie der wahnsinnige Sweeney
Auf seinem Baum.)
Doch dann wiederum – auch hierin anders als andere Männer –
Gnadenlos, ohne Gelaber, Gemaule,
Zischte der wack're Mick McCreek ein schnelles Gezapftes und wagte erneut es,

Das volle Herz einer Frau, von zeitloser Schönheit erglüh'nd,
Mit jener seidenen Schnur des Verlangens, die der tapfere
Mann
Nach der Liebe einer guten Frau auswirft, zu umschlingen,
die Ehe dann
einzugeh'n und den Glanz ihres Auges
In der Liebe beständiges Strahlen zu wandeln.
Eine Dame von Substanz, mit frisch blühender Schönheit
anstelle der
Jugend, die gerade vergangen.
Die Kluft ihrer Brüste tief genug für die Hand eines Kriegers
Die Kluft ihres Gesäßes tief genug für den Speer eines
Kriegers
Augen klarer und blauer als wo der Lough Derg am tiefsten
Und auf ihrem Haupt eine rot-gold'ne Krone von Haar –

Sage uns, Dichter, was ist der Stil ihrer Schönheit?

Gute Frage, das. Und ich kenne sie gut. Einen Umhang hat sie, in der Färbung von samtenem Purpur, einen Übergangsmantel auch, gehalten in sanft Silbergrau, paspeliert fein mit silbernen Fäden, und am Busen des Mantels eine computerförmige Brosche aus blondestem Gold. Ein Wams trägt sie auch, lang und mit Kapuze und glatt, aus smaragdgrüner Seide wie die Felder Erins, mit Stickerei aus Rot-Gold, welche ist wie ihre Krone aus rostrotem Haar. Herrliche Schnappverschlüsse von Gold und Silber am Wams vor ihren gesimsbreiten Brüsten und ihren breiten Schultern des Milchmädchens und Schulterstücke über den Ärmeln. Stets scheint die Sonne auf sie, so daß das Glitzern des Goldes auf der grünen Seide gegen die Sonne den Menschen stets offenbar ist. Die Färbung dieser Seide dünkt die Menschen wie die Blume Iris im Sommer oder wie rotes Gold, nach der Politur desselben oder wie ein frischgewachstes Auto in den Strahlen des Sonnenaufgangs. Wahrlich, sie ist eine Frau, herabgestiegen von den Weiden des Paradieses. Und wahr ist es, daß wir ihresgleichen nie wieder zu sehen bekommen werden.

Wie Ailill Medb liebte
Wie Cu Chulainn Emer liebte
Wie Dinertach Creide liebte
Wie Cormac Roisin liebte
Wie Owen Nuala liebte
Wie Noisi Deirdre liebte
Wie Fergus Cornelius liebte
Wie Finn sich selbst liebte
So liebt Mick Kathy.
Mealltar bean le beagán téad.
Und Mick McCreek ist wahrlich ein Mann, mit dem zu rechnen ist.
Und wahr ist, daß wir seinesgleichen nie wieder zu sehen bekommen werden.
(Hoffe ich jedenfalls nicht.)
Dank dir, o Dichter, für diese metrische Preisung.

Gern gescheh'n, jederzeit.
Nach Art der *fili* bin ein Sterngucker ich, ein Seher, ein Priester,
Ein Barde ich und Einsiedler, niemandes Freund.
Die Welt wurde für meine Sorte gemacht, nicht für deine.
Wortwerk sitzt bei mir
Wortwitz salzt meine Speise
Wortwahnwitz schreitet neben mir
Und Wortwunder beleuchtet meinen Weg
Wie der Schimmer der Dämm'rung nach stürmischem Tag
Wie die Laterne des Phelim, die seine Herden versammelt
Wie die Fackel des Schmieds, so in der Schmiede glüht
Wie die Flammen von Samhain in schöner Herbstnacht
Wie der Funke der Glut im behaglichen Kamin in den Midlands

Wie das Schimmern des Schildes von König Cormac
mac Airt ...[182])

Also – was ist nun mit dem armen Swain?

Ah, armer Swain in der Tat, dieser Klotzkopf, dieser Witzbold,
dieser Hindu-Gimpel, dieser Clown,
Dieser unethische Angehörige einer Ethnie, dieser sich mit
Curry einschmeichelnde Drittweltler,
Dieser nicht-trinkende Suffkopp, dieser televisuelle Zuhälter
mit dem Charme einer Spinne,
Wie ein Wahnsinniger mit guten Absichten –, wie Turlough,
sagen wir mal, Erzlauser von Louth,
Welcher, betrunken, aber wohlmeinend, in einen früh-
morgendlichen Tanz ausbrach,
Um Phelims Schafe zu unterhalten, die, da sie Schafe waren,
wie Schafe reagierten
Und blind sich *en masse* über den Zaun stürzten,
Und da lagen sie, als Phelim erhob sich, dann natürlich
–, Das Hirn (falls vorhanden) zerschmettert
Im Schädel.
Recht tot
Waren sie,
Marktwert:
Aber hallo.

In genau der Laune verübte Swain
Ein halb Bäckerdutzend oder mehr Idiotien,

182) Hier folgt eine konventionelle Ode des Eigenlobs, in schwer ausgeschmücktem Redenstil, in der es um die Größe und das schöne Erscheinungsbild des Dichters geht. Diese, wie auch eine Auflistung seiner Vorfahren, die bis auf das Herandämmern der erfaßten irischen Zeitrechnung zurückgeht, wurden ausgelassen. Die Erzählung als solche wird mit dem Chor wiederaufgenommen, der den Dichter befragt.

An denen zum Dank ziemlich fast er verstarb, erst fast durch Goone,
Dann durch einen Mann aus Spanien, ob seines Namens gefürchtet,
Harry-der-Blutige-Baske –, kein freundlicher Leibeig'ner von pyrenäischen Hängen,
Kein boulespielender, baskenmützetragender, anisettetrinkender *cabrón* – o nein,
Vor Batasunas Blick mochte gar McGinty, furchtbarer Herrscher der Falls Road, erbeben
Und tat's
Und suchte, um seine Gesundheit besorgt, sein Heil in der Flucht.
(Leider zu spät; siehe unten.)
Ja: Harry ist böse.
Von Erscheinung ein melancholischer Mann, unwohlgestaltet und mürrisch.
Ein Kittel von Schwarz, gefüttert mit Eisen, um diesen gewunden
Besticktes Blutrot mit loderndem Gold,
Und ein langärmliger Umhang mit dunkler Kapuze, zu krönen
Den Anblick eines Gesichts, olivdüster und karg.
In jedem seiner Augen glimmen Feuer und Schwefel,
Sein Atem atmet Funken, wie die Schmiede der Elfenhügel,
Und auf seinen breiten Oberschenkeln ruht ein großes zweischneid'ges Schwert.
Und in der Nacht, da er Swain kennenlernte, schwor er, der sei erledigt.

O Batasuna, schrecklicher Bär! O Tod der Kuhherden! O tollwütiges Biest, du hast
Einen ebenbürtigen Gegner gefunden im Aufeinanderprallen der ruhmredigen Schlacht, durch des Verhängnisses Ruf,

Als plötzlich sie da ist, durch die wirbelnden Wolken des Zorns,
Mal hier drei Männer tötend, mal dort zweimal drei, macht dann schon neun,
Dreimal neun Männer erschlug sie und häufelte ihre Gebeine zum Hügel
– O, kühne Rashmi, Diana du, Anils Cousinchen du, göttliche Halbgöttin du,
Heldin meiner Erzählung, denn gerettet hast du das Leben des Vetters dein (ach).
Ihre Brüste rund wie Äpfel
Ihre Schenkel fest wie der Gartenkürbis
Ihre Augen Feuer aus Rubinen
Ihre Gestalt voller Leuchtkraft
Ihr Haar wie der Flügel des Falken
Ihre Kraft die von neun mal neun Männern
Ihre Stimme wie eine Trompete
Ihre Sehnen wie Baumwurzeln

So demaskierte den wahren Schuft sie, ein Trübsal blasendes, bösartiges, Doppelspiele treibendes
Gespött von einem Manne, gekrümmten Rückgrats, mit verkrampfter Unterschenkelpartie,
Ein sanft-höflicher, simulierender Ochsenficker aus Newcastle West,
Ein Behüter von Büchern, einst, und Wissen, Bereitsteller besserer Dinge,
Doppelt, demnach, abzulehnen die Schurkerei seines Tuns,
Ein Mörder war er, und Verräter an alljeglichem Einen: Dieser Finn,
Um dem Richter oder Tomas oder dem Herrn gar der Falls Road zu trotzen,
Sammelte um sich er eine bewaffnete Bande von Männern – Glücksspieler, Räuber, Bestialisten sie allesamt –,
Um Erins Frieden zu zermürben, während selbst sie versteckt im Kokon des Trugbilds

Der Soldaten von Gael. Unschuldige, die im Hagel ihres
Feuers verstarben
- Nach Irland zog sie die Liebe zum Bier,
Aus Böhmen gebürtig, sei es als Mißgeschick, sei's als Gnade,
In Killoyle gekillt, von getürkten Verteidigern Irlands -
So nutzlos gestorben wie die Schafe des Phelim oder wie
McCartys Hahn
(Welcher, sobald er erregt, innehielt nicht im Besteigen von
Hühnern
Bis zum letzten Hahnenschrei -, denn diesmal einen Fuchs er
hatte bestiegen,
Um zurechtzurücken das alte Klischee ...)
Aber dann schlug McGinty, von Rache getrieben,

Wie der Wolf in dem Wald
Wie der Stein auf dem Feld
Wie der Bär bei der Höhle
Wie der Schwan auf dem See
Wie der Hengst vor der Stute
Wie der Fuchs in dem Bau
Wie die Spitzmaus in den Stoppeln
Wie die Eule im Zwielicht
Wie der Dachs in dem Loch
Wie der Stier auf der Weide
Wie die Forelle im Teich
Wie der Bachlach, der Clurichaun, der Sämann der
Angst
Mit aller Kraft zu, verpaßte jedoch den, auf den er gezielt,
wollte doch *Tomas* er treffen,
Nicht Finn. Und Tomas fiel tief, wie damals Hektor, wie
Ferdia, der Wack're,
Und weinen - o schlimmes Geschick! - taten die Freunde,
und kakophonisch plärrte
Bettina, seine Freundin.
Und auch der alte Richter trauerte in sein Bier
Die ganze lange traurige Nacht lang

Über seinen Sohn, den genehmen Gesellen, seinen
unglückseligen Erben.
Während Finn-der-Buchmensch, Finn-die-Laus, Finn, der
falsche Kavalier,
Der Verursacher all dieses Übels, beim ersten Atem der
Morgendämmerung verließ rasch das Haus,
Um zu prüfen, ob der Wind nach Frankreich wohl wohl
weht.
Dort ist er noch, und den Mann von der Falls Road er
schrägte,
Aber wohin er auch blickt, ist Batasuna sein Schatten.
Abgelaufen fast ist Finns Pacht, das immerhin weiß er,
Auch weiß er, daß alle Wege zu seinem Hügelgrab
führen.
Meine Ode ist nun vorbei. Sonst kann ich nur raten: Wie
Mrs. Delaney zufällig lauschte
Und somit des armen Toms Tod betrieb und wiederum selber
belauscht
Von McGinty, begierig zu lauschen, in seinem Zimmer;
Wie der Richter, vom Verluste gefällt, sich selbst fällte;
Wie Mick Penny nahm, und Penny nahm einen andern, und
wie Kathy
(Die Falkin
Die Wölfin
Die Otterin
Die Seehündin
Die Frauin)
Ihn nahm.
Wie vor alten Narren es wimmelt
Und junge unter ihnen leiden.

Soweit nun die Geschichte O'Mallets, des Richters, und
Tomas' auch, seiner Brut,
Tot der Vater, tot der Sohn,
Die Düsternis Richter Jerrys, mit seinem Albtraum von Gier
Und euer anderer Glück, verschont vom Geschick – *bisher.*

So soll Gottes Wille gescheh'n nun, denk' ich mal.
Und so, einschließlich dies Dingsbums und so
Ist alles, was es einstmals schon war: *Genug.*[183)]

ENDE[184)]

183) Na bitte. Ziemlich dürftig, aber immerhin von mir selbst. Und es wurde auch nicht ausschließlich ausgezischt. »Das Gedicht«, sagte der Kritiker des *Clarion*, Oxster O'Callaghan, »ist (oder war) ein bemerkenswerter Beitrag zur Kultur- und Sozialgeschichte des modernen Killhole (sic) und mehr denn fähig, als Gedicht auf seinen eigenen drei bis vier Beinen zu stehen.« Nett, oder? Nicht, daß, zugegebenermaßen, der *Clarion* Lyrik von einem Teller kalter Steckrüben unterscheiden könnte. Auch ist es wahr, daß, als die Dichterlesung vorbei war, ein Mitglied des Publikums »Totale Scheiße!« grölte, doch wurde es sofort von der Mehrheit niedergeschrien, und sowieso stellte man bald fest, daß er heimlich an einer Flasche Molloy's Very Special Old Pale Poteen genippt hatte –, und darüberhinaus, als hätte das nicht bereits genügt, stellte sich heraus, daß er, unter wucherndem Bart und Straßenschorf, der frühere Oberbürgermeister war, Ben Ovary, jetzt ein geschiedener, vermummter und blamierter Lebensdissident und nächtlicher Hintergassenwanderer. *Sic transit gloria* und so, was? Lachen Sie nicht, Sie könnten als nächster an der Reihe sein, oder ich.
184) *Ite missa est.*